SAMUEL BJØRK

Ik reis alleen

Vertaald door Renée Vink

UITGEVERIJ LUITINGH-SIJTHOFF

Eerste druk 2015
Zesentwintigste druk 2017

Oorspronkelijke titel: *Det Henger en Engel Alene i Skogen*
Vertaling: Renée Vink
Omslagontwerp: Studio Jan de Boer
Omslagfotografie: © Alexandre Cappelari/Arcangel Images
Auteursfoto: Harald Øren
Typografie: Wim ten Brinke

ISBN 978 90 210 1803 4
NUR 332

www.lsamsterdam.nl
www.boekenwereld.com

'IJzingwekkend en subliem.' **** *De Telegraaf*

'Een bewonderenswaardig debuut.' **** *Vrij Nederland Detective en Thrillergids*

'Verrekte spannend.' **** *de Volkskrant*

'Briljante pageturner.' ***** *Hebban.nl*

'*Ik reis alleen*, het thrillerdebuut van de Noor Samuel Bjørk, heeft personages die bijblijven. Veelbelovend begin van een serie, dit boek.' *Algemeen Dagblad*

'Zuurstofflessen paraat houden! Samuel Bjørk heeft een levensgevaarlijk goede thriller geschreven.' Theo Hakkert, *Wegener dagbladen*

'Met ingehouden adem vlieg je door de pagina's vol interessante karakters en verwarrende dwaalsporen. Het einde is zenuwslopend.' *Viva*

'Wat een gruwelijk spannend boek vol duivelse dilemma's en onverwachte wendingen! Tot nu toe was Jussi Adler-Olsen mijn favoriete Scandinavische auteur, maar Bjørk zou hem wel eens van de troon kunnen stoten...' Kim Moelands, thrillerauteur

'Razendsnel geschreven. Prachtig!' *Zin Magazine*

'Geweldige thriller!' *Flair*

'*Ik reis alleen* mag zowel een angstaanjagend als onovertroffen debuut worden genoemd, het beneemt je de adem tot de laatste bladzijde.' Vrouwenthrillers.nl

'Een puike thriller in de allerbeste Scandinavische traditie en een ijzersterk nieuw speurdersduo.' Monique Eskens, boekhandel De Drvkkery

'Genoeg stof om nog verder uit te werken. Laat het volgende boek maar komen.' ***** Wim Krings, boekhandel Krings

'Spannend, heerlijk lezen, goede ontknoping: daar wil ik wel meer van!' Astrid Verhoeven, boekhandel Dekker v.d. Vegt

'Spannend tot de allerlaatste letter! Toen ik hem uit had, wilde ik gelijk door naar het volgende deel. Het wordt toch wel een serie?' Caroline Sprengers, boekhandel Jaspers

Van Samuel Bjørk is verschenen:

Ik reis alleen◆
De doodsvogel◆

◆ Ook als e-book verkrijgbaar

Op 28 augustus 2006 werd er op de afdeling Verloskunde van het Ringerike-ziekenhuis in Hønefoss een meisje geboren. De moeder van het kind, de vijfentwintigjarige kleuterleidster Katarina Olsen, leed aan hemofilie en stierf in het kraambed. De vroedvrouw en een paar aanwezige verpleegsters zouden deze meisjesbaby later uitzonderlijk mooi noemen. Ze werd omschreven als stil en erg wakker, met een blik die maakte dat het personeel van de afdeling een heel bijzondere relatie met haar ervoer. Bij haar komst naar het ziekenhuis had Katarina Olsen de vader als onbekend *opgegeven. In de daaropvolgende dagen slaagde de leiding van het Ringerike-ziekenhuis er in samenwerking met jeugdzorg in de grootmoeder van het meisje op te sporen. Die woonde op dat moment in Bergen en had niet geweten dat haar dochter zwanger was. Ze kwam naar het ziekenhuis, om daar tot de ontdekking te komen dat het pasgeboren kindje van de afdeling Verloskunde was verdwenen. In de weken die volgden hield de politie van Ringerike een grootscheepse zoekactie, maar zonder resultaat. Twee maanden daarop werd een Zweedse verpleger, Joachim Wicklund, dood aangetroffen in zijn kamer in het centrum van Hønefoss. Hij had zich opgehangen. Op de vloer onder Wicklund werd een getypt briefje aangetroffen met de tekst: 'Het spijt me'.*

Het kleine meisje werd nooit gevonden.

Lisa zou naar school toe gaan. Trippel trippel trap.
Met haar nieuwe jurkje aan. Ging ze blij op stap.

1

1

Walter Henriksen zat aan de keukentafel en probeerde met de moed der wanhoop iets van het ontbijt naar binnen te werken dat zijn vrouw hem had voorgezet. Ei met spek. Haring, droge worst en versgebakken brood. Een kop thee, getrokken van kruiden uit hun eigen tuin. Die tuin had ze zo graag willen hebben dat ze daarom dit huis hadden gekocht, ver buiten het centrum van Oslo, met het platteland ten oosten van Oslo als naaste buur. Waar ze zich aan gezonde hobby's konden wijden. Trektochten konden maken door het bos. Een moestuintje bij konden houden. Bessen plukken en paddenstoelen zoeken en vooral de hond meer vrijheid geven, een cockerspaniël die Walter Henriksen niet kon luchten of zien. Maar omdat hij van zijn vrouw hield, had hij op al die punten toegegeven.

Hij slikte een stukje brood met haring weg en vocht tegen de aandrang van zijn lijf om het meteen weer uit te kotsen. Hij nam een grote slok sinaasappelsap en glimlachte tegen heug en meug, al voelde zijn hoofd aan alsof er met een hamer op was geslagen. Het bedrijfsfeestje van gisteravond was niet volgens plan verlopen, hij was er ook deze keer niet in geslaagd van de drank af te blijven.

Op de achtergrond gonsde het nieuws, terwijl Walter probeerde het gezicht van zijn vrouw te interpreteren. Haar humeur. Of ze toch wakker was geweest toen hij tegen het ochtendkricken in bed tuimelde, wanneer wist hij niet, maar het was laat geworden, te laat. Hij herinnerde zich nog net dat hij zijn kleren had uitgetrokken en het stond hem vaag bij dat ze had geslapen, dat hij *gelukkig* had gedacht en toen in coma was gevallen op de te harde matras, die ze per se had willen kopen omdat ze de laatste tijd van die rugklachten had.

Walter schraapte zachtjes zijn keel, veegde zijn mond af met het servet en streek over zijn maag, alsof hij van de maaltijd had genoten en nu vol zat.

'Misschien moet ik Lady maar eens gaan uitlaten?' mompelde hij met wat er hopelijk als een glimlach uitzag.

'Ja, prima idee,' zei zijn vrouw enigszins verrast, want ook al hadden ze het er niet zo vaak over, ze wist maar al te goed dat hij het drie jaar oude teefje eigenlijk niet moest. 'Misschien kun je deze keer iets langer met haar lopen dan alleen maar om het huis heen?'

Hij zocht naar de ietwat passief-agressieve toon die ze vaak opzette als ze niet over hem te spreken was, naar dat lachje dat geen lachje maar iets heel anders was. Er was geen spoor van te bekennen, ze leek tevreden, had niets gemerkt. Hij had zich er goddank goed doorheen geslagen. En dit, beloofde hij zichzelf, was de laatste keer geweest. Van nu af aan het gezonde leven. En geen bedrijfsfeestjes meer.

'Nee, ik wilde haar meenemen naar Maridalen, misschien het pad naar de Dausjøen aflopen.'

'Fantastisch,' zei zijn vrouw.

Ze streek de hond over haar kop, gaf haar een kusje boven de ogen en kriebelde haar achter het oor.

'Jij gaat met papa een tochtje maken, hoor je dat, wat leuk is dat, hè, ja nou, dat is leuk hè, dat is toch zo leuk voor die brave Lady, braafie van me, ben jij mijn kleine braafie?'

De tocht naar Maridalen verliep zoals altijd bij een van die zeldzame gelegenheden dat hij met de hond op stap was. Walter had nooit van honden gehouden, hij wist niets van honden af, als het aan hem lag waren alle honden op de wereld allang uitgeroeid. Hij voelde een stijgende ergernis over dat stomme beest dat maar aan de riem trok en wilde dat hij harder ging lopen. Of een andere kant op wilde dan Walter.

Eindelijk stond hij op het pad dat naar de Dausjøen leidde. Hier kon hij de hond tenminste loslaten. Hij ging op zijn hurken zitten en probeerde het beest te aaien en een beetje aardig te doen, terwijl hij de riem loshaakte.

'Zo, nou mag je gaan rennen.'

De hond keek hem dom aan en stak haar tong uit haar bek. Walter stak een sigaret op en voelde heel even bijna iets van liefde voor het teefje. Het was per slot van rekening niet de schuld van de hond. Met die hond was niets mis. Zijn hoofdpijn trok ook al een beetje weg, de frisse lucht deed hem goed. Van nu af aan zou hij de hond aardig vinden. O, wat een fijne hond. Eigenlijk best gezellig, samen wat door het bos struinen. Ze waren nu bijna vrienden, en wat luisterde ze goed, ja hoor, brave hond. Geen riem, en toch liep ze rustig naast hem over het pad.

Precies op dat moment maakte de cockerspaniël een sprong, verliet het pad en zette het op een lopen door het bos.

Godver.

'Lady!'

Walter bleef wat staan roepen op het pad, maar dat hielp niet. Hij smeet zijn sigaret weg, vloekte binnensmonds en begon de helling op te klauteren in de richting waarin de hond verdwenen was. Een paar honderd meter verderop bleef hij stokstijf staan. De hond lag op een kleine open plek heel rustig op de grond. En toen ontdekte Walter het kleine meisje dat aan de boom hing. Ze bungelde boven de grond met haar schooltas op haar rug. En een bordje om haar nek.

IK REIS ALLEEN.

Walter Henriksen zonk op zijn knieën en deed automatisch iets wat hij al had willen doen sinds hij wakker was geworden.

Hij kotste zichzelf onder en begon te huilen.

2

Mia Krüger werd wakker van het gekrijs van de meeuwen. Eigenlijk had ze er al aan gewend moeten zijn, uiteindelijk was het al vier maanden geleden dat ze dit huisje aan de rand van de open zee had gekocht, maar de stad weigerde als het ware haar los te laten. Haar flat in Torshov, aan de Vogts gate, daar had altijd lawaai geheerst: bussen, trams, politiesirenes, ambulances, ze was er nooit wakker van geschrokken, het leek wel of ze er rustiger van was geworden. Maar die meeuwen, voor dat geluid kon ze zich maar niet afsluiten. Misschien kwam dat omdat het verder zo stil was.

Ze rekte zich uit om op de klok op haar nachtkastje te kijken, maar het lukte haar niet om te zien hoe laat het was. De wijzers waren als het ware weg, de mist in gegaan, kwart over tien, halftwee, of vijf over half niks. De pillen die ze gisteravond had genomen, werkten nog. Kalmerend, verdovend, bedwelmend, *mogen niet in combinatie met alcohol worden gebruikt*, maar wat boeide dat? Het zou toch niet meer dan twaalf dagen duren voor ze dood was, de kruisjes op de kalender beneden in de keuken, nog twaalf vakjes leeg.

Twaalf dagen. 18 april.

Ze ging rechtop in bed zitten, trok haar IJslandse trui aan en sjokte naar de woonkamer.

De pillen waren door een collega voorgeschreven. Een opgedrongen vriend, iemand die haar moest helpen te vergeten, te verwerken, verder te leven. Een politiepsycholoog, of was het een psychiater? Misschien moest hij dat laatste zijn om recepten te kunnen schrijven. Hoe dan ook, ze kreeg wat ze wilde. Ook hier, zelfs al kostte het enige moeite om dingen te halen. Zich aan te kleden. De buitenboordmotor te starten. Het vijftien minuten koud te hebben voor ze de kade bereikte. De auto te starten. Niet van de weg te raken tijdens die veertig minuten naar Fillan, het streekcentrum, dat nauwelijks een centrum mocht heten, maar toch, hier was de apotheek, in winkelcentrum Hjorten, met daarna een wandelingetje naar de staatsdrankwinkel op dezelfde plek. De recepten lagen al klaar, ze waren doorgebeld vanuit Oslo. Nitrazepam, Stesolid, Lamotrigine, Citalopram. Een paar van de psychiater, maar ook een paar van de dokter. Ze waren allemaal zo behulpzaam, zo vriendelijk, *neem niet te veel, je moet voorzichtig zijn*, maar Mia Krüger was niet van plan om voorzichtig te zijn. Ze was hier niet gekomen om beter te worden. Ze was hier gekomen om te verdwijnen.

Nog twaalf dagen. 18 april.

Mia pakte een flesje mineraalwater uit de koelkast, trok haar kleren aan en liep naar zee. Ze ging op de rots zitten, trok haar jasje dichter om zich heen en nam de eerste pillen van de dag in. Ze rammelden in haar broekzak. Verschillende kleuren. Ze wist niet precies welke ze vandaag nam, ze voelde zich nog steeds licht in het hoofd, maar dat deed er niet toe. Ze spoelde ze weg met een slok uit het flesje en stak haar voeten naar de golven uit. Ze bleef naar haar laarzen zitten kijken. Wat ze zag, zei haar niets, het leek of het niet haar voeten waren, maar die van een ander, ergens heel ver weg. Ze verplaatste haar blik naar de zee. Ook die zei haar niets, maar ze dwong zichzelf te blijven kijken, naar de horizon in de verte, het eilandje een eindje verderop, waarvan ze de naam niet wist.

Ze had op goed geluk een plaats uitgekozen. Hitra. Een eiland in de provincie Trøndelag. Het had overal kunnen wezen, als ze maar alleen kon zijn. Ze had de makelaar laten beslissen. Verkoop mijn flat en bezorg me iets anders. Hij had haar met een scheve blik aangekeken, alsof ze gek of gestoord was, maar hij wilde uiteindelijk geld verdienen, dus zou hij er heus niet mee zitten, hem een zorg. Die witte glimlach die zo vriendelijk zei dat hij dat natuurlijk zou regelen, en of ze meteen wilde verkopen? Had ze iets speciaals op het oog? Nepvriendelijkheid, ze had door zijn ogen naar binnen gekeken. Ze werd niet goed als ze eraan dacht. Valse, weerzinwekkende ogen. Ze had om een of andere reden altijd binnen in de mensen kunnen kijken bij wie ze in de buurt was. Ditmaal bij hem, die gladjanus met zijn pak en zijn stropdas, en wat ze had gezien, was haar niet bevallen.

Maar als je dat talent hebt, moet je het toch gebruiken? Snap je dat dan niet? Je moet het ergens voor gebruiken, en dit is waarvoor!

Ze keek verdomme wel uit om het ergens voor te gebruiken. Nu niet meer. Nooit meer. Een uiterst rustgevende gedachte. Over het geheel genomen was ze uitermate rustig nu ze hier was. Hitra. De makelaar had zijn werk goed gedaan. Ze had bijna een vriendelijke gedachte zijn kant op gestuurd.

Mia Krüger stond van de rots op en liep het pad naar het huisje op. Tijd voor het eerste drankje van de dag. Ze wist niet hoe laat het was, maar het was hoe dan ook tijd. Ze had dure flessen gekocht, van tevoren besteld, misschien wat tegenstrijdig, want waarom zou ze iets duurs nemen nu ze toch maar zo weinig tijd overhad? Maar waarom ook niet? Waarom het een? Waarom het ander? Over zulke dingen dacht ze al heel lang niet meer na. Ze maakte een fles armagnac Domaine de Pantagnan 1965 Labeyrie open en schonk een theekopje dat onafgewassen op het aanrecht stond voor driekwart vol. *Kijk eens wat ik me ervan aantrek? Dacht je dat ik me er iets van aantrok?* Ze glimlachte flauwtjes, haalde nog wat pillen uit haar broekzak en liep weer terug naar de rots.

Weer schonk ze de makelaar met de te witte tanden een bijna welwillende gedachte. Als ze ergens was gaan wonen om te leven, had het heel goed hier kunnen zijn. De lucht, het uitzicht over de zee, de kalmte onder de witte wolken. Ze had nooit iets met Trøndelag gehad, maar dit eiland was haar meteen bij aankomst al bevallen. Ze hadden hier herten. Eindeloze hoeveelheden herten, en dat fascineerde haar, herten hoorden eigenlijk ergens anders thuis, in Alaska, in films. Dat mooie dier dat sommigen per se wilden afschieten. Mia Krüger had op de academie leren schieten, maar ze had nooit van wapens gehouden. Met wapens speelde je niet, wapens gebruikte je alleen wanneer het dringend nodig was en zelfs dan liever niet. Op Hitra duurde het jachtseizoen voor herten van september tot november, en op een dag was ze onderweg naar de apotheek langs een groepje jongeren gekomen die bezig waren een hert aan de laadbak van hun auto vast te binden. In februari, buiten het jachtseizoen, en even had ze overwogen te stoppen, hun namen te noteren, de zaak te melden, ze hun verdiende loon te geven, maar ze had het van zich afgezet en het laten zitten.

Eens bij de politie, altijd bij de politie?

Nu niet meer. Nee, verdomme nog aan toe.

Nog twaalf dagen. 18 april.

Ze dronk de laatste slok van haar armagnac, liet haar hoofd naar achteren op de rots zakken en sloot haar ogen.

3

Holger Munch stond in de aankomsthal van Værnes zwetend en wel op de levering van zijn huurauto te wachten. Het vliegtuig was weer eens te laat geland omdat er mist had gehangen op Gardermoen, en alweer moest Holger aan Jan Fredrik Wiborg denken, de onderzoeker die in Kopenhagen zogenaamd zelfmoord had gepleegd nadat hij de uitbreidingsplannen voor het voornaamste vliegveld van Oslo had bekritiseerd met het oog op de weersomstandigheden. Zelfs nu, achttien jaar later, kon hij die zaak nog steeds niet helemaal van zich af zetten. Het lichaam van een volwassen man door een te klein hotelkamerraam, zonder reden, vlak voordat het wetsvoorstel over het vliegveld in het parlement behandeld zou worden? En waarom was noch de Deense, noch de Noorse politie bereid geweest de zaak naar behoren te onderzoeken?

Holger Munch liet die gedachte varen toen het blonde meisje achter de balie van Europcar kuchte dat hij aan de beurt was.

'Munch,' zei hij kortaf. 'Er is een auto gereserveerd.'

'Aha, ben jij degene die een nieuw museum in Oslo krijgt?' knipoogde het meisje met het groene uniform.

Munch had de grap niet meteen door.

'Of ben je de schilder soms niet?' zei het meisje, terwijl ze vrolijk verder tikte op de computer voor haar neus.

'Wat? Nee, niet de schilder, nee,' zei Munch nors. 'Zelfs geen familie.'

Dan had ik hier niet gestaan, met zo'n erfenis, dacht Munch, terwijl het meisje hem een formulier aanreikte dat hij moest ondertekenen.

Holger Munch hield niet van vliegen, en daarom was hij niet in zijn allerbeste humeur. Niet omdat hij bang was dat het vliegtuig zou neerstorten. Munchs hobby was wiskunde en hij wist dat de kans dat een vliegtuig zou neerstorten kleiner was dan twee keer op één dag door de bliksem getroffen te worden. Nee, hij hield niet van vliegen omdat hij nauwelijks meer in een vliegtuigstoel paste.

'Zo,' glimlachte het meisje met het groene uniform monter. 'Een mooie grote Volvo V70, alles betaald, huurperiode en aantal kilometers onbepaald, je kunt hem terugbrengen waar en wanneer je maar wilt, goeie reis.'

Groot? Was dat ook een lolletje, of bedoeld om hem gerust te stellen? Hier heb je een grote auto waar je geheid in past, nu je zo omvangrijk bent geworden dat je je schoenen haast niet meer ziet?

Voor de aankomsthal, op weg naar de parkeergarage, bekeek Munch zichzelf in een van de grote ruiten. Het werd nu misschien toch tijd. Om wat te gaan trainen. Wat gezonder te eten. Een paar kilo af te vallen. Hij was de laatste tijd om diverse redenen enigszins in die richting gaan denken. Over straat achter criminelen aan rennen, daar was hij al lang geleden mee gestopt, daar had hij ondergeschikten voor. Nee, dat was niet de reden waarom Holger Munch de laatste weken bijna een beetje ijdel was geworden.

Jeetje, Holger, een nieuwe trui? Jeetje, Holger, een nieuw jasje? Jeetje, Holger, heb je je baard bijgeknipt?

Hij deed de Volvo van het slot, zette zijn telefoon in de houder en deed hem aan. Hij maakte de veiligheidsriem vast en reed naar het centrum van Trondheim, terwijl de berichten binnensijpelden. Hij zuchtte. Een uur lang je telefoon uit en het was weer goed raak. Je kwam nooit van de wereld los. Het klopte niet helemaal dat hij uitsluitend van die vliegreis zo uit zijn humeur was geraakt. Er was de laatste tijd een hoop aan de hand, zowel op zijn werk als aan het thuisfront. Holger streek met zijn vingers over het scherm van de smartphone die ze hem hadden opgedragen te kopen, alles moest nu hightech wezen, de laatste snufjes voor het politiewezen, ook in Hønefoss, waar hij de laatste achttien maanden had doorgebracht. Het politiekorps van Ringerike. Daar was hij zijn carrière begonnen, en nu was hij er terug. Vanwege die gebeurtenissen bij het Tryvannmeer.

Zeven oproepen van het hoofdbureau in Grønland. Twee van zijn ex. Een van zijn dochter. Twee van het verzorgingstehuis. Plus grote hoeveelheden tekstberichten.

Munch liet de wereld nog een poosje voor wat die was en zette de radio aan. Hij zocht de klassieke zender van de NRK op, draaide het raampje omlaag en stak een sigaret op. Die sigaretten waren zijn enige ondeugd, afgezien van het eten natuurlijk, maar dat was iets heel anders. Roken was niet iets waar Holger Munch van plan was mee te stoppen, hoeveel wetten de politici ook bedachten en hoeveel bordjes met VERBODEN TE ROKEN overal ook op stonden, zoals op het dashboard van deze huurauto.

Denken zonder roken was ondoenlijk, en als Munch ergens van hield, dan was het van denken. Zijn hersens gebruiken. Zijn lichaam kon de pot op, zolang zijn brein maar bleef functioneren. Op de radio werd de *Messiah* van Händel gedraaid, niet Munchs favoriet, maar het kon er wel mee door. Hij was meer een Bachliefhebber, hij hield van de wiskundige kant van muziek, niet van al die emotionele componisten. Wagners Arische oorlogshitserij, Ravels impressionistische gevoelswereld. Munch luisterde naar klassieke muziek om aan al die menselijke gevoelens te ontkomen. Als de mens een wiskundevraagstuk was geweest, was alles veel eenvoudiger geweest. Hij streek snel even over zijn trouwring en dacht aan zijn ex-vrouw Marianne. Tien jaar geleden nu, en toch kon hij zichzelf er nog steeds niet goed toe brengen hem af te doen. Ze had gebeld? Misschien zou ze…

Nee. De bruiloft natuurlijk. Ze wilde het over de bruiloft hebben. Ze hadden een dochter samen. Miriam ging trouwen. Er vielen praktische zaken te bespreken. En verder niets. Holger Munch smeet zijn sigaret het raam uit en stak een nieuwe op.

Ik drink geen koffie en ik blijf van de drank af. Dan mag ik verdomme toch zeker wel roken?

Munch was maar één keer dronken geweest, toen hij veertien was, van zijn vaders kersenbrandewijn in het vakantiehuisje bij Larvik, en na die ene keer had hij nooit meer een druppel gedronken. Hij had er geen behoefte aan, geen zin in. Je hersencellen kapotmaken? Geen denken aan. Roken daarentegen, en misschien een burger?

Bij het Stav-hotel reed hij het tankstation in en bestelde een baconburgermenu, dat hij opat op een bankje met uitzicht over de Trondheimsfjord. Als zijn collega's Holger Munch in drie woorden zouden moeten beschrijven, zouden twee daarvan waarschijnlijk 'nerd' luiden. Als laatste misschien slim, of al te aardig. Maar gegarandeerd nerd. Een dikke, gezellige nerd die nooit dronk en van wiskunde, klassieke muziek, kruiswoordraadsels en schaken hield. Wat saai misschien, maar een buitengewoon goeie rechercheur. En een rechtvaardig teamleider. Wat gaf het dan dat hij nooit meeging om een biertje te drinken en nooit meer met een vrouw uit was geweest sinds zijn echtgenote hem had verlaten voor een leraar uit Hurum die twee maanden per jaar vakantie had en nooit midden in de nacht zijn bed uit hoefde zonder dat hij kon zeggen waar hij naartoe ging? Niemand had zo'n hoog percentage qua opgeloste zaken als Holger Munch, dat wist iedereen. Ze waren allemaal dol op Holger Munch. Desondanks was hij terug in Hønefoss.

Ik degradeer je niet, ik plaats je over. Volgens mij mag je blij zijn dat je nog werk hebt.

Hij had die keer bijna ter plekke zijn ontslag genomen, pal voor Mikkelsons kantoor in Grønland, maar hij had zich bedacht. Wat moest hij anders? Beveiliger worden?

Munch stapte weer in de auto en volgde de E6 naar Trondheim. Hij stak nog een sigaret op en reed over de ringweg naar het zuiden. De huurauto had gps, maar dat zette hij niet aan. Hij wist waar hij naartoe moest.

Mia Krüger.

Terwijl hij net vol sympathie aan zijn oud-collega dacht, ging de telefoon over.

'Munch.'

'Waar zit je goddomme?'

Mikkelson aan de lijn, opgefokt, zoals gebruikelijk balancerend op de rand van een hartinfarct. Hoe die man het er al tien jaar levend van afbracht op zijn commissarisstoel in Grønland was voor velen een raadsel.

'Ik zit in de auto, waar zit jij goddomme?' antwoordde Munch nors.

'In de auto? Waar ergens? Ben je er al?'

'Nee, ik ben er nog niet, ik ben net geland, dat weet je volgens mij best, wat is er?'

'Ik wil alleen maar weten of je doet wat we hadden afgesproken.'

'Ik heb die map hier en ik ben van plan hem te bezorgen, als je dat soms bedoelt,' zuchtte Munch. 'Was het nou echt nodig om me daarvoor helemaal hierheen te sturen? Had het niet per koerier gekund? Wat denk je van de politie ter plaatse?'

'Je weet best waarom juist jij daar bent,' antwoordde Mikkelson. 'En ik wil dat je deze keer doet wat je opgedragen is.'

'Ten eerste,' zei Munch met een zucht, terwijl hij zijn peuk uit het raam gooide, 'ben ik je niets verschuldigd. Ten tweede ben ik je niets verschuldigd. Ten derde komt het door jou dat ik mijn hersens niet meer naar behoren gebruik, dus hou maar liever je kop. Weet je waar ik tegenwoordig mee bezig ben? Zal ik je dat eens vertellen, Mikkelson? Waar ik mee bezig ben?'

Aan de andere kant bleef het even stil. Inwendig moest Munch lachen.

Als Mikkelson ergens de pest aan had, was het iemand om een gunst vragen. Munch wist dat Mikkelson zich nu zat te ergeren en vond het prachtig dat zijn vroegere chef gedwongen was om na te denken en niet helemaal zijn zin kreeg.

'Zorg nou maar dat je het afhandelt.'

'Aye, aye, sir.' In de auto tikte Munch even grijnzend tegen zijn voorhoofd.

'Niet dat ironische toontje, Munch. Bel me als je iets weet.'

'Doe ik. Trouwens, nog iets...'

'Wat?' bromde Mikkelson.

'Als zij meedoet, ben ik er ook weer bij. Voor mij geen Hønefoss meer. En ik wil mijn oude stek terug. Aan de Mariboesgate. We werken buiten het bureau. En ik wil hetzelfde team als eerst. Oké?'

Even werd het stil, toen kwam het antwoord.

'Geen sprake van. Dat is absoluut niet aan de orde, Munch. Dat is...'

Munch glimlachte en hing op voordat Mikkelson nog meer kon zeggen. Hij stak een nieuwe sigaret op, zette de radio weer aan en sloeg de weg naar Orkanger in.

4

Mia Krüger hing uitgeblust op de bank, vlak bij de kachel, met de plaid over zich heen. Ze had van Sigrid gedroomd en was wakker geworden met het gevoel dat haar tweelingzus er nog was. Bij haar. Levend en wel. Dat ze weer samen waren, zoals altijd. Sigrid en Mia. Mia en Sigrid. De onafscheidelijke zusjes uit Åsgårdstrand, twee minuten na elkaar geboren, de een blond, de ander donker, heel verschillend en toch hetzelfde.

Mia wilde alleen maar weer verzinken in die droom, naar Sigrid toe, maar ze dwong zichzelf om op te staan en de keuken in te lopen. Een hapje ontbijt. Om de alcohol aan banden te leggen. Als ze zo doorging, ging ze voortijdig dood, en dat was volstrekt niet de bedoeling.

18 april.

Nog tien dagen.

Het ging lukken, ze zou het nog tien dagen weten uit te houden. Mia werkte twee stukken knäckebröd naar binnen en overwoog een glas melk te drinken, maar het werd water. Twee glazen water en twee pillen. Uit haar broekzak. Welke maakte niet uit. Vandaag een witte en een lichtblauwe.

Sigrid Krüger.

Zuster, vriendin en dochter.

Geboren 11 november 1979. Overleden 18 april 2002.

Innig geliefd. Intens gemist.

Mia Krüger ging weer op de bank zitten, totdat ze merkte dat de pillen begonnen te werken. Haar verdoofden. Een sluier tussen haar en de wereld. Daar had ze nu dringend behoefte aan. Ze had zichzelf al bijna drie weken niet gezien, en nu moest ze eraan geloven. De douche. De badkamer op de bovenverdieping. Ze had het zo lang mogelijk uitgesteld, wilde zichzelf niet zien in de grote spiegel die de vorige eigenaar vlak achter de deur had opgehangen. Ze had een schroevendraaier willen zoeken. Het kloteding weghalen. Ze voelde zich toch al rot genoeg, dat hoefde ze niet nog eens bevestigd te zien, maar ze had het niet kunnen opbrengen. Ze kon niets opbrengen. Behalve pillen slikken. En drinken. Vloeibaar valium in haar aderen, glimlachjes in haar bloed, die lieflijke bescherming tegen alle stekels die zo lang in haar hadden rondgezwommen. Ze vatte moed en liep de trap op. Ze deed de deur van de badkamer open en raakte bijna in shock toen ze de gestalte in de spiegel zag. Dat was zij niet. Dat was iemand anders. Mia Krüger was altijd slank geweest, maar nu leek ze ziekelijk mager. Ze was altijd gezond geweest. Altijd sterk. Nu was er bijna niets meer van haar over. Ze trok haar trui en haar spijkerbroek uit en bleef in haar ondergoed voor de spiegel staan. Haar slipje zwabberde om haar heen. Al het vlees was van haar buik en heupen verdwenen. Ze streek voorzichtig over haar uitstekende ribben, voelde ze duidelijk, telde ze stuk voor stuk. Ze dwong zichzelf om dichter bij de spiegel te gaan staan, vlak ervoor, hield haar eigen blik vast in de verzilverde plaat, waar het weer in zat. Ze had altijd complimenten gekregen voor haar blauwe ogen. *Niemand heeft zulke Noorse ogen als jij, Mia*, had iemand eens tegen haar gezegd, en ze wist nog hoe trots ze was geweest, *Noorse ogen*, wat had dat mooi geklonken. In een tijd dat ze erbij wilde horen, niet anders wilde zijn. Sigrid was in wezen de mooiste geweest, misschien had het haar daarom zo goed gedaan. Levendige blauwe ogen. Daar was nu niet veel meer van over. Ze leken al dood. Zonder glans en leven, bloeddoorlopen waar ze wit hadden moeten zijn. Ze boog zich over haar broek heen, haalde nog twee pillen uit haar zak, hield haar mond onder de kraan en slikte ze door. Ging weer voor de spiegel staan en probeerde haar rug recht te houden.

Mijn kleine indiaan, had haar oma haar altijd genoemd. Afgezien van die blauwe ogen had ze dat heel goed kunnen zijn. Een indiaan. Kiowa, of Sioux, of Apache. Als kind had ze indianen altijd fascinerend gevonden, ze had er nooit aan getwijfeld aan welke kant ze stond. De cowboys waren de slechteriken. De indianen de goeden. *Hoe gaat het vandaag met je, Mia Manestraal?* Mia legde haar hand op haar eigen gezicht in de spiegel en zond haar oma een sympathieke gedachte toe. Ze bleef staan en keek naar haar lange haar. Zacht, ravenzwart haar dat over haar tengere schouders golfde. Ze had al in geen tijden zulk lang haar gehad. Op de politieacademie was ze het gaan kortwieken. Niet bij de kapper, thuis, zelf, gewoon afgeknipt met de schaar. Om te laten zien dat mooi zijn haar niet interesseerde. Dat ze ongekunsteld was. Make-up gebruikte ze ook niet. *Jij bent van nature al mooi, kleine indiaan*, had haar oma gezegd toen ze op een avond voor de kachel thuis in Åsgårdstrand Mia's haar had gevlochten. *Zie je wat een leuke oogleden je hebt, wat een mooie lange wimpers? Zie je dat je van nature al opgemaakt bent? Daar hoef je je geen zorgen over te maken. Wij dirken ons niet op voor de jongens. Die komen wel wanneer het zover is.* Een indiaan bij haar grootmoeder. En Noors op school. Helemaal perfect eigenlijk. Mia werd plotseling een beetje misselijk van de pillen. Die brachten niet alleen kalmte en welbehagen, zo nu en dan hadden ze dit effect, ze nam nooit de moeite om te kijken welke pillen ze combineerde. Met haar ene hand zocht ze wat steun tegen de muur tot het ergste voorbij was. Ze keek weer op, dwong zich om nog een poosje voor de spiegel te blijven staan. Zichzelf te bekijken. Voor het laatst.

Nog tien dagen.

18 april.

Ze had er niet echt over nagedacht hoe het zou zijn. Het laatste ogenblik. Of het pijn zou doen. Of het moeilijk zou zijn om los te laten. Al die verhalen over hoe je leven voor je ogen voorbijtrok wanneer je doodging, daar geloofde ze niet in. Of was het misschien waar? Het maakte weinig uit. Het leven van Mia Krüger stond haar op het lijf geschreven. Ze zag het in de spiegel. Een indiaan met Noorse ogen. Lang zwart haar dat ze eerst alleen maar had afgeknipt, maar dat nu golvend over haar magere witte schouders hing. Ze streek het haar achter haar ene oor en bestudeerde het litteken bij haar linkeroog. Een drie centimeter lange snee, een merkteken dat niet weg wilde. Een verdachte die in een moordzaak was verhoord. Een jong meisje uit Letland dat in de Akerselva dreef. Mia was ontspannen en onoplettend geweest, had het mes niet gezien, had het gelukkig net genoeg kunnen ontwijken om te voorkomen dat het haar blind maakte. Ze had maanden met een ooglap gelopen, dankte het aan de artsen in het Ullevål-ziekenhuis dat ze nog allebei haar ogen kon gebruiken. Ze hield haar linkerhand voor de spiegel omhoog en bekeek de ontbrekende vingerhelft. Alweer een verdachte, een boerenbedrijfje buiten Moss, WACHT U VOOR DE HOND. De rottweiler was haar naar de keel gevlogen, maar ze had nog net haar hand ervoor kunnen houden. Ze voelde zijn tanden in haar vingers nog, hoe ze door paniek was bevangen in die paar tellen die ze nodig had gehad om haar pistool uit de holster te trekken en de bijtende hond in zijn snuit te schieten. Ze liet haar blik zakken naar het vlindertje dat ze vlak boven de rand van haar slipje ter hoogte van haar heupbeen had laten tatoeëren. Negentien jaar en vrijgevochten, in Praag. Ze had een Spanjaard ontmoet, een vakantieliefde, ze hadden te veel Becherovka gedronken en waren allebei met een tatoeage wakker geworden. Die van haar was een vlindertje op haar heup, paars met geel en groen. Mia moest bijna even glimlachen. Ze had diverse keren overwogen het ding weg te laten halen, omdat ze zich geneerde voor haar jeugdige idioterie, maar het was er niet van gekomen, en nu deed het er niet meer toe. Ze streek over de dunne zilveren armband om haar rechterpols. Ze hadden er allebei een gekregen na hun confirmatie, zij en Sigrid. Een kinderarmband met een hartje, een anker en een letter. Een M aan de hare, een S aan die van Sigrid. 's Avonds, toen het diner voorbij was en de gasten naar huis waren, hadden ze samen op hun meisjeskamer in Åsgårdstrand gezeten, en toen had Sigrid plotseling voorgesteld om te ruilen.

Wil jij de mijne, en dat ik dan de jouwe krijg?

Mia had het zilverkleurige armbandje sindsdien nooit meer afgedaan.

Ze raakte nu steeds verder heen van de pillen, ze kon zichzelf bijna niet meer in de spiegel zien. Haar lichaam was net een spook, ergens ver weg. Een litteken bij haar linkeroog. Een pink waarvan de bovenste twee kootjes ontbraken. Een Tsjechische vlinder vlak boven de rand van haar slipje. Magere armen en benen. Een indiaan met treurige blauwe, bijna dode ogen. Toen kon ze het niet meer, ze wendde haar blik van de spiegel af, stapte wiebelig de douche in en bleef zo lang onder het warme water staan dat het ten slotte ijskoud werd.

Op weg naar de gang meed ze de spiegel. Liep naakt de trap af naar de woonkamer en droogde zich af voor de kachel die niemand had aangestoken. Liep de keuken in en schonk zich een nieuwe borrel in. Haalde nieuwe pillen uit een la. Kauwde ze onder het aankleden weg. Nu nog slaperiger. Schoon vanbuiten en straks ook vanbinnen.

Mia deed een muts op en een jas aan en liep het huis uit. Weer naar zee. Ging op de rots zitten en liet haar blik op de horizon rusten. Voeling met het tij. Waar had ze dat nou weer vandaan? O ja, een festival, dat was het, een festival tegen de Noorse film, in het leven geroepen door bekende Noren die vonden dat Noorse films anders zouden moeten zijn. Mia was dol op films, maar had niet gemerkt dat de Noorse film erop vooruit was gegaan doordat er geen voeling meer werd gehouden met het tij. Ze ergerde zich telkens als een of andere stumper in een film een politieman of -vrouw probeerde te spelen, meestal voelde ze zich gedwongen de zaal uit te lopen uit meegevoel met de arme acteur die met dat soort dialogen was opgezadeld of van de regisseur zus en zo had moeten doen, het was gewoon al te gênant. Nee, meer voeling met het tij. Mia Krüger glimlachte even en nam een slok uit de fles die ze mee naar buiten had genomen. Dus als ze hier niet naartoe was gegaan om te sterven, zou ze zich best kunnen voorstellen dat ze hier bleef wonen.

18 april.

Op een dag was het plotseling tot haar doorgedrongen, als een openbaring gekomen, en sindsdien was alles eigenlijk prima in orde geweest. Sigrid was op 18 april 2002 dood aangetroffen. In een kelder in de Oslose wijk Tøyen, op een vergane matras met een naald nog in haar arm. Ze had de riem niet eens losgemaakt. De overdosis was rechtstreeks haar lijf in gegaan. Over tien dagen was het exact tien jaar geleden. Die kleine, lieve, aantrekkelijke, mooie Sigrid, in een smerige kelder overleden aan een overdosis heroïne. Niet meer dan een week nadat Mia haar persoonlijk uit de afkickkliniek in Valdres had opgehaald.

Wat had ze er goed uitgezien, Sigrid, na die vier weken in die kliniek. Kleur op haar wangen, en ze lachte weer. Tijdens de autorit naar Oslo was alles bijna zoals vroeger geweest, toen ze samen hadden gelachen en gespeeld in de tuin thuis in Åsgårdstrand.

'Jij bent Sneeuwwitje en ik ben Doornroosje.'

'Maar ik wil Doornroosje zijn, waarom moet ik altijd Sneeuwwitje zijn?'

'Omdat jij donker haar hebt, Mia.'

'O, daarom?'

'Ja, daarom. Had je dat nog niet door?'

'Nee.'

'Wat stom.'

'Maar niet heus?'

'Nee hoor, maar niet heus.'

'Waarom zouden we eigenlijk Sneeuwwitje en Doornroosje spelen, dan moeten we allebei honderd jaar slapen en wachten tot we door een prins worden gewekt, daar is toch niks aan, en er is hier verder toch niemand?'

'O, op een dag komt hij heus wel, je zult het zien, Mia, hij komt heus wel.'

In Sigrids geval was de prins een idioot uit Horten geweest. Hij had zich voor musicus uitgegeven en zelfs een soort band gehad, die nooit optrad maar bij elkaar in het park zat om hasj te roken, speed te gebruiken of een shot te zetten. Die ellendige, magere, verwaande loser. Mia kon het zelfs niet opbrengen om zijn naam te noemen. Alleen al als ze aan hem dacht werd ze zo misselijk dat ze moest opstaan om weer adem te krijgen. Ze liep over het pad langs de rotsen, langs het botenhuis, en ging op de steiger zitten. Een heel eind landinwaarts zag ze wat activiteit. Mensen die bezig waren met hun mensendingen. Hoe laat was het inmiddels? Ze schermde haar ogen af en keek naar de hemel. Twaalf of één uur, gokte ze, naar de zon te oordelen. Ze nam nog een slok uit haar fles en voelde dat de pillen begonnen te werken, haar zinnen verdoofden, haar onverschillig maakten. Ze liet haar benen van de steiger bungelen en keerde haar gezicht naar de zon toe.

Markus Skog.

Sigrid was achttien geweest, de idioot tweeëntwintig. De idioot was naar Oslo verhuisd en daar op de Plata beland, de hangplek voor drugsgebruikers op de Christian Fredriks Plass. Een paar maanden later was Sigrid hem gevolgd.

Vier weken afkicken. Het was niet de eerste keer dat Mia haar zus van een kliniek afhaalde, maar alles leek zo anders. Een totaal nieuwe motivatie. Niet die junkielach die ze anders na zo'n verblijf vertoonde, leugens en nog meer leugens, wachten om naar buiten te kunnen en een nieuwe shot te halen, nee, in haar blik schemerde iets nieuws door. Ze leek zekerder, bijna weer de oude.

Mia had door de jaren heen zo vaak aan haar zus gedacht dat ze bijna dolgedraaid was. Waarom juist Sigrid? Omdat ze zich had verveeld? Vanwege mama en papa? Alleen vanwege die ellendige, magere, slungelige idioot? Liefde, zogenaamd?

Mama kon streng zijn, maar daar waren grenzen aan. Papa kon al te aardig zijn, maar dat hoorde toch ook niet uit te maken? Eva en Kyrre Krüger hadden de tweeling vlak na de geboorte geadopteerd. Dat hadden ze van tevoren met de moeder afgesproken, die was jong, alleen, ze kon en wilde ze niet houden en had dat ook niet aangekund. En voor het kinderloze echtpaar was het een geschenk uit de hemel geweest, die meisjes waren precies wat ze gewild hadden, het was puur geluk.

Zij, mama, Eva, onderwijzeres aan de lagere school van Åsgården. Hij, papa, Kyrre, verfhandelaar, eigenaar van de winkel Ole Krüger & Zn. in het centrum van Horten. Mia had zich suf gezocht naar oorzaken bij hen thuis die zouden kunnen verklaren waarom Sigrid als junkie was geëindigd, maar die had ze nooit gevonden.

Markus Skog.

Het was zijn schuld.

Maar een week na haar thuiskomst uit Valdres. Ze hadden het samen zo naar hun zin gehad in het appartement aan de Vogts gate. Sigrid en Mia. Mia en Sigrid. Sneeuwwitje en Doornroosje. Opnieuw onafscheidelijk. Mia had zelfs een paar weken vrij genomen van haar werk, sinds god wist hoelang. Toen, op een avond, het briefje op de keukentafel.

Ik moet even met M. praten.

Gauw terug. S.

Mia Krüger stond van de steiger op en slofte naar het huisje. Ze zwalkte alweer een beetje. Tijd voor wat nieuwe pillen. En nog iets te drinken.

5

Holger Munch had genoeg van het rijden en sloeg van de weg af om te pauzeren. Hij zocht een parkeerplaats op en stapte uit om zijn benen te strekken. Zo ver was het niet meer, de Hitratunnel was maar een paar kilometer verderop, maar hij hoefde zich niet te haasten. De man die hem naar het eiland zou varen, kon hem om een of andere reden pas na tweeën brengen. Holger had de moeite niet genomen te vragen waarom. De plaatselijke agent die hij had gesproken, had geen al te schrandere indruk gemaakt. Niets tegen de plattelandspolitie, maar Holger was in Oslo aan een iets ander tempo gewend geweest. Nu natuurlijk niet meer, het korps van Ringerike was bepaald niet een van de drukste van het land. Munch vloekte zachtjes, en inwendig verwenste hij Mikkelson, maar trok dat toen snel in. Het lag niet aan Mikkelson. Een intern onderzoek, en daarna had er op het bureau iets moeten gebeuren, dat wist hij heus wel, maar toch.

Hij ging op een bankje zitten en stak een nieuwe sigaret op. Dit jaar was het voorjaar vroeg gekomen in Trøndelag. Hier en daar zaten groene blaadjes aan de bomen en de sneeuw was bijna helemaal verdwenen. Niet dat hij zo goed wist wanneer het doorgaans lente werd in Trøndelag, maar hij had erover horen praten op de lokale radio toen hij de muziek even had weggedraaid om naar het nieuws te luisteren. Of ze het nog onder de pet hadden kunnen houden, of dat een of andere idioot in Grønland de zaak had gelekt naar een nieuwsgier met een dikke portemonnee. Niets, gelukkig. Niets over het kleine meisje dat in Maridalen hangend aan een boom was aangetroffen.

Zijn telefoon had de hele rit gezoemd en gebeld, maar Holger had niet opgenomen. In de auto wilde hij niet bellen of sms'en. Hij had al genoeg zaken meegemaakt waarbij mensen van de weg waren geraakt of iemand hadden aangereden, alleen maar omdat ze een seconde niet hadden opgelet. En bovendien had het allemaal geen haast. Het was ook fijn om even niets te doen. Hij gaf het inwendig niet graag toe, maar af en toe werd het wat veel. Dat vele werken. Plus de bekende routineklussen. Hij had er geen bezwaar tegen zijn moeder in het bejaardentehuis op te zoeken. Hij had er geen bezwaar tegen zijn dochter te helpen met de voorbereidingen voor haar bruiloft. Hij had al helemaal geen bezwaar tegen de uren die hij doorbracht met Marion, zijn kleindochter, die net zes was geworden. Maar toch klopte er iets niet.

Hij en Marianne. Hij had eigenlijk nooit voorzien dat het anders zou gaan. En zelfs nu nog, tien jaar later, had hij nog steeds het gevoel dat iets in hem dermate kapot was dat het niet meer te repareren was.

Hij zette het van zich af en keek op zijn telefoon. Weer twee gemiste oproepen van Mikkelson, hij wist waar die over gingen, geen reden om terug te bellen. Nog een bericht van Miriam, zijn dochter, zoals altijd kort en onpersoonlijk. Een oproep van zijn ex Marianne. O shit, hij was vergeten het verzorgingstehuis te bellen. Het was immers woensdag. Hij had het eigenlijk moeten doen voordat hij in de auto stapte. Hij zocht het nummer op, stond op en liep een eindje.

'Verzorgingstehuis Høvikveien, met Karen.'

'Ja, hallo, Karen, met Holger Munch.'

'Hallo, Holger, hoe gaat het?' antwoordde de fluwelige stem aan de andere kant, Munch kreeg bijna een kleur, hij had verwacht dat een van de oudere verpleegsters zoals gewoonlijk zou opnemen.

Jeetje, Holger, een nieuwe trui? Jeetje, Holger, een nieuw jasje? Jeetje, Holger, heb je je baard bijgeknipt?

'Vooralsnog goed,' antwoordde Munch. 'Maar ik moet helaas om een gunst vragen.'

'Vraag maar raak, Holger,' lachte de vrouw aan de telefoon.

Ze kenden elkaar al een paar jaar oppervlakkig. Karen. Een personeelslid van het tehuis waar zijn oude moeder aanvankelijk niet had willen wonen, maar inmiddels naar het scheen haar draai wel had gevonden.

'Alweer woensdag,' zuchtte Munch.

'En je redt het niet.'

'Helaas niet,' antwoordde Munch. 'Ik ben de stad uit.'

'Ik snap het,' zei Karen, en ze lachte weer even. 'Ik kijk wel of iemand hier haar kan brengen, en zo niet, dan bel ik een taxi.'

'Die betaal ik dan uiteraard,' antwoordde Munch snel.

'Geen punt.'

'Dank je, Karen.'

'Graag gedaan, Holger, kan ik ervan uitgaan dat je volgende woensdag wel kunt?'

'Dat gaat vast wel lukken.'

'Mooi, dan zien we elkaar dan misschien.'

'Wie weet,' zei Munch, en hij schraapte zijn keel. 'Bedankt. O ja, doe haar de groeten van me.'

'Zal ik doen.'

Munch hing op en ging weer op het bankje zitten.

Waarom vraag je haar niet mee uit? Wat kan dat voor kwaad? Een kop koffie? Een bioscoopje?

Hij zette het idee van zich af, toen zich op zijn telefoon een mailtje aandiende. Het had hem tegengestaan, die nieuwe telefoons waar je alles op één plaats bij elkaar had, kreeg hij dan nooit rust? Maar op dit moment kwam het hem eigenlijk wel goed uit. Met een glimlach opende hij het mailtje en las een nieuwe opgaaf van Joeri, een Wit-Rus met wie hij een paar jaar geleden op internet had kennisgemaakt. Op het messageboard van math2.org, alle nerds ter wereld op dezelfde plek verzameld. Joeri was hoogleraar in Minsk en in de zestig. Een vriend wilde Munch hem niet noemen, per slot van rekening had hij hem nooit ontmoet, maar ze hadden wel e-mailadressen uitgewisseld en hadden zo nu en dan contact. Wat discussies over schaak, en af en toe wat gemeenschappelijke hersengymnastiek, zoals nu.

Er stroomt water in een tank. De hoeveelheid water verdubbelt iedere minuut. In een uur is de tank vol. Hoelang duurt het voor de tank halfvol is? J.

Munch stak weer een sigaret op en dacht even na voor hij het antwoord gaf. Leuk. Hij mocht Joeri wel. In feite had hij zelfs overwogen om hem eens op te zoeken. Hij was nooit in Wit-Rusland geweest, waarom zou je mensen die je via internet had leren kennen niet persoonlijk ontmoeten? Hij had daar inmiddels diverse kennissen opgedaan, mrmischigan40 uit de Verenigde Staten, margrete_08 uit Zweden, Birrrdman uit Zuid-Afrika. Schaak- en wiskundenerds, maar in de eerste plaats mensen zoals hij, dus ja, waarom niet? Een reisje maken, nieuwe kennissen opdoen, dat moest toch kunnen? Zo oud was hij toch nog niet? En wanneer had hij eigenlijk voor het laatst een reis gemaakt? Op het telefoonscherm ving hij een glimp van zichzelf op en hij legde het apparaat voor zich op de bank.

Vierenvijftig. Die leeftijd klopte niet helemaal, had hij het idee. Hij voelde zich veel ouder. Alleen al die dag dat Marianne hem over de leraar uit Hurum had verteld, was hij tien jaar ouder geworden. Hij had geprobeerd kalm te blijven. In zijn hart had hij het ergens wel vermoed. Die lange werkdagen, en zijn algemene afwezigheid; ook de zeldzame keren dat hij thuis was, was hij elders met zijn hoofd. Uiteindelijk zou dat misschien consequenties hebben, maar nu al, en op deze manier? Ze was volledig ontspannen geweest, alsof ze zich een poosje op haar verhaal had voorbereid. Ze hadden elkaar tijdens een cursus leren kennen en waren vervolgens contact blijven houden. Ze waren steeds meer voor elkaar gaan voelen. Nu, na een paar geheime ontmoetingen, wilde ze niet langer met een leugen leven. Het was hem toch niet gelukt om kalm te blijven. Terwijl hij nog nooit een vinger naar iemand had uitgestoken, had hij nu gebruld en de dinerborden tegen de muur gesmeten. Geschreeuwd en haar door het huis heen achtervolgd. Miriam was huilend haar kamer uit komen lopen. Destijds was ze vijftien geweest, nu vijfentwintig en op het punt om te trouwen. Vijftien, en ze had haar moeders kant gekozen. Niet zo raar. Hoe vaak was hij in die jaren eigenlijk thuis geweest, was hij er voor hen geweest?

Hij zag er wat tegen op om haar, Miriams, bericht te beantwoorden, het was zo kort en kil, een soort symbool voor hun relatie door de jaren heen, dus moest hij daar ook nu weer aan denken, alsof de map die in zijn auto lag nog niet erg genoeg was.

Kun je een paar duizend kronen extra bijdragen? We hebben besloten om ook neven en nichten uit te nodigen. M.

De bruiloft. Natuurlijk, schreef hij, en hij deed er een smiley bij die hij meteen weer wiste. Hij keek toe hoe het bericht werd verstuurd en dacht intussen aan zijn kleindochter Marion. Miriam had na de geboorte ronduit tegen hem gezegd dat ze er niet helemaal zeker van was of hij het wel verdiende contact met het kind te hebben. Gelukkig was ze van mening veranderd. Nu waren dat de uren waar hij het meest naar uitkeek. De uren met die geweldige, openhartige Marion, een zonnestraaltje in de sleur van alledag, die eerlijk gezegd behoorlijk grauw was geweest sinds hij weer naar Hønefoss was overgeplaatst.

Na de scheiding had hij Marianne het huis laten behouden. Dat had hem juist geleken, zo hoefde Miriam niet bij haar vrienden, haar school en de handbalclub weg. Zelf had hij een flatje in Bislett gekocht, op precies de goede afstand van zijn werk, niet te dichtbij en niet te ver weg. Na zijn overplaatsing had hij die flat aangehouden en nu woonde hij op een kleine kamer aan de Ringveien, niet al te ver van het politiebureau van Hønefoss. Zijn spullen zaten nog in kartonnen dozen. Hij had niet veel meegenomen, had verwacht dat hij snel naar de hoofdstad terug zou kunnen wanneer de zaak was overgewaaid, maar nu, bijna twee jaar later, woonde hij er nog steeds, niet ingericht en op geen van beide plaatsen thuis.

Kappen met dat zelfmedelijden. Er zijn mensen die het veel slechter hebben.

Munch drukte zijn sigaret uit en liet zijn gedachten naar de map in de auto gaan. Een zesjarig meisje was door een toevallige voorbijganger hangend in een boom in Maridalen aangetroffen. Zo'n zaak had hij al lang niet meer meegemaakt. Niet zo vreemd dat die lui in Grønland het benauwd hadden gekregen.

Hij pakte zijn telefoon weer en stuurde Joeri een mailtje terug.

59 minuten;) HM

Munch gaf het niet graag toe, maar eigenlijk kreeg hij de koude rillingen van die map die naast hem in de auto lag. Hij startte de auto, reed de rijksweg weer op en vervolgde zijn tocht in oostelijke richting, naar Hitra.

6

De man met de getatoeëerde adelaar op zijn hals had voor de gelegenheid een coltrui aangetrokken. Vroeger was hij altijd graag op Oslo Centraal gekomen, de mensenmenigte daar was perfect voor iemand met zijn beroep, maar nu waren er overal zoveel camera's dat je je bijna nergens meer een poosje gedekt kon houden. Hij was al lang geleden begonnen zijn ontmoetingen en transacties naar andere arena's te verplaatsen: bioscoopzalen, kebabtenten, plaatsen waar je niet zo snel ontdekt werd als bleek dat de transacties tot een onderzoek van enige omvang leidden, wat zelden zo was: hij opereerde niet meer op zo'n grote schaal, maar toch kon je altijd maar beter op zeker spelen.

De man met de getatoeëerde adelaar op zijn hals trok zijn capuchon nog verder over zijn hoofd en liep het station in. Hij zou deze locatie niet gekozen hebben, maar het geboden bedrag was zo hoog dat hij domweg deed wat hem gezegd was. Hij had er geen idee van hoe de koper hem had gevonden, op een dag had hij gewoon een mms'je gekregen met een foto, een opdracht en een bedrag. En hij had gedaan wat hij altijd deed, zwart en zonder vragen te stellen. Zonder meer een eigenaardige opdracht. Iets dergelijks had hij nog nooit meegemaakt, maar hij had dus in de loop van al die jaren geleerd nooit vragen te stellen, alleen uit te voeren en betaald te krijgen. Daarom had hij zich kunnen redden en bezat hij nog geloofwaardigheid in de schimmenwereld daarbuiten. Al nam het aantal opdrachten steeds verder af en werden de bedragen lager, af en toe werd hem iets groots in de schoot geworpen waaraan hij een beetje kon verdienen. Zoals dit. Een bizar verzoek, dat wel, heel eigenaardig, maar goedbetaald, en dat was precies wat hij nu ging doen, betaald krijgen.

Colbertje, nette broek, glimmende schoenen, diplomatenkoffertje, coltrui en zelfs een nepbril. De man met de getatoeëerde adelaar op zijn hals zag eruit als het tegendeel van zichzelf en dat was dan ook de bedoeling. Nogmaals, in zijn beroep wist je nooit wanneer de politie bevel zou geven alle opnames van a tot z te bekijken, dus je kon maar beter op zeker spelen. Hij zag eruit als een accountant, of zomaar een zakenman. Ook al zou je het misschien niet denken, de man met de getatoeëerde adelaar op zijn hals was nogal ijdel. Hij wilde gewoon niet voor een lid van het bekakte establishment doorgaan, van de elite, hij was gesteld op zijn ruige uiterlijk, compleet met tatoeëringen en leren jasje. Die ellendige broek sneed in zijn kruis en gaf hem het gevoel dat hij een idioot was. Dat strakke colbertje en die stomme bruine glimschoenen. Maar het moest maar. Het bedrag dat op dit moment in een van de kluisjes op hem lag te wachten was het waard. Het was het absoluut waard. Hij was nu al een poosje blut en had het geld nodig. Hij zou het ervan nemen, dat zou hij doen. Onder de bril waar hij niet aan gewend was verscheen een lachje en hij liep rustig en voorzichtig door het stationsgebouw.

Het eerste bericht was ongeveer een jaar geleden gekomen, en sindsdien waren er meer gevolgd. Een mms'je met een foto en een bedrag. De eerste keer had hij gedacht dat het misschien een grap was, zo bijzonder en eigenaardig was het verzoek geweest, maar hij had er toch gehoor aan gegeven. En betaald gekregen. De keer daarop ook. En de keer dáárop. Dan deed het er ook niet toe waar het om ging.

Bij de Narvesen-kiosk bleef hij staan om een krant en een pakje sigaretten te kopen. Een doodgewone dag op weg naar huis van zijn werk. Niets bijzonders aan deze accountant. Hij schoof de krant onder zijn arm en liep door naar de kluisjes. Ging boven aan de trap staan en stuurde zijn bericht.

Ben er.

Hij wachtte even op het antwoord. Zoals gebruikelijk kwam het vrijwel direct. Het nummer en de code van de kluis kwamen binnen op zijn mobieltje. Voorzichtig keek hij een paar keer om zich heen, waarna hij de trap naar de kluisjes afliep en het goede opzocht. Eén pluspunt had het centraal station van Oslo toch wel, het was in elk geval afgelopen met al die sleutels die stiekem of in achterafstraatjes van eigenaar moesten verwisselen. Tegenwoordig had je alleen maar een code nodig. De man met de getatoeëerde adelaar op zijn hals toetste de cijfers in op het toetsenbord en hoorde de kluis openklikken. Hij haalde de envelop eruit en deed ditmaal zijn best om niet rond te kijken, zo weinig mogelijk verdacht gedrag met al die camera's in de buurt. Toen opende hij het diplomatenkoffertje en stopte de envelop er snel in. Met een lachje op zijn gezicht constateerde hij dat die deze keer veel dikker was. De laatste opdracht. Tijd voor het sluitstuk. Hij liep bij de kluisjes vandaan, de trap op, de hal door en verder naar de Burger King, waar hij zich in de wc opsloot. Hij maakte het koffertje open en haalde de envelop eruit, hij kon bijna niet wachten. Toen hij zag wat erin zat, grijnsde hij breed. Niet alleen het afgesproken geldbedrag, in de coupures van tweehonderd kronen waar hij altijd om vroeg, maar daarnaast een zakje wit poeder. De man met de getatoeëerde adelaar op zijn hals opende het doorschijnende zakje, proefde voorzichtig van de inhoud en grijnsde nog breder. Hij had er geen flauw idee van wie zijn opdrachtgever was, maar de persoon in kwestie had zijn contacten en informatie duidelijk op orde. Iedereen die hem kende, wist dat hij het liefst poeder had.

Hij pakte zijn telefoon en stuurde zoals altijd zijn antwoord.

Ok. Bedankt.

Normaliter deed hij er geen bedankje bij, dit was puur zakelijk, niet persoonlijk, maar deze keer kon hij het gewoon niet laten, met het oog op die extra beloning en zo. Na een paar tellen kwam het antwoord.

Veel plezier.

De man met de getatoeëerde adelaar op zijn hals stopte glimlachend de envelop en het zakje weer in het diplomatenkoffertje en liep terug naar de stationshal.

7

Mia Krüger zat op de platte rots aan zee met een witte muts over haar lange, ravenzwarte haar en een plaid om zich heen. Het was midden op de dag. Bij de apotheek had ze iemand horen zeggen dat de lente dit jaar vroeg was in Trøndelag, maar

Mia had het doorgaans koud en van die zogenaamde warmte had ze niet veel gevoeld.

Nog zes dagen. Zes lege vakjes op de kalender in de keuken, en ze merkte dat ze zich erop verheugde.

De dood is zo erg niet.

De laatste dagen ervoer ze het steeds sterker. Rust. De zekerheid dat ze binnenkort zou kunnen loslaten. Ze haalde een paar pillen uit de zak van haar windjack en spoelde ze weg met behulp van de fles die ze mee naar buiten had genomen. Mia glimlachte en keek uit over zee. Aan de horizon gleed een vissersboot voorbij. De aprilzon gaf de wolken kleur en het water onder aan de rots glinsterde. Ze had de afgelopen dagen veel nagedacht. Over haar dierbaren, dat wil zeggen, degenen die haar dierbaar waren geweest. Alleen zij was er nu nog, en binnenkort zou zij er ook niet meer zijn. Op deze aardbol. *In deze werkelijkheid*, zoals oma gezegd zou hebben. Mia nam nog een slok uit haar fles.

Sigrid was altijd ieders oogappel geweest. Sigrid met de lange blonde haren. Die zo goed kon leren. Die dwarsfluit en handbal speelde en met iedereen bevriend was. Mia had nooit een probleem gehad met alle aandacht die Sigrid kreeg. Sigrid maakte nooit misbruik van die aandacht, nooit een kwaad woord tegen wie ook, waar dan ook over. Sigrid was zonder meer fantastisch, maar het was heerlijk geweest, iedere keer dat oma Mia apart had genomen en had gezegd dat zij bijzonder was.

Jij bent heel bijzonder, weet je dat? Met de andere kinderen is niets mis, maar jij weet dingen, hè, Mia? Jij ziet toch dingen die anderen niet zo goed doorhebben?

Ook al was oma niet echt haar oma, ze had altijd het gevoel gehad dat er iets tussen hen was. Een band, een soort verwantschap. Misschien omdat ze qua uiterlijk op elkaar leken. Misschien omdat ze Mia bijna als een vriendin behandelde, een soort medeplichtige in het anders-zijn. Oma had Mia alle mogelijke dingen over haar leven verteld, had er nooit doekjes om gewonden als het om iets echt belangrijks ging. Dat ze heel veel mannen had gehad en dat je niet zo bang voor mannen hoefde te zijn, dat ze eigenlijk maar ongevaarlijke konijntjes waren. En dat ze de toekomst kon voorspellen, en dat er meer werkelijkheden dan deze waren, dus dat je niet zo bang hoefde te zijn voor de dood. Het is dat christendom, had haar oma gezegd, dat van de dood iets negatiefs heeft gemaakt om te zorgen dat we in angst leven voor hun god, de dood is de hel, of de hemel, volgens hen in elk geval het einde van alles, maar weet je, Mia, oma is er niet zo zeker van dat het afgelopen is met de dood. Ik ben in elk geval niet bang.

Thuis in Åsgårdstrand hadden boze tongen oma voor heks uitgemaakt, maar daar had ze zich weinig van aangetrokken. Mia snapte best wat de mensen bedoelden, die grijze, wilde bos haar boven die heldere, bijna blauwzwarte ogen, oma was anders dan alle anderen. In de winkel praatte ze luidkeels over de gekste dingen en vaak zat ze de hele nacht in de tuin naar de maan te kijken en in zichzelf te lachen. Ze was tot dingen in staat die in de middeleeuwen gegarandeerd als hekserij waren bestempeld, en ze had Mia bijna als een soort leerlingetje aangenomen.

Mia voelde dat ze geluk had gehad. Ze was in een rustige omgeving opgegroeid. Met een lieve moeder en een fantastische vader, met oma maar een paar huizen verderop. Een oma die haar had gezien, had gezien wie ze was, had gezegd dat ze bijzonder was.

Lichtvoetig, Mia, denk erom, lichtvoetig.

Oma's laatste woorden op haar sterfbed, met een knipoogje naar haar heel bijzondere vriendinnetje. Mia hief de fles ten hemel.

De dood is niet erg.

Nog zes dagen.

De pillen uit haar windjack maakten haar slaperig. Mia nam er nog een paar en ging achterover op de rots liggen.

Jij bent heel bijzonder, Mia, weet je dat?

Kon het zijn dat ze daarom voor de politieacademie had gekozen? Om iets heel anders te doen? Daar had ze de laatste dagen ook over nagedacht, waarom die keus? Ze kreeg de stukjes van de puzzel niet helemaal meer aan elkaar. De tijd verschoof. Verstreek in haar hoofd niet helemaal zoals het hoorde. Sigrid was niet meer de kleine, blonde Sigrid, ze was nu de junkie Sigrid, de nachtmerrie. Mama en papa waren vanbinnen gestorven, waren van de wereld verwijderd geraakt, van elkaar. Zij was naar de stad verhuisd, had geprobeerd een paar vakken te volgen aan de universiteit, zonder enthousiasme, ze had het zelfs niet opgebracht voor de examens te verschijnen. Misschien had de politieacademie haar uitgekozen? Omdat ze de wereld moest zuiveren van figuren als Markus Skog?

Mia stond op en sjokte naar de steiger. Ze leegde de fles en stopte die in de zak van haar windjack. Nam nog een paar pillen, die ze slikte zonder ze ergens mee weg te spoelen. De meeuwen hadden haar verlaten, aangelokt door de vissersboot, en er was hier geen ander geluid meer te horen dan dat van de golven, die rustig over de platte rots heen spoelden.

Ze had hem doodgeschoten.

Markus Skog.

Twee schoten. Midden in de borst.

Het was allemaal heel toevallig gegaan, ze waren met een andere opdracht bezig, er was een meisje verdwenen en de Speciale Eenheid was erbij geroepen, alleen maar om dingen te besnuffelen en te bekijken, zoals Holger het had genoemd, *we hebben op dit moment niet zoveel op ons bord, Mia, ik vind dat we hier maar eens aan moeten snuffelen.*

Holger Munch. Mia dacht vol warmte aan hem, ging op de steiger zitten en liet haar gelaarsde voeten over de rand bungelen. Het was allemaal zo vreemd. Ze had iemand vermoord, maar ze had geen slecht geweten. Ze had een slechter geweten over alles wat er naderhand was gebeurd. Al dat geschrijf in de kranten, en die heisa in Grønland. Holger Munch, die de eenheid had geleid, die haar uit de politieacademie had geplukt, was overgeplaatst, de Speciale Eenheid was opgeheven, en dat voelde ze wél, ergens diep vanbinnen, dat deed pijn, dat Holger de prijs moest betalen voor iets wat zij had gedaan, maar die moord zelf merkwaardig genoeg niet. Ze hadden een spoor gevolgd naar het Tryvannmeer, een paar junkies of hippies, de mensen hadden altijd een beetje moeite om die twee uit elkaar te houden als ze belden met een klacht, hoe dan ook, bepaalde figuren hadden daar een caravan neergezet en hingen op een party de beest uit. Het had Holger een goed idee geleken op die plaats naar het vermiste meisje te zoeken. Ze hadden in de caravan inderdaad een jong meisje aangetroffen, niet het meisje dat vermist werd, maar een ander, met een versufte blik en armen vol naaldgaatjes, daarbinnen in die smerige caravan, en bij haar, zomaar uit het niets, Markus Skog. En Mia had, zoals het interne onderzoeksrapport van de politie volkomen terecht had vastgesteld, *Onvoorzichtig gehandeld, met nodeloze inzet van represailles.*

Mia schudde haar hoofd over haar eigen immorele gedrag. Holger had achter haar gestaan, had gezegd dat Skog haar eerst had aangevallen, op de plaats delict waren per slot van rekening een mes en een bijl gevonden, maar Mia wist uiteraard beter. Ze was getraind genoeg om zich makkelijk tegen een aanval met een mes of een bijl door een uitgemergelde junk te kunnen verweren. Ze had hem in zijn voet kunnen schieten. In zijn arm. Dat had ze niet gedaan, ze had hem vermoord. In een ogenblik van haat waarin de rest van de wereld domweg was vervaagd. Twee schoten midden in de borst.

Als Holger er niet was geweest, had ze nu in de bak gezeten. Ze haalde de lege fles uit haar jack, goot de laatste druppels naar binnen en hief hem nog eens ten hemel. Het maakte niet meer uit. Alles was nu voorbij.

Eindelijk.

Nog zes dagen.

Ze trok haar benen onder zich, liet haar wang op de grove steigerplanken rusten en sloot haar ogen.

8

Tobias Iversen legde zijn handen over de oren van zijn kleine broer, zodat die het lawaai op de benedenverdieping niet zou horen. Dat begon altijd om deze tijd van de dag, wanneer hun moeder bij thuiskomst van haar werk ontdekte dat hun stiefvader niet had gedaan wat hij had moeten doen. Eten koken voor de jongens. Wat opruimen in huis. Werk zoeken. Tobias wilde niet dat zijn broertje het hoorde en had daarom een spelletje bedacht.

Ik hou je oren dicht, dan zeg jij wat je in je hoofd ziet, oké?

'Een rode vrachtwagen met vlammen,' zei zijn broertje glimlachend, en Tobias knikte en glimlachte nog maar weer eens terug.

'Een ridder die met een draak vecht,' grijnsde zijn broertje, en weer knikte Tobias. De herrie op de benedenverdieping werd erger. Boze stemmen, die langs de wanden omhoogkropen en onder zijn huid drongen. Wat hierna zou gebeuren, spullen die tegen de muur vlogen, steeds harder geschreeuw, misschien nog ergere dingen, daar kon Tobias niet tegen, dus besloot hij zijn broertje mee naar buiten te nemen.

'Zullen we buiten buffels gaan schieten?'

Zijn kleine broertje knikte ijverig.

Buffels schieten. Door het bos lopen en indiaantje spelen. Dat wilde hij wel. Er waren hier niet zoveel andere kinderen, dus Tobias en zijn broertje waren eraan gewend in elkaars gezelschap te verkeren, al was Tobias dertien en zijn broertje pas zeven. Al dat binnen zitten was niet goed, ze konden beter naar buiten gaan.

Tobias hielp zijn broertje met het aantrekken van zijn jas en schoenen, neuriede en zong wat en stampte op weg naar buiten hard op de treden van de achtertrap. Zijn broertje keek hem zoals altijd met grote ogen aan, was eraan gewend dat zijn grote broer met hem dolde en allemaal harde, rare geluiden maakte. Dat vond hij leuk, hij was erg dol op zijn broer en vond het prachtig om aan alle spannende dingen mee te doen die hij verzon.

Tobias liep het houtschuurtje in, pakte wat dun touw en het mes en liet zijn kleine broertje voor zich uit hollen, het bos in. Ze hadden een schuilplaats, dus er was geen gevaar bij, zijn broer kon rustig vooruit rennen zoveel hij wilde. Een open plek tussen de sparren, waar ze een geïmproviseerd hutje in elkaar hadden getimmerd, een eigen huisje, weg van thuis.

Toen Tobias bij de hut kwam zat zijn broertje al op de oude matras met een stripboek, verdiept in de plaatjes en al die spannende nieuwe letters en woorden waar hij nu eindelijk na veel inspanning, zowel op school en met wat hulp van zijn grote broer, greep op begon te krijgen.

Tobias haalde het mes tevoorschijn, koos een geschikt wilgenboompje uit, sneed het vlak boven de wortel af en schilde de bast van het middenstuk eraf. Dat werd de handgreep. Die werd beter als de bast eraf was en het hout wat kon drogen. Hij boog het stuk wilg over zijn knieën en knoopte het touw aan de uiteinden vast: een nieuwe boog. Hij legde de boog op de grond en liep weg om geschikt materiaal voor pijlen te zoeken. Niet per se wilg, het meeste hout was wel goed, behalve spar, want sparrentakken waren zo slap. Hij kwam terug met wat rechte, dunne takken en begon de bast eraf te halen. Al snel lagen er vier nieuwe pijlen naast de boomstronk waarop hij zat.

'Tobias, wat staat daar?'

Zijn broertje kwam de hut uit schuifelen met het stripboek voor zich uit.

'Kryptoniet,' legde Tobias uit.

'Daar kan Superman niet tegen,' beaamde zijn broertje.

'Klopt als een bus,' antwoordde Tobias, en hij veegde met de mouw van zijn trui wat snot onder de neus van zijn broertje weg.

'Denk je dat die goed werkt?'

Tobias stond op en zette een pijl op het touw. Hij spande de boog en liet de pijl tussen de takken vliegen.

'Te gek,' joelde zijn broertje. 'Mag ik er ook eentje?'

'Hij is voor jou,' knipoogde Tobias.

Zijn broertje kreeg een kleur op zijn wangen en een enthousiaste blik in zijn ogen. Hij spande de nieuwe boog zo goed mogelijk en slaagde erin de pijl een paar meter ver weg te schieten. Hij keek naar Tobias, die bevestigend knikte, goed schot, en ging de pijl halen.

'Misschien moeten we op de christelijke meisjes schieten,' zei hij toen hij terugkwam.

'Wat bedoel je?' vroeg Tobias enigszins verrast.

'De christelijke meisjes die in het bos zijn komen wonen. Misschien moeten we op hen schieten?'

'We schieten niet op mensen,' zei Tobias, en hij pakte zijn broertje vastberaden bij zijn arm. 'En hoe weet je dat eigenlijk, van die christelijke meisjes?'

'Dat zeiden ze op school,' zei zijn broertje. 'Dat er nu christelijke meisjes in ons bos wonen, en dat ze mensen eten.'

Inwendig moest Tobias een beetje lachen.

'Ja, er woont een nieuwe familie in het bos,' zei hij glimlachend. 'Maar ze zijn niet gevaarlijk en ze eten in elk geval geen mensen.'

'Waarom zitten ze niet bij ons op school?' vroeg zijn broertje met grote ogen. 'Als ze hier wonen?'

'Dat weet ik niet precies,' antwoordde Tobias. 'Ik geloof dat ze hun eigen school hebben.'

Zijn kleine broertje trok een ernstig gezicht. 'Die is vast heel erg goed. Omdat ze niet op die van ons willen.'

'Vermoedelijk,' knipoogde Tobias. 'Nou, waar wil je vandaag buffels schieten?' vervolgde hij, terwijl hij zijn broertje over zijn haar streek. 'Bij het Rundvann?'

'Vermoedelijk,' zei de kleine jongen, die op zijn broer wilde lijken. 'Dat wil ik vermoedelijk wel.'

'Dan gaan we naar het Rundvann, heb jij zin om de pijl te halen die ik daarnet heb afgeschoten, denk je dat je die kunt vinden?'

Zijn broertje knikte.
'Vermoedelijk wel,' zei hij met een sluw lachje, en hij rende weg tussen de bomen.

9

Holger Munch voelde zich niet helemaal lekker in het motorbootje dat van Hitra naar een nog kleiner eilandje daarachter voer. Zeeziek was hij niet, nee, Holger Munch was graag op zee, maar hij had daarnet Mikkelson aan de telefoon gehad. Mikkelson had ineens zo raar gedaan, niet zoals altijd bars geklonken maar bijna onderdanig, had Munch succes gewenst en gehoopt dat hij zijn best zou doen. Gezegd dat het belangrijk was dat het korps hierin saamhorigheid betoonde, een hoop emotioneel geneuzel, helemaal niets voor Mikkelson, en dat zat Munch niet lekker. Er was iets gebeurd, dat was zo klaar als een klontje. Iets waar Mikkelson met Munch over wilde praten.

Munch trok zijn jasje dichter om zich heen en probeerde een sigaret aan te steken, terwijl het bootje rustig richting open zee tufte. De jongeman met het stekeltjeshaar die de boot bestuurde was kennelijk geen politieman maar een soort vrijwilliger, en het was niet duidelijk waarom hij Munch pas na twee uur naar het eilandje kon brengen, maar Munch had geen zin gehad om naar die dingen te vragen. Hij had hem alleen maar kort begroet op de steiger, gevraagd of hij wist waar het eilandje was, en de jongeman met het stekeltjeshaar had geknikt en gewezen. Maar een kwartiertje met de boot. Het oude huisje van Rigmor, die daar samen met haar zoon had gewoond, maar toen was haar zoon naar Australië geëmigreerd, vanwege een vrouw, dacht hij, en voor Rigmor had er niets anders op gezeten dan naar het hoofdeiland te verhuizen. En toen was het huisje verkocht, aan iemand uit het oosten, dacht hij, een jonge vrouw, niemand wist veel van haar af, hij had haar een paar keer onderweg naar Fillan gezien, mooie meid, jaar of dertig, lang zwart haar, altijd een zonnebril op, moest hij naar haar toe, was het belangrijk?

Dat laatste riep de jongeman over het tuffen van de motorboot heen, maar Holger, die sinds hij de steiger op was gestapt geen woord had gesproken, zei nog steeds niets. Hij liet de knul maar praten, terwijl hij voor de derde keer zijn sigaret met zijn holle hand tegen de wind afschermde en hem tevergeefs probeerde aan te steken.

Toen het eilandje dichterbij kwam, trok het weeë gevoel dat hij aan het gesprek met Mikkelson had overgehouden, weg. Het drong tot hem door dat hij zo meteen Mia weer zou zien. Hij had haar gemist. Het was bijna een jaar geleden sinds hij haar voor het laatst had gezien. In dat rusthuis. Of gesticht, of hoe dat tegenwoordig ook heette. Ze was zichzelf niet geweest, hij was bijna niet tot haar doorgedrongen. Hij had ook een paar keer geprobeerd haar telefonisch of per e-mail te bereiken, maar geen reactie gekregen. Nu hij dit mooie eilandje zag, snapte hij waarom. Ze wilde niet bereikt worden. Ze wilde alleen zijn.

De motorboot legde aan bij een kleine steiger en Munch klauterde aan land, niet meer zo makkelijk als tien jaar geleden, maar hij was heus niet zo slecht in vorm als ze beweerden.

'Moet ik wachten, of bel je me als ik je weer op moet halen?' vroeg de jongeman met het stekeltjeshaar in de hoop dat hij zou mogen wachten, iets interessants zou meemaken, dat gebeurde hier vast niet zo vaak.

'Ik bel je wel,' zei Munch kortaf, en hij tikte tegen zijn voorhoofd.

Hij draaide zich om en keek omhoog naar het huis. Zo bleef hij een poosje staan, terwijl hij de motorboot achter zich over het water hoorde verdwijnen. Het was een fraaie plek. Ze had smaak, Mia, absoluut. Ze had de volmaakte schuilplaats gevonden. Haar eigen eilandje, bijna helemaal aan de open zee. Vanaf de steiger liep een paadje naar een klein, wit, idyllisch huisje. Munch was geen expert, maar het zag eruit alsof het ergens in de jaren vijftig was gebouwd, misschien als hut die later tot woonhuis was verbouwd. Mia Krüger. Het zou goed zijn om haar weer te zien.

Hij herinnerde zich die eerste keer dat hij haar had ontmoet. Vlak na de oprichting van een speciale onderzoekseenheid was hij gebeld door Magnar Yttre, een oude collega, nu directeur van de politieacademie. Hij had Yttre al jaren niet meer gesproken, maar toch had zijn oude collega geen seconde over koetjes en kalfjes gesproken. *Ik denk dat ik iemand voor je heb gevonden*, had hij gezegd, haast een beetje trots, als een klein kind dat zijn ouders een tekening laat zien.

'Hallo, Magnar, dat is lang geleden. Wat heb je gevonden?'

'Ik heb iemand voor je gevonden. Daar moet je mee praten.'

Yttre had zo snel gesproken dat Munch niet alle bijzonderheden had meegekregen, maar in grote lijnen kwam het verhaal op het volgende neer: de tweedejaarsstudenten van de politieacademie kregen het verzoek om aan een test mee te doen die door onderzoekers aan het psychologisch instituut van de UCLA in Los Angeles was ontwikkeld. De test, waarvan Munch de klinische benaming niet meer bijstond, kwam erop neer dat de studenten een foto te zien kregen van een moordslachtoffer, plus diverse foto's van de plaats delict. De studenten moesten op grond van de foto vrijuit associëren, zeggen wat hun opviel, waar ze aan dachten, de test werd als heel informeel voorgesteld, bijna als een spelletje, zodat de deelnemers geen druk zouden ervaren of zouden beseffen dat ze aan iets belangrijks meededen.

'Ik kan je de aantallen studenten niet geven die we deze test hebben laten doen, maar we hebben nog nooit eerder dergelijke resultaten gehad. Dat meisje is een klasse apart,' had Yttre verklaard, nog steeds trots en vol vuur.

Holger had haar ontmoet in een café, een informele ontmoeting buiten het bureau. Mia Krüger. Pas even in de twintig, met een witte trui en een nauwsluitende zwarte broek aan, donker, enigszins scheef geknipt haar en de helderste blauwe ogen die hij ooit had gezien. Hij was meteen voor haar gevallen. Dat had te maken met haar manier van bewegen en praten. De manier waarop haar ogen reageerden op de vragen die hij stelde. Het was net of ze doorhad dat hij haar op de proef stelde, maar toch gaf ze beleefd antwoord, met een kleine twinkeling in het oog, zo van *hoe dom denk je dat ik ben?*

Een paar weken later had hij haar van de academie opgehaald, met instemming van Yttre, die vol trots voor alle papieren had gezorgd. Er was geen reden waarom zij nog in de schoolbanken zou blijven zitten. Dit meisje was al volledig opgeleid.

Munch glimlachte en liep naar het huis. De buitendeur stond op een kier, maar er was geen spoor van haar te bekennen.

'Hallo? Mia?'

Hij bonsde op de deur en deed voorzichtig een paar stappen de gang in. Plotseling bedacht hij dat ze weliswaar jarenlang hadden samengewerkt en in zekere zin goede vrienden waren, maar dat hij nooit bij haar thuis was geweest. Meteen voelde hij zich een indringer, en hij bleef even in de gang staan. Toen deed hij aarzelend nog een paar stappen. Hij bonsde op de volgende halfgeopende deur en liep de woonkamer in. Die was spaarzaam gemeubileerd met een tafel, een oude bank, wat keukenstoelen en in één hoek een kachel. Het geheel oogde eigenlijk wat merkwaardig, het leek bijna geen huis, eerder een verblijfplaats, nergens waren foto's of persoonlijke spullen te zien.

Misschien had hij het mis en was ze niet hier? Misschien was ze hier maar kort geweest en weer verder gegaan, had ze zich ergens anders verstopt?

'Hallo? Mia?'

Munch liep door naar de keuken en slaakte min of meer een zucht van verlichting. Op de bank onder het ene raam stond een koffiemachine, zo'n groot, modern geval dat je eerder in koffiebars dan bij mensen thuis zag. Hij glimlachte even in zijn baard. Nu wist hij dat hij goed zat. Mia Krüger had niet veel tekortkomingen, maar als er iets was waar ze niet buiten kon, dan was het goede koffie. Hij had niet bijgehouden hoe vaak ze op het werk de geur van zijn koffie had opgesnoven en haar neus had opgetrokken. *Hoe kun je dat slootwater nou drinken, word je daar niet misselijk van?*

Munch liep naar de bank om aan de glanzende machine te voelen. Die was koud. Al een poosje niet gebruikt. Dat hoefde niets te betekenen. Ze kon nog in de buurt zijn. Maar er klopte echt iets niet. Hij kon zijn vinger er niet helemaal achter krijgen, maar er was iets. Niet in staat de verleiding te weerstaan, begon hij wat in kasten en laden te snuffelen.

'Hallo? Mia? Ben je hier?'

10

Mia Krüger schrok wakker en ging rechtop in bed zitten.
Er was iemand in huis.

Ze had er geen idee van hoe ze op de bovenverdieping was beland, kon zich niet herinneren dat ze zich had uitgekleed en was gaan liggen, maar dat deed er op dat moment niet zo toe. *Er was iemand in huis.* Ze had beneden in de keuken geluiden gehoord.

Flessen op de grond, vanuit een kast. Ze liet zich uit bed glijden, trok een spijkerbroek en een T-shirt aan, stak haar hand in de la met ondergoed en haalde haar pistool eruit, een kleine Glock 17. Mia hield niet van pistolen, maar ze was niet dom. Op blote voeten sloop ze de slaapkamer door, opende het raam in de gang en glipte het dak op. Ze voelde de koude wind op haar blote bovenarmen en besefte ineens dat ze wakker was. Ze was ver heen geweest. Had van Sigrid gedroomd. Van een goudgele graanakker. Ze hadden over de akker gelopen. Sigrid met haar wapperende haar, in slow motion voor haar uit.

Kom, Mia, kom.

Mia schudde de rest van haar slaap van zich af, stak het pistool achter haar broekband, sprong van het dak en landde soepel als een kat in het gras. Wie kon dat in godsnaam zijn? Helemaal hier? In haar huis? Verder van de beschaving kon je niet komen. Ze sloop de hoek om en wierp een scherpe blik door het woonkamerraam. Niemand. Ze liep rustig door naar de achterdeur, daar ook een raampje, niemand binnen. Voorzichtig duwde ze de deur open en bleef een paar tellen in de deuropening staan voor ze op blote voeten verder de gang in sloop. Ze ging bij de deuropening van de woonkamer staan met haar rug naar de muur toe en haalde diep adem voordat ze naar binnen liep, nog steeds met het pistool voor zich uit.

'Begroet je zo een oude bekende?'

Op de bank zat Holger Munch, met zijn benen op tafel, tegen haar te glimlachen.

'Idioot die je bent,' zuchtte Mia. 'Ik had je kunnen doodschieten.'

'Dat denk ik niet,' grijnsde Munch, terwijl hij opstond. 'Veel te klein doelwit.'

Hij klopte op zijn buik en lachte even. Mia legde het pistool op de vensterbank en liep naar haar vroegere collega om hem te omhelzen. Pas nu drong het tot haar door dat ze het koud had, geen schoenen en zelfs bijna geen kleren droeg, en dat de pillen van gisteravond in feite nog in haar systeem zaten. Haar instinct had de overhand gekregen. Haar krachten gegeven die ze eigenlijk niet bezat. Ze zakte op de bank neer en trok een plaid om zich heen.

'Alles goed?'

Mia knikte.
'Ik wilde je niet laten schrikken. Ben je geschrokken?'
'Een beetje,' zei Mia.
'Sorry,' verontschuldigde Munch zich. 'Ik heb wat thee gezet, wil jij ook? Eigenlijk had ik koffie moeten zetten, maar ik heb geen idee hoe dat ruimteschip van jou werkt.'
Mia glimlachte. Ze had haar collega al lang niet meer gezien, maar de toon was nog hetzelfde.
'Ik lust best een kop thee,' lachte ze.
'Twee tellen,' grijnsde Munch, en hij verdween de keuken in.
Mia wierp een blik op de dikke map die op tafel lag. Ze had geen telefoon, geen internet en kreeg ook geen kranten, maar het was niet zo moeilijk te raden dat er in de buitenwereld iets was gebeurd. Iets belangrijks. Zo belangrijk dat Holger Munch in een vliegtuig, in een auto en vervolgens in een boot was gestapt om haar op te zoeken.
'Zullen we meteen ter zake komen, of wil je eerst een beetje bijkletsen?' Met een glimlach zette Munch de kop thee voor haar op tafel.
'Geen zaken meer voor mij, Holger.' Mia schudde haar hoofd en nam een slok thee.
'Nee, dat snap ik, dat snap ik,' zuchtte Munch, en hij liet zich op een keukenstoel zakken. 'Daarom heb je je hier ook verstopt, dat is me wel duidelijk. Zelfs geen telefoon? Je bent bepaald niet makkelijk te bereiken.'
'Dat was ook zo'n beetje de bedoeling,' zei Mia droogjes.
'Snap ik, snap ik,' zuchtte Munch. 'Wil je liever dat ik weer wegga?'
'Nee, blijf gerust even.'
Mia voelde zich plotseling zo moe. Wankel. En dat terwijl ze juist zo kalm en zeker was geweest. Ze voelde in haar zak, maar vond geen pillen. Die wilde ze eigenlijk ook niet nemen, niet zolang Holger Munch er was, maar het zou wel fijn zijn geweest, en een borrel eigenlijk ook wel.
'En, hoe denk je erover?' vroeg Munch met zijn hoofd enigszins scheef.
'Hoe denk ik waarover?'
'Ga je nog kijken, of niet?'
Hij gebaarde naar de map die op tafel tussen hen in lag.

'Dat sla ik maar over, denk ik,' zei Mia, terwijl ze de plaid dichter om zich heen trok.

'Oké,' zei Munch, en hij haalde zijn telefoon tevoorschijn.

Hij belde het nummer van de jongeman met het stekeltjeshaar. 'Met Munch, kun je me komen ophalen? Ik ben hier klaar.'

Mia schudde haar hoofd. Hij was geen spat veranderd. Wist precies hoe hij zijn zin moest doordrijven. 'Je bent een idioot.'

Munch legde zijn hand over de speaker. 'Wat zeg je?'

'Al goed, al goed, dan neem ik even een kijkje, maar that's it. Akkoord?'

'Vergeet dat ophalen maar. Ik bel later nog wel.' Munch hing op en schoof wat dichter naar de tafel toe. 'Zeg maar wat je wilt hebben,' zei hij, terwijl hij zijn hand op de map legde.

'Ik wil een paar sokken en een dikke trui. Die kun je boven uit de slaapkamer halen. En daarna wil ik een borrel. Er staat een fles cognac in het keukenkastje onder de bank.'

'Ben je op sterkedrank overgegaan?' vroeg Munch, terwijl hij opstond. 'Dat is toch niks voor jou?'

'En het zou ook fijn zijn als je je mond hield,' zei Mia, en ze sloeg de map open, die voor haar op tafel lag.

Er zaten ongeveer vijfentwintig foto's in, plus een beschrijving van de plaats delict. Mia spreidde de foto's op de tafel uit.

'En, wat denk je? Eerste indruk?' riep Munch vanuit de keuken.

'Ik snap waarom je hier bent,' zei Mia zachtjes.

Munch kwam de kamer binnen, zette de borrel naast haar op de vloer en verdween weer. 'Neem alle tijd die je nodig hebt, ik ga halen waar je om gevraagd hebt, en daarna kom ik mee om naar de zee te kijken, akkoord?'

Mia hoorde niet wat hij zei. Ze had de wereld al buitengesloten. Ze nam een grote slok van haar borrel, haalde diep adem en begon de foto's te bestuderen.

11

Munch zat op de platte rots naar de zon te kijken, die op weg was naar de horizon. Hij had gedacht dat het in Hønefoss stil was, daar was nauwelijks iets te horen als hij 's avonds op zijn kamer in bed lag, maar hiermee vergeleken stelde dat niets voor.

Dit was echte stilte. En schoonheid. Zo'n uitzicht had Munch al heel lang niet gehad. Hij begreep best waarom ze deze plek had uitgekozen. Vanwege de rust. En vanwege de zuivere lucht. Hij ademde diep in door zijn neus. Dit was echt iets bijzonders. Hij keek naar de klok op zijn telefoon. Twee uur. Dat was lang, maar ze moest de tijd nemen die ze nodig had. Hij hoefde in wezen nergens heen. Misschien moest hij gewoon maar hier blijven. Haar voorbeeld volgen en zijn telefoon wegsmijten. De wereld uitschakelen. Overal vanaf zijn. Nee, hij kon de kleine Marion toch niet in de steek laten! De anderen konden hem eigenlijk niet schelen. Nou nee, nu kreeg hij toch enigszins last van een slecht geweten. Voor zijn geestesoog dook even een beeld op van zijn moeder, in haar rolstoel op weg naar de samenkomst. Hopelijk was het goed gegaan. Dat was eigenlijk zijn taak. Woensdag naar de gebedsruimte. Waarom ze daar per se heen wilde, snapte hij niet, want ze was nooit zo christelijk geweest, maar wat deed het er ook toe. Ze was oud genoeg om dat zelf uit te maken, ook al beviel de gang van zaken Holger niet.

'Holger?'

Munchs gedachtegang werd onderbroken door Mia's stem bij het huisje.

'Klaar?'

'Ik denk het wel.'

Vlug stond Munch op. Hij rekte zijn stijve leden en liep met snelle passen naar haar toe. 'Wat vind je?'

'Ik vind dat we een hapje moeten eten,' zei Mia. 'Ik heb soep gemaakt.'

Munch liep de woonkamer in en ging weer op de keukenstoel zitten. De foto's lagen niet meer over de tafel verspreid maar zaten weer in de map.

Mia kwam de woonkamer in en zette hem zwijgend een kom dampend hete soep voor. Het was duidelijk dat ze diep nadacht, hij herkende die blik, ze was heel ver weg en wilde eigenlijk niet gestoord worden. Hij at zijn soep zonder een woord te zeggen en wachtte tot zij ook klaar met eten was. Toen kuchte hij voorzichtig, als om haar wakker te maken.

'Pauline Olsen. Wel een ouwelijke naam voor een zesjarige,' zei Mia.

'Line,' zei Munch.

'Wat?'

'Ze heette naar haar oma, maar ze noemden haar Line.'

Mia wierp hem een blik toe die hij niet helemaal wist te duiden. Ze was nog steeds ver weg met haar gedachten.

'Line Olsen,' hernam Munch. 'Zes jaar, ze zou in het najaar naar de grote school gaan. Door een toevallige voorbijganger hangend aan een boom in Maridalen aangetroffen. Geen tekenen van seksueel misbruik. Vermoord met een overdosis metohexital. Een bordje om haar nek van de luchtvaartmaatschappij Norwegian, IK REIS ALLEEN. Een schooltas op haar rug. Die zat vol met schoolboeken, niet van haar, want zij was dus nog niet begonnen. Etui, liniaal, alle boeken met de hand gekaft, geen vingerafdrukken. Op alle boeken staat Rikke JW, dus om een of andere reden niet haar eigen naam. Haar kleren zijn schoon, pasgestreken en volgens haar moeder geen van allen van haar. Alles is nieuw.'

'Het is een pop,' zei Mia.

'Wat?' zei Munch.

Met een glazige blik schonk Mia langzaam haar glas vol. Terwijl hij buiten zat, had ze de cognacfles uit de keuken gehaald en bijna leeggedronken.

'Het zijn poppenkleren,' vervolgde Mia. 'Wat ze aanheeft. Waar komt het vandaan?'

Munch haalde verontschuldigend zijn schouders op. 'Sorry, ik weet alleen wat er in het verslag staat. Ik werk niet aan deze zaak.'

'Heeft Mikkelson je gestuurd?'

'Ja,' zei Munch.

'Er komen er nog meer,' zei Mia zachtjes.

'Hoe bedoel je?'

'Er komen er nog meer. Zij is pas de eerste.'

'Weet je dat zeker?'

Mia keek hem bevreemd aan.

'Sorry,' zei Munch.

'Er staat een getal op de nagel van haar pink,' zei Mia kortaf.

Ze haalde een van de foto's uit de map. Een close-up van de linkerhand van het meisje. Die legde ze voor Munch neer, en ze wees.

'Zie je? Er is een getal in de nagel van haar linkerpink gekrast. Het lijkt misschien een streepje, maar dat is het niet. Het is het getal één. Er komen er nog meer.'

Munch krabde in zijn baard. In zijn ogen zag het er als een willekeurig krasje uit, zoals dat ook in het rapport vermeld stond, maar hij zei niets.

'Hoeveel?' vroeg hij, ze moest gewoon maar verdergaan.

'Het aantal vingers, misschien.'

'Tien?'

'Lastig te zeggen. Misschien.'

'Weet je het zeker? Dat er meer komen, bedoel ik?'

Weer keek Mia hem niet-begrijpend aan, en ze nam nog een slok van haar borrel.

'Dit is klinisch. De dader heeft er de tijd voor genomen. Ik weet trouwens niet zeker of het een man is, of ja, het kan een man zijn, maar dan is hij niet, eh...'

'Wat?'

'Ik weet het niet. Normaal. Als het een man is, is hij niet normaal.'

'Je bedoelt, in seksueel opzicht?'

'Het klopt niet helemaal, maar toch klopt het, als je begrijpt wat ik bedoel, ja, het klopt helemaal, maar niet helemaal, er is iets wat niet klopt, maar toch klopt het helemaal, als het ware.'

Ze was nu weer mijlenver weg, niet meer in de kamer, maar ergens binnen in haar hoofd. Munch liet haar maar verder praten, zonder haar te onderbreken.

'Wat is metohexital?'

Munch sloeg de map open en bladerde wat door de beschrijving van de plaats delict, op zoek naar het antwoord. Dat had ze natuurlijk niet gelezen. Ze had zoals vroeger alleen maar naar de foto's gekeken.

'Het is in de handel onder de naam Brevital Sodium, een narcosemiddel. Het wordt door anesthesisten gebruikt.'

'Narcose,' zei Mia, en ze verdween weer in zichzelf.

Munch had vreselijk zin in een sigaret, maar hij bleef zitten. Hij wilde er hierbinnen geen opsteken, maar hij wilde haar ook niet alleen laten, niet nu.

'Hij meende het goed met haar,' zei ze plotseling.

'Wat bedoel je?'

'De dader wilde haar geen kwaad doen. Hij heeft haar mooi gemaakt, haar gewassen. Narcose. Hij wilde dat ze niet zou lijden. Hij vond haar lief.'

'Hij vond haar lief?'

Mia Krüger knikte zwijgend.
'Waarom heeft hij haar aan een springtouw opgehangen?'
'Ze zou voor het eerst naar school gaan.'
'Waarom die schooltas met boeken?'
Ze keek hem niet-begrijpend aan. 'Hetzelfde antwoord.'
'Waarom staat er Rikke JW en niet Pauline op die boeken?'
'Dat weet ik niet,' zuchtte Mia. 'Dat is dus wat er niet klopt. Al het andere klopt wel, maar juist dat klopt niet, dat ben je toch met me eens?'
Munch gaf geen antwoord.
'Dat geborduurde label aan de achterkant van haar rok. M 10:14. Dat klopt,' vervolgde ze.
'Marcus 10:14. Uit de Bijbel? Laat de kinderen tot mij komen?'
Dat detail had Munch uit het verslag, dat feitelijk heel grondig was. Maar wat dat streepje op die nagel betekende, was iedereen ontgaan.
Mia knikte. 'Alleen is dat niet zo belangrijk. M 10:14. Dat is maar flauwekul. Er is iets wat nog belangrijker is.'
'Belangrijker dan de naam op de boeken?'
'Ik weet het niet,' zei Mia.
'Mikkelson wil dat je terugkomt.'
'Voor deze zaak?'
'Terug.'
'Geen sprake van. Ik kom niet terug.'
'Zeker weten?'
'Ik kom niet terug,' riep ze plotseling. 'Hoor je wat ik zeg? Ik wil niet terug.'
Munch had haar nog nooit zo meegemaakt. Ze trilde en leek bijna in tranen. Hij stond op en liep naar de bank. Ging naast haar zitten en sloeg zijn arm om haar schouders. Liet haar hoofd in de holte van zijn arm rusten en streek haar over het haar.
'Het is genoeg, Mia. We zetten er een streep onder. Heel erg bedankt.'
Mia gaf geen antwoord. Holger voelde hoe haar magere lichaam tegen het zijne trilde. Ze was echt niet zichzelf. Zoals gezegd, hij had haar nog nooit zo meegemaakt. Hij hielp haar overeind en de trap op. Ging met haar mee de kamer in, naar haar bed, en legde het dekbed over haar heen.

'Zal ik vannacht hier blijven? Hier zitten? Beneden op de bank slapen? Een ontbijtje voor je maken? Ik kan kijken of ik dat ruimteschip van je aan de praat krijg. Zal ik je wekken met een kop koffie?'

Mia gaf geen antwoord. Het mooie meisje van wie hij zoveel hield lag voor dood onder het dekbed, zonder zich te verroeren. Munch ging op een stoel naast het bed zitten en een paar minuten later hoorde hij dat haar zware ademhaling rustiger werd, ze was in slaap gevallen.

Mia? In deze toestand?

Hij had haar wel eerder uitgeput en gedeprimeerd meegemaakt, maar nooit zo. Dit was iets heel anders. Hij wierp een warme blik op haar, zorgde ervoor dat ze het niet koud zou krijgen en liep de trap af. Hij bereikte het pad naar de steiger en haalde zijn telefoon uit de zak van zijn jasje.

'Mikkelson.'

'Munch hier.'

'Ja?'

'Ze doet niet mee.'

Aan de andere kant bleef het stil.

'Verdomme,' klonk het ten slotte. 'Heeft ze nog iets nuttigs gezegd? Iets wat wij over het hoofd hadden gezien?'

'Er komen er nog meer.'

'Wat bedoel je?'

'Wat ik zei, er komen er nog meer. Er is een getal op haar pink gekrast. Dat was jullie ontgaan.'

'Verdomme,' zei Mikkelson, en hij viel weer even stil.

'Verzwijg je iets voor me?' zei Munch ten slotte.

'Je kunt het beste terugkomen,' zei Mikkelson.

'Ik blijf tot morgen hier. Ze heeft me nodig.'

'Dat bedoel ik niet, ik bedoel terug, terug.'

'We activeren de eenheid weer?'

'Ja, meld je maar meteen hier. Ik ga morgen een paar telefoontjes plegen.'

'Oké, dan zien we elkaar morgenavond,' antwoordde Munch.

'Mooi,' antwoordde Mikkelson, en hij zweeg weer.

'Nee. Mia komt niet,' zei Munch in antwoord op de vraag die in de lucht hing.

'Weet je dat zeker?'

‘Heel zeker,’ antwoordde Munch. ‘Aan de Mariboesgate, dezelfde locatie?’

‘Het is al geregeld,’ zei Mikkelson. ‘De eenheid bestaat officieel weer. Als je hier komt, kun je je mensen uitzoeken.’

‘Oké,’ antwoordde Munch, en hij hing snel op.

Hij voelde blijdschap opkomen, maar wilde niet dat Mikkelson dat zou merken. Hij was weer waar hij thuishoorde. In Oslo. De eenheid draaide weer. Hij had zijn baan terug. Toch kon hij niet honderd procent blij zijn. Hij had Mia Krüger nog nooit zo meegemaakt, zo ver heen, en hij zou haar ook niet meekrijgen. Bovendien bezorgde de gedachte aan dat kleine meisje in de boom de anders zo bedaarde rechercheur nog steeds de koude rillingen.

Munch keek op naar de hemel. Buiten was het nu donkerder. De sterren overgoten de stilte met een koud licht. Hij smeet zijn sigaret in het water en liep rustig terug naar het huisje.

12

Tobias Iversen zocht een nieuwe tak en ging zitten om nog een pijl te snijden in afwachting tot zijn broertje terugkwam. Hij vond het fijn om dat mes te gebruiken. Fijn om te voelen hoe het lemmet in het hout sneed, hoe rustig hij het mes tussen de bast en het hout door moest halen om geen kerven in de pijl te maken. Tobias Iversen was handig met zijn handen, de meeste complimenten kreeg hij tijdens de lessen beeldende vorming en handenarbeid. In de andere vakken, vooral in wiskunde, was hij niet meer dan middelmatig, maar met zijn handen werken kon hij goed. Hij was ook goed in Noors. Tobias Iversen was dol op lezen. Tot nog toe had hij vooral fantasy en sciencefiction gelezen, maar het afgelopen najaar hadden ze een enorm leuke lerares Noors gekregen, Emilie, die altijd hard lachte en een heleboel sproeten had. Nauwelijks een lerares, meer een aardige volwassen meid die geweldig cool lesgaf, heel anders dan de vorige, die alleen maar – eigenlijk wist hij niet eens meer wat ze toen hadden gedaan. Emilie had een hele lijst met boeken voor hem gemaakt waarvan zij vond dat hij ze moest lezen. Hij was bijna klaar met *Heer der vliegen*, een van de boeken op haar lijst, en merkte dat hij zich er bijna op verheugde om naar huis te gaan en op zijn bed verder te lezen, of in elk geval om op zijn bed te lezen, zo heel leuk was het niet om naar huis te gaan. Tobias was op papier pas dertien, maar vanbinnen was hij ouder, hij had dingen meegemaakt die kinderen eigenlijk niet mee hoorden te maken. Al diverse keren had hij gemerkt dat hij zin had om van huis weg te lopen, gewoon die paar spullen die hij bezat in zijn schooltas te stoppen en de wereld in te gaan, weg uit dat donkere huis, maar dat ging nu eenmaal niet. Waar moest hij naartoe? Hij had wat geld gespaard van verjaardagen en Kerstmis en zo, maar dat was echt niet genoeg om ergens te komen, en hij kon bovendien zijn kleine broertje niet achterlaten, wie moest er op hem passen als Tobias dat niet deed? Hij probeerde ergens anders aan te denken, liet het lemmet van zijn mes zachtjes onder de wilgenbast glijden, glimlachte tevreden toen het hem lukte een complete strook af te schillen zonder dat die brak.

Zijn kleine broertje liet op zich wachten. Tobias wierp een blik het bos in, zonder zich er al te druk om te maken. Zijn broertje was een nieuwsgierig jochie, die had vast een leuke paddenstoel of een mierenhoop ontdekt, meer niet.

Misschien moeten we op een van de christelijke meisjes schieten?

Inwendig moest Tobias even lachen. Typisch een klein kind, zo onschuldig, ze wisten van niks en ze zeiden van alles, flapten het er zomaar uit, heel anders dan bij Tobias in de klas of op het schoolplein, waar je moest uitkijken met wat je zei en vond, want als je dat niet deed, lag je eruit. Tobias had het al meermalen meegemaakt. Net als in *Heer der vliegen*. Wie zwakheid toonde was meteen het slachtoffer. Op dit moment was sport erg in, en gelukkig was hij van huis uit atletisch, hij kon hard lopen, ver en hoog springen, en zijn techniek bij het voetballen was redelijk. Het probleem van dit moment was zijn kleding. Een paar van de nieuwe jongens die van de stad hierheen waren verhuisd, hielden er andere gewoonten op na en hadden meer geld. Je moest nu Adidas of Nike, Puma of Reebok hebben, en Tobias kreeg de laatste tijd wat commentaar dat zijn schoenen te krap waren en dat zijn shorts, zijn joggingbroek en de oude T-shirts die hij droeg zowel het verkeerde model als het verkeerde logo hadden. Gelukkig was één ding belangrijker dan al het andere, en dat was of je bij de meisjes in de smaak viel. Als dat het geval was, deden sport of school of wat je favoriete nummers waren, of wat dan ook, er niets toe, en

Tobias Iversen viel bij de meisjes in de smaak. Niet alleen omdat hij leuk was, maar omdat hij gewoon een fijne knul was. Dan gaf het ook niet dat zijn voetbalschoenen maar één streep en versleten noppen hadden.

De christelijke meisjes. Plotseling was het gerucht gegaan dat het grote oude huis helemaal achter aan het Litjønnameer, dat al een poosje leegstond, bewoners had gekregen. En dat ze de zaak hadden opgeknapt, dat het er nu heel anders uitzag, heel verdacht, vond iedereen. Het scheen iets te zijn dat Smiths Vrienden heette, maar vervolgens leek het toch weer niet zo te zijn. Het waren exleden van de geloofsgemeenschap Smiths Vrienden die Smiths Vrienden niet goed genoeg hadden gevonden en daarom hun eigen, hoe zeg je dat, godsdienst waren begonnen, of iets in die geest. Iedereen meende iets te weten, maar in wezen wist niemand precies hoe het zat, behalve dat geen van de kinderen die er woonden naar school ging, en dat het allemaal God en christendom en zo was wat de klok sloeg, maar dat deed er ook eigenlijk niet toe. Tobias vond het allang best, hij had zelfs ontdekt dat hij zodra er commentaar op zijn kleren kwam of er over armoedzaaiers werd gesproken, het gesprek alleen maar op de christelijke meisjes hoefde te brengen, en hopla, al dat merkengedoe was voorbij. Hij had zelfs gelogen dat hij ze een keer na de gymles had gezien, alleen om te zorgen dat die twee nieuwelingen uit de stad hun kop zouden houden, en het had gewerkt. Hij had een verhaaltje bedacht over hun rare kleren en hun bijna lege blikken en beweerd dat ze hem weggejaagd hadden zodra ze hem zagen, stom natuurlijk van die christelijke meisjes, want hij had niets met ze te maken en ook geen mening over ze, maar wat deed je eraan?

Tobias legde het mes neer en keek op zijn horloge. Zijn broertje was nu al vrij lang weg en hij begon zich wat ongerust te maken. Niet dat ze naar huis moesten, ze hoefden zich niet aan speciale tijden te houden, niemand merkte of ze kwamen of gingen. Tobias hoopte voornamelijk dat er iets in de koelkast zat, zodat hij zijn broertje straks zijn avondeten kon voorzetten. Verder had hij geleerd zichzelf te redden: bedden verschonen, de wasmachine aanzetten, de schooltas van zijn broertje inpakken, bijna alles eigenlijk, op het eten na. Hij weigerde zijn eigen geld aan eten uit te geven, dat vond hij onrechtvaardig, maar meestal zat er weinig in de koelkast, een zak soep misschien, of wat brood en een beetje jam. Over het algemeen ging het wel goed.

Hij stak het stokje bij de boomstronk in de grond en stond op. Als ze nog bij het Rundvann op buffels wilden jagen, dan moesten ze snel wezen. Hij wilde zijn broer graag voor negen uur in bed hebben, in ieder geval door de week. Dat was beter voor zijn broertje en beter voor hemzelf, ze deelden een zolderkamer, en hij hechtte aan die paar uur onder de leeslamp die hij voor zichzelf had nadat zijn broertje was ingeslapen.

'Torben?'

Tobias slenterde het bos in, dezelfde richting in als waarin de pijl en zijn broertje verdwenen waren. De wind was iets aangewakkerd en ritselde door de bladeren om hem heen. Hij was niet bang, hij was hier al heel vaak alleen geweest, bij harde wind en slecht weer, hij vond het heerlijk als de natuur als het ware de overhand kreeg en door de dingen om hem heen trilde, maar zijn broertje werd nogal snel bang.

'Torben? Waar ben je?'

Plotseling kreeg hij weer een beetje last van een slecht geweten omdat hij die dingen over de christelijke meisjes had gezegd. Gelogen had, dingen had verzonnen in de jongens-wc's. Hij besloot om op een dag een kleine expeditie te houden, net als de jongens in *Heer der vliegen*, die geen volwassenen om zich heen hadden. Wat te eten inpakken, een zaklantaarn meenemen, naar buiten sluipen en naar het Litjønnameer gaan. Hij kende de weg. Kijken of het klopte wat ze allemaal zeiden over een nieuw huis en hekken en wat daar allemaal was. Spannend en leerzaam, ja, nu wist hij ook weer wat zijn oude leraar Noors had gedaan, die had altijd gezegd dat het spannend en leerzaam was wat ze gingen behandelen en dat ze moesten stilzitten en luisteren, maar dan was het dat niet geweest, het was niet spannend en ook niet zo geweldig leerzaam, want hij herinnerde zich niet wat ze in die lesuren eigenlijk hadden gedaan. En toen dacht hij aan iets wat zijn opa had gezegd toen ze eens een ritje met de oude rode Volvo maakten, *niet iedereen is geschikt om kinderen te hebben, er zijn mensen die geen ouders hadden moeten worden*. Dat was bij hem blijven hangen, misschien gold dat ook voor leraren. Dat ze er niet geschikt voor waren, en dat sommigen daarom zo'n treurig gezicht hadden zodra ze het lokaal binnenkwamen.

Zijn gedachtegang werd onderbroken door geritsel in de struiken voor hem. Vanuit het niets dook plotseling zijn kleine broertje op. Hij trok een raar gezicht en had een grote natte plek voor op zijn broek.

'Torben? Wat is er?'

Zijn broertje keek hem met lege ogen aan.

'Er hangt een engel alleen in het bos.'

'Wat bedoel je?'

'Er hangt een engel alleen in het bos.'

Tobias sloeg zijn armen om zijn broertje heen en voelde dat de kleine jongen trilde. 'Verzin je dat nou, Torben?'

'Nee. Ze hangt daar verderop.'

'Kun je me laten zien waar?'

Zijn broertje keek naar hem op. 'Ze heeft geen vleugels, maar ik weet bijna zeker dat het een engel is.'

'Wijs maar,' zei Tobias ernstig, en hij duwde zijn broertje voor zich uit tussen de sparren door.

13

Mia Krüger zat op haar rots en keek voor het laatst naar de zonsondergang boven Hitra.

17 april. Nog één dag. Morgen zou ze Sigrid terugzien.

Ze was moe. Niet in die zin dat ze slaap nodig had, ze was alles moe. Het leven. De mensheid. Alles wat er was gebeurd. Ze had een soort rust gevonden, totdat Holger haar de foto's in die map had laten zien, maar nadat hij was vertrokken, was het weer over haar gekomen. Dat akelige gevoel.

Het kwaad.

Ze nam een slok uit de fles die ze bij zich had en trok haar muts dieper over haar oren. Het was inmiddels kouder geworden, de lente was toch niet vroeg, maar had iedereen alleen maar wijsgemaakt dat hij op komst was. Mia was blij dat ze die fles had om zich warm te houden. Alleen had ze zich haar laatste dag zo niet voorgesteld. Eigenlijk had ze zich voorgenomen om nog zo veel mogelijk te genieten. De laatste vierentwintig uur van haar leven. Vogels, bomen, het water, het licht. Een dag vrij van haar zelfmedicatie, alleen maar om nog een laatste keer dingen te voelen, zichzelf te voelen. Zo was het niet gegaan. Na Holgers vertrek was haar behoefte om zich te verdoven alleen maar toegenomen. Ze had meer gedronken. Nog meer pillen geslikt. Was wakker geworden zonder te merken dat ze had geslapen. Geslapen zonder te merken dat ze een keer wakker was geweest. Ze had zichzelf beloofd dat ze zich niet al te veel van de inhoud van die map zou aantrekken. Idioot natuurlijk, wanneer was ze er ooit in geslaagd zichzelf waar dan ook tegen te beschermen als het om dergelijke dingen ging? Haar werk. Dit was misschien een klus voor de anderen, maar niet voor Mia Krüger. Ze trok zich haar zaken altijd veel te veel aan. Ze sneden in haar ziel, alsof het haar eigen werkelijkheid was, alsof zijzelf het slachtoffer was. Ontvoerd, verkracht, met ijzeren staven geslagen, met peuken gebrandmerkt, vermoord met een te sterke narcose, pas zes jaar, met een springtouw in een boom opgehangen.

Waarom stond haar naam niet op die schoolboeken?

Terwijl al het andere tot in de puntjes geregeld was?

Verdomme.

Ze had geprobeerd de aanblik van dat kleine meisje in de boom te vergeten, maar ze kon haar niet uit haar hoofd zetten. Het leek allemaal zo gezocht. Zo theatraal. Bijna een spelletje. Een toneelstuk. Een soort boodschap. Een boodschap voor wie? Voor de vinder? Voor de politie? Ze had haar hersens afgepijnigd in een poging zich te herinneren of ze bij zaken betrokken was geweest waarin de naam Rikke voorkwam, maar tevergeefs. Juist hier was Mia altijd zo goed in geweest, maar ze functioneerde als het ware niet meer. Toch was hier iets mee, iets waar ze haar vinger niet helemaal achter kon krijgen en dat ergerde haar. Mia zag de zon in de zee zakken en probeerde zich te concentreren. Een boodschap? Voor de politie? Een oude zaak? Een onopgeloste zaak? In haar carrière kwamen niet veel onopgeloste zaken voor. Gelukkig. Toch waren er een paar randgevallen. Een rijke oude dame was dood aangetroffen in een flat aan de Bogstadveien, maar ze hadden geen bewijzen kunnen vinden dat het om moord ging, ook al was Mia er eigenlijk vrij zeker van geweest dat een van de erfgenamen schuldig was aan de dood van de oude dame. De naam Rikke was haar van die zaak niet bijgebleven. Een aantal jaren geleden hadden ze de politie van Ringerike geholpen bij een verdwijning. Van de afdeling Verloskunde was een baby verdwenen, een Zweed had bekend en zich van het leven beroofd, maar het kindje zelf was nooit gevonden. De zaak was geseponeerd, al had Mia daartegen gepleit. Ook geen Rikke in die zaak, voor zover ze zich herinnerde. Pauline. Zes jaar. Was het geen zes jaar geleden dat die baby was verdwenen? Mia leegde haar fles en liet haar blik op de horizon rusten, terwijl ze zich naar binnen keerde. Naar het verleden. Naar zes jaar geleden. Daar was iets mee. Ze kon het bijna proeven. Maar het kwam niet boven.

Godver.

Mia groef in haar broekzak naar nog meer pillen, maar vond niets. Ze was vergeten ze mee te nemen. Ze lagen allemaal op de tafel in de woonkamer. Alles wat ze nog overhad. Het was genoeg. Klaar voor inname. Ze had eigenlijk tot het ochtendkrieken willen wachten, tot het eerste licht. Beter om bij licht te reizen, had ze gedacht. Als ik bij donker reis, beland ik misschien in het donker, maar op dat moment kon het haar geen moer schelen. Het enige wat ze hoefde te doen was wachten tot na middernacht. Tot 17 in 18 april was overgegaan.

Kom, Mia, kom.

Zo had ze zich het einde niet voorgesteld. Ze stond op en smeet de lege fles boos in zee. Kreeg daar spijt van, vervuilen was fout, dat was haar van kinds af aan bijgebracht. Hun mooie tuin. Mama en papa. Oma. Ze had beter flessenpost kunnen versturen. In haar laatste uren op aarde iets moois kunnen doen. Iemand in nood helpen. Een zaak oplossen. Ze wilde weer naar het huisje lopen, maar kreeg haar benen niet op gang. Met haar armen stevig om zich heen bleef ze beneden op de rots staan, koud.

Rikke JW. Rikke JW. Rikke JW. Rikke JW. Pauline. Nee, niet Pauline. Rikke. R ikke.

Verdomd nog aan toe.

Plotseling ontwaakte Mia. Haar hoofd, haar benen, haar armen, haar bloed, haar adem, haar zintuigen.

Rikke JW.

Natuurlijk. Natuurlijk. Natuurlijk. Godallemachtig, waarom was dat niet eerder tot haar doorgedrongen? Het was toch zo klaar als een klontje. Zonneklaar. Mia rende naar het huisje, struikelde in het donker maar kwam weer op de been, holde de woonkamer in zonder de deur achter zich dicht te trekken. Rende naar de keuken. Ging op haar knieën voor het kastje onder de spoelbak liggen en begon in de afvalemmer te graaien. Daar had ze hem in gegooid, toch? De telefoon die hij voor haar had achtergelaten.

Voor het geval je van gedachten verandert.

Ze vond het mobieltje tussen het afval en zocht naar het briefje dat erbij had gezeten. Een geel post-it-briefje met de pincode en Holgers nummer. Ze liep naar de woonkamer, kon niet meer wachten, zette de telefoon aan. Toetste met trillende vingers de code in op het minitoetsenbord. Natuurlijk. Natuurlijk. Niet zo vreemd dat er iets niet klopte. Alles moest toch kloppen? En alles klopte. Rikke JW. Natuurlijk. Wat was ze stom geweest.

Mia belde Holgers nummer en wachtte ongeduldig tot hij opnam. De telefoon ging op voicemail over, maar ze belde het nummer nog eens. En nog eens. En nog eens, tot ze ten slotte Holgers vermoeide stem hoorde.

'Mia,' kreunde Holger.

'Ik snap het,' hijgde Mia vol vuur.

'Wat snap je? Hoe laat is het?'

'Dat doet er toch verdomme niet toe, ik snap het.'

'Wat snap je?'

'Rikke JW.'

'Serieus? Hoe interpreteer je het dan?'

'Ik denk dat JW voor Joachim Wicklund staat. Die Zweed uit de Hønefoss-zaak van een paar jaar geleden. Herinner je je hem?'

'Natuurlijk,' mompelde Munch.

'En Rikke,' vervolgde Mia, 'is denk ik sms-taal voor "var ikke" – was niet – *Was niet Joachim Wicklund*. Het is dezelfde persoon, Holger. Als in die zaak in Hønefoss.'

Munch was een hele tijd stil. Mia kon zijn hersens bijna horen kraken. Natuurlijk was het bijna te dol om los te lopen, maar toch. Het moest gewoon zo zijn.

'Denk je ook niet?' zei Mia.

'Dat klinkt compleet gestoord,' zei Munch ten slotte. 'Maar het ergste is dat ik denk dat je wel eens gelijk kunt hebben. Kom je hiernaartoe?'

'Ja,' antwoordde Mia. 'Maar alleen voor deze zaak. Daarna ben ik er klaar mee. Ik heb andere dingen te doen.'

'Helemaal duidelijk. Dat maak je zelf uit,' zei Munch.

'Zitten we weer aan de Mariboesgate?'

'Ja.'

'Ik neem morgen het vliegtuig.'

‘Mooi. Dan zien we elkaar morgen.’
‘Inderdaad.’
‘Rij voorzichtig, ja?’
‘Ik ben altijd voorzichtig, Holger.’
‘Je bent nooit voorzichtig, Mia.’
‘Fuck you, Holger.’
‘Ik vind jou ook lief, Mia. Goed dat je terugkomt. Tot morgen.’
Mia hing op en bleef even staan met een aarzelend glimlachje om haar mond. Ze liep rustig naar de woonkamer en keek naar alle pillen die ze op de tafel had gelegd.
Kom, Mia, kom.
In gedachten verontschuldigde ze zich tegenover haar tweelingzus. Sigrid zou nog even moeten wachten. Mia Krüger had eerst iets te doen.

2

14

Lichtelijk onrustig stond Gabriel Mørk op het trottoir van de Mariboesgate te wachten tot hij afgehaald zou worden. Hij had gedacht dat het hoofdbureau van politie in Grønland was, dat hij zich daar moest melden, maar dat was dus niet zo. Hij had een kort bericht gekregen. *Kom naar de Mariboesgate. We halen je om 11 u. op.* Geen afzender. Niets. Eigenlijk wel merkwaardig. De laatste week was überhaupt nogal merkwaardig geweest, wel grappig, in zekere zin, maar de draagwijdte van datgene waar hij ja op had gezegd ontging Gabriel Mørk toch nog een beetje.

Een baantje. Dat had hij nog niet eerder gehad. Rekening houden met een chef. Met een team. Dat soort dingen. De realiteit. 's Morgens opstaan. Een onderdeel vormen van de maatschappij. Hij was vierentwintig en dit was niet helemaal zijn ding.

Gabriel was graag 's nachts op. Wanneer de rest van de wereld sliep. Dan kon je beter nadenken. Met buiten het nachtelijk donker en op zijn kamer alleen het licht van zijn scherm. Nou ja, kamer. Gabriel gaf niet graag toe dat hij nog steeds thuis woonde. Hij had weliswaar een eigen ingang en een eigen badkamer, maar zijn moeder woonde in hetzelfde huis. Bepaald geen feest en zeker niet iets waar hij die zeldzame keren dat hij nieuwe mensen leerde kennen – of oude bekenden van school ontmoette – mee te koop liep. Niets aan te doen. Hij kende diverse hackers die ook nog thuis woonden. Maar toch.

Nu zou het anders worden. Abrupt. Het ging iets te snel. Of had hij hier juist zijn hele leven op gewacht? Hij had haar pas zeven maanden geleden op internet leren kennen, en nu was ze al zwanger. Nu gingen ze samenwonen in hun eigen flatje en hier stond hij dan, op straat, met een baantje bij de politie. Gabriel had zichzelf nooit bijzonder geslaagd gevonden, behalve dan op het gebied van computers, daarin waren niet veel mensen beter dan hij, maar in het leven en zo. Op school was hij nogal een eenling geweest. Verlegen geworden als de meisjes bij hem kwamen om hem ergens voor uit te nodigen. Na het eindexamen was hij thuisgebleven, terwijl de rest van de klas zich laveloos had gezopen bij het Tryvannmeer. In het najaar had hij zich voor een of andere informaticaopleiding aangemeld, maar de colleges had hij nooit bezocht. Wat had hij daar te zoeken? Hij wist toch alles al.

Enigszins zenuwachtig keek hij om zich heen, maar het zag er nog steeds niet naar uit dat iemand hem kwam halen. Misschien was het al met al toch maar flauwekul? Een baantje bij de politie? Aanvankelijk had hij gedacht dat een van zijn cybervrienden de draak met hem stak. Hij kende er een paar die zulke dingen vreselijk geestig vonden. Fucken met andermans leven. Medische dossiers hacken. Advocatenkantoren hacken. Willekeurige mensen een bericht sturen dat ze zwanger waren. Vaderschapskwesties faken. Zo veel mogelijk ophef veroorzaken. Zo'n type hacker was Gabriel Mørk niet, maar hij kende dus diverse figuren die dat wel waren. Het was mogelijk dat iemand hem voor de gek hield, maar hij dacht van niet. De kerel die hem had gebeld had heel geloofwaardig geklonken. Ze hadden zijn naam van het GCHQ in Engeland. De MI-6. De inlichtingendienst. Gabriel had zich net als diverse anderen die hij kende op de opgaaf gestort die vorig najaar op internet had gestaan. *Canyoucrackit?* Voor gewone stervelingen een ogenschijnlijk niet te kraken code. Honderdzestig paren die uit een getal en een letter bestonden en een klok die naar nul aftelde om de spanning te vergroten. Hij had de oplossing niet als eerste gevonden, maar het had niet veel gescheeld. De eerste was een Rus geweest, een *blackhacker* die de code maar een paar uur nadat die op internet was gezet, had gekraakt. Gabriel wist dat die Rus niet de sleutel tot de code zelf had gevonden, maar gewoon via een achterdeurtje de website canyoucrackit.co.uk was binnengedrongen en het html-adres had gevonden dat de *oplossing* voorstelde, best wel gaaf, maar in wezen geen uitdaging.

Gabriel had meteen gezien dat het om een machinale code ging, X86, en dat die het RC4-algoritme uitvoerde. Het was geen fluitje van een cent geweest, de makers van de code hadden er natuurlijk een aantal struikelblokken in gestopt. Zo hadden ze bijvoorbeeld een blok gegevens in de png-file verstopt, in het beeld van de code zelf dus, het hielp niet om alleen maar de getallen te decoderen. Hoe dan ook, hij had wat netwerken gebruikt. Een amusante uitdaging. De oplossing van de code was minder leuk geweest, maar toch. Het bleek te gaan om een pr-stunt van het GCHQ, een onderdeel van de Britse inlichtingendienst, een test, een sollicitatie. *Als je deze code kunt kraken ben je goed genoeg om voor ons te werken.*

Hij had zijn naam ingevoerd en verteld hoe hij tot de oplossing was gekomen, gewoon voor de lol. Hij had een vriendelijk antwoord teruggekregen dat zijn oplossing inderdaad de juiste was, maar dat helaas alleen Britse staatsburgers naar zo'n baan konden solliciteren.

Gabriel had er verder niet meer over nagedacht. Totdat vorige week vrijdag dat telefoontje was gekomen. Nu was het donderdag, en daar stond hij al, met zijn laptop onder zijn arm, om een onbekende te ontmoeten, om iets onbekends te doen. Om bij de politie te werken.

'Gabriel Mørk?'

Gabriel schrok op en draaide zich abrupt om.

'Ja?'

'Hallo, ik ben Kim.'

De man die zijn naam had genoemd, stak zijn hand uit. Gabriel had er geen idee van waar hij vandaan was gekomen, hij zag er doodgewoon uit, misschien was dat wel de reden. Ergens had hij zwaailichten en sirenes verwacht, of een uniform, in ieder geval een zekere barsheid of iets in die richting, maar de man die nu voor hem stond kon iedereen zijn. Hij was bijna onzichtbaar. Een gewone broek, gewone schoenen, een gewone trui, in kleuren die zich in niets van die in de menigte onderscheidden, en ineens drong het tot Gabriel door dat dat ongetwijfeld ook de bedoeling was. Politie in burger. Die had geleerd om onzichtbaar te zijn, om niet op te vallen, om plotseling vanuit het niets op te duiken.

'Loop maar mee, we gaan hierheen,' zei de man die Kim heette, en hij ging Gabriel voor, de straat over naar een gele huurkazerne.

Bij de voordeur haalde de politieman een pasje langs een lezer en toetste een code in. De deur zwaaide open. Gabriel volgde de man naar de lift, dezelfde procedure hier, je had ook een pasje nodig om met de lift te kunnen. Gabriel bleef even stiekem naar de man staan kijken, terwijl die in de lift de code intoetste. Hij wist niet precies wat hij moest zeggen, niet eens of hij iets moest zeggen. Hij was nog nooit op een politiebureau geweest. Had ook nooit in een lift met een code gezeten. De politieman die Kim heette, zag er doodkalm uit, alsof hij dit elke dag deed. Onbekende nieuwe collega's van de straat plukken. Codes intoetsen in liften. Ze waren even lang, maar de politieman was zwaarder gebouwd, bij al zijn onzichtbaarheid zag hij er vrij goed getraind uit. Hij had kort, donker haar en een stoppelbaard. Gabriel kon niet zien of dat opzet was, of dat hij gewoon niet aan scheren toe was gekomen. Hij durfde niet te staren, maar zag vanuit zijn ooghoeken dat de politieman een lichte geeuw onderdrukte, dus het zou het laatste wel zijn. Lange dagen. Lastige zaken misschien.

De lift stopte op de vierde etage en de politieman stapte als eerste uit. Gabriel volgde hem een lange gang door naar een volgende deur met een gecodeerd kaartslot. Nergens was een bordje te zien. Noch met POLITIE, noch met een andere aanduiding erop. Totale anonimiteit. De man opende een laatste deur en toen waren ze er. De kantoorruimte was niet erg groot, maar wel open en licht. Wat bureaus in een kantoortuin, hier en daar afgesloten hokjes, de meeste met glazen wanden, sommige met de gordijnen dicht. Niemand besteedde veel aandacht aan de twee personen die binnenkwamen, de mensen waren met hun eigen zaakjes bezig.

Gabriel liep achter de politieman aan naar een kantoortje, zo een met een glazen wand. Hij zou in de etalage zitten, maar in elk geval wel op zichzelf.

'Dit is voor jou,' zei Kim, en hij liet Gabriel het kamertje binnen.

Het was sober ingericht. Een bureau, een lamp, een stoel. Alles zag er gloednieuw uit.

'Je had een lijst opgestuurd met benodigde apparatuur?'

Gabriel knikte.

'En daar stonden een bureau en een lamp van IKEA op?'

Voor het eerst gaf politieman Kim van een soort gevoelens blijk. Hij knipoogde even en sloeg Gabriel op zijn schouders.

'Eh, nee, het was toch wel iets meer,' zei Gabriel.

'Grapje! De jongens van techniek zijn onderweg, ze krijgen je in de loop van de dag wel geïnstalleerd. Ik zou je eigenlijk moeten rondleiden en je aan iedereen moeten voorstellen, maar we hebben over vijf minuten een briefing, dus dat halen we niet. Rook je?'

'Of ik rook?'

'Ja, je weet wel? Sigaretten?'

'Eh, nee.'

'Goed zo. Er zijn hier niet zoveel regels, maar er is één heel belangrijke bij. Wanneer Holger Munch op het rookbalkon staat, dan staat hij daar. Dan denkt Holger Munch na. Dan wenst Holger Munch niet gestoord te worden, oké?'

De politieman trok Gabriel het kantoortje uit en wees langs de wand. Daarbuiten zag Gabriel een man staan, waarschijnlijk Holger Munch, de chef. Degene die had gebeld en hem na tien minuten op zo'n ongedwongen manier een baantje had aangeboden. Bij de politie. De chef wil niet gestoord worden bij het roken, prima. Gabriel was überhaupt niet van plan om wie dan ook te storen of wat dan ook te doen, behalve datgene wat hem werd opgedragen. Plotseling viel zijn blik op het meisje dat bij Holger Munch op het balkon stond.

'O, shit,' liet hij zich ontvallen.

Hij dacht eigenlijk dat hij het alleen maar had gedacht, maar Kim draaide zich met een ruk om.

'Wat?'

'Is dat Mia Krüger?'

'Ken je haar?'

'Wat? Nee, niet persoonlijk, maar ik heb wel, ja, van haar gehoord.'

'Wie niet?' zei Kim met een lachje. 'Mia weet van wanten, geen twijfel aan. Ze is een klasse apart.'

'Klopt het dat ze nooit iets anders dan zwart en wit draagt?'

Gabriel had de vraag gesteld zonder erbij na te denken, zijn nieuwsgierigheid had de overhand gekregen, maar hij had er meteen spijt van. Amateuristisch. Hij was vergeten dat hij nu een baantje had. Kim zou nu wel denken dat hij een fan was, of zoiets, wat in zekere zin ook klopte, maar zo wilde Gabriel Mørk de eerste dag op zijn werk niet bij een collega overkomen.

Kim bestudeerde hem even voordat hij antwoord gaf.

'Tja, ik kan me niet herinneren dat ik haar ooit iets anders heb zien dragen, hoezo?'

Gabriel kleurde enigszins en keek even naar de grond.

'Eh, nee, alleen maar iets wat ik op internet heb gelezen.'

'Je moet niet alles geloven wat je leest,' glimlachte Kim, en hij haalde een envelop uit de zak van zijn jasje. 'Hier is je kaart. De code is je geboortedag, de briefing room is helemaal achter in de gang. We beginnen over een minuut of vijf à tien, wees punctueel.'

Kim knipoogde, sloeg Gabriel nog eens op zijn schouder en liet hem alleen in het kantoortje achter.

Gabriel wist niet precies wat hij moest doen. Blijven staan of gaan zitten, of misschien gewoon hard hollend naar huis gaan en de hele kwestie vergeten. Een ander baantje zoeken, een andere bezigheid. Hij voelde zich als een vis op het droge. En hoe deed je dat, punctueel zijn over een minuut of vijf à tien?

Hij maakte de envelop open en zag tot zijn verrassing een foto van zichzelf op de kaart.

GABRIEL MØRK

AFDELING MOORDZAKEN.

Plotseling ervoer hij een gevoel van trots. Geheime deuren. Geheime codes. Speciale eenheden. En hij was een insider? En had Mia Krüger in hoogsteigen persoon niet buiten op het balkon gestaan? Hij besloot over een paar minuten naar de briefing room te gaan. Het was vast beter om te vroeg te komen dan precies op tijd, wat dat hier op deze geheimzinnige plek ook mocht inhouden.

15

Varkensboer Tom Lauritz Larsen uit Tangen had in eerste instantie negatief tegenover internet gestaan. Maar toen zijn jeugdige vervanger Jonas in de aanbouw was getrokken, had hij geëist dat de zestigjarige boer internet nam, want zo niet, dan weigerde hij op de boerderij te werken. Tom Lauritz Larsen was natuurlijk geïrriteerd geraakt, hij was over het algemeen geïrriteerd, want er viel eigenlijk weinig te lachen en nu had hij ook nog die longaandoening opgelopen. Zich ziek melden? Wat was dat verdorie voor flauwekul? Niemand in zijn familie had zich toch zeker ooit ziek gemeld, wat dacht die idioot van een dokter wel? Dacht hij dat Larsen zijn eigen boerderij niet kon runnen? Drie generaties varkensboeren in Tangen, en geen van hen had ooit in de ziektewet gelopen en een uitkering van de staat opgestreken, dat zou wat moois wezen! Maar toen had hij die flauwtes gekregen, zomaar ineens. Telkens weer en op verschillende plaatsen. De laatste keer was hij flauwgevallen in de varkensstal, terwijl de deur openstond. Toen hij bijkwam stonden zijn buren om hem heen, in het dorp liepen de varkens los. Larsen had zich zo geschaamd dat hij de dag daarop de raad van de dokter had opgevolgd. Voor onderzoek naar het ziekenhuis van Hamar was gegaan. Zich ziek had gemeld. En via de landelijke arbeidsbemiddeling een vervanger had gekregen.

De negentienjarige vervanger was een fantastische werker. Hij had de jongen meteen al gemogen. Niet zo'n mooi-weer-boer die niet van aanpakken wist, nee, deze jongen had het in zich. Maar hij had dus wel een punt gemaakt van internet, waar Larsen niets in zag. Toch had hij het laten aanleggen, vanwege die jongen van negentien in de aanbouw. Er speelde iets met een vrouw in het westen des lands, dure telefoonrekeningen incluis, en praten op internet was gratis en je kon elkaar zelfs zien, en wie weet ook de duvel en zijn ouwe moer. Hoe dan ook, Telenor had iemand uit Hamar gestuurd en nu kon je in het boerderijtje sinds een paar maanden op internet.

Larsen schonk zichzelf nog een kop ochtendkoffie in en ging naar de website van de Boerenbond. Daar stond een uiterst interessant artikel op, hij had er gisteravond al even naar gekeken, maar wilde het nog een keer lezen. In het artikel werd een statistiek besproken die door de Noorse vereniging van varkensfokkers was gepubliceerd. Sinds 2007 had maar liefst een op de vier varkensboeren in Hedmark zijn werkzaamheid gestaakt, het loonde domweg niet meer. Degenen die nog over waren hielden gemiddeld 53,2 zeugen, terwijl dat er het jaar daarvoor nog 51,1 waren geweest. Je hoefde geen genie te zijn om te snappen wat er gaande was. De grotere werden groter en de kleintjes verdwenen.

Larsen ging nog een kop koffie halen, maar bleef met zijn kop in zijn hand voor het keukenraam staan. Ineens kwam Jonas de stal uit rennen alsof de duvel hem op de hielen zat. Wat had die knul? Larsen liep naar de deur en was net op het trapje gestapt toen de jongeman hem bereikte, helemaal bezweet, met een wit gezicht en een panische blik, alsof hij een spook had gezien.

'Wat is er in vredesnaam?' vroeg Larsen.

'E-e-r i-i-s... Krist-i-kristi...'

Het lukte de jongen niet om te zeggen wat hij bedoelde. Hij wees en zwaaide als een bezetene met zijn armen. Trok Tom mee het erf over, op zijn pantoffels, zijn koffiekop nog in zijn hand. Liet hem pas los toen ze in de stal stonden, bij een van de hokken. Wat varkensboer Tom Lauritz Larsen toen te zien kreeg was dermate extreem dat hij de mensen nog maanden later niet kon uitleggen wat hij had gezien. Hij liet zijn koffiekop vallen en merkte niet eens dat de brandend hete koffie over zijn dijbeen liep.

Op de vloer van het hok lag een van zijn zeugen, Kristine. Dood. Niet de hele zeug. Alleen het lijf lag er nog. Iemand had haar kop afgezaagd. Met een elektrische zaag. De nek finaal doorgezaagd. Het varken had geen kop meer. Er was alleen nog een lijf.

'Bel de districtspolitie,' bracht Larsen uit, en dat was het laatste wat hij zich herinnerde voordat hij weer flauwviel.

Ditmaal niet vanwege zijn longen.

16

Sarah Kiese zat zich in de wachtkamer van het advocatenkantoor in Tøyen enorm te ergeren. Ze had de advocaat duidelijk laten weten dat ze absoluut niets met de erfenis van haar man te maken wilde hebben. Om wat voor erfenis ging het trouwens helemaal? Een stel kinderen bij andere vrouwen? Een stel brieven van incassobureaus die eisten dat ze betaalde, die haar spullen wilden komen weghalen? Sarah Kiese was bepaald niet volmaakt, maar vergeleken met haar pas overleden echtgenoot was ze voorbeeldig. Ze had een grote stommiteit begaan door een kind van die idioot te krijgen. Destijds had ze zich daarvoor geschaamd, en dat deed ze nog steeds. Ze had niet alleen een kind met hem gekregen, ze was ook bij hem gebleven, zelfs met hem getrouwd, god nog aan toe, hoe stupide kon je zijn? Hij had zich aan haar opgedrongen, ze wist nog hoe ze hem voor het eerst had gezien in die kroeg in Grønland, ze had hem niet eens aardig gevonden, maar ze was zwak geweest. Hij had bier en andere drankjes voor haar betaald, verdomme nog aan toe, wat was ze dom geweest, maar goed. Nu was het achter de rug. En van haar dochter zou ze altijd houden, zij had niets met die idioot te maken. Wanneer was hij eigenlijk ooit thuis geweest? Als hij geld van haar wilde? Iets wilde lenen voor een of andere onderneming? Hij moest een handwerksman voorstellen, maar was hij ergens in dienst? Of had hij een eigen onderneming? Nee, niks daarvan, nooit plannen, en ambitie al evenmin, hij nam alleen hier en daar wat kleine klusjes aan om tussen de bedrijven door een paar kronen te verdienen. En als hij thuiskwam rook hij altijd naar een ander. De lucht van andere vrouwen, zonder dat hij zelfs maar had gedoucht, onder haar schone, pasgewassen dekbedovertrekken. Alleen al als ze eraan dacht werd Sarah misselijk, maar nu was het gelukkig voorbij. Hij was van de tiende etage van een van die nieuwbouwflats bij de Opera gevallen. Had waarschijnlijk weer zo'n rotklus aangenomen, ongetwijfeld zwart, zoals gebruikelijk, van dat onbeveiligde avondwerk. Sarah werd er een beetje blij van als ze eraan dacht hoe erg het moest zijn om van een flat in aanbouw tien verdiepingen naar beneden te vallen, ze had gegniffeld van leedvermaak toen ze het nieuws kreeg. Een vrije val van dertig meter, de dood tegemoet, fantastisch, hij had vast wel genoeg tijd gehad om compleet in paniek te raken. Hoelang kon die val hebben geduurd? Een paar seconden? Geweldig.

Geërgerd keek ze naar de klok in de wachtkamer en toen naar de deur van de advocaat. Nee, nee, nee, had ze aan de telefoon gezegd, ik wil niets met die idioot te maken hebben, maar die engerd van een advocaat had voet bij stuk gehouden. Ellendige schurken, de hele troep. Ze wilde nooit meer een man, of het moest de kroonprins zijn, of ja, nee, dat maakte geen verschil. Voor haar geen man meer. Alleen nog zijzelf en haar dochter in het nieuwe appartementje aan de Carl Berners Plass. Helemaal perfect. Alleen haar eigen lucht onder het dekbed, niet vijftig andere goedkope parfums, vermengd met slechte adem, waarom had ze er eigenlijk mee ingestemd om hierheen te komen? Ze had toch nee gezegd? Had ze dat juist niet geoefend in die cursus die ze via de sociale dienst aangeboden had gekregen, nee zeggen, nee zeggen, trek een cirkel om jezelf heen, je bent je eigen beste vriend, je hebt niemand anders nodig. Nee, nee, nee, nee.

'Sarah? Hallo? Bedankt dat je gekomen bent.'

De engerd van een advocaat met het over zijn schedel gekamde haar stak zijn hoofd om de deur en wenkte haar zijn kantoor binnen. Hij deed haar aan een muisje denken. Bijziende oogjes en afhangende schouders. Nee, geen muis, een rat. Een akelige, kleine, laffe rioolrat.

'Ik heb nee gezegd,' zei Sarah.

'Dat weet ik,' glimlachte de rioolrat. 'Maar ik vind het heel fijn dat u toch de moeite hebt genomen. Het blijkt namelijk...' Hij schraapte even zijn keel. 'Dat ik iets over het hoofd had gezien, ja, toen de erfenis verdeeld zou worden, een klein detail maar, uiteraard mijn fout.'

'Nog meer incassobrieven? Nog meer dagvaardingen?'

'Hèhè, nee, heh,' kuchte de rioolrat, en hij plaatste zijn vingers tegen elkaar. 'Het gaat hierom.' Hij trok een la open en legde een USB-stick voor haar neer.

'Wat is dat?'

'Voor jou,' zei de rioolrat. 'Hij heeft die al een poosje geleden aan mij gegeven, gevraagd of ik hem aan jou wilde geven.'

'Waarom heeft hij dat zelf niet gedaan?'

De rioolrat glimlachte flauwtjes tegen haar.

'Misschien omdat hij een heet strijkijzer in zijn gezicht kreeg toen hij zich voor het laatst bij je in de flat vertoonde?'

Inwendig moest Sarah even glimlachen. Hij had zich toegang tot de flat verschaft. Haar overrompeld. Plotseling in de woonkamer gestaan. Had geprobeerd haar vast te pakken, min of meer lief te doen, zoals altijd als hij haar ergens voor nodig had. Het strijkijzer had zijn stomverbaasde gezicht met grote kracht geraakt. Hij had het niet aan zien komen en was finaal tegen de grond gegaan. Daarna had ze nooit meer iets gezien of gehoord van die idioot.

'Ik had je dit al lang geleden moeten geven, maar het is druk geweest,' zei de rat bijna verontschuldigend.

'Je bedoelt dat hij beloofd heeft ervoor te betalen, maar dat je nooit geld hebt gezien?' zei Sarah.

De advocaat glimlachte tegen haar. 'Dan zijn we nu hoe dan ook klaar.'

Sarah pakte de USB-stick, stopte hem in haar handtas en liep naar de deur. De rat kwam half overeind uit zijn stoffige stoel en kuchte even.

'Ja, ja. En gaat het verder goed met je, Sarah? Alles in orde met jou en...?'

'Fuck off,' zei Sarah Kiese, en ze liep het kantoor uit zonder de deur achter zich dicht te doen.

Op de terugweg naar haar nieuwe woningcorporatieflat aan de Carl Berner overwoog ze een paar keer om de stick gewoon weg te gooien. In een prullenbak te smijten, dan was ze klaar met hem, maar ze deed het niet. Om een of andere reden. Niet uit nieuwsgierigheid, het kon Sarah geen ene mallemoer schelen wat erop stond, maar misschien omdat ze zo fatsoenlijk was. Al was het dan een rat, het bleef een advocaat. Al was hij een idioot geweest, hij had een laatste wens gehad. Een USB-stick aan Sarah geven, en aan Sarah alleen.

Ze deed de voordeur open en zette haar computer aan. Ze kon de kwestie net zo goed meteen afhandelen. De zwarte laptop kwam langzaam tot leven. Ze stak de USB-stick erin en kopieerde de inhoud naar haar bureaublad. Er stond maar één file op, die Sarah.mov heette. Een filmpje. Verdomme. Dus ze was gedwongen om nog een keer naar die lelijke tronie te kijken? Zelfs vanuit het graf viel hij haar nog lastig? Ze dubbelklikte op het bestand om het filmpje te starten.

Hij had zichzelf gefilmd. Met een kleine camera, misschien met zijn telefoon, daar was ze niet helemaal zeker van. Zijn lelijke gezicht recht voor de lens, maar met een uitdrukking erop die ze nooit eerder had gezien. Hij leek doodsbang.

'Sarah, ik heb weinig tijd, maar dit moet gewoon, ik moet dit tegen iemand zeggen, want ik heb er geen goed gevoel over.'

Hij nam de omgeving even op.

'Ik kreeg een baantje aangeboden, en nu heb ik dit gebouwd. Ik ben helemaal in...'

Er volgden wat geluiden, gekraak, alsof hij de microfoon van zijn mobiel afdekte, een poosje hoorde ze niet goed wat hij zei. Haar ex-man bleef met trillende handen zijn omgeving filmen, en ondertussen praatte hij, voor het merendeel met geruis. Hij had iets gebouwd, wat dan?

'... en ik ben bang dat, ja, wat heb ik eigenlijk gebouwd? Kijk hier eens. Ik zit diep onder de grond. Ik dacht dat dit misschien een schuilkelder was, maar dat is het niet, kijk, hier zit een luikje...'

Zijn stem ging weer verloren in gekraak, terwijl hij doorging met filmen. Een soort schuilkelder onder de grond.

'... en nee, ik heb er geen goed gevoel over, hier is dus iets raars aan de gang, iets wat... Kijk dit bijvoorbeeld eens. Kijk hier. Hier kun je dingen op en neer hijsen. Als met een soort ouderwetse etenslift, of...'

Haar ex-man schrok plotseling behoorlijk en keek om zich heen. De hele sessie deed haar denken aan een film die ze een paar jaar geleden had gezien, *The Blair Witch Project*, over een stel jongeren die door het bos renden en zichzelf filmden, terwijl ze een doodsbenauwd gezicht trokken.

'... ik weet geen flikker, maar ik voel dat me iets gaat overkomen. Dat gevoel heb ik gewoon. Heb je enig idee hoe diep in de rimboe ik zit? Kun je opschrijven wat ik zeg, Sarah? Waar ik ben en hoe ik aan dit klusje kom en, ja, zodat je naar de politie kunt als er iets met me gebeurt. Ik heb dit klusje van iemand die...'

Weer gekraak. Sarah verstond geen barst van wat haar overleden ex zei, ze zag alleen zijn bange ogen en zijn trillende mond die in het wilde weg kletste. Dat duurde een minuut. Toen was het filmpje afgelopen.

Voor wie heb je gedokt om die opdracht te krijgen? dacht ze. *Of heeft er een ander voor gedokt? Ik heb anders nooit geld gezien. Jou helpen, ja best, hoor.*

Het filmpje was heel onprettig geweest om naar te kijken, maar ze voelde zich niet in staat om iets te ondernemen. Hoe wist ze dat het geen flauwekul was, een of andere idiote grap. Ze had het al heel lang geleden opgegeven ook maar enig vertrouwen te hebben in wat die idioot deed.

Sarah wiste het filmpje van haar computer, trok de USB-stick eruit, smeet hem in de afvalemmer, liep de gang in en gooide de afvalzak in de vuilnisschacht. Zo. Het huis was weer schoon. Van haar alleen. Geen spoor van hem.

Zo meteen kwam haar dochter uit school. Het leven was heerlijk. In dit appartement maakte zij de dienst uit. Ze ging het balkon op om een sigaret op te steken. Legde haar benen op het tafeltje, glimlachte, sloot haar ogen en genoot van het glimpje lentezon dat eindelijk tevoorschijn was gekomen.

Haar leven. Van niemand anders. Eindelijk.

17

Gabriel Mørk wilde net op weg gaan naar wat de briefing room heette, toen er op de deur werd geklopt.

'Ja?' zei Gabriel.

'Hallo, Gabriel.'

Holger Munch kwam de kamer in en trok de deur achter zich dicht. Gabriel knikte gedag en schudde de grote, warme knuist.

'Eh, ja,' zei Holger, en hij krabde even aan zijn hoofd. 'Je hebt hier nog niet staan wat je nodig hebt, hè?'

'Nee,' zei Gabriel. 'Maar hij... eh...'

'Kim?'

'Ja, Kim, die zei dat de apparatuur onderweg was.'

'Mooi zo, mooi zo,' zei Holger Munch, terwijl hij in zijn baard krabde. 'We hadden eerst een andere knul voor dit baantje, maar die is voor de verleiding bezweken. Jammer, maar zo is het leven.'

Gabriel vroeg zich af of hij moest informeren voor welke verleiding zijn voorganger bezweken was, maar hij zag ervan af. Dat kwam door de manier waarop Munch keek. Hij had dezelfde blik ook bij die ander gezien, Kim. Sombere, ernstige blikken, hun gedachten elders.

'Sorry dat je langs deze onorthodoxe weg bent aangenomen, doorgaans heb ik een gesprek met iedereen die ik aanstel, maar daar was deze keer helaas geen tijd voor.'

'Geeft niet,' antwoordde Gabriel.

'Je was van hogerhand aanbevolen,' zei Munch, en hij gaf Gabriel een schouderklopje. 'Nogmaals, sorry voor al de stress, het is een beetje, ja, ik weet het niet, heb je een brief van Kim gekregen?'

Gabriel schudde van nee.

'Oké, van lieverlee wijden we je wel in de gang van zaken hier in. Heb je vandaag de kranten gelezen?'

'Op het net,' zei Gabriel.

'Nog speciale nieuwsitems die je vandaag zijn opgevallen?'

'Die twee meisjes naar wie iedereen heeft gezocht?'

Munch knikte. 'Mia en ik zullen iedereen straks volledig op de hoogte brengen, maar dan weet je nu vast waar het over gaat. Je hebt nooit eerder bij de politie gewerkt?'

Gabriel schudde zijn hoofd.

'Niet te lang bij stilstaan. Ik heb je uitgekozen om datgene wat je kunt,' vervolgde Munch. 'Zoals gezegd, als we tijd hadden gehad, hadden we je op cursus gedaan, de verkorte versie van de politieacademie, maar dat gaat niet lukken, dus je moet het maar zo'n beetje nemen zoals het komt, en als er iets is, vraag je het gewoon aan mij, akkoord?'

'Prima,' zei Gabriel.

'Goed,' prevelde Munch, die weer ergens anders was met zijn gedachten. 'Wat dacht je trouwens?'

'Waarvan?' zei Gabriel.

'Toen je vandaag het nieuws las?' vervolgde Munch.

'O ja,' zei Gabriel, en hij werd een beetje rood, had het gevoel dat hij had moeten snappen waar zijn nieuwe chef naar had gevraagd. 'Ik neem aan dat ik zo'n beetje hetzelfde dacht als ieder ander. Ik was nogal geschokt. Ik had de zaak van die twee verdwenen meisjes namelijk gevolgd. Ik had gehoopt dat ze levend en wel teruggevonden zouden worden.'

Gabriel dacht aan de krantenkoppen.

Pauline en Johanne vermoord aangetroffen...

Als poppen in de bomen...

Gezinnen in diepe rouw...

Witte Citroën gezien...

Wie herkent deze kleren...

'Was dat wat je bedoelde?'

'Wat?' Munch was weer even elders geweest.

'Moet ik nog meer zeggen?'

'Nee, het is prima zo,' antwoordde Munch. Hij legde zijn hand op Gabriels schouder en liep naar de deur. 'Of toch, zeg nog maar iets meer.'

Munch beduidde Gabriel dat hij moest gaan zitten en bleef zelf tegen de glazen wand bij de deur geleund staan.

'Tja, ik weet het niet precies,' zei Gabriel. 'Toen ik vanmorgen wakker werd, was ik een, tja, gewone vent, ik wist niet dat dit een zaak was waar ik, nou ja, aan zou werken.'

De woorden bezorgden hem een rare smaak in zijn mond. Werken. Aan een zaak. Een moordzaak. De kranten stonden bol van de items erover. De televisiezenders ook, iedereen had het over de vondst van de twee meisjes die een paar weken vermist waren geweest en door zo'n beetje iedereen in Noorwegen die kon kruipen of lopen, waren gezocht. Bij de politie beschikten ze duidelijk over meer informatie dan ze kwijt wilden, maar ze waren op zoek naar iemand die de kleren herkende. De jurkjes waarin de meisjes waren gevonden. Poppenkleren. Tussen de regels stond een woord te lezen, een woord dat desondanks nog niet was gebruikt, omdat dit Noorwegen was en niet de VS of een ander land waarin dergelijke dingen gebeurden. Seriemoordenaar. Het woord stond nergens, maar toch dacht iedereen het.

'Het lijkt mij dezelfde moordenaar,' zei Gabriel.

'Jawel, ga door.'

'Het lijkt mij niet bijzonder Noors.'

'Precies, nog meer.'

'Ik ben ontzettend blij dat het geen kinderen zijn van iemand die ik ken,' vervolgde Gabriel.

Munch beduidde hem dat hij door moest gaan.

'Het is vreemd dat ze allebei voor het eerst naar school gingen. Het eerste wat ik dacht, was dat het misschien met een leerkracht te maken had. Toen dacht ik dat er misschien nog meer meisjes zullen verdwijnen. Toen dacht ik dat als ik een dochter van zes had, ik op dit moment extra goed op haar zou passen.'

'Wat zeg je?' zei Munch, en hij werd weer enigszins wakker.

'Als ik een dochter van zes had, zou ik extra goed op haar passen.'

'Nee, daarvoor.'

'Misschien zullen er nog meer meisjes verdwijnen?'

'Dáárvoor.'

'Ik dacht dat het misschien iets met een leerkracht te maken had.'

'Hmm,' zei Munch en hij krabde weer even in zijn baard.

Hij liep naar de deur.

'Trouwens, ben je goed in codes?'

Gabriel glimlachte even. 'Ik dacht dat je me daarom had aangenomen?'

'Klopt wel zo'n beetje,' zei Munch.

Hij stak zijn hand in zijn broekzak en viste er een briefje uit waar hij iets op had gekrabbeld.

'Dit heeft geen voorrang, het is een privékwestie, maar ik dacht dat je me misschien toch kon helpen.'

Munch gaf Gabriel het briefje. 'Ik ben met wat nerds bevriend die me graag uitdagen. Een van hen heeft me dit gestuurd, maar ik kan het niet kraken.'

Gabriel keek naar het briefje dat Munch hem zojuist had gegeven.

bwlybjlynwnztirkjao=5

'Snap jij wat daar staat?' vroeg Munch nieuwsgierig.

'Niet meteen,' mompelde Gabriel.

'Hij is me al een paar dagen aan het porren,' zuchtte Munch. 'Maar ik denk dat ik moet passen. Kijk maar wat je ervan maken kunt, ja? Het ergert me als mijn maten erin slagen me vast te laten lopen.'

Met een klein lachje klopte Munch Gabriel nog eens op zijn schouder.

'Maar dit heeft géén prioriteit, het is gewoon privé, akkoord?'

'Prima,' zei Gabriel.

Munch liep weer naar de deur, en ditmaal verdween hij helemaal voordat hij zijn hoofd weer naar binnen stak. 'De briefing is uitgesteld tot over een klein uurtje, oké?'

'Prima,' zei Gabriel, en hij bleef het briefje zitten bestuderen dat hij zojuist van Munch had gekregen.

18

Benjamin Bache kon zijn teleurstelling niet onderdrukken toen hij bij het doornemen van het krantenartikel zijn naam niet tegenkwam. *Verdens Gang* had de best geklede personen van het jaar verkozen, en vorig jaar was hij zelfs op de derde plaats gekomen, alleen verslagen door Morten Harket en Ari Behn, maar dit jaar kwam hij helemaal niet op de lijst voor. Wel verdomme. De acteur gaf met zijn hand een harde klap tegen de muur van zijn kleedkamer, maar hij had er meteen al spijt van. Het deed pijn en het had ook lawaai gemaakt. Niet lang daarna werd er op de deur van zijn kleedkamer geklopt en stak Susanne, de regieassistente, haar hoofd naar binnen.

'Alles goed, Benjamin? Ik hoorde een klap.'

Benjamin Bache stak de pijnlijke hand in zijn zak en zette zijn mooiste glimlach op. Hij was per slot van rekening acteur.

'Het kan niet beter, misschien was het bij Trond-Espen?'

'Oké,' zei Susanne. 'Repetitie over een kwartier, derde akte vanaf het begin.'

'Op tijd zijn of niet zijn, dat is de vraag,' zei Benjamin met een knipoogje.

De regieassistente giechelde even en verdween weer. Jawel, hij had het nog in zich, maar verdorie nog aan toe. Vorig jaar had hij nog op die lijst gestaan, wat was er dit jaar misgegaan? Hij had zich nog wel zo zorgvuldig gekleed. Had zelfs een pr-agent en een stylist ingehuurd die hem met dat soort dingen moesten helpen. Er goed uitzien. Zorgen dat hij bij de juiste gelegenheden werd gefotografeerd. Onder de juiste hoek. Met een zucht ging hij voor de make-upspiegel zitten. Hij was in de loop van dit jaar nauwelijks veranderd. Een paar piepkleine rimpeltjes bij zijn ooghoeken. Iets grotere inhammen misschien. Hij boog zich naar voren en bekeek zijn haarlijn nog eens goed. Die zag er niet perfect uit, week iets meer terug dan de vorige keer dat hij die had bestudeerd. Hij kamde zijn haar wat opzij, het zag er beter uit als hij het zo droeg. Hij deed een paar korte stemoefeningen. Warmde zijn hals, trok een tuitmond tegen zichzelf in de spiegel.

Hij was bijna acht jaar geleden bij het Nationale Toneel aangenomen. 'Een nieuwe ster', had *Dagbladet* geschreven na zijn vertolking van Estragon in *Wachten op Godot* van Samuel Beckett, en sindsdien had hij voor het merendeel hoofdrollen gekregen, in elk geval de eerste jaren. Hij had Romeo gespeeld. Hij had Peer Gynt gespeeld. Nu werd Shakespeares *Hamlet* gebracht in de grote zaal en hij had gehoopt ook nu de hoofdrol te krijgen. *Zijn of niet zijn.* Maar het was Horatio maar geworden. Hamlet was natuurlijk naar Trond-Espen gegaan. Hij begreep eigenlijk niet waarom. Hijzelf was toch een veel betere acteur?

Ach, heer…

Dit paste ontzettend slecht bij hem. Bij Trond-Espen in de schaduw moeten staan. Die rottige Horatio, die hoe dan ook geen erkenning kreeg, Hamlet praatte voornamelijk tegen hem aan. Daar maar ja staan te knikken en Trond-Espen als een vorst behandelen, dat zinde hem helemaal niet.

Benjamin Bache stond op en bekeek zijn lichaam in de spiegel. Hij zag er geweldig goed uit. Zijn humeur werd wat beter. Al dat trainen van de laatste tijd had zijn vruchten afgeworpen. De yoga ook. En het hielp ook dat hij zijn huid had laten behandelen, nergens een vlekje te zien.

Hij liet zich weer op zijn stoel zakken en ging verder met het opwarmen van zijn stem, terwijl die van de inspiciënt door de intercom knetterde.

'*Dan zijn we nu klaar om de derde akte door te nemen. Hamlet, Hamlet, derde akte, vanaf het begin, over vijf minuten.*'

Benjamin Bache maakte zijn stemoefeningen af, liep zijn kleedkamer uit en begaf zich naar het grote toneel.

19

Gabriel Mørk zat helemaal achter in de briefing room te wachten tot de zaak zou worden doorgenomen. Hij had iedereen begroet, handen geschud, geknikt en hallo gezegd, zonder dat hij zich de namen van al die mensen herinnerde. Je had Kim, die hem op straat had opgehaald, en eentje met lang blond haar die Anette heette, en dan waren er drie wat jongere mannen van wie hij zich de namen niet herinnerde, en een wat oudere man. Die heette... zou het Ludvig kunnen zijn?

Holger Munch kwam de kamer binnen, op de voet gevolgd door Mia Krüger. Mia ging helemaal vooraan op een stoel zitten, terwijl Holger de projector aanzette en aan zijn laptop koppelde.

'Dag allemaal, vandaag is de eerste briefing waarbij iedereen aanwezig is, we zijn hier met het complete team, en dat is ook nodig. Zoals gezegd een paar nieuwe gezichten, die ik bij dezen welkom heet. Laten degenen die hier al eerder zijn geweest de nieuwelingen in de groep opnemen, zodat we elkaar zo veel mogelijk stimuleren. Het is inmiddels tien dagen geleden dat we Pauline Olsen hebben gevonden en acht dagen geleden dat we Johanne Lange hebben gevonden. Na een poging ons niet door de media in de kaart te laten kijken, hebben we besloten er nu eens nuttig gebruik van te maken. Zoals jullie ongetwijfeld hebben gemerkt, hebben we vandaag foto's vrijgegeven van de jurkjes waarin de meisjes zijn aangetroffen.'

Holger zweeg even en overzag de aanwezigen. Gabriel Mørk meende achter zijn ernstige blik een zweem van een glimlach te bespeuren.

'Eigenlijk hadden we moeten vieren dat we hier aan de Mariboesgate terug zijn,' zei Munch snel. 'Maar zoals jullie weten, hebben we belangrijke dingen te doen, dus dat moet maar tot later wachten.'

Gabriel keek wat in de kamer rond. Ook al was de stemming ernstig, hij zag lachjes en een paar tevreden blikken om zich heen. Geen twijfel aan, deze mensen waren blij elkaar te zien.

'Een paar van jullie zijn er al vanaf het begin bij, maar anderen zijn nieuw, en daarom wil ik iedereen van alles op de hoogte brengen. Laat ik ook even zeggen dat de hele briefing als pdf op de server staat, die wordt in de loop van de dag toegankelijk. Daarin gaan we ook iedereen vragen alle informatie te delen, dus als jullie waar dan ook op stuiten, zet het op de server, dan heeft iedereen toegang tot alles, zo gaat het sneller en hebben wij het makkelijker als we de verslagen moeten schrijven.'

Munch gaf een tikje op zijn laptop en het eerste plaatje van de powerpointpresentatie verscheen. Het waren niet dezelfde foto's als die op de voorpagina's van de kranten hadden gestaan, twee poppenjurken. De foto's waren van de vermiste meisjes, die met diezelfde jurkjes aan allebei aan een boom hingen. Gabriel had nog nooit zoiets gezien, en nu drong het tot hem door waar hij eigenlijk bij betrokken was. Dit was geen film. Dit was niet iets wat alleen op de televisie gebeurde. Dit was de werkelijkheid. Die twee kleine meisjes waren er niet meer. Iemand had ze vermoord. In het echt. Ze haalden geen adem meer. Ze zouden nooit meer iets zeggen. Nooit meer glimlachen. Ze zouden nooit naar school gaan. Gabriel deed zijn best om kalm te blijven en dwong zichzelf de foto's te bekijken, terwijl zijn maag intussen samentrok. Hij had het gevoel dat hij nu al opviel. Het zou niet zo'n goede indruk maken als hij tijdens zijn eerste briefing al flauwviel.

'Pauline Olsen en Johanne Lange,' zei Munch. 'Zes jaar. Zouden dit najaar voor het eerst naar school gaan. Pauline is vier weken geleden als vermist opgegeven, Johanne drie weken geleden.'

Nieuwe foto's, een kaart.

'Pauline is verdwenen uit de kleuterschool van de kerk in Skøyen en is in Maridalen gevonden, Johanne is verdwenen uit de kleuterschool van Lille Ekeberg en in Krokskogen gevonden, niet zo ver van de Hadelandsveien. Het was wat lastig om de exacte tijdstippen van overlijden vast te stellen, maar alles wijst erop dat de meisjes een poosje levend gevangen zijn gehouden voordat ze dus deze kleren aankregen en zo zijn achtergelaten dat wij ze zouden vinden.'

Munch gaf weer een tikje op zijn laptop, nieuwe foto's. Gabriel bracht het niet op ze allemaal te bekijken, hij staarde tussendoor wat naar de grond, naar zijn schoenen.

Godallemachtig. Waar had hij ja tegen gezegd? Die meisjes waren dood. In het echt. Het slachtoffer van een of ander grotesk spelletje.

Hij wilde dat hij weer in bed lag, had het gevoel dat zijn leven in een paar minuten op de schop was gegaan. Hij wenste dat hij deze foto's nooit had gezien. Dat hij niet had geweten dat er zulke mensen bestonden. Die zoiets deden. Hij voelde zich ineens zo zwaar. Er kwam een treurigheid over hem zoals hij nog nooit had meegemaakt. Hij had wel geweten dat zulke dingen gebeurden, maar desondanks had hij het niet geweten. Dit was te irreëel, nee, te reëel, *monsterlijk reëel*, dat was het. Gabriel haalde diep adem en moest zich serieus concentreren om stil te blijven zitten.

'Er zijn geen sporen van seksueel geweld,' vervolgde Munch. 'De meisjes waren pasgewassen, hun nagels geknipt en schoongemaakt, hun haar geborsteld. Beide meisjes hadden een bordje van Norwegian om hun nek. IK REIS ALLEEN. Allebei hadden ze een schooltas op hun rug. Allebei gedood met een overdosis narcose. De dader is ongetwijfeld dezelfde persoon, en allebei de ontvoeringen en moorden moeten nauwkeurig gepland zijn. Pauline is gevonden door een zekere Walter Henriksen. Die heeft een strafblad, maar niet wegens zoiets, twee keer rijden onder invloed, een paar jaar geleden, er is geen reden om te denken dat hij er iets mee te maken heeft. Johanne is gevonden door twee broers, Tobias en Torben Iversen, dertien en zeven jaar. De jongens hebben een stiefvader, Mikael Frank, ook een bekende van ons. Hij heeft zes maanden gezeten voor wat kleine akkefietjes, maar er is evenmin reden om te denken dat een van hen ermee te maken heeft. Navraag in de directe omgeving van de vindplaatsen heeft tot dusverre niet veel opgeleverd, maar zoals jullie weten, beschikken we over een observatie van een auto die misschien interessant is, een witte Citroën van een onbekend bouwjaar.'

Opnieuw tikte Munch op zijn laptop, en nu werden de krantenfoto's zichtbaar. Munch nam een slok uit een flesje mineraalwater dat op zijn katheder stond en vervolgde: 'De jurken zijn replica's van poppenjurken, speciaal op maat genaaid voor de meisjes. Als de dader ze zelf heeft gemaakt, komen we hier nu vermoedelijk niet verder mee, maar te hopen valt dat hij of zij het werk heeft uitbesteed aan een ander, die niet wist waarvoor ze gebruikt zouden worden. Daarom zijn we er vandaag mee naar de krant gestapt, in de hoop dat iemand ze herkent. Nog niets, Anette, dat klopt toch?'

Munch keerde zich naar het blonde meisje toe.

'Niets,' zei Anette. 'Maar het is nog vroeg.'

'Zeker,' zei Munch. 'Voor wie het nog niet wist, Anette vormt de schakel tussen ons en het bureau van Grønland, alle communicatie verloopt via haar, er wordt hiervandaan niet gelekt. Daarom hebben we ons hier verstopt, nietwaar, Kim?'

'Zodat jij op het balkon kunt staan roken?'

Flauw gelach onder het groepje aanwezigen.

'Dank je, Kim. Zorg dat je op weg naar buiten de deur niet tegen je achterhoofd krijgt. Maar serieus, en daar kan ik niet genoeg de nadruk op leggen. We praten met niemand. Niet met journalisten. Niet met collega's van Grønland, niet met familie, vrienden, echtgenotes, geliefden, partners, minnaressen, of in jouw geval je hond, Kim.'

Er werd weer even gelachen. Gabriel keek om zich heen, snapte niet goed hoe iemand hierom kon lachen, maar toen bedacht hij dat ze niet anders konden. Afstand. Ze moesten het emotioneel van zich afhouden. Anders konden ze geen heldere blik houden, hun werk niet naar behoren doen.

Niet te veel voelen. Geen emotionele betrokkenheid.

Hij haalde diep adem en probeerde zelf ook even te lachen, maar er kwam geen geluid uit.

'Wij zijn degenen die iets weten,' vervolgde Munch. 'En wat we weten houden we voor ons. We krijgen alle hulp die we nodig hebben, die is maar één gesprek met Anette ver. Wat je ook wilt hebben, vraag het aan Anette, hiervoor zijn onze middelen onbegrensd.'

'Hoe bedoel je, onbegrensd?' vroeg Kim.

'Dat er geen grenzen aan zijn,' zei Munch. 'Overuren, auto's, technologie, personeel, deze zaak heeft niet alleen voor ons en Grønland topprioriteit, dit gaat de hele natie aan. De orders komen van het hoogste niveau en dan heb ik het niet over Mikkelson.'

'De minister van Justitie?' vroeg een van de mannen wiens naam Gabriel niet precies meer wist. Hij had een kaalgeschoren hoofd en zag er wat onguur uit. Hij had zo de schurkenrol in een film kunnen spelen.

'Onder andere,' zei Munch.

'De minister-president?' vervolgde de man.

'Het kantoor van de minister-president is zeker op de hoogte, ja,' zei Munch.

'Het is toch geen verkiezingsjaar?' grijnsde de man met het kaalgeschoren hoofd.

'Het is ieder jaar verkiezingsjaar, Curry,' zei Kim.

Curry. Dus zo heette hij. Gabriel had gedacht dat hij Kari had gezegd.

'Wat jullie tweeën van de minister-president vinden kan me geen ene moer schelen,' vervolgde Munch, zijn stem nu iets barser. 'Die twee meisjes hadden onze dochters kunnen zijn, en zo voelen wij het niet alleen, zo voelt het hele land het, kijk maar op internet, naar het nieuws, we zijn een land in de rouw, in shock. We gaan deze zaak niet alleen oplossen om de nabestaanden van de meisjes gerechtigheid te geven. Buiten heerst de uitzonderingstoestand, de mensen zijn doodsbang, dus jouw politieke standpunten zullen me een rotzorg zijn, Curry, de regering staat pal achter ons, met zoals gezegd onbegrensde middelen. Het is niet onze taak om politieke motieven boven tafel te krijgen, wij moeten de dader vinden, dat is onze taak, ja?'

Even was de stemming in de kamer enigszins opgelaten. De man die Curry heette, zei niets meer en zat met licht gebogen hoofd met zijn vingers in zijn schoot te frummelen. Het was voor het eerst dat Gabriel Munch zo meemaakte. Aan de telefoon en in het kantoortje had hij uitsluitend vriendelijk en kalm geleken, bedaard, net een grote knuffelbeer. Nu leek hij meer op een echte beer. Een donkere blik en een donkere stem. Hij begon zo langzamerhand te begrijpen waarom Munch hierbinnen de baas was, en niemand anders.

'Zoals jullie allemaal hebben gemerkt, is Mia weer terug,' vervolgde Munch, nu weer in zijn gebruikelijke humeur.

'Daar ben ik weer,' zei Mia, die de hele sessie stil had gezeten, maar nu opstond en naar het scherm liep.

Hier en daar klonk wat applaus en gefluit in de kamer op.

'Bedankt allemaal, het is goed om terug te zijn.'

Gabriel keek wat besmuikt naar Mia, durfde bijna niet te veel te zien, was bang dat hij zou gaan zitten staren. De hele sessie werd hem bijna te veel. Pauline en Johanne, dood in de bomen, en nu stond Mia Krüger persoonlijk maar een paar meter bij hem vandaan. Gabriel was niet de enige die destijds verliefd was geworden op Mia. Er waren persoonlijke fanpages op Facebook voor haar geweest. Nu misschien niet meer, dat wist hij niet precies, maar destijds wel. Hij had zelfs overwogen er een paar van te liken, maar als hacker wist Gabriel dat al je bewegingen op internet tot in details gevolgd kunnen worden, dus was hij uiterst voorzichtig met wat hij daar deed. Het gerucht wilde dat Mia willens en wetens het vriendje van haar zus, een junkie, had doodgeschoten. De kranten hadden een paar weken over de zaak geschreven, totdat die zoetjesaan door andere dingen was verdrongen. In het eindverslag was weliswaar vastgesteld dat Mia niets verkeerds had gedaan, maar toch was ze dus blijkbaar een poosje weggeweest.

Het magere meisje met het ravenzwarte haar droeg een zwart-met-witte coltrui en een nauwsluitende broek met ritssluitingen op de dijen. Ze oogde vermoeid, haar blik was dof en ze was veel magerder dan op de krantenfoto's. *Mia Manestraal.* Zo hadden ze haar op internet genoemd. Naar een stripverhaal dat Gabriel niet boeide, hij was er te jong voor, maar hij dacht dat het *Zilverpijl* heette. Een van de personages was een beeldschone indiaanse, Manestraal, op wie alle kleine jongens in de jaren tachtig verliefd waren geweest, beweerde men.

Hij kon het niet laten om nu toch even te staren. Mia Krüger. Zoveel bekende Noorse rechercheurs die moorden onderzochten waren er niet, misschien was dat de reden. Een mooi, jong, talentvol Noors meisje met blauwe ogen, dat eruitzag als een indiaanse, in een groot schandaal verwikkeld, de tabloids smulden ervan. Onwillekeurig kreeg hij een beetje met haar te doen. Ze zag er echt doodmoe uit. Haar magere benen staken in grote, zware motorlaarzen met gespen die zachtjes rinkelden wanneer ze bewoog. Om haar ene pols had ze een zilveren armband, om de andere was een leren riempje geknoopt. Op internetforums hadden over allebei diverse verhalen de ronde gedaan. De zilveren armband was een cadeau geweest van haar zuster, die aan een overdosis was overleden, zei men. Het leren riempje had ze volgens de geruchten afgepakt van een Let die verdacht werd van de moord op een jong meisje dat hij als prostituee Noorwegen had binnengesmokkeld. Dat was aan het begin van haar carrière geweest, en de Let had haar zover gekregen dat ze met hem te doen had. Ze had hem zonder handboeien in een verhoorkamer gezet. Hij had haar aangevallen met een behangsnijmes dat hij in zijn ene laars had verstopt. Ondanks het bloed op haar gezicht had ze hem overmeesterd en vervolgens had ze met zijn eigen behangsnijmes het riempje van zijn pols gesneden. Nu droeg ze het zelf, waarschijnlijk om te onthouden dat ze geen zwakheid mocht tonen. Ze was destijds bijna haar oog kwijtgeraakt. Gabriel kon het litteken zien vanaf de plaats waar hij zat. Geruchten en verhalen. Hij wist niet of er ook maar iets van waar was, maar toch was het fascinerend. Nu stond ze daar vlak voor hem. En ze gingen samenwerken.

Mia hield haar ene arm om haar lichaam heen en sprak zacht en behoedzaam, Gabriel moest bijna moeite doen om te horen wat ze zei.

'Het meeste weten jullie allemaal wel. Maar we gaan nu een paar dingen bekijken die jullie niet weten, maar die wij van belang achten.'

Mia tikte op Holgers laptop en op het scherm verscheen een nieuwe foto.

'De meisjes hadden schooltassen om toen ze gevonden werden. In die tassen zaten schoolboeken. Op de voorkant daarvan was een naam geschreven. Op de boeken van Johanne Lange stond Johanne. Op Paulines boeken daarentegen stond Rikke JW.'

Een nieuwe foto op het scherm.

'Waarom?'

Mia glimlachte flauwtjes. 'Bedankt, Curry, nog steeds even geduldig, hoor ik. Goed om je te zien.'

'Laat Mia verder praten,' zei Munch geïrriteerd.

'Dus op Johannes boeken stond Johanne. Op Paulines boeken stond Rikke JW. Zoals jullie zien berust niets in deze zaken op toeval. Alles lijkt tot in het kleinste detail gepland te zijn. De dader wist wat hij deed, hij kende de namen van de meisjes, er is reden om te geloven dat hij ze langdurig heeft geobserveerd voor hij ze heeft ontvoerd, daar komen we straks nog op, maar...'

Mia zweeg een ogenblik, kuchte even en klemde haar arm dichter om haar lijf. Munch stond op en bood haar een slok uit zijn flesje mineraalwater aan. Mia schudde haar hoofd en vervolgde zacht: 'Zoals jullie weten bestaat er geen twijfel over dat deze twee zaken verband met elkaar houden, maar we hebben ook reden om te geloven dat er verband bestaat met een andere zaak van een aantal jaren geleden, die we niet hebben kunnen oplossen.'

Ze tikte weer op de laptop. 'In 2006 verdween er een baby uit het ziekenhuis van Hønefoss. Een paar weken daarop werd een Zweedse verpleger, genaamd Joachim Wicklund, op zijn kamer gevonden, opgehangen. Op de vloer onder hem werd een getypte brief aangetroffen waarin hij de schuld voor de ontvoering op zich nam. De baby is nooit gevonden. De zaak werd geseponeerd.'

Mia zweeg weer. Nam toch een slok uit het flesje mineraalwater. Ze was niet in vorm. Dat was iedereen nu wel duidelijk. Het zo karaktervaste meisje trilde een beetje, alsof het haar moeite kostte haar hoofd naar behoren te laten functioneren.

'Holger en ik,' hernam ze na een korte adempauze, 'zijn er tamelijk zeker van dat de naam op Paulines boek, Rikke JW, een bericht van de dader is. Wat hij daarmee wil zeggen, is nog niet helemaal duidelijk, maar wij denken dat JW voor Joachim Wicklund staat en dat Rikke domweg *R ikke*, was niet, betekent.'

Een zacht gemompel onder de aanwezigen. Het was duidelijk dat iedereen een groot respect had voor Mia Krüger en haar hoofd.

Munch nam het weer over.

'Dit houdt in dat we de Hønefoss-zaak heropenen, alles wat we toen hadden moet nog eens doorgenomen worden, alle verhoren, alle observaties, alle namen die verband houden met de zaak moeten er weer bij gehaald worden. Ik wil dat jij dat op je neemt, Ludvig, omdat jij er de vorige keer al bij was, en dat je samenwerkt met Curry, want jij was er niet bij. Een paar oude ogen en een paar nieuwe ogen, dat lijkt me wel een goed idee.'

Zowel de oudere man die Ludvig heette als degene met het kaalgeschoren hoofd, Curry, die zo vlot was geweest met zijn commentaar op de politici, knikte.

'Dat is de eerste invalshoek, Hønefoss 2006, Ludvig en Curry. Invalshoek twee, de jurkjes. Anette coördineert de tips die bij Grønland binnenkomen, en gaat daar samen met mij en Mia mee aan de gang. Bekenden van de politie die in aanmerking komen...'

Holger keek weer op.

'Kyrre?'

Een lange, slanke man met kort zwart haar en een grote bril keek van zijn aantekeningen op.

'Ja. Trond en ik werken eraan, maar de lijst is niet lang. Tot nog toe hebben we plegers van zedenmisdrijven, aanrandingszaken. Eerlijk gezegd weet ik niet precies waar we eigenlijk naar op zoek zijn. Hebben we zoiets als dit al eens eerder meegemaakt? Ik bedoel, serieus? Ik in elk geval niet. We hebben wat lijstjes vergeleken met die van onze vrienden in Europa, en dan met name in België, waar ze de namen hebben van iedereen die met Marc Dutroux geassocieerd is, maar ook in die zaak was sprake van ernstige seksuele misdrijven, niets wat hierop lijkt, van geen kanten, eigenlijk. Als ik eerlijk ben, zitten ze daar een beetje met hun hoofd te schudden, maar wij blijven natuurlijk zoeken.'

'Mooi,' zei Munch. 'Ja, dat was ik nog vergeten te zeggen. We hebben een nieuw databaseprogramma gekregen dat in de loop van de dag online komt. Zodra we daarin iets invoeren, namen, observaties, wat dan ook, vindt er meteen een contracheck plaats met alle andere beschikbare databases, bij ons en elders. Wie het niet opgestart krijgt, moet maar even met Gabriel Mørk praten, onze nieuwe nerd. Heeft iedereen al met Gabriel kennisgemaakt?'

Gabriel schrok op toen hij zijn naam hoorde. Toen hij opkeek, zag hij dat iedereen zich nu naar hem toegekeerd had.

'Hallo, Gabriel,' zei iemand.

'Hallo, allemaal,' antwoordde Gabriel enigszins nerveus.

Hij had het gevoel dat hij weer terug was op school. Dat hij zo meteen moest opstaan, iets moest zeggen, maar gelukkig hoefde dat niet. Hij had er geen idee van om welke database het ging. Munch keek naar hem en gaf hem een klein knipoogje.

'Was er niet aan toegekomen om dat tegen je te zeggen, maar hebben we het zo meteen wel over, oké?'

'Oké,' zei Gabriel, en hij was blij dat Mia Krüger het woord weer nam.

'Ik weet niet wie dit al heeft meegekregen.' Ze gaf weer een tikje op de laptop. 'Maar toen we Pauline onderzochten, hebben we een getal ontdekt op de nagel van haar linkerpink. Het getal één. Zoals jullie zien...'

Een nieuwe foto op het scherm.

'... was dat ook het geval bij Johanne, het getal twee, twee streepjes, op haar linkerringvinger.'

'Jezus,' barstte degene die Ludvig heette, de wat oudere man met de ronde bril, spontaan uit.

'Ja, zeg dat wel,' zei Mia, terwijl ze hem aankeek.

'Wat krijgen we verdomme nou?' zei Curry.

'Er komen er nog meer,' zei het meisje dat Anette heette.

Het werd stil in de kamer.

'We hebben alle reden om te denken dat Pauline en Johanne pas de eersten zijn. Dat er nog meer komen, ja. Helaas.' Munch had de boel weer overgenomen.

'Dus zijn we extra alert op verdwijningen. Vermissingen. Meisjes van zes, al zijn ze pas een halfuur weg, hebben onze maximale aandacht, akkoord?'

De aanwezigen knikten.

'Nu heb ik behoefte aan een sigaret, dus lassen we tien minuten pauze in, en daarna komen we hier weer bij elkaar.'

Munch viste een pakje sigaretten uit de zak van zijn jasje en liep naar het rookbalkon, met Mia achter zich aan. Gabriel wist niet precies wat hij met zichzelf aan moest. Het was al zo aangrijpend geweest om de foto's van die twee meisjes te zien. En nu zouden er nog meer komen? Hij haalde diep adem met zijn middenrif om zijn hartslag naar beneden te krijgen en liep de gang in om koffie te halen.

20

Lukas zat op zijn gebruikelijke plaats in het gebedshuis, op een enigszins verhoogde stoel vlak naast de ene muur, met goed zicht op zowel de preekstoel als de gemeente. De pastor, Simon, had voor het altaar plaatsgenomen maar het woord nog niet genomen. Hij leek over iets belangrijks na te denken. Lukas en de rest van de gemeenteleden zaten er roerloos bij, in de grote witte ruimte was geen geluid te horen. Iedereen wachtte vol spanning af wat pastor Simon op het hart had. De witharige voorganger stond erom bekend dat hij de tijd nam voor hij begon, het ging erom in contact te treden met de Heer, de lijnen tussen God, hemzelf en de gemeente te openen, de ruimte te bevrijden van alles wat de dialoog met de hemel zou kunnen belemmeren. De hele samenkomst was mooi, engelachtig, bijna een beetje meditatief, dacht Lukas, terwijl hij er zo in alle rust bij zat, met zijn handen gevouwen op zijn schoot.

Lukas luisterde graag naar pastor Simon. Hij had hem voor het eerst bij toeval gehoord tijdens een vakantiekamp in Sørlandet, ruim twaalf jaar geleden. Zijn pleegouders hadden hem met de buren mee op vakantie gestuurd, ze hadden geen geld of zin gehad om hem mee te nemen op hun eigen vakantie. Lukas wist niet meer precies waar ze naartoe waren gegaan, naar het zonnige zuiden of zo, maar wat deed het er ook toe. De destijds vijftienjarige Lukas was aanvankelijk heel slecht op zijn gemak geweest in dat kamp, hij had iedereen erg vreemd gevonden. Niet voor het eerst overigens, hij was al zijn hele leven slecht op zijn gemak. Sinds hij door de kinderbescherming uit huis was geplaatst, was hij van het ene pleeggezin naar het andere verhuisd en had hij zich nergens echt thuis gevoeld. Ook niet op school. Niet vanwege leerproblemen, het probleem waren de andere leerlingen. En de leraren. Of misschien mensen in het algemeen. Lukas keek vol bewondering naar pastor Simon, die nog steeds met gesloten ogen en allebei zijn handpalmen naar de hemel gekeerd stond. Lukas voelde de warmte. De gloeiende hitte en het stralende licht die zijn hele lichaam vervulden en hem een veilig gevoel gaven. Hij herinnerde zich de eerste keer nog dat hij dat gevoel had gehad, twaalf jaar geleden in dat kamp in Sørlandet. Niet meteen, hij had zich een beetje als een vis op het droge gevoeld, alsof iedereen om hem heen een geheim had waar hij buiten stond. Er was een sterk gevoel van onveiligheid en rusteloosheid over hem gekomen, en zoals altijd wanneer dat gebeurde, hadden alle stemmen in zijn hoofd hem gevraagd om dingen te doen, dingen die je niet hardop mocht zeggen. Maar toen, alsof God zelf zijn pad had verlicht, had hij plotseling de weg naar een vrij kleine tent aan de rand van het kamp gevonden. Een streep licht die naar die witte tent liep, en ook een *fluisteraar*, een van de stemmen die niet zo hard klonken, geen *roeper*, die mocht hij niet, maar het was niet een van hen, een aardige fluisteraar die zachtjes in die vreemde taal sprak. *Sequere via ad caelum*. Die zachte, aardige stem in zijn oor en het licht dat hem aantrok als een magneet. *Sequere via ad caelum*, volg de weg naar de hemel. Niet lang daarna had hij in de tent gestaan, opgenomen door de stemmen, de warmte en het licht. En daar, op het podium, midden in het hart van alles, de fonkelende ogen en krachtige stem van pastor Simon, en sindsdien was Lukas verlost.

Lukas keek uit over de gemeente, die nog steeds stil zat te wachten tot de preek van de pastor zou beginnen. Hij kende alle gezichten. De meesten maakten al jaren deel uit van de gemeente, maar niemand zo lang als Lukas. Hij was die zomer niet meer mee naar huis gegaan, en daar had niemand zich eigenlijk druk om gemaakt. Nu, twaalf jaar later, was hij opgeklommen in de hiërarchie en was hij, nog maar net zevenentwintig, de rechterhand van pastor Simon. Een soort onderbevelhebber. Die pastor Simon overal mee hielp, zowel op privégebied als bij gemeentekwesties. Voor Lukas was het werk voor pastor Simon de zin van zijn bestaan. Er was niets wat hij niet voor hem zou doen als het hem gevraagd werd. Het leven stelde eigenlijk niets voor, met pastor Simon vergeleken. Als het zover kwam dat hij op een dag voor de pastor moest sterven, zou hij dat met vreugde doen. En de dood was in wezen ook niet de dood, niet voor pastor Simons volgelingen, de dood bracht je alleen maar nog een stap dichter bij de hemel. Lukas onderdrukte een lachje, terwijl de warmte en het prachtige licht hem weer vervulden.

Hij had de stemmen in zijn hoofd nu al een poosje niet gehoord. Ja, af en toe, tussen de bedrijven door, maar niet hard en ook niet vaak, niet zoals toen hij jonger was. Toen die stemmen, vooral de roepers, hem hadden aangezet tot dingen die je eigenlijk niet hoorde te doen. Zelfs als hij nee had willen zeggen, was er niet mee te spotten geweest, dat wist hij eigenlijk wel, de roepers zouden hoe dan ook niet toegeven. Hij kon niet anders, hij moest het doen. Zorgen dat hij het achter de rug had. Er maar het beste van hopen. Lukas had eens gedacht dat de roepers en de fluisteraars op God en de duivel leken. Pastor Simon had hem eens verteld dat de een niet zonder de ander kon bestaan. Dat de twee polen van het universum en de eeuwigheid onscheidbaar waren. Dat je daar domweg niet bang voor hoefde te zijn, omdat de weg van het licht altijd leiding zou geven. Als je zo nu en dan toegaf aan de bevelen van de duivel, was dat geen eeuwige zonde, het was alleen het bewijs dat God bestond, en soms was de stem van de duivel in wezen van God zelf afkomstig, als een test, een beproeving. Toch vond Lukas het prettig dat de stemmen, speciaal de roepers, niet zo vaak meer klonken.

Deo sic per diabolum.

De weg naar God loopt via de duivel.

Lukas wist best dat dit niet het officiële standpunt van de gemeente was. Het zou bij de leken niet in goede aarde vallen. Je moest bij de ingewijden horen om het te begrijpen. Maar de leken waren er hoe dan ook alleen om gebruikt te worden, zoals de gemeente die nu in eerbiedige stilte voor hem zat. Het ging om de ingewijden. Degenen die begrepen wat pastor Simon *eigenlijk* bedoelde met de weg naar het licht. En Lukas was een van hen.

De avond van de leken. Lukas verheugde zich op het komende weekend. Dan gingen ze weer naar het bos. Samen met de andere ingewijden. Eigenlijk begreep Lukas niet precies waarom pastor Simon erop stond dat ze die samenkomsten voor de leken nog hielden, ze hadden per slot van rekening belangrijker taken te verrichten, maar het kwam uiteraard niet bij hem op om de pastor tegen te spreken. De pastor stond in contact met God en wist precies wat hij moest doen, en waarom. *Lux domus*. Dit weekend. Lukas moest zijn lippen op elkaar knijpen om geen lichte zucht te laten ontsnappen, terwijl de warmte en het licht weer door zijn lichaam stroomden.

Eindelijk opende pastor Simon zijn mond, en toen was God in de zaal. De aanwezigen zaten kaarsrecht op hun stoelen en lieten zich volstromen met zaligheid. Lukas had deze preek al eerder gehoord, die was voor de leken geschreven, mooi, maar zoals gezegd eenvoudig, hij verheugde zich enorm op het komende weekend. *Lux domus*. Nog een stapje dichter bij de hemel. Hij sloot zijn ogen en liet zich vervullen door de woorden van de pastor, en toen, niet lang daarna, was het voor deze keer weer voorbij, de pastor stond nu bij de uitgang. Dankbare handen en gebogen hoofden bewogen langs hem de zaal uit en toen waren ze weer alleen, zij tweeën, in de grote, witte zaal.

Lukas liep achter de pastor aan het kantoor in en hielp hem zijn toog uittrekken. Keek de andere kant op om de pastor niet in zijn ondergoed te zien en hielp hem weer in het pak dat hij normaal altijd droeg. Haalde een kop verse koffie. Zei niets voordat de pastor op zijn stoel achter het grote bureau zat en het teken gaf dat God de kamer had verlaten en dat het weer geoorloofd was om te spreken.

'Er is een nieuwe naam gekomen,' zei Lukas met een kuchje, zachtjes, en hij haalde de envelop tevoorschijn die tijdens de hele ceremonie in de binnenzak van zijn jasje verborgen had gezeten.

'O ja?'

De pastor keek naar hem op en pakte de envelop aan. Er zat een eenvoudig vel wit papier in. Lukas wist niet wat erop stond, alleen dat het een naam was. Hij had er geen idee van welke, de naam was alleen voor de ogen van de pastor bestemd. Zijn taak was uitsluitend de envelop op te halen en aan de pastor te geven. Niet openmaken, alleen als boodschapper optreden, als een soort engel.

Zoals gewoonlijk zei de pastor niets. Hij las de naam, vouwde het vel papier op en stopte de envelop in de safe onder het tafeltje bij het raam.

'Bedankt, Lukas. Verder nog iets?'

De pastor keek naar hem op. Lukas glimlachte terug naar diens vriendelijk glanzende blik.

'Nee, niets. Ja, toch. Je broer is hier.'

'Nils? Nu?'

Lukas knikte. 'Hij is vlak voor de samenkomst gekomen. Ik heb hem gevraagd in de achtertuin te wachten.'

'Prima, Lukas, prima. Vraag hem nu maar binnen.'

Lukas maakte een buiging en ging de gast halen.

'Waarom heeft het zo lang geduurd? Ik zei toch dat het belangrijk was?'

Simons broer Nils was ook een hooggeplaatst lid van de gemeente. Lukas had hem voor het eerst ontmoet in die tent in Sørlandet, maar al was hij er al even lang bij, Nils was minder hoog, hij stond niet naast de pastor. Lukas wist dat er wat deining was ontstaan en hier en daar wat gemor had geklonken toen de op een na hoogste post naar Lukas was gegaan, veel mensen vonden dat Nils op die plaats thuishoorde, maar zoals altijd had niemand de pastor erop aangesproken. Per slot van rekening had hij de sleutel van de hemel toebedeeld gekregen.

'Je weet dat de pastor er belang aan hecht om de leken bij te staan. Hij kan je nu ontvangen.'

'Lux domus,' mompelde de broer van de pastor, die kortgeknipt haar had.

'Lux domus,' zei Lukas, en hij ging hem voor.

Toen ze binnenkwamen, stond de pastor op. Zijn gast boog en liep naar zijn oudere broer. Kuste zijn hand en allebei zijn wangen.

'Ga zitten, ga zitten, broer,' zei de pastor, en hij nam zelf weer plaats op de stoel achter zijn bureau.

Nils wierp even een blik op Lukas.

'Moet ik weggaan?' vroeg Lukas meteen.

'Nee, nee, blijf maar.'

De pastor wuifde nonchalant met zijn hand ten teken dat Lukas moest gaan zitten, hij hoorde tot de ingewijden, er was geen reden waarom hij de kamer zou verlaten.

Lukas meende bij de broer van de pastor een zekere irritatie over deze beslissing te bespeuren, maar hij zei niets.

'Hoe gaat het met jullie?' vroeg de pastor toen ze alle drie zaten.

'Alles in orde,' zei zijn broer.

'En het hek?'

'Meer dan half af.'

'Wordt het zo hoog als we hebben afgesproken?' vroeg de pastor.

Ja, knikte zijn broer.

'En waarom ben jij niet daar?'

'Wat bedoel je?'

'Waarom ben je hier, als je daar werk te doen hebt?'

Nils keek nogmaals naar Lukas. Het was net of hij iets op zijn hart had, maar het niet ronduit durfde te zeggen waar Lukas bij was.

'De kudde is achteruitgegaan,' mompelde hij ten slotte met gebogen hoofd, hij leek zich te schamen.

'Hoe bedoel je, achteruitgegaan?'

'We hebben een ongelukje gehad met een van de jongeren.'

'Wat bedoel je met een ongelukje?'

'Gewoon, een ongelukje. Een foutje. Het is inmiddels in orde.'

'Om wie ging het?'

'Rakel.'

'Die goeie Rakel? Mijn Rakel?'

Nils knikte, zijn hoofd zo mogelijk nog dieper gebogen. 'We zijn haar een nacht kwijt geweest. Maar ze is er nu weer.'

'Dus alles is in orde?'

'Ja, alles is in orde.'

'Dan vraag ik nogmaals, broer: waarom ben je hier, als je daar werk te doen hebt?'

Nils keek naar zijn grote broer de pastor op. Ook al was Nils dik in de vijftig, hij leek bijna een klein jongetje dat zojuist een uitbrander van zijn vader heeft gekregen.

'Je had gevraagd of ik je op de hoogte wilde houden.'

'Zolang alles in orde is, is alles toch in orde?'

Nils knikte gehoorzaam. 'Het was misschien eenvoudiger geweest als we telefoon hadden gehad,' zei hij na een korte pauze voorzichtig.

De pastor leunde naar achteren in zijn stoel en plaatste zijn vingertoppen tegen elkaar. 'Vind je nog andere dingen? Hou je er veel meningen op na? Ben je ontevreden met wat God je heeft gegeven?'

'Nee, nee... dat niet, ik wilde alleen...'

Nils zocht naar woorden en liep rood aan. De pastor schudde

even zijn hoofd, en een vreemde stilte daalde in het vertrek neer. Niet vreemd voor Lukas, hij stond altijd naast de pastor, maar vreemd voor diens broer en nog verdiend ook, hoe durfde hij de bevelen van de pastor in twijfel te trekken? Nils stond op. Hij keek nog steeds naar de grond.

'Komen jullie zaterdag naar ons toe?'

'We komen zaterdag.'

'Mooi, dan zien we elkaar dan,' zei Nils, en hij liep de kamer uit.

'Lux domus,' zei Lukas, toen hij weer alleen was met de pastor. Dat had hij het liefst, alleen zij tweeën.

De pastor keek hem glimlachend aan. 'Denk je dat we juist gehandeld hebben?'

'Zeker,' zei Lukas.

'Soms ben ik daar niet helemaal van overtuigd,' zei de pastor, en opnieuw plaatste hij zijn vingertoppen tegen elkaar.

'Ik moet je iets zeggen,' zei Lukas.

'Ja?'

'Het is toch mijn taak over je te waken?'

'Is dat zo, Lukas? Werkelijk?' zei de pastor.

Lukas kreeg een kleur. Hij kende de pastor door en door. Was vertrouwd met diens toon. Wist wanneer hij een pluim kreeg.

'Ik weet niet of je het beseft, maar het kan zijn dat we een probleem in de gemeente hebben.'

'O ja, bij deze mensen?'

'Ja, bij de leken.'

'En wat is het probleem?'

'Nou ja, probleem, dat moet jij eigenlijk bepalen, ik ben er alleen maar om te zeggen wat ik zie, en om over je te waken.'

'Ja, dat heb je al gezegd, Lukas, en dat waardeer ik ook. Wat is er?'

Lukas kuchte even voordat hij vervolgde: 'Een van onze vaste volgelingen heeft een wat ongelukkige band met iemand.'

De pastor schudde zijn hoofd. 'Nu spreek je in tongen, Lukas. Voor de dag ermee. Laat horen.'

'Een oudere vrouw in een rolstoel, met een bril, ze zit altijd achterin.'

'Hildur?'

Lukas knikte.

'Wat is er met haar?'

'Ze is de moeder van Holger Munch.'
'Van wie?'
'Holger Munch. De politieman.'
'Ach, is hij bij de politie, dat wist ik niet.'
Even stond Lukas verbaasd, maar hij zei niets. Hij wist best dat de pastor wist wie Holger Munch was.
'Hildur is zijn moeder,' zei hij nogmaals.
'En waarom zou dat problemen voor ons opleveren?'
'Ik wilde alleen dat je het wist.'
'Denk je aan wat er ditmaal in de envelop zat?'
Lukas knikte voorzichtig.
'Dank je, Lukas. Maar ik geloof niet dat we ons zorgen hoeven te maken over Hildur Munch. We hebben op dit moment belangrijker zaken aan ons hoofd, nietwaar?'
'Inderdaad,' zei Lukas, en hij stond op.
'Lux domus, vriend,' zei de pastor met een vriendelijk lachje.
'Lux domus,' zei Lukas terug.
Hij maakte een diepe buiging en verliet zonder nog iets te zeggen het kantoor van de pastor.

21

Mia Krüger zat in haar kantoortje aan de pillen in haar broekzak te voelen. Eigenlijk had ze zichzelf beloofd dat ze er geen zou meenemen, ze allemaal in het huisje op Hitra zou laten liggen tot ze dit had afgehandeld, tot ze ze weer nodig zou hebben, maar ze had het toch niet helemaal kunnen laten. Een paar pillen in haar broekzak gestopt, voor het geval dat. Ze wist hoe het zou zijn als ze er nu eentje nam. Over haar hele lijf prikte het. Ze was vergeten hoe de werkelijkheid in elkaar stak. Had die ver van zich af geschoven. Per slot van rekening had ze er niets meer mee te maken, maar toen was Munch opgedoken en had alles verpest.

Mia had al vier dagen niet meer gedronken, niet sinds ze in Oslo was gearriveerd. Ze was al meermalen in de verleiding gekomen zich op de minibar in haar hotelkamer te storten, maar het was haar gelukt dat niet te doen. Holger had haar een van de appartementen van het politiekorps aangeboden, maar zij had erop gestaan een hotelkamer te nemen, die kon ze best uit eigen zak bekostigen. Ze wilde niet terug. Dat was niet de bedoeling. Een onpersoonlijke hotelkamer, meer had ze niet nodig. Een doorgangsverblijf. Een wachtkamer. Ze wilde het dagelijks leven op een afstandje houden. Alleen deze zaak. Dan weer terug. Naar Hitra. Naar Sigrid. Ze had naar een nieuwe symbolische datum gezocht. 18 april, de tiende jaardag, was voorbij. De eerstvolgende was hun verjaardag, 11 november. Dat leek ongelofelijk ver weg. Te ver. Ze moest een andere datum kunnen vinden, maar misschien was dat niet nodig. Het kon op ieder gewenst moment gebeuren. Het belangrijkste was, dát het gebeurde. Dat ze hiervanaf kwam. Van deze mensen. Ze stak haar hand in haar zak en legde een pil op haar tong. Veranderde van gedachte. Spuugde hem uit en stopte hem weer in haar zak.

'We hebben iemand inzake die kleren.' Plotseling stond Anette in haar kamer.

'Wat?'

'We hebben beet met die poppenjurken.'

'Nu al?'

'Jazeker,' zei het blonde meisje, terwijl ze wapperde met een briefje dat ze in haar hand had. 'Jenny, van Jenny's Naaiatelier in Sandvika heeft gebeld. Ze verontschuldigde zich dat ze niet eerder had gebeld, maar ze heeft nu pas de kranten gelezen. Gaan we er samen heen?'

'Prima. Waar is Munch?'

'Die moest zijn kleinkind van de peuterspeelzaal afhalen. Haar moeder moest geloof ik bruidsjurken passen.'

'Juist ja, sommige mensen boffen.'

'Ja hè?' lachte Anette. 'Eerlijk gezegd ben ik blij dat ik niet hoef. Trouwen? Is dat niet een beetje ouderwets?'

'Dat vraag je aan de verkeerde.' Mia glimlachte. 'Daar weet ik weinig van af.'

Ze stond op en schoot haar zwarte leren jasje aan.

'Wil jij rijden, of zal ik dat doen?' zei Anette, terwijl ze een paar autosleuteltjes ophield.

'Volgens mij kun jij dat beter doen,' knipoogde Mia, en ze volgde haar collega de parkeergarage in.

'Wat zei die vrouw?' vroeg ze toen ze het centrum uit waren en over de Drammensveien reden.

Ze had vroeger al een aantal keren met Anette gewerkt zonder dat ze daarom nader tot elkaar waren gekomen. Mia wist niet precies waarom, er was niets mis met Anette. Ze was vlijmscherp en altijd opgewekt. Een opleiding als advocaat, ongelofelijk goed in haar werk en een volmaakt lid van de Speciale Eenheid. Het was eerder zo dat Mia met geen van haar collega's een speciale relatie had. Afgezien van Holger Munch natuurlijk, maar dat lag anders. Wie stond ze eigenlijk wel na? Haar vrienden uit Åsgårdstrand had ze al jaren niet meer gesproken. Na Sigrids dood had ze zich nog meer afgesloten. Misschien was dat niet zo slim geweest? Misschien had een leven naast haar werk haar goed gedaan? Het deed er niet meer toe. Deze zaak moest opgelost, en dan ging ze naar Hitra terug. Naar Sigrid. Ze streek over de S die aan haar armband hing. Dat gaf een veilig gevoel.

'Ik heb haar niet gesproken, ik heb het alleen maar doorgekregen van een van mijn vrienden in Grønland. Maar ik denk dat we de juiste te pakken hebben.'

'Ze wist van die getallen in de kraag?'

Anette knikte en wisselde van rijbaan. 'M 10:14? Laat de kinderen tot mij komen. Denk je dat er een religieuze motivatie is?'

'Te vroeg om dat nu al te zeggen,' zei Mia, terwijl ze haar zonnebril opzette.

Het licht buiten was fel, voor anderen misschien een flauw lentezonnetje, maar niet voor haar. Het was of haar lichaam geen zintuiglijke indrukken meer verdroeg. Gisteravond had ze geprobeerd televisie te kijken, maar daar hoofdpijn van gekregen. Ze had Holger zelfs moeten vragen of hij de radio op zijn kantoor zachter wilde zetten. Zwijgend reden ze verder over de Drammensveien. Mia merkte dat Anette nieuwsgierig was, maar ze deed alsof haar neus bloedde. Bij de anderen was het precies zo gegaan. Een vriendelijk lachje, gepaard met nieuwsgierige blikken. Niet degenen die haar het beste kenden uiteraard, Curry, Kim, Ludvig, of toch, zelfs zij. *Hoe is het ermee? Hoe heb je het gehad? Ben je nu weer in orde, Mia? We hadden gehoord dat je gek geworden was. Je hoofd kaal had geschoren. Zelfmoord wilde plegen op een eilandje aan zee.* Ze zag uit haar ooghoeken dat Anette naar haar keek. De auto stond bol van de onuitgesproken vragen, precies als de kamers aan de Mariboesgate, maar Mia bracht het op dit moment niet op. Ze besloot het later goed te maken. Ze mocht Anette wel. Misschien konden ze samen een biertje gaan drinken. Of misschien niet. Waarom dit, waarom dat.

Kom, Mia, kom.

Waarom zit je helemaal daar in je eentje?

Toen ze afsloegen naar Sandvika begon het te regenen. Een licht getik op de voorruit, maar Mia hield haar zonnebril op. Achter de glazen sloot ze haar ogen en ze luisterde naar de geluiden. De druppels tegen de voorruit. Het gebrom van de motor. Even was ze weer elf, op de achterbank van haar vaders auto, op zaterdag onderweg van Horten naar huis nadat ze mee was geweest naar zijn werk in de verfhandel. Ze rook zijn geur, hoorde hem neuriën achter de leren handschoenen die het stuur vasthielden, nu met één hand, vrij om te doen wat hij wilde, omdat mama niet in de auto zat.

Zullen we het liedje doen, Mia?

Ja, doen, kijkma, kijkma!

Blij dat ik rij, kijkma, kijkma, net zo goed als jij, kijkma, kijkma, er is geen verschil tussen jou en mij!

Nog een keer!

Nog een keer?

Ja!

Achter haar zonnebril moest Mia glimlachen, ze voelde het kleine meisje in haar buik, die kriebels waarvan ze kippenvel en rode wangetjes had gekregen. Wat was alles toen simpel geweest. Nu waren ze allemaal dood. Alleen zij was over.

Ze schrok op doordat de auto stopte.

'We zijn er,' zei Anette, en ze stapte uit.

Mia legde haar zonnebril op het dashboard en liep achter haar aan. Het was al gestopt met regenen, niet meer dan een plaatselijk buitje, de milde lentezon dook weer van achter de wolken op en voerde hen naar een geel winkeltje aan de rand van het centrum van Sandvika.

Op het raam stond JENNY'S NAAIATELIER. Achter de deur hing een ouderwets bordje met GESLOTEN erop. Mia klopte aan, en meteen daarna dook een lief, maar zorgelijk oud gezicht van achter het gordijn op.

'Ja?' zei de oude vrouw door de deur heen.

'Mia Krüger, politie Oslo, afdeling Moordzaken,' zei Mia, terwijl ze haar kaart tegen het glas hield om de oude vrouw gerust te stellen.

‘De politie?’ vroeg de vrouw, terwijl ze nerveus naar hen keek.
‘Ja,’ antwoordde Mia vriendelijk. ‘Mogen we binnenkomen?’
Het was duidelijk dat het lieve oude mensje nog enigszins van de kook was na het lezen van de krantenartikelen, het kostte haar tijd om de deur van het slot te doen. Oude, trillende vingers die moeite hadden de sleutel om te draaien, maar ten slotte lukte het. Mia liep rustig de zaak binnen en liet de oude vrouw nog eens haar kaart zien. Ze deed de deur achter hen dicht en draaide hem gauw weer op slot. Midden in het kleurige winkeltje bleef ze staan zonder precies te weten wat ze moest doen.
‘Jij bent Jenny?’ vroeg Mia.
‘Ja, neem me niet kwalijk, waar zijn mijn manieren gebleven? Pff, wat een dag, ik ben er ondersteboven van. Jenny Midthun,’ zei de bejaarde vrouw, en ze stak een tenger handje naar Mia uit.
‘Je eigen naaiatelier?’ zei Anette, terwijl ze wat om zich heen keek.
Achter de ramen stonden twee etalagepoppen met handgenaaide kleren aan. Overal aan de wanden en op de planken waren spullen te zien die Jenny blijkbaar zelf had gemaakt. Een paar tafelkleden, wat jurken, de ene wand hing vol met quilts, het hele winkeltje straalde ouderwets handwerk uit.
‘Sinds 1972,’ zei de lieve oude vrouw. ‘Mijn man en ik zijn het samen begonnen, maar hij is er niet meer. In ’98 overleden. Hij was degene die vond dat het Jenny’s Naaiatelier moest heten, ik vond dat het best Jenny en Arild kon zijn, maar hij stond erop, dus…’
De bejaarde vrouw zweeg, weer enigszins onzeker.
‘Heb jij deze jurkjes gemaakt?’
Mia haalde de foto’s uit haar binnenzak en legde ze op de toonbank. Jenny zette de bril op die aan een koordje om haar nek hing en wierp vlug een blik op de foto’s. Toen knikte ze.
‘Ja, die heb ik allebei genaaid. Wat wil dat zeggen? Zit ik in de problemen? Heb ik iets verkeerd gedaan?’
‘Absoluut niet, Jenny, we hebben geen enkele reden om te denken dat jij iets verkeerd hebt gedaan. Voor wie heb je ze gemaakt?’ zei Mia.
De bejaarde vrouw liep om de toonbank heen en pakte een klapper van een van de planken. ‘Alles staat hierin,’ zei ze, terwijl ze met haar vinger op de klapper tikte.

'Wat staat erin?'

'Alle bestellingen. Ik heb alles opgeschreven. Maten, stoffen, prijzen, leveringsdata, het staat er allemaal in.'

'Heb je er bezwaar tegen dat we die meenemen?' vroeg Mia.

'Nee, nee, natuurlijk niet, neem alles mee wat jullie willen. Pff, wat verschrikkelijk, pff, nee, ik weet echt niet of ik... ik ben zo geschrokken... het kwam doordat een van mijn buren met die kranten binnenkwam...'

'Wie heeft die jurkjes besteld?' vroeg Mia.

'Een man.'

'Weet je hoe hij heet?'

'Nee, hij heeft zijn naam nooit gezegd. Hij kwam alleen maar met die foto's aan. Van poppen. Zei dat hij jurkjes in kindermaten wilde laten naaien.'

'Heeft hij gezegd waar ze voor waren?'

'Nee, dat heb ik ook niet gevraagd. Als ik had geweten dat... maar ik kon toch niet weten dat...'

Jenny Midthun greep naar haar hoofd. Moest even op een stoel gaan zitten. Anette verdween in de kamer achter de winkel en kwam terug met een glas water.

'Dank je,' zei de bejaarde vrouw met trillende stem.

'Wanneer is die bestelling gedaan?'

'Ongeveer een jaar geleden. De vorige zomer. De eerste.'

'Is hij vaker geweest?'

'O ja,' zei Jenny. 'Heel vaak. Ook nooit problemen met de betaling. Altijd contant, geen enkel probleem. Het werd goed betaald. Nooit gedoe over geld.'

'Hoeveel jurkjes heb je genaaid?'

'Tien stuks.'

De bejaarde vrouw staarde naar de grond. Anette keek Mia met opgetrokken wenkbrauwen aan.

Er komen er meer. Tien jurkjes.

'Wanneer heb je hem voor het laatst gezien?'

'Niet zo lang geleden, helemaal niet lang geleden. Een maand misschien. Ja, ik geloof van wel. Half maart. Toen kwam hij de twee laatste afhalen.'

'Kun je ons vertellen hoe hij eruitzag? Gaat dat, denk je?' zei Anette vriendelijk.

'Heel gewoon.'

'Wat houdt "heel gewoon" voor jou in?'

'Nee, hij was erg goed gekleed. Mooie kleren. Een pak en een hoed. Mooie, glimmend gepoetste schoenen. Niet zo lang, misschien net zo lang als Arild, mijn man dus, misschien een meter vijfenzeventig, iets in die richting, niet dun en niet dik, nogal gewoon.'

'Dialect?'

'Wat? Nee.'

'Dus hij kwam uit het oosten des lands? Sprak hij net als wij?' zei Anette.

'O ja, het was een Noor. Uit Oslo, ja. Misschien rond de vijfenveertig, iets in die richting. Een doodgewone man. Echt keurig. En heel goed gekleed. Ik kon toch niet weten dat... ik bedoel... als ik het geweten had, dan...'

'Je bent geweldig behulpzaam, Jenny,' zei Mia, terwijl ze de bejaarde vrouw een voorzichtig klopje op haar hand gaf. 'Hier hebben we een heleboel aan. Nu zou ik alleen graag willen dat je even nadenkt of er ook iets bijzonders met hem was. Iets wat je is opgevallen?'

'Nee, ik zou het niet weten. Bedoel je die tatoeage?'

Met een klein lachje keek Anette weer naar Mia.

'Hij had een tatoeage?'

De bejaarde vrouw knikte.

'Hier,' zei ze, en ze raakte haar hals aan. 'Meestal had hij een coltrui aan, en dan kon je die tatoeage niet zien, maar één keer was het niet zo, of hij had de col niet helemaal opgetrokken, die week een beetje, als je begrijpt wat ik bedoel.'

De bejaarde vrouw trok even aan de kraag van haar blouse om te laten zien hoe ver de trui had geweken.

'Was het een grote tatoeage?' vroeg Anette.

'O ja, flink groot. Liep zo'n beetje van hier helemaal omlaag naar hier...'

'Wat stelde het voor, heb je dat gezien?'

'Jawel, het was een adelaar.'

'Er stond een adelaar op zijn hals getatoeëerd?'

Jenny knikte behoedzaam.

'Meteen melden,' zei Mia.

Anette haalde haar telefoon tevoorschijn. Liep de straat op om te bellen.

'Heb ik het goed gedaan?' De lieve oude vrouw keek met rode ogen naar Mia op. 'Moet ik naar de gevangenis?'

Mia streek haar over haar schouder.

'Nee hoor. Maar je zult op een dag wel naar de stad moeten, zodat we je een officiële verklaring kunnen afnemen, dat is nu nog niet nodig, maar binnenkort wel, is dat goed?'

De bejaarde vrouw knikte en liep achter Mia aan naar de deur. Mia haalde een visitekaartje uit de achterzak van haar spijkerbroek en reikte het haar aan.

'Als je nog meer te binnen schiet, bel me dan, akkoord?'

'Dat zal ik doen. Maar zit ik echt niet in de problemen?'

'Nee, absoluut niet,' zei Mia. 'Voorlopig bedankt voor je hulp.'

Toen ze de straat op stapte, hoorde ze hoe de deur achter haar op slot werd gedaan. Het arme mens. De schrik zat er goed in bij haar. Mia zag het gezicht van de bejaarde vrouw van achter het gordijn naar haar gluren en ze hoopte dat Jenny de rest van de dag niet alleen hoefde te zijn, dat ze iemand had die ze kon bellen.

Precies toen Anette ophing draaide Mia zich om.

'Heb je Holger gesproken?'

'Nee, hij nam niet op. Ik had net Kim aan de lijn. Hij zou het doorgeven.'

'Mooi,' zei Mia.

De twee politievrouwen gingen in de auto zitten en reden snel naar de stad terug.

22

Holger Munch zat bij Peppes Pizza aan de Stortingsgata en kreeg een cursus poppenharen borstelen. Ze hadden net gegeten, Marion en hij, dat wil zeggen, hij had gegeten en Marion had vooral limonade gedronken en wat gespeeld. Hij had het natuurlijk niet kunnen laten, aan die schattige blik en dat smekende stemmetje kon hij geen weerstand bieden, dat had hij nooit gekund, tot wanhoop van zijn dochter. Hij had Marion al vanaf haar geboorte met cadeaus overladen, teddyberen, poppen, haar kinderkamer leek soms zelf wel een speelgoedwinkel. Ten slotte had Miriam er paal en perk aan gesteld, hem gezegd dat hij maat moest houden. Ze probeerden haar tot een onafhankelijk, verstandig meisje op te voeden en niet tot een verwend rijkeluiskind.

'Hé, opa, kijk eens, Monster High!'

'Monster wat?'

'Monster High. Die gaan daar op school. O, daar is Jackson Jekyll. Dat is een jongetje. Kijk eens wat een mooi geel shirt hij heeft. Dat komt omdat hij een monster is. Kunnen we die kopen?'

'Ik denk dat we vandaag beter niets kunnen kopen. Je weet wat mama heeft gezegd. We moeten wachten tot je verjaardag.'

'Maar dat duurt nog een triljoen dagen. En mama's regels gelden niet als ik met jou ben.'

'O ja, wie zegt dat?'

'Dat zeg ik. Ik zeg het nu.'

'O ja, jij?'

'Ik kan ook dingen beslissen, want ik ben zes en ik ga straks naar de Lilleborgschool, en dan is niemand meer de baas over mij, dan beslis ik zelf.'

Drie keer raden op wie ze leek. Lief en aardig, maar ongelofelijk koppig en eigenwijs?

'O, daar is DracuLaura! Kijk eens, opa, DracuLaura! En Frankie Stein! Frankie Stein, opa! Ach, kunnen we daar niet eentje van kopen, opa, alsjeblieft?'

Natuurlijk was het precies gegaan zoals Marion wilde. Twee poppen, Jackson Jekyll en Frankie Stein. Twee leerlingen van een of andere monsterschool waarvan Holger Munch nog nooit had gehoord, maar dat deed er nauwelijks toe. Die lach in haar ogen en dat warme, zachte lijfje dat om zijn hals hing. Wie kon het iets schelen naar wat voor school een stel poppen ging en of haar moeder wat geïrriteerd zou raken.

'Jackson Jekyll wil dat Frankie Stein zijn vriendinnetje wordt, maar dat wil zij niet, want ze is een onafscheidelijk meisje dat op eigen benen staat en weet wat ze wil.'

'Bedoel je onafhankelijk?'

Marion keek met haar knalblauwe ogen naar hem op.

'Ja, dat bedoel ik.'

Holger lachte in zijn baard. Het was net of hij zijn dochter hoorde praten. De kleine Marion was Miriam ten voeten uit en dan nog een beetje meer. Holger Munch dacht terug aan de dag dat hij Miriam voor het eerst naar school had gebracht. Wat was hij trots geweest. Zijn kleine meid werd groot en ging voor het eerst de wereld in. Wat was ze lief geweest, met haar staartjes en haar nieuwe kleren en die schooltas op haar rug. Ze had zich er erg op verheugd maar ook een beetje tegen al die nieuwe dingen opgezien. Ze hadden op het schoolplein staan kijken hoe ze naar binnen ging, Marianne en hij, ze mochten niet mee, dat was ook het beste zo, de kinderen konden zo'n eerste dag beter onder elkaar zijn. Miriam had zijn hand stevig vastgehouden, hem niet willen loslaten. Nog altijd papa's kleine meid. Hoe was het mogelijk dat ze plotseling vijftien was geweest, zwaar opgemaakt, harde muziek achter dichte deuren en bepaald papa's kleine meid niet meer? Om nog maar te zwijgen van deze volgende sprong, vijfentwintig nu, hoe was het zover gekomen? Het kleine meisje dat zich aan zijn been had vastgeklampt, bang voor al die andere kinderen, was nu haar bruidsjurk aan het passen, ging trouwen met een kersverse arts uit Fredrikstad, Johannes, een knul die hij nauwelijks kende. Holger concentreerde zich weer op zijn kleindochter. Die hem nog steeds de beste van de hele wereld vond en graag geknuffeld wilde worden en op schoot wilde zitten.

'Nu ben jij Jackson Jekyll,' zei Marion.

'Wat zeg je, lieverd?'

'Nu ben jij Jackson Jekyll en ik ben Frankie Stein.'

'Wil je niet nog wat pizza?'

'Frankie Stein wil niet meer eten, want ze doet aan de lijn. Pak die pop nou, opa.'

Met tegenzin pakte Holger de pop van tafel en probeerde zich niet te laten afleiden door de berichtjes die gestaag binnendruppelden op zijn mobiel. Hij had hiervoor gekozen, een besluit genomen, hij wilde dezelfde fout niet nog eens maken. Als hij met Marion was, draaide alles om haar, zo was het nu eenmaal, de rest van de wereld moest maar wachten.

'Zeg dan iets, opa,' zei Marion ongeduldig, en ze balanceerde de magere monsterpop op tafel tussen de pizzaresten.

'Wat moet ik zeggen?'

'O, dat moet je zelf maar uitmaken. Kun jij niet spelen, opa?'

'Hoi, hoi,' zei Holger met een andere stem dan de zijne in een poging om Jackson Jekyll te zijn en in de hoop dat de mensen aan het tafeltje ernaast hem niet hoorden.

'Hoi Jackson, wat is er?' zei Marion met haar poppenstemmetje.

'Wil je mee naar de film?'
'Misschien wel. Wat voor film dan?'
'Pippi Langkous,' zei Holger.
'Maar dat is voor kinderen,' zuchtte Frankie Stein. 'En dat was niet dezelfde stem als daarnet, opa.'
'Sorry,' zei Holger, terwijl hij zijn kleindochter over haar bolletje streek.
'Geeft niet,' zei het kleine meisje. 'Je bent maar een ouwe opa. Je snapt niet zo goed wat jonge mensen doen.'
Met in elke hand een pop liet ze hem zien hoe het gesprek eigenlijk had moeten verlopen, als hij meer verstand van spelen had gehad.
'Hoi, Frankie.'
'Hoi, Jackson.'
'Ga je vrijdag mee naar het schoolbal?'
'Best hoor, maar het is geen date, we zijn alleen vrienden.'
'Kunnen we dan kussen?'
'Nee, niet kussen, alleen maar een knuffel.'
'Kan ik dan nu een knuffel krijgen?'
'Oké.'
Marion duwde de twee poppen tegen elkaar. Holger nam de gelegenheid waar om stiekem op zijn telefoon te kijken. Anette had gebeld en vervolgens een bericht gestuurd. Kim had twee berichten gestuurd. En Kurt Eriksen, de advocaat die ze al jaren voor familiezaken in de arm namen, had diverse keren gebeld. Wat wilde hij? Marion ging helemaal in haar spel op, dus zag hij zijn kans schoon om de berichten te lezen.
We hebben de poppenjurkennaaister. En de koper. Man met adelaarstatoeage op zijn hals. Heb Kim gesproken. Bel me.
Nu al? Holgers politiehart begon sneller te kloppen. De kranten waren nog ergens goed voor ook, ze hadden met hun eerste artikel al raak geschoten. Snel bekeek hij Kims berichten.
Denk dat we beethebben w.b. die adelaarstatoeage. Curry meent te weten wie het is. Bel.
En vervolgens alleen: Hallo?
'Hoi, waar is Marion?'
Holger keerde met een ruk tot de werkelijkheid terug en zag zijn dochter voor zich staan, enigszins geïrriteerd.
'Hallo, Miriam. Marion? Die is...'

Marion zat niet op haar plaats.
'Ze was net nog...'
Hij kon zijn zin niet afmaken. Miriam was Marion al aan het halen, die al spelend dieper in de pizzeria was doorgedrongen met haar poppen.
'Hadden we niet afgesproken dat er wat minder gekocht zou worden?' zei Miriam toen ze weer bij het tafeltje waren.
'Ja, maar...'
'Pak je spullen, Marion, we gaan naar huis.'
'Nu al? Maar opa en ik gingen nog ijs kopen.'
'Dat doen jullie een andere keer maar. Meekomen nu.'
Miriam begon Marions spullen te verzamelen. Snel kwam Holger overeind om haar te helpen.
'En hoe staat het met je bruidsjurk? Is het gelukt?'
'Niet precies wat ik me ervan had voorgesteld,' zuchtte Miriam. 'Maar ze hebben daar kleermakers, dus we kunnen hem een beetje vermaken, ik hoop alleen dat ze daar op tijd mee zijn.'
'Ja, 12 mei is kort dag.'
'Dat kun je wel zeggen. Marion, nu moeten we rennen, want papa staat verkeerd geparkeerd met zijn auto. Zeg maar dag tegen opa.'
'Dag, opa,' zei het kleine meisje, en ze gaf hem een dikke knuffel. 'Oefen maar wat in het spelen voor de volgende keer, oké?'
'Afgesproken,' glimlachte Holger.
'Kom je alleen?' vroeg Miriam.
'Wat?'
'Naar de bruiloft. Kom je alleen, of neem je iemand mee?'
Iemand meenemen naar de bruiloft? Het idee was niet eens bij hem opgekomen. Hij wist niet precies waarom, maar ineens moest hij aan Karen denken. Uit het verzorgingstehuis. Zij vond het altijd fijn als hij kwam. Een bruiloft als eerste afspraakje? Nee, dat zou helemaal fout zijn.
'Ik kom alleen,' antwoordde Holger.
'Kun je Mia niet meenemen? Die is toch terug? Ik zou het leuk vinden als ze kwam. Ik heb geprobeerd haar te bellen, maar haar telefoon werkt zeker niet?'
Mia meenemen, daar had hij niet aan gedacht. Hij wist dat Miriam en Mia elkaar wel mochten.
'Ze heeft een nieuwe,' zei hij. 'Maar ik wil het haar best vragen,

het is eigenlijk wel een goed idee.'

'Mooi, dan zet ik haar op de lijst,' zei Miriam met een klein lachje. Toen kwam haar serieuze kant zoals altijd weer bovendrijven. 'O ja, en dan nog iets, het kan zijn dat Johannes en ik volgend weekend naar Fredrikstad moeten. Kun jij Marion nemen, denk je?'

'Natuurlijk.'

'Woon je weer in je appartement? Heb je die kamer in Hønefoss opgezegd?'

'Ja, ik ben terug. Ze kan best het hele weekend blijven, dat is alleen maar gezellig.'

'Oké, ik bel je nog.'

Miriam loodste Marion naar de uitgang.

'Tot ziens, opa.'

'Tot ziens, Marion.'

Holger wuifde totdat de deur achter hen was dichtgegaan en ging toen de rekening betalen.

Eenmaal buiten kon hij niet wachten met het plegen van de benodigde telefoontjes. Hij was lang genoeg uit de wereld weggeweest. Ze hadden beet wat die jurkjes betrof. Kim nam meteen op.

'Ja, hallo?'

'Wat hebben we?' luidde Munchs beknopte vraag.

'Anette en Mia hebben de maakster van de jurkjes gevonden. Een naaister uit Sandvika.'

'En?'

'De koper is een man, midden veertig, adelaar op zijn hals getatoeëerd, tien jurken.'

'Tien jurken?'

'Yep.'

Godallemachtig.

'En we weten wie het is?'

'Curry meent het te weten. Niet honderd procent natuurlijk, maar hoeveel mannen van midden veertig hebben een adelaar op hun hals getatoeëerd? Hij past ook in het profiel. Roger Bakken. We hebben geen informatie over hem in het archief, maar Curry heeft eens met hem te maken gehad toen hij bij Narcotica werkte.'

'Wat voor figuur is het?'

'Werkte als koerier. Haalde en bracht pakjes, je weet wel.'

'Dat kan wel eens kloppen als een bus.'

'Dacht ik ook.'
'Hebben we een adres?'
'Zijn laatst bekende verblijfplaats is een pension in Grønland. Als dat dezelfde Roger Bakken is.'
'Zijn er mensen onderweg?'
'Mia en Anette zijn daar nu.'
'Ben er om vijf uur,' zei Holger, en hij hing op.

23

Mia hield de deur open voor Anette en liep achter haar aan naar de donkere receptie. Ze had in haar carrière al genoeg pensions vanbinnen gezien, en dit leek sprekend op alle andere, met van die muren die een beklemmende hopeloosheid uitstraalden. De laatste halte voor het eindstation. Hier kwam je alleen terecht als niemand anders je wilde hebben.
'Hallo?' riep Anette over de balie in de grauwe foyer heen, maar daarachter was niemand.
'Kunnen we niet gewoon naar binnen gaan?'
Mia liep naar een deur die naar de bovenverdiepingen leek te leiden en voelde aan de klink. Hij zat op slot.
'Volgens mij werkt het met een zoemer,' zei Anette, en ze nam een kijkje achter de balie. 'Is dat niet gebruikelijk op plaatsen als deze? Je moet kunnen controleren wie er komt en weggaat.'
Mia keek rond. De foyer was karig ingericht. Een tafeltje. Twee keukenstoelen. In een hoekje een verdorde palm.
'Hallo?' riep Anette weer. 'Politie. Is hier iemand?'
Ten slotte ging er achter de balie een deur open en een magere oude man stak zijn hoofd door de opening.
'Wat willen jullie?'
'Politie. Afdeling Moordzaken,' zei Mia, en ze legde haar legitimatie op de balie.
De magere, bejaarde man bezag hen sceptisch. Keek naar Mia's foto, terwijl hij de laatste hap nam van een boterham die hij in zijn hand had.
'Ja, en?' zei hij, terwijl hij met zijn vinger tussen zijn tanden peuterde. 'Waar kan ik jullie mee van dienst zijn?'
'We zoeken iemand die Roger Bakken heet,' zei Anette.

'Bakken, hmm,' zei de man, en hij keek even in een boek dat voor zijn neus lag.

'Roger Bakken,' zei Mia ongeduldig. 'Halverwege de veertig, een grote tatoeage van een adelaar op zijn hals.'

'O, die,' zei de magere man, en hij maakte met zijn tong zijn tanden schoon. 'Dan zijn jullie helaas te laat.'

'Hoe bedoel je?'

De magere man grijnsde even. Hij leek het leuk te vinden om een spaak in hun wiel te kunnen steken. Niet echt de beste maatjes met de politie.

'Die is er een maand geleden tussenuit geknepen.'

'Ertussenuit?'

'Dood. Wijlen. Zelfmoord,' zei de magere man, terwijl hij op een stoel achter de balie ging zitten.

'Neem je ons ertussen?' zei Mia geërgerd. 'Is alles hier trouwens in orde? Niemand die iets op zijn kamer heeft wat er niet thuishoort? Hier mogen geen drugs worden gebruikt, toch?'

De magere man stond weer op, nu veel goedlachser en behulpzamer.

'Nee, echt waar. Hij heeft zelfmoord gepleegd, is van het dak gesprongen, zo op het asfalt. Als we het over dezelfde man hebben.'

'Roger Bakken. Midden veertig. Tatoeage op zijn hals.'

'Dat is onze Roger, ja,' zei de man. 'Een tragische geschiedenis, maar niet voor het eerst hier, helaas. Zo is het leven. In elk geval voor die kerels.'

'Hoe is het gebeurd?' vroeg Anette.

'Van het balkon van de gemeenschapsruimte op de achtste verdieping gesprongen.'

'Hebben jullie hier een balkon? Wat is dit voor tent?'

De magere man haalde zijn schouders op. 'Wat moeten we dan doen? De ramen vergrendelen? De mensen mogen met hun leven doen wat ze willen, ook al horen ze niet tot de bovenlaag van de maatschappij, vind je niet?'

Mia negeerde zijn sarcasme. 'Kunnen we zijn kamer zien?'

'Sorry, daar wonen al anderen. De mensen staan in de rij om hier binnen te komen, we hebben een wachtlijst van maanden.'

'Had hij familie? Heeft iemand zijn spullen opgehaald?'

'Nop,' zei de magere man. 'We hebben de politie ingelicht en toen is hij opgehaald. Er zijn er hier niet zoveel die familie hebben.

Of als ze die wel hebben, dan willen ze niet veel van mekaar weten.'

'Hebben jullie zijn spullen nog?'

'Staan in een zak in de kelder, voor zover ik weet.'

'Bedankt,' zei Mia ongeduldig.

'Ja hoor, graag gedaan,' zei de magere man.

Mia trommelde met haar vingers op de balie. Ze was dit allemaal vergeten. Hoe het was. Om in de hoofdstad bij de politie te zijn. Om als mens in de wereld te staan. Ze miste haar huisje. Haar eiland. Het uitzicht over de zee.

Kom, Mia, kom.

'Dat bedankje was bij voorbaat,' zei ze ten slotte.

'Hè?'

'Voor het ophalen en overhandigen van zijn spullen, zonder dat we hier de rest van de dag hoeven te blijven.'

De magere man knikte nors en slofte traag naar de achterkamer.

'Halvezool,' mompelde Mia.

'Is er iets?' zei Anette.

'Hoe bedoel je?'

'Niks voor jou om je van zo'n type iets aan te trekken.'

'Ik heb vannacht slecht geslapen,' zei Mia verontschuldigend.

Precies op dat moment ging de deur open en verscheen Holger Munch.

'Wat hebben we?' hijgde hij, terwijl hij naar de balie toe kwam.

'Slecht nieuws.'

'Wat dan?'

'Roger Bakken heeft een maand geleden zelfmoord gepleegd,' zuchtte Anette.

'Voor de verdwijning van Pauline?'

Mia knikte.

'Verdomme,' vloekte Holger.

Zijn telefoon ging over. Hij staarde even naar het display en besloot toen om op te nemen. De magere man dook weer uit de achterkamer op met een zak.

'Hier, dat was alles wat hij had.'

Hij zette de zak voor hen op de balie.

'Zit daar een telefoon in? Een laptop?'

De magere man haalde zijn schouders op. 'Ik heb er niet in gekeken.'

Mia trok een kaartje uit haar achterzak en legde het op de balie. 'We nemen 'm mee,' zei ze. 'Bel ons als je nog vragen hebt.'

'Wat krijgen we verdomme nou?'

Anette en Mia draaiden zich allebei tegelijk om, verrast door Holgers plotselinge uitbarsting aan de telefoon. Hij hing op en kwam met een verbeten gezicht weer bij hen staan.

'Is dat alles?' vroeg hij met een knikje naar de zak.

'Yep.'

'We nemen hem mee.'

'Wie was dat, daarnet?' vroeg Mia nieuwsgierig.

'Onze advocaat.'

'Problemen?'

'Ik moet de stad in, ik zie jullie wel op kantoor.'

Holger Munch stak zijn mobiel in de zak van zijn loden jas en hield de deur voor zijn collega's open.

24

Op zijn fiets gezeten voelde Lukas de aangename lentelucht op zijn gezicht. Hij was vandaag in een uitstekend humeur, was vroeg opgestaan, had zijn plichten vervuld, het morgengebed en het huishoudelijk werk – hij was verantwoordelijk voor het schoonhouden en opruimen van het gebedshuis, een belangrijke taak waar hij veel waarde aan hechtte. Het was trouwens onjuist om het morgengebed als een plicht te omschrijven. Het morgengebed was een vreugde, soms begon hij er meteen mee zodra hij wakker was, terwijl hij nog in bed lag, al wist hij dat hij eigenlijk eerst zijn ochtendtoilet en zijn ontbijt achter de rug moest hebben. Hij kon het als het ware niet laten. Het leek zo juist. Met God praten. Dat hij dat als eerste deed nadat hij zijn ogen had geopend. Hij begon altijd met een dankgebed. Hij dankte God dat Hij voor zijn naasten zorgde. Voor pastor Simon. Voor iedereen daar in het bos. Soms dacht hij erover na of hij zijn vroegere familieleden niet in zijn dankgebed moest opnemen, maar eerlijk gezegd kon hij zich hun gezichten niet meer voor de geest halen. Zijn oorspronkelijke familie, die hem had weggegeven, zijn pleegfamilie, die zich nauwelijks om hem had bekommerd, hij was niet boos op hen, waarom zou hij dat in vredesnaam zijn? *Vergeef hun, Vader, want ze weten niet wat ze doen.* Die kwestie lag voor Lukas heel simpel. Als hij niet op die manier was opgegroeid, was hij nooit in dat zomerkamp in Sørlandet terechtgekomen en had hij nooit de mogelijkheid gekregen volmaakt gelukkig te worden in zijn relatie met God en pastor Simon. Lukas glimlachte breed en trapte wat harder op de pedalen. Waarom zou hij ergens ontevreden over zijn? Daar was geen enkele reden voor. Het leven was perfect. Helemaal perfect. Hij lachte wat en prevelde een gebedje. Een dankgebed. Dank u, God, voor de vogels in de bomen en deze mooie weg. Dank u, God, voor de lente en voor alle andere jaargetijden. Dank u, God, dat u mij belangrijk hebt gemaakt, dat u pastor Simon voor mij hebt gevonden, dat ik iedere dag vol vreugde wakker word en vol vreugde inslaap. Dat laatste zei hij hardop, terwijl hij de warmte en het licht weer door zijn bloed voelde stromen. Op de Maridalsveien reed een auto iets te dicht langs hem, een van die goddeloze stakkers die geen doel in hun leven en te weinig tijd hadden. Lukas viel bijna van zijn fiets, maar hij trok zich er niets van aan. Het was lang geleden sinds hij zijn krachten op de heidenen had uitgeoefend. Op het lagere volk. Daar was geen reden toe. Aanvankelijk had hij met hen te doen gehad omdat ze niet even gelukkig waren als hij, maar daar was hij ook mee opgehouden. Iedereen kon zelf kiezen hoe hij leefde. *De sleutel tot het geluk heb je zelf in handen, je moet er alleen maar oog voor hebben*, placht pastor Simon te zeggen. Dat was een van Lukas' lievelingscitaten, hij kon er geen genoeg van krijgen om de pastor vanaf het spreekgestoelte te horen. *Niemand kan je schaden als je dat niet toelaat. Doe altijd wat je denkt niet te kunnen. Verdriet is een plant die je alleen in leven houdt door hem water te geven, je bepaalt zelf of hij doodgaat of niet.* Weer glimlachte Lukas. De pastor had veel van die uitspraken. Hij stond rechtstreeks met God in verbinding, dat had Lukas zelf ervaren, zonder gekheid. Herhaaldelijk. Hij had het al vaak meegemaakt. Hij had God in zijn kamer gezien. Dank u, God, dat u mij hebt gereinigd. Dank u, God, voor de prachtige wilde bloemen langs de weg. Dank u, God, voor de fluisteraars. Dank u, God, voor de roepers. Dank u, God, dat u mijn leven perfect hebt gemaakt.

Lukas stapte van zijn fiets, klapte de standaard uit en ging op een steen zitten. Ze ontmoetten elkaar altijd op verschillende plaatsen, en deze kleine afrit was er een van. Niet dat ze elkaar al zo vaak hadden ontmoet, dit was misschien, tja, de achtste keer, kon dat kloppen? De vrouw in de auto. De vorige keer was pas een paar weken geleden. Ze kwam aanrijden, draaide het raampje omlaag, gaf hem de envelop en reed zonder veel te zeggen weer weg. De laatste keer was het iets anders gegaan, toen was ze uit haar auto gestapt, had een sigaret opgestoken en wat met hem gepraat, niet over iets belangrijks, alleen maar over het weer en zo. Hij wist niet hoe oud ze was, misschien vijfendertig of zoiets, ze was altijd heel goed gekleed, met laarsjes en een mantel, of mooie jasjes, en ze had felrode lippenstift op en een prachtige lach. Ze had lang, donker haar en een kaarsrechte neus en droeg altijd een zonnebril, of de zon nu wel of niet scheen. De vrouw hoorde niet bij de ingewijden, dat was Lukas wel duidelijk. Dat zag je aan haar manier van kleden. Lippenstift, laarsjes en een zonnebril, en zelfs sigaretten, in de Bijbel zou ze een hoer zijn geweest, maar het was precies zoals pastor Simon had gezegd, soms loopt de weg naar het licht door de diepste duisternis. In zekere zin voelde hij dat ze een beetje bij elkaar hoorden, de vrouw en hij, zij aan de ene kant en hij aan de andere. Allebei boodschappers. Samengebracht door God, voor God. Hij stond op en strekte zijn armen, schopte een steentje van de parkeerplaats de struiken in. Neuriede een beetje voor zich uit. Daar was hij onlangs mee begonnen, niet hardop zingen, alleen maar zachtjes neuriën, een kleine, melodieuze mis in zijn mond. M-m-m-m-m. Hij keek op naar de zon, die zich nu liet zien. Zag een eekhoorn van de ene boom naar de andere springen. Dank u, God, voor alle eekhoorns en andere dieren waarmee u ons gezegend hebt. Dat najaar werd Lukas zevenentwintig, maar inwendig voelde hij zich veel jonger. Het was of de tijd niet bestond. Hij had geen leeftijd. God had geen leeftijd. De tijd had geen begin en geen einde. Dat was iets voor leken. Degenen die gebruikmaakten van horloges en telefoons en moesten opschieten om ergens te komen. *De eeuwigheid is al begonnen.* De eerste keer dat pastor Simon dat had gezegd, stond hem nog heel goed bij, dat was de derde dag in dat kamp in het Sørlandet geweest, nadat hij verlost was en God had gevonden. *De eeuwigheid is al begonnen.* Hij neuriede nog wat en keek weer omhoog naar de bomen. In een boom zat een Vlaamse gaai met zijn nekveren overeind. Dieper in het bos hoorde hij een specht met zijn snavel kloppen. Zaterdag had hij bij het huis in het bos een uil gezien. *Lux domus.* Veel mensen hielden niet van uilen, beschouwden ze als een kwaad voorteken, maar Lukas wist wel beter. Het weekend had precies zoveel opgeleverd als hij had verwacht, misschien nog meer. Nils had goed werk gedaan, daar in het bos. Het was echt een paradijs geworden.

Een auto zwenkte de afrit op en bleef een paar meter verderop staan. Het was niet dezelfde auto als de vorige keer, maar zij was het, hij herkende haar door de voorruit heen. Het lange donkere haar in een strakke paardenstaart, de lippenstift, maar ditmaal geen zonnebril. Het zag ernaar uit dat ze vandaag niet van plan was uit de auto te stappen, ze wenkte hem alleen maar, draaide het raampje omlaag en stak de envelop naar buiten. Ze keek zenuwachtig om zich heen, alsof er iets aan de hand was. Alsof ze het druk had en dit alleen maar zo snel mogelijk wilde afhandelen. Lukas stak een hand uit naar de envelop, en op datzelfde moment keerde ze zich naar hem toe, keek hem heel even aan en keerde zich toen weer van hem af.

Lukas' hart sloeg een slag over. *Haar ogen waren verschillend van kleur. Het ene was bruin. Het andere was blauw.* Lukas had van zijn leven nog nooit zoiets gezien. Hij bleef staan met de envelop in zijn hand, kon geen woord uitbrengen en voelde voor het eerst sinds heel lang hoe een soort schrik hem bekroop, zwarte druppels in het lichte bloed. De vrouw met de verschillend gekleurde ogen draaide het autoraampje weer omhoog, reed langzaam de Maridalsveien op en verdween toen weer, even snel als ze gekomen was.

25

Mia Krüger zwenkte met de grote kartonnen doos het kantoor in en trok de deur achter zich dicht. Het was stil in de anders zo drukke ruimte, er was geen mens. Anette had onderweg afscheid genomen, die moest haar dochter ergens mee helpen en zou later komen. Mia had gezegd dat dat niet hoefde, dat ze de boel best alleen kon doornemen. Anette had een en al slecht geweten uitgestraald, zoals iedereen die klem zat tussen gezin en werk, maar Mia had haar gerustgesteld: het gaf niets. Als ze op iets belangrijks stuitte, zou ze bellen. De waarheid was, dat Mia het liefst alleen werkte. Dan kon ze beter nadenken. De diepte in gaan. Het verband ontdekken. Ze had niets tegen Anette als persoon, ook niet tegen een van de andere collega's, ze deden allemaal fantastisch werk, maar zoals gezegd had ze soms te veel mensen om zich heen om haar hersens naar behoren te gebruiken.

Mia droeg de doos de briefing room in en zette hem op een tafel. Ze ging zitten en keek naar de ene muur. Ludvig had zoals altijd foto's opgehangen van allebei de zaken, post-it-briefjes en verbindingslijnen, namen en vragen. Pauline en Johanne. *De jurkjes? Wie?* Daar hadden ze nu in elk geval antwoord op, al waren ze niet verder gekomen dan een kartonnen doos met de nalatenschap van een dode op wiens hals een adelaar getatoeëerd stond. Ze klapte het deksel open en begon de inhoud op de grote tafel te sorteren. Er zat niet veel in. Wat foto's. Eentje van een hond. Een golden retriever. Iemand op een vistochtje, zijn gezicht stond niet op de foto, alleen de grote zalm die hij vasthield. Een auto. Wie heeft er in godsnaam een foto van zijn auto, dacht Mia, en ze groef dieper in de doos. Onder een stapeltje rekeningen vond ze wat ze zocht. Een laptop en een iPhone. Ze probeerde de iPhone aan te zetten. De batterij was leeg. Ze zocht nog verder onder in de doos naar de oplader, maar vond hem niet, en die van de laptop ook niet. De batterij daarvan bleek ook leeg toen ze hem aan wilde zetten.

Toen Mia naar haar kantoortje liep om haar eigen oplader te halen, hoorde ze een geluid in een kantoor verderop aan de gang. Dus niet iedereen was al naar huis. Die nieuwe nerd was er nog, hoe heette hij ook alweer? Gabriel. Ja, Gabriel. Mia ergerde zich aan haar hoofd, dat nog steeds niet helemaal functioneerde. Haar dieet van pillen met alcohol op het eilandje had zijn sporen nagelaten, onpasselijkheid en duizeligheid, geen eetlust en gedachten die als het ware niet in de juiste volgorde kwamen. Ze liep de gang door naar Gabriels kamer en besloot om weer wat te gaan trainen. Vroeger was ze in topvorm geweest. Maar dat was lang geleden. Ze vroeg zich af of Chen nog in de stad was. Vermoedelijk wel. Maar hij was kwaad op haar. Of was zij kwaad op hem? Ze wist het niet meer precies. Chen bellen, dat moest ze in haar achterhoofd houden. Meer trainen. Haar bloed weer naar haar spieren laten stromen. Haar hersens weer op gang brengen.

'Hé, ben je er nog?'

Mia stak zonder kloppen haar hoofd naar binnen. De jongeman met het blonde haar schrok hoorbaar.

'Oei, ik hoorde je niet,' zei hij verontschuldigend.

Mia zou haast zeggen dat zijn wangen een tikje rood werden. 'Sorry, mijn fout,' zei ze. 'Ik vroeg me alleen maar af of je me ergens mee kon helpen.'

'Natuurlijk,' zei Gabriel. 'Maar is het goed als ik deze eerst even aansluit?' Hij wees naar een paar kabels op de grond.

'Neem alle tijd die je nodig hebt,' zei Mia.

'Ik dacht dat de politie hierin gespecialiseerd was,' zei Gabriel met een lachje, terwijl hij met de kabels in zijn hand onder het bureau kroop. 'Degenen die dit hebben aangesloten wisten in elk geval niet waar ze mee bezig waren.'

'Aan mij moet je niks vragen, ik heb weinig benul van dat soort dingen. Ik zit in de Hønefoss-kamer.'

'Oké, ik kom zo.'

Op de terugweg wipte Mia haar kantoortje in om haar opladers te pakken, zowel die van haar laptop als die van haar iPhone. Wie heeft er foto's van zijn auto en zijn hond? Mia had geen foto's op kantoor. Toen ze naar het huisje was vertrokken, had ze al haar spullen laten opslaan. Ze had voor drie jaar vooruitbetaald. Wilde nu niet aan al haar spullen denken. Al die foto's, mama en papa, Sigrid. Ze zette die gedachten van zich af en ze liep door naar de briefing room. Ze koppelde de laptop en de telefoon van Roger Bakken aan het stroomnet en liep Munchs rookbalkon op om een luchtje te scheppen. Het avondlijk duister daalde al over de stad neer, het was kouder geworden. Ze trok haar leren jasje dichter om zich heen en miste haar muts. Waarom deed ze zo? Net als een zeurend kind? Was ze nu ineens zielig geworden? Terwijl ze haar hele leven nooit één dag had geklaagd? Om de een of andere reden kreeg ze trek in een sigaret. Ze had nog nooit gerookt, maar hier leek het heel natuurlijk. Roken om na te denken, dat was wat Holger deed. Waar was hij trouwens naartoe? Ze keek op haar mobiel hoe laat het was, het was al twee uur geleden sinds hij naar die advocaat was vertrokken. Ze hoopte dat er niets ernstigs aan de hand was, ze hadden al genoeg aan hun hoofd.

'Eh, Mia?'

Gabriel dook in de briefing room op. Mia ging weer naar binnen. Plotseling kreeg ze enigszins last van een slecht geweten tegenover deze jongen, voor wie dit werk bij de politie volslagen nieuw was. Had iemand hem eigenlijk wegwijs gemaakt? Hem uitgelegd wat hij moest doen?

'Hoe gaat het ermee, Gabriel?' zei ze, terwijl ze aan de grote tafel ging zitten.

De jonge hacker wendde zijn blik enigszins af en keek naar de grond, en verdomd, nu leek het alweer net alsof hij een kleur kreeg. Die had toch wel een erg tere ziel, dacht Mia, en ze haalde een keelpastille uit haar zak.

'Best hoor,' zei Gabriel.

'Heb je je draai gevonden? Heb je wat je nodig hebt?'

'Ik heb de laatste kabels aangesloten. Ziet er goed uit. Moet morgen zelfs naar een bijeenkomst in Grønland. Scholing. Iemand die Møller heet?'

'De Peuk,' zei Mia. 'Die is goed.'

'Mooi,' zei Gabriel. 'In deze databases ben ik nooit binnen geweest, lijkt me leuk om te zien hoe ze in elkaar zitten.'

Mia glimlachte flauwtjes.

'Je bent hacker en je hebt nog nooit in onze databestanden gekeken? Dat vind ik niet erg geloofwaardig, moet ik zeggen. Zelfs niet bij Interpol? Kom nou, daar heb je toch vast wel eens ingebroken?'

Gabriel werd weer enigszins rood en wist niet goed wat hij zeggen moest.

'Ik weet niet...'

'Ik ben je alleen een beetje aan het jennen, rustig maar. Mij een zorg. Zie ik eruit alsof het me iets kan schelen?'

Mia knipoogde tegen hem en bood hem een pastille aan. Gabriel nam hem aan en ging op een stoel zitten. Mia mocht deze jongen wel. Aardig en slim. Beleefd en beschroomd. Zo iemand had ze graag om zich heen. Ze voelde zich zelfs al wat beter. Haar hersens waren op de terugweg.

'Waarmee heb je hulp nodig?'

'Daarmee,' zei Mia, terwijl ze naar de laptop en de mobiel wees die aan het opladen waren.

'Van wie zijn die?'

'Roger Bakken. Degene die de jurkjes heeft besteld die die meisjes aanhadden.'

'Met de tatoeage?' vroeg Gabriel.

'Inderdaad, weet je daarvan?'

Gabriel glimlachte even. 'Ik krijg alle telefoontjes, tekstberichten en gesprekken van de eenheid op mijn computer binnen.'

Mia nam nog een pastille. 'Op die manier. Is dat nieuw?'

Gabriel keek haar verwonderd aan. 'Vraag je dat aan mij? Ik ben hier voor het eerst,' zei hij.

'Ik ben hier ook al een poosje niet geweest,' zei ze. 'Maar serieus? Alles wat iedereen zegt en alle tekstberichten?'

'Yep,' zei Gabriel. 'Bovendien heeft iedere telefoon een tracker, zodat ik ook kan zien waar iedereen is. Veiligheid en hypercommunicatie.'

'Allemachtig, da's praktisch.'

'Nou en of,' zei de jongeman.

'Dus als Curry 's nachts met de homolijn belt kunnen wij daar de volgende dag naar luisteren?'

Gabriel wierp haar een vragende blik toe. Hij wist niet zeker of ze een grapje maakte, of waar ze op zinspeelde.

'Theoretisch wel,' zei hij, weer met een lichte blos.

'Ik maak maar een lolletje, hoor.'

Ze stond op en gaf hem een schouderklopje. Gabriel liep naar de telefoon en de laptop, ging op de grond zitten en zette ze allebei aan. Bleef ernaar zitten kijken terwijl ze langzaam tot leven kwamen. De iPhone was het eerst aan en vroeg om een pincode. De laptop volgde meteen daarop, en die was met een wachtwoord beveiligd.

'Kom je hier makkelijk in?'

'Ja.'

'Wil je dat doen?'

'Nu?'

'Graag.'

'Oké.'

Gabriel stond op en haalde een USB-stick uit zijn kamer. Mia bleef zitten toekijken hoe de jonge hacker met de laptop aan de slag ging.

'Hier staat een programma op dat Ophcrack heet,' zei Gabriel, terwijl hij de USB-stick in de laptop stopte. Hij drukte de startknop van de pc in tot die uitging. Hij zette hem weer aan. 'Het enige wat ik hoef te doen is de opstartvolgorde veranderen, zodat hij eerst de USB-stick leest en dan pas de harddisk, snap je?'

Mia knikte. Ze was geen kei op computergebied, maar dit begreep ze nog wel. Gabriel deed de laptop uit en weer aan.

'Zo, als hij nu opstart, leest hij eerst die USB-stick en gaat dan Ophcrack uploaden.'

Mia bleef zitten kijken terwijl Gabriel bezig was.

'Zo, nu kun je zien dat deze computer twee gebruikers heeft, Roger en Randi.'

'Wie is Randi?'

Gabriel haalde zijn schouders op.

'Misschien had hij een vriendin?'

'Herinner me eraan dat ik haar natrek. Randi.'

'Oké,' zei Gabriel. 'Welk wachtwoord moet ik kraken?'

'Doe eerst Roger maar.'

'Goed,' zei Gabriel, en hij wees naar het scherm. 'Kijk hier. Die kolommen, hier staat LM Pwd 1 en daar LM Pwd 2. Als het wachtwoord meer dan zeven karakters lang is, en dat is hier duidelijk het geval, komen de eerste zeven in de kolom LM Pwd 1 en de rest in LM Pwd 2.'

Gabriel markeerde de gebruiker met de naam Roger en klikte een knop in zijn programma aan, *Crack*.

'En daarna gaat het vanzelf.'

Mia wachtte een paar seconden vol spanning af, terwijl het programma bezig was. Algauw stond het wachtwoord voor hen op het scherm.

'FordMustang67.'

De auto op de foto. Als ze geen hulp had gekregen van dit jonge genie, dan had ze het misschien zelf wel kunnen oplossen. Niet in een paar seconden natuurlijk, maar toch.

'Kan iedereen dit?' vroeg Mia nieuwsgierig.

'Ophcrack is freeware, dat kun je van internet downloaden, dus als je maar weet waar je moet zoeken, dan kan iedereen dit, ja,' zei Gabriel, en hij zette de laptop weer uit en aan.

Het inlogscherm werd zichtbaar en Gabriel wilde net het wachtwoord intoetsen, toen Mia's telefoon ging. In het display stond de naam Holger Munch. Ze liep naar het rookbalkon om op te nemen.

'Met Mia.'

'Hallo, Mia, met Holger.'

'Waar ben je?'

'In de auto. Zeg, ik moet iets met je bespreken.'

'Steek maar van wal.'

'Niet aan de telefoon. Zullen we ergens een biertje gaan drinken?'

'Wil jij bier drinken?'

'Nee, ik wil geen bier drinken, ik wil jou spreken. Over iets persoonlijks. Het staat los van het werk. Jij kunt een biertje nemen, ik neem mineraalwater.'

'Akkoord,' zei Mia. 'Waar zien we elkaar?'

'Ben je op het werk?'

'Ja.'

'Over een paar minuten bij Justisen?'

'No problem, Holger. Tot zo.'

'Prima,' zei Holger, en hij hing op.

Merkwaardig. Holger had er nog nooit een probleem mee gehad om iets telefonisch te bespreken, dacht Mia. Toen drong het tot haar door wat Gabriel haar daarnet had verteld. Hun telefoons werden afgeluisterd, voor hun eigen bestwil, dat was de reden. Opnieuw hoopte ze dat er niets ernstigs aan de hand was.

'Ik moet helaas even weg,' zei Mia tegen Gabriel toen ze weer binnenkwam.

'Oké,' zei de hacker. 'Ik heb de laptop aangekregen, daar kun je nu in. Moet ik de iPhone ook doen?'

'Dat zou fantastisch zijn,' zei Mia. 'Blijf je nog lang hier?'

'Ik blijf nog wel even,' zei Gabriel. 'Ik werk hoe dan ook het liefst 's nachts, en er zijn hier nog een hoop dingen waarmee ik beter bekend moet raken.'

'Als je iets spectaculairs tegenkomt, bel me dan, oké?'

'Da's goed,' zei Gabriel.

'Bedankt voor je hulp,' zei Mia.

Ze liep de trap af, trok haar jasje dichter om zich heen en slenterde naar de Møllergata.

26

Holger Munch zat op de binnenplaats onder een terrasverwarmer. Hij had zojuist een sigaret opgestoken en keek peinzend naar zijn telefoon, toetste een bericht in en legde de telefoon weg toen Mia kwam.

'Dag, Mia.'

'Dag, Holger.'

'Vind je het goed om buiten te zitten? Ik heb al besteld.'

'Natuurlijk,' zei Mia, terwijl ze een stoel naar achteren trok.

Eind april, een avond in Oslo, in wezen nog te koud om buiten een pilsje te drinken, maar de gloed van de terrasverwarmer hielp. Mia wist dat het hoe dan ook vrij zinloos was om met Holger binnen te gaan zitten, hij wilde de hele tijd roken, dus kon ze het zich net zo goed meteen buiten gemakkelijk maken. Ze pakte een plaid en legde die over haar dijbenen.

'Wat heb je besteld?'

'Alleen maar mineraalwater en een smörrebröd, en een biertje voor jou, ik wist niet of je verder nog iets wilde.'

'Nee, dank je, een biertje is prima,' zei Mia.

Holger keek even om zich heen op de rustieke en charmante binnenplaats.

'Lang geleden dat ik hier ben geweest.'

'Net als voor mij,' zei Mia.

Ze wisten allebei wanneer die laatste keer was geweest, maar dat wilden ze geen van tweeën hardop zeggen. Een blik en een knikje waren genoeg. Ze hadden een paar jaar geleden hier aan ditzelfde tafeltje gezeten, terwijl de kwestie van het dienstvergrijp speelde. Mia had diep in de put gezeten en Holger was de enige geweest met wie ze kon praten. Een fotograaf van het *Dagbladet* had hen weten te vinden en was foto's gaan maken, weigerde hen met rust te laten. Holger had de fotograaf beleefd maar gedecideerd uit de gelegenheid verwijderd. Mia moest glimlachen als ze eraan dacht. Heel ridderlijk, in feite. Toen had zij hem nodig gehad. Nu was hij degene die haar had gevraagd om te komen.

'Ik wil niet dramatisch doen, maar ik kon het domweg niet opbrengen dit telefonisch af te handelen, het is niets ernstigs, ik bedoel, minder belangrijk dan onze zaak, maar toch, ik wilde je gewoon om raad vragen,' zei Holger.

Een serveerster kwam met hun bestelling naar buiten. Een flesje mineraalwater en een smörrebröd met garnalen voor Holger en een biertje voor Mia.

'Smakelijk eten, en zeg het maar als jullie nog iets willen,' zei het meisje, waarna ze weer verdween.

'En bovendien hebben we nog niet echt gevierd dat we weer terug zijn,' zei Holger opgewekt, terwijl hij zijn glas hief. 'Proost.'

'Proost,' zei Mia met een lachje, en ze nam een slok bier.

Ze gaf het niet graag toe, maar het smaakte voortreffelijk. Precies zoals het hoorde te smaken. Ze moest een beetje oppassen, dat besefte ze wel, maar op dit moment even niet. Ze had wel wat ontspanning verdiend. Holger at zonder veel te zeggen zijn garnalensmörrebröd. Schoof het bordje opzij toen hij klaar was en stak nog een sigaret op.

'Hebben jullie iets gevonden tussen de spullen van Bakken?'

'Een laptop en een iPhone,' zei Mia.

'Mooi. Staat daar nog iets interessants op?'

'Weet ik nog niet. Gabriel kijkt er nu naar.'

'Wat vind je van hem?'

Mia haalde haar schouders op en nam nog een slok bier. 'Ik heb niet zoveel met hem gepraat, maar hij lijkt me een prima vent. Een groentje, wel, maar dat hoeft geen bezwaar te zijn.'

'Ik zie hem wel zitten,' zei Holger, terwijl hij zijn rook de lucht in blies. 'Eigenlijk wel prima om iemand van de andere kant te rekruteren. Een nieuwe kijk, nog niet verpest door beroepsdeformatie. Wij zijn geneigd een beetje vast te roesten, vind je ook niet?'

'Kan zijn,' zei Mia. 'Hij lijkt in elk geval te weten wat hij doet.'

Holger glimlachte. 'Hè, hè, met zijn denkvermogen is niks mis, zacht uitgedrukt. Ik heb zijn naam van de MI-6 in Londen gekregen, hij had die code gekraakt, je weet wel, die opgaaf die ze vorig jaar op internet hadden gezet?'

Mia haalde haar schouders op.

'Nee, natuurlijk, je bent er een poosje uit geweest. Weet je eigenlijk wie er minister-president is?'

Mia haalde haar schouders op. 'Maakt het iets uit?'

Holger Munch lachte even en wenkte de serveerster.

'Willen jullie nog iets bestellen?'

'Ik denk eigenlijk dat ik appeltaart met ijs wil, nog een biertje?' Mia knikte.

'Appeltaart en pils dus,' zei het meisje, en ze verdween weer.

'Hoe dan ook, beroepsmatig weet hij van wanten, de vraag is alleen of hij erin slaagt om politieman te zijn.'

'Wie is daar nu wél toe in staat?' zei Mia.

'Nee, dat klopt,' zei Holger. 'Nou ja, ik ben in elk geval heel blij dat ik weer in Oslo ben, en dat jij hier bent. Ik heb eerder op de dag met Mikkelson gepraat. Iedereen is op tilt geslagen van deze zaak. 's Lands veiligheid en de reputatie van de politie, en je snapt wel, vermoedelijk zware druk van bovenaf om dit zo snel mogelijk uit de wereld te krijgen. Het ministerie zal wel iedere dag bellen om naar de laatste stand van zaken te informeren.'

'Goed dat hij een beetje achter zijn broek wordt gezeten,' zei Mia.

Ze dronk de halve liter op en haalde een pastille uit het doosje in haar zak. De serveerster kwam met de appeltaart en een nieuw glas bier. Mia wachtte met de eerste slok totdat Holger een paar happen gegeten had. Ze wilde niet de indruk wekken dat ze te gretig dronk. Uiteindelijk was ze hier niet om zich vol te laten lopen, Holger wilde ergens over praten.

'Dus, jullie familieadvocaat, zei je?'

'Ja, verdorie,' zuchtte Holger. 'Ik weet eigenlijk niet goed waar ik moet beginnen. Zoals gezegd geen ernstige dingen, maar er is wel het nodige aan de hand, de laatste tijd. Miriam gaat trouwen en...'

'Allemachtig, wat goed, dat wist ik niet.'

Mia merkte dat ze oprecht blij was. Ze mocht Miriam graag. Toen ze elkaar hadden leren kennen, had het meteen geklikt tussen hen. Ze wist dat het niet altijd koek en ei was tussen Miriam en haar vader, maar ze had altijd gedacht dat het op den duur wel in orde zou komen.

'Ja, dat is geweldig,' zei Holger.

'Nog altijd met Johannes, neem ik aan. Is hij nu afgestudeerd als arts?'

Holger knikte. 'Loopt nu zijn coschappen. Een jaar in Ullevål.'

'Jemig, wat een bofkont. Ik dacht dat je meestal op het platteland terechtkwam.'

'Ja, hij is echt een zondagskind.' Holger glimlachte scheef. 'Nee, hoor, ik vind het prima. Fijne vent. Laten we hopen dat een beetje van zijn geluk op Miriam overslaat.'

'Wat bedoel je?'

Holger aarzelde wat. 'Tja, ik weet het niet meer. Eerst moest het Engels worden, en toen weer niet. Daarna literatuur, maar dat was het ook niet helemaal.'

'Is ze niet naar de school voor journalistiek gegaan?'

Holger nam nog een stukje taart. 'Ja. Ze was bijna klaar, maar nu heeft ze daar ook weer een denkpauze ingelast. Ik snap niet helemaal waar ze mee bezig is.'

'Ik vind dat je wat toegeeflijker tegenover haar moet zijn,' zei Mia, en ze nam een slok bier. 'Jij en Marianne zijn uit elkaar gegaan toen ze vijftien was. Ze is moeder geworden toen ze negentien was. Wat verwacht je van het kind? Gun haar een beetje tijd.'

'Misschien wel, je zult wel gelijk hebben,' zuchtte Holger, terwijl hij zijn volgende sigaret opstak.

'Is er soms iets met haar gebeurd?'

'Wat, nee, hoezo?'

'Geen idee, is dit het vragenuurtje of zo?' zei Mia glimlachend.

'Wat bedoel je?'

'Moet ik raden waarover je met me wilt praten, werkt het zo?'

Holger lachte zachtjes. 'Jij bent ook geen spat veranderd, hè? Je flapt er nog steeds respectloos van alles uit, hè? Je weet toch dat ik je chef ben? Dat het eigenlijk de bedoeling is dat jij je mond houdt en doet wat ik zeg?'

'Dat zou me wat moois wezen,' zei Mia.

'Nee, het ligt een beetje moeilijk, ik weet niet goed hoe ik het moet zeggen. Eigenlijk erger ik me kapot.'

'Voor de draad ermee,' zei Mia.

'Oké,' zei Holger, en hij nam nog een trekje van zijn sigaret. 'Je kent mijn moeder?'

'Ja, wat is er met haar?'

'Je weet dat ik haar een paar jaar geleden naar een verzorgingstehuis heb gebracht?'

'Ja, wat is daarmee? Gaat het niet goed met haar?'

'Jawel, met haarzelf is niets aan de hand. Haar benen zijn niet meer zo goed, dus soms moet ze in een rolstoel worden rondgereden, maar dat is het niet.'

'Heeft ze het daar niet naar haar zin?'

'Aanvankelijk niet, maar dat is snel goed gekomen. Ze ontdekte dat ze lotgenoten had, heeft daar geloof ik vriendinnen gemaakt, een leuk naaikransje, dus nee, dat is het niet, alleen heeft ze zich plotseling in haar hoofd gezet dat ze christelijk is.'

'Wat bedoel je? Christelijk als in gelovig? In die zin dat ze ineens in God gelooft?'

Holger knikte.

'Zo zo, ik dacht dat jullie een atheïstische opvoeding hadden gehad?'

'Ja, dat is dus het gekke, ik heb haar nooit over, tja, godsdienst of iets in die richting horen praten, maar op een dag was ze ineens veranderd. Begon iedere week samenkomsten van een of ander kerkgenootschap te bezoeken, samen met een paar vriendinnen van dat naaikransje.'

'Misschien is het de leeftijd,' zei Mia. 'Wat weten wij daarvan? Ik bedoel, ze is nog kras en zo, maar toch valt niet te ontkennen dat ze meer jaren achter zich heeft dan voor zich. Misschien geeft het niet dat ze iets heeft om in te geloven.'

'Ja, dat spreekt vanzelf. Het leek me eigenlijk ook volstrekt ongevaarlijk, lieve help, ze wordt binnenkort tachtig en in wezen moet ze zulke dingen ook zelf weten, maar...'

Holger aarzelde even.

'Maar wat?'

'Nou, het is vermoedelijk serieuzer dan ik aanvankelijk dacht. Daarom heeft Kurt me ook gebeld.'

'Is dat je advocaat?'

'Ja,' zei Holger.

'En wat is er aan de hand?'

Holger drukte zijn sigaret uit en stak een nieuwe op. 'Ze heeft besloten de hele erfenis aan die kerkgemeente te schenken.'

'Shit?'

'Ja, hè?' Holger spreidde zijn armen. 'Wat moet ik daar nu weer mee?'

'Is het veel geld?'

'Nou nee, het is geen groot fortuin, maar toch. De flat in Majorstua. Het vakantiehuisje in Larvik. En ze heeft het een en ander op haar rekening staan, van de erfenis van mijn vader heeft ze niets uitgegeven. Het is alleen, tja, niet dat dat geld zoveel betekent, maar ik had nu eenmaal in mijn hoofd dat alles te zijner tijd naar Marion ging, ja, dat wij... je weet wel, een vangnet voor haar. Het familiekapitaal en zo.'

Mia knikte. Holger had een sterke, bijna ongezonde band met zijn kleinkind. Mia was ervan overtuigd dat als iemand hem zou vragen omwille van haar zijn arm af te hakken, hij dat zonder aarzelen zou doen. Onverdoofd. Hier, alsjeblieft, een arm, heb je er nog een nodig?

'Jemig, wat klote.'

'Ja, hè, wat moet ik daar nou weer mee?'

'Verdraaid lastig.'

'Ik snap best dat het maar geld is, en we hebben godbetert wel belangrijker zaken aan ons hoofd. Twee meisjes van zes zijn dood en ergens liggen nog acht jurkjes klaar. Je reinste nachtmerrie eigenlijk, ik durf er bijna niet aan te denken. Ik strompel maar wat rond, ik slaap bijna niet maar lig alleen maar te wachten tot er gebeld wordt met de mededeling dat er nog een meisje verdwenen is. Snap je?'

Mia knikte. Precies zo verging het haar ook.

'Daarom wilde ik het niet telefonisch bespreken. In het grote geheel stelt het feitelijk niets voor. Ik wil niet dat de rest gaat denken dat ik mijn tijd met andere dingen verdoe dan achter die smeerlap aan zitten.'

'Als het er één is,' zei Mia.

'Denk je dat het er meer kunnen zijn?'

'Dat weet ik niet, maar we moeten openstaan voor die mogelijkheid, toch?'

'Ja, natuurlijk.' Holger zweeg even om haar woorden te overdenken.

'Kun je niet gewoon met haar praten?'

'Wat?'

'Met je moeder. Zeggen wat je daarnet tegen mij hebt gezegd. Over Marion en zo.'

'Ja, god, daar heb je vast wel gelijk in,' zuchtte Holger. 'Ze is alleen zo verdomd koppig. Soms heb ik het gevoel dat ze zich wreekt omdat ze zelf niet mocht uitmaken of ze wel naar dat tehuis zou gaan.'

'Ze had bijna het hele flatgebouw in de fik gestoken, Holger, het was nodig.'

'Ja, dat weet ik wel, maar toch.'

Plotseling had Mia met hem te doen. Omringd door sterke vrouwen van alle leeftijden, en veel te aardig. Niet dat hij het zelf zo zag, hij had nog steeds een slecht geweten over die scheiding. Mia had herhaaldelijk geprobeerd hem duidelijk te maken dat het zijn schuld niet was, dat Marianne het zo had gewild, maar daar was hij min of meer doof voor.

'Denk jij dat het er meer zijn?'

'Die achter die moorden zitten?'

'Ja,' zei Holger.

'Eigenlijk niet.'

'Mee eens. Maar we moeten het openhouden.'

'Ik ben een beetje...' zei Mia, maar ze onderbrak zichzelf.

'Een beetje wat?'

'Tja, ik weet het niet, ik zit er niet helemaal ín. Ben er niet echt bij betrokken. Zie het totaalbeeld niet helemaal, er gaat iets schuil achter dat patroon, dat weet ik, dat zit er dik in, het is eigenlijk zo klaar als een klontje, maar ik zie het niet, als je begrijpt wat ik bedoel.'

'Dat komt nog wel,' zei Holger geruststellend. 'Je bent een poosje weggeweest. Meer is het niet.'

'Dat zal dan wel,' zei Mia nadenkend. 'Laten we het hopen. Om eerlijk te zijn voel ik me een beetje nutteloos. Heb met mezelf te doen. Ben met mijn kindertijd bezig. Dat is niets voor mij. Ik hou er niet van als ik zo ben. Als het me niet lukt om aan te haken, moet je me van deze zaak halen, beloof je dat?'

'Ik heb je nodig, Mia,' zei Munch. 'Er is een reden waarom je bent teruggehaald.'

'Om jou met je familieproblemen te helpen?'

'Zal ik je eens wat zeggen, Mia? Fuck you.'

'Fuck you, Holger. Het ging prima met me waar ik zat.'

De twee collega's glimlachten en wisselden een blik vol sympathie die geen verdere uitleg vereiste.

Holger stak nog een sigaret op, terwijl Mia nog een slok pils nam en de plaid steviger om zich heen trok.

'Hønefoss was in 2006, toch?'

'In september,' zei Holger. 'Hoezo?'

'Als ze nog leefde, zou ze nu naar school gaan, heb je daar al bij stilgestaan?'

'Het is bij me opgekomen,' zei Holger. 'Ik ben aan het denken gezet door iets wat Gabriel zei.'

'Wat dan?'

'Iets over een leraar. Dat het een leraar kon zijn, zoiets.'

'Dat is bepaald niet dom gedacht, misschien schuilt er toch wel iets van een politieman in hem.'

'Denk je dat ze niet meer leeft?' vroeg Holger.

'Hoe bedoel je?'

'Nou, zo zei jij het, *als ze nog leefde*. Die verdwenen baby. We hebben haar toch nooit gevonden? Het kan zijn dat ze nog in leven is.'

'Nee,' zei Mia.
'Ben je daar zo zeker van?'
'Ze leeft niet meer.'
'Nee, dat denk ik ook niet, maar de mogelijkheid bestaat wel.'
'Ze leeft niet meer,' zei Mia nogmaals.
'Wat vind jij van die theorie over een leraar?'
'Zo slecht nog niet, laten we die in het achterhoofd houden.'
Holger knikte en keek op zijn telefoon. 'Ik moet ervandoor, moet nog wat papierwerk doen voor ik naar bed ga. Mikkelson is aan het zeuren.'
'Dat zou Anette toch allemaal doen?'
'Ze doet wat ze kan.'
Holger stond op en trok zijn portemonnee uit zijn jasje.
'Ik betaal,' zei Mia nadrukkelijk.
'Zeker weten?'
'Natuurlijk. Jouw familie heeft binnenkort geen geld meer, dit is wel het minste wat ik kan doen.'
'Ha, ha.' Holger knipoogde.
'Houden we morgenvroeg een voltallige bijeenkomst?'
'Was ik niet van plan, eerst maar eens kijken wat die laptop en die iPhone opleveren.'
'Ik hou je op de hoogte,' zei Mia.
'Mooi zo. Tot ziens.'
Toen Munch weg was, bleef Mia zitten met het lege bierglas voor zich op tafel. Ze zou er graag nog een nemen, maar betwijfelde of dat een goed idee was. Naar haar hotelkamer gaan zou eigenlijk het beste zijn, vroeg naar bed tussen schone lakens. Ze trommelde met haar vingers tegen de zijkant van het glas, terwijl ze de zaak in gedachten nog eens doornam om haar hersens wakker te schudden.
'Kan ik nog iets voor je halen?'
De serveerster was terug, nog steeds glimlachend.
'Ja, nog eentje. En een glaasje kruidenbrandewijn.'
'Komt in orde,' zei het meisje, en ze verdween.
'Mia?'
Op de binnenplaats dook een min of meer bekend gezicht op achter een gloeiende sigaret. Een jonge vrouw van haar leeftijd liep op haar tafeltje af.
'Ken je me niet meer? Susanne? Uit Åsgårdstrand?'

De jonge vrouw boog zich naar voren en omhelsde Mia langdurig. Lieve help, natuurlijk. Susanne Hval. Een paar huizen verderop in de straat. Een jaar jonger dan Sigrid en zij. Ze waren destijds alle drie goeie vriendinnen geweest, lang geleden.

'Hallo Susanne. Sorry, ik was helemaal verdiept in mijn werk.'

'Ik snap het. Ik stoor toch hopelijk niet? Is het goed als ik hier ga zitten?'

'Ja, vanzelf.'

'Wie had dat nou gedacht,' lachte Susanne. 'Hoelang is dat niet geleden?'

'Te lang.'

Mia's oude vriendin bleef met een brede glimlach naar haar kijken. 'Heb je niet meer gezien sinds, tja, die keer dat ik je in de krant zag, mag ik zo vrij zijn om dat te zeggen?'

'Ja, dat is prima,' zei Mia.

'Hoe is het eigenlijk afgelopen? Met die zaak, en dat gedoe?'

'Ik ben een poosje met verlof gegaan.'

'Ik stoor toch niet?'

'Nee, absoluut niet, hartstikke leuk,' zei Mia, en ze wees naar de stoel waaruit Holger zojuist was opgestaan.

Ze had door de jaren heen meermalen aan Susanne gedacht, vooral na Sigrids dood. Ze hadden elkaar op de begrafenis gesproken, maar sindsdien had ze Susanne niet meer gezien en ook geen contact met haar gezocht, er was zoveel aan de hand geweest. Het was goed om haar oude vriendin terug te zien.

De serveerster kwam terug met het bier en de brandewijn.

'Kan ik voor jou ook iets halen?'

Susanne schudde haar hoofd. 'Ik heb binnen al bier staan. Ik ben hier met een paar collega's.'

Dat laatste zei ze tegen Mia, met iets van trots in haar stem.

'Dus je bent naar de stad verhuisd?' vroeg Mia.

'Ja, vier jaar geleden.'

'Da's mooi. Wat doe je voor werk?'

'Ik werk bij het Nationale Toneel,' zei Susanne.

'Jemig, gefeliciteerd.'

Mia had vage herinneringen aan een amateurtoneelgroep in Horten. Susanne had haar best gedaan haar mee te krijgen, maar daar had ze gelukkig aan weten te ontkomen. Op de planken staan was absoluut niet Mia's ding, ze huiverde al bij de gedachte.

'Ik ben alleen maar regieassistente, maar toch, het is enorm leuk. Binnenkort hebben we de première van *Hamlet*. Ik denk dat het een fantastische voorstelling wordt. Die zou je eigenlijk moeten zien. Ik heb extra kaartjes voor de première. Heb je zin?'

Mia glimlachte flauwtjes. Zo herkende ze Susanne weer. Het energieke en opgewekte meisje dat alle mensen zo graag mochten. Die warme blik waar je altijd zo moeilijk nee tegen kon zeggen.

'Misschien,' zei ze. 'Het is op dit moment erg hectisch op het werk, maar ik zal kijken of ik tijd kan maken.'

'Allemachtig, wat is het goed om je weer te zien,' lachte Susanne. 'Zeg, ik ga even mijn bier halen, goed? Die acteurs zijn toch zo met zichzelf bezig dat ze niet zullen merken dat ik weg ben.'

'Doe dat,' zei Mia.

'Wacht dan even, niet weggaan, hoor.'

Susanne drukte snel haar sigaret uit en liep op een sukkeldrafje de gelagkamer in om haar halve liter te halen.

27

Tobias Iversen had zijn wekker op zes uur gezet en werd wakker toen die afging. Snel boog hij zich over zijn nachtkastje om hem uit te zetten, hij wilde niet dat anderen in huis wakker zouden worden van het doordringende geluid. Torben, zijn broertje, was niet thuis. Hij logeerde bij een klasgenootje. Tobias glipte zijn bed uit en kleedde zich zo stilletjes mogelijk aan. Hij had alles al lang geleden klaargelegd, had deze tocht al dagen van tevoren voorbereid. Zijn rugzak stond kant-en-klaar aan het voeteneind van het bed. Hoelang het zou duren wist hij niet, maar hij had voor de zekerheid wat extra spullen ingepakt. Hij nam het tweepersoonstentje mee, een slaapzak, een butagasbrander en wat eten, zijn mes, extra sokken, een extra trui voor als het koud werd, zijn kompas en een oude kaart die hij in het schuurtje had gevonden. Hij was in de stemming voor een expeditie en verheugde zich er enorm op om van huis weg te gaan.

De eerste dagen nadat hij en zijn broertje het meisje hadden gevonden dat aan die boom in het bos hing, was het leuker geweest om thuis te zijn. Zijn moeder en stiefvader hadden een hoop bezoek gekregen, vooral politiemensen die vragen stelden en rondspitten, en zowel zijn moeder als zijn stiefvader was enorm opgewekt geweest, ze hadden zelfs het huis schoongemaakt, de woonkamer zag er nu heel anders uit en rook bijna de hele tijd lekker. De politie was heel aardig geweest. Ze hadden hem zelfs een beetje als een held behandeld, gezegd dat hij erg flink was geweest en dat hij alles goed had gedaan. Tobias was het bijna gênant gaan vinden, hij was zoveel lof niet gewend. De politie was een paar dagen op het boerderijtje gebleven. Niet 's nachts en zo, maar van 's morgens vroeg tot 's avonds laat. Ze hadden de omgeving met rood-witte tape afgezet waar POLITIE op stond, om de nieuwsgierigen op afstand te houden. En daar waren er een heleboel van, zowel uit de buurt als van elders. Verderop langs de weg hadden auto's van allerlei televisiezenders gestaan, in de lucht hadden helikopters gevlogen en er waren een hoop journalisten en fotografen gekomen, van wie er diversen met Tobias wilden praten. In de dagen na de vondst was de telefoon aan één stuk door gegaan, en hij had zijn moeder met iemand over geld horen praten, dat ze dat bij bakken konden krijgen als de jongens zich lieten interviewen, maar de politie had nee gezegd, had het verboden, en dat vond Tobias eigenlijk allang best. Iedereen deed toch al anders tijdens de pauzes op school. De meesten, vooral de meisjes, hadden het leuk gevonden, hij was min of meer een bekende persoonlijkheid geworden, maar dat was niet alleen maar prettig, want een paar jongens, vooral die twee nieuwe uit de stad, waren jaloers geworden en begonnen rotdingen over hem te zeggen. Tobias had zijn moeder gevraagd of hij een paar dagen thuis mocht blijven van school, want daar kwamen de journalisten ook naartoe, ze namen foto's van hem terwijl hij aan het voetballen was en riepen dat hij naar het hek moest komen. Dat deed hij natuurlijk niet, de politie had gezegd dat hij met niemand mocht praten over wat hij had gezien, en hij wilde best doen wat de politie zei. Ze hadden het hele bos doorzocht, met pakken van wit plastic aan. Tobias had op een stoel op het erf zitten toekijken. Niemand anders mocht dat. Zelfs de NRK en TV2 en de rest moesten op de weg achter de afzetting blijven staan en mochten alleen maar iets roepen wanneer er iemand langskwam. Maar hij was degene die haar had gevonden, en hij kende elke struik in de omgeving, en bovendien had hij de politiemensen ook een beetje leren kennen. Eentje heette er Kim, eentje Curry, eentje Anette, en dan had je de chef, die een baard had en Holger heette. Die was er niet zo vaak geweest, maar één keer, maar hij was degene die Tobias had ondervraagd en had bepaald dat niemand met anderen mocht praten over wat ze hadden gezien. Hij had vooral gesproken met de politieman die Kim heette, en ook vrij vaak met Curry. Tobias vond hen allebei heel erg aardig. Ze behandelden hem over het algemeen niet als een kind, haast als een volwassene. Het kwam vaak voor dat ze van tussen de bomen het erf op kwamen en hem dan van alles vroegen. Of er daar in de bossen veel mensen kwamen. Of hij die boshut had gebouwd. Het een en ander over de buren. Of hij zich kon herinneren de laatste tijd iets verdachts te hebben gezien, dat soort dingen. Er was ook een psycholoog geweest, die eerste avond, met wie hij kon praten als hij wilde, dus had hij wat met haar gepraat en dat was prima geweest, maar dat hij dat meisje had gevonden, had hem eigenlijk niet zoveel gedaan, want hij had pas een paar dagen later begrepen wat hij eigenlijk had meegemaakt. Toen was het tot hem doorgedrongen. Hij had op de trap gezeten en toen had hij het begrepen. Zomaar ineens. Dat het echt was. Dat het meisje in de boom, dat Johanne heette, een vader en een moeder had, en een zusje, en ooms en tantes en grootouders en vriendinnen en buren, en dat ze er, tja, nu niet meer was en dat ze haar nooit meer terug zouden zien. En dat iemand haar dat met opzet had aangedaan, en dat pal in de buurt van zijn huis, en Tobias had toch wel een beetje moeten huiveren bij die gedachte, in feite had hij zelf in die boom kunnen hangen. Of zijn broertje. Dat had flink pijn gedaan vanbinnen, hij had in bed moeten gaan liggen, en die nacht had hij vreselijk gedroomd. Dat iemand een springtouw om zijn nek had gedaan en hem had opgehangen en op hem had geschoten met pijlen van wilgentakken die een echte punt hadden, en ook had hij Torben om hulp horen roepen, maar hij kwam niet los, hij hing daar aan zijn nek te spartelen en kon geen adem krijgen. Tobias was helemaal bezweet wakker geworden met zijn hoofd aan zijn kussen gekleefd.

De politiemensen waren een paar dagen op het boerderijtje gebleven. Toen waren ze klaar geweest en weggegaan. De afzettingen verderop langs de weg waren nu weg en een paar journalisten waren naar het huis gekomen en hadden aangebeld, maar zijn moeder had hen niet binnengelaten. Tobias was er tamelijk zeker van dat ze dat wel had gewild, sommigen zouden vast een heleboel betalen, maar de voornaamste politieman, Holger, die dikke met de baard en de vriendelijke ogen, was heel streng geweest.

Zoals gezegd had Tobias deze tocht al lang van tevoren gepland en dit ogenblik was volmaakt. Hij had vrij van school en zijn broertje was bij uitzondering niet thuis. Hij kleedde zich zo stilletjes mogelijk aan, deed zijn rugzak om en sloop geluidloos de achterdeur uit.

Hij was al vaker bij het Litjønnameer geweest, dus hij kende de weg. De kaart en het kompas had hij alleen maar meegenomen voor het geval dat. Het kon zijn dat hij de ene kant op ging, of de andere kant. Lucifers? Had hij lucifers meegenomen? Hij deed de rugzak af en voelde in het zijvakje. Ja, daar waren ze. Lucifers waren belangrijk. Als je geen vuur maakte, werd het 's nachts vreselijk koud. Niet dat hij van plan was de hele nacht weg te blijven, maar het was mogelijk. Misschien trok hij gewoon weg, het bos in, en ging hij nooit meer naar dat ellendige huis terug. Dat zou nog eens wat zijn. Als hij gewoon wegbleef. Dan zochten ze het verder maar uit. Flauwekul natuurlijk, zijn broertje kwam morgen terug. Tobias ging graag met zijn broer om, maar het was fijn om ook eens vrij te hebben.

Tobias hees de zak weer op zijn rug en deed de deur zachtjes achter zich dicht. Op het erf waaide de frisse lentelucht hem tegemoet. Hij stak het snel over en sloop het bos in. Tobias nam een andere route dan normaal, niet langs de zelfgemaakte hut waar ze het meisje hadden gevonden, aan die episode wilde hij nu niet denken, hij had geen zin om weer bang te worden, nu moest hij hard wezen, hij had vrij en hij ging op expeditie, hij had geen tijd om ongerust te worden. Tobias zette koers langs de beek, helemaal tot aan een koeienpaadje dat hij lang kon blijven volgen. Na ongeveer een uur lopen deed hij zijn rugzak af om te ontbijten. Het was belangrijk dat hij wat te eten binnenkreeg, en hij had thuis in de keuken geen herrie willen maken. In het bos was het droog en aangenaam, het had al een poosje niet geregend. Hij ging op een boomstronk zitten en genoot van het uitzicht, terwijl hij twee sneden brood naar binnen werkte en wat limonade dronk uit de fles die hij bij zich had. Tobias hield van de lente. Te zien hoe de winter zijn greep liet varen, dat gaf als het ware nieuwe mogelijkheden, een kans dat er iets nieuws zou gebeuren, dat de wereld zou veranderen. Hij had vaak gedacht dat nieuwjaarsdag in de lente hoorde te vallen, niet midden in de winter, de dag na 31 december was eigenlijk hetzelfde als de vorige, maar in de lente, dan was alles anders. Pasontloken bladeren aan de bomen, met een mooie nieuwe kleur, bloemen en planten op de bosgrond, de vogels kwetterden weer tussen de takken. Tobias beëindigde zijn ontbijt en liep neuriënd de berghelling op. Hij had zich voorgenomen meer te weten te komen over de christelijke meisjes, geen gelieg meer, ontdekken hoe het eigenlijk zat, en nu was hij dan eindelijk onderweg. Het speet hem een beetje dat hij zijn boek niet bij zich had, als hij hier moest overnachten had het fijn kunnen zijn om bij zijn kampvuur midden in het bos te zitten lezen. Hij was nu bezig aan het volgende boek op Emilies lijst, *Heer der vliegen* had hij uit, daar was hij doorheen geraasd, had ieder woord verslonden. Hij wist niet of hij alles had begrepen, maar dat was niet erg. Het was fijn geweest. Had hem blij gemaakt. Het nieuwe boek las minder makkelijk. *Eén vloog over het koekoeksnest*, dat had een wat volwassener taalgebruik en Emilie had gezegd dat hij het maar moest ruilen als het te moeilijk werd, maar hij wilde proberen het helemaal uit te lezen. Tot nog toe vond hij het enorm spannend. Het boek ging over een indiaan, Chief Bromden, die in een ziekenhuis was gestopt waar hij niet uit mocht. Het hoofd daar was een vrouw die ongelofelijk streng was, net een heks. Chief Bromden deed of hij doofstom was, dus of hij niets kon horen of zeggen, om... tja, Tobias wist eigenlijk niet precies waarom de indiaan dat deed, maar het boek was hoe dan ook spannend. Hij had het mee moeten nemen. Stom van hem.

Boven aan de berghelling kon hij het terrein enigszins overzien. Heel in de verte ving hij een glimp van het Litjønnameer op. Nog een uurtje of twee misschien, en dan was hij er. Tobias merkte dat hij zich er enigszins op verheugde, maar hij had ook de kriebels. Iedereen had het wel vaak over die christenen, maar niemand wist iets van ze af. Stel dat ze gevaarlijk waren? Of als ze niet gevaarlijk waren, hielden ze misschien niet van bezoek. Maar stel dat ze hartstikke aardig waren? Misschien zouden ze hem met open armen ontvangen en hem kip met limonade voorzetten, en dan zou hij een heleboel nieuwe vrienden maken en wie weet wilden ze wel dat hij daar kwam wonen, en wie weet mocht Torben ook komen, en dan kwam alles in één klap goed.

Het beste was waarschijnlijk om niet meteen naar hen toe te

gaan. Je kon nooit weten. Misschien moest hij een eindje verderop een kamp opslaan, met uitzicht. Met zijn verrekijker en misschien wat camouflage op zijn lijf gaan liggen om hen te bespioneren. Het juiste moment afwachten.

Hij glimlachte. Wat een goed idee. Een kamp opslaan met uitzicht. Wat spioneren. Hij had zijn boek moeten meenemen, dat had hij echt moeten doen, maar het was te laat om nu nog om te keren. Dan moest hij de indiaan maar zijn. Chief Tobias Bromden, op een geheime missie.

Het was inmiddels wat warmer geworden, de zon dook op van achter een wolk en verlichtte bijna zijn pad, dat was een goed teken. Tobias deed zijn jack uit, stopte het in de rugzak en liep verder door het bos.

Hij zag het hek pas toen hij er een paar centimeter vanaf was. Hij was in gedachten verzonken geweest. Camouflage en een plek voor zijn kamp, daar had hij aan lopen denken. Hij was al eerder bij deze boerderij geweest en wist een goeie plek om te spioneren. Het oude boerenbedrijfje en de grond eromheen waren door de gemeente verkocht, zo zat het, dacht hij. De gemeente had er een opvanghuis voor drugsgebruikers gerund, een oude boerderij waar ze uit de stad weg waren en wat werk op de boerderij en in het bos konden doen en zo, en dat was vast wel goed voor ze. Maar toen had de gemeente minder geld gekregen of besloten het voor iets anders te gebruiken, of, nou ja, dat wist Tobias niet precies, maar het opvanghuis voor de junks was in elk geval opgeheven. En toen had het een poosje leeggestaan. En nu was het door een stel christenen gekocht. Tobias was er twee keer eerder geweest, een keer toen de junks er nog zaten en een keer toen het leeg had gestaan. Hij was er samen met Jon-Marius geweest, zijn beste vriend van vroeger, die helaas halverwege de vierde met zijn moeder naar Zweden was verhuisd, maar hoe dan ook, ze hadden een perfecte plek ontdekt om te spioneren, een heuveltje niet ver van de boerderij, met een goed zicht op vrijwel alles wat er gebeurde.

Maar dit hek herinnerde hij zich niet, en nu was hij er bijna recht tegenaan gelopen. Een hek van gaas, zo eentje dat altijd prikkeldraad langs de bovenrand had. Tobias deed snel een paar stappen achteruit om zich onder de bomen te verschuilen, terwijl hij deze plotselinge hindernis nieuwsgierig bekeek. Er zat geen prikkeldraad langs de bovenrand, maar het was wel hoog. Meer dan twee keer zijn eigen lengte. Het hek zag er gloednieuw uit. Alsof het pas was neergezet. Tobias keek op naar de bovenkant van het hek en dacht een poosje na. Het zou hem wel lukken eroverheen te klimmen, maar dan zou hij zichtbaar zijn. Hij zag het nu ook, het boerderijtje, een heel eind verderop, daar was ook iets raars mee gebeurd, het was niet meer hetzelfde boerderijtje, ze hadden nieuwe dingen gebouwd. Aan de buitenkant en de bovenkant zo te zien, nu deed het niet meer aan een boerderij denken, maar misschien eerder aan een kerkje of zo. Er zat een toren op, en was dat daarnaast een plantenkas? Hij hield zijn hand boven zijn ogen, maar het was te ver weg om het goed te kunnen zien. Het terrein tussen het hek en de gebouwen was nogal open, daar waren niet veel plaatsen om je te verstoppen. Het heuveltje van waaraf hij had willen spioneren, lag aan de andere kant. Om daar te komen moest hij om het hele hek heen lopen. Eroverheen klimmen was veel korter, maar na wat wikken en wegen vond hij dat het risico niet waard. Niet dat hij dacht dat de mensen achter het hek niet aardig waren, maar toch. Wat moest hij zeggen als ze hem ontdekten? En per slot van rekening had hij een klein meisje met een jurkje gevonden dat met een bordje om haar nek niet ver hiervandaan aan een boom hing, dus kon hij misschien beter het zekere voor het onzekere nemen.

Hij kon natuurlijk gewoon naar huis teruggaan, dat was ook een mogelijkheid. Hij had nu het een en ander gezien. Ze hadden nieuwe gebouwen neergezet en een hek gebouwd. Een soort christelijk kamp, zoiets. Dat was beslist het vertellen waard. Even overwoog Tobias om weer koers naar huis te zetten, maar zijn nieuwsgierigheid was groter dan zijn angst. Het zou spannend zijn om iets meer te vertellen te hebben. Misschien kon hij een glimp opvangen van iemand die hier woonde. Tobias liep een eindje terug het bos in. Genoeg om schuil te gaan achter de bomen, maar toch het hek nog te zien. Linksom gaan leek de kortste weg, daar kon hij de rand van het hek zien, aan de rechterkant verdween het uit zijn gezichtsveld, hij wist niet hoe ver het langs die weg zou zijn. Tobias trok de capuchon van zijn sweatshirt over zijn hoofd en overdacht de zaak. Het gaf een goed gevoel om verstopt te zitten in zijn trui. Bovendien werd alles zo nog wat spannender. Hij was een agent op een geheime missie. Met een mes en een zaklantaarn in zijn rugzak en een raadsel om op te lossen. Hij boog zich een eindje voorover, maakte zich zo klein als hij kon en volgde het hek door het bos. Tobias verplaatste zich zo zachtjes mogelijk, bij stukjes en beetjes. Boog zich voorover, liep een paar honderd meter op een sukkeldrafje door het bos en liet zich dan op de grond vallen om te kijken. Niemand te zien. Achter het hek had iemand een gat gegraven. Nu zag hij ook een voertuig, een tractor die een heel eind verderop geparkeerd stond. Hij herhaalde zijn manoeuvre. Vooroverbuigen, sukkeldrafje, geschikte plek zoeken en in de hei vallen. Deze keer was zijn uitzicht iets beter. Het waren inderdaad plantenkassen, ja, van glas, twee stuks, tamelijk groot. Tobias wist dat de kinderen die hier woonden niet naar school gingen. Misschien gingen ze ook niet naar de winkel. Misschien verbouwden ze hier hun eigen eten, zodat ze nergens naartoe hoefden. Hij wurmde zijn verrekijker uit de rugzak. Nu kon hij de plantenkassen heel duidelijk zien. En de tractor. Een oude, groene Massey Ferguson.

Plotseling ging Tobias' polsslag omhoog, want in de verrekijker dook iemand op. Een man. Nee, een vrouw. Met een grijze rok en iets wits op haar hoofd. Op weg naar de plantenkas. Weg. Hij zocht met de kijker het terrein af, probeerde meer mensen te vinden, maar alles was weer helemaal rustig. Hij liet zijn verrekijker zakken en aan de riem om zijn nek hangen. Toen stond hij op. Waagde zich nu aan een grotere afstand, kon niet wachten om dat heuveltje op te komen, zijn angst was inmiddels helemaal weg, de nieuwsgierigheid had volledig de overhand gekregen. Opnieuw liet hij zich in de hei vallen, want de deur van de plantenkas ging open, en nu kwamen er twee mensen naar buiten. Diezelfde vrouw, en...? Hij draaide wat aan de lens van de verrekijker om het beter te zien. Een man. Een vrouw en een man. De man was ook in het grijs gekleed, maar had niets op zijn hoofd. Misschien moesten alleen vrouwen iets op hun hoofd dragen. Dat zou nog eens een mooi verhaal worden. Alle vrouwen dragen iets wits op hun hoofd, maar de mannen niets. Nee, misschien toch niet. Waarom was dat eigenlijk? Hij moest dichterbij zien te komen. Dit stelde niets voor.

Tobias was net weer overeind gekomen, klaar voor de volgende etappe, toen hij ineens het meisje achter het hek ontdekte. Hij was zo verrast dat hij helemaal vergat om zich te laten vallen, hij bleef gewoon staan, recht voor haar, niet in staat te bewegen. Ze was misschien even oud als hij, misschien iets jonger. Ze was precies hetzelfde gekleed als de vrouw bij de plantenkas, in een dikke, grijze wollen jurk met een wit ding op haar hoofd. Ze zat op haar knieën in een plantenbed. Het leek of ze onkruid aan het wieden was. Een bed met wortels misschien, of een slabed of zo, dat was moeilijk te zeggen. Tobias ging op zijn hurken zitten en maakte zich iets onzichtbaarder. Het meisje kwam overeind en strekte haar rug. Klopte haar knieën even af. Ze leek wat vermoeid. Ze was niet ver weg, hooguit een meter of tien. Tobias hield zijn adem in, terwijl het meisje zich weer over het akkertje boog en doorging met wieden. Ze greep naar haar keel en veegde haar voorhoofd af. Tobias vergat nu helemaal dat hij een spion was, dat hij moest oppassen. Het meisje zag er zo moe en dorstig uit. Het kon toch zo erg niet zijn als hij haar vroeg of ze iets wilde drinken? Hij had toch een grote fles water in zijn rugzak?

Tobias kuchte even. Het meisje reageerde niet maar ging door met wieden. Hij keek snel om zich heen en vond een paar oude dennenappels op de grond. Voorzichtig gooide hij er eentje, maar die bereikte het hek niet eens. Hij kwam half overeind om de volgende met meer kracht te gooien, en nu was het raak. Midden tegen het hek, zodat het bijna zong, een veel te hard geluid, en hij kreeg er meteen spijt van, liet zich in de hei vallen en bleef zo stil mogelijk liggen.

Toen hij opkeek, stond het meisje bijna pal bij het hek. Ze had het geluid gehoord en nu kreeg ze hem in het oog. Hij kon haar ogen zien. Ze keek hem recht aan. Tobias legde zijn vinger op zijn lippen. *Ssst.* Het meisje keek enorm verrast, maar ze begreep zijn gebaar en zei niets. Ze keek om zich heen. Eerst naar de ene kant. Toen naar de andere. Daarna knikte ze voorzichtig. Tobias gluurde rond en schoof dichter naar het hek toe. Hij maakte zijn rugzak open, haalde de fles water eruit, stak hem onder het hek door en zocht gauw zijn schuilplaats weer op. Het meisje met de grijze jurk keek nog eens om zich heen. Er was verder niemand in de buurt. Snel richtte ze zich op en rende naar de waterfles, raapte hem gauw op, verstopte hem in haar jurk en haastte zich terug naar de plek waar ze had zitten wieden. Tobias zag hoe ze de dop eraf draaide en dronk. Bijna de hele fles. Ze moest verschrikkelijke dorst hebben. Het meisje met het wit op het hoofd keek de hele tijd rond. Ze leek zenuwachtig. Bang dat er iemand zou komen. Tobias vatte nu meer moed en schoof helemaal naar het hek toe. Het meisje kwam ook iets dichterbij, langzaam, terwijl ze voortdurend over haar schouder keek. Hij kon haar gezicht nu duidelijker zien. Ze had blauwe ogen en een heleboel sproeten. Door die rare muts en die zware jurk leek ze net een oude vrouw, maar dat was ze niet. Als ze andere kleren had gedragen, had ze precies op de meisjes in zijn klas geleken. Het meisje tilde de fles een eindje naar hem op, wilde hij hem terug hebben? Tobias schudde zijn hoofd. Het meisje ging op haar knieën zitten en haalde iets uit de zak van haar jurk. Een blocnote en een potloodje. Ze schreef iets op en vouwde het velletje papier voorzichtig dicht. Abrupt stond ze op, holde naar het hek en stak het briefje erdoorheen. Nerveus keek ze om, draafde net zo snel weer naar haar plaats en ging door met wieden. Tobias tijgerde helemaal naar het hek toe en pakte het briefje. Kroop terug en maakte het open. BEDANKT, stond erop. Met een glimlach keek hij naar het meisje. Probeerde te bedenken hoe hij zonder te praten GRAAG GEDAAN moest zeggen, maar dat was niet zo eenvoudig. Het meisje keek over haar schouder en schreef nog iets. Snel liep ze weer naar het hek, maar nu vouwde ze het papier niet op, maar liet ze de hele blocnote en het potlood bij het hek liggen. Tobias tijgerde gauw weer naar voren, pakte de blocnote en het potlood en schoof terug naar zijn schuilplaats. IK HEET RAKEL, stond er op de blocnote. IK MAG NIET PRATEN. HOE HEET JIJ? Tobias keek naar het meisje. Ze mocht niet praten? Wat waren dat voor regels? En waarom had ze zo'n dorst gehad? En waarom zat ze hier in haar eentje buiten? Tobias dacht na en schreef als antwoord: IK HEET TOBIAS. WOON JIJ HIER? WAAROM MAG JE NIET PRATEN? Hij kroop met de blocnote naar het hek en nam zijn plaats weer in. 'Woon jij hier' was misschien wat dom geweest, het was nogal duidelijk dat ze hier woonde, maar ja, hij had niet precies geweten wat hij moest schrijven. Het meisje glimlachte even toen ze de blocnote zag en schreef snel haar antwoord. Ze was nog steeds even voorzichtig. Keek herhaaldelijk over haar schouder voor ze het risico nam weer iets via het hek door te geven. IK WOON HIER. LUX DOMUS. KAN NIET ZEGGEN WAAROM (NIET PRATEN). Toen hij het briefje had gelezen, probeerde ze iets duidelijk te maken met haar handen. Alsof ze nog meer wilde uitleggen, maar daar niet helemaal in slaagde. Tobias glimlachte tegen haar en schreef terug: IK WOON HIER VERDEROP IN HET BOS. WE ZIJN

BUREN. Hij zette er een kleine smiley achter, en schreef toen: WAT BETEKENT LUX DOMUS? Het meisje kreeg haar blocnote terug en glimlachte weer even. Na hernieuwd rondkijken om er zeker van te zijn dat niemand haar zag, schreef ze iets terug en gaf de blocnote door, hup naar het hek en hup weer terug naar het bed met onkruid. LUX DOMUS = HUIS VAN HET LICHT. HEEL LIEF DAT JE ME HELPT. BEDANKT. Tobias verbaasde zich enigszins over dat laatste. Zo erg had hij haar toch niet geholpen? Hij had haar alleen wat water gegeven. Hij zat even te piekeren over wat hij terug zou schrijven. Nu hij ze niet hardop mocht zeggen, leken de woorden erg belangrijk. Hij moest echt nadenken. Even beet hij op het potloodje, toen wist hij wat hij wilde schrijven. HEB JE NOG MEER HULP NODIG? schreef hij, en hij stak de blocnote weer door het hek.

Plotseling gebeurde er iets bij het huis. Het meisje keek nerveus over haar schouder en schreef gauw iets op. Ditmaal scheurde ze het briefje eraf en vouwde ze het dicht, net als ze de eerste keer had gedaan. Er waren nu mensen onderweg, er waren er nu diverse het huis uit gekomen, tamelijk veel eigenlijk, alsof ze net klaar waren met iets in die kerk. Het meisje stond vlug op en smeet het briefje door het hek heen zijn richting uit. Nu hoorde Tobias ook stemmen. Ze riepen haar.

'Rakel!'

Het meisje met de grijze jurk stond langzaam op en klopte haar jurk af. Hij kon haar ogen niet meer zien, ze had haar hoofd nu gebogen. Ze pakte haar schoffeltje van de grond en liep traag naar de stemmen die haar hadden geroepen. Tobias bleef doodstil liggen, durfde zich niet te verroeren voordat de groep mensen verderop verdwenen was. Het meisje was naar hen toe gelopen, en daarna waren ze allemaal een van de plantenkassen binnengegaan. Het was weer stil buiten. Tobias glipte uit zijn schuilplaats en raapte het laatste briefje op. Stopte het in zijn zak en haalde het pas tevoorschijn toen hij zich nog beter had verstopt, wat dieper het bos in. Hij merkte dat zijn vingers een beetje trilden toen hij het briefje openvouwde. Er ging een lichte schok door hem heen toen hij zag wat ze had geschreven.

JA. HELP ME. ALSJEBLIEFT.

Langzaam kroop hij weer naar het hek. Daarachter was het nog steeds doodstil. Tobias wist niet precies wat hij moest doen. Hij was voor een geheime missie op pad gegaan, maar dat was eigenlijk niet meer dan een flauwekulmissie die hij zelf had verzonnen.

Dat was dit niet.

Dit was echt.

Het meisje met de grijze jurk bestond. Het meisje dat zo'n dorst had en niet mocht praten. En nu had ze hem om hulp gevraagd.

Tobias deed zijn rugzak om en ging rustig op weg naar het heuveltje met het uitzicht.

28

Mia Krüger werd wakker met het idee dat er iemand in haar hotelkamer was. Het lukte haar niet helemaal haar ogen te openen, en lodderig bleef ze liggen, half dromend, half wakend. Ze dwong haar oogleden ver genoeg open om te kunnen zien of ze alleen was. Niemand aanwezig, alleen zij. Eigenlijk een deprimerende gedachte: dit was nu haar leven. Een hotelkamer en een moordzaak. Wat deed het ertoe? Het was toch allemaal maar tijdelijk.

Kom, Mia, kom.

Binnenkort zou ze hoe dan ook verdwijnen. Waarom zou ze bang zijn? Waarom nadenken? Waarom het een? Waarom het ander?

Om de een of andere reden deed haar hoofd zeer. Na alle verdovende middelen die ze de afgelopen zes maanden had geslikt, had ze wel verwacht immuun te zijn voor kinderachtige pijntjes als dit. Het was wat later geworden met Susanne dan gepland, nou ja, gepland, die ontmoeting was natuurlijk toeval geweest, maar ze had hoe dan ook een glas te veel gedronken. Ze sloot haar ogen en probeerde weer verder te slapen. Ze had van Roger Bakken gedroomd. Hij had naakt op het dak van het Oslose pension gestaan. De adelaarstatoeage zat niet meer alleen op zijn hals, maar bedekte hem nu bijna helemaal. Hij probeerde iets tegen haar te zeggen, riep naar haar, maar ze verstond niet wat hij zei, het verkeer maakte te veel herrie en iemand stond hardnekkig in haar oor te praten. Ze had geprobeerd zich om te draaien om te zien wie er tegen haar praatte, rare zinnen fluisterde waar ze niets van snapte, maar er was nergens iemand te zien. Roger Bakken zwaaide met zijn armen, wilde per se dat ze hem zou verstaan, maar ze hoorde niets. 'Kom hier,' had ze geroepen. 'Kom naar beneden.' En toen was Bakken gesprongen. Langzaam door de lucht naar haar toe. Zijn tatoeage had zich nog verder uitgebreid, nu zat die overal op zijn lichaam en in de lucht om hem heen. Zijn armen waren in vleugels veranderd. Zijn benen in klauwen. Zijn hoofd had een snavel gekregen. Vlak voordat hij haar hoofd zou raken, had hij zijn vleugels uitgeslagen en was weggevlogen. Ze kreeg niet helemaal mee wat hij zag. Een beeld van het kerkhof, Sigrids grafsteen. Weer fluisterde iemand haar iets in het oor, een onzichtbare stem. Op een eiland. De kerkklokken op Hitra luidden. Metalige geluiden uit de eeuwigheid gingen over in die van het mobieltje in haar broekzak naast het hotelbed. Slaperig stak ze haar hand in de richting van het geluid uit, raakte het scherm aan en begon te praten voor ze echt wakker was.

'Met Mia.'

'Sorry, heb ik je gewekt?'

Het was Gabriel Mørk. De nieuwe. Die schat die zo bloosde. De hacker.

'Nee,' zei Mia, en ze ging rechtop in bed zitten. 'Hoe laat is het?'

'Negen uur.'

'Allemachtig, ben jij zo vroeg op het werk?' Nu werd ze wakker. Haar droom was weg. De hotelkamer was er ineens weer.

'Ik ben niet naar huis geweest.'

'Jemig, ben je naar kantoor verhuisd?'

Gabriel lachte even. 'Eh, nee, of nou ja, een beetje wel. Ik moet me nog flink inwerken. Voel me in zekere zin verantwoordelijk.'

'Dat herken ik,' zei Mia.

Ze stond op en deed de luxaflex open.

Een nieuwe lentedag in het centrum van Oslo. Kinderen op de skatebaan. Bejaarden in de winkelstraat. De koning in zijn slot. De politici in het parlement. Iedereen aan zijn dagelijkse bezigheden en zij was er verantwoordelijk voor dat ze daarmee door konden gaan. Ze begreep maar al te goed waar die jonge, pas aangestelde hacker het over had.

'Je moet wel zorgen dat je tussendoor wat slaap krijgt.'

'O, dat gaat prima,' vervolgde Gabriel. 'Ik ben eraan gewend om 's nachts te werken, ik dacht dat je misschien wilde weten wat ik heb ontdekt.'

'Natuurlijk,' zei Mia, terwijl ze de luxaflex weer dichtdeed.

Ze was nog niet helemaal helder. Wilde eigenlijk weer gaan slapen. Wat had Roger Bakken tegen haar geroepen?

'Nou ben ik geen echte politieman,' zei Gabriel verontschuldigend, 'dus ik weet niet precies wat wel of niet belangrijk is.'

'In orde, hoor,' gaapte Mia. 'Vertel het maar gewoon.'

'Oké,' vervolgde Gabriel. 'Je weet dat die laptop twee gebruikers had?'

'Roger en Randi.'

'Ja, Roger en Randi. En daarmee is iets geks aan de hand.'

'Wat dan?'

'Nou, eerst Roger maar. Dat levert eigenlijk geen verrassingen op. Hij heeft die laptop niet zo vaak gebruikt, was geen pc-dude.'

'Geen wat?'

'Je weet wel, iemand die zijn computer niet gebruikt voor andere dingen dan mannen normaal gesproken doen.'

'Zoals?'

'Mailen. Auto's en motorfietsen. Eigenlijk precies wat je zou verwachten.'

'Wie heeft hij gemaild? Zit er iets interessants bij?'

'Eigenlijk niet. Bijna geen privémailtjes, dus van mensen die hij, eh, kende of zo. Had wat motormagazines besteld. Rekeningen, e-facturen. Reclame. Een nogal treurig bestaan, in elk geval als je op zijn mailaccount afgaat.'

'Niet iedereen leeft op internet, Gabriel,' zei Mia.

'Ja, dat is wel zo, maar toch. Raar dat hier niets te vinden was, maar dat is sowieso niet het interessantste.'

'Kun je twee tellen wachten?'

'Goed.'

Mia zette het gesprek in de wacht en schoof naar de hoteltelefoon op het nachtkastje toe. Belde de receptie om ontbijt op bed te bestellen. Gisteren had ze de ontbijtzaal uitgeprobeerd, en die wilde ze liever vergeten. Veel te veel mensen.

'Ben er weer.'

'Oké,' zei Gabriel. 'Ik zal de gebruikersnaam Roger nog wat verder onderzoeken, maar ik moest je gewoon vertellen wat ik bij die andere heb gevonden.'

'Randi?'

'Ja.'

'Wie is dat?'
'Dat is nou juist het gekke.'
'Wat dan?'
Gabriel zweeg even. 'Ik denk dat jij dat beter ook nog kunt bekijken, maar ik ben er vrij zeker van dat het dezelfde persoon is.'
'Wat bedoel je?'
'Roger en Randi zijn dezelfde persoon.'
'Roger Bakken was twee personen?'
'Ja en nee. Of ja. Hij speelde graag voor vrouw.'
'Dat meen je toch niet?'
'Ja, echt waar.'
'Hoe weet je dat?'
'Onder de gebruikersnaam Roger is hij een man. Hij heeft foto's van motorfietsen en auto's. Hij gaat uit vissen en drinkt sterkedrank. Onder de gebruikersnaam Randi is hij heel anders. Hij is een vrouw. Hij heeft bookmarks van blogs over haken en woninginrichting. Foto's van zichzelf in vrouwenkleding. Het lijkt erop dat hij een dubbelleven heeft geleid.'
'En dat weet je zeker?'
Aan de andere kant kon ze Gabriel horen zuchten.
'Ik weet dat ik geen politieman ben, maar ik zie echt wel of een man vrouwenkleren draagt.'
'Sorry,' zei Mia. 'Het klonk alleen zo merkwaardig.'
'Helemaal met je eens,' zei Gabriel. 'Maar hij is het wel. Heel zeker. Als je komt, kun je het zelf bekijken.'
'Ik kom straks,' zei Mia. 'Hoe zit het met zijn mobiel?'
'Ook al zo merkwaardig.'
'Wat bedoel je?'
'Bijna alle berichten zijn gewist en hij heeft geen nummers opgeslagen. Ik weet niet wat die kerel uitvoerde, maar hij heeft in elk geval gedaan wat hij kon om zich te verstoppen en zijn sporen uit te wissen.'
'Afgezien van zijn foto's van zichzelf als vrouw.'
'Ja, afgezien daarvan, maar die stonden zoals gezegd op zijn computer.'
'Je zei dat bijna alle berichten weg zijn. Houdt dat in dat je er toch een aantal hebt?'
'Ja, een paar, weliswaar cryptisch, maar toch.'
'Laat eens horen.'

'Nu?'
'Ja, nu.' Mia glimlachte flauwtjes.
'Oké.' Gabriel kuchte even en las op wat hij had. 'Er zijn drie berichten. Alle drie van 20 maart.'
'Zijn sterfdag.'
'O ja?'
'Ja, lees ze nou maar.'
Er werd op de deur van de hotelkamer geklopt. Mia trok een van de badjassen van het hotel aan en nam haar ontbijt in ontvangst, terwijl Gabriel de berichten opzocht.
'Goed, het eerste is kort.'
'Van wie is het?'
'De afzender is anoniem.'
'Hoe kan dat nou? Kun je je nummer verbergen als je berichten stuurt?'
'Ja, dat is niet zo moeilijk,' antwoordde Gabriel.
'Misschien klink ik nu als een oud omaatje, maar hoe doe je dat dan?' vroeg Mia, en ze nam een slok koffie.
Die was bitter. Ze was gedwongen hem weer uit te spugen en vloekte zachtjes. Waarom leerden ze nou nooit eens hoe je koffie zet? Het roerei met spek op het bord oogde ook bepaald niet aanlokkelijk.
'Je stuurt ze via internet. Txtemnow.com. Dat soort sites. Er zijn er een heleboel waarop je je niet hoeft te registreren. Je toetst alleen het nummer en het bericht in en dan wordt het verstuurd, bij voorkeur met wat reclame, zo financieren ze dat.'
'En hoe luidde het bericht?'
'Het zijn er drie.'
'Voor de dag ermee.'
'*Het is niet slim om te dicht bij de zon te vliegen.*'
'Wat zeg je?'
Mia kon geen hap naar binnen krijgen. Ze schoof het blad terug naar de vensterbank.
'*Het is niet slim om te dicht bij de zon te vliegen.* Dat is het eerste bericht.'
'Heeft hij het beantwoord?'
'Hij heeft nergens op geantwoord. Je kunt niet op berichten antwoorden als er geen afzender bij staat.'
Mia ging op haar bed zitten en leunde met haar hoofd tegen de

muur. Haar hoofdpijn werd iets minder. Te dicht bij de zon vliegen. Die adelaarstatoeage. Vleugels. Icarus met zijn vleugels. Die zo dicht bij de zon vloog dat zijn vleugels smolten. Hybris. Overmoed. Roger Bakken had iets gedaan wat hij niet had moeten doen.

'Ben je er nog?'

'Ja, sorry, Gabriel, ik moest alleen even nadenken.'

'Wil je nummer twee horen?'

'Ga je gang.'

'*Who's there?*'

'Was dat het bericht? In het Engels?'

'Ja. Wil je het laatste ook?'

'Ja.'

'*Bye, bye, birdie.*'

Mia sloot haar ogen, maar er kwam niets. *Who's there? Bye, bye, birdie?* Daar viel op dit moment niets uit op te maken. Ze stond van haar bed op en liep de badkamer in. Ving een glimp van zichzelf op in de spiegel, en wat ze zag beviel haar niet. Ze oogde vermoeid. Futloos. Net een spook. Ze boog zich voorover en zette de kraan van het bad open.

'Mia? Ben je daar nog?'

'Ja, sorry, Gabriel. Ik probeerde alleen te kijken of ik van die laatste twee chocola kon maken.'

'En?'

'Voorlopig niet. Ik kom er over een poosje aan, goed?'

'Best, ik ga toch nergens heen.'

'Mooi, Gabriel, goed werk tot dusverre.'

Ze hing op en liep de kamer weer in. Legde haar telefoon op de vensterbank en nam een hapje van het ontbijt. Het bleef in haar keel steken. Dat moest dan maar. Ze moest maar koffie met een scone nemen bij Kaffebrenneriet.

Who's there? Bye, bye, birdie?

Mia trok de badjas uit en ging in bad liggen. Het warme water omsloot haar en had een kalmerende uitwerking op haar. Het was fijn geweest om weer eens met Susanne te stappen. Erg fijn zelfs. Ze hadden afgesproken om elkaar nog eens te ontmoeten, ja toch? Mia wist het niet helemaal zeker meer, ze was tegen het einde een beetje dronken geweest.

Ze leunde met haar hoofd tegen de rand van het bad en sloot haar ogen.

Who's there? Bye, bye, birdie?
Niet veel, maar het was in elk geval iets.

29

Cecilie Mykle had zo diep geslapen dat wakker worden bijna pijn deed. Puur in een reflex stak ze een hand naar de wekker uit, maar die ging helemaal niet af. Cecilie probeerde haar ogen te openen, maar dat ging niet. Haar lichaam voelde zo zwaar, aangenaam en warm aan dat het bijna leek alsof ze op een zachte wolk lag met een andere fijne wolk over zich heen. Ze trok het dekbed dichter om zich heen en draaide zich op haar buik. Begroef haar gezicht in het kussen. Probeerde te doen wat haar lichaam wilde. *Doorslapen, doorslapen. Vergeet wat je hoofd en je geweten zeggen. Je hebt nu slaap nodig, slapen, slapen, Cecilie, slapen.* Dat was de reden waarom de dokter haar die pillen had voorgeschreven. Cecilie was ertegen geweest, had nog nooit van haar leven slaappillen genomen. Ze hield niet van pillen. Ze was er graag bij met haar hoofd. Het idee dat de controle over haar lichaam ergens door werd overgenomen, beviel haar niet. Cecilie hield de regie graag zelf in handen. Reflexmatig stak ze haar hand nog eens onder het dekbed vandaan om de wekker uit te zetten, kwart over zes, zoals altijd, maar hij ging nog steeds niet af. Een klein hoekje van haar brein vroeg zich af waarom niet, maar werd meteen gesmoord door de rest, die het een rotzorg zou zijn, een nawerking van de slaappillen. Ze trok het dekbed weer dicht om zich heen, haar hoofd heerlijk tegen het zachte kussen.

'Dit is geen voorstel, dit is een bevel,' had de dokter gezegd. 'Je moet die pillen nemen, want je hebt nu slaap nodig. Je hebt slaap nodig. Moet ik het nog eens herhalen om het tot je door te laten dringen?'

De beste dokter ter wereld. Die wist wat ze nodig had en een beetje streng tegen haar was. Pas goed op jezelf. Daar was Cecilie Mykle niet zo'n kei in. Op zichzelf passen. Je moet op jezelf passen, zei iedereen voortdurend, maar dat vond Cecilie zo eenvoudig nog niet. Ze was grootgebracht door een moeder die nooit op zichzelf had gepast en andermans behoeften altijd voor had laten gaan, een patroon waar je je niet zo makkelijk aan onttrok.

Zorgen en nog eens zorgen. Daarom kon ze niet slapen. Ze wist niet hoelang het geleden was dat ze de hele nacht had doorgeslapen. Haar nachten waren over het algemeen onrustig, wat liggen, wat rondlopen, wat late televisieprogramma's, een kop thee en dan misschien een hazenslaapje, een paar minuten voor de wekker ging en het weer kwart over zes was. Er was altijd zoveel om je zorgen over te maken, en Cecilie was een zorgelijk type.

'Je maakt je nodeloos druk,' zei haar man zo vaak, zoals die keer dat ze dat rijtjeshuis in Skullerud hadden gekocht.

'Is dat niet te duur?'

'Dat gaat wel lukken,' had haar man gezegd, en hij had gelijk gehad, ze konden zich prima redden, vooral sinds hij op de Noordzee was gaan werken.

Zes weken op, zes weken af. Natuurlijk miste ze haar man tijdens de weken dat hij weg was, maar het geld kwam erg goed van pas. En als hij thuis was, was hij ook de hele tijd thuis. Cecilie Mykle hield van haar man. Hij was helemaal volmaakt, ze had zich geen betere vriend en geliefde kunnen wensen. Hij was niet zoals veel van zijn kameraden die ook op de Noordzee werkten en thuiskwamen met hun zakken vol geld, en dan gingen stappen. Zes weken werken, zes weken dronken. Hij dus niet. Als haar man thuis was, was hij ook thuis.

Cecilie strekte haar armen naar het plafond uit en slaagde er ten slotte in haar ogen te openen. Ze bleef liggen en voelde wat aan zichzelf. Ze was loom, maar dat was ongelofelijk lekker, een nachtje slapen, een warme huid, haar lijf zacht en kalm. Gedroomd had ze ook al niet, zoals de afgelopen tijd, heftige dromen, bijna alsof ze koorts had, maar vannacht, nee, niets. Alleen maar volledige rust.

Nu werd ze wakker, kwam ze plotseling tot zichzelf in het donker van haar slaapkamer en werd weer onrustig vanbinnen. Hoe laat was het eigenlijk? Ze reikte naar het nachtlampje, maar dat wilde niet aan. Waarom was het overal zo donker? En zo koud? Was de stroom soms uitgevallen? Cecilie drukte op het lichtknopje van haar wekkertje en schrok toen ze zag hoe laat het was. Kwart voor tien? Lieve hemel, ze had allang op moeten zijn. Karoline had allang naar de kleuterschool gemoeten. Cecilie zwaaide haar benen uit bed en ging zitten met haar hoofd in haar handen. Het voelde aan als lood. Haar ogen bleven maar net open. Ze strompelde van haar bed naar het lichtknopje bij de deur. Wilde het licht aandoen, maar dat ging niet. Het was koud en opvallend stil in huis. Cecilie vond op de tast de weg naar het raam en wist de gordijnen open te trekken. Het lentelicht scheen de slaapkamer binnen, genoeg om iets te zien.

Cecilie slofte de gang op. Ze moest Karoline wekken. Haar benen waren zwaar, droegen haar bijna de donkere gang niet door. Ze was vergeten sokken aan te doen en de vloer was koud. Met haar hand tegen de muur zocht Cecilie zich een weg naar Karolines kamer.

'Karoline?'

Haar stem was iel en zwak, die wilde ook niet wakker worden.

'Karoline, ben je wakker?'

Uit de kamer van het meisje kwam geen antwoord. Kwart voor tien? Karoline had nog nooit zo lang geslapen. Normaal was ze om zeven uur op of in elk geval wakker. Meestal kroop ze dan met haar knuffel op sleeptouw het bed van haar ouders in. Eigenlijk het fijnste moment van de dag. 's Morgens rustig in bed liggen samen met Karoline en haar teddybeer.

'Karoline?'

Op de tast liep Cecilie verder, maar haar ogen begonnen langzaam aan het donker te wennen. Plotseling voelde ze iets zachts en kleverigs onder haar voeten. Wat nou weer? Ze bleef staan en tilde haar ene voet op. Voelde voorzichtig aan haar voetzool. Er lag iets smerigs op de vloer. Die had ze toch pas gedweild? Voorzichtig stapte Cecilie verder over de kleverige vloer en ging Karolines kamer binnen. Stak haar hand uit naar het lichtknopje, maar ook hier ging de lamp niet aan.

'Karoline?'

Snel liep ze naar het raam en trok de gordijnen open. Het licht stroomde de kamer binnen en nu werd Cecilie serieus ongerust.

'Karoline?'

Ze geloofde haar eigen ogen niet. Karoline lag niet in haar bed. Op de vloer lag bloed. Ze was vast niet wakker. Het was bloed waar ze in was gestapt. Dus was het toch een droom. Ze sliep nog. Ze had die slaappil niet moeten nemen, maar de dokter had erop gestaan. Cecilie bleef in het kinderkamertje staan wachten tot ze wakker zou worden. Ze vond deze droom maar niks. Karoline lag niet in haar bed. Het was kwart voor tien. Op de vloer lag bloed.

De stroom was uitgevallen. Het was donker in huis. Ondanks haar trui had ze kippenvel op haar armen. Ze wilde nu wel wakker worden. *De wekker gaat ongetwijfeld zo over*, dacht ze, en ze beet op haar lip.

Dit is maar een droom.

Cecilie Mykle verkeerde in een shocktoestand. Ze hoorde niet eens dat ergens ver weg de telefoon ging.

30

Mia Krüger zat in Kaffebrenneriet aan de Storgata bij het raam en dronk haar tweede cortado van die dag. Ze had een scone en een glas sinaasappelsap op, had tot haar verrassing een kater maar merkte dat haar lichaam na haar avondje stappen met Susanne langzaam maar zeker wakker werd. Normaal gesproken las ze geen kranten, maar om een of andere reden had ze dat vandaag wel gedaan, zelfs al stonden de voorpagina's haar tegen. *De kindermoorden*, kennelijk waren ze het erover eens geworden om het zo te noemen. Mia vond het afschuwelijk wanneer de media dat deden en moord- en verdwijningszaken of opstanden en oorlogen of wat dan ook van namen en logo's voorzagen. Snapten ze dan niet wat dat met de lezers deed? Snapten ze niet dat ze daarmee voedsel gaven aan de angsten van gewone mensen, de mensen op stang joegen? Ze vervloekte die lui. Waarom was dat niet illegaal? Strafbaar? En bovendien, snapten die figuren dan niet dat ze de dader op die manier precies gaven waar hij om vroeg: aandacht? Snapten ze dat niet? Dat zulke mensen vaak de aandacht wilden trekken? Pagina's vol in alle kranten. *De kindermoorden.* Soms vroeg ze zich af waar ze het vandaan haalden, dat journaille. Er stonden interviews in met buren, vriendinnetjes en kleuterjuffen. *De politie heeft geen enkel aanknopingspunt.* Ze vroeg zich af hoe ze daarbij kwamen. Foto's van Pauline op het strand en tijdens haar verjaardag in de familiekring. Foto's van Johanne op schaatsen en met opa in het zwembad. Mia schudde haar hoofd, maar het lukte haar niet de kranten compleet te negeren. Geen verdachten. Een natie in de rouw. Foto's van de begrafenissen. Foto's van bloemen en waxinelichtjes op de vindplaats. Brieven en groeten aan de meisjes. Huilende kindertjes. Huilende volwassenen.

Ze legde de kranten opzij en dronk haar cortado op. Net op dat moment ging haar telefoon over.

'Met Mia.'

'Met Holger. Waar ben je?'

'Bij Kaffebrenneriet, Storgata, wat is er?'

'Een nieuwe verdwijning.'

Mia voelde dat de haartjes op haar armen rechtovereind kwamen. In een paar tellen was ze in haar leren jasje geschoten en de deur uit gerend.

'Ben je op kantoor?'

'Ik rij daar nu weg.'

'Kom me oppikken bij de 7-Eleven aan de Pløens gate.'

'Oké.'

Mia hing op en stak op een sukkeldrafje het Youngstorget over. Verdomme. Nummer drie. *Drie streepjes op haar linkermiddelvinger*. Nee, deze keer niet. Ze waren er deze keer vroeg bij. Een nieuwe verdwijning en zij zaten erbovenop. Geen streepjes meer. Mia wist niet wie dit nieuwe meisje was, maar terwijl ze op weg naar de Torggata door het gewoel schoot, had ze zich al voorgenomen *dat ze dit meisje zouden vinden voor het te laat was*.

Op hetzelfde moment dat Holgers zwarte Audi aan kwam rijden over de Pløens gate bereikte ze de hoek van het Youngstorget. Ze glipte op de passagiersstoel en trok snel de deur dicht.

'Waar gaan we heen?' vroeg ze buiten adem.

'Disen,' antwoordde Munch kortaf. 'De Disenveien. De melding kwam tien minuten geleden. Andrea Lyng. Zes jaar. Lag niet in bed toen haar vader wakker werd.'

Munch zette het zwaailicht op het dak en drukte het gaspedaal in.

'Is hij inmiddels wakker?'

Ze keek op het klokje op haar telefoon.

'Kennelijk wel,' mompelde Munch.

'Wie zijn daar nu?'

'Kim en Anette. Curry is onderweg.'

Munch toeterde geërgerd naar de tram en naar een paar voetgangers die niet snel genoeg opzij gingen.

'Idioten.'

'Ze is uit haar huis verdwenen?'

Munch knikte.

'Vreemd. De andere twee zijn van de kleuterschool verdwenen.'
'Ga dan toch opzij. God nog aan toe.' Munch toeterde weer, wist zich eindelijk uit het verkeer los te maken en reed richting Sinsen.
'Alleen de vader was thuis? Waar is de moeder?'
'Geen idee,' mompelde Munch.
Zijn telefoon ging en hij nam op. Zijn toon was nors. Hij had zijn dag niet. 'Ja? Verdomme. Ja, zet de omgeving af. En laat de technische recherche onmiddellijk komen. Wat? Nee, daar heb ik schijt aan, wij hebben hier voorrang, nee, natuurlijk behandelen we dit als een plaats delict. We zijn er over vijf minuten.'
Hij hing weer op en schudde zijn hoofd.
'Anette?'
'Kim.'
'Iets gevonden?'
'Bloed.'
'Bloed?'
Munch knikte verbeten.
'Misschien is het onze man niet,' zei Mia. 'Die gaat heel anders te werk.'
'Dacht je?'
Dat laatste zei hij zonder haar aan te kijken. Een zesjarig meisje dat uit haar slaapkamer in Disen was verdwenen. Mia viste een pastille uit de zak van haar leren jasje. Er was nog hoop dat de zaken geen verband met elkaar hielden. Drie streepjes op de linkermiddelvinger. Nee, verdomme, deze keer niet. Dit gingen ze oplossen.
Munch toeterde weer en reed bijna een paar punkers van de sokken die niet inzagen waarom ze zich op het zebrapad zouden haasten, ook al was er een zwaailicht onderweg.
'Bloed van het meisje?' vroeg Mia.
'Nog niet te zeggen, de TR is onderweg.'
'Heb je het laatste nieuws over Bakken nog meegekregen?'
'Die adelaarstatoeage, ja. Roger en Randi? Wat een arrangement. Een travestiet of zo?'
'Daar lijkt het wel op.'
'Zit ik niet echt op te wachten. Bepaald niet.'
Dat laatste was niet tegen haar gericht, Munch mompelde het met opeengeklemde kaken tegen zichzelf en sloeg de Trondheims-

veien in richting Disen. De Disenveien. Kleine rode rijtjeshuizen die vanmorgen heel anders wakker waren geworden dan normaal.

'Wat hebben we?' zei Munch toen ze uit de auto waren gestapt.

'Andrea Lyng. Zes jaar. Uit haar kamer verdwenen. Een bloedspoor, helemaal over de trap naar haar kamer. Bloed in haar bed.'

Kim krabde met een ernstig gezicht aan zijn hoofd.

'Waar is de vader?'

'In de woonkamer,' wees Kim. 'Hij heeft het niet meer.'

'Is de dokter er?'

'Ja,' zei Kim, en hij wees naar de voordeur. Al toen ze over het grindpad naar het huis liepen, dook Anette op. Ze had haar telefoon in haar hand en keek zorgelijk.

'Er is er nog een.'

'Wat?' zei Munch. 'Nog een verdwijning?'

'Ja,' zei Anette. 'Zojuist gemeld. Karoline Mykle. Zes jaar. Uit haar kamer in Skullerud verdwenen.'

'Jezus,' zei Munch.

'Bloed?' vroeg Mia.

Anette knikte.

'Oké,' zei Munch. 'Jullie doen Skullerud, Kim en ik blijven hier. Stuur daar ook een team van de TR naartoe.'

'Ze zijn al onderweg,' zei Anette.

Munch keek even naar Mia. Hij zei niets, maar ze wist wat hij dacht.

Twee op een dag?

Twee tegelijk?

'We nemen mijn auto,' zei Anette, en ze draafde voor Mia uit naar de rode Peugeot die langs de stoep geparkeerd stond.

31

Mikkel Wold, journalist bij *Aftenposten*, was redelijk tevreden met het artikel van zijn hand dat zojuist op internet was gezet. Alles ging tegenwoordig zo snel, hij had voor zijn deadline bijna geen tijd gehad voor een correctieronde. Hij keek het artikel een paar keer door zoals het er nu stond, geen typefouten, alles zag er gelukkig goed uit. *Afscheid van Pauline*. De dag daarvoor had hij met twee collega's verslag uitgebracht van de begrafenis. Dat was het hoofdartikel in de papieren krant geweest, maar hij had tot taak gehad een andere invalshoek te zoeken. Normaal gesproken werkten de papieren krant en de internetversie los van elkaar, maar dat gold niet voor deze zaak, *iedereen doet alles en bij voorkeur vóór alle anderen* luidde het motto nu, en hij had vastgesteld dat de concurrentie hetzelfde deed.

De kerk van Skøyen was stampvol geweest. Volgens de wens van de familie hadden alle journalisten het verzoek gekregen om buiten te wachten, maar daar hadden ze niet allemaal gehoor aan gegeven. Mikkel Wold had diverse collega's van andere kranten stiekem tussen de familieleden, buren en vrienden de kerk binnen zien glippen. De branche waarin ze werkten was inderdaad keihard, maar er waren grenzen. *Aftenposten* had een goed team op deze zaak gezet. Prima mensen. Degelijke journalisten. Ze hadden er niet over gepraat, maar op de redactie waren ze het erover eens dat ze zich gedeisd zouden houden. De zaak niet op zouden blazen. Consideratie zouden hebben. Niet met nieuwsgierige vuile vingers in diepe wonden zouden wroeten. Zoals sommige concurrenten deden.

Mikkel had een paar maanden geleden een nieuw baantje aangeboden gekregen. Hij liep tegen de veertig en werkte nu twaalf jaar bij *Aftenposten*. Uiteraard was een nieuw baantje een opwindend idee, en God wist wanneer hij nog eens zo'n aanbod zou krijgen, maar hij was blij dat hij ervoor had bedankt. *Afscheid van Pauline*. Hij had een kleuterschoolvriendinnetje van Pauline en haar ouders geïnterviewd. Misschien enigszins op het randje, maar nee, hij had besloten dat het kon. Relevant. Groot verdriet om het verlies. Ze hadden een foto geplaatst van het kleine meisje in tranen, met in haar handen een boeketje bloemen en een tekening die ze voor Pauline had gemaakt. Mooi en ontroerend. Paste goed op de WEES ALERT-poster. Of toch niet? Mikkel zuchtte even en strekte zijn armen. Sinds de meisjes waren gevonden, had hij weinig slaap gehad. Raakte hij zijn beoordelingsvermogen een beetje kwijt? Zou hij dit tien jaar geleden ook hebben geschreven? Vijf jaar geleden? Hij zette het van zich af en liep het keukentje binnen om een kop koffie te halen. Op de redactie zinderde het van de spanning. Het was lang geleden dat ze een zaak als deze hadden meegemaakt, hadden ze zoiets als dit ooit eerder meegemaakt? Een seriemoordenaar die kleine meisjes als poppen aankleedde en ze met hun schooltas op hun rug in de bomen hing? Hij schudde zijn hoofd en nam een slok koffie. Iets voor de VS of voor op de televisie, maar niet hier in Noorwegen. Mikkel had het bijna niet droog kunnen houden toen hij de mensenmassa uit de kerk had zien komen. Het witte kistje. Al die sombere gezichten. Rouw. *Afscheid van Pauline*. Hij hoopte dat hij erin was geslaagd zich in te houden. Ja, dat was hij inderdaad. Het was een mooi artikel geworden.

'Ze rukken weer uit.'

Silje stak haar hoofd de koffiekamer in.

'Waarheen?'

Mikkel zette het kopje op het aanrecht en liep achter de jonge journaliste aan naar de kamer ernaast. Ze luisterden nu om beurten het hele etmaal naar de politieradio, om maar niets te missen.

'Skullerud.'

'Een nieuw meisje?'

'Moeilijk te zeggen,' zei Silje, en ze zette de radio wat harder.

'Wat hebben we?'

Grung kwam de kamer in, zoals gebruikelijk ongeschoren en met een enigszins rood aangelopen gezicht. De redacteur zag eruit alsof hij de laatste tijd ook niet veel had geslapen.

'Meerdere eenheden onderweg naar Skullerud.'

'Skullerud? Was het niet de Disenveien?'

'Allebei.'

'Disen?' vroeg Mikkel. Dat had hij niet meegekregen.

'Een paar minuten geleden,' zei Grung. 'Erik en Tove zijn daar nu.' Hij wendde zich weer tot Silje toe. 'Hebben we het adres van Skullerud?'

'Welding Olsens vei. Niet ver van de Skullerudschool.'

'Ik doe het wel,' zei Mikkel.

'Prima,' zei Grung. 'Nieuwe ontwikkelingen meteen doorgeven, oké?'

Mikkel draafde naar zijn plek terug en griste zijn uitrusting mee.

'Hebben we een fotograaf?'

Van buiten het kantoor riep Grung: 'Volgens mij is Espen vrij.'

'Nee, die is meegegaan naar Disen.'

'Bel Nina,' zei Mikkel, en hij rende naar de uitgang. 'Vraag of ze daar ter plaatse naar me toe komt.'

Hij nam de lift naar beneden, rende de taxistandplaats op en nam een taxi. Pakte zijn telefoon en belde Erik Rønning, de collega die in Disen was.

'Met Erik.'

'Wat is er aan de hand?'

'We moeten achter de afzetting blijven. Een beetje chaotisch hier. Ik krijg de indruk dat niemand precies weet wat er aan de hand is.'

'Zijn wij de enigen daar?'

'Had je gedacht.' Zijn collega grinnikte even. 'Nee hoor, het hele zootje is aanwezig.' Hij verdween even en kwam toen weer aan de telefoon.

'Wat gebeurt er?' vroeg Mikkel.

'Munch en Krüger zijn zojuist gearriveerd. We zijn kennelijk op de goeie plek. Mia! Mia!'

Zijn collega verdween weer, ditmaal definitief. Mikkel keek naar de taxichauffeur en vroeg of hij wat harder wilde rijden. Hoopte dat hij als een van de eersten ter plekke zou zijn, dat de rest van de meute de laatste oproep op de politieradio niet had meegekregen. Hij probeerde zijn collega te bellen, maar kreeg alleen diens voicemail. Holger Munch en Mia Krüger waren er. Dan moest er iets ernstigs aan de hand zijn.

Toen Mikkel de Welding Olsens vei in Skullerud bereikte, ontdekte hij dat de politie de omgeving al had afgezet. Hij betaalde de taxichauffeur, sprong uit de auto en baande zich een weg door de kleine menigte die zich inmiddels had verzameld. Nu al afzettingen? Zo ging het de laatste tijd eigenlijk steeds. Zelfs al luisterden ze naar de radio, ze waren er toch te laat bij. Dat had hij verscheidene anderen ook horen zeggen. *Zijn wij er dan zo laat bij?* Volgens het gerucht werkte de politie met iets nieuws, nieuwe communicatielijnen, maar voorlopig was niemand daar precies achter gekomen.

Mikkel werkte zich helemaal naar de afzetting toe en stuitte op een collega van het blad *Verdens Gang*. 'Wat gebeurt er?'

'Weet ik nog niet.' De VG-journalist stak een sigaret op en wees de weg af. 'Nummer drie of nummer vijf, denk ik. Een van die gele rijtjeshuizen daar. Nog geen zwaargewichten hier, alleen maar voetvolk. Geen idee wat er aan de hand is.'

Mikkel keek om zich heen. Er kwamen steeds meer mensen aan.

Hij zag de NRK en TV2. Knikte naar *Dagsavisen*. Op dat moment ging zijn telefoon over.

'Mikkel.'

'Met Grung. Wat hebben we?'

'Voorlopig nog niets, maar iedereen is er.'

'Verdomme, zijn we er dan zo laat bij?' zei Grung geërgerd.

'Weet ik. Daar moeten we eens iemand op zetten,' zei Wold.

Aan de andere kant deed Grung er het zwijgen toe. De redacteur hield er niet van dat anderen hem voorschreven wat hij moest doen.

'Munch en Krüger zijn in Disen,' zei Mikkel om van onderwerp te veranderen. Hij wilde niet met Grung in de clinch raken, hij had meegemaakt dat anderen dat deden, en dat was niet leuk geweest. Hij zat er niet op te wachten om gedegradeerd te worden tot verslaggever van kattententoonstellingen in Sandvika.

'Krüger is daar zojuist weggegaan,' antwoordde Grung. 'Ik gok dat ze onderweg naar jou is.'

'Heb je Nina nog te pakken gekregen?'

'Ja, ze komt eraan. Ik heb Erik op de andere lijn hier, ik bel je terug.'

'Oké,' zei Mikkel, en hij hing op.

Hij liep weer naar de afzetting en probeerde de situatie te overzien. De politie had de hele weg afgezet, niet maar één huis. Munch en Krüger waren in Disen, Krüger was mogelijk op weg hierheen. Dit moest heel ernstig zijn. Meer dan één meisje. Twee tegelijk? Dat werd de voorpagina, morgen. Gegarandeerd. Hij keek even om zich heen op zoek naar een plek waar hij erdoor zou kunnen glippen. Er moest toch nog een andere weg hierheen zijn? De journalist liep terug naar de plaats waar hij uit de taxi was gestapt. Moest hij hier blijven staan of zich aan een omtrekkende beweging wagen? Hij schrok op toen hij weer werd gebeld, door een geheim nummer ditmaal.

'Met Mikkel.'

Aan de andere kant was het doodstil.

'Met Mikkel Wold, met wie spreek ik?'

Hij legde zijn hand over zijn vrije oor om beter te kunnen luisteren. Er waren inmiddels veel mensen, de omgeving raakte steeds voller met auto's en nieuwsgierige passanten.

'Is het niet onrechtvaardig?'

Een rare stem in zijn oor. Schor en enigszins verdraaid, hij hoorde niet wie het was.

'Met wie spreek ik?' zei hij weer.

'Is het niet onrechtvaardig?' zei de stem weer.

Mikkel ging nog verder van de menigte af staan, stak de straat over en zocht een rustiger plekje op.

'Wat is er onrechtvaardig?' vroeg hij.

Aan de andere kant werd het weer stil.

'Hallo?' Mikkel merkte dat hij geïrriteerd raakte. 'Hallo? Zeg, met wie spreek ik nou, ik heb nu geen tijd.'

'Is het niet onrechtvaardig?' zei de rare stem weer.

'Wat is onrechtvaardig? Met wie spreek ik?'

'Heel onrechtvaardig dat je zo'n eind weg moet staan,' zei de stem.

Op hetzelfde moment kwam er een rode Peugeot aanrijden. Mikkel ving een glimp op van Mia Krüger en een van haar collega's. De Peugeot reed naar de afzetting en werd door een van de agenten doorgelaten.

'Kut,' zei Mikkel.

Waar bleef die fotografe? Ze moesten hier toch foto's van maken?

'Ga maar iemand anders bellen en lastigvallen,' snauwde hij in zijn telefoon. 'Ik ben bezig.'

Hij wilde net ophangen toen de schorre stem terugkwam.

'Het is nummer drie,' zei de stem.

'Wat bedoel je?'

'Het is nummer drie,' zei de stem opnieuw. 'Ze heet Karoline. Wil je nu nog steeds ophangen?'

Ineens was Mikkel een en al oor.

'Met wie spreek ik?'

'Met Donald Duck. Wie dacht je anders?' zei de stem.

'Nee, ik bedoel...'

De stem lachte even. 'Wil je nog steeds dat ik iemand anders bel? Tønning van *Dagbladet*? Ruud van VG? Liever een van die twee?'

'Nee, nee, nee... eh, nee, nee,' zei Mikkel. 'Ik ben er nog, hoor.' Hij liep nog verder bij de menigte vandaan.

'Mooi zo,' zei de stem.

Mikkel viste zijn notitieblok en zijn pen uit zijn zak.

'Wil je mijn vriend zijn?' vroeg de schorre stem.
'Misschien,' antwoordde de journalist.
'Misschien?'
'Ja, ik wil je vriend wel zijn,' zei Mikkel. 'Wie is Karoline?'
'Wie denk je dat Karoline is?'
'Is zij... nummer drie?'
'Nee, Karoline is nummer vier. Andrea was nummer drie. Ben je niet op de hoogte? Ben je niet aan de Disenveien geweest?'
Nu gebeurde er iets, verderop bij de afzetting. Er kwam nog een auto aan. De technische recherche.
'Hoe weet ik dat...'
'Hoe weet je wat?' zei de stem.
'Nee, dat...'
Mikkel wist niets meer uit te brengen. Zijn voorhoofd was warm en hij had klamme handen.
'Zijn ze niet lief als ze slapen?' zei de stem.
'Wie?'
'Die kleintjes.'
'Hoe weet ik dat je geen loopje met me neemt?'
'Wil je een vinger met de post?'
De koude rillingen liepen Mikkel over de rug. Hij probeerde kalm te blijven, maar dat kostte hem nu heel veel moeite.
'Nee, voor geen goud,' stamelde hij.
De stem lachte weer zachtjes en zei: 'Jullie moeten de juiste vragen stellen.'
'Wat bedoel je?'
'Op die persconferenties, waarom stellen jullie de juiste vragen niet?'
'Wat zijn de juiste vragen?' vroeg Wold.
'Waarom heeft het varken zo op de vloer gelekt?' zei de stem.
'Waarom heeft...? Wat zeg je...?'
Mikkel deed weer een wanhopige poging om zijn notitieblok op te vissen zonder zijn telefoon te laten vallen.
'Tik-tak,' zei de schorre stem, en hij hing op.

32

Holger Munch trok de dunne rubberhandschoenen uit en liep het balkon op om te roken. Verdomme nog aan toe, wat een begin van de dag. Hij had de nacht hiervoor slecht geslapen, had liggen draaien in zijn bed. Hij had die erfeniskwestie nog niet met zijn moeder besproken, had er een vervelend gevoel over dat hij daar ook van wakker had gelegen, ze hadden per slot van rekening wel iets belangrijkers om zich mee bezig te houden. Twee op één dag? Hij stak zijn sigaret aan en keek door het raam naar binnen. De technische recherche was aan het inpakken en de vader was naar het politiebureau in Grønland gebracht. De moeder was nog niet opgespoord, de vader verkeerde in een shocktoestand en kon bijna geen woord uitbrengen. Ze waren waarschijnlijk niet meer bij elkaar, gescheiden van tafel en bed, de moeder had een weekje vrij en was met een paar vriendinnen naar een zomerhuisje waar geen bereik was. Het balkonraam was ingeslagen. Beneden, op de trap en in de kamer van het kleine meisje lagen bloedsporen. Andrea. Iemand had haar uit haar kamer gehaald. Munch nam een flinke trek van zijn sigaret en probeerde een beginnende hoofdpijn te onderdrukken. Hij belde Mia. Het duurde een paar tellen voor ze opnam.

'Wat hebben jullie?' vroeg Munch.

'Karoline Mykle, zes jaar, uit haar kamer verdwenen.'

'Sporen van braak?'

'Nee, sleutel onder de mat.'

God nog aan toe. Munch zuchtte. Onder de mat. Dat hield je toch niet voor mogelijk?

'Bloed?'

'Bloedsporen beneden in de gang en naar de kamer op de eerste verdieping.'

'De ouders?'

'Cecilie en John-Erik Mykle. Bij ons niet bekend. Hij werkt op de Noordzee, we nemen op dit moment contact met hem op. Zij is onderwijzeres.'

'Onderwijzeres?'

'Ja, maar ze is zichzelf niet. Volledig in shock. Heb haar naar Ullevål gestuurd. Ze wist niet eens waar ze was. Had geen tijd om ons te woord te staan, vond ze. Moest Karoline van de kleuterschool afhalen.'

'Juist, ja,' zei Munch.

'We doen nu de ronde door de buurt, kijken of iemand iets heeft gezien.'

'Ja, hier ook,' zei Munch.

'Wordt het Alfa 1?'

Munch knikte.

'Holger?'

'Wat? Ja, iedereen moet uitrukken. Allemaal. Overal. En dan bedoel ik ook iedereen. Alle uitvalswegen. Ieder klein rotpaadje, ja?'

'Akkoord,' zei Mia, en ze hing op.

Holger nam nog een lange trek van zijn sigaret. Zijn hoofdpijn zette met volle kracht door. Een slokje water. Hij moest wat drinken. En iets eten. Zijn telefoon ging weer over.

'Met Munch.'

'Met Gabriel Mørk, schikt het?'

'Dat hangt ervan af,' zei Munch kortaf.

'Je weet wel, dat privégeval dat je me voorlegde?'

Munch wreef met zijn hand over zijn voorhoofd.

'Dat vraagstuk,' vervolgde Gabriel.

Munch zocht zijn geheugen af tot de boel op zijn plaats viel. Het wiskundevraagstuk dat hij niet had kunnen oplossen. Dat het Zweedse meisje hem via internet had gestuurd.

'Ben je erachter?'

Munch liep het huis weer in. Zorgde ervoor dat hij niet in de bloedsporen trapte of iets aanraakte. De technici waren nog niet klaar met hun werk.

'Ik denk dat ik het snap, maar ik heb meer nodig.'

'Hoe bedoel je, meer?'

'Zullen we het er later nog eens over hebben?'

Munch liep naar de voorkant van het huis en stak nog een sigaret op. Ze hadden nu een groter stuk van de straat afgezet. De journalisten op een afstand. Voor zo lang als het duurde. Hij merkte dat hij gruwde van de gedachte dat hij Mikkelson op de hoogte moest brengen. Twee doden. Geen verdachten. En nu waren er nog twee verdwijningen bij gekomen. In Grønland zou de hel losbarsten.

'Het is een Gronsfeld, denk ik,' zei Gabriel aan de andere kant.

'Een wat?'

'Een Gronsfeld-code. Geheimschrift. Een variatie van de Vigenère, maar dan met cijfers in plaats van letters. Maar ik heb meer nodig. Heb je nog meer gekregen?'

Munch slaagde er niet in zijn gedachten op een rij te zetten.

'Meer, ik weet het niet precies. Wat zou dat dan moeten zijn?'

'Letters en getallen. Gronsfeld zit zo in elkaar dat beide partijen, zowel de afzender als de ontvanger, over dezelfde combinatie beschikken. Van letters en getallen. Voor anderen is het onoplosbaar.'

'Ik kan niks bedenken,' zei Munch, terwijl Kim net het hek binnenkwam. 'We moeten het er later maar over hebben.'

'Oké,' zei Gabriel, en hij hing op.

'Nog nieuws?'

Kim schudde zijn hoofd. 'De meesten zijn aan het werk, dus we moeten vanmiddag nog maar eens de ronde doen.'

'Niets? Iemand hier moet verdomme toch iets hebben gezien?'

'Tot dusverre niet.'

'Ga ze nog eens langs.'

'Maar we hebben toch net...'

'Ik zei, ga ze nog eens langs.'

De jonge politieman knikte en liep het hek weer uit.

Munch wilde juist het huis binnengaan toen Mia opnieuw belde.

'Ja?'

Hij hoorde het aan haar stem. Dat ze iets hadden.

'Het is een vrouw,' zei ze kort.

'We hebben een getuige?'

'Een bejaarde, pal aan de overkant van de straat. Problemen met slapen. Keek uit het raam, hij denkt dat het rond vier uur was. Zag iemand in een brievenbus graaien. Is naar buiten gegaan om een kijkje te nemen.'

'Een bejaarde met lef.'

'Zonder meer.'

'Wat zei hij?'

'Hij had naar haar geroepen. Zij was ervandoor gegaan.'

'En hij weet zeker dat het een vrouw was?'

'Honderd procent zeker. Heeft haar van een paar meter afstand gezien.'

'Allejezus.'
'Ik zei het toch?' zei Mia vol vuur. 'Ik wist het!'
'Inderdaad. Is die bejaarde nu bij je?'
'We nemen hem mee naar kantoor.'
'Zien we elkaar daar om tien uur?'
'Prima,' zei Mia, en ze beëindigde het gesprek.

Het scheelde niet veel of Munch zette het op een lopen. Een vrouw. Hij ging snel achter het stuur zitten en reed naar de afzetting. Het regende flitsen toen hij de enorme verzameling journalisten en verslaggevers passeerde. Nu hadden ze in elk geval voer voor de nieuwsgieren.

Een vrouw.

Munch zette het zwaailicht op het dak en scheurde terug naar het centrum.

3

33

De Noorse Afghanistanveteraan Tom-Erik Sørlie zat voor zijn woonkamerraam toen er op de weg voor zijn huis twee politieauto's stopten en agenten hekken begonnen neer te zetten. Hij pakte zijn verrekijker van de salontafel en draaide aan de lenzen totdat hij de agenten scherp in beeld had. Hij had zoals altijd de hele dag naar de politieradio zitten luisteren en wist dat er iets aan de hand was. Twee kleine meisjes waren vermoord, er waren er nog twee verdwenen en nu had de politie besloten het verkeer op de uitvalswegen uit de stad te controleren. Hij stelde zijn lenzen nog eens bij. Gewapende politie, met helmen, MP-5-machinepistolen, hij kende dat wapen, had het zelf vaak gebruikt. Heckler & Koch MP5. De gewapende agenten zetten een verkeersfuik op en begonnen auto's aan te houden. Voor de automobilisten was het gelukkig nog vroeg op de dag. De file ging naar het centrum toe, niet de stad uit.

Hij legde zijn verrekijker weg en zette het nieuws harder. Zijn televisie stond altijd aan. Zijn computer ook. En de politieradio. Nieuws. Dat volgde hij graag. Op de hoogte blijven was zijn manier om te voelen dat hij leefde, nu hij niet langer intern op de hoogte werd gehouden over de gang van zaken.

Zijn hond Lex werd wakker in zijn mand en kwam naar hem toe stappen. Ging voor zijn voeten zitten met zijn kop scheef en zijn tong uit zijn bek. De herdershond wilde uitgelaten worden. Tom-Erik streek de welp over zijn kop en probeerde te volgen wat er op het scherm gebeurde. TV2. Een verslaggever met een microfoon voor de camera. Op de achtergrond een woonwijk in Skullerud. Afgezet door de politie. Daar was het ene meisje verdwenen. Dat had hij al een tijdje geleden gehoord. Hij stond op en pakte de jonge herdershond bij zijn halsband. Nam hem mee de trap af en de tuin in en koppelde hem aan de lange lijn. Hij bracht het nu niet op om te wandelen. Hij had hoofdpijn.

Het was al donker toen de politie de hekken op de hoofdweg verwijderde. De hele dag. Dus iemand op het departement had kennelijk de geldkraan opengezet. Hij at zijn avondeten voor de televisie. Op het scherm verscheen een tekening. Een vrouw. Die was door een getuige in Skullerud gezien. *Succes*, dacht Tom-Erik. Dit kon iedereen wel zijn. Fragmenten van een persconferentie.

Een politieadvocate. De meisjes waren nog altijd weg. Geen enkel spoor. Twee rechercheurs van Moordzaken onderweg in een auto. Een man met een baard en een beige loden jas. Een meisje met lang zwart haar. Allebei met een scherpe blik. De man met de loden jas wimpelde de journalisten af. Geen commentaar.

Hij zette de televisie zachter en stond op om nog een kop koffie te halen. Hoorde hij daarbuiten iets? Was er iemand in de tuin? Hij schoot een paar schoenen aan en liep naar de voorkant van het huis. De herdershond zat niet meer aan de lijn.

'Lex?'

Hij liep om het huis heen naar de achtertuin en kreeg een schok toen hij de appelboom zag.

Iemand had zijn hond vermoord en aan een springtouw bij zijn nek opgehangen.

34

Mia Krüger stak de straat over en liep de Tøyengata in. Ze haalde een pastille uit haar zak en probeerde de voorpagina's van de kranten te mijden. Kwam toch nog langs een kiosk die haar leven op straat had gegooid. *Nog geen spoor van mysterieuze vrouw*. De compositietekening op de voorkant. Van de vrouw die door die bejaarde was gezien. Met de tekening was niets mis. Met de waarneming van de getuige was niets mis. Het probleem was alleen dat dit iedereen kon zijn. Negentienhonderd telefoontjes, alleen al op de eerste dag. Mensen die dachten dat het hun buurvrouw, collega of nichtje was of iemand die ze gisteren in de rij voor de veerpont hadden gezien. Het gerucht ging dat het twee uur kostte om iemand aan de lijn te krijgen. *Heeft iemand Karoline en Andrea gezien?* Nog een voorpagina, foto's van de meisjes, enorm groot, expres opgeblazen om haar te pesten, leek het. *Je doet je werk niet goed. Jij bent hier verantwoordelijk voor. Als die meisjes straks dood zijn, is het jouw schuld.*

Waarom in godsnaam ineens al dat bloed? Mia snapte het niet. Het klopte niet. Er was geen verband met al het andere. Ze hadden het bloed onderzocht en het was niet van de meisjes afkomstig. Het was niet eens mensenbloed, maar van een varken. De dader stak de draak met hen, dat was wat ze deed. Of hij. Mia wist het gewoon niet meer. Er klopte iets niet. Met die vrouw in Skullerud. Met die compositietekening. Ze had het gevoel dat het maar een spelletje was. *Kijk eens hoe makkelijk het allemaal voor me is? Ik kan alles doen wat ik wil.*

Ik win. Jullie verliezen.

Mia trok haar jasje dichter om zich heen en stak weer over. Ze hadden niets over die witte Citroën gevonden. De lijst van mogelijke daders had niets opgeleverd. Ludvig en Curry hadden fantastisch werk gedaan wat betreft de Hønefoss-zaak, een van de kantoortjes aan de Mariboesgate lag stampvol met foto's en notities, maar toch hadden ze niets gevonden. Per slot van rekening ging het om achthonderdzestig personeelsleden. Bijna negenhonderd mensen met een aanstelling in het ziekenhuis. Om maar te zwijgen van iedereen die vrij toegang tot het ziekenhuis had: patiënten, bezoekers, familie. Bij elkaar duizenden mensen. De bewakingscamera's hadden evenmin iets geregistreerd. Op de kraamafdeling hadden destijds nog geen camera's gehangen, alleen bij de uitgang. Mia herinnerde zich hoe ze zelf urenlang naar opnames had gekeken, zonder succes. Niets. Zakken vol verhoren en verklaringen. Artsen, verpleging, patiënten, fysiotherapeuten, maatschappelijk werkers, familieleden, receptionisten, schoonmakers. Zelf had ze bijna honderd personen gesproken. Iedereen was ten einde raad geweest. Hoe kon zoiets nou gebeuren? Dat iemand een kraamafdeling binnenliep en onopgemerkt weer naar buiten wandelde met een baby? Ze wist nog dat haar bazen op het politiebureau zielsgelukkig waren geweest toen die jonge Zweed zelfmoord had gepleegd met achterlating van een 'bekentenis'. De zaak was snel geseponeerd. Onder tafel geveegd. Een schande voor het politieapparaat. Gewoon de draad weer oppakken.

Opnieuw stak Mia over, en ze liep een binnenplaats op. Ze was hier al lang niet meer geweest, maar hij was er nog. De groene deur zonder naambordje, verstopt in een onzichtbaar hoekje van de stad. Ze klopte aan en wachtte tot iemand open zou doen. Ze hadden inmiddels besloten een beloning uit te loven. De families en de mensen die hen steunden. Munch en Mia waren ertegen geweest, dan zou het aantal onzintelefoontjes alleen maar toenemen en raakten de lijnen overbelast, zodat ze onbereikbaar waren voor mensen die belangrijke informatie hadden, maar ze hadden dus besloten om het toch te doen, in overleg met hun advocaten. Dan moest het maar. Misschien leverde het iets op. Misschien zou het juiste geldbedrag de juiste persoon uit de schaduwen tevoorschijn lokken.

In de deur ging een luikje open en het gezicht van een man verscheen.

'Ja?'

'Mia Krüger,' zei Mia. 'Is Charlie er?'

Het luikje in de deur ging dicht. Er verstreken een paar minuten, toen kwam de man weer terug. Deed de deur voor haar open en liet haar binnen. Het was een nieuwe bewaker, die ze nog nooit had gezien. Typisch iets voor Charlie: een bodybuilder, groot, met een vierkant postuur en getatoeëerde biceps die dikker waren dan haar dijen.

'Hij is daarbinnen,' zei de man, en hij wees.

Charlie Brun stond achter de bar en glimlachte breed toen ze binnenkwam. Hij was geen spat veranderd. Misschien wat ouder, zijn ogen iets vermoeider, maar nog net zo kleurrijk als altijd. Zwaar geschminkt met een knalgroene paillettenjurk aan en een boa om zijn nek.

'Mia Manestraal,' lachte Charlie, en hij liep om de bar heen om haar te omhelzen. 'Wat ongelofelijk lang geleden, hoe gaat het in hemelsnaam met jou, girl?'

'Prima,' zei Mia, en ze ging zitten.

Er waren weinig mensen in het lokaal, maar zes of zeven man, de meesten als vrouw verkleed. Luipaardbroeken en hoge hakken. Witte japonnen en lange zijden handschoenen. Bij Charlies kon je precies zijn wie je wilde, niemand hier die daarmee zat. Het licht was gedimd, de sfeer rustig. Uit een jukebox in de hoek klonk Edith Piaf.

'Je ziet er vreselijk uit,' zei Charlie Brun, en hij schudde zijn hoofd. 'Pilsje?'

'Heb je tegenwoordig een tapvergunning dan?'

'Foei toch, girl. Niet zulke lelijke woorden gebruiken,' knipoogde Charlie, en hij tapte een biertje voor haar. 'Wil je er een kleintje bij, of zo?'

'Wat houdt *een kleintje* tegenwoordig in?' zei Mia, en ze nam een slok bier.

'Wat jij wilt,' zei Charlie met knipperende ogen, en hij veegde het stukje bar voor haar schoon. 'Nee hoor,' vervolgde hij. 'Er is hier veel minder loos dan vroeger. We worden ouder, weet je wel, in elk geval Charlie.' Hij slingerde de groene boa over zijn schouder en pakte een fles van een plank. 'Jägermeister dan?'

Mia knikte en deed haar muts af en haar leren jasje uit. Het was lekker om binnen in de warmte te zitten. Zich even voor de wereld te verstoppen. Toen haar zaak in de schijnwerpers had gestaan, had ze vaak in Charlies gezeten. Mia was bij toeval eens op deze tent gestuit en had zich er meteen thuis gevoeld. Geen nieuwsgierige blikken. Een en al rust en geborgenheid, bijna een kleine familie. Het leek heel lang geleden, als in een vorig leven. Nu herkende ze geen van de mannen die in vrouwenkleren aan de tafeltjes bij de rode muur zaten.

Charlie pakte twee glazen en schonk hun allebei een Jägermeister in.

'Proost dan maar, schat. Goed om je weer te zien.'

'Insgelijks,' zei Mia.

'Jij lijkt natuurlijk geen dag ouder geworden,' zei Charlie.

Hij plaatste zijn vingers onder Mia's kin en bestudeerde haar gezicht.

'Wat een jukbeenderen, girl. Je had niet bij de politie moeten gaan, je had model moeten worden, weet je wel. Maar serieus. Beetje gezonder leven met het oog op je huid? En een beetje makeup af en toe mag best, zelfs als je een meisje bent. Zo, ik heb gezegd. Mama Charlie is altijd eerlijk, weet je wel,' knipoogde Charlie met een klein lachje.

'Bedankt,' zei Mia, en ze goot haar Jägermeister naar binnen. Die gaf haar een warm gevoel in haar keel.

'Kunnen we hier nog een fles champagne krijgen, Charlie?'

'Wat had ik nou gezegd over roepen, Linda?'

Charlie keerde zich naar een van de mannen aan het ene tafeltje toe. Die droeg een roze minirokje, korte laarsjes, handschoenen en een parelketting. Hij was misschien even in de veertig, maar bewoog zijn lichaam en zijn armen als een vijftienjarig meisje.

'Ach kom, Charlie. Hou het een beetje gezellig.'

'Dit is een respectabel etablissement, geen Amsterdams bordeel. Nieuwe glazen?'

'Nee, die hebben we nog,' giechelde de man die Linda heette.

'No class,' zuchtte Charlie, en hij sloeg zijn ogen ten hemel.

Hij haalde een fles champagne uit de achterkamer en bracht die naar het tafeltje. Trok hem met een knal open, tot vreugde van de meisjesmannen, die klapten en lachten.

'Zo,' zei Charlie toen hij weer terug was. 'Ik dacht dat we je kwijt waren.'

'De geruchten over mijn dood zijn sterk overdreven,' zei Mia met een knipoogje.

'Een tikje rouge en wat foundation, dan ben ik het met je eens,' giechelde Charlie. 'Ach, nee, dat was grof. Nee, dat was al te grof.'

Charlie Brun boog zich over de bar heen en knuffelde haar uitvoerig. Mia moest breed grijnzen. Het was lang geleden dat ze door een teddybeer in vrouwenkleren was geknuffeld. Het gaf een fijn gevoel.

'Was het te grof? Je ziet er toch zóó mooi uit. Ik bied een miljoen.'

'Helemaal goed,' lachte Mia.

'Twee miljoen.'

'Zo kan-ie wel weer, Charlie.'

'Tien miljoen. Nog een Jägermeister?'

Mia knikte.

'En, voor de dag ermee,' zei Charlie toen ze allebei hun glas hadden geleegd.

'Ik heb wat hulp nodig,' zei Mia, en ze haalde een foto uit de binnenzak van haar jasje.

Ze schoof de foto over de bar. Charlie haalde een bril tevoorschijn en hield de foto bij de kaars.

'Randi, ja,' zei hij. 'Ik dacht al dat er een link met jou zou zijn. Tragisch geval.'

'Kwam hij hier vaak? Sorry, ik bedoel, zij.'

Charlie deed zijn bril weer af en schoof de foto terug over de bar.

'Randi kwam hier wel eens, ja,' zei hij. 'Periodiek. Soms kwam ze vaak, en dan duurde het ineens maanden voor we haar weer zagen. Roger was zo iemand die, ja, hoe zeg je dat, niet zo lekker in zijn vel zat. Ik geloof dat hij zo veel mogelijk zijn best deed om Randi niet te zijn, maar ja, je weet hoe dat gaat, hij kon het niet laten. Had een grote innerlijke behoefte om zich te laten gaan. Soms waren we gedwongen te vragen of ze weg wilde gaan, de andere gasten stoorden zich aan haar, weet je wel.'

'Enig idee waarom?'

'Waarom hij van het dak is gesprongen?'
'Ja.'
Charlie haalde zijn schouders op. 'Geen flauw idee. De buitenwereld is hard, meer kan ik er niet van zeggen. Als je normaal bent is dat al erg genoeg. Het wordt pas echt moeizaam wanneer de samenleving wil dat je het een bent, terwijl je lijf iets anders zegt.'
'Niemand is zo normaal als jij,' zei Mia, en ze hief haar bierglas.
Charlie giechelde even.
'Ikke? Lieve help, daar ben ik dertig jaar geleden al mee in het reine gekomen, maar niet iedereen is zoals ik, weet je wel. Schuldgevoelens, schaamte en een slecht geweten. We kunnen internetten met onze telefoon en sturen karretjes naar Mars, terwijl we mentaal en emotioneel gezien nog in de middeleeuwen leven. Maar daar weet jij uiteraard alles van.'
'Is dat zo?'
'Ja, jij hebt hersens, daarom mag ik je ook zo. En je bent mooi, dat helpt natuurlijk, maar vanwege die hersens hoef ik je niet alles uit te leggen. Kun jij geen minister-president worden, Mia? Dit land eens een paar dingen bijbrengen?'
'Dat zou slecht aflopen, denk ik.'
'Ja, misschien wel. Je bent veel te aardig.'
Charlie lachte even en schonk hun allebei nog een Jägermeister in.
'Kwam ze hier altijd alleen?'
'Wie, Randi?'
Mia knikte.
'Meestal wel. Ze had een paar keer een vriendin bij zich, maar met haar heb ik nooit gepraat.'
'Een man?'
'Nee, een vrouw.'
'Hoe zag die eruit?'
'Streng. Lang van stuk. Donker haar in een strakke paardenstaart. Beetje vreemde blik.'
'Wat bedoel je daarmee?'
'Haar ogen waren verschillend van kleur.'
'Op die fiets.'
'Een blauw en een bruin oog,' zei Charlie. 'Ze zag er wat freaky uit. Kil. Ernstig. Ik was eigenlijk best blij toen hij haar niet meer meenam. Ze bezorgde me de koude rillingen.'

'Wanneer was dat?'

'O, dat weet ik niet precies meer.'

Charlie pakte een vaatdoek en begon de bar weer schoon te maken.

'Een paar maanden nadat jij was gestopt met hier te komen. Waar zat je trouwens?'

'Ik ben een poosje van de wereld geweest.'

'Goed dat je terug bent, dan. Ik heb je gemist.' Charlie knipoogde en hief zijn borrelglaasje. 'Zal ik de gasten eruit gooien? Dan kunnen we het serieus op een drinken zetten, zoals in de goeie ouwe tijd.'

'Een andere keer, Charlie.' Mia trok haar jasje aan. 'Op dit moment heb ik te veel aan mijn hoofd.' Ze haalde een pen uit haar zak en schreef haar nummer op een servet. 'Bel me als je nog iets te binnen schiet, akkoord?'

Charlie boog zich over de bar heen en kuste haar ten afscheid op allebei haar wangen.

'Don't be a stranger.'

'Beloofd,' zei Mia.

Ze trok haar muts ver over haar hoofd en liep naar buiten, de regenachtige Oslose avond in. Ze zocht naar een taxi, maar zag er geen. Ook goed. Ze had de tijd. Op haar hotelkamer zat toch niemand op haar te wachten. Ze zette haar capuchon op en slenterde net in de richting van het centrum, toen haar telefoon overging. Gabriel Mørk.

'Hallo,' zei Mia.

'Hallo, met Gabriel. Heb je even?'

'Zeker,' antwoordde Mia. 'Ben je nog op kantoor?'

'Ja.'

'Je hoeft daar echt niet het hele etmaal door te brengen, heeft Holger dat niet tegen je gezegd?'

'Jawel, dat snap ik, maar er is zoveel wat ik moet weten.' Gabriel klonk moe.

'Heb je nog nieuws?'

'Inderdaad. Ik bedacht dat het mogelijk moet zijn gewiste tekstberichten terug te halen, dus heb ik een vriend van me gebeld, een Apple-freak.'

'En?'

'No stress. Ik heb ze gevonden.'

'Alles wat er op zijn telefoon stond?'

'Yep.'

'Hartstikke goed,' zei Mia. 'Wat hebben we?'

'Zowel goed als slecht nieuws. Ik heb de gewiste berichten gevonden, maar het waren er niet veel. Die telefoon was waarschijnlijk vrij nieuw. Ik zie een beetje scheel, dus het lukt me niet om ze hardop te lezen, kun jij er morgen naar kijken?'

'Natuurlijk. Hadden deze ook geen afzender?'

'Jawel, ik heb een nummer.'

'Van wie is dat?'

'Dat is niet openbaar. Dat is eigenlijk waarvoor ik bel. Ik moet een aantal databases hacken om erachter te komen van wie dat nummer is.'

'Hoeveel?'

Aan de andere kant werd het even stil.

'Zoveel als nodig is.'

'En?'

'Nou, dat mag toch niet? We moeten eigenlijk om toegang vragen. Wat zeg jij?'

'Heb je al met Holger gepraat?'

'Die neemt niet op.'

'Daar kunnen we niet op wachten,' zei Mia. 'Doe maar.'

'Zeker weten?'

'Ja.'

'Oké,' zei Gabriel.

'Doe je het meteen?'

'Ik was eigenlijk van plan mijn bed op te zoeken.'

'Ga je gang, het lukt morgenvroeg ook nog wel.'

'Anders doe ik het nu wel.'

'Nu is prima. Ik ben nog wel even wakker.'

'Goed.'

Mia hing op en slenterde verder naar het centrum. Er was bijna niemand op straat. Door de ramen heen zag ze mensen, het geflikker van televisieschermen. Haar hotelkamer lokte haar plotseling nog minder dan daarnet. Waarom zou ze erheen gaan? Ze zou toch niet kunnen slapen. Dus kon ze net zo goed nog een biertje nemen. Proberen haar gedachten op een rij te zetten.

Gelukkig zaten er weinig mensen in Justisen. Mia bestelde een pilsje en zocht een tafeltje in een stil hoekje op. Ze haalde pen en papier tevoorschijn en zat naar het lege vel papier voor haar te staren. Vier meisjes. Bijna zes jaar. Pauline. Johanne. Karoline. Andrea. Ze schreef de namen boven aan het vel. Pauline. Verdwenen van de kleuterschool. Gevonden in Maridalen. Johanne. Verdwenen van de kleuterschool. Gevonden langs de Hadelandsveien. Karoline en Andrea. Uit huis ontvoerd. Waar gevonden? Ze zag het verband niet. Het antwoord moest ergens anders te vinden zijn. Roger Bakken/Randi. Tekstberichten. Het is niet slim om te dicht bij de zon te vliegen. Who's there? Bye, bye, birdie.

Eerste bericht. Icarus. Die had iets verkeerds gedaan. Tweede bericht. Who's there? Was er geen serie moppen die daarmee begon? Klop-klop-moppen? *Knock, knock? Who's there? Doris. Doris, who? Doris locked, that's why I'm knocking.* Dat leverde niets op. Bye, bye, birdie. Simpel. *Bye, bye, birdie*, een musical die populair was bij homo's. De adelaarstatoeage. *Dag, vogel.*

Mia kreeg een vieze smaak in haar mond en bestelde nog een Jägermeister om die weg te spoelen. De alcohol deed haar goed. Ze raakte nu een beetje aangeschoten, dat maakte het makkelijker om na te denken. Ze haalde weer een vel papier tevoorschijn en legde het naast het eerste. Schooltassen. Boeken. Papieren. Namen op de voorkant. Poppenjurken. Ik reis alleen. *Dit is hetzelfde*, schreef ze snel. *Dit klopt.* Varkensbloed. Who's there. *Dit klopt niet*, schreef ze daaronder. Twee uit de kleuterschool. Twee van huis. Tien jurkjes. Een vrouw. Mia bestelde nog meer bier. Het begon nu te komen. Haar hoofd was helderder. Travestiet. Een vrouw. Geslacht. Spelen met het geslacht? Onzekerheid over het geslacht? Schaamte. Schuld. Ik reis alleen. De eerste symbolen getuigden duidelijk van intelligentie. Rugzak. Bordje. Poppenjurken. De andere hielden geen verband met de rest, waren alleen maar... ja, wat, onzin? Varkensbloed. Who's there? Ze pakte nog een blad papier en legde het naast de twee andere. Goot het bier naar binnen en bestelde nog een rondje. Dit was interessant. Nu was ze op de goede weg. Ze schreef *vrouw* boven aan het derde vel. Hønefoss. Kraamafdeling. De meisjes gewassen en gefatsoeneerd. Narcose. Zorgzaamheid. *Verpleegster?* Compositietekening. Lijkt op iedereen. *Onzichtbaar?* Hoe verstop je je in het openbaar? Ze liet een deel van het blad leeg en schreef helemaal onderaan iets nieuws. Koud. Ernstig. Verschillend gekleurde ogen. Een bruin en een blauw. *Schizofrenie?* Eentje in Maridalen. Eentje langs de Hadelandsveien. Bos. Verborgen. Je moet zoeken. Je best doen. Op jacht gaan. Tentoongesteld, maar in het verborgene. Wil tonen wat ze heeft gedaan, maar niet zo duidelijk dat je niet hoeft te zoeken. Varkensbloed? *Who's there?* Waarom eerst zo schoon? Serieus? Waarom later zo vies? Onserieus? Mia bestelde nog een rondje, pakte nog een vel papier. Het ging nu vlotter, ze was op de goede weg. Ze had de smaak te pakken, maar het wilde nog niet helemaal bezinken. Trots. Kijk mij eens. Kijk eens wat ik heb gedaan. Rikke JW. Jullie kunnen er niks van, en dat zal ik bewijzen. Het is ik tegen jullie. Een spelletje. Waarom eerst zo schoon en dan zo vies? Bloed. Varkensbloed? Filmisch. Theatraal. Onecht. Niet op letten. Binnen in haar kwam de boel aan het rollen. Een onstuitbare lawine van gedachten. *Dat was het. Onecht. Niet op letten.* Mia ging steeds sneller schrijven, vergat bijna te drinken. Geen aandacht aan besteden. Geen zuivere koffie. Onecht. Klopt niet. Alleen maar kijken naar wat wel klopt. Wat zuiver is. Welke symbolen wijzen waarop? Op wie moeten we reageren en op wie niet? Zit het spelletje zo in elkaar?

Zo zit het spelletje in elkaar.

Zonder dat ze er erg in had, zat Mia bij zichzelf te grijnzen. Ze was nu mijlenver weg. Diep in zichzelf verzonken. De stad bestond niet meer. Haar bier bestond niet meer. Springtouw, ja. Schooltassen, ja. Poppenjurken, ja. Ik reis alleen, ja. Varkensbloed, nee, onecht. Bye, bye birdie, nee, niet belangrijk. Te dicht bij de zon vliegen, nee, niet belangrijk. Who's there?

'Mia?'

Mia schrok zo dat ze van haar stoel opveerde. Beduusd keek ze om zich heen, wist niet waar ze was.

'Sorry, stoor ik?'

Langzaam keerde Mia weer tot de werkelijkheid terug. Haar biertje stond er weer. De caféruimte was er weer. En daar stond Susanne bij haar tafeltje, met nat haar, een doorweekte jas en een treurig gezicht.

'Hallo, is er iets?'

'Is het goed als ik hier ga zitten? Ik zie dat je aan het werk bent. Ik wil je niet storen.'

Mia kwam niet aan antwoorden toe. Susanne trok haar jas uit en plofte als een verzopen kat op de stoel neer.

'Ga zitten,' zei Mia. 'Alleen maar gezellig, regent het buiten?'

'Buiten en binnen,' zuchtte Susanne, en ze liet haar gezicht in haar handen rusten. 'Ik wist niet waar ik naartoe moest, ik dacht dat je misschien hier was.'

'Ik ben hier, ja,' zei Mia. 'Wil je een biertje?'

Susanne knikte zwijgend. Mia stond op en liep naar de bar. Kwam met twee bier en een Jägermeister naar het tafeltje terug.

'Schrijf je een boek?' vroeg Susanne, en ze glimlachte flauwtjes van onder een haarlok.

'Nee, ik ben gewoon aan het werk.'

'Ja, want die is al eens gebruikt,' zei Susanne, terwijl ze naar een van de vellen papier wees.

Who's there?

'Gebruikt? Wat bedoel je? Waar komt dat vandaan?'

'Het is de openingszin van *Hamlet*.'

Susanne streek het haar achter haar oor en nam een slok bier.

'Echt?'

Susanne lachte even. 'Dat zou ik wel denken. Per slot van rekening ben ik regieassistente. Ik moet het script bijna uit mijn hoofd kennen.'

'Zo bedoelde ik het niet,' zei Mia. 'Maar serieus?'

Susanne kuchte even en werd plotseling weer de toneel-Susanne uit Åsgårdstrand. 'Who's there? Nay, answer me, stand and unfold yourself. Long live the king!' Ze nam nog een slok bier en keek plotseling lichtelijk gegeneerd.

'Dat is niet echt. Dat kunnen we buiten beschouwing laten,' zei Mia zacht.

'Wat?' zei Susanne.

'Laat maar. Wat is er? Waarom kijk je zo treurig?'

Susanne zuchtte weer. Haalde haar haar van achter haar oor vandaan en dook er een beetje achter weg.

'Gewoon het oude liedje. Ik ben een stommeling.'

Nu pas merkte Mia dat haar vriendin vrij veel gedronken had. Ze sprak met dubbele tong en het kostte haar enige moeite haar bierglas rechtstreeks naar haar mond te brengen.

'Toneelspelers. Hoe kun je een toneelspeler nou vertrouwen?' vervolgde ze. 'Ze zeggen dat ze van je houden en dan doen ze dat de volgende dag toch niet, en dan plotseling weer wel, en als je ze dan gelooft gaan ze met zo'n jonge meid van de belichting naar bed. Wat is er met die figuren aan de hand?'

'Twee gezichten,' zei Mia. 'En je weet bijna nooit wat het echte is.'

Twee gezichten?

Spelen met je sekse?

Een toneelspeler?

'Leugenachtige rotlui,' zei Susanne, nogal aan de harde kant. Haar stem schalde door de bar, zodat een paar andere gasten naar hen keken.

'Maar het gaat toch over?' zei Mia, terwijl ze haar hand op de arm van haar vriendin legde.

'Het gaat altijd over. En dan is het weer aan. Een eindeloze rondedans, zoals in Ibsens *Peer Gynt*. Alsmaar in de rondte, en plotseling is het leven voorbij zonder dat de liefde is gekomen.'

'Nou ben je dronken,' zei Mia, en ze streek haar weer over de arm. 'Je kletst alleen maar onzin. Wordt het geen tijd om naar bed te gaan?'

Mia raakte zo langzamerhand ook aardig aangeschoten. Ze dronk haar bier op en keek hoe Susanne nog wat van het hare probeerde te drinken.

'Ik moet altijd alleen naar huis,' zei Susanne, en ze pinkte een traan weg.

Mia's telefoon ging. Gabriel Mørk weer. Mia keek naar Susanne.

'Neem maar op,' zei Susanne. 'Jemig, zo erg is het nou ook weer niet, ik zit alleen maar wat te miepen.'

'Zeker weten?'

'Natuurlijk, jemig.'

'Zo terug.' Mia pakte haar telefoon en liep de binnenplaats achter het café op. 'Ja?'

'Met Gabriel.'

'Wat hebben we?'

'Weer een dode link.'

'Niks gevonden?'

'Jawel, het nummer was van ene Veronica Bache.'

'Geweldig, Gabriel. Wie is dat?'

'De vraag is eerder, wie was dat. Veronica Bache is vierennegentig geworden en in 2010 overleden.'

'Hoe kan dat nou?'

'Ouderdom.'

'Ja, dat snap ik, maar hoe kan haar telefoon twee maanden geleden zijn gebruikt als ze in 2010 is overleden?'

'Geen idee, Mia. Ik ben bekaf. Mijn blik is niet helder meer, ik ben al bijna dertig uur op.'

'Ga wat slapen. We hebben het er morgen wel over.'

Ze hing op en liep weer naar binnen. Susanne zat niet meer aan het tafeltje maar stond bij de bar, zwaaiend op haar benen. Probeerde de barman te bewijzen dat ze bekwaam genoeg was om er nog eentje te nemen, maar hij was onvermurwbaar. Mia verzamelde haar papieren bij elkaar, trok haar leren jasje aan en loodste haar de tent uit.

'Ik ben niet dronken,' zei Susanne met dubbele tong.

'Jij slaapt vannacht bij mij,' zei Mia.

Ze sloeg haar arm om haar vriendin heen en trok haar voorzichtig mee, de natte straten door naar haar hotelkamer.

35

De vrouw met een blauw en een bruin oog stond voor een van haar badkamerspiegels. Ze trok de kast open en haalde haar lenzen eruit. Blauwe vandaag. Blauwe ogen op haar werk. Geen verschillend gekleurde ogen. Niet op haar werk. Op haar werk was ze zichzelf niet. *Op mijn werk weet niemand wie ik ben.* En dit was haar echte werk niet, toch? Alleen maar buitenkant. Alleen voor alle anderen. Ze bond haar haar in een strakke paardenstaart en boog zich naar de spiegel toe. Deed de lenzen voorzichtig in haar ogen en knipperde een beetje. Ze trok een valse glimlach en bestudeerde zichzelf. Hallo, ik ben Malin. Ik ben Malin Stoltz. Ik werk hier. Jullie denken dat jullie me kennen, maar jullie hebben geen idee. Hoi, kijk eens hoe goed ik kan liegen. Glimlachen. Doen alsof de dingen waar jullie over kletsen me interesseren. Nee, wat vervelend nou, is uw hond ziek geworden? Hoop dat het inmiddels beter met hem gaat. Een glas sap, natuurlijk krijgt u dat, mevrouw Olsen. Zo meteen zal ik ook uw bed verschonen, niets zo fijn als schoon beddengoed. De vrouw met een blauw en een bruin oog liep de badkamer uit en de slaapkamer in. Deed haar kleerkast open en haalde haar werkkleding eruit. Witte kleren, een prima regel. Als we hetzelfde gekleed gaan, zijn we allemaal onzichtbaar.

Tenzij onze ogen verschillend van kleur zijn. En dat is dus niet zo. Ze zijn blauw. Blauw als de zee. Noorse ogen. Mooie ogen. Normale ogen. Boterhammetjes in de koffiekamer. Nou en of, dat ben ik helemaal met je eens. Ze had er absoluut uit moeten vliegen, ja, ik heb niet op haar gestemd, ze kan helemaal niet dansen. Dode gezichten. Leeg. Leeg. Lege woorden. Monden die zich roeren onder doodse blikken. Heeft hij dat werkelijk gezegd? Is dat je ex? Goeie god. Ja, natuurlijk zit ik op Facebook. Koffie. Om acht uur. Nu en dan avonddienst. Auto in de garage zetten. Maar dat is niet je echte werk, toch? Niet de werkelijkheid? Nee, de werkelijkheid is heel anders.

De vrouw met een blauw en een bruin oog liep de gang in, pakte haar handtas en haar jas en liep de trappen af en naar haar auto. Ze startte de motor en zette de radio aan. Ze zijn verdwenen, maar niemand vindt ze toch? Niet iedereen kan kinderen krijgen. Wie maakt dat uit? Wie maakt uit wie er een kind kan krijgen? Sommigen verliezen een kind. Wie maakt dat uit? Wie maakt uit wie er een kind verliest? Dit is niet je echte werk. Dit niet. Nee, niemand weet wat je echte werk is. Ja, sommigen wel, maar die verklappen het niet.

De vrouw met een blauw en een bruin oog zette een andere zender op. Overal hetzelfde. De meisjes zijn verdwenen en niemand weet waar ze zijn. Waar zijn de meisjes? Leven ze nog? Heeft iemand ze ergens opgesloten? Hoeveel meisjes heb je nodig? Hoeveel kinderen moet je hebben? Twee komma drie, is dat niet normaal? Normaal? Ben je niet normaal wanneer je geen kinderen hebt? Wanneer je geen kinderen kunt krijgen? De vrouw met een blauw en een bruin oog reed langzaam het centrum uit. Het is belangrijk dat je langzaam rijdt als je onzichtbaar wilt zijn. Als ze de auto aanhouden, kunnen ze ontdekken dat die niet van jou is. Dat je geen Malin Stoltz heet. Dat je heel anders heet. Dat is niet goed. Langzaam is het beste. Soms kun je je in alle openbaarheid verstoppen, zoals op je werk. Sommigen denken dat je een opleiding nodig hebt om werk te vinden. Dat is niet zo. Je hebt alleen maar papieren nodig. Papieren zijn niet zo moeilijk te vervalsen. Je hebt alleen maar referenties nodig. Referenties zijn niet zo moeilijk te vervalsen. De vrouw met een blauw en een bruin oog sloeg af van de Drammensveien en reed naar het witte stenen gebouw. Ze parkeerde haar auto en liep naar de ingang. Tien voor acht. Als je op tijd komt en doet wat je moet doen, stelt niemand vragen.

Ze liep naar binnen en ging naar de personeelsgarderobe. Hing haar jas en handtas in haar kluisje en keek weer in de spiegel. Ik heb twee blauwe ogen. Ik ben een klein meisje met ogen zo blauw. O, wat flauw. Mijn echte werk is iets heel anders. Zolang niemand iets zegt, gaat alles prima. Soms kun je je in alle openbaarheid verstoppen. De vrouw met een blauw en een bruin oog trok haar paardenstaart strak en liep de personeelskamer in.

'Hallo, Malin.'

'Hallo, Eva.'

'Hoe gaat het ermee?'

'Uitstekend. En met jou?'

'Lange nacht gehad. Helen Olsen werd weer niet lekker. Moest de ambulance bellen.'

'Oei, hopelijk gaat het goed met haar.'

''t Is prima met haar. Ze komt vandaag terug.'

'Mooi. Mooi zo. Hoe is het met je hond?'

'Beter. Het was minder erg dan we dachten.'

Ik ben niet ziek. Jij bent ziek.

'Wie heeft er vandaag dienst?'

'Jij, Birgitte en Karen.'

Jij bent ziek. Ik niet.

'Wat is dat?' De vrouw met een blauw en een bruin oog keek naar een mededeling boven het koffiezetapparaat.

VERPLEEGHUIS HØVIKVEIEN VIERT ZIJN TIENJARIG JUBILEUM!

'O ja, dat wordt leuk. Groot feest op vrijdag.'

'Jee, wat gezellig.'

'Ja, kom jij ook?'

'Natuurlijk. Natuurlijk kom ik.'

Jullie zijn allemaal ziek. Dit is de werkelijkheid niet.

'Een paar van de meiden hadden het erover om van tevoren al bij elkaar te komen, doe je ook mee?'

'Natuurlijk, jee, wat gezellig. Moet ik iets meebrengen?'

'Vraag maar aan Birgitte, zij organiseert het.'

'Goed, doe ik.'

'Heb er zin in!'

'Ik ook.'

'Prettige dienst dan maar, Malin.'

'Dank je, wel thuis. Doe je man de groeten.'

'Dank je, doe ik.'

De vrouw met een blauw en een bruin oog schonk zichzelf een kop koffie in en ging zitten om zogenaamd de krant te lezen.

36

Met haar zonnebril op zat Mia Krüger op de bovenste etage, waar het ontbijtbuffet van het hotel was. Ze barstte van de hoofdpijn en herinnerde zich niet goed hoe het de vorige avond was afgelopen. Ze had Susanne ondersteund op weg naar het hotel, maar onderweg hadden ze het voor elkaar gekregen nog een paar bars binnen te struinen, meende ze. Waar waren ze geweest? Mia goot een glas sinaasappelsap naar binnen en werkte wat stukjes spek weg. Ze was zo misselijk als een kat en merkte dat ze een beetje spijt had. Had ze in haar dronken bui naar Holger gebeld? Een stemmetje in haar achterhoofd zei van wel, zei dat ze hem per se had willen vertellen wat ze had ontdekt, dat het niet had kunnen wachten. Het deed er ook niet toe. Susanne kwam van het toilet en kroop zo ongeveer naar het tafeltje toe. Ze zag er nog erger uit dan Mia, was maar net bij haar positieven.

'We moeten hiermee kappen,' zuchtte Susanne, alsof ze Mia's gedachten had gelezen.

Ze zonk op haar stoel neer en greep naar haar hoofd.

'Absoluut,' zei Mia. 'Slecht gezelschap.'

'Ben ik slecht gezelschap?' vroeg Susanne.

'Nee, nee, dat bedoelde ik niet, we omringen ons met slecht gezelschap, het komt niet door ons,' zei Mia.

'Toneelspelers. Ellendige egotrippers. Wie interesseert zich daar eigenlijk voor? Een incestueuze troep lullen, dat gaat met elkaar naar bed en leutert over elkaar en denkt dat het anderen iets kan schelen wie welke rol heeft gekregen en wat hij ervan vindt dat zij ervan vindt dat hij ervan vindt dat de regisseur met dingetje in plaats van dingetje naar bed gaat.'

'Gooi het er maar uit,' zei Mia met haar zonnebril op.

'Ja, verdomme, de lullen. Kijk mij eens, kijk mij eens, ik zit nog steeds op school.'

Mia was er zo dichtbij geweest gisteren iets te ontdekken, ze had het bijna helder gekregen. Eigenlijk zou ze zich vandaag het liefst in haar hotelkamer opsluiten om zich weer in het materiaal te verdiepen. Zo beviel het haar het beste. Zich in de zaak verdiepen. Er helemaal in opgaan. Daar hoorde ze thuis. Daar was het goed toeven.

'Jezus, we hebben vandaag om twaalf uur kostuumrepetitie, dat was ik straal vergeten,' zei Susanne.

'Wat houdt dat in?'

'Voor het eerst repeteren met alle kostuums en rekwisieten en de hele reut.'

Mia keek op haar horloge. 'Dat haal je nog wel, het is pas half-elf.'

'Waarom had je gisteren de openingsclaus van *Hamlet* op je papieren geschreven?'

'Voor mijn werk,' zei Mia. 'Dat mag ik niet zeggen.'

'Snap ik,' zei Susanne. 'Ik vond het alleen een beetje raar.'

'Kan zijn,' zei Mia.

'Gaat het om die verdwenen meisjes?'

'Daar kan ik niets over zeggen, Susanne.'

'Ik heb tegen iemand in het theater gezegd dat ik je kende, was dat fout?' zei Susanne snel.

'Nee, dat geeft niet, hoe dat zo?'

'We hebben een meisje in de groep. Pernille Lyng. Zij speelt Ophelia. De tante van een van die verdwenen meisjes. Ze is er kapot van.'

'O ja?' zei Mia.

'Ja, Andrea. Je weet wel?'

'Daar kan ik niets over zeggen, Susanne.'

'Natuurlijk niet. Ik vond het alleen maar opmerkelijk.'

'Hoe bedoel je?'

'Nou, dat ze kort voor de première is verdwenen en dat jij de openingsclaus op je papier had staan. Ik dacht dat er misschien een verband was.'

Mia glimlachte flauwtjes en legde haar hand op die van haar vriendin.

'Laten we het er nou maar niet meer over hebben, jullie hebben daar al genoeg drama, of niet soms? Dit is puur toeval, er is absoluut geen verband, oké?'

'Oké,' zei Susanne. 'Dat verdomde gezuip, ik word er alleen maar bloednerveus van.'

'Mee eens,' zei Mia. 'Ik drink nooit meer een druppel.'

'Ja, dat zeg ik de volgende dag ook altijd,' grinnikte Susanne. 'Maar zodra ik me weer lekker voel, ben ik dat min of meer vergeten, raar, hè?'

'Ja, heel merkwaardig,' lachte Mia.

'Maar nou moet ik ervandoor,' zei Susanne, en ze stond op. 'Ik moet naar huis en me omkleden voor die repetitie. Als ik twee dagen in dezelfde kleren kom aanzetten, krijg ik te veel scheve blikken. Dan duurt het niet lang of iedereen kijkt om zich heen en vraagt zich af wie er nog meer niet naar huis is geweest, snap je?'

'Ik snap het,' zei Mia.

Ze stond op en omhelsde Susanne.

'Bedankt voor de hulp,' zei Susanne. 'Zien we elkaar binnenkort weer?'

'Ja, leuk,' zei Mia. 'Maar dan geen bier. Thee of zo.'

'Akkoord,' zei Susanne met een lachje.

Mia's blonde vriendin pakte haar tas en liep zwaaiend het hotel-restaurant uit, waarbij ze zo alert mogelijk uit haar ogen probeerde te kijken.

37

Holger Munch zat lichtelijk geïrriteerd voor het kantoor van Mikkelson. Hij had spijt van zijn opmerking dat de telefoons afgeluisterd konden worden, nu vroeg iedereen plotseling om een gesprek onder vier ogen, van persoon tot persoon. Hij had hier geen tijd voor. De meisjes waren nog in leven maar straks waren ze dood. Zo zat dat. Als het dezelfde persoon was. En dat was zo. Een wat andere modus operandi, afwijkend van de eerdere methode, maar het was die dader. Een vrouw, van wie geen spoor te bekennen was. Duizenden telefoontjes, maar die hadden tot niets geleid. Absoluut niets. Als die getuigenobservatie tenminste klopte. Hij had wel geloofwaardig geleken. Die bejaarde. Een vrouw. Tussen de dertig en de vijfendertig. Ongeveer een meter zeventig. Steil haar onder een capuchon. Rechte neus. Blauwe ogen. Kleine mond. Dat kon iedereen zijn. Waar hield ze ze gevangen? Waren ze al dood?

Munch haalde een kauwgompje uit zijn zak en trommelde met zijn vingers op zijn stoel. Hij had met Mia afgesproken bij het verpleeghuis langs te gaan om even met zijn moeder te praten, gewoon om die kwestie uit de wereld te helpen, maar hij vroeg zich af of hij niet beter kon afzeggen. Hij had er eigenlijk geen tijd voor. In elk geval niet als hij de helft van de dag aan overbodige gesprekken als dit moest besteden. Even het verpleeghuis in, zeggen wat hij op zijn lever had en dan gauw weer naar buiten. Dat moest lukken. Het moest gewoon afgehandeld worden, voordat het te laat was. Voor de erfenis in handen viel van een of andere charlatan die haar het eeuwige leven in de hemel beloofde als ze alles weggaf wat ze bezat. Hij keek op zijn telefoon hoe laat het was en merkte dat hij steeds geïrriteerder raakte.

Andrea en Karoline waren weg. Ze waren verdwenen nadat hij de zaak had overgenomen, en dat viel onder zijn verantwoordelijkheid. Straks zou iemand ze narcose toedienen. Ze wassen. Een poppenjurk aantrekken. Ze ophangen met hun schooltas op hun rug. Als hij ze voor die tijd niet vond. Holger had het gevoel dat hij vastzat in de mist. Hij wist echt niet wat ze in dit stadium moesten doen. Wat de volgende stap moest zijn. Een vrouw die niemand kende, meer hadden ze niet. De travestiet Roger Bakken. Dat spoor liep zo zoetjesaan dood. Mia had hem midden in de nacht opgebeld, dronken, ze moest hem met alle geweld iets vertellen, ze had iets ontdekt, maar ze had met zo'n dubbele tong gesproken dat hij haar had moeten vragen of ze naar bed wilde gaan. De telefoons afluisteren. Nee, dat was achteraf niet alleen maar gunstig. Hij moest met Gabriel praten. Het moest mogelijk zijn de gesprekken te wissen die duidelijk alleen maar privé waren. Die uit de verslagen te houden. Zoals het telefoontje van Mia vannacht.

'Holger, kom binnen.'

Mikkelson keek zorgelijk, Munch kon de rimpels op zijn voorhoofd tellen.

'Hoe staat het ermee?' vroeg hij toen Munch was gaan zitten.

'Net als gisteren,' antwoordde Munch. 'Geen tips over de vrouw op de tekening, we blijven alles natrekken, maar helaas lijkt het spoor dood te lopen.'

'Alfa 1 en geen spoor van die meisjes, hoe kan dat nou?'

Munch kreeg plotseling het gevoel dat hij weer in de schoolbanken zat. Bij de rector was geroepen om op zijn donder te krijgen. Dat beviel hem helemaal niets, maar op dit moment kon hij er weinig tegen doen.

'Nee, dat snap ik zelf ook niet. Het lijkt uitermate goed gepland, dat is alles wat ik er nu van kan zeggen. Als het toeval was geweest, hadden we haar allang te pakken.'

'Niet goed genoeg, gewoon niet goed genoeg,' snauwde Mikkelson.

'Is dat alles waarvoor je me hier hebt laten komen?' reageerde Munch droogjes. 'Je had me ook telefonisch een grote bek kunnen geven.'

'Ja, nee, sorry.' Mikkelson deed zijn bril af en wreef in zijn ogen. Geen goed teken. Er was iets op til. 'Ik ben van bovenaf enigszins onder druk gezet,' vervolgde hij, terwijl hij zijn bril weer opzette.

'Door wie? Justitie?'

'Dat doet er niet toe.'

'We doen wat we kunnen.'

'Ja, dat heb ik uitgelegd, maar daar gaat het niet om.'

'Wat is het probleem?' vroeg Munch. Hij begon nu zijn geduld te verliezen. Hij had echt wel iets belangrijkers te doen.

'Het gaat om Mia,' zei Mikkelson, en hij keek Munch aan.

'Wat is er met Mia?'

'Nou.'

Mikkelson deed zijn bril weer af. 'Ze beschouwen haar als een risico. Ik heb het verzoek gekregen haar van de zaak te halen.'

'Haar van de zaak te halen? Ben je compleet gestoord? Wij hebben haar toch juist hierheen gehaald? Ze wilde niet, weet je wel? Ze wilde niet en wij hebben haar overgehaald. Omdat we verdomde egoïsten zijn. En nu moet ze weer weg? Geen sprake van.'

'Tuttut, Munch. Zo bedoelde ik het niet.'

'Hoe dan wel?'

'Ik bedoelde...' Mikkelson zette zijn bril weer op. De rimpels in zijn voorhoofd waren nu nog dieper. 'Tja, is ze helemaal... eh, in orde?'

'Ik heb hier geen tijd voor,' zuchtte Munch, terwijl hij ging staan. 'Er zitten ergens twee meisjes gevangen en het departement van Justitie speelt het klaar om dit uit zijn dikke reet te trekken? Hebben we niets anders aan ons hoofd?'

‘Pas op wat je in functie zegt, Munch.’

‘Ach, hou je bek toch, Mikkelson. Het politiekorps? Serieus? Het korps? De reputatie van het korps? Maken we ons daar op dit moment druk over? Is dat waar het departement over inzit? Wat vindt het departement van al die keren dat we dankzij Mia een fantastische indruk hebben gemaakt? Die Russische diplomaat die graag hoeren naar de andere wereld hielp? Wie heeft gezorgd dat we die keer goede sier maakten? Jij soms, Mikkelson? Was jij daarbij? Die twee bejaarden uit Kolsås die in hun eigen huis beroofd en vermoord waren? Heb jij die zaak opgelost, Mikkelson? Wat vond het departement toen?’

Munch liep naar de deur.

‘Het staat me heel duidelijk voor ogen wat Mia voor ons heeft gedaan,’ zei Mikkelson. ‘De natie is haar dankbaar, is dat wat je wilt horen? Dank, dank, Noorwegen is haar dankbaar. Maar ja, andere tijden, hè? Bjørn Dæhlie en Vegard Ulvang. Fantastische langlaufers. Hele ladingen gouden medailles. Maar nu niet meer, hè? Die kunnen we vandaag de dag niet meer laten starten, snap je wat ik bedoel?’

‘Godallemachtig,’ zuchtte Munch. ‘Nee, ik snap absoluut niet wat je bedoelt. Wat hebben langlaufers hier in hemelsnaam mee te maken? Ben je compleet de weg kwijt? We hebben het hier over de dood, Mikkelson, niet over volwassenen in spandex die als eersten op een paar latten de finish over proberen te komen. De dood, Mikkelson. Twee meisjes van zes. Snap je?’

Munch greep de deurklink. Hij was nu razend.

‘Goed, goed,’ zei Mikkelson. ‘Zo was het niet bedoeld. Voorlopig mag ze doorgaan, maar na afloop van deze zaak is ze weg. Begrepen, Munch? Dan ligt ze er hoe dan ook uit. Daar kan ik verder niets aan veranderen. En…’

Mikkelson trok een la open en haalde er een visitekaartje uit.

‘… ze moet zich melden bij hem hier.’ Hij gaf het kaartje aan Munch.

‘Een psychiater?’

Mikkelson knikte. ‘Dat eist Justitie.’

‘Loop naar de maan, Mikkelson. Waarom heb je dat niet gezegd voordat ik haar van dat eiland ging halen?’

Mikkelson spreidde zijn armen. ‘Politiek.’

‘Politiek, my ass.’ Hij legde het kaartje op Mikkelsons bureau terug. 'Ze gaat niet naar een psycholoog.'

'Psychiater.'

'Ach, hou toch op. Da's van hetzelfde laken een pak. Ze heeft werk te doen. Ik neem de verantwoordelijkheid, dat heb ik toch gezegd.'

'Jij beslist daar niet over,' zei Mikkelson. De commissaris klapte zijn laptop open en klikte een geluidsbestand aan. Munch herkende de stemmen meteen. Het was het telefoongesprek tussen Mia en hemzelf, de afgelopen nacht.

Met Munch.

Holger, Holger, lieve Holger.

Ben jij dat, Mia? Hoe laat is het?

Het is niet echt. Het is maar een spelletje. Roger Bakken had een blauw en een bruin oog. We moeten hier naar binnen, Susanne. Ja, ga maar liggen. Ik help je wel met uitkleden. Hoor je wat ik zeg, Holger?

Mia's dubbele tong. Munch zuchtte, terwijl Mikkelson de opname weer uitzette.

'Hoeven we nog verder te luisteren?' vroeg Mikkelson.

'Ze was dronken, ja?'

'Wat voor indruk had het gemaakt als de kranten dit in handen hadden gekregen, denk je?' Nu leunde Mikkelson naar achteren in zijn stoel.

'Oké,' zei Munch. 'Ze gaat naar die psychiater, akkoord? Zijn we nu klaar?'

'Nu zijn we klaar,' zei Mikkelson.

Munch pakte het visitekaartje van het bureau en liep zonder een woord te zeggen het kantoor uit.

38

Mia stond op de stoep voor het hotel. Ze had er spijt van dat ze erin had toegestemd met Munch naar verzorgingstehuis Høvikveien te gaan. Na het ontbijt met Susanne was ze meteen weer naar bed gegaan. Met een enigszins slecht geweten natuurlijk, maar ze was zo moe, haar zelfmedicatie van Hitra zat nog behoorlijk in haar lijf. En ze werkte ook de hele tijd, haar hoofd stond nooit stil, of ze nu onder de dekens lag, in een auto zat of op kantoor was, ze was hoe dan ook constant aan het werk. Haar gedachten lieten haar nooit met rust. Even droomde ze weer van haar eilandje. Van de zonsopgang en de zee. Ze had meer slaap nodig. Het was veel te laat geworden. Met zijn moeder praten, dat moest hij toch zeker alleen afkunnen? Ze haalde een pastille uit haar zak en vroeg zich af of ze hem zou bellen, zich zou verontschuldigen, maar daar was het te laat voor. Ze vloekte zachtjes en ging in de Audi zitten die haar tegemoetkwam en naast het trottoir tot stilstand kwam.

Holger Munch keek niet blij, maar Mia bracht het niet op om iets te vragen.

'Je moet een extra telefoon nemen,' zei Munch.

'Hoezo?' zei Mia, terwijl ze nog een pastille uit haar zak haalde.

'Je hebt me vannacht gebeld.'

'O god, daar was ik al bang voor.'

'Op een zuipen gezet?'

'Een oude vriendin uit Åsgårdstrand.'

'Aha,' zei Munch. 'Je weet dat we worden afgeluisterd?'

Mia gaf geen antwoord. Ze probeerde zich te herinneren wat ze had gezegd, maar het kwam niet boven. Het deed er ook niet toe.

'Dus, wat heb je ontdekt?' vroeg Munch.

'Roger Bakken had een vriendin. Hij trok met haar op als hij Randi was.'

'Een bekende?'

Mia schudde haar hoofd.

'Nee, maar ze heeft verschillend gekleurde ogen.'

'Wat bedoel je?' vroeg Munch nieuwsgierig. 'Kan dat dan?'

'Ja, een blauw en een bruin oog. Een soort aangeboren afwijking, geloof ik.'

'Kunnen we daar iets mee?'

'We moeten alles proberen, vind je niet?'

'Ja, dat vind ik zeker.'

Munch draaide het raampje naar beneden en stak een sigaret op. Mia zag rooklucht in de auto niet zo zitten, vooral niet nu ze zich zo rot voelde als vandaag, maar ze zei niets. Munch oogde moe. Aan het eind van zijn Latijn.

'Nog meer?'

'Ja,' zei Mia. 'Gabriel heeft het nummer van Bakkens mobiel achterhaald.'

'Heb ik gehoord,' zei Munch. 'Veronica Bache. Overleden in 2010.'

'Hebben jullie nog wat over haar gevonden?'

'Niet zoveel al met al. Haar laatst bekende adres was in Vika, waar ze samen met haar kleinzoon woonde, de acteur Benjamin Bache. Weet je wie dat is?'

'Nee.'

'Het Nationale Toneel. Zo'n roddelbladenfiguur. Bekende Landgenoot.'

Mia dacht even na. Dat ging vandaag langzaam. Stroop in haar hersens. Ze besloot nog maar eens om niet meer te drinken. Pas als deze zaak achter de rug was. Als dat ooit gebeurde. Ze merkte nu dat het moeilijk was. Even ergerde het haar dat ze Susanne de kans had gegeven om haar te storen. Ze had beter dieper in de materie kunnen duiken. Ze was juist zo goed bezig geweest. Er was iets geweest, iets waar ze haar vinger niet helemaal achter had kunnen krijgen.

'Iemand heeft haar telefoon twee jaar lang gebruikt. Alle rekeningen betaald, zodat het abonnement niet zou verlopen, zo moet het gegaan zijn, toch?' zei Mia.

'Ja, dat kan niet anders,' zei Munch.

'Dus wat denk jij? Die kleinzoon kan bij die rekeningen. De acteur.'

'Zonder meer mogelijk. Ik heb geprobeerd hem vandaag te pakken te krijgen, maar hij moest naar een of andere repetitie. We moeten met hem praten zodra dat kan.'

'Hoe gaat het met je longkanker?' zei Mia, terwijl ze het raampje omlaag draaide.

'Kijk jij maar uit,' snauwde Munch. 'Ik drink niet, ik raak geen...'

'... koffie aan, dus mag je verdomme best een sigaret opsteken,' zei Mia met een klein lachje.

'Hoe kom jij in zo'n goed humeur?'

'Gewoon,' zei Mia. 'Ik denk dat ik iets heb. Misschien.'

'Wat dan?' Munch sloeg van de Drammensveien af en reed de Høvikveien in.

'Je weet nog, al die symboliek?' vervolgde Mia.

'Ja?'

'Vind je ook niet dat die wat erg opzichtig is?'

'Kan zijn,' zei Munch. 'Dat is jouw pakkie-an.'
'Nee, serieus, Holger, ik meen het.'
'Ja, dat snap ik, maar ik kan al die hersenkronkels van jou niet volgen. Daar word ik alleen maar duizelig van.'
Dat laatste mompelde hij terwijl hij de auto voor verzorgingstehuis Høvikveien parkeerde.
'Here we go,' zuchtte hij, en hij zette de motor uit.
Mia was er tamelijk zeker van dat hij een kruis geslagen zou hebben als hij christelijk was geweest. Holger keek duidelijk niet naar dit gesprek uit.
'Het gaat heus wel goed,' zei Mia. 'Relax.'
'Ik heb nog één sigaret nodig,' zei Munch, terwijl hij uit de auto stapte.
Mia volgde zijn voorbeeld en deed haar zonnebril af. Ze voelde zich wat beter. En het was aangenaam hier in Høvik. Ze was blij dat ze toch meegegaan was.
'Neem de proef eens op de som,' zei Munch, bezig een sigaret op te steken.
'Nu?'
'Ja, waarom niet? Laat me eens in jouw hoofd kijken.'
'Oké,' zei Mia, en ze ging op de motorkap zitten. 'Wat was het eerste teken dat we van de dader hebben gekregen.'
'We zoeken een vrouw, ja?'
'Doet er nu niet toe, wat was het eerste teken?'
Munch haalde zijn schouders op. 'Die jurkjes?'
'Nee.'
'De rugzakjes?'
'Nee.'
'M 18:10, laat de kinderkens tot Mij komen?'
'Nee.'
'Zeg het dan.' Munch zuchtte en nam nog een trekje van zijn sigaret.
'Rikke JW,' zei Mia.
'En waarom is dat het eerste?'
'Omdat dat niet klopt, al het andere klopt wel, toch? Het is onderdeel van een compleet profiel, maar dat is niet waar we naar moeten kijken. We moeten daarbuiten kijken.'
'O ja?' zei Munch, nu duidelijk geïnteresseerd.
'Dus het eerste wat niet klopte?'

‘De naam op het schrift?’

‘Precies. Een duidelijk signaal, ja?’

‘Waarvan dan?’

‘Van bewust handelen, Holger, jemig, kom nou toch!’

‘Bewust handelen?’

‘Nee, nou geef ik het op,’ zuchtte Mia.

Holger nam weer een stevige trek van zijn sigaret en blies de rook omhoog naar de lentezon.

‘Oké, bewust handelen,’ zei Munch. ‘Alle andere tekenen zijn emotioneel. Het wassen. De jurkjes. De schoolspullen. Rikke JW is geschreven door iemand die nadacht. Er zit opzet achter. Van iemand die zijn hersens gebruikt?’

‘Goed zo, Holger.’ Mia klapte enigszins ironisch in haar handen.

‘Ja, ja, ik ben niet helemaal op mijn achterhoofd gevallen.’

‘En waar verwijst Rikke JW naar?’

‘Hønefoss.’

‘Precies. En wat was het tweede teken?’

‘Het varkensbloed?’

‘Nee, dat was het derde.’

‘Wat was het tweede dan?’

‘Herinner je je de drie sms’jes van Roger Bakken?’

‘Ja?’

‘Welke klopte er niet?’

‘Klopte er überhaupt een van?’

‘Allemachtig, kom nou toch, Holger. Icarus vloog te dicht bij de zon. Adelaarsvleugels. *Bye, bye, birdie*, een homomusical. Bakken was homo en had een tatoeage van een vogel. Alles klopt, behalve Who’s there? Een open vraag, die valt erbuiten.’

‘Dat was teken nummer twee? Who’s there?’

Mia knikte.

‘En wat betekent dat?’

‘Zeker weten doe ik het niet, maar ik heb gisteren ontdekt dat het de openingsclaus van *Hamlet* is.’

Munch stak nog een sigaret op en keek nerveus naar de ingang. Mia moest eigenlijk een beetje lachen. Een volwassen man, hoofd van de Speciale Eenheid, en toch zag hij tegen de confrontatie met zijn eigen moeder op.

‘En *Hamlet* gaat binnenkort in première bij het Nationale Toneel? De telefoon van Veronica Bache? Die kleinzoon? Moeten we daar zoeken?'

'Dat is de vraag,' zei Mia, en ze dacht even na. 'Ik heb ontdekt waarop we moeten letten, maar niet waarom. Verder ben ik niet gekomen.'

'En het varkensbloed was nummer drie?'

Mia knikte.

'En dat betekent?'

'Ik zei toch dat ik zo ver nog niet was,' zei Mia, en ze haalde een pastille uit haar zak. 'Gaan we nog naar binnen, of blijven we de hier de hele dag voor de deur staan? Als we ons vervelen, kunnen we altijd nog naar golfbaan Ballerud.'

Mia wees naar een bordje aan de overkant van de weg.

'Wat bedoel je?'

'Leuke naam, vind je ook niet? Golfbaan Ballerud?'

Munch schudde zijn hoofd, snapte niet waarom ze zo goedgehumeurd was, zag er de grap niet van in, vond dat wat hem nu te wachten stond ook al geen grap was. Hij drukte zijn pas aangestoken sigaret uit en liep voor haar uit de trap op en het verzorgingstehuis in.

39

Høvikveien was een verzorgingstehuis voor de beter gesitueerden, daar bestond weinig twijfel over. Typisch Oslo-West, dacht Mia, terwijl ze de deur door en de lichte, open hal in liep. Op het eerste gezicht zag alles er onberispelijk uit. Schoon en mooi, nieuwe meubels, moderne lichtkoepels, originele litho's aan de muur. Mia herkende diverse kunstenaars. Haar moeder Eva was enorm in kunst geïnteresseerd geweest, als het even kon had ze haar dochters meegesleept naar alle mogelijke tentoonstellingen. Aan de wanden hingen ook foto's van verschillende activiteiten. Er was een eigen prijzenkast vol bekers. Reisjes naar binnen- en buitenland. Bridgetoernooien. Bowling. Zelfs al was dit een soort eindstation, er was niets te zien wat daarop wees. In dit verzorgingstehuis was het leven niet voorbij als je nog niet in de Dode Zee had gebaad of nog geen prijs had gewonnen voor het kweken van pompoenen.

'Wens me sterkte,' zuchtte Holger, en hij verdween een van de gangen in.

Naar een privékamer, vermoedde Mia. Met een eigen badkamer, televisie, radio, en vierentwintig uur per dag verzorging. Hier hoefde geen enkele bejaarde zonder eten en water dagenlang in een vuile luier te liggen. Ze ging in één van de leunstoelen zitten en pakte een tijdschrift. *Wij zestigplussers. Het tijdschrift voor je beste jaren.* Met mate trainen goed tegen dementie. Ellen 'Toppen' Bech: lippenstift in de kleur van je auto. Mia vroeg zich af wat haar eigen oma over dit tehuis zou hebben gezegd, over zulke bladen, en ze glimlachte flauwtjes. Ze legde het tijdschrift weg en wilde juist een nieuw pakken, toen haar oog op een van de oorkondes aan de muur viel. *Canastatoernooi Verzorgingstehuis Høvikveien, Kerstmis 2009. Winnaar: Veronica Bache.* Snel stond Mia op om nog eens goed te kijken. Jawel, Veronica Bache. Dat moest dezelfde zijn. Ze liep naar het glazen hokje aan de andere kant van het vertrek en drukte op het belletje. Na een paar seconden dook er uit een achterkamer iemand van het verzorgend personeel op.

'Hallo, kan ik je ergens mee helpen?'

De verzorgster paste bij de rest van het tehuis. Opgewekt, mooi en met een blos op haar wangen. Misschien nemen ze hier uitsluitend personeel aan dat bij de inrichting past, dacht Mia. Geen kettingrokende, gebogen, oude, versleten ruggen ergens uit het zicht weggestopt, hier in Høvik. Het meisje zou van haar leeftijd kunnen zijn. Lang en knap, met helblauwe ogen en zwart haar dat strak naar achteren was getrokken in een veerkrachtige paardenstaart.

'Ik ben Mia Krüger,' zei Mia. Ze overwoog haar politie-ID tevoorschijn te halen, maar zag ervan af.

'Ik ben Malin. Bij wie ga je op bezoek?' vroeg het opgewekte meisje.

'Ik ben hier met een vriend, Holger Munch. Hij bezoekt zijn moeder.'

'Hildur, ja,' zei het meisje met de blauwe ogen. 'Leuk mens.'

'Inderdaad,' zei Mia. 'Ik ben alleen maar een beetje nieuwsgierig, ik zag dat Hildurs vriendin Veronica een canastatoernooi had gewonnen. Op een van die oorkondes daar, bedoel ik.'

'Dat klopt,' zei het meisje. 'Dat toernooi houden we altijd met Kerstmis, ik geloof dat Veronica het voor haar overlijden drie keer achter elkaar had gewonnen.'

'Ik heb nog nooit canasta gespeeld,' zei Mia.

'Ik ook niet,' knipoogde het opgewekte meisje. 'Maar de oudjes vinden het leuk.'

'En dat is het belangrijkste,' zei Mia. 'Zeg, er viel me dus iets op, sorry dat ik ernaar vraag, want ik weet niet of je op dat soort vragen mag antwoorden, maar Bache? Was ze soms familie van, ja, je weet wel, die knappe acteur?'

'Benjamin Bache?'

'Ja, die.'

Het meisje met de blauwe ogen keek haar even aan.

'Nou, dat mag ik eigenlijk best zeggen,' zei ze.

'Duidelijk,' zei Mia. 'Kwam hij vaak bij haar op bezoek? Heb je hem gezien? Is hij in het echt net zo knap?'

Het meisje met de paardenstaart glimlachte.

'Hij kwam hier niet zo vaak, maar een paar keer per jaar. En onder ons gezegd, hij komt het beste tot zijn recht op televisie.'

Ze lachte even.

'Ik snap het,' knipoogde Mia.

'Wil je een kop koffie terwijl je wacht? Ik ga zo lunchen, dus als je wilt kan ik wel een kop voor je zetten.'

'Nee, dat hoeft niet, maar bedankt,' zei Mia, en ze liep terug naar haar stoel.

Het meisje met de blauwe ogen glimlachte weer en verdween de achterkamer in. In een van de hoeken stond een klein televisietoestel. Mia zocht de afstandsbediening en trof die naast het scherm aan.

Ze hadden vandaag om twaalf uur weer een persconferentie belegd. Mia was dolblij dat ze daar niet bij hoefde te zijn. De media. Met journalisten stond ze op gespannen voet, in hun bijzijn kon ze nooit zichzelf zijn. Je moest als het ware twee gezichten hebben. Nooit zeggen wat je eigenlijk vond, alleen wat verstandig was. Dat was niets voor haar. Zij was liever eerlijk. Net zoiets als toneel, waarschijnlijk. De een trad graag voor het voetlicht, de ander zou dat het liefst overslaan. Ze zette het geluid wat harder en zapte naar de NRK. De kindermoorden. Hier was het logo niet zo schreeuwerig als elders, maar het was wel in beeld. Mia schudde haar hoofd en zette het geluid nog harder. Twee presentatoren in de studio, een verslaggever onder aan de trap naar het hoofdbureau. De persconferentie was zo te zien uitgesteld. Mia zette de televisie weer uit, liep naar buiten en belde Gabriel vanaf de trap.

'Hallo?'

'Waarom hebben we uitstel? Is er iets gebeurd?'

'Nee, het begint nu zo.'

'Oké. Doet Anette het vandaag?'

'Ik geloof van wel, zij en die andere politieadvocate. Die met het korte haar.'

'Hilde.'

'Kan zijn.'

'Heb je nog meer over Veronica Bache gevonden?'

'Moest dat dan?'

'Nee, maar ik heb hier iets,' vervolgde Mia. 'Kun je iets voor me natrekken?'

Gabriel zuchtte even.

'Natuurlijk.'

'Wat is er? Iets aan de hand?'

'Nee, nee, ik ben alleen... ik ben me nog steeds druk aan het inwerken. En daarnaast...'

'Wat?'

'Nee, niks. Mijn vriendin is zwanger.'

'Jeetje, gefeliciteerd.'

'Jawel, dank je, eh, ja... wat moet ik voor je natrekken?'

'Ik weet het niet helemaal zeker, het is maar een gevoel. Het gaat om verzorgingstehuis Høvikveien, ik zou graag een kijkje nemen in hun, hoe heet dat...'

'Wachtlijst? Zoek je een plaatsje?'

'Allemachtig, ga je lekker? Voel je je al zo thuis?' lachte Mia.

'Sorry,' zei Gabriel. 'Ik zit vandaag niet goed in mijn vel.'

'Ik kan er niks aan doen dat je vriendin zwanger is,' grijnsde Mia. 'Dat heb je helemaal zelf gedaan.'

'Ja, daar zeg je wat. Is het trouwens normaal dat je dan midden in de nacht dingen wilt hebben?'

'Wat voor dingen?'

'Softijs bijvoorbeeld.'

'Ik heb wel geruchten gehoord dat zwangere vrouwen er bepaalde rare voorkeuren op na houden,' zei Mia.

'Weet je hoe moeilijk het is om midden in de nacht softijs te vinden?'

Mia lachte.

'Ha, ha, wat leuk,' zei Gabriel.

Die knul was duidelijk slechtgehumeurd.

'Je weet wel, personeel en dergelijke. Gasten en zo.'

'Gasten?'

'Hoe heet het dan als je in een tehuis zit? Gedetineerden? Ingezetenen?'

'Ik snap wat je bedoelt. Personeel en bewoners heet het volgens mij.'

'Goed, kun je daar een lijst van opduikelen?'

'Legaal?'

'Nee.'

'Ik reken op je steun als ik hiervoor op mijn lazer krijg.'

'Je bent bij de Peuk op cursus geweest, hoor ik.'

'Inderdaad,' zuchtte Gabriel.

'Ik neem natuurlijk de verantwoordelijkheid op me,' zei Mia. 'Verzorgingstehuis Høvikveien. Heb je het adres en zo nodig?'

'Nee, dat vind ik wel. Moet ik nog naar iets speciaals zoeken?'

'Geen idee, zoals ik al zei, het is maar een gevoel. De moeder van Munch en Veronica Bache in hetzelfde tehuis, ik bedoel, dat is de moeite waard om na te trekken.'

'De moeder van Munch?'

'Heb ik dat hardop gezegd?'

'Moet ik nou verdorie ook al tegen Munch liegen?' zei Gabriel met een zucht. 'Ik neem aan dat hij hier niets van mag weten.'

'Goed zo, jochie,' zei Mia. 'Nu moet ik stoppen. Wanneer is de volgende full briefing?'

'Drie uur.'

'Mooi, we spreken elkaar nog.'

Mia hing op toen Munch de buitentrap op kwam. Ze wilde naar hem toe lopen, maar bleef staan toen ze zag dat hij niet alleen was. Naast hem stond een bejaardenverzorgster met hetzelfde witte uniform als het meisje met de blauwe ogen. Mooi en slank, met lang, golvend, roodblond haar. Ze lachte hardop en raakte Munch aan. Hij op zijn beurt zag eruit als een veertiger, met rode wangen en zijn handen in zijn zakken. Mia nam nog een pastille en slenterde een eindje weg. Munch en de roodharige bejaardenverzorgster wisselden nog wat woorden; daarna raakte ze hem weer even aan en verdween glimlachend naar binnen.

'Hoe is het gegaan?' vroeg Mia, toen Munch naar de auto toe kwam.

'Niet vragen,' zei Munch, terwijl hij een sigaret opstak.

'Wie was dat?'

'Wie?' vroeg Munch.

'Wie denk je?'

Munch ging zonder de sigaret uit te doen in de auto zitten.

'O, zij. Dat is, eh, ik geloof dat ze Karen heet. Zij bekommert zich om mijn moeder. Ik moet alleen...' Munch startte de auto en reed de weg op.

'Ja, wat moet je alleen?'

'Nog nieuws?' zei Munch, die van onderwerp veranderde.

'De persconferentie is nu bezig.'

Munch zette de radio aan. Mia hoorde Anettes stem. *Geen nieuws, we blijven zoeken. We willen graag tips hebben.* Ze hadden niets te melden. Maar de buitenwereld vroeg om persconferenties. Mia keek opzij naar Munch, die diep in gedachten verzonken was. Ze vroeg zich af of ze moest vertellen dat Veronica Bache in hetzelfde verzorgingstehuis als zijn moeder had gezeten, maar liet dat vooralsnog achterwege. Gabriel zat erbovenop, en Munchs gezicht stond op onweer.

'Je moet naar de psycholoog,' zei Munch ineens toen ze weer op de Drammensveien reden.

'Wat bedoel je?'

Munch trok een visitekaartje uit zijn jaszak en gaf het aan haar. 'Je moet naar de psycholoog.'

'Wie zegt dat?'

'Mikkelson.'

'Wat krijgen we verdomme nou?'

'Kijk mij daar niet op aan. Ze hebben je gesprek van vannacht opgevangen en denken dat je niet helemaal lekker bent.'

'Dat kunnen ze gerust vergeten,' snauwde Mia.

'Heb ik ook gezegd.'

'Dan zijn we het daarover eens.'

Mia deed het handschoenenkastje open en gooide het visitekaartje erin zonder ernaar te kijken. 'Wat een brutaliteit.'

'Wat had je dan verwacht?'

'Een beetje fucking respect.'

'Veel succes dan,' zuchtte Munch. 'Nemen we onderweg nog ergens een burger?'

'Wat mij betreft wel,' zei Mia.

Munch reed een afrit op en zwenkte naar een benzinepomp, net toen het begon te regenen.

40

De regen stroomde langs de ruiten van het *Aftenposten*-kantoor in het Postgirogebouw. Ze hadden zich in de kamer van Grung verzameld om de persconferentie te volgen, die eigenlijk om twaalf uur had moeten beginnen maar tien minuten was uitgesteld. Aanwezig waren Mikkel Wold, Silje Olsen, Erik Rønning en redacteur Grung zelf, en al dacht hij eigenlijk liever niet in dat soort termen, Mikkel Wold had bij uitzondering de beste plek gekregen, in de leren fauteuil naast Grung. Sinds het telefoongesprek in Skullerud was er iets gebeurd. Hij was opgeklommen in de hiërarchie. Stond plotseling in het middelpunt van alles. Grung zette de televisie zachter en liet iedereen vrijelijk zijn zegje doen.

Ze hadden het binnenskamers gehouden. Dat de dader contact met hen had opgenomen. Er geen item van gemaakt. Nog niet. Daar hadden ze het nu over. Moesten ze dit gebruiken? En zo ja, hoe?

'Ik zeg: wachten,' zei Silje, en ze nam een hap van een appel.

'Want?' vroeg Grung.

'Want we weten niet of hij of zij niet verdwijnt als we het naar buiten brengen.'

'Ik zeg: publiceren, verdorie nog aan toe,' zei Erik.

De zesentwintigjarige, uiterst getalenteerde journalist was al sinds zijn aanstelling, nu een paar jaar geleden, Grungs oogappel en normaliter zat hij in de stoel die Mikkel nu in beslag nam. Als die knul jaloers of afgunstig was, wist hij dat goed te verbergen. Hij zat er heel rustig bij, met zijn benen gespreid, en kneep zachtjes in een rubberen stressbal.

'Wie zegt dat ze morgen VG niet belt? Of vanavond *Dagbladet*?' vervolgde hij. 'We hebben een kans op een scoop, en wel nu.'

Mikkel Wold glimlachte flauwtjes. Erik gebruikte het woord scoop ontzettend vaak sinds hij vorig jaar de Scoop-prijs had gewonnen met een serie over de daklozen van Oslo.

'Waarom heeft ze dan nu nog niet naar anderen gebeld?' kaatste Silje terug.

Silje en Erik verschilden als dag en nacht. Zij was even in de twintig, niet op haar mondje gevallen, had een lippiercing en uitgesproken links-liberale ideeën. Hij was rustig, evenwichtig, had meestal een pak aan en strak gekamd haar, de ideale schoonzoon, met een charmante lach en een twinkeling in zijn ogen. Wanneer er op de redactie werd gediscussieerd, stonden die twee meestal lijnrecht tegenover elkaar.

Mikkel Wold was eerder een journalist van de oude stempel. Notitieboekje en pen en altijd boven op de zaak, hij had nog nooit over iets of iemand geschreven met wie hij niet zelf had gesproken of waarin hij zich nooit had verdiept. Nu ging alles vaak via persberichten en korte telefoontjes en soms zelfs zonder telefoontjes. Wat zijn kledingstijl betrof, die hield het midden tussen die van Silje en die van Erik. Was hij misschien een tikje saai? Hij had wel eens gedacht dat hij zichzelf een schop onder zijn kont moest geven en wat kleren moest kopen die, ja, hoe zeiden ze dat ook alweer in die bladen die zijn zus thuis had liggen, *zijn persoonlijkheid benadrukten*. Het was er nooit van gekomen. De kleren in zijn kast hingen daar al zowat tien jaar. Er was iets aan, hoe kon hij dat nou het beste formuleren, ja, zo'n aanstellerig, pretentieus uiterlijk, in ongeacht welke stijl, dat domweg niet bij dit serieuze beroep paste. Wat donderde het ook? De dader had hem gebeld en niemand anders.

'Da's waar,' zei Erik. 'Dat risico moeten we dan maar nemen.'

'Ach, hou nou toch op, Erik, dat soort passief-agressieve argumenten is toch aan ons vrouwen voorbehouden?'

'Was ik dan daarnet passief-agressief?'

'Allejezus, kom nou toch,' lachte Silje.

'Wat vind jij, Mikkel?' vroeg Grung, terwijl hij zijn stoel naar hem toe draaide.

De twee anderen hielden voor de verandering hun mond. Iedereen wilde nu horen hoe hij erover dacht. Dat vond hij zoals gezegd maar niks, maar die mysterieuze beller had hem in zekere zin een dienst bewezen.

'Ik weet het niet helemaal zeker,' zei Mikkel met een kuchje. 'Enerzijds denk ik wel dat we er een item van hadden kunnen maken, dat denk ik echt.'

'Exclusief,' kwam Erik ertussen, terwijl hij het stressballetje over de tafel heen en weer rolde. 'Alleen wij. Niemand anders. Ik zeg: publiceren.'

'Maar anderzijds,' vervolgde Mikkel, 'zou het wel erg stompzinnig zijn om het breed uit te meten op de voorpagina en vervolgens het contact te verliezen. Het zou namelijk kunnen dat we behulpzaam kunnen zijn.'

Nu werd het weer stil om de tafel.

'Behulpzaam?' zei Silje. 'Bedoel je dat we ermee naar de smerissen moeten gaan?'

'De politie,' zei Grung met een zucht. 'We zijn hier niet met de klassenstrijd bezig. We maken een krant.'

'En dan kunnen we geen smerissen zeggen?' Silje rolde met haar ogen en nam nog een hap van haar appel.

'Hoe dan ook,' zei Grung, 'we moeten het zonder meer overwegen.'

'Wat?' zei Erik.

'Om tegen de politie te zeggen wat we weten.'

'Waar is dat nou goed voor?' zuchtte Erik. 'Om te beginnen hebben we niets. Geen harde feiten. Zij kunnen er niks mee, maar wij wel, daar zullen jullie het toch mee eens zijn?'

'Het verbaast me zelf dat ik het zeg, maar wat dat betreft ben ik het nog met Erik eens ook. Niet dat we niet naar de smerissen moeten gaan,' zei Silje.

'De politie,' zei Grung.

'Maar we hebben inderdaad niks wat zij kunnen gebruiken. Nog niet.'

'Precies,' zei Erik.

'Maar dat houdt nog niet in dat we het met veel tamtam moeten brengen. Als we er nu mee naar buiten komen, wat missen we dan straks? Bovendien, hallo, drie dagen geleden? Oud nieuws?'

'Nee, dat is het niet,' viel Erik haar in de rede. 'Het is hartstikke vers.'

'Sst, het begint,' zei Grung, en hij zette de televisie weer harder.

Vandaag voerde Anette Goli het woord tijdens de persconferentie, samen met Heidi Simonsen, de politieadvocate.

'Goli en Simonsen,' zuchtte Erik, terwijl hij weer even in zijn bal kneep. 'Wanneer sturen ze Munch of Krüger nou eens? Ik heb zin om weer iets over Krüger te schrijven.'

'Ha,' lachte Silje honend. 'Zin in Krüger, zul je bedoelen, alsof we dat niet weten. Een artikel? Dacht het niet.'

'Sst,' zei Grung, en hij zette het geluid nog harder.

Anette Goli had net iedereen welkom geheten op de persconferentie toen Mikkel Wolds telefoon overging. Het werd doodstil in de vergaderkamer.

Onbekend nummer.

'Twee keer laten overgaan!'

'Opnemen!'

Erik en Silje spraken tegelijkertijd. Grung deed het geluid van de televisie uit. *Zet hem op de luidspreker*, mimede hij tegen Mikkel. Die ging rechtop in zijn stoel zitten, schraapte zijn keel en nam op.

'Met Mikkel Wold, *Aftenposten*?'

Kraakgeluiden op de lijn. Aan de andere kant was niemand te horen.

'Wold, *Aftenposten*?' zei Mikkel weer, nu wat nerveuzer.

Nog steeds niets. Alleen gekraak.

'Is daar iemand?' zei Erik ongeduldig.

Grung en Silje rolden met hun ogen.

'Kop dicht,' fluisterde Grung dwingend over de tafel.

Er verstreken een paar tellen. Toen klonk de schorre, metalige stem. 'Zo, zijn we niet alleen?'

Zelfs Erik hield zich nu gedeisd, hij stopte zelfs met in zijn rubberbal knijpen en zat er met open mond en grote ogen bij. Ergens hadden ze gedacht dat het maar flauwekul was. De dader belt, kijk nou toch. Dat was toch de droom van iedere journalist? En die eer viel nota bene Wold ten deel? Nu was er geen twijfel meer aan. Dit was echt. Silje spuugde het stuk appel uit en legde het voorzichtig op tafel.

'Klopt,' zei Wold. 'Je staat op de luidspreker.'

'Allemensen wat een eer,' zei de metalige stem spottend. '*Aftenposten* luistert naar zijn lezers, geweldig hoor, dan kunnen jullie met z'n allen de verantwoordelijkheid nemen.'

'Waarvoor?' zei Mikkel met een kuchje.

'Daar komen we straks op,' zei de stem. 'Had je trouwens niet naar die persconferentie gemoeten? Moest je geen vraag stellen?'

'Waarom heeft het varken op de grond gelekt?' zei Mikkel nerveus.

'Knappe jongen, je weet het nog,' zei de stem.

'Ik ben een vakman. Ik stel geen vragen die ik niet zelf heb bedacht en waar ik niet achter kan staan,' zei Wold.

Hij keek naar Grung, die heftig zijn hoofd schudde, van mening dat hij compleet de fout in ging. Ze moesten het spelletje meespelen, er niet tegen ingaan, daar waren ze het op voorhand over eens geweest. Aan de andere kant werd het stil.

'Je integriteit als journalist,' lachte de stem na een lange pauze.

'Ja,' zei Mikkel.

'Wat schattig,' zei de stem honend. 'Iedereen weet dat journalisten niet integer zijn. Dat denken jullie alleen zelf. Hebben jullie eigenlijk meegekregen dat journalisten vorig jaar bij een onderzoek helemaal onderaan kwamen? Op welke beroepsgroepen vertrouwen we? Jullie zijn achter de advocaten, de reclamemakers en de autoverkopers geëindigd. Is dat jullie ontgaan, soms?'

De metalige stem lachte nogmaals, deze keer bijna hartelijk. Hoofdschuddend stak Erik Rønning zijn middelvinger op naar de telefoon op de tafel. Grung keek hem streng aan, zijn wenkbrauwen gefronst.

'Waarom zijn we hier dan?' vroeg Mikkel Wold.

'Allemensen, wat ben jij knap vanavond. Heb je die vraag helemaal zelf bedacht?'

'Kappen met die aanstellerij,' zei Erik plotseling, hij kon zich niet meer inhouden. 'Hoe weten we dat je niet gewoon een of andere halvegare bent die zin in een spelletje heeft?'

'Goeie vraag,' zei de stem droogjes. 'Met wie heb ik de eer te spreken?'

'Erik Rønning,' zei Erik.

'Allemensen, Erik Rønning hoogstpersoonlijk. De winnaar van de Scoop-prijs 2011. Gefeliciteerd.'

'Bedankt,' zei Erik.

'Hoe voelt het om over daklozen te schrijven en vervolgens naar je huis in Frogner te gaan en daar chardonnay te drinken in je bubbelbad? Is dat journalistieke integriteit, denk je?'

Erik wilde iets zeggen, maar liet het achterwege.

'Maar natuurlijk, Rønning, je hebt helemaal gelijk. Hoe kun je weten dat ik ben wie ik zeg dat ik ben? Wil je misschien meedoen met een klein spelletje?'

'Wat voor spelletje?' kuchte Erik.

'Ik noem het *in het nieuws zijn*, doen jullie mee?'

Om de ronde tafel heen was het doodstil. Niemand durfde nog iets te zeggen.

'Zal ik de regels uitleggen voordat jullie antwoorden?' vroeg de metalige stem. 'Jullie brengen het nieuws, dat wordt vast een beetje saai, lijkt me. Waarom zouden jullie voor een keer niet zelf het nieuws zijn? Dat zou nog eens een kick zijn, toch?'

'Waar gaat dit naartoe?' vroeg Mikkel Wold.

'Jullie mogen het zeggen,' zei de stem.

'Wat mogen we zeggen?'

'Wie er blijft leven en wie er doodgaat.'

De vier journalisten keken elkaar aan.

'Wat bedoel je?'

De stem lachte even.

'Wat denken jullie dat ik bedoel? Ik heb nog niet beslist. Andrea of Karoline? Jullie mogen kiezen. Dat is toch best aardig? Dat ik jullie laat meedoen.'

'D-dat meen je niet,' zei Silje.

'Nee maar, ook nog meisjes, wat leuk. Wie is dat?'

'S-S-Silje Olsen,' stamelde Silje.

Ze was nu duidelijk doordrongen van de ernst van de zaak.

'Wat vind jij nou van die hele zaak, Silje Olsen?' zei de stem.

'Wat vind ik waarvan?'

Weer lachte de stem even. 'Een vrouw. Denk jij dat ook?'

'Ja,' zei Silje voorzichtig.

De stem lachte weer. 'Wat zijn jullie naïef. Dit is wel heel makkelijk. Al te makkelijk. Ik verveel me zelfs. Serieus. Dit is saai, ik had meer tegenstand verwacht. Kom op zeg, Mikkel, jij toch ook, geloofde je dat?'

'Ja,' zei Mikkel na een korte denkpauze.

'Kom op, dan ben ik toch zeker beter dan wie ook? Een vrouw. Een bejaarde ziet een vrouw. Wat dachten jullie van een transseksueel? Is dat al eens bij iemand opgekomen? Een dakloze? Erik, daar weet jij toch alles van? Wat denk je dat een dakloze bereid is te doen voor duizend kronen? Een hoodie aantrekken en midden in de nacht op straat in Skullerud opduiken, zelfs nog een duw krijgen, wat dacht je? Had jij ja gezegd, Erik, als je dakloos was geweest?'

'Ben je geen vrouw, bedoel je dat?' vroeg Erik braaf.

'Godallemachtig, jullie zijn stommer dan ik dacht,' zei de stem kil. 'En ik had nog wel enig vertrouwen in jullie. Maar wat doet het er ook toe. Oké, dit is wat we doen. Jullie hebben een minuut om met een naam te komen. Andrea of Karoline. Degene die jullie kiezen, sterft vanavond. De andere blijft in leven. Zij is binnen vierentwintig uur thuis. Als jullie geen naam noemen, sterven ze allebei. Het maakt mij niet uit. Eentje gaat er dood. Eentje blijft er leven. Jullie bepalen wie. Zijn de regels duidelijk?'

'Maar je kunt toch niet gewoon maar...' barstte Grung uit.

'Ik bel over een minuut terug. Succes.'

'N-n-nee,' stamelde Silje.

'Tik-tak,' zei de stem, en er werd opgehangen.

41

Lukas was in de hemel. Zo voelde het in elk geval wel. Hij had zich dagenlang verheugd op dit derde tochtje naar het huis in het bos. Lux Domus, het Huis van het Licht, of zoals pastor Simon het zelf graag noemde, *Porta Caeli*, de hemelpoort. Mocht iets eigenlijk wel zo mooi zijn? Porta Caeli, de hemelpoort? Zijn lichaam was de hele dag compleet gevoelloos geweest en nu ze er eindelijk waren, zo dicht bij de hemel, kon hij bijna niet stilzitten. Toch dwong hij zichzelf daartoe. Heel rustig op een keukenstoel naast het raam, terwijl de pastor de kinderen voorlas.

De pastor zelf had opdracht van God gekregen. Om dit huis te bouwen. Een nieuwe ark. Ditmaal niet voor dieren, maar voor de uitverkorenen. De ingewijden. Het Huis van het Licht. De hemelpoort. Als de dag des oordeels aanbrak, zouden zij de reis maken. Verder niemand. Veertig personen, meer niet. Er waren nog meer arken in de wereld, dat had God aan de pastor verteld, maar ze hadden niet te horen gekregen waar die andere zich bevonden. Alleen maar dat ze er waren, dat was voldoende, de overige uitverkorenen zouden ze in de hemel ontmoeten, dus daar was tijd genoeg voor. In de hemel. Het koninkrijk Gods. Waar verfrissende rivieren van blauwgroen water stroomde en alles van goud was, op een tapijt van krijtwitte wolken. De eeuwigheid. De uitverkorenen. Voor altijd.

Lukas sloot zijn ogen en liet de stem van de pastor naar binnen glijden. Gods stem was dat. De kinderen waren het belangrijkst, had God gezegd, reine kinderen, dat was belangrijk, kinderen die gereinigd en helder waren, die openstonden, zoals in het moederlijf, niet smerig, zoals na jaren hier op aarde, nee, rein, ze moesten gereinigd worden. Als het moest met vuur. De vlammen van het hellevuur. De pastor sprak met zachte, kalme stem, vastberaden als Gods eigen hand, hard vanbuiten en zacht vanbinnen. Nu stroomde er water door Lukas' hoofd. Verfrissende, heldere rivieren door groene bossen bij witte akkers voor huizen van goud.

'Kinderen, ik zal duidelijk tegenover jullie zijn, met het doel mensen van de duisternis naar het licht te voeren,' zei de pastor rustig. 'Ik zal de realiteit van de hel openbaren, opdat jullie verlost kunnen worden en jullie je van de weg van het kwaad kunnen afkeren voor het te laat is. Jullie ziel zal door mij, de Here Jezus Christus, uit jullie lichaam worden getild en naar de hel worden gezonden. Ik zal jullie ook visioenen van de hemel geven, en vele openbaringen.'

De pastor zweeg even en keek uit over de gemeente. Dat deed hij graag. Iedereen in de ogen kijken. Dat was belangrijk. Zodat iedereen kon zien dat Gods ogen zich achter de zijne bevonden. Lukas deed zijn ogen open en glimlachte. Zijn huis zou vlak naast dat van de pastor staan, dat had God zelf gezegd. Er waren hier niet zoveel kinderen, maar acht in totaal. De pastor had ze alle acht persoonlijk uitgekozen. Vijf meisjes en drie jongens, allemaal bijna helemaal rein, nog een paar keer luisteren naar de vriendelijke stem van de pastor, dan waren ze klaar.

Lukas keek even rond om te zien of hij degene vond die bijzonder was, het meisje dat Rakel heette. De kinderen leken erg op elkaar, dat was ook de bedoeling, voor God zijn we allemaal gelijk, maar ten slotte vond hij haar. Blauwe ogen en een heleboel sproeten. Er waren wat problemen met haar geweest. Lukas begreep niet waarom de pastor zoveel heisa maakte, alleen maar vanwege dit meisje. Wat maakte haar zo bijzonder? Als ze uit het Huis van het Licht wilde weglopen en haar leven in de hel wilde doorbrengen, dan moest ze haar gang maar gaan. Waarom tijd aan haar verspillen? Er waren toch genoeg goede kandidaten onder de leden van de gemeente?

Dat had hij uiteraard niet hardop gezegd. De pastor wist altijd wat hij deed. En waarom had hij het eigenlijk gedacht? Even schudde Lukas zijn hoofd over zijn eigen domheid, en hij sloot zijn ogen weer. Opnieuw stroomde de stem van de pastor bij hem naar binnen. Hij kneep zijn lippen zoals altijd stevig op elkaar om te voorkomen dat hem een licht gekreun ontsnapte.

'Op een avond toen ik thuis aan het bidden was, kreeg ik bezoek van de Here Jezus Christus,' vervolgde de pastor. 'Ik had dagenlang in de Geest gebeden, en plotseling voelde ik dat God in mij binnenkwam. Zijn kracht en heerlijkheid vervulden het hele huis. Een stralend licht verlichtte de kamer om mij heen en er kwam een heerlijk gevoel van eenheid over mij. Het licht stroomde in golven, in golven die over elkaar heen rolden en in elkaar overvloeiden. Het was een uniek gezicht. En toen richtte de Here het woord tot mij. Hij zei: "Ik ben Jezus Christus, je Heer, en Ik wil je een openbaring geven om de heiligen op mijn wederkomst voor te bereiden en velen tot gerechtigheid te brengen. De machten van het duister zijn echt en mijn oordelen zijn waarachtig. Mijn kind, Ik zal je door mijn Geest meenemen naar de hel en je vele dingen tonen die Ik wil dat de wereld te weten zal komen. Ik zal mij vele malen aan je vertonen; Ik zal je geest uit je lichaam tillen en je werkelijk meenemen naar de hel." "Lieve Heer," riep ik, "wat wilt U dat ik zal doen?" Mijn hele wezen verlangde ernaar, Jezus toe te roepen uit dankbaarheid voor zijn tegenwoordigheid. Het was de mooiste, vredigste, vreugdevolste, krachtigste liefde die ik ooit heb gevoeld. De lofprijzingen aan God begonnen uit mij te stromen. Ik wilde Hem direct heel mijn leven schenken, zodat Hij het kon gebruiken om andere mensen van hun zonden te verlossen. Ik wist door zijn Geest dat het werkelijk Jezus was, de Zoon van God, die daar in de kamer bij mij was. "Kijk, mijn kind," zei Jezus, "Ik neem je door mijn Geest mee naar de hel, dan kun je die beschrijven, om daarna de verlorenen uit de duisternis naar het licht van Christus' Evangelie te leiden!" Meteen verliet mijn geest mijn lichaam. Toen reisde ik met Jezus uit mijn huis omhoog naar de hemel.'

De pastor stond op en vroeg de kinderen dat ook te doen. Ze gingen in een kring midden in de kamer staan. De pastor knikte Lukas toe dat hij bij hen moest gaan staan. Verheugd stond Lukas op en pakte twee van de kinderen bij de hand.

'Laat ons bidden,' zei de pastor, en hij boog zijn hoofd.

Al snel was de hele kamer gevuld met mompelende stemmen.

'Onze Vader die in de hemelen zijt! Uw naam worde geheiligd.

Uw rijk kome. Uw wil geschiede, zoals in de hemel, zo ook op aarde. Geef ons elke dag ons dagelijks brood. Vergeef ons onze schulden, zoals ook wij vergeven aan iedereen die ons iets schuldig is. Leid ons niet in verzoeking, maar verlos ons van de boze. Want van U is het koninkrijk en de kracht en de heerlijkheid tot in eeuwigheid. Amen.'

'Amen,' zei Lukas nogmaals, hij kon het niet laten.

Porta Caeli, de hemelpoort. En nu waren ze hier. Nu ging het er alleen nog om, zich voor te bereiden op de dag die binnenkort zou aanbreken.

De pastor opende de deur en liet alle kinderen naar buiten. Behalve Rakel. Hij wilde altijd extra goed met Rakel praten. Misschien ging het om die kwestie van het lam dat van de kudde was afgedwaald. Dat moest het zijn. Het lam en de kudde. Weer kreeg Lukas een slecht geweten omdat hij aan de beslissing van de Pastor had getwijfeld.

'Ik denk dat Rakel wat tijd alleen met God en mij nodig heeft,' zei de pastor, en hij gaf Lukas een teken dat hij de kamer moest verlaten.

Lukas knikte glimlachend en liep de deur uit.

'Zorg dat we niet gestoord worden, wil je, Lukas?'

'Natuurlijk,' zei Lukas, en hij boog.

Voorzichtig deed hij de deur achter zich dicht. Het werd donkerder buiten, hij zag de sterren aan de hemel. Hij glimlachte breed en voelde hoe de warmte zijn bloed weer binnentrok. Daar gingen ze naartoe. Naar de hemel. Hij kon bijna niet wachten. Hij verheugde zich er zo op dat, tja, hij kon niet zeggen hoezeer hij zich erop verheugde. Een groot, heerlijk kriebelend gevoel trok voortdurend zijn lichaam rond, van zijn haar tot zijn vingertoppen en zijn tenen. Blauwgroene rivieren en huizen van goud. Was het echt mogelijk? Dat hij zoveel geluk zou hebben? Lukas legde zijn handen kruislings over zijn borst, grijnsde van oor tot oor en begon een nieuwe psalm te neuriën die hij pas had geleerd.

42

Dit was zonder meer de langste minuut van Mikkel Wolds leven. En de kortste. De kortste én de langste minuut. De tijd leek stil te staan en hem tegelijkertijd door de vingers te glippen. De tijd had een nieuwe inhoud gekregen. De tijd had geen betekenis. De eerste vijf tellen keken ze elkaar alleen maar aan. Mikkel keek naar Silje. Haar mond hing wijd open en haar ogen zagen eruit alsof ze zojuist een ufo had gezien. Silje keek tamelijk wanhopig naar Grung, een jong lid van de kudde dat troost zocht bij een van de oudere leden, maar Grung, de anders zo resolute redacteur, had geen hulp te bieden. Dus keek ze naar de telefoon, die op tafel tussen hen in lag, en naar Mikkel, die nu naar Erik Rønning keek.

Erik was stilgevallen. Hij deed het niet meer. Zijn gezicht was roerloos en zonder uitdrukking. De gummibal die hij in zijn ene hand ronddraaide, was onderweg gestopt. Zijn mond hing half open, er was een geestig of spottend commentaar in blijven steken voordat het eruit was gekomen, en dat zat nu weer in zijn hoofd. Alle vier. Doodstil. Verstijfd. Diep geschokt. Dat waren de eerste vijf seconden.

De volgende vijftien waren volkomen het tegendeel. Plotseling begonnen ze allemaal tegelijk door elkaar heen te praten. Als vier kinderen in een tunnel die zojuist hadden ontdekt dat er een goederentrein op hen afkwam en dat ze niet van de rails af konden, ze konden maar één kant op hollen en beseften allemaal wel dat dit verschrikkelijk verkeerd zou gaan, maar instinctief zetten ze het op een lopen. Op hol geslagen woorden, op goed geluk door de kamer heen.

'O, god.'

'We moeten er een kiezen.'

'O, god.'

'Stel dat het geen bluf is?'

'Ik geloof dat ik moet overgeven.'

'Maar godverdomme, je kunt toch niet gewoon maar...?'

'En als we niet kiezen?'

'O, god.'

'We moeten er eentje kiezen.'

'Dat kan niet.'

'Grung?'
'Mikkel?'
'Wat moeten we doen?'
'We kunnen geen mens vermoorden.'
'Ik geloof dat ik moet overgeven. Ik word niet goed.'
'We kunnen een mens redden.'
'Erik?'
'Silje?'
'Wat gebeurt er als we niets doen?'
'Dan gaan ze allebei dood.'
'We kunnen geen klein meisje vermoorden.'
'O, god.'
'Wat doen we nou?'
'O, god.'

Er waren nu twintig seconden om. De klok in het kantoor had geen secondewijzer. Hij stond nog op zestien over twaalf. Die klok deed het niet. Hij gaf geen seconden aan. Dat was het enige wat ze nu nodig hadden, geen uren, geen minuten, alleen seconden. De volgende tien gingen op aan een poging om erachter te komen hoeveel seconden er voorbij waren. De paniek greep nu serieus om zich heen in het kamertje.

'Hoeveel tijd is er om?'

Siljes gezicht was krijtwit.

'Hoeveel tijd hebben we nog?'

Grung was opgestaan en steunde met zijn handen op het tafelblad. 'Heeft iemand de tijd bijgehouden?'

Mikkel Wold keek op zijn telefoon, op de wandklok zonder secondewijzer waar ze totaal niets aan hadden, er hadden net zo goed alleen getallen op de muur kunnen staan. Vier kinderen op de rails in de tunnel, die nu de trillingen voelden van de trein die met extreem hoge snelheid op hen af raasde.

'We moeten geen tijd verspillen aan de tijd die om is!' Erik was nu ook opgestaan en sloeg met zijn vuist op tafel. Een keer. Twee keer. Drie keer. 'We moeten geen tijd verspillen aan de tijd die om is.'

Grung had zijn handen van de tafel naar zijn haar verplaatst.

'Hoeveel tijd is er om?'

Dit gedeelte kostte tien seconden. Er waren er inmiddels dertig verstreken.

'We moeten nadenken,' riep Erik. 'Het heeft geen zin om door elkaar heen te roepen.'

'We moeten niet door elkaar heen roepen,' riep Silje.

'We moeten een beslissing nemen,' riep Mikkel.

'Wat doen we?' riep Grung, nog steeds met zijn handen in zijn haar.

'Rustig allemaal,' riep Erik.

'Rustig nu,' riep Silje.

Er waren inmiddels veertig seconden om. De laatste twintig leken op zich wel een minuut te duren. Of een uur. Of een heel jaar. De wijzers bleven stilstaan, en tegelijkertijd sloegen ze op hol. Erik was de eerste die iets zinnigs zei.

'We gaan stemmen.'

'Wat?'

'Niet praten. We gaan nu stemmen. Iedereen die vindt dat we iets moeten doen steekt zijn hand op.'

Erik stak zijn hand op. Grung stak zijn hand op. Mikkel stak zijn hand op, eigenlijk zonder te weten waarom, het was puur een reflex. Silje liet haar hand op tafel rusten.

Er waren nu negenenveertig seconden om.

'Drie tegen een.'

'Maar,' zei Silje, maar Erik luisterde niet naar haar.

'Iedereen die Karoline wil redden steekt zijn hand op.'

'Wil je Andrea vermoorden?' zei Silje piepend.

'Hand omhoog,' riep Erik.

Er waren nu drieënvijftig seconden om.

'Hand omhoog wie vindt dat we Karoline moeten redden,' riep Erik weer, wanhopig nu, de trein zat hun op de hielen, dit was de enige manier om te ontsnappen, om hem tot stilstand te brengen of te laten ontsporen.

Hij stak zijn hand op en staarde naar Grung. Grung volgde zijn voorbeeld en keek Silje wanhopig aan.

'Nee,' snikte Silje. 'Nee, nee, nee.'

Er waren nu zevenenvijftig seconden om.

Grung en Erik stonden rechtop met hun hand omhoog. Allebei staarden ze Mikkel aan.

'Ja of nee?' riep Erik.

Mikkel probeerde zijn arm van zijn schoot op te tillen, maar die werkte niet mee. Hij was zo zwaar. Hij had nog nooit zo'n zware arm gehad. Die weigerde dienst. Of misschien juist niet. Zijn hoofd had er geen idee van.

Nu waren er negenenvijftig seconden om.

'Schiet nou op,' loeide Erik. 'Redden we Karoline nou of niet?'

'We vermoorden Andrea,' snikte Silje. 'Dat kunnen we niet doen.'

'Omhoog of niet?' riep Grung.

In de hand die hij omhooghield zaten plukjes haar.

Mikkel probeerde nog een keer zijn hand op te steken, maar die zat nog aan zijn schoot vast.

Toen ging de telefoon op de tafel over.

Het werd doodstil in de kamer. Er was een minuut verstreken. De telefoon ging weer over. Mikkel bleef ernaar zitten staren. Hij snapte niet waar het ding was. Kon het niet duidelijk zien. Het had in een andere kamer kunnen liggen. Op de maan. Hij wist niet wat hij moest doen. Ten slotte boog Erik Rønning zich voorover en drukte op het scherm.

'Daar ben ik weer,' zei de metalige stem.

Om de ronde tafel heen was het doodstil.

'Ik ben benieuwd,' zei de stem. 'Wat hebben jullie besloten?'

Nog steeds kon niemand een woord uitbrengen.

'Zijn jullie daar?' vroeg de stem.

Silje keek naar Grung, die naar Erik keek, die naar Mikkel keek, die naar zijn vingers keek.

De metalige stem klonk kil. 'Zijn jullie je tong verloren? Ik moet toch echt antwoord hebben. De tijd tikt weg. Tik-tak.'

Erik schraapte zijn keel.

'We...'

'Andrea?' vroeg de kille stem. 'Of Karoline? Wie mag er van jullie naar huis? Eén meisje gaat dood, één meisje blijft leven. Is dat zo moeilijk?'

'Ze blijven allebei leven,' snikte Silje plotseling.

De metalige stem lachte weer.

'Nee, nee, juffrouw Olsen. Dat waren de regels niet. Eentje blijft er leven, eentje gaat er dood. Jullie maken uit wie er blijft leven en wie er doodgaat. Dat is toch zeker wel fijn? Om te kunnen bepalen wie er blijft leven en wie er doodgaat? Voelt dat niet een beetje alsof je God bent? Is het niet fijn om God te zijn, Rønning?'

Nu werd het weer helemaal stil in de kamer. De seconden tikten weg. Mikkels hersens werkten niet meer. Silje had haar armen om zich heen geslagen. Grung stond met allebei zijn handen omhoog. Erik deed zijn mond open en wilde net iets zeggen.

'Juist, ja,' zei de stem kil. 'Dan wordt het allebei. Jammer natuurlijk, maar als dat is wat jullie willen, zal ik geen spelbreker zijn. Leuk om met jullie gespeeld te hebben.'

'Nee,' riep Silje, en ze pakte met beide handen de telefoon om een laatste wanhopige poging te doen het ijskoude metalige wezen enig gezond mensenverstand bij te brengen, maar het was te laat.

De stem was al weg.

43

Mia Krüger zat op de rookveranda toe te kijken hoe Munch zijn longen kapotmaakte. Ze waren net klaar met hun wederzijdse briefing van de dag en Munch was bijzonder slechtgehumeurd.

'Hoe is het mogelijk?' herhaalde hij meermalen, terwijl hij in zijn ogen wreef.

Niemand van het team had de afgelopen weken veel slaap gekregen, maar Munch zag eruit alsof hij van iedereen nog het minst had geslapen. Mia wachtte het juiste moment af om te zeggen wat ze dacht. Ze zag er wat tegen op. Was niet zeker van haar zaak. Het was maar een gevoel dat ze had. Een gevoel dat in de loop van de dag steeds sterker was geworden.

'Hoe is het mogelijk?' zei Munch weer, en hij stak zijn volgende sigaret met de vorige aan.

'Waar denk je precies aan?' vroeg Mia, en ze haalde een pastille uit de zak van haar jack.

'Wat bedoel je?' zei Munch, en hij keek haar kant op. Toen werd hij wakker en ontdekte tegen wie hij het had. Zijn blik werd milder.

'Aan alles,' zei hij, terwijl hij weer in zijn ogen wreef. 'Iemand moet ze toch hebben gezien? Twee meisjes van zes verdwijnen toch niet zomaar?'

'Die beloning heeft ook niets opgeleverd?'

'Geen flikker. Vijfhonderdduizend, dan zou je toch denken dat iemand wel ergens mee komt aanzetten.'

'Gaan ze omhoog tot een miljoen?'

'Ja,' zei Munch. 'Wordt morgen bekendgemaakt. Dus we kunnen alleen maar hopen.'

'Dat onze lijnen niet overbelast zullen raken,' zei Mia.

'Dat risico moeten we op de koop toe nemen,' zuchtte Munch, en hij nam een lange trek van zijn sigaret. 'Heb je Benjamin Bache nog te pakken gekregen?'

Mia knikte. 'Ik heb om halfvijf met hem afgesproken bij de schouwburg. Hij heeft maar een halfuur. Naast de repetities van *Hamlet* moet hij meen ik ook nog voor kinderen optreden. Wil je erbij zijn?'

Munch schudde zijn hoofd.

'Nee, doe jij het maar. Woont hij in de flat van zijn oma? Worden haar rekeningen daarheen gestuurd? Enfin, je kent de routine.'

'Komt goed,' zei Mia.

'Maar verdomme nog aan toe,' zei Munch. 'Iemand moet toch iets hebben gezien? In en uit een auto? In en uit een vakantiehuisje? In en uit een kelder? Die meisjes moeten toch eten? Iemand die extra veel heeft ingekocht? Iemand die...' Hij bleef naar het puntje van zijn sigaret zitten staren.

'Als het goed gepland is, moeten we geluk hebben, dat besef je wel,' zei Mia zacht.

'Het is kennelijk verdomd goed gepland, denk je ook niet?' zuchtte Munch.

'Helaas wel,' zei Mia. 'Wie weet wel jarenlang.'

'En we weten wat dat betekent,' zei Munch. 'Die meisjes overleven het niet als we ze niet snel vinden.'

Mia zei niets. Bleef naar de straat zitten kijken. Zo nu en dan benijdde ze de mensen daarbeneden. Gewone mensen. Die hun kiosk dreven, of schoenen voor hun kinderen kochten. Die niet met dit soort dingen werden geconfronteerd. Ze viste een nieuwe pastille uit haar zak en vatte moed.

'Ik moet je iets zeggen,' zei ze tegen Munch.

'Vooruit met de geit,' zei Munch.

Mia dacht even na, zoekend naar de juiste woorden.

'Waar gaat het over?' zei Munch nieuwsgierig.

'Ik denk dat jij er iets mee te maken hebt,' zei Mia.

'Hoe bedoel je, ik heb ermee te maken?'

'Ik denk dat jij iets met die voorbereiding te maken hebt.'

'Waar heb je het in godsnaam over, Mia?'

Ze werden onderbroken doordat een ietwat zenuwachtige Gabriel Mørk zijn hoofd naar buiten stak.

'Sorry dat ik stoor, maar...'

'Wat moet je?' snauwde Munch.

'Nou, gewoon, Mia, ik heb die informatie gevonden, weet je wel, waar je eerder vandaag om vroeg. Wat wil je dat ik ermee doe?'

'Ik wil dat je al die namen aan Kim en Ludvig geeft en ze vraagt ze te cross-checken met de Hønefoss-zaak. Ik heb zo'n gevoel dat dat misschien iets oplevert.'

'Doe ik,' zei de jongeman, en hij deed snel de deur dicht zonder zelfs maar naar Munch te kijken.

'Wat bedoel je er in godsnaam mee dat ik iets met de voorbereiding te maken zou hebben?' zei Munch.

'Dat denk ik,' zei Mia. 'Dat het om jou draait.'

'Om mij?'

Mia knikte. 'Dat denk ik.'

Opnieuw werden ze onderbroken, ditmaal door een hoogst opgewonden Anette Goli, die zelfs niet de moeite nam om te kloppen.

'Je moet komen,' zei ze tegen Munch.

'Wat is er?'

'We hebben een doorbraak. Ik ben zojuist gebeld door een advocaat...'

Ze keek naar een post-it-briefje dat ze in haar hand hield. 'Ene Livold. Hij werkt voor *Aftenposten*. Ze hebben contact gehad met dc dader.'

'Jezus,' zei Munch. Hij stond op en drukte zijn sigaret uit. 'Wanneer?'

'Herhaaldelijk, schijnt het. Een paar dagen geleden. De laatste keer vanmorgen.'

'En ze nemen nu pas contact met ons op?' raasde Munch. 'Nu pas? Godverdomme, wat een idioten.'

'Ze hadden kennelijk tijd nodig om met een paar advocaten te overleggen.'

'De stomme zakken, waar zijn ze?'

'In het Postgirogebouw. Ze zitten op ons te wachten. Beneden staat een auto.'

Munch keerde zich naar Mia toe.
'Ga je mee?'
Mia schudde haar hoofd.
'Ik moet nu naar Benjamin Bache.'
'Ja, natuurlijk.'
Hij wierp haar een vragende blik toe. 'We moeten het er later maar over hebben, het liefst zo snel mogelijk. Ik snap absoluut niet wat je bedoelt.'
'We spreken elkaar na afloop bij Justisen,' zei Mia.
'Goed,' zei Munch, en hij draafde achter Anette aan het kantoor in.

44

Benjamin Bache zat op de trap van het Nationale Toneel toen Mia aan kwam lopen. Hij maakte een onrustige indruk, keek op zijn horloge, toetste iets in op zijn telefoon, stak een sigaret op, trommelde met zijn vingers op zijn dij, keek om zich heen alsof hij bang was dat iemand hem in het oog zou krijgen. Niet de beste plek om te gaan zitten als je niet ontdekt wilt worden, zei Mia bij zichzelf, en ze bleef even achter het standbeeld van Henrik Ibsen staan om hem wat te bestuderen.

Ze had hem al eens eerder gezien, maar het duurde even voor het puzzelstukje op zijn plaats viel. Niet in *Kijk en Luister*, dat las ze vanzelfsprekend niet, zelfs bij de tandarts bracht ze het niet op om dat soort tijdschriften door te bladeren. Niet dat ze er specifieke bezwaren tegen had, maar wat erin stond, interesseerde haar domweg niet. Tijdens haar moeilijkste periode hadden ze een paar keer bij haar aan de bel gehangen, maar ze had uiteraard nee gezegd. *Het ware verhaal van Mia Krüger*. De journalist die haar had gebeld had het ongeveer zo geformuleerd. Waren het eigenlijk wel journalisten? Hoe zat dat? Was je journalist als je over iemands puppy's schreef, of over zijn vakantiebestemming met Pasen? Daar moesten toch regels voor zijn? Hoe dan ook, ze had er vriendelijk voor bedankt, ondanks hun aanbod van *een leuk reisje voor twee naar het zuiden, heb je op dit moment een vriend?* Mia glimlachte even en nam een hapje van de appel die ze bij de kiosk verderop in de straat had gekocht. Een reisje naar het zuiden, nou ja, zeg. Hadden ze niets beters kunnen bedenken, was dat hun lokkertje? Dus ze moest haar privéleven op straat gooien voor een reisje naar het zuiden?

Benjamin Bache zat met een sigaret in zijn mond en één oog dicht iets in te toetsen op zijn telefoon. Hij stak hem in zijn zak, rolde de sigaret even tussen zijn vingers heen en weer, trommelde wat op zijn dijbeen en pakte zijn telefoon weer om nog wat in te toetsen. Ineens wist ze het. *Voeling met het tij*. Daar kende ze hem van. Ze had hem in een film gezien. Hij speelde een rechercheur. Hij moest als het ware haar voorstellen, of nee, niet haar, maar misschien Kim of Curry, een mannelijke rechercheur, niet de baas, maar iemand van het kader. Hij had zich in die rol duidelijk niet thuis gevoeld. Mia at het laatste stukje appel op, gooide het klokhuis in een prullenbak en liep naar de trap.

Toen hij haar zag, stond Benjamin Bache op, en met een brede glimlach liep hij op haar af.

'Hallo, Mia, leuk je te zien,' zei hij, en hij schudde haar stevig de hand.

'Hallo,' zei Mia, enigszins verbaasd dat hij deed of hij haar kende.

Misschien deden ze dat zo in de kringen waarin hij verkeerde. *We komen op televisie en staan in de krant, dus we zitten in hetzelfde schuitje, we hebben iets gemeen en zijn solidair.* Absoluut niets voor Mia, maar ze liet niets merken.

'Ik heb een tafeltje gereserveerd in het Theatercafé, is dat goed?' vroeg Benjamin, terwijl hij zijn sigaret uitdrukte.

'Tja,' zei Mia met een lachje, 'ik denk niet dat dit erg lang gaat duren.'

'Doe het dan voor mij,' knipoogde Benjamin, terwijl hij haar een lichte por tegen haar arm gaf. 'Ik moet eten. De hele ochtend gerepeteerd, straks speel ik in een kindervoorstelling en vanavond zijn er weer repetities.'

'Best,' zei Mia. 'Ik heb geen honger, maar ik kan wel toekijken terwijl jij eet.'

'Klinkt prima,' zei Benjamin, en hij beduidde haar dat ze met hem de straat moest oversteken.

Benjamin Bache wist uiteraard hoe de serveerster in het Theatercafé heette en liep de hele weg naar het gereserveerde tafeltje aan het raam met haar te kletsen. Hij stelde zelfs Mia aan haar voor. Het meisje vond het duidelijk gênant om Mia een hand te moeten geven en zich te moeten voorstellen, en weer moest Mia inwendig een beetje lachen. Al dat gedoe met die voornamen. Een onderdrukkingstechniek uiteraard, maar ze kon niet met zekerheid vaststellen of Bache pienter genoeg was om dat door te hebben. Misschien deed je dat gewoon zo. In zijn beroep. Alles was persoonlijk en leuk, we kennen elkaar, dikke mik, kies mij voor die rol, dat is mijn job.

Hij was echt een versierder, dat was duidelijk. Mia hoopte dat Susanne niet zo stom was geweest om aan deze figuur verslingerd te raken. Dat ze niet om hem had gehuild. Nee, vast niet. Susanne viel op wat oudere mannen. Die voor haar konden zorgen. Niet op dit soort jonge jongens. Niet dat Benjamin Bache zich niet sterk en zorgzaam zou kunnen voordoen als het nodig was. Maar nu speelde hij meer de rol van, ja, hoe moest ze het noemen, het onschuldige knulletje?

'Tja, ik moet zeggen dat je telefoontje me verraste,' zei Benjamin toen hij had besteld. 'Waar gaat het eigenlijk om?'

Mia onderdrukte een glimlach, in de film die ze had gezien had hij bijna dezelfde tekst gehad.

'Dit is puur routine,' zei ze, en ze nam een slokje water.

'Brand maar los,' zei Benjamin. Hij streek met zijn hand door zijn haar en gaf haar een knipoogje. Hij was echt een versierder. Ze prentte zichzelf in dat ze Susanne op het hart moest drukken bij hem uit de buurt te blijven, de volgende keer dat ze haar sprak.

'Het gaat over je oma, Veronica Bache.'

'O ja?' zei Benjamin met opgetrokken wenkbrauwen.

'Ze is toch je grootmoeder? Veronica Bache, Hansteensgate 20. Twee jaar geleden gestorven?'

'Dat klopt,' zei Benjamin.

'Heeft ze daar tot haar dood gewoond?'

'Nee, nee,' zei Benjamin. 'Ze heeft jaren in een tehuis gezeten.'

'Verzorgingstehuis Høvikveien?'

'Ja, inderdaad. Waar gaat het eigenlijk om?'

'Wie woonde er op Hansteensgate 20?'

'Dat is mijn flat. Ik woon daar nu zeven jaar.'

'Sinds je oma naar dat tehuis is gegaan?'

'Ja.'

'Heb je de flat geërfd? Staat hij op jouw naam?'

'Nee, op die van mijn vader. Wat is er eigenlijk gebeurd? Waarom wil je dit weten, Mia?'

Weer haar voornaam. Ze kreeg bijna zin om persoonlijk te worden, te zeggen wat ze eigenlijk dacht. Dit was echt een goeie techniek, die moest ze onthouden.

'Zoals gezegd, het is maar routine,' zei Mia, en ze nam weer een slok water. 'In welk stuk speel je?'

'Wat? Eh, *Hamlet*,' zei Benjamin. 'Dat wil zeggen, we repeteren nog. Ik speel nu in een kindervoorstelling, maar ik repeteer ook voor een enorm spannend project, een nieuwe Noorse dramaturge, pas twintig, uitermate getalenteerd, we zijn met een klein clubje dat haar helpt, min of meer pro Deo, als je begrijpt wat ik bedoel, rauw, onderkant van de samenleving, zo van de straat.'

'Ik snap het,' zei Mia. 'Waar ging haar post naartoe?'

'Welke post?'

'Die van Veronica Bache.'

'Haar post, hoezo?'

'Ik bedoel, ging haar post naar het tehuis of kwam die bij jou?'

Benjamin Bache leek enigszins in de war. 'Eh, voor het merendeel naar het tehuis. Wat voor post bedoel je? Er kwamen een paar dingen bij mij terecht, maar die stuurde ik door naar het tehuis, of ik nam ze mee als ik bij haar op bezoek ging. Om wat voor post gaat het?'

Mia haalde een briefje uit de zak van haar jasje en schoof het over het witte tafelkleed heen. 'Was dit haar mobiele nummer?'

Benjamin keek naar het briefje, zo mogelijk nog meer in de war. 'Nou kan ik het niet meer volgen.'

'Dit nummer. Was dat van haar?'

'Mijn oma had geen mobieltje,' zei Benjamin. 'Ze had een hekel aan mobiele telefoons. En wat moest ze ermee, ze had daar toch een privénummer?'

Mia pakte het briefje weer en stopte het in haar zak.

'Bedankt,' zei ze, en ze stond op. 'Dat was alles wat ik wilde weten. Fijn dat ik even een beroep op je tijd mocht doen.'

'Is dat alles?' zei Benjamin, en hij leek bijna een beetje teleurgesteld.

'Ja, dat wil zeggen, nog één ding,' zei Mia, en ze ging weer zitten. 'Wie was je oma's erfgenaam?'

'Mijn vader,' zei Benjamin.

'Er is nooit sprake van geweest, hoe zal ik het zeggen, dat ze iets van de erfenis aan een kerkgenootschap zou schenken?'

Nu deed Benjamin Bache er het zwijgen toe. Hij stak een tandenstoker in zijn mond en keek uit het raam. 'Moet ik daar antwoord op geven?' vroeg hij ten slotte.

'Natuurlijk niet,' zei Mia, en ze gaf hem een klopje op zijn hand. 'Het is alleen zo dat ik aan een grote zaak werk, waarbij, tja, haar naam is opgedoken, en eh, dit hoor ik eigenlijk niet te zeggen, Benjamin, maar...' Ze boog zich wat dichter naar hem toe. '... de oplossing is niet ver weg meer, en als je me hielp, zou ik hem misschien vanavond al kunnen oplossen.'

'Een grote zaak?'

Nu boog Benjamin zich ook iets dichter naar haar toe, en hij fluisterde.

Mia knikte en legde haar vinger op haar lippen. Benjamin knikte terug. Ging weer recht zitten en was nu op-en-top de toneelspeler.

'Dit blijft toch onder ons?' vroeg hij, terwijl hij even om zich heen keek.

'Zeker,' fluisterde Mia.

Benjamin kuchte even.

'Mijn vader is erg trots, dus als dit naar buiten zou komen, dan...'

'Dit blijft onder ons,' knipoogde Mia.

'We hebben een vergelijk getroffen,' zei Benjamin snel.

'Wat voor vergelijk?'

'Ze had vlak voor haar dood haar testament gewijzigd.'

'Hoeveel zou er naar dat kerkgenootschap gaan?'

'Alles,' kuchte Benjamin.

'Maar daar hebben jullie een stokje voor gestoken?'

'Ja. Mijn vader is naar dat kerkgenootschap toe gegaan. Heeft met een rechtszaak gedreigd. Een bedrag aangeboden. En zo is het gegaan.'

'Hoe groot was dat bedrag?'

'Groot genoeg,' mompelde Benjamin.

Even keek Mia de jonge acteur onderzoekend aan. Hij leek oprecht en onschuldig, maar hij was per slot van rekening toneelspeler. Hij had toegang tot Veronica Baches telefoon gehad, en had hij zojuist niet gezegd dat hij *Hamlet* repeteerde?

Who's there?

Ze overwoog even hem mee te nemen naar het bureau voor een uitgebreider verhoor, maar besloot dat het beter was om hem in het oog te laten houden. Dan zouden ze er snel achter komen of Benjamin Bache was voor wie hij zich uitgaf.

'Heel erg bedankt,' zei Mia, en ze greep zijn hand weer. 'Ik heb hier veel aan gehad.'

Ze stond op en trok de ritssluiting van haar leren jasje omhoog.

'Dat was het? Moet je niet iets eten?'

'Nee, maar hoe dan ook bedankt, tot ziens, Benjamin.'

'Tot ziens, Mia, tot gauw.'

Mia trok haar muts over haar hoofd en liep met een lachje om haar mond het Theatercafé uit.

45

Tobias Iversen maakte zich zo klein mogelijk toen hij naar de rand van het heuveltje kroop. Van daaraf had hij een goed uitzicht op de boerderij in het bos. Zijn tentje had hij een eindje verderop achter wat bomen opgezet, waar niemand hem kon zien, en daar had hij overnacht. Eigenlijk had hij terug willen gaan, maar nadat hij het meisje met de grijze jurk had ontmoet, kon hij niet anders dan blijven. Rakel. Zo heette ze. Ze had hem een briefje geschreven, hem gesmeekt om haar te helpen. Dus was het belangrijker dat hij in het bos bleef dan dat hij naar zijn donkere huis terugging, waar niemand glimlachte. Tobias was pas dertien, maar voelde zich veel ouder. Was al een hele tijd veel ouder geweest. Had dingen meegemaakt die kinderen niet horen mee te maken, maar dat maakte op dat moment niet uit, hierbuiten was hij zijn eigen baas.

Tobias schoof helemaal naar de rand en bracht zijn verrekijker naar zijn ogen. Op het erf was het doodstil. Hij wist niet precies hoe laat het was, maar het moest nog vroeg zijn, want het was nog niet helemaal licht. Hij kon alles nu veel beter zien, dingen waarvan hij de vorige avond maar een glimp had opgevangen. Er waren hier allerlei bouwprojecten aan de gang, geen twijfel mogelijk. Overal lag materiaal, planken van verschillende afmetingen, zakken waarin misschien cement zat, omdat er een cementmolen stond, en ook een kleine tractor en een kleine graafmachine. De boerderij bestond bij elkaar uit zeven gebouwen, allemaal wit. Er was een hoofdgebouw, een kerkje met een kruis erop, twee glazen gebouwen, hoogstwaarschijnlijk plantenkassen, en dan nog drie kleinere huizen en een schuurtje. Tobias had de vorige avond op dezelfde plek gelegen, totdat het te donker was geworden om nog iets door zijn verrekijker te zien. Hij had een plattegrondje van het terrein getekend: waar alle gebouwen stonden, waar de akker was, waar de bergen zand en de grootste ladingen planken lagen en waar het hek was. De hoge omheining waar ze briefjes doorheen hadden gestoken, liep om het hele terrein heen en voor zover hij kon zien was er maar één ingang. Het toegangshek. Hij kon niet zien of het wel of niet op slot zat, maar hij zag wel dat het dicht was. De avond ervoor had hij gezien dat iemand het openmaakte. Er was een auto gekomen, vlak voor donker. Een grote, zwarte auto, misschien een Landrover of een Honda CR. Tobias wist het een en ander van auto's af. Hij was er niet hevig in geïnteresseerd, hij hield het meest van brommers en motoren, bij voorkeur die met crossbanden waarmee je buiten de wegen kon rijden, maar een beetje wist hij wel.

In de auto hadden twee mensen gezeten en die waren ontvangen alsof ze de koning of de minister-president waren, of zoiets. Een jongeman met kort blond haar, een bediende of een lijfwacht, want hij was als eerste uit de auto gesprongen en had de deur opengehouden voor de ander, een wat oudere man met een massa spierwit haar en een soort staf, bijna als Gandalf in *In de Ban van de Ring*.

Iedereen op de boerderij was naar buiten gekomen en had een buiging gemaakt voor de nieuwkomers, en sommigen mochten naar voren komen om de man met de grote witte haardos te begroeten, en daarna was iedereen het grote huis met het kruis erop binnengegaan. Daarna was het donker geworden en had hij niet veel meer kunnen zien. Achter de ramen van de huizen had licht geschenen, maar daar zat iets voor, glas, geen gewoon glas, maar meer van dat glas waar je niet doorheen kon kijken, Tobias wist niet hoe het heette. Daarna had hij in zijn tentje zijn boterhammen opgegeten en wat soep gemaakt op de butagasbrander. Hij was heel voorzichtig geweest, hij wist dat je een butagasbrander eigenlijk niet in je tent mocht gebruiken, maar hij maakte buiten liever geen licht, anders zag iemand hem misschien. Bovendien had hij op de televisie gezien dat een van die poolreizigers het ook had gedaan, Børge Ousland, die had zijn butagasbrander in zijn tent aangestoken omdat het buiten te koud was geweest, of vanwege de ijsberen of zo; hoe dan ook, het ging.

Eerst had hij niet kunnen slapen. Hij had heel erg aan dat meisje moeten denken. Rakel. Ze was zo heel anders dan alle meisjes in zijn klas. Het was tegenwoordig niet zo makkelijk om een meisje te zijn, dat had Emilie, zijn lerares Noors gezegd, ze hadden het daar in de klas een keer over gehad, omdat sommige meisjes te weinig kleren aan hadden gehad. Emilie had een heel lesuur lang niet over Noors of boeken gepraat, maar alleen over dat soort dingen, dat de meisjes te zwaar opgemaakt waren en een te blote buik en te korte rokjes hadden. Emilie had gezegd hoe belangrijk het was om te beseffen dat ze pas dertien waren, maar dat ze het best begreep, omdat alle meisjes op televisie tegen wie ze opkeken bij het zingen vaak alleen een slipje, een bh en netkousen droegen. Daarna hadden ze regels opgesteld over wat mocht en wat niet mocht, en toen was het iets beter geworden, maar ze droegen nog steeds heel andere kleren dan Rakel.

HELP ME. ALSJEBLIEFT.

Ze had bang gekeken. Serieus bang. Niet zoals wanneer hij indiaantje speelde met zijn broertje en ze buffels gingen vangen. Die buffels waren er niet, en ze waren ook geen echte indianen. Dit was wel echt. Hij was Tobias en zij was Rakel. En ze was serieus bang en nu was hij hier om haar te helpen. Tobias Iversen stopte een takje in zijn mond en kauwde er wat op, terwijl hij de kijker heen en weer bewoog om te zien of hij iets had overgeslagen op zijn tekening van de vorige avond.

Hij richtte de kijker op het toegangshek en stelde hem zo scherp mogelijk. Het grote hek was van hetzelfde materiaal als de omheining, stalen vlechtmatten of hoe het ook heette, en als je ertegen duwde ging het naar binnen toe open. Het zag eruit alsof er een ketting in het midden zat, en vermoedelijk ook een slot. Tobias legde zijn verrekijker tussen de heideplanten neer en opende het etenspakket dat in zijn zak zat. Er waren nog twee boterhammen over, die had hij bewaard van gisteravond, een met bruine kaas en een met salami. Hij at die met de bruine kaas en dronk wat uit de waterfles die hij onderweg hierheen in de beek had gevuld. Nu moest hij een plan maken, dat was belangrijk. Eerst moest hij een overzicht over de situatie zien te krijgen, dat had hij ook eens gezien in een film over iemand die een bank wilde beroven, of nee, een casino in Las Vegas. Ze hadden een heleboel plattegronden en plannen gemaakt en waren vaak bij elkaar gekomen om alles te bespreken. De plattegrond had hij al. Nu het plan nog.

Tobias wilde net in de boterham met salami happen toen er plotseling wat gebeurde bij de boerderij. Hij greep zijn verrekijker. Ineens vloog er een deur open en holde er een figuurtje naar buiten. Een meisje met een grijze jurk aan. Onder zijn trui maakte zijn hart een sprongetje. *Het was Rakel.* Ze liep zo hard ze kon naar het hek, naar de plek waar ze de vorige dag met elkaar hadden gepraat. Ze rende, struikelde over haar rok, viel en kwam weer overeind. Hield haar rok omhoog om harder te kunnen lopen, maar toch ging het niet erg snel. Vier, nee, vijf mannen zaten dicht achter haar aan. Tobias voelde zijn hart bonken in zijn borst, kon de kijker bijna niet stilhouden voor zijn netvlies. Rakel draaide haar hoofd en keek om, en weer viel ze. De mannen kwamen dichterbij, waren nu niet meer zo ver bij haar vandaan, hij zag dat ze met hun handen zwaaiden, en ze riepen iets. Rakel naderde de omheining en plotseling had ze die bereikt. Ze sprong erin en begon te klimmen, maar dat was niet zo makkelijk als het leek. De mazen in het hekwerk waren klein en de zware rok maakte het er niet eenvoudiger op. De mannen kwamen aanstormen, en plotseling was een van hen bij het hek en greep haar voet, en toen trokken ze haar naar beneden, terwijl zij schopte en huilde, droegen haar tussen zich in naar het huis terug, en toen was plotseling alles rustig.

Ineens merkte Tobias dat hij het ijskoud kreeg. Niet vanbuiten, maar onderhuids. De gedachten maalden door zijn hoofd en hij hijgde, ook al had hij geen vin verroerd. *Allemachtig. Wat was daar beneden eigenlijk gebeurd?* Met een vaartje sprong hij overeind. Hij had geen tijd om een plan te maken. Ook niet om zijn spullen te pakken. Hij rende terug naar zijn tent, pakte zijn mes en het kaartje dat hij had getekend en begon over de helling naar de boerderij te sluipen.

46

Mia zat in Justisen en overwoog een biertje te bestellen, maar het werd mineraalwater. Het duurde een paar minuten voordat Holger kwam. Hij plofte buiten adem op de stoel tegenover haar neer.

'Wat is er?' vroeg Mia.

'De dader heeft een paar dagen geleden contact met *Aftenposten* opgenomen. Heeft een journalist gebeld, ene Mikkel Wold. Met verdraaide stem. Gaf informatie over Karoline.'

'Waarom zijn ze niet bij ons gekomen?'

'Omdat het een stelletje egoïstische idioten is dat alleen maar kranten wil verkopen.' Munch was duidelijk geïrriteerd.

'En wat doen we ermee?'

'Weet ik niet precies,' mompelde hij. 'Hun advocaat liet er geen twijfel over bestaan dat ze niets verkeerds hadden gedaan en dat we ze nergens op konden pakken.'

'We moeten ze verdomme toch kunnen inrekenen?' zei Mia.

'Mikkelson gaat daarover nadenken, maar het verhoor dat ik al had afgenomen leek hem wel genoeg.'

'Hoe is het mogelijk!'

'Ellendige politici,' snauwde Munch. 'Alleen maar bezig zichzelf en hun eigen carrière te beschermen.'

Hij bestelde een smörrebröd met garnalen en een cola en trok zijn jas uit.

'Dus, wat heb je?'

'Een mondeling verslag. Morgen sturen ze een schriftelijke versie.'

'Nog iets bruikbaars?'

'Niets dat duidelijkheid zou kunnen verschaffen, nee,' zei Munch, en hij schudde neerslachtig zijn hoofd. 'Wat zei Bache?'

'Bingo,' zei Mia.

'Wat bedoel je?'

'Ik denk dat jij erbij betrokken bent.'

Munch keek haar nieuwsgierig aan.

'Dat had je al gezegd, wat bedoel je daar eigenlijk mee?'

'Ik denk dat dit met jou te maken heeft.'

Munch kreeg zijn bestelling en nam een slok cola.

'Het is een beetje moeilijk uit te leggen, zoals ik al zei, is het alleen maar een gevoel,' vervolgde Mia.

'Doe je best,' zei Munch.

'Oké,' zei Mia. 'De moordenaar verwijst naar Hønefoss en de verdwenen baby. Wie had de verantwoordelijkheid bij die zaak?'

'Ik,' zei Munch.

'Juist. *Hamlet*,' zei Mia. 'Waar gaat *Hamlet* over?'

'Echte liefde?' zei Munch.

'Dat is *Romeo en Julia*, kom nou toch, Holger, *Hamlet*?'

'Jij bent degene die literatuurwetenschap heeft gestudeerd, Mia.'

'Drie colleges in twee semesters, zonder afsluitend examen. Dat telt niet echt mee als studie,' mompelde Mia.

'Ik weet niet zoveel van Shakespeare af,' zuchtte Munch.

'Oké, geeft niks. Wraak. *Hamlet* gaat over wraak. En nog meer natuurlijk, maar dat is het hoofdthema.'

'Goed dan. Die baby verdwijnt. Ik ben verantwoordelijk. Die Zweed hangt zich op. Wij seponeren de zaak. De baby is weg. Waarschijnlijk dood. De moordenaar laat ons weten dat het de Zweed niet was.'

'Rikke JW.'

'Inderdaad, en dan die verwijzing naar *Hamlet*. Omdat dit een wraakactie is?'

'Zoiets.'

'Maar wat dan? Oké, ik kan je tot op zekere hoogte volgen. De baby is weg, akkoord. Mijn verantwoordelijkheid, akkoord. *Hamlet*, wraak, akkoord. Maar waarom tien meisjes vermoorden? Wat heeft dat met mij te maken? Je hoort toch zelf dat het nogal vaag is, Mia?'

Mia nam een slok mineraalwater en dacht even na.

'De oma van Benjamin Bache.'

'Veronica Bache, wat is daarmee?'

'Ze woonde in hetzelfde verzorgingstehuis als je moeder. Wat zeg je daarvan?'

Munch zette grote ogen op. 'O ja? Hoe weet je dat?'

'Dat had ik vandaag al eerder ontdekt. Ludvig trekt nu de Hønefoss-zaak na op alle namen die verband houden met dat verzorgingstehuis, zowel van personeelsleden als van bewoners. Ik denk niet dat Benjamin Bache onze man is, maar we mogen niet vergeten dat de oude telefoon van Veronica Bache is gebruikt om sms'jes te sturen. Door iemand uit dat tehuis? Of worden we om de tuin geleid? Ik moet bekennen dat ik het op dit moment niet precies weet. Ik heb Ludvig gevraagd of hij daar ook naar wilde kijken.'

'En?'

'Nog niets. O ja, dat verzorgingstehuis is niet de enige schakel tussen jouw moeder en Veronica Bache.'

'Wat nog meer?'

'Dat kerkgenootschap.'

'Was Bache daar ook lid van?'

'Dat niet alleen. Ze was van plan ze haar hele erfenis te schenken.'

'Wat?'

'Snap je het? Snap je wat ik bedoel?'

'Goed werk, Mia,' mompelde Munch. 'Erg goed.' Hij verzonk in gedachten. Probeerde tot zich door te laten dringen wat ze had gezegd.

'Waarom?' zei Mia.

'Ja, waarom?'

'Dat weet ik niet, maar het is wel erg toevallig, toch? Wat is hier de gemeenschappelijke noemer, Munch?'

'Dat kerkgenootschap.'

'Precies.'

'Maar,' zei Munch weifelend.

'Ik weet het, ik snap het zelf ook niet helemaal. Het is allemaal erg verwarrend. Je zou bijna denken dat het de bedoeling is dat we vastlopen. Een miljoen doodlopende wegen. Ik besef dat het dom klinkt, maar dit is goed werk. Van de dader, dus. Ik zou het net zo hebben gedaan.'

Munch keek haar scheef aan.

'Je weet wat ik bedoel. Als ik aan de andere kant stond. Overal symbolen, de modus operandi gewijzigd, we tasten in het duister en worden van links naar rechts gestuurd, dat is toch hoe je tennis speelt?'

'Tennis?'

'Bij tennis is degene die serveert altijd in het voordeel. Zolang je je tegenstander de hele tijd zo onder druk houdt dat hij de bal alleen maar terug kan slaan, zit je op rozen. Als je geen fout maakt, win je.'

'Dus de moordenaar is aan serve?'
'Ja.'
'Ik weet niet of ik de vergelijking helemaal snap,' zuchtte Munch. 'Tennis en moord?'
'O, je hebt het prima door, je wilt alleen niet toegeven dat ik gelijk heb. Je wilt liever dat alle ideeën van jou komen.'
'Ja, zo zit ik wel een beetje in elkaar.' Munch knipoogde, nam een hap van zijn garnalensmörrebröd en veegde met zijn servet wat mayonaise uit zijn baard. 'Ik heb een sigaret nodig.'
'Zo meteen begin ik ook nog te roken,' zuchtte Mia. 'Echt, het is ontzettend vervelend om de hele tijd in jouw nicotineverslaving mee te moeten gaan.'
'Sorry,' zei Munch zonder het te menen, en hij liep voor haar uit de achterplaats op.
'Ik weet dat ik maar wat balletjes aan het opgooien ben,' zei Mia, nadat ze onder de terrasverwarmer waren gaan zitten. 'Maar we moeten verdomme toch iets doen.'
'Niks mis met een balspelletje,' knipoogde Munch.
'Ach, hou je mond,' grijnsde Mia. 'Akkoord, geen sportmetaforen meer, maar je snapt wat ik bedoel.'
'Chaos.'
'Precies.'
'Chaos beschrijft het beter dan tennis.'
'Ja hoor, best,' zei Mia. 'Goed dan, we noemen het chaos.'
'Chaos en tennis zijn heel verschillend. Tennis is een precisiespel.'
'En dat is dit niet?'
Munch stak een sigaret op. 'Hmm, jawel, tot op zekere hoogte.'
'Zie je wel, dan had ik dus toch een beetje gelijk?'
'Chaos is beter.'
'Jemig, wat ben jij kinderachtig.'
'Hoe beroof je een bank zonder op te vallen?'
'Door een gebouw aan de overkant van de straat op te blazen, ik weet het,' zuchtte Mia.
'Sorry,' zei Munch met een lachje, en hij wreef in zijn ogen. 'Het is een lange week geweest. Ik werd vandaag zo laaiend op die advocaat. De mensen nemen verdomme nooit de verantwoordelijkheid voor hun eigen acties. Dus, hoe gaan we nu verder?'
'Dat had ik jou juist willen vragen.'

'Dat kerkgenootschap?'

'Spreekt vanzelf.'

'Jij en ik, morgenochtend vroeg.'

'Zonder meer.'

'Is Gabriel op kantoor?'

'Denk het wel.'

'Stuur hem een bericht. Vraag hem of hij die club wil controleren, zodat we iets hebben als we daar binnenkomen. Ik weet niet meer hoe ze zich noemen, maar ze zitten in Bøler, aan de Borgerudveien.'

'Oké,' zei Mia, en ze haalde haar telefoon tevoorschijn.

'Zeg, trouwens,' zei Munch, terwijl hij met zijn sigaret een nieuwe aanstak. 'Wat zei je daarnet ook weer?'

'Tennis?'

'Ja, als je aan serve bent, dan win je.'

'Als je geen fout maakt...'

Ze zwegen allebei en keken elkaar aan.

'Een goed idee, hè?' zei Munch.

'Zonder meer,' zei Mia.

'Van onze kant ook druk uitoefenen,' zei Munch.

'Ik zal kijken of ik iets kan bedenken,' zei Mia.

'Doe dat. Dan kom ik met een overzicht over wie die idiote rotlui zijn die op mijn geld uit zijn.' Munch stond op.

'Ga je nu al weg?'

'Ik krijg Marion vanavond. De bruiloft, weet je wel. Ze moeten nog een hoop regelen.'

'Natuurlijk,' zei Mia. 'Groeten aan Miriam.'

'Doe ik.'

Munch drukte zijn sigaret uit en liep weg. Weer overwoog Mia een biertje te bestellen, maar het lukte haar om er nog een mineraalwater van te maken. Ze haalde haar pen en haar papieren tevoorschijn en spreidde ze voor zich op tafel uit, zoals altijd wanneer ze haar gedachten wilde ordenen. Vroeger had ze alles altijd zo duidelijk gezien, veel vlugger, toen ze op haar scherpst was, had ze alleen maar haar ogen hoeven sluiten om alles als een film in haar hoofd te zien, maar zo was ze al een hele tijd niet meer. De gebeurtenissen bij het Tryvannmeer. De maanden op Hitra. Het was alsof er een waas voor haar netvlies hing. Een soort nevel om haar hersencellen. Haar was gezegd dat ze rust moest nemen. Lang en veel. Zich niet aan enige vorm van stress bloot mocht stellen. Haar antwoord was geweest, zichzelf te verdoven. Bijna tot de dood erop volgde. En nu kreeg ze de rekening gepresenteerd. Ze begon notities te maken op de vellen papier voor haar neus. Een soort systeem aan te brengen in de waanzin. Nadenken deed bijna pijn. Er waren twee meisjes dood. Er waren twee meisjes weg. Dat was haar verantwoordelijkheid. Munch. Het had beslist iets met Munch te maken. Dat was zeker. Of toch niet? Wat haar een paar jaar geleden nog zo gemakkelijk was afgegaan, leek nu plotseling compleet onmogelijk. Ze had geen ja moeten zeggen en op het eilandje moeten blijven. Ze had moeten doen wat ze van plan was.

Kom, Mia, kom.

Ze schreef de namen weer boven aan het papier. Pauline. Johanne. Karoline. Andrea. Zes jaar. Dit najaar voor het eerst naar school. Marcus 10:14. Laat de kinderen tot Mij komen. Ik reis alleen. Springtouw. In de bomen. Het bos. Schone kleren. Pasverzorgde lichamen. Shakespeare. *Hamlet.* Schooltassen. Schoolboeken. Nu begon het te komen. Rikke JW. Hønefoss. Het kleine meisje is nooit gevonden. Ik reis alleen.

Kom, Pauline, kom.
Kom, Johanne, kom.
Kom, Karoline, kom.
Kom, Andrea, kom.

Mia schrok op doordat de serveerster plotseling voor haar stond. Verdomme. Ze was net zo lekker op dreef. Op weg naar waar ze wezen moest. Waar ze al lang niet meer naartoe was geweest.

'Wil je nog iets bestellen?'

'Ja, één bier,' mompelde Mia geërgerd. 'En een Ratzeputz. Twee.'

Ze had wat hulp nodig. Om te komen waar ze wezen moest.

47

Mia Krüger was dronken, maar ze kon niet slapen. Ze had te veel gedronken. Ze had te weinig gedronken. Haar hotelkamer leek kouder en onpersoonlijker dan anders. Het schone beddengoed dat eerst haar vriend was geweest, was haar vijand geworden. Ze had de kamer uitgekozen omdat hij haar niet herinnerde aan iemand die ze kende, maar nu miste ze een thuis. Huiselijkheid. Vertrouwdheid. Geborgenheid. Iemand die voor haar kon zorgen. Misschien had Mikkelson gelijk. Misschien moest ze toch naar een psycholoog. Misschien moest ze zich laten opnemen. Ze had lang op het randje gebalanceerd, was vervolgens wat bijgetrokken, positief geworden, had zich sterk gevoeld, maar nu zat ze weer in een neerwaartse spiraal.

Ze lag te woelen in het grote bed. Ze moest vastberaden blijven. Niet meer drinken. Natuurlijk moest ze niet meer drinken. Eigenlijk moest niemand drinken. Ze was goed bezig geweest, toch? Goed op weg om achter al die uiterlijkheden door te dringen. Haar specialiteit. Dingen zien die anderen niet zagen. Stel jezelf niet aan stress bloot. Ga gewoon uitrusten. Ga ergens heen. Verstop je op een eilandje. Zet de wereld uit. Je hebt gedaan wat je kon. Maar nee hoor. De werkelijkheid moest en zou bij haar aankloppen. Het kwaad moest haar per se storen. Auto's in plaats van meeuwen. Straatlantaarns en neon die de plaats van de sterren innamen. Ze was nu hypergevoelig. Haar huid was bijna doorschijnend. Terwijl ze zo taai was geweest. Ze moest niet drinken. Ze moest absoluut niet drinken. Eigenlijk moest niemand drinken.

Op blote voeten liep Mia de kamer door en trof haar broek op een stoel aan. De pillen zaten nog in haar zak. Ze nam er een mee naar het raam en slikte hem met een slok water door. Ze ging naar de stoplichten beneden zitten kijken tot ze niet meer zag waar de kleuren vandaan kwamen. Sjokte terug naar haar koude bed en legde haar hoofd op het kussen.

Toen de telefoon ging, was ze net in slaap gevallen. Ze deed haar best het geluid te negeren. Uitrusten. Doen alsof je van niks weet. De telefoon stopte met bellen. Niemand wilde haar te pakken krijgen. De telefoon ging weer. Hij stopte met bellen. Haar lichaam rustte loodzwaar op het witte laken. Toen er voor de derde keer werd gebeld, kon ze hem niet meer laten overgaan.

'Mia?' Munch aan de lijn.

'Hoe laat is het?' mompelde Mia.

'Vijf uur,' zei Munch.

'Wat is er?'

'Ze hebben de meisjes gevonden.'

'Wat?'

'Ik haal je voor het hotel op. Kun je over tien minuten klaar zijn? We hebben een lange rit voor de boeg.'

'Verdomme,' hoorde Mia haar eigen stem zeggen. 'Ik kom eraan.'

48

Tobias Iversen lag achter een boom te wachten tot het donker werd. Hij had zijn laatste boterham al lang geleden opgegeten en begon honger te krijgen, maar hij kon nu niet naar huis, hij had belangrijker dingen te doen. Zijn plan was geweest eerst het toegangshek te proberen, maar dat bleek onmogelijk, het was met een ketting afgesloten en de plek was te zichtbaar. De groep mannen had Rakel naar een van de kleine huisjes gedragen en sindsdien was het vrij stil geweest op het terrein. Er was een paar keer iemand uit de kerk gekomen en naar de plantenkas gelopen, maar verder had hij niemand gezien. Het terrein zag er bijna verlaten uit. Bijna als een kerkhof. De wind blies door de bomen boven hem. Tobias trok zijn jack dichter om zich heen en haalde zijn verrekijker weer tevoorschijn. Misschien kon hij toch beter naar huis gaan. Het bij de politie melden. Hij had gezien dat ze haar hadden gepakt. Dat mocht toch vast niet? Of wel? Ze hadden haar niets gedaan, haar alleen maar over het erf gedragen. Een stout kind dat niet wilde luisteren. Had de politie voor zoiets een huiszoekingsbevel nodig? In Amerikaanse films hadden ze dat nodig. Anders mochten ze niet in iemands huis naar binnen om te zoeken. Tobias wist niet precies hoe dat in Noorwegen zat, maar misschien was het wel net zo. Ineens voelde hij zich niet meer zo flink. Het was als spelletje begonnen. Hij had alleen maar willen kijken. Een kleine expeditie. Hij had nooit gedacht dat hij iemand zou zien die hulp nodig had. Hij dacht aan zijn broertje, dat nu ongetwijfeld weer thuis was en zou vragen waar hij was. Aan zijn moeder en stiefvader, die niet wisten wat ze moesten zeggen. Het idee dat zijn broertje thuis was zonder dat hij er was, beviel hem niet. Hij besloot bijna om nu maar naar huis te gaan. Hij kende dat meisje toch niet? Misschien deugde ze gewoon niet. Misschien was ze gewoon zo iemand als Elin, het meisje dat vorig jaar bij hem in de klas had gezeten en dat in het kantoor van de rector had ingebroken en geld had gestolen en een leraar in zijn hand had gebeten toen hij haar erop had betrapt dat ze rookte op het schoolplein. Zij had ook heel aardig geleken, in elk geval was ze aardig geweest tegen hem, maar ze was van school getrapt en sindsdien had niemand haar meer gezien. Het kon best zoiets zijn. Misschien overdreef hij in gedachten wel. Dat zei zijn moeder vaak, dat hij moest ophouden met al dat gefantaseer. Dat was niet goed. Met dagdromen. Dat was niet goed. Het werd kouder. Het hoorde nu lente te zijn, maar dat was het niet echt, in elk geval niet 's avonds. Hij had spijt dat hij niet al zijn spullen had meegenomen. Zijn tentje met de slaapzak en zijn rugzak stonden nog op het heuveltje waarop hij had overnacht. Zijn zaklantaarn had hij ook niet meegenomen. Wat stom van hem. *Waar zitten je hersens?* vroeg zijn moeder vaak. *Iemand thuis daarboven?* Hij schaamde zich nu een beetje. Wat was hij stom geweest. Zo meteen was het te donker om zijn spullen te halen. Te donker om de weg terug door het bos te vinden. Als hij nu ging, zou hij het nog halen. In elk geval om zijn spullen te pakken. De weg naar huis kon hij altijd nog zoeken met behulp van zijn zaklantaarn. Dat was waarschijnlijk het beste. Zijn spullen halen. Naar huis zien te komen. Naar zijn broertje. Tobias kwam overeind en keek op vanuit zijn schuilplaats, precies toen een van de deuren openging en er daarbinnen iets gebeurde. Hij bracht de verrekijker naar zijn ogen en bleef doodstil staan. Uit een van de huisjes kwamen twee mannen met een gestalte tussen zich in. *Rakel.* Ze was het. Er zat iets over haar hoofd. Ze hadden er een kap overheen getrokken. De twee mannen hielden haar bij haar armen tussen zich in en sleepten haar mee, verdwenen achter het kerkgebouw en doken een eindje verderop weer op. Tobias merkte dat zijn hart bonsde. Hij kon bijna niet geloven waar hij getuige van was. Het leek wel een film. Ze hadden haar gevangengenomen. Haar handen voor haar lichaam gebonden en een kap over haar hoofd getrokken. De twee mannen verdwenen in de richting waarin hij zich had verstopt, en sleepten haar mee, tussen zich in. Langs de tractor en het schuurtje, over de akker, en wat deden ze nu? Tobias vatte moed en schoof nog dichter naar de omheining toe. De twee mannen waren blijven staan. De ene boog zich voorover naar de grond. Deed daar iets, Tobias kon niet zien wat. Toen was ze er ineens niet meer. Ze was weg. Alleen de twee mannen waren er nog, op weg terug naar het huisje.

Tobias nam snel een beslissing. Eigenlijk had hij willen wachten totdat het volledig donker was, maar er was geen tijd te verliezen. Hij sloop helemaal tot aan de omheining en begon eroverheen te klimmen. Zo mocht je niet met anderen omgaan. Ze mochten niet zo rot tegen haar doen, wat ze ook had gedaan, geen volwassene zou zoiets mogen doen. Hij had nu weer een beetje moed gevat. Was boos. Hij greep het vlechtwerk van het hek en schoof zijn vingers in de openingen. Wist houvast te krijgen met zijn schoenpunten, en hopla, bijna voor hij het wist was hij de hoge omheining over en bevond hij zich aan de andere kant. Hij ging even zitten om op adem te komen en keek ondertussen om zich heen. Het was inmiddels weer stil op het terrein. De grond onder hem was koud en nat. Wat was er met haar gebeurd? Ze hadden haar meegetrokken naar een plek midden op het erf en toen was ze verdwenen. Tobias had bang moeten zijn, maar dat was hij niet meer. Hij was boos. Boos op alle volwassenen die zo met kinderen omsprongen. Kinderen hoorden vrij te zijn. Te spelen. Veilig te zijn. Niet met gebogen hoofd in de keuken te staan. Het deed pijn om te horen dat je dom was. Het deed pijn als ze je bij je armen grepen. Het deed pijn om niets terug te kunnen zeggen, omdat je niet wist wat het voor je kleine broertje zou betekenen als je iets verkeerds zei. Tobias dook in elkaar en sloop over het erf. De ene man had zich ongeveer honderd meter verderop voorovergebogen. Toen was ze verdwenen. Waarom kregen volwassenen kinderen als ze niet van plan waren om aardig tegen ze te zijn? Emilie had hem op een dag na de les Noors gevraagd hoe hij aan die plekken op zijn hals kwam. Waar dat blauw op zijn armen vandaan kwam. *Je kunt het mij wel vertellen*, had ze gezegd. Ze was heel lief geweest, had hem over zijn schouders geaaid, *je kunt het mij wel vertellen, dat geeft niet.* Maar hij had niets verteld. Het was haar schuld niet. Ze wilde alleen maar helpen. Maar wat wist zij ervan? Zou ze er zijn wanneer hij thuiskwam? Wanneer ze erachter kwamen dat hij had geklikt? Welnee, dan werd het alleen maar erger. Alles zou erger worden, o ja, hij wist heel goed wat er zou gebeuren. Hij moest gewoon zien vol te houden. Zich schrap zetten. Zorgen dat zijn broertje niet dezelfde behandeling kreeg. Het gescheld. *Waar zitten je hersens? Heb je ze wel allemaal op een rij?*

Tobias boog zich naar voren in het vochtige gras en maakte zich zo klein mogelijk. Zijn knieën werden nat, maar dat gaf niet. Daar kon hij wel tegen. Hij was gehard. Het belangrijkste was dat hij zijn kop hield. Ze niet tegensprak, want dan werd het alleen maar erger. Knikken. Zijn hoofd laten hangen. Ja zeggen. Hij was niet bang. Nu was hij niet bang meer. Ze hadden een kap over haar hoofd getrokken. Dat mocht niet. Volwassenen mochten niet zo met kinderen omgaan. Hij kroop voorzichtig naar voren, laste pauzes in om te kijken of alles in orde was, of er geen deuren opengingen, of hij niet ontdekt was. Nog maar vijf jaar, en dan was hij achttien. Als je achttien was, mocht je zelf beslissen. Dan kon hij op zichzelf gaan wonen, misschien een baantje zoeken, misschien zelfs zijn broertje meenemen, ook al was die dan pas twaalf. *Is alles goed thuis, Tobias? Wil je tegen je moeder zeggen dat ze naar de ouderavonden moet komen? Ik wil haar graag spreken. Ze is al een hele tijd niet meer naar een ouderavond gekomen, het is best belangrijk dat ze dat doet, kun je dat tegen haar zeggen? Heb je je hand verwond? Wat is er met je oor gebeurd? Kan ik je ergens mee helpen, Tobias? Je kunt me vertrouwen, dat weet je toch?*

Tobias had de plek bereikt waar Rakel verdwenen was. Het was nu donker. De kerk stak tegen de hemel af, de toren wees omhoog naar de maan en de wolken. Bijna als in een ouderwetse horrorfilm. Frankenstein, of Dracula, of iets in die richting. Hij had eigenlijk bang moeten zijn, maar hij was het niet. Hij was boos. Hij had de ogen onder dat witte mutsje gezien. Volwassen ogen, terwijl zij een kind was. Zij waren volwassen en Rakel was een kind. Zo rot mocht je niet doen tegen een kind. Weer had Tobias er spijt van dat hij zijn zaklantaarn niet had meegenomen. Hij kon de grond voor zich haast niet zien, de maan gaf een beetje licht, maar die was nooit langer dan een paar seconden zichtbaar. Hij was niet dom. Ze kon niet gewoon maar verdwijnen. Er moest ergens een gat in de grond zitten. Een luik. Of zoiets. Welke volwassene stopt een kind in een gat in de grond?

Tobias boog zich voorover en begon om zich heen te voelen. Plotseling ging het licht in de kerk aan. Tobias reageerde instinctief, liet zich vallen en bleef plat op de natte grond liggen. Hij rook aarde en gras. Zo bleef hij een poosje liggen, maar er kwam niemand naar buiten. Hij vatte moed en ging op zijn knieën zitten, het licht dat door het raam viel gaf hem beter zicht. Een luik in de grond. Daar zocht hij naar. Niemand verdwijnt zomaar.

Het duurde niet lang of hij had het gevonden. Het was splinternieuw, lichte planken die aan elkaar waren getimmerd, misschien één bij één meter, een klein luik midden op het erf. Er zat een hangslot op. Niet zo groot, een klein slot, goudkleurig, zoals dat waarmee de gymleraar de ballenkast afsloot, zodat niemand er ongevraagd een voetbal uit kon halen. Hij keek weer even om zich heen. Niemand te zien. Uit de kerk kwamen nu stemmen, gezang, er waren daar mensen aan het zingen. Ze waren met andere dingen bezig. Zingen. Tot God, of iets dergelijks. Ze wisten niet dat hij hierbuiten was. Dat hier iemand was die haar wilde helpen. Haar wilde bevrijden. Tobias glimlachte bijna. De gymleraar had nooit begrepen hoe het kwam dat zijn voetballen verdwenen. Hij wist niet hoe makkelijk je een hangslot open kreeg. Tobias had het al zo vaak gedaan. Bijna alle jongens in de klas konden hangsloten open krijgen. Dat was nog makkelijker dan spieken bij een toets. Bij handenarbeid hadden ze slothaakjes gemaakt, als de leraar naar buiten was om te roken. Het enige wat je nodig had was een stukje metaal, zo'n nagelvijltje dat de meisjes gebruikten was een goed begin. Je moest alleen het puntje bijknippen met een metaalschaar en het vervolgens zo bijvijlen dat het aan het uiteinde dun genoeg werd. Een beetje lastig was het natuurlijk wel, iemand anders moest het voordoen, maar als het eenmaal zat, was het simpel. Tobias haalde zijn sleutelbos uit de ritszak van zijn jack en zocht het slothaakje ertussenuit. Hou het slot zo dat het breedste deel van de opening rechts zit. Steek het haakje erin en druk de punt stevig naar links, totdat je voelt dat die vastzit tegen het metaal daarbinnen. Hup, het slot naar je toe trekken, duwen, en dan met een ruk naar rechts draaien. Tobias hoorde het klikje waarmee het slot openging. Hij haalde het eraf en tilde het zware luik op. Een ladder. Er liep een lange ladder omlaag het gat in. Voorzichtig stak hij zijn hoofd erin, en hij fluisterde: 'Hallo? Rakel? Ben je daar?'

49

Munch stond al klaar voor het hotel toen Mia naar buiten kwam. Ze ging in de zwarte Audi zitten en probeerde haar lichaam wakker te krijgen. De pil die ze had genomen werkte nog en maakte haar traag en suf. Munch leek ook niet veel geslapen te hebben. Hij had nog hetzelfde aan als de vorige avond. Een bruin corduroy jasje met leren elleboogstukken en een overhemd met vlekken. Hij had wallen onder zijn ogen en diepe rimpels in zijn voorhoofd. Plotseling had Mia met hem te doen. Hij had echt iemand nodig. Een vrouw in zijn leven. Iemand die op hem paste, zoals hij altijd op iedereen in zijn buurt paste.

'Waar is het?' vroeg Mia.

'Fort Isegran.'

'Waar ligt dat?'

'Fredrikstad.'

Mia stokte. De twee andere meisjes waren allebei in de omgeving van Oslo gevonden. In het bos. De dader had zijn modus operandi alweer gewijzigd.

'Wie heeft ze gevonden?'

'Twee eindexamenleerlingen,' zuchtte Munch. 'Het is daar weliswaar verboden terrein, maar ze waren naar binnen geslopen om wat met elkaar te rotzooien, of wat dan ook.'

'Wie zijn er ter plaatse?'

'De plaatselijke politie. Curry en Anette zijn onderweg, die zullen er zo wel zijn.'

Mia keek op de klok op het dashboard. Kwart over vijf. Buiten was het nog donker.

'En wat hebben we tot dusverre?'

'Allebei de meisjes lagen op de grond. Aan weerskanten van een paal.'

'Een paal?'

Munch knikte.

'Wat voor soort paal?'

'Van hout. Met een varkenskop erop.'

'Wat bedoel je?'

'Wat ik zei. De meisjes lagen in het gras aan weerskanten van een houten paal met een varkenskop erop.'

'Een echte varkenskop?'

Munch knikte weer.

'Mijn god,' zuchtte Mia.

'Wat betekent dat, denk je?' Munch zette de verwarming hoger en reed de tunnel in die vanaf de Rådhusplassen de stad uit voerde.

'Een varkenskop op een paal?'

'Ja.'

'Moeilijk te zeggen,' antwoordde Mia.

De warmte in de auto maakte haar doezelig. Ze miste haar ochtendkoffie, maar wilde Munch niet vragen om ergens te stoppen.

'Het moet toch iets betekenen?'

'*Heer der vliegen*,' zei Mia zacht.

'Wat?'

'*Heer der vliegen*, dat is een boek. Een aantal jongens strandt op een verlaten eiland waar geen volwassenen zijn. Ze denken dat er een monster woont. Als offergave plaatsen ze een varkenskop op een paal.'

'Mijn god,' bracht Munch uit. 'Wij zijn het monster, is dat het?'

'Dat zou zomaar kunnen.'

'Daar zit een pakje Fisherman's Friend in,' zei Munch, en hij wees naar het handschoenenvak.

'Ja, en?'

'Daar heb jij er een van nodig,' zei Munch, en hij reed de Drammensveien op.

Mia voelde ergernis opkomen, maar die zakte snel weg. Ze deed het handschoenenvak open en maakte het pakje met keeltabletten open. Ze nam er twee en stopte het pakje in de zak van haar leren jasje.

'Waarom in godsnaam Fredrikstad?' mompelde Munch. 'Dat slaat toch nergens op. En dan zo openlijk?'

'We zijn te traag,' zei Mia, terwijl ze haar telefoon pakte.

'Hoezo?'

'De dader wil duidelijk maken dat we er niks van bakken.'

'God nog aan toe,' zuchtte Munch.

Mia zocht in haar lijst met contacten Gabriel Mørk op.

'Met Gabriel.'

'Hallo, met Mia, ben je op je werk?'

'Yep,' zuchtte Gabriel aan de andere kant.

'Wil jij kijken wat je kunt vinden over Fort Isegran in Fredrikstad?'

'Nu?'

'Ja. Munch en ik zijn daarheen onderweg. Ze hebben de meisjes gevonden.'

'Ik heb het gehoord.'

Aan de andere kant werd het stil. Mia hoorde Gabriel op zijn toetsenbord tikken.

'Vind je iets?'

'Waar zoek ik naar?'

'Alles wat je kunt vinden.'

'Eens kijken,' zei de jongeman, en hij onderdrukte een geeuw. 'Fort Isegran. Vesting op een eilandje in Fredrikstad. Verdeelt de monding van de Glomma in tweeën. Voor het eind van de dertiende eeuw gebouwd door de Jarl van Borgarsyssel, wat dat ook inhoudt. Van hout en steen. In 1287 door een of andere koning verwoest. Nieuwe vesting werd gebouwd in de zeventiende eeuw. Peter Wessel Tordenskiold gebruikte het fort als basis in de Grote Noordse Oorlog, wat dat ook moge wezen. De naam Isegran betekent, tja, de geleerden zijn het daar niet helemaal over eens, maar het kan afkomstig zijn van het Franse Île Grand, het grote eiland. Zit daar iets bij waar je wat aan hebt?'

'Eigenlijk niet,' zei Mia. 'Nog meer? Uit deze tijd? Waar wordt het tegenwoordig voor gebruikt?'

'Wacht even.'

Mia klemde de telefoon met haar schouder vast en nam nog een keeltablet. Achter in haar mondholte proefde ze de drank nog.

'Daar is niet zoveel over te vinden. Trouwfoto's, genomen op Fort Isegran. Bejaarden op excursie.'

'Is dat alles?'

'Ja. Nee, wacht, hier heb ik nog wat.'

Het werd weer stil.

'Wat heb je?'

'Ik weet niet of dit iets is, maar volgend jaar wordt er een monument onthuld. Niet in het fort, maar op de rivierpromenade ertegenover.'

'Wat voor monument?'

'Het heet *Munchs Moeders*. Bronzen beelden van Edvard Munchs moeder en tante.'

'Natuurlijk,' mompelde Mia.

'Heb je daar iets aan?'

'Zeker, Gabriel, dank je wel.'

Ze wilde ophangen, maar Gabriel hield haar tegen. 'Is Munch daar?'

'Ja?'

'Hoe is zijn humeur?'

'Gaat wel, hoezo?'

'Kan ik hem even spreken?'
'Goed.'
Mia gaf de telefoon aan Munch.
'Ja, Munch?'
Munchs Moeders. Dus ze had toch gelijk.
'Ja, snap ik,' zei Munch in de telefoon. 'Maar ga er niet over zitten stressen, het is zoals gezegd persoonlijk, we hebben belangrijker dingen aan ons hoofd. Wat? Ja, zoiets is om gek van te worden, maar ik... Wat? Ja, die heb ik van een vriendin op internet. Uit Zweden. Wat? Ze noemt zich Margrete nul-acht. Maar schiet niet in de stress. Jawel, hoor, snap ik. We hebben het er nog over.'
Munch lachte even en gaf de telefoon aan Mia terug.
'Wat was er?'
'Niks bijzonders, gewoon wat privédingetjes.'
'Hij is goed,' zei Mia.
'Wie, Gabriel? Nou en of. Ik mag hem wel. Blij dat dat een schot in de roos was.'
Mia nam nog een keeltablet en draaide het raampje een eindje omlaag.
'Heeft hij je wijzer kunnen maken? Over Fort Isegran?'
'Zeker,' zei Mia. Ze vertelde wat Gabriel zojuist had gezegd.
'Verdomme,' prevelde Munch. 'Dus het gaat om mij? Het is mijn schuld dat die meisjes doodgaan?' Hij kneep zijn ogen tot spleetjes en sloeg met zijn hand tegen het stuur.
'Dat weten we niet zeker,' zei Mia. 'Hoelang duurt het voor we er zijn?'
'Anderhalf uur,' zei Munch.
'Ik geloof dat ik een tukje ga doen,' zei Mia.
'Verstandig,' zei Munch. 'Slaap ook maar wat namens mij.'

50

De zon ging op toen ze de politieafzetting bereikten. Munch toonde zijn ID en een jonge agent met piekhaar die eruitzag alsof hij net wakker was, wuifde hen door. Ze zetten de auto voor een rood huisje neer, café Galeien, en werden opgevangen door Curry, die hun voorging langs de oude stenen muur. Aan de overkant ving Mia een glimp van de rivierpromenade op, waar de bronzen beelden zouden moeten komen. Edvard Munchs moeder en tante, Laura Cathrine Munch en Karen Bjølstad. Mia wist veel van Munch af. De meeste bewoners van Åsgårdstrand wisten veel van Munch af. Ze waren trots op zijn huisje daar, op het feit dat hij er had gewoond. Ook al hadden de deftige dames destijds hun parasols vol afkeer naar die akelige kunstenaar toe gedraaid. Typisch, toch? dacht Mia, terwijl ze de witte plastic tent in het oog kreeg die de technische recherche had opgezet. Destijds konden ze hem niet uitstaan, maar dat zijn we vergeten. Geldt dat niet voor alle grote kunstenaars in dit land? Ze moeten eerst dood voor we ze waarderen. Ze stelde vast dat die gedachte niet van haarzelf kwam. Ze kwam van haar moeder. Kunst en literatuur hadden bij haar thuis altijd hoge ogen gegooid. Ze had vaak aan de keukentafel naar haar moeders verhalen geluisterd, soms had het net een lesuur op school geleken, met Sigrid en haarzelf als leerlingen, ieder achter een kom havermout, en hun moeder Eva als enthousiaste lerares.

Curry maakte een verrassend frisse indruk en praatte aan één stuk door tot ze bij de tent waren. Deze ervaren politieman kon op het eerste gezicht een koude, harde indruk maken, met zijn kale hoofd en zijn compacte lichaam, maar Mia wist wel beter. Curry was uiterst bekwaam en had een groot hart, ook al zag hij eruit als een buldog en gedroeg hij zich vaak ook zo.

'Twee eindexamenleerlingen die van een feestje kwamen. Een stelletje. Van de middelbare school in Glemmen. Ze waren behoorlijk aangeslagen, dus hebben we ze naar huis gestuurd.'

'Ze hadden hier niets mee te maken?' vroeg Munch.

'Nee, ze konden bijna geen woord uitbrengen. Ik heb van mijn leven nog nooit zulke nuchtere feestneuzen gezien. Ik geloof dat alle alcohol in hun lijf van schrik was vervlogen toen ze het zagen.'

'Nog observaties van buurtbewoners?' vroeg Mia.

'Nog niet,' zei Curry. 'De politie van Fredrikstad klopt nu bij ze aan. Maar ik betwijfel of we iets vinden.'

'Waarom?' zei Mia.

'Meen je dat nou?' Curry glimlachte wrang. 'Dit is nou niet bepaald een amateur, hè?'

Ze bereikten de tent net toen er een oudere man in een pak van wit plastic uit kwam.

Tot haar verrassing herkende Mia hem. Het was Ernst Hugo

Vik, een forensisch arts met wie ze aan diverse zaken had gewerkt, maar ze had gedacht dat hij allang met pensioen was.

'Munch. Mia.' Vik knikte tegen hen.

'Hallo, Ernst,' zei Munch. 'Hebben ze je hier helemaal voor uit Oslo laten komen?'

'Nee,' zei Vik met een zucht. 'Ik had me in mijn vakantiehuisje verschanst om wat tot rust te komen, maar dat heeft dus niet geholpen.'

'Wat kun je ons vertellen?' zei Mia.

Vik trok de witte plastic muts van zijn hoofd en stroopte zijn handschoenen af. Hij stak een sigaret op en schudde wat aarde van zijn laarzen.

'Ze hadden hier nog niet lang gelegen. Maximaal een uur voor ze werden gevonden.'

'En het tijdstip van overlijden?'

'Hetzelfde,' zuchtte Vik.

'Ze zijn op deze plaats vermoord?'

'Daar ziet het naar uit,' zei de oude man. 'Maar dat kan ik niet met zekerheid zeggen voordat ze op de snijtafel liggen. Is er een reden waarom je dat vraagt, Munch? Ik moet zeggen dat ik zelden zoiets vreemds heb meegemaakt. Een sterk staaltje.'

'Wat bedoel je?' zei Mia.

'Tja,' zei Vik, en hij nam nog een trekje van zijn sigaret. 'Wat zal ik zeggen? Voor een rituele moord is dit buitengewoon clean. De meisjes zijn afgelegd en gewassen. Mooi gemaakt. Schooltassen. En dan die varkenskop? Ik mag hangen als ik het snap. Jullie moeten zelf maar een kijkje nemen, ik moet nodig een luchtje scheppen.'

De oude man stak zijn handschoenen in zijn zak en slenterde naar de parkeerplaats. Munch en Mia trokken de witte pakken aan die voor hen waren klaargelegd en liepen de tent in.

Karoline Mykle lag op de grond met haar handen over haar borst gevouwen. Ze droeg een gele poppenjurk. Haar schooltas was bij haar benen gezet. Andrea Lyng lag maar een paar meter verderop, ook zij met haar handen op haar borst en de schooltas bij haar witte schoenen. Beide meisjes hadden hetzelfde bordje om hun nek als Pauline en Johanne. IK REIS ALLEEN. Een bijna religieus tafereel, met de groteske varkenskop in het midden. Mia trok haar handschoenen aan en boog zich over Andrea heen. Ze tilde het witte handje op en bestudeerde de nagels.

'Drie,' zei ze.

Voorzichtig legde ze de hand weer op het gras, en ze liep naar Karoline.

'Vier.'

Op dat moment ging Munchs telefoon over. Hij keek op het display, maar nam niet op. De telefoon ging nog een keer over.

'Godverdomme,' zei hij, en hij drukte nog eens op de rode knop.

'Niet zulke taal,' zei Mia. Ze knikte naar de meisjes en stond weer op.

'Sorry,' zei Munch, terwijl de telefoon voor de derde keer overging.

Hij drukte weer op de rode knop, en bijna meteen ging Mia's telefoon over. In het display stond Gabriels naam.

'Gabriel?' vroeg Munch zachtjes.

'Ja,' zei Mia, en ze drukte het gesprek weg. 'Was hij dat ook, daarnet bij jou?'

Munch knikte, net toen Mia's telefoon weer overging. Ze liep de tent uit om op te nemen.

'Ik hoop echt dat dit belangrijk is,' snauwde Mia.

Gabriel klonk geschokt en leek bijna naar adem te happen. 'Ik moet met Munch praten,' hijgde hij.

'Hij is bezig, wat is er?'

'Ik heb dat bericht ontcijferd,' stamelde Gabriel.

'Wat voor bericht?'

'Hij had een mailtje gekregen. Met een opgaaf. Een gecodeerd bericht. Margrete nul-acht. Ik heb het opgelost. De Gronsfeld-code. Ik heb het gedecodeerd.'

'Kan het niet wachten?' vroeg Mia met een zucht.

'Nee, absoluut niet.' De jonge hacker schreeuwde nu bijna in de telefoon. 'Je moet het tegen hem zeggen. Nu meteen.'

'Wat moet ik zeggen? Wat stond er in dat bericht?'

Gabriel zweeg even, het leek haast of hij niet durfde te zeggen wat hij had ontdekt.

'Gabriel?' zei Mia ongeduldig.

'Tik tak de kleine Marion = 5.'

'Wat?'

'Tik-tak, de kleine Marion is nummer vijf.'

'Godverdomme,' riep Mia, en ze rende de tent in om Holger Munch te halen.

4

51

Miriam Munch zat op de achterbank van haar vaders Audi en probeerde greep op haar emoties te krijgen. Op bevel van haar vader had ze een muts diep over haar oren getrokken en een grote zonnebril opgezet. Marion lag naast haar op de bank opgerold onder een plaid die haar helemaal bedekte. Miriam had er niet veel van begrepen toen haar vader haar een paar dagen geleden had gewekt en haar had gevraagd alle deuren af te sluiten. Voor niemand open te doen. Marion niet naar de kleuterschool te brengen.

Hoe bedoel je, niet naar de kleuterschool?

Doe in godsnaam wat ik zeg, Miriam!

Vanzelfsprekend was de gedachte bij haar opgekomen. Miriam Munch was niet dom. Integendeel. Miriam was altijd een van de knapste meisjes van de klas geweest. Al sinds haar kinderjaren waren al die dingen waar de anderen mee worstelden haar ongelofelijk gemakkelijk af gegaan. Rivieren in Azië. Hoofdsteden in Zuid-Amerika. Breuken. Algebra. Engels. Noors. Ze had al vroeg geleerd te zwijgen over wat ze allemaal begreep, niet bij alle toetsen de beste te zijn, haar hand niet te vaak op te steken. Ze beschikte namelijk over sociale intelligentie. Ze wilde graag vrienden maken. Niet als beter dan alle anderen beschouwd worden.

Natuurlijk had ze eraan gedacht. Per slot van rekening ging Marion dat najaar voor het eerst naar de basisschool. En dat terwijl haar vader het onderzoek in deze zaak leidde. Ze was niet dom. Maar ze was koppig geweest. Ze zou zich verdomme geen angst laten aanjagen. Ze zou haar leven verdomme niet door een gek op zijn kop laten zetten. Vanzelfsprekend had ze maatregelen genomen, wie niet? Ze ging zelf met haar mee en haalde haar zelf op. Ze had al twee keer een uitnodiging afgeslagen om Marion naar een verjaarsfeestje te laten gaan, tot groot verdriet van de kleine meid. Tevens had ze persoonlijk het initiatief genomen voor een bijeenkomst op de kleuterschool, samen met het personeel en de ouders van alle meisjes die dat najaar naar de basisschool zouden gaan. Een paar van de ouders hadden vrij genomen van hun werk omdat ze bang waren hun kind naar de kleuterschool te laten gaan, sommige vonden dat de school dicht moest, andere wilden bij hun dochtertje blijven, ongeveer een uur lang had er een enorme chaos geheerst, maar Miriam had ze rustig gekregen. Uitgelegd dat het erom ging een zo normaal mogelijk leven te leiden. Niet in de laatste plaats met het oog op de meisjes. Maar in haar achterhoofd had voortdurend dat akelige stemmetje geklonken. *Jij loopt misschien het grootste risico. Jij hebt het meeste te vrezen.* En nu was het dus gebeurd.

Miriam trok de plaid dichter om haar dochtertje heen, dat diep in slaap was. Buiten was het donker en de zwarte Audi gleed rustig door de bijna lege straten. Miriam Munch was niet bang, maar ze maakte zich wel zorgen. En ze was boos. En gefrustreerd. En geïrriteerd. En razend.

'Alles goed daarachter?'

Mia Krüger draaide zich om en keek haar aan. Ze hadden haar nog niet verteld waarom ze op deze manier verplaatst werd, nu al voor de derde keer in twee dagen, maar eigenlijk wist ze het wel.

'Prima,' zei Miriam. 'Waar gaan we deze keer heen?'

'Naar een flat waarover we kunnen beschikken,' zei haar vader, en hij keek haar via de spiegel aan.

'Wordt het geen tijd dat ik te horen krijg wat er aan de hand is?' vroeg Miriam. Ze probeerde streng te klinken, maar ze was doodmoe. De afgelopen dagen had ze bijna niet geslapen.

'Het is voor je eigen bestwil,' zei haar vader, terwijl hij haar nog eens via de spiegel aankeek.

'Heeft de dader haar bedreigd? Doen jullie dit alleen om op zeker te spelen? Ik heb toch zeker het recht om te weten wat er aan de hand is?'

'Jullie zijn veilig zolang jullie doen wat ik zeg,' zei haar vader, terwijl hij door rood licht een kruising op reed.

Ze wist hoe haar vader was als hij eenmaal iets besloten had, dus ze vroeg het niet nog eens. Plotseling voelde ze zich weer veertien. Hij was destijds vreselijk streng geweest, maar was met de jaren milder geworden. Toen was er niet met hem te praten geweest. *Nee, Miriam, dat kun je niet naar school aan, dat rokje is veel te kort. Nee, Miriam, je moet om tien uur thuis zijn. Nee, Miriam, het bevalt me niet dat je met die Robert omgaat, ik denk dat hij niet geschikt voor je is.* Een door een paranoïde politievader tot in details gereguleerd puberleven. Dat had haar wel een zekere geloofwaardigheid verschaft. Wie het thuis het moeilijkst had, kon bij haar clubje op school op de meeste sympathie rekenen. Bovendien waren er altijd manieren om je ouders om de tuin te leiden, zelfs als ze bij de politie waren. Tegen het einde was hij nauwelijks nog thuis geweest, dus dat had in elk geval geen problemen opgeleverd. En haar moeder was ook afwezig geweest. Mijn hemel, zoals volwassenen soms konden zijn, ouders, dachten ze dat hun kinderen niet in de gaten hadden wat er speelde? Miriam had verdomme allang doorgehad hoe dat met Rolf zat, had zich losgemaakt van haar ouderlijk huis. Haar moeder, die zo strikt was dat je de klok op haar gelijk kon zetten en die plotseling 'naar een vriendin' moest? Die plotseling heel vaak 'verkeerd verbonden' was? Please.

'Slaapt ze?' Mia draaide zich weer om en keek naar Marion, die opgerold onder haar plaid lag.

Miriam knikte. Ze mocht Mia graag. Altijd al. Dat zat hem in haar karakter. Ze was zo charismatisch. Had zo'n fantastische uitstraling. Misschien maakte ze soms een wat afwezige en vreemde indruk, maar niet tegenover Miriam. Mia deed haar een beetje aan haarzelf denken, misschien lag ze Miriam daarom zo goed. Intelligent en sterk, maar ook nogal kwetsbaar.

'Je vader heeft via een website een gecodeerd bericht gekregen,' zei Mia.

'Mia!' snauwde haar vader, maar Mia ging gewoon door. 'De persoon in kwestie deed zich als een Zweedse wiskundige voor, ene Margrete. Toen we de code hadden gekraakt, bleek het een rechtstreekse bedreiging aan het adres van Marion te zijn.'

Miriam zag dat haar vaders gezicht steeds roder werd. 'Serieus?' vroeg ze. Het verbaasde haar enigszins dat ze eerder nieuwsgierig dan bang was. 'En hoelang had je al contact met haar? Op internet, bedoel ik?'

Haar vader gaf geen antwoord. Zijn mond was dichtgeknepen en hij omklemde het stuur met witte knokkels.

'Bijna twee jaar,' zei Mia.

'Twee jaar? Twee jaar lang?' Miriam geloofde haar oren niet. 'Ben je al twee jaar met die persoon in contact, papa? Is dat waar? Je hebt zonder het te weten twee jaar lang met de moordenaar gecommuniceerd?'

Haar vader gaf nog steeds geen antwoord. Zijn gezicht was nu knalrood en hij drukte het gaspedaal ver in.

'Dat kon hij niet weten,' zei Mia. 'Die lui daar waren anoniem. Het kon iedereen wel zijn.'

'Zo is het genoeg, Mia,' siste Holger.

'Wat?' zei Mia. 'Het kan best zijn dat ze iets weet. Als de moordenaar jaren met jou in contact is geweest, kan het toch zijn dat hij ook contact met haar heeft opgenomen? Dat moeten we dan toch weten?'

Plotseling trapte Holger op de rem en zette hij de auto aan de kant.

'Blijf hier,' zei hij in de spiegel streng tegen Miriam. 'En jij, eruit.'

'Maar, Holger,' zei Mia.

'Eruit. De auto uit.'

Mia maakte haar veiligheidsriem los en stapte met tegenzin de Audi uit. Holger deed het portier aan zijn kant open en liep achter Mia aan de stoep op. Miriam kon niet horen wat ze zeiden, maar haar vader maakte zich duidelijk enorm kwaad. Hij gebaarde met zijn armen en stond bijna te schuimbekken. Ze zag dat Mia iets probeerde te zeggen, maar haar vader liet haar er niet tussen komen. Hij hield zijn vinger vlak bij haar gezicht en even dacht Miriam dat hij haar een klap zou geven. Haar vader hield een lange tirade, en uiteindelijk deed Mia er het zwijgen toe. Ze knikte nu alleen maar. De twee rechercheurs liepen terug naar de auto en stapten weer in. Zachtjes reed de auto weer verder, maar er werd niet meer gepraat. De stemming in de auto was gedrukt. Het leek Miriam maar het beste om ook niets te zeggen. Twee jaar? Zo lang was haar vader al met de moordenaar in contact? Niet zo vreemd dat hij prikkelbaar was. Iemand had hem voor de gek gehouden. En nu waren er vier meisjes dood. Was Marion nummer vijf? Was dat de mededeling geweest? Was dat de reden dat ze haar plotseling waren komen halen? Miriam stopte de plaid om haar dochter nog eens goed in en streek haar vol warme gevoelens over haar haar, maar de zwarte Audi gleed door de nacht naar een geheime schuilplaats waarvan ze de locatie zelfs niet kende.

52

Mia stond op de stoep voor het grauwe flatgebouw in Oslo-West met het idee dat er iemand naar haar keek. Dat was niet voor het eerst, ze had al sinds haar komst naar de stad het akelige gevoel dat ze werd gadegeslagen. Ze had het van zich afgezet; dat was paranoïde. Heel normaal voor iemand in haar situatie. Ze moest alleen zorgen dat het idee geen vat op haar kreeg. Ze was niet nerveus, dat was het niet, maar toch, verdorie nog aan toe. Ze keek even rond, maar zag niemand. In de straten om haar heen was het doodstil.

Ze hadden de meiden naar een witte flat in Frogner overgebracht. Wit in de zin van blanco, ongeregistreerd. Niet in de officiële archieven. De avond daarvoor hadden ze Miriam en Marion in een flat verder naar het oosten verborgen gehouden, maar daar had Munch zich niet op zijn gemak gevoeld en hij had ze liever willen verplaatsen. De flat die ze nu gebruikten was bestemd voor politici en ander hoog bezoek dat bescherming nodig had, maar Munch had zonder al te veel tamtam te maken aan wat touwtjes getrokken. Er moesten zo weinig mogelijk mensen bij betrokken worden. Hij begon zo langzamerhand echt paranoïde te worden. Daar had ze alle begrip voor.

Mia haalde een pastille uit haar zak en keek naar twee kanten de straat af. Niemand te zien. Zelfs geen auto. Zelfs geen krantenbezorger. Ze was helemaal alleen en wist vrij zeker dat niemand de meiden de flat in had zien gaan.

Een paar minuten later kwam Munch naar buiten. Hij stak een sigaret op en haalde een hand door zijn haar.

'Sorry,' zei Mia.

'Nee, verdorie, het lag aan mij,' zei Munch. 'Ik was gewoon, nou ja, je weet wel.'

'Relax,' zei Mia.

'Zijn we alleen?'

'Ik geloof het wel. Heb niemand gezien. Alles goed daarboven?'

Munch nam een lange trek van zijn sigaret en keek op naar de derde verdieping. 'Helemaal in orde. Miriam is kwaad op me, maar dat snap ik best. Hopelijk begrijpt ze dat ik haar alleen maar wil helpen.'

'Natuurlijk snapt ze dat,' zei Mia met een knikje. 'Het is haar op dit moment alleen een beetje te veel. Als alles voorbij is, zal ze je dankbaar zijn.'

'Nou, dat weet ik zo net nog niet. Ik moest tegen haar zeggen dat ze niet kan trouwen.'

'De bruiloft wordt afgelast?'

'Natuurlijk.'

'Dat gaat wel heel ver,' zei Mia.

'Honderd mensen in een kerk? Die allemaal iets met mij te maken hebben? Dat kan gewoon niet,' zei Munch.

Het is een spelletje, nietwaar? Hij speelt met ons. Zij speelt met ons. Hoe beroof je een bank? Je blaast een gebouw verderop in de straat op. De dader wist precies wat hij deed. Wat zij deed. Dit ging verder dan vier meisjes. Dan tien meisjes. Iemand had Munch jarenlang gevolgd. En wist het zere been precies te raken. Wist feilloos de grootst mogelijke verwarring te stichten. Chaos. Angst. Mia had de laatste zesendertig uur niet meer dan vier uur geslapen en dat begon zijn tol te eisen, dat voelde ze. Ze kon niet helemaal helder meer denken.

'Wie hebben we op kantoor?' vroeg Munch toen ze in de auto waren gestapt.

'Ludvig, Gabriel en Curry, geloof ik,' zei Mia.

'Mikkelson gaat me van de zaak halen,' zei Munch, terwijl hij zonder het raampje te openen een nieuwe sigaret opstak.

'Hoe weet je dat?'

'Wat zou jij doen?' Hij keek haar met een bijna doodse blik aan.

'Je van de zaak halen,' zei Mia.

'Spreekt vanzelf,' zei Munch, en hij zette koers naar de Mariboesgate.

'Wat vind je zelf?'

'Wat bedoel je?'

'Een terechte vraag, hoor. We werken aan een uitermate zware zaak. De dader heeft het op jou persoonlijk voorzien. Lukt het je om objectief te blijven? Je emoties te onderdrukken? Ik denk het niet.'

'Aan wiens kant sta je eigenlijk?' snoof Munch.

'Aan de jouwe, natuurlijk,' zei Mia. 'Maar ik snap dat die vraag zal rijzen.'

'Het is nu persoonlijk geworden,' zei Munch, en hij kneep zijn ogen samen. 'Wie het op mijn familie heeft gemunt, zet ik het betaald.'

'Zie je wel?'

'Hè?'

'Eén zo'n opmerking waar Mikkelson bij is, en huppekee.' Mia haalde ter illustratie haar vinger over haar hals.

'Ha,' zei Munch. 'Wie moeten ze anders op deze zaak zetten?'

'Wenngård.'

'Ja, vast.'

'Klokkervold.'

'Wel verdorie, Mia! Voor welk team speel je eigenlijk?'

'Ik zeg het alleen maar, Holger. Er zijn anderen. Je kunt je terugtrekken.'

Munch zat even te piekeren en antwoordde toen: 'Wat zou jij doen? Als het een van jouw dierbaren was?'

'Dat weet je best.'

'Precies. Onderwerp gesloten, dus.'

'Moet je niet wat gaan slapen?'

'Jawel, maar dat gaat niet,' zuchtte Munch, en hij draaide eindelijk het raampje omlaag. 'Stuur iedereen een bericht. Over een uur op kantoor. Wie niet komt, kan naar een ander baantje uitkijken. Alles moet nog eens op tafel. We keren elke steen om totdat we die smerige kakkerlak hebben gevonden, al moet ik erin blijven.'

Mia knikte en haalde haar telefoon tevoorschijn.

53

'Wat hebben we?' zei Munch, toen iedereen in de briefing room verzameld was. 'En niet beweren dat we niets hebben, want dat kan niet. Iemand daar moet iets hebben gezien. Ik weet dat iedereen dag en nacht in touw is, maar van nu af werken we twee keer zo hard. Wie wil er beginnen? Ludvig?'

Mia keek de kamer rond. Een hoop vermoeide gezichten staarden haar aan, het was bijna pijnlijk om te zien, iedereen had de afgelopen weken buitensporig veel uren gemaakt, maar ze hadden nog steeds niets bereikt. Curry had een baard gekregen. Gabriel was doodsbleek en had grote wallen onder zijn ogen.

'We hebben alle namen uit verzorgingstehuis Høvikveien naast die uit de Hønefoss-zaak gelegd. Voorlopig hebben we niets gevonden, maar we hebben nog niet alles gehad.'

'Ga maar door, misschien levert het wat op,' zei Munch. 'Nog meer?'

'Ik heb een achtergrondcheck gedaan van dat kerkgenootschap waar jij het over had,' zei Gabriel.

Munch wierp een korte blik op Mia, die haar schouders ophaalde en knikte. Ze hadden slecht werk geleverd wat dat kerkgenootschap betrof. Te traag gereageerd. Ze waren onderweg geweest, maar toen waren de meisjes in Fort Isegran opgedoken, en meteen daarna waren ze met dat dreigement tegen Marion geconfronteerd.

'Wat heb je ontdekt?'

'Eigenlijk opvallend weinig,' zei Gabriel. 'Ze noemen zich de Methusalemkerk, maar ik kon geen genootschappen of religieuze organisaties vinden die onder deze naam geregistreerd staan. Ze hebben geen website of wat dan ook, het lijkt alsof ze het informatietijdperk nog niet helemaal zijn binnengestapt of daar bewust van af hebben gezien, ik weet het niet.'

'Is dat alles?'

'Nee, er is iemand die op datzelfde adres geregistreerd staat in het bevolkingsregister.' Gabriel keek zijn aantekeningen door. 'Ene Lukas Walner. Ik heb hem kort nagetrokken, maar voor zover ik kon zien, komt hij nergens anders voor.'

'Oké,' zei Munch, en hij krabde in zijn baard. 'Ik ben daar zelf een paar keer geweest en voor zover ik me herinner waren er in ieder geval twee personen. Een oudere kerel met wit haar en een vent met kort blond haar, misschien halverwege de twintig. We moeten hier dieper in duiken, en wel meteen. We hebben de moordenaar echt in onze nek hijgen en het is belangrijk om het juiste spoor weer op te pikken. Mijn moeder woont de diensten daar bij, dus ik zal eens kijken wat ik uit haar kan krijgen, oké?'

'Ik ga er meteen achterheen als we hier klaar zijn,' zei Gabriel.

'Mooi,' zei Munch, en hij keek weer naar de verzamelde aanwezigen. 'Nog meer?'

'Benjamin Bache wordt geobserveerd, maar tot nog toe wijst niets erop dat hij hier iets mee te maken heeft,' zei Kyrre.

'Oké,' zei Munch. 'We hebben genoeg middelen, dus blijf je

mannetjes maar op hem zetten totdat we dat heel zeker weten. En verder?'

'Ik heb het account "margrete_08" getraceerd,' zei Gabriel. 'Er is een hotmailadres aangemaakt op...' De jongeman keek op de iPad voor zijn neus. '2 maart 2010. Een paar dagen voordat je voor het eerst mail van haar kreeg, kan dat kloppen?'

Gabriel keek naar Munch, die zich lichtelijk leek te schamen. Niet alleen dook zijn moeders naam in de zaak op, hij was ook nog eens in contact met de dader geweest. Privé. En hij had zich in de luren laten leggen. Mia kende hem goed genoeg om te weten wat er achter dat gefronste voorhoofd omging. Ze zag dat hij zijn best deed zich te beheersen, om de rest van het team niet de indruk te geven dat het een persoonlijke kwestie voor hem was.

'Dat klopt,' zei Munch.

'Het account is alleen maar gebruikt om jou mails te sturen, vanaf drie verschillende IP-adressen.'

'In het Noors, graag,' gaapte Curry.

'IP-adressen. IP staat voor internetprotocol. Elke computer die op internet aangesloten is, heeft zijn eigen adres waaruit blijkt waar hij zich bevindt. Land, provincie, provider.'

'De exacte plek?' vroeg Munch.

'Ja,' zei Gabriel, en hij keek nog eens op zijn papier. 'Zoals gezegd zijn er drie verschillende adressen gebruikt. Alle drie van Burger King. Aan de Karl Johan, in het Ullevålstadion en op Oslo Centraal. Een laptop. Onmogelijk te traceren, als ik heel eerlijk ben. Ik heb hem gepingd, maar ik krijg geen antwoord, dus hij is vast niet meer ingelogd. Het waarschijnlijkste is dat de gebruiker hem heeft weggegooid. Dat zou ík gedaan hebben.'

'Heeft Burger King internet?' vroeg Curry.

'We hebben bijna tweeduizend tips binnengekregen,' zei Anette, zonder acht te slaan op haar vermoeide collega. 'De meeste over de tekening van de vrouw uit Skullerud. Het spijt me om het te moeten zeggen, maar er zit niets bruikbaars bij. De tekening is te vaag, te algemeen. En de beloning, tja, jullie weten hoe dat gaat. Een ongelofelijke hoeveelheid mensen hier te lande is belust op een miljoen kronen en heeft een verdachte buur.'

Munch haalde zijn hand door zijn baard.

'Geen oude bekenden die in het daderprofiel passen?'

Kyrre schudde alleen maar zijn hoofd.

'Verdomme, kom nou toch, mensen! We moeten toch íéts hebben! Iemand moet toch iets hebben gezien! Of gehoord!'

Mia keek Munch streng aan. *Rustig nou.* Ze wist dat de saamhorigheid binnen dit team weliswaar groot was, maar er waren in dit beroep altijd wel mensen die hogerop wilden. Met een aantal van hen stond Mikkelson waarschijnlijk rechtstreeks in verbinding.

Ze kuchte en stond op. Liep naar het bord om de aandacht van Munch af te leiden.

'Ik weet niet of iedereen alle informatie heeft gekregen, dus ik neem alles nog eens van het begin af aan door. Niet alles is concreet, sommige dingen heb ik alleen maar in mijn hoofd, die berusten op een gevoel, en ik wil graag dat jullie me helpen, zeggen wat jullie denken, vinden, voelen, niets is te gek, alle beetjes helpen, akkoord?'

Mia keek de ruimte rond. Het was nu stil. Alle ogen waren op haar gericht.

'Naar mijn idee is het volgende gebeurd. In 2006 heeft iemand een baby meegenomen uit het ziekenhuis van Hønefoss. Er zijn twee hoofdredenen om een baby te ontvoeren. De eerste reden is afpersing, maar niemand heeft ooit een eis neergelegd, dus dat kunnen we wegstrepen. De tweede reden is een kinderwens. Oké? Dat is wat ik geloof. Iemand wil een baby. Ik denk al de hele tijd, of liever gezegd ik vóél, dat de dader een vrouw is. Een vrouw wil een baby. Laten we eens van het volgende scenario uitgaan. Die vrouw heeft toegang tot de kraamafdeling. Zoals we hebben gezien, en dat was toen ook zo, is het beroerd genoeg veel makkelijker om een baby te stelen dan je zou denken. Vooral als die baby geen ouders heeft. Dus deze vrouw steelt de baby. Er ontstaat natuurlijk grote ophef, iedereen gaat op zoek, de media, wij, de hele zooi. Niemand houdt van zoveel drukte. De vrouw zoekt een zondebok, Joachim Wicklund. Het komt mooi uit dat hij zichzelf ophangt. Het autopsieverslag van de Zweed toont aan dat...? Juist ja. Er is geen autopsie gepleegd. Hij had zich opgehangen. Hij had bekend. Zaak opgelost. Het leven gaat verder.'

Ze haalde diep adem en dronk wat mineraalwater. Ze had zich niet voorbereid op wat ze ging zeggen, ze richtte zich nu evenzeer tot zichzelf als tot het team.

'Ik bedacht dat als we een grondige autopsie hadden uitgevoerd, de kans groot was dat we in de hals van de Zweed een injectiegaatje hadden gevonden. Heel handig en slim, niet? Een overdosis narcose in de hals, precies onder het touw, heel lastig te ontdekken wanneer er geen verdenking van moord bestaat. Tja, dat is in elk geval één theorie. Dus we hebben een vrouw. Met een baby. Die injecties kan geven. Die toegang heeft tot narcosemiddelen.'

'Een verpleegster?' zei Ludvig.

'Heel goed mogelijk,' zei Mia, en ze vervolgde: 'Maar niemand van het verplegend personeel in het ziekenhuis van Hønefoss kwam onder verdenking te staan. Dus we hebben een vrouw die een baby heeft gestolen. En alles gaat zijn gangetje. De media schrijven er niet meer over. Wij hebben het bijltje erbij neergegooid. Maar dan gaat er iets fout. Misschien gaat de baby dood. De baby gaat dood en zij vindt dat wij het moeten ontgelden. Het is onze schuld dat de baby is overleden. Wij hadden haar moeten vinden. We hadden de baby moeten redden. En Munch had de verantwoordelijkheid. Dus keert ze zich tegen Munch.'

Mia schraapte haar keel en nam nog een slok mineraalwater. Het was nu doodstil in de ruimte. Iedereen wist wat Mia's sterke punt was. Niemand wilde haar onderbreken nu ze zo goed op dreef was.

'Deze vrouw is ontzettend pienter,' hernam Mia. 'Ze maakt misschien zelfs een wat schizofrene indruk. Ze vindt het in orde om een kind te stelen en heeft geen moeite met moord. Voor haar voelt dat moreel juist, dus deze vrouw moet iets hebben meegemaakt, iets...'

Ze slaagde er niet in de juiste woorden te vinden.

'Tja, wat dat geweest is, weet ik niet, maar het kan van alles zijn. Ze heeft een helder hoofd en tegelijkertijd ook niet. Ze kijkt in elk geval anders tegen de wereld aan dan wij. Ze was ongelofelijk dol op die baby, die nu dood is. Misschien. De baby zou dit najaar voor het eerst naar school gaan. Nu is die baby dood. Ik denk dat ze er zo tegenaan kijkt. Ik reis alleen. Dat bordje. De meisjes gaan op reis. Ja, het is een reis. Marcus 10:14. Laat de kinderen tot Mij komen. Die meisjes gaan op reis naar de hemel.'

Mia praatte nu steeds meer tegen zichzelf. Er kwam iets los in haar hoofd. De knopen daarbinnen. Alles wat in de schaduwen in haar hoofd verborgen had gelegen.

'De vrouw is enorm zorgzaam. Ze is dol op kinderen. Wil ze beschermen. Ze wast ze en legt ze af. Het mag geen pijn doen. Dus twee dingen.'

Mia hoestte even. Ze was nu doodmoe, maar ze moest eenvoudigweg doorgaan.

'Twee dingen. Dat is het rare nu juist. Al die ophef, al die signalen, ik had het eerst niet door, zoveel valkuilen en hints en zo, ja, ik had het eerst niet door, maar ik denk dat er twee dingen spelen. Het ene betreft de meisjes. De baby mag niet alleen blijven. O, ja, ja, ja. Het was haar schuld dat de baby is overleden. De oorzaak lag bij haar. Ze wil het graag goedmaken. Haar vriendinnetjes bezorgen. Maar wij waren de schuld. Wij hadden haar moeten tegenhouden. Nou ben ik verdomme de draad kwijt.'

'Twee dingen,' zei Curry vriendelijk.

'Ja, dank je. Twee dingen. Ten eerste: ze doodt die meisjes om te zorgen dat de baby, die nu zes is, in de hemel niet alleen hoeft te zijn. Ten tweede: ze wil Munch te grazen nemen. Sorry, dat is zo duidelijk als wat. Maar daarom is het allemaal zo'n rommeltje. Daarom hebben we er zo'n zootje van gemaakt. We moeten alles afzonderlijk bekijken, zelfs al vermengt zij die twee redenen om ons in verwarring te brengen. Een: ze vermoordt die meisjes om te zorgen dat het meisje dat zij heeft gestolen in de hemel niet alleen is. Twee: ze wil tot iedere prijs de politie te grazen nemen. Zich wreken. Munch pakken. In zekere zin heeft zij de baby gedood, maar ze wijt het aan Munch. Ik denk...'

Mia was nu bekaf. Praten ging nog net.

'Wat denk je, Mia?' vroeg Munch behulpzaam.

'Ze wil gepakt worden,' zei Anette.

'Hoe bedoel je?' vroeg Munch.

'Ze wil gepakt worden,' herhaalde Anette. 'Ze laat ons zien wat ze doet. Rikke JW. De meisjes in de vesting. Die telefoontjes naar de journalisten. Ze wil gepakt worden, toch, Mia?'

'Mee eens,' zei Mia. 'Goed gezien. Ze wil gepakt worden. Ze is bijna wat onrustig. Onthult ons steeds meer. Zij wil ook opstijgen. Naar de hemel. Ze wil weer bij die baby zijn. Ze wil...'

Nu kon Mia niet meer. Ze zeeg uitgeput op het bureau neer en hapte naar adem. Munch liep naar haar toe en legde zijn hand op haar schouder.

'Gaat het?'

Mia knikte zwijgend.

'Verdraaid nog aan toe, dit lijkt ergens op,' zei Munch, en hij keerde zich naar de groep toe. 'Verrekte goed. Een vrouw. Dit is geloofwaardig. Dit zie ik zitten. Dus, welke vrouwen hebben we op onze lijst?'

'De vrouw met de verschillend gekleurde ogen,' zei Ludvig.

'Iemand van dat kerkgenootschap?' zei Curry.

'Het personeel van verzorgingstehuis Høvikveien,' zei Gabriel.

Mia keek naar Ludvig Grønlie. 'Heb je iets? Een link? De telefoon van Veronica Bache?'

'Nog niets, helaas, ik ben er nog mee bezig,' zei Grønlie.

'O fuck, wat ben ik een sukkel,' zei Mia ineens.

'Wat is er?'

'Charlie. Charlie Brun.'

'Wie?' vroeg Munch.

'Een vriend van me. Drijft een transseksuelentent in Tøyen. Hij heeft me over haar verteld. Die vrouw met de verschillend gekleurde ogen. Hij heeft haar herhaaldelijk gezien. Jezus, wat ben ik een sukkel.'

'Haal hem hierheen,' zei Munch. 'We moeten die vrouw vinden. Wie weet of het niet de vrouw op die compositietekening is die onze ooggetuige in Skullerud heeft gezien. Een slag in de lucht misschien, maar waarom zouden we het niet proberen? We confronteren die Charlie met iedereen op onze lijst, iedereen die in de gelegenheid was om de telefoonrekening van Veronica Bache na haar dood te betalen, alle personeelsleden van het verzorgingstehuis en iedereen die iets met dat kerkgenootschap te maken heeft. En zodra we beethebben, moet die bejaarde klaarstaan om te kijken of het dezelfde persoon is.'

Op weg naar buiten werd Mia door Anette tegengehouden.

'Weet je dit zeker?' vroeg ze zachtjes.

'Wat?'

'Deze hele gang van zaken? Is Munch hier niet een beetje te nauw bij betrokken? Ik bedoel, zijn kleindochter is bedreigd. Zijn moeder heeft ermee te maken. Kan hij niet beter even een stapje terug doen? Een ander de leiding laten nemen?'

'Holger weet wat hij doet,' zei Mia kortaf.

'Ik hoop het,' zei Anette.

54

'Wat vind je ervan?' vroeg Charlie, terwijl hij in de slaapkamer voor Mia om zijn as draaide.

Hij had een oude, gebloemde omajurk uitgekozen, zilverglanzende kniehoge laarzen, witte handschoenen tot zijn ellebogen en een groene boa.

'Heb je geen gewone trui en broek?' zuchtte Mia.

'God, Mia, nu onderdruk je mijn vrijheid van meningsuiting. Ik ben een kunstenaar, een stuk literatuur op twee benen, dat weet je toch?'

Al gravend in zijn kleerkast bracht Charlie duidelijk tot uitdrukking hoe moeilijk hij het had.

'Ja hoor, Charlie, ik zie het.'

'Nu weet ik het!' Charlie draaide zich om, een en al glimlach. 'Mister Freud.'

'Mister wie?'

Charlie klapte in zijn handen en sprong als een klein meisje op en neer. 'Mister Freud. Die heeft zich al een hele tijd niet meer vertoond. In 2004 deed hij mee aan "Swing erop los". Je weet wel, de swingersclub, en de vereniging voor transgenders had diverse...'

'Zo kan-ie wel weer,' zei Mia. 'Ik hoef niet alles te weten wat je allemaal uitvoert. Laat die Mister Freud dan maar zien, als je maar opschiet.'

Charlie haalde een grote kledingzak uit de kast en verdween in de badkamer. Hij kwam eruit als een echte charmeur, in een zwart pak met een roze das en lakschoenen. Hij oogde als een kruising tussen James Bond en Egon Olsen, de hoofdpersoon uit de films over de Olsen-bende.

'Wat zeg je hiervan?' Lachend draaide Charlie één keer rond.

'Fantastisch,' zei Mia.

'Ben ik nu mannelijk genoeg?'

'Enorm. De dames in het verzorgingstehuis gaan straks allemaal rozen naar je gooien.'

'Denk je?' giechelde Charlie.

'Absoluut,' zei Mia. 'Kom nu maar mee.'

Charlie liep achter haar aan naar de wachtende auto. Onderweg naar Høvik vroeg Mia zich af of ze Charlie moest uitleggen dat het niet de bedoeling was dat hij optrad, maar dat hij alleen maar foto's uit het personeelsarchief hoefde te bekijken. Ze zag ervan af. Ze hadden vooraf opgebeld, gelukkig waren er van iedereen foto's. Volgens de nieuwe veiligheidsregels moesten alle personeelsleden een ID met foto hebben, dat werkte makkelijker.

Toen ze kwamen aanrijden, stond Holger Munch voor het verzorgingstehuis op hen te wachten.

Charlie maakte een buiging en begroette hem beleefd.

'Aangenaam,' zei Holger met een lachje. 'Mooi pak.'

'Dank je,' zei Charlie, en hij boog nog eens.

'Heeft Mia uitgelegd wat we gaan doen?'

'Ik ga undercover werken, toch?' knipoogde Charlie.

'Jazeker. Wat we graag willen dat je doet, is wat foto's op een computer hier bekijken, om te zien of je de vriendin van Roger Bakken herkent.'

'Dat gaat wel lukken,' grijnsde Charlie.

'Ze had verschillend gekleurde ogen, klopt dat?'

'Ja,' zei Charlie. 'Een bruin en een blauw oog. Ik wist dat er iets mysterieus aan haar was.'

'Nou, niet per se,' zei Munch. 'We willen haar alleen graag vinden en met haar praten, dat is alles.'

'Gesnopen,' knipoogde Charlie weer. 'Uiterst geheime politiezaken.'

Op dat moment ging de deur open, en de vrouw die Holger tijdens zijn vorige bezoek op de trap had gesproken, kwam naar buiten.

'Dit is Karen Nylund,' zei Holger.

De vrouw, die misschien tegen de veertig liep, was slank, met roodblond haar en een aantrekkelijke glimlach. Charlie maakte een buiging en greep haar hand.

'Dit is Charlie, hij helpt ons vandaag. En dit is mijn collega Mia.'

Mia gaf Karen een hand.

'Aangenaam,' zei Karen glimlachend. 'Ik heb geprobeerd Karianne te pakken te krijgen, maar ze neemt haar telefoon niet op, ze is nogal strikt op dat punt: als ze vrij heeft, heeft ze ook echt vrij.'

Mia vroeg er niet naar, maar ze ging ervan uit dat Karianne

de leiding over het tehuis had.

'Maar is het goed dat we een kijkje nemen?' vroeg Holger.

'Ik zou niet weten waarom niet,' zei Karen. 'Alleen maar prettig om behulpzaam te kunnen zijn.'

Mia bleef zwijgen. Ze had zich wat zorgen gemaakt over het papierwerk, ze moesten natuurlijk toestemming hebben en dat nam doorgaans enige tijd in beslag, maar ze nam aan dat Holger het langs informele weg had geregeld, omdat de mensen in het verzorgingstehuis hem kenden.

'Goed,' zei Holger. 'Zullen we naar binnen gaan?'

Ze liepen achter Karen het tehuis binnen naar een van de kantoortjes. Charlie stapte als een pauw door de gangen en boog hoffelijk naar links en rechts.

'We zijn er,' zei Karen, en ze wees naar een computer die op een tafel stond. Plotseling keek ze wat onzeker. 'Deze computer is voor het personeel en niemand van de bewoners heeft hier toegang, maar ik ga ervan uit dat het in orde is als jullie erin kijken. Ik bedoel, omdat jullie bij de politie zijn?'

Karen keek naar Holger, die geruststellend knikte. Mia onderdrukte een lachje.

'Prima in orde, Karen,' zei hij, en hij gaf haar een voorzichtig schouderklopje. 'Ik neem alle verantwoordelijkheid op me, dus je hoeft je nergens zorgen over te maken.'

'Oké, fijn,' zei Karen. 'Ik wilde alleen, nou ja, Karianne is soms wat strikt, maar ze is dus wel een prettige en goede leidinggevende.'

Dat laatste voegde ze er snel aan toe, alsof ze er niet op betrapt wilde worden dat ze kwaad van iemand sprak.

'Zoals gezegd, ik neem de verantwoordelijkheid,' zei Munch, en hij trok een extra stoel bij voor het scherm, zodat Charlie kon gaan zitten.

'Moet ik erbij blijven?' vroeg Karen.

'Ja, dat zou fijn zijn. Voor het geval we vragen hebben.'

'Geen probleem,' zei Karen. 'Straks moeten we de lunch opdienen, maar zover is het nog niet.'

'Mooi,' zei Holger, en hij ging op de stoel naast Charlie zitten. Hij pakte de muis en klikte op het document dat Karen had opgevraagd.

'Kunnen we gewoon omlaag scrollen?'

'Gebruik de pijltjestoetsen maar,' zei Karen, terwijl ze naar het toetsenbord gebaarde.

Holger drukte op het pijltje en de eerste foto werd zichtbaar. De naam die erbij stond was Birgitte Lundamo.

'Nee,' zei Charlie, en hij keek er streng bij om te laten merken dat hij deze klus serieus nam.

Holger drukte weer. Ditmaal verscheen er een foto van iemand die Guro Olsen heette.

'Nee,' zei Charlie weer.

'Hoeveel personeelsleden zijn er?' vroeg Mia.

'We hebben hier achtenvijftig bewoners en we zijn in totaal met tweeëntwintig, nee, drieëntwintig personeelsleden. Sommige werken voltijds, andere in deeltijd, en daarnaast hebben we een lijst met oproepkrachten die we gebruiken in geval van ziekte en zo.'

'En die staan allemaal in het archief?'

'Het overzicht is compleet, ja,' zei Karen.

'Nee,' zei Charlie.

Holger Munch drukte weer. Ditmaal stond er Malin Stoltz op het scherm.

'Dat is ze,' zei Charlie.

'Weet je dat zeker?' vroeg Mia.

'Honderd procent,' zei Charlie.

'Maar ze heeft toch geen verschillend gekleurde ogen?'

'Ze is het,' zei Charlie met grote stelligheid.

Mia vloekte zachtjes. Ze had deze jonge vrouw ontmoet. Het was het meisje met het lange, ravenzwarte haar dat ze had gesproken toen ze de eerste keer hier was geweest en op Holger had gewacht.

'Ken je haar, Karen?'

'Jazeker,' zei Karen, en voor het eerst keek ze een beetje benauwd. 'Wat heeft ze gedaan?'

'Dat valt nu nog niet te zeggen,' zei Holger, terwijl hij het adres op het scherm noteerde.

'Hoe goed ken je haar?' vroeg Mia.

'Heel goed,' zei Karen. 'Of nou ja, alleen via het werk. Ze doet het uitstekend. Alle bewoners zijn op haar gesteld.'

'Ben je wel eens bij haar thuis geweest?'

'Nee. Mag ik vragen waarom jullie naar haar zoeken, ik word nu een beetje, eh, een beetje bang.'

Het meisje keek naar Munch, die opstond om haar gerust te stellen. 'Ze is alleen maar een getuige, Karen.'

'Pfff,' zei Karen hoofdschuddend.

'Zoals ik zei, alleen maar een getuige.'

'Hebben we haar adres?' zei Mia.

Munch knikte over de schouder van het meisje en gaf haar het briefje. Hij beduidde Mia dat ze buiten op de trap moest bellen om Karen niet nog nerveuzer te maken.

Charlie zat op zijn stoel enigszins ontevreden te kijken. 'Was dat het?'

'Dat was het,' zei Munch. 'Fantastisch, Charlie.'

'Goed gedaan, Charlie,' zei Mia, en ze liep op een sukkeldrafje naar de buitentrap om Curry te bellen.

'Ja?'

'We hebben een naam en een adres,' zei Mia. Ze kon haar opwinding bijna niet in bedwang houden. 'Malin Stoltz. Geboren in 1977. Lang, ravenzwart haar. Ongeveer één meter zeventig en rond de vijfenzestig kilo.' Ze las hem het adres op het briefje voor.

'Is zíj het?' vroeg Curry.

'Ja, hij heeft haar meteen geïdentificeerd.'

Ze hoorde Curry bevelen naar de kamer achter hem roepen voordat hij weer aan de telefoon kwam. 'We zijn onderweg. We zien elkaar daar.'

Mia hing op en haalde een pastille uit haar zak. Ze had met haar gepraat. Was vlak bij haar in de buurt geweest. Had helemaal niks gemerkt. Haar ogen waren blauw geweest. Naar alle waarschijnlijkheid lenzen. Verdomme, hoe traag van begrip kon je zijn?

Charlie kwam naar buiten en liep de trap af, op de voet gevolgd door Munch en Karen, die nog steeds behoorlijk geschokt keek.

'Ik bel je nog,' zei Munch, en hij gaf Karen een hand.

'Bedankt voor je hulp, Karen,' zei Mia nogmaals.

'Graag gedaan,' zei de vrouw met het roodblonde haar, en ze deed haar best om te glimlachen, maar slaagde daar niet helemaal in.

'Was dat alles?' vroeg Charlie weer, hoorbaar ontstemd.

'Goed werk, Charlie,' zei Mia.

Munch zei de bejaardenverzorgster nog eens gedag en draafde naar zijn auto. 'Kom je mee, Mia?'

'En ik dan?' vroeg Charlie, en hij spreidde zijn armen.

'Híj brengt je naar huis,' zei Mia, en ze wees naar de agent die hen op de heenweg had gereden.

'Niet eens een kop koffie?'

'Volgende keer,' riep Mia, en ze sprong in de auto.

Munch trapte op het gaspedaal en draaide zo snel de Høviksveien op dat de banden over het asfalt gierden.

55

Malin Stoltz had slecht geslapen. Ze had zo raar gedroomd. Dat een engel haar kwam halen. Dat alles over was. Ze hoefde dit niet meer te doen, had ze in haar slaap gedacht, of gedroomd, ze verkeerde in verwarring over wat haar droom-ik was geweest, en wat haar echte ik. In elk geval was die engel gekomen. Een schattig klein meisjesengeltje. Het engeltje had een hand naar haar uitgestoken en gezegd dat ze mee moest komen. Dat ze de aarde nu kon verlaten. Dat ze dit niet meer hoefde te doen. En Malin Stoltz was zo blij geweest. Zo blij dat ze er wakker van was geworden, en daarna had ze niet meer kunnen slapen. Vandaag hadden haar ogen verschillende kleuren. Een bruin en een blauw oog. Zo zag ze eruit. Eigenlijk. Als kind was ze ermee gepest. Ze hadden haar voor vies en raar uitgemaakt. Alleen katten hadden verschillend gekleurde ogen. Stomme kat. En geen lief poesje, maar een straatkat. Van die katten waarbij de vacht uitviel omdat ze ziektes hadden. Toch had de dokter gezegd dat het heel gewoon was. Heterochromie. Nee, niet gewoon, maar minder ongewoon dan veel mensen dachten. De dokter had uitgelegd dat het een genetisch mankement was. Nee, geen mankement. Wanneer de genen in een vroeg ontwikkelingsstadium van het embryo veranderen, bijvoorbeeld door een mutatie, kan een gen met de code blauw de kop opsteken bij een individu dat oorspronkelijk twee bruine ogen zou krijgen. Een mutatie. Een mutant. De dokter had gezegd dat ze een mutant was. Dat ze een mutant met twee verschillende ogen was en daarom zichzelf niet had moeten worden. Dat ze een ander had moeten worden. Dat had de dokter gezegd. Of had ze dat ergens gelezen? De dokter had dat helemaal niet gezegd. Ze had het op internet gelezen. En in de *Geïllustreerde Wetenschap*. De dokter had de *Geïllustreerde Wetenschap* op zijn kantoor liggen. Toen hij had onderzocht of ze kinderen kon krijgen. De dokter had gezegd dat ze geen kinderen kon krijgen omdat ze een mutant was. Dat ze zichzelf niet had moeten worden, maar eigenlijk iemand anders. Al hadden diverse beroemdheden verschillend gekleurde ogen. Dan Aykroyd. David Bowie. Jane Seymour. Christopher Walken. Geen van hen hoorde iemand anders te zijn, al waren een paar van hen ook van naam veranderd. Malin Stoltz had gedroomd dat een engel haar was komen halen, dat ze dit niet meer hoefde te doen, en ze was zo blij geweest dat ze wakker was geworden. Daarna had ze niet meer geslapen. Ze had een paar uur voor de badkamerspiegel gestaan. De dokter had haar pillen gegeven. Gezegd dat ze niet normaal was. Dat ze een mutant was en pillen moest slikken. Malin hield niet van die pillen. Ze nam ze maar zo nu en dan, als ze stemmen in haar hoofd hoorde, maar niet vaak genoeg om normaal te zijn.

Malin Stoltz stond voor haar fornuis. Ze had honger. Ze had al een hele tijd niet meer gegeten en slecht geslapen. Ze was bovendien vergeten om eieren te kopen, al had ze die de vorige dag op haar lijstje geschreven. Malin kon heel goed doen alsof. Ze was er heel goed in iemand anders dan zichzelf te zijn. Zolang ze iemand anders was, ging alles goed. Het kostte haar geen moeite om een baan te vinden. Zolang je jezelf maar niet was. Ze liep de badkamer weer in maar snapte niet waarom ze dat deed, dus liep ze terug naar de keuken en trok de koelkast open. De klok bij het keukenraam gaf acht uur aan. Ze hoefde vandaag niet naar haar werk en dat was maar goed ook, want ze had slecht geslapen.

Malin Stoltz besloot zich aan te kleden en naar de winkel te gaan. Naar de winkel gaan was makkelijk, zolang je je kleren maar aandeed. De winkel ging vroeg open. Eieren kopen was makkelijk, zolang je maar bedacht dat je ze in je mandje moest leggen, ze moest betalen en ze in een draagtas mee moest nemen. Malin liep haar slaapkamer in om haar kleren te pakken, maar toen ze de deur opendeed stond de kleerkast vol zuivelproducten. Melk, boter, room. Ze deed de deur weer dicht en ontdekte dat ze in de winkel stond. Het rook zuur. Het was heel vroeg en de mensen hadden slecht geslapen, daarom rook het zo. Malin had gedroomd dat een engel haar was komen halen, had gezegd dat ze niet meer op aarde hoefde te blijven, maar nu stond ze in de winkel en moest ze eieren kopen, omdat ze honger had. Niet alle dagen waren even erg. Je kon dingen doen om te zorgen dat het beter werd. Iemand anders zijn, dan ging het beter. Als je jezelf was, ging het niet zo goed, zoals vandaag, maar ze moest het nu doen, want ze had vandaag vrij en ze had honger. Ze had al een hele tijd geen vrij gehad. Ze was flink geweest, had veel gewerkt, was Malin Stoltz geweest, die beleefd en normaal was en twee ogen van dezelfde kleur had. Binnenkort zou ze Malin Stoltz niet meer zijn, dan zou ze iemand anders zijn, en daar verheugde ze zich op.

Ze deed de deur van de kast met de zuivelproducten dicht en zocht de plek waar de eieren stonden. Ze legde vier dozen eieren in haar mandje. Het mandje was blauw, dat kon ze zien. Als ze haar bruine oog dichtdeed. Als ze haar blauwe oog dichtdeed, werd het mandje bruin. Dat was niet zo, maar alles kon zolang je maar deed alsof. Vier keer twaalf eieren is achtenveertig eieren. Ze probeerde zich te herinneren wat er verder nog op haar lijstje stond, maar dat lukte niet helemaal. O ja, brood. Ze liep naar het schap met brood en koos een volkorenbrood uit. Het rook nog steeds zuur in de winkel, ze moest haar neus dichtknijpen. Het mandje met eieren was zwaar als ze het met één hand droeg. De jongen achter de kassa rook ook zuur. Hij had slecht geslapen, daarom stonk het. Er stond geld op haar kaart. Op de pinautomaat stond 'geslaagd'. Nu begon het echt te stinken in de winkel. Ze slaagde er nog net in de eieren in de draagtas te doen en naar buiten te rennen, de frisse lucht in, voordat de hele winkel achter haar wegrotte. Ze ging even op de trap zitten totdat de lucht weer zuiver was. Toen nam ze de tas in haar rechterhand en ging op weg naar huis.

56

Munch had zojuist een eindje van het flatgebouw geparkeerd, met zicht op de ingang, toen Mia's telefoon ging.

'Ja?'

'Met Curry.'

'Is ze thuis?'

'Nee, er wordt niet opengedaan, we wilden op jullie wachten, zien jullie ons?'

Mia keek de weg af en kreeg de zwarte Audi in het oog. 'Ja.'

'Wat doen we?'

Mia keek naar Munch. 'Gaan we naar binnen?'

Munch schudde zijn hoofd. 'We moeten wel beseffen dat we niet weten of deze vrouw eigenlijk wel iets op haar kerfstok heeft. Het enige wat we weten, is dat ze Roger Bakken kende en misschien toegang tot de telefoon van Veronica Bache had. Ik ga liever niet in de fout.'

'Nee, we wachten nog even,' zei Mia in de telefoon. 'Hebben we eenheden bij alle straten?'

'Ja.'

'Laat hem Kim sturen,' zei Munch zachtjes.

'Stuur Kim erheen,' zei Mia in de telefoon. 'Kijken of hij via een van de buren binnen kan komen.'

'Oké,' zei Curry.

Even later ging het achterportier van de andere Audi open en zagen ze Kim naar de ingang lopen. Hij drukte op een paar bellen, waarna de deur openging en hij naar binnen verdween.

'Hij is binnen,' zei Curry.

'Ik heb het gezien,' zei Mia.

Ze hadden dit al heel vaak gedaan, zowel tijdens trainingen als in het echt. Een of twee man binnen, de rest buiten, in auto's en te voet. Er werd op Mia's raampje geklopt. Ze draaide het omlaag. Kyrre stak een kleine tas door het raam naar binnen en verdween weer. Mia opende de tas en gaf een tweede oorplug aan Munch.

'We zijn verbonden,' zei Mia, en ze hing op. 'Kim, ben je daar?'

'Ik ben er.'

'Hoe is het binnen?'

'Kelderdeur. Lift. Trap.'

'Ga met de trap naar de tweede verdieping.'

'Oké.'

Ze wachtten gespannen af totdat Kim zich weer meldde.

'Ik ben er.'

'Goeie deur?'

'M. Stoltz,' antwoordde Kim.

'Bel aan.'

Ze wachtten weer een paar tellen.

'Er wordt niet opengedaan, moet ik naar binnen gaan?'

Mia en Munch keken elkaar aan. 'Ja,' zei Munch.

Mia merkte dat ze dacht aan wat Anette had gezegd. Of Munch

er misschien niet te nauw bij betrokken was. Of hij in staat was de juiste beslissingen te nemen.

'Binnen,' zei Kim.

'Hoe is de situatie?'

Het was even stil.

'Godallemachtig,' zei Kim.

'Hoe is de situatie?' vroeg Munch, nu luider.

'Nou gewoon... Dat moeten jullie eigenlijk zelf komen bekijken.'

'Hoe is de situatie?!'

Nu schreeuwde Munch, maar Kim gaf geen antwoord meer.

57

Toen Malin Stoltz plotseling tot zichzelf kwam, ontdekte ze dat ze een plastic draagtas in haar hand had. Ze was naar de winkel geweest. Het stond haar niet eens meer bij dat ze naar buiten was gegaan. Ze keek om zich heen. Ze bevond zich buitenshuis. Het laatste wat ze zich herinnerde, was dat ze raar had gedroomd. Een engel was haar komen halen. Ze hoefde hier niet meer te zijn, precies zoals ze had gepland, maar daarna herinnerde ze zich niet zoveel meer. Ze deed de tas open en keek erin. Vier dozen eieren en een brood. God nog aan toe.

Het was niet voor het eerst dat dit was gebeurd, maar ze schrok er iedere keer weer even hard van. Een keer was ze in de tram bij haar positieven gekomen. Een andere keer had ze op het punt gestaan het Tøyen-bad in te gaan. Ze haalde diep adem en ging op een bank zitten. Misschien moest ze weer naar de dokter. Daar had ze een hekel aan, maar misschien werd het toch tijd. Die blackouts kwamen de laatste tijd vaker, vooral in de dagen dat ze niet naar haar werk was. Zolang ze op haar werk was ging het goed, maar niet wanneer ze thuis moest blijven. Zichzelf moest zijn. Dat was het probleem. Ze verheugde zich op het moment dat het allemaal voorbij zou zijn. Dat duurde nu niet lang meer. Binnenkort kon ze uitrusten. Binnenkort hoefde ze Malin Stoltz niet meer te zijn. Of Maiken Storvik. Of Marit Stoltenberg. Ze probeerde zich op de weg naar huis te concentreren, maar de beelden ontglipten haar. In plaats daarvan richtte ze zich op de tas. Voelde aan het plastic. Dat was echt, toch? De tas was hier? Ja, zo voelde het wel. Ze keek naar haar kleren. Twee dezelfde schoenen. Hartstikke goed. Een broek. Geweldig. Een T-shirt met een dunne trui erover. Het was haar prima gelukt. Ze was niet zonder kleren naar buiten gegaan. Had zich redelijk goed gekleed. Het was een beetje koud, dat wel, maar ze had in elk geval kleren aan. Ze wreef zichzelf warm en probeerde zich nog eens voor de geest te halen hoe ze vanaf deze bank naar haar flat moest komen. Ze keek weer naar de plastic zak. Rema. Ze was bij de Rema geweest. En van de Rema moest ze naar de pizzeria. Ze keek om zich heen en zag het neonbord op de hoek. Pizzeria Milano. Van daaraf wist ze de weg. Zo'n beetje. Snel stond ze van de bank op en stak de straat over. Nu had ze het koud. Ze moest zo snel mogelijk thuis zien te komen. Ze wilde niet verkouden worden. Als ze verkouden was, kon ze niet naar haar werk, daar waren ze strikt in. Die oudjes waren zo kwetsbaar. Ze konden in het verzorgingstehuis geen bacillen toelaten. Ze bereikte de pizzeria en stond stil om naar het volgende houvast uit te kijken. Eenrichtingsverkeer. Ga daartegenin. Ga tegen het rode bord met de witte streep in. Ze vond het bord en ging ertegenin, maar ineens bleef ze staan.

Er klopte iets niet. Er was iets niet in orde. Zo zag het er hier nooit uit. Niet 's morgens. Dan hingen er geen mensen in het park rond. Dan zaten er geen mensen nergens op te wachten in hun auto en ondertussen om zich heen te kijken. In eerste instantie kwam haar brein traag op gang. Heel traag. Toen werd het haar plotseling duidelijk.

Ze liet de zak van de Rema op het asfalt vallen, maakte rechtsomkeert en rende de straat uit.

58

Sarah Kiese stond voor een bakstenen gebouw aan de Mariboesgate op iemand te wachten die Anette heette. Ze was al dagen aan het bellen, maar het nummer was alsmaar in gesprek.

Dit is de tiplijn van de politie van Oslo. Al onze lijnen zijn helaas bezet. Wij verzoeken u om te wachten.

Ten slotte was ze erdoorheen gekomen. Nadat ze het drie dagen lang had geprobeerd, de laatste keer was ze gewoon meer dan veertig minuten blijven wachten, had het niet opgegeven, was geduldig blijven wachten, en ten slotte was ze erdoorheen gekomen. Ze had verwacht dat de stem aan de telefoon vriendelijk zou klinken, maar dat was niet zo. De vrouw had geïrriteerd geklonken. Bijna van: *wat moet je?* Sarah Kiese had bijna het idee gekregen dat ze iets verkeerd deed. Dat die vrouw dacht dat ze vanwege het geld belde. *Een miljoen kronen voor de tip die tot de oplossing van deze zaak leidt.* Ze had in de krant over die beloning gelezen, en toen was haar langzaam maar zeker een licht opgegaan.

Haar man was bijna een jaar geleden overleden. Hij was zo'n dertig meter naar beneden gevallen van een bouwsteiger. Sarah Kiese was blij dat hij dood was. Het was een vreselijke man geweest. Hij had haar leven vrijwel verpest. Ze had niets meer met hem te maken willen hebben. Was zelfs niet naar de begrafenis geweest. De luchtjes van andere vrouwen. Geld dat uit haar portemonnee verdween, geld uit de vaas op de koelkast waarmee ze hun rekeningen moesten betalen. Het teleurgestelde gezicht van hun dochter als hij voor de verandering eens thuiskwam en dan niet met haar wilde spelen of praten. Een USB-stick van een advocaat met een film vol ruis over iets wat hij had gebouwd. Een ondergrondse ruimte. Ze had er niet meer aan gedacht. Het verdrongen. Ze leidde nu haar eigen leven. Ze had een nieuwe flat gekocht. Voor het eerst sinds ze zich kon herinneren was ze gelukkig. Maar toen was het weer opgedoken. Dat filmpje op de USB-stick. Dat ze had gewist. Er was een beloning van een miljoen kronen uitgeloofd. Misschien had ze tegen die norse vrouw aan de telefoon gelogen. Misschien had ze wél om die reden gebeld. In ieder geval was ze erdoor wakker geschud. Haar man had zo bang geklonken. Terwijl hij juist zo gehard was. Zijn stem had aan één stuk door getrild. Hij had gezegd dat ze naar de politie moest gaan als hem iets overkwam. Hij had ergens op een verlaten plek een ondergrondse ruimte gebouwd. Met een etenslift en een ventilator, onder de aarde. Ze had het filmpje gewist. Ze wilde niets meer met hem te maken hebben. Het deed pijn als ze alleen al aan hem dacht, en dan kon ze wel kotsen. Hij moest uit haar hoofd weg, uit haar lijf, dus ze had het gewist en het was helemaal weg geweest. Totdat ze ongeveer een week geleden de kranten had gelezen. Een miljoen kronen beloning voor de tip die tot de oplossing van de zaak leidde. Pauline, Johanne, Andrea en Karoline.

En toen was haar ineens iets gaan dagen.

Haar man had de ruimte gebouwd waar die meisjes gevangen waren gehouden.

Sarah Kiese haalde een kauwgommetje uit haar tas en keek wat om zich heen. Ze had alleen maar opdracht gekregen om daar op straat te wachten. Eigenlijk had ze gedacht dat het politiebureau in Grønland was, maar dat was blijkbaar niet zo. Of wel, maar er waren vast meer plaatsen. Plotseling ging er een deur open en kwam er een lange vrouw met blond haar en een heleboel sproeten op haar af.

'Sarah Kiese?'

'Ja?'

'Hallo, ik ben Anette,' zei de politievrouw, en ze liet haar legitimatie zien.

'Sorry dat ik niet eerder heb gebeld,' zei Sarah verontschuldigend. 'De lijnen waren alsmaar bezet, en, nou ja, mijn man en ik waren niet bepaald vrienden, en zo.'

'Denk daar verder maar niet aan,' zei de politievrouw met de sproeten. 'Fijn dat je er nu bent. Heb je de laptop bij je waar je het over had?'

'Ja,' zei Sarah, en ze liet haar tas zien.

'Mooi. Kom maar mee.'

De politievrouw die Anette heette wees haar een deur in het gele bakstenen gebouw en hield haar pasje bij een lezer.

Zwijgend stonden ze samen in de lift. Die Anette was veel aardiger dan de vrouw aan de telefoon. Daar was Sarah blij om. Ze had al voor zich gezien hoe ze op haar donder kreeg. Omdat ze zich zo laat had gemeld. Ze had in haar leven al zoveel op haar donder gehad, ze kon niet nog meer hebben.

'Deze kant op,' zei Anette, terwijl ze Sarah voorging door de gangen.

Ze kwamen bij een volgende deur die op slot zat, en weer haalde Anette haar pasje over de lezer. De deur ging open en ze betraden een grote, moderne kantoortuin. Daar heerste een hectische bedrijvigheid, mensen draafden heen en weer en er gingen bijna aan één stuk door telefoons over.

'Hier,' zei de politievrouw met de sproeten, en ze loodste haar een kantoortje achter een glazen wand binnen.

Daarbinnen zat een jonge man met kort borstelhaar met zijn

rug naar haar toe voor een heleboel computerschermen. Het leek haast een film, met schermen, boxen en leidingen en knipperende lampjes en overal een heleboel moderne technologie.

'Dit is Gabriel Mørk,' zei Anette. 'Gabriel, dit is Sarah Kiese.'

De jongeman stond op en gaf haar een hand. 'Hallo, Sarah.'

'Hallo,' zei Sarah.

'Ga zitten,' zei Anette, terwijl ze op een van de stoelen plaatsnam. 'Kun je ons even in het kort vertellen waar het ook alweer over ging?'

'Jawel,' zei Sarah met een kuchje.

Ze gaf een beknopt verslag van wat ze allemaal had meegemaakt. De dood van haar man. De advocaat. De USB-stick. De film. De ruimte die hij had gebouwd. Dat hij bang was geweest. Dat zij dacht dat het misschien iets met die meisjes te maken had.

'En je hebt het filmpje van je laptop gewist?' vroeg de jongeman.

Ze knikte. 'Was dat stom?'

'Tja, het was beter geweest als je het nog had gehad, maar we vinden het wel. Heb je de laptop bij je?'

Sarah haalde hem uit de tas en gaf hem aan de jongeman.

'En die USB-stick heb je natuurlijk niet meer?'

'Nee, die is met het gewone afval meegegaan.'

'Haha, nee, dan krijg ik hem helaas niet meer boven water,' zei de jongeman met een knipoogje.

Sarah glimlachte flauwtjes. Tot haar opluchting waren ze hier heel aardig. Ze was bang geweest dat ze streng zouden zijn en haar op haar sodemieter zouden geven, net als die vrouw aan de telefoon.

'Ik zou graag een schriftelijke verklaring opstellen, ga je daarmee akkoord?' vroeg Anette.

'Ja,' zei Sarah.

'Wil je koffie?'

'Ja, graag.'

Glimlachend liep de politievrouw met de sproeten de kamer uit.

59

Na het ochtendgebed was pastor Simon naar Lukas toe gekomen om te zeggen dat ze deze dag samen gingen doorbrengen, zij tweeën. Lukas had zijn oren bijna niet kunnen geloven. Samen? Met zijn tweeën? Hij was vanbinnen helemaal warm geworden. Lukas was weliswaar altijd bij pastor Simon in de buurt, maar de pastor werd altijd ergens door in beslag genomen, meestal voerde hij gesprekken met God, of verkondigde hij het Woord aan de afvalligen die het moesten horen, en Lukas kreeg meestal andere belangrijke taken te vervullen, zoals vloeren schrobben of kleren wassen of zorgen dat pastor Simon schoon beddengoed had. Een paar jaar geleden had de pastor op een avond tegen hem gezegd dat hij hem als zijn naaste medewerker, zijn onderbevelhebber beschouwde, en sindsdien was Lukas bijna tien centimeter langer geweest. Met rechte rug en opgeheven hoofd had hij naast de pastor gestaan. Maar als er één ding was dat hij miste – niet dat hij over de pastor wilde klagen, welnee, dat kwam niet bij hem op – maar als hij dan mocht toegeven dat hij iets miste, was het dat hij graag naast de pastor zou staan, ook wanneer het om vragen over het heilige ging.

En dat was waar pastor Simon vandaag op had gedoeld. Lukas had het in zijn ogen gelezen. *Vandaag zullen jij en ik samen zijn, Lukas, wij met ons tweeën.* Dat had hij bedoeld. Vandaag zou hij ingewijd worden. Vandaag zou hij de geheimen leren kennen en God horen spreken. Daar was hij zeker van. Ze waren na het ochtendgebed en het ontbijt vertrokken van de boerderij, Porta Caeli. De vrouwen daar wisten hoe ze eten moesten klaarmaken. Lukas was trots op pastor Simon dat hij zulke geweldige vrouwen had uitgekozen. Vijftien vrouwen die Gods woord gehoorzaamden, konden koken, schoonmaken, wassen en van aanpakken wisten. Zulke vrouwen hadden ze nodig wanneer ze in de hemel kwamen. Niet van die egocentrische vrouwen die alleen maar voor de televisie hingen, zich als hoeren opmaakten en eisten dat de mannen het werk voor hen deden.

Lukas startte de auto en reed het hek uit. God had voor mooi weer gezorgd, de zon stond hoog aan de hemel, en hij raakte er steeds meer van overtuigd dat het vandaag ging gebeuren. Vandaag zou hij ingewijd worden. Hij wist wel iets, dat sprak vanzelf. De pastor had het een en ander verteld en hij had de pastor bovendien bij diverse gelegenheden met God horen praten. Lukas had een beetje een slecht geweten dat hij had geluisterd, maar hij had het gewoon niet kunnen laten. De pastor sprak vaak met God op zijn eigen kamer. Lukas zorgde ervoor dat hij altijd de vloer voor het kantoor in de was moest zetten wanneer hij daarbinnen stemmen hoorde. Op die manier kon hij op zijn knieën liggen boenen en tegelijkertijd vervuld raken van Gods woord zonder dat hij iets deed wat niet mocht. Lukas' rijbewijs was door de pastor betaald, net als alle andere bezittingen van Lukas. Een zwart kostuum voor bijzondere gelegenheden. Een wit kostuum voor gebedsbijeenkomsten. Drie paar schoenen. En een fiets. En natuurlijk zijn eten en zijn kamer op de zolder van de samenkomstzaal in Oslo. De pastor was rijk. God had hem geld gegeven. Pastor Simon was niet zo iemand die niet om geld gaf. Dat was precies wat veel mensen zeiden, dat je geen geld nodig had als je God had, maar de pastor wist natuurlijk beter. *In het hiernamaals hebben we geen geld nodig, daar wordt voor ons gezorgd, maar in het hiernumaals gelden andere regels*. Lukas las geen kranten en keek geen televisie, maar hij wist best dat deze wereld op geld was gebouwd. De een was arm, de ander was rijk. De armen waren meestal mensen die door God waren gestraft. Er konden vele redenen zijn waarom ze straf hadden gekregen. Ze konden homofiel zijn, of drugsgebruikers, of hoeren, of ze hadden kwaad gesproken van God of Jezus of hun ouders. Soms strafte God hele landen of werelddelen. Heel vaak met overstromingen of droogte of andere rampen, maar het allermeest door ze heel weinig geld te geven. Het was niet zo dat iedereen die rijk was dat geld van God had gekrégen, dat wist Lukas wel. Sommigen hadden het van God gestólen, en als iemand er te veel van had en hij had het anders dan pastor Simon niet van God gekregen, dan was hij er niet langs eerlijke weg aan gekomen en moest hij daarvoor worden gestraft.

Lukas volgde de weg die pastor Simon hem wees. Ze gingen niet naar Oslo, naar de samenkomstzaal, maar nog dieper het bos in, naar een vennetje. Lukas zette de auto neer en volgde de pastor naar een bank bij het water. Hij keek stiekem naar de pastor. De grote witte bos haar was net een antenne, dacht hij vaak. Een soort engelenantenne waardoor de pastor rechtstreeks met God in contact stond. De zon stond nu hoog aan de blauwe hemel en scheen pal achter het hoofd van de pastor. Lukas' huid jeukte. Zijn vingers prikten. Hij kon bijna niet stilzitten. Hij glimlachte van oor tot oor.

'Zie je de duivel in het water?' vroeg de pastor al wijzend.

Lukas keek in het vennetje, maar zag niets. Het water was donker en roerloos, op het oppervlak was geen rimpeltje te zien. Om zich heen hoorde hij de vogels in het bos tsjilpen. Er was nergens iets van de duivel te bekennen.

'Waar?' vroeg Lukas, en hij keek nog eens goed.

Hij wilde geen nee zeggen, dat zou al te dom zijn. Misschien was dit een test. Een test om te zien of hij klaar was om ingewijd te worden.

'Daar verderop,' zei de pastor, en hij wees nog eens.

Lukas zag nog steeds niets. Hij wilde niet liegen, maar ook geen nee zeggen, en hij deed zo lang mogelijk zijn best. Hij staarde en staarde en kneep zijn ogen tot spleetjes in de hoop dat de duivel zich zou vertonen, maar er gebeurde niets.

'Je ziet hem niet, hè?' zei de pastor ten slotte.

'Nee,' zei Lukas beschaamd, en hij boog zijn hoofd.

'Zou je hem willen zien?'

Lukas had bijna verwacht dat hij ervanlangs zou krijgen omdat hij het niet goed genoeg kon zien, zo was de pastor soms tegenover degenen die niet dicht genoeg bij God stonden, maar hij verhief zijn stem niet. Hij praatte gewoon rustig door.

'Ik geloof in jou, Lukas,' zei de pastor met warme, milde stem. 'Maar iemand die de duivel niet ziet, kan niet bij ons zijn, want wie de duivel niet ziet, kan ook God niet zien.'

Lukas boog zijn hoofd nog dieper en knikte zwijgend.

'Je wilt graag mee naar de hemel, nietwaar?'

'Natuurlijk,' mompelde Lukas.

'Zal ik hem laten zien?' zei de pastor.

'Laten zien?'

'De duivel,' grijnsde de pastor.

Lukas werd tegelijkertijd blij en een beetje bang. Enerzijds wilde hij natuurlijk dat de pastor hem liet zien, zorgde dat hij hem zag, maar anderzijds had hij een heleboel over de duivel gehoord en wist hij niet zeker of hij er wel klaar voor was om hem te ontmoeten.

'Trek je kleren uit en ga het water in,' zei de pastor kalm.

Lukas stokte even. Het was niet warm buiten. Bijna lente, aan de bomen om hen heen zaten mooie groene bladeren, maar de lucht was nog erg koud. Het water was ongetwijfeld ook vreselijk koud.

'Nou?' zei de pastor, en hij fronste zijn wenkbrauwen.

Lukas stond langzaam op en begon zich uit te kleden. Al snel stond hij naakt voor de pastor. Zijn bleke, magere lijf huiverde enigszins in de kille buitenlucht. De pastor bekeek hem langdurig zonder iets te zeggen. Bekeek hem van top tot teen. Lukas kreeg sterk de behoefte om weg te kruipen, hij voelde zich nogal ongemakkelijk, maar hij begreep dat dit bij de inwijding hoorde. Hij moest hierdoorheen om op een hoger plan te komen, en dan moest je dingen die een beetje ongemakkelijk waren zien uit te houden.

'Ga nu het water maar in,' zei pastor Simon, en hij wees.

Lukas knikte en liep naar de waterkant. Hij stak er een teen in, maar trok die snel weer terug. Het water was ijskoud. Een grote vogel fladderde op uit een boom en vloog de lucht in. Lukas sloeg zijn armen om zijn lichaam heen en wenste dat hij ook kon vliegen. Dan kon hij rechtstreeks naar God vliegen en daar voor eeuwig blijven. Niet dat hij niet met de Ark wilde gaan. Natuurlijk wilde hij met de Ark, per slot van rekening waren zij Gods uitverkorenen op aarde, maar als hij had kunnen vliegen, had hij niet zulke dingen hoeven te doen om mee te kunnen. Hij keek op naar de pastor, die als een zoutpilaar op de bank zat. Snel nam Lukas een besluit, en hij waadde het ijskoude water in. Het deed pijn. Het voelde alsof hij midden in de ijsblokjes stond. Hij zou de pastor graag vragen hoe ver hij erin moest gaan, maar de pastor zei niets. Hij was van de bank opgestaan en stond nu aan de waterkant, maar een paar meter verderop, nog steeds met de zon als een heiligenkrans om zijn grote, witte haardos.

'Zie je de duivel?' vroeg de pastor weer.

'N-n-n-e-e-e,' hakkelde Lukas.

Hij dwong zichzelf om er nog verder in te waden, voelde het ijskoude water tegen het lichaamsdeel waar je niet over praat en deed nog een stap, waarna het water tot zijn middel kwam.

'Zie je hem nu?' zei de pastor.

Zijn stem was niet meer zo mild als eerst maar klonk nu kouder, als ijs, als dit water, Lukas kon zijn lichaam bijna niet meer voelen, het was als het ware verdwenen. Hij boog zijn hoofd en schudde het. Hij voelde zich vreselijk nutteloos. Hij zag de duivel niet. Hij zag niets. Misschien verdiende hij het toch niet om in de hemel te komen. Misschien moest hij hier in deze wereld achterblijven, samen met alle hoeren en dieven, en zachtjes branden, zodat zijn vlees werd verschroeid en loskwam van zijn botten, terwijl de anderen naar Gods eeuwige rijk werden gevoerd?

De pastor kwam abrupt in beweging en waadde met grote stappen het water in, en plotseling voelde Lukas een koude, harde hand om zijn nek. Hij stribbelde tegen, maar de pastor was te sterk. De pastor duwde zijn nek omlaag en ineens was hij onder water. Hij ging kopje-onder en kreeg geen adem. Lukas raakte in paniek en maaide met zijn armen. Hij moest lucht hebben. Maar de pastor liet niet los. Hij duwde Lukas nog dieper onder water.

'Zie je de duivel?' kon hij de pastor daarboven horen roepen.

Lukas opende zijn ogen, en in één klap werd zijn lichaam helemaal slap. Nu ging hij dood. Zo voelde het. Tijd om te sterven. Daarom had de pastor hem mee het bos in genomen. Naar dit vennetje. Niet om ingewijd te worden, maar om te sterven. Lukas probeerde zich nog een laatste keer aan de greep van de pastor te ontworstelen, maar hij had geen kans. De pastor leek wel bezeten. Zijn vuist was geen mensenhand, maar eerder een zware ijzeren klauw. Hij zag nu flitsen voor zijn ogen. Zijn longen schreeuwden om lucht, maar hij kon niet loskomen. Hij werd door water omsloten. Hij bezat geen enkele macht meer om zelf over zijn leven te beschikken. Zich te verroeren. Te ademen. Het water voelde zelfs niet koud meer aan. Het was nu warm. Zijn lichaam werd warmer. Een eindje verderop zag hij zijn vingers zachtjes bewegen. De pastor schreeuwde aan één stuk door, maar Lukas kon niet meer horen wat hij zei. Hij wist niet hoelang hij al onder water was, want de tijd was geen tijd meer, alleen nog eeuwigheid. Nu ging hij dood, het was tijd om te sterven. Tegenstribbelen had geen zin.

Plotseling, zonder dat hij het aan zag komen, werd zijn hoofd uit het water gerukt, de koude lentelucht in. Lukas hoestte en kokhalsde, uit zijn mond kwamen resten van zijn ontbijt en het leek of zijn longen op springen stonden. De pastor trok hem aan zijn nek het water uit. Lukas bleef naar adem liggen happen. Hij voelde zijn lichaam niet meer.

De pastor knielde naast hem neer en streelde hem over zijn natte haar. Lukas keek met grote, geschokte ogen naar hem op.

'Heb je de duivel gezien?' vroeg de pastor glimlachend.

Lukas knikte. Hij knikte zo hard dat het leek of zijn nek zou breken.

'Mooi zo,' grijnsde de pastor, en hij streek hem zachtjes over zijn wang. 'Dan ben je klaar.'

60

Mia Krüger stond in de flat van Malin Stoltz, en nu begreep ze Kims reactie.

'Zoveel spiegels heb ik van mijn leven nog niet gezien,' zei Kim, die nog steeds verbijsterd was. 'Je snapt wel dat ik schrok toen ik binnenkwam.'

Mia knikte. Malins flat zag eruit als een spiegelpaleis op de kermis. Overal waren spiegels. Iedere centimeter van de flat was met spiegelglas bedekt. Van het plafond tot de grond, in iedere kamer.

Ze waren een uurtje buiten blijven wachten, maar er was niemand verschenen. Munch had de beslissing genomen om naar binnen te gaan. Mia was het daar niet helemaal mee eens geweest, maar ze had niets gezegd. Hij was de baas. Ze had liever nog wat langer in de auto willen wachten. Dat was eigenlijk het beste geweest. Nu waren ze doorzien. Munch had een compleet team opgetrommeld om de hele flat te doorzoeken. Je kon al van een kilometer afstand zien dat de politie hier was, ze zou nu nooit terugkomen. Dat wist Mia, en dat wist Munch. Toch had hij het zo besloten. Misschien had Anette toch gelijk. Misschien was Munch te veel bij de zaak betrokken, nu Miriam en Marion in dat witte appartement in Frogner verstopt zaten. Terwijl zijn moeder iets met dat kerkgenootschap te maken had?

'Heb jij ooit zoiets gezien?' wilde Kim weten.

Mia schudde haar hoofd. Nee, nooit. Ze had nog nooit iets dergelijks gezien. Hoe ze zich ook wendde of keerde, overal zag ze zichzelf. Ze vond het uitermate onaangenaam, maar je kon je blikken hier nergens anders op laten rusten, er viel niet aan te ontkomen. Ze oogde vermoeid. Ze leek niet op zichzelf. De alcohol en de pillen hadden hun sporen achtergelaten, zowel op haar huid als in haar normaal zo blauwe ogen. Mia was bepaald niet ijdel, maar wat ze zag beviel haar absoluut niet. En ze waren ook nog eens Malin Stoltz misgelopen.

Munch kwam de keuken binnen waar zij en Kim stonden. Hij zag er ook bepaald niet tevreden uit. Met een diepe zucht stopte hij onzeker voor de spiegelende koelkast, hij was er duidelijk niet aan gewend om zelf vaak voor de spiegel te staan. Mia kon zien dat hij zichzelf bekeek. Ze vroeg zich af wat hij dacht.

'Ik heb een opsporingsbevel laten uitgaan,' zei Munch na een poosje. 'We hebben mensen op Gardermoen, Oslo Centraal, Torp, en auto's waar dat nodig is, maar ik heb zo'n gevoel dat ze ons weer te slim af is geweest.' Hij krabde even in zijn baard en keek weer naar zijn gezicht in de spiegel. 'Wat is dit verdomme, Mia?'

Mia haalde haar schouders op. Ze besefte dat de anderen in gevallen als dit op haar afgingen, maar momenteel kwam er niets in haar hoofd op. Een flat vol spiegels? Wie vond het nou leuk om de hele tijd zichzelf te zien? Iemand die bang was om te verdwijnen? Die zichzelf voortdurend moest zien om te weten dat ze bestond? Er kwam iets opborrelen, maar het kwam niet helemaal aan de oppervlakte. Ze was te moe. Ze onderdrukte een geeuw. Ze moest echt zorgen dat ze binnenkort wat slaap kreeg. Van welke kant ze het ook bekeek, ze had rust nodig.

De leider van het onderzoeksteam, een korte man van in de vijftig wiens naam Mia vergeten was, verscheen in de deuropening.

'En?' vroeg Munch hoopvol.

'Niks,' zei de korte man.

'Wat hebben we gevonden?'

'Nee, ik bedoel niks. Er is hier niks. Geen foto's. Geen persoonlijke eigendommen. Geen handgeschreven briefjes. Geen kranten. Geen planten. Alleen een paar kleren in de kast en wat make-up in de badkamer. Het lijkt wel of ze hier niet woont.'

Plotseling kreeg Mia een flashback van het huisje op Hitra. Zij had hetzelfde gedaan. Geen persoonlijke eigendommen. Alleen maar kleren, alcohol, pillen, een koffiezetapparaat. Dat leek nu ongelofelijk lang geleden. Een verre herinnering, ook al was het nauwelijks drie weken geleden dat ze voor het laatst haar fles naar de hemel had geheven, klaar om te verdwijnen.

Kom, Mia, kom.

'Ze woont hier ook niet,' zei Mia.

'Wat?' zei Munch.

Mia begon inmiddels vreselijk moe te worden, maar ze verzamelde al haar krachten. 'Ze woont hier niet. Hier woont Malin Stoltz, maar dat is zij niet. Zij woont ergens anders.'

'Wat bedoel je?' vroeg Kim. 'Is zij Malin Stoltz niet?'

'Er staat nergens een Malin Stoltz geregistreerd. Een valse naam,' zei Munch geïrriteerd.

'Waar woont ze dan?' vroeg Kim.

'Ergens anders, begrijp dat dan,' snauwde Munch.

Het was duidelijk dat hij inmiddels ook moe was.

'Er is hier geen plaats om die meisjes vast te houden,' zei Mia. Ze ging op de tafel zitten. Was zo moe dat ze het niet meer opbracht om te blijven staan. Haar ogen brandden. Ze voelde dat ze deze flat snel uit moest zien te komen, voordat al die spiegelbeelden haar de das omdeden.

'Malin Stoltz woont hier. Maar zij is Malin Stoltz niet. Haar privéspullen zijn ergens anders. Waar ze zichzelf is. En waar ze de meisjes heeft opgeborgen. Een vakantiehut of een afgelegen huis. Je kunt de mensen op Gardermoen en Torp naar huis sturen. Ze gaat het land niet uit.'

'Hoe weet je dat?'

'Ze is graag thuis,' zuchtte Mia. 'Vraag me niet waarom.'

'We laten die lui de rest van de dag op hun plek,' zei Munch. 'En we moeten naar dat verzorgingstehuis terug. Iemand daar moet toch iets van Malin af weten.'

Hij keerde zich naar Kim toe.

'Organiseer jij dat? Het verhoren van het voltallige personeel?'

Kim knikte.

'Ik heb heel dringend wat slaap nodig,' mompelde Mia.

'Ga maar naar huis, ik hou je op de hoogte.'

'Je kunt zelf ook beter wat gaan slapen.'

'Ik red me wel,' zei Munch geïrriteerd.

'Zullen we ons boeltje maar pakken?' zei de korte man.

'Nee,' zei Mia.

'Waarom niet?'

'Er ontbreekt iets. Ze heeft een plek waar ze spullen verstopt.'

'We hebben overal gezocht,' zei de korte man, ietwat geïrriteerd over die opmerking, waarin doorschemerde dat ze hun werk niet goed deden.

Mia bracht het niet op om beleefd te blijven, ze was te moe.

'Haar contactlenzen,' zei ze.

'Wat?'

'Haar contactlenzen. Ze gebruikt lenzen. Als ze hier make-up en kleren heeft liggen, heeft ze hier ook haar lenzen liggen.'

'Hoe weet je dat ze contactlenzen heeft?' vroeg de korte politieman.

Mia merkte dat ze hem zat begon te worden.

'Toen ik haar zag, had ze blauwe ogen. Iemand anders heeft haar met twee verschillend gekleurde ogen gezien. Er zijn hier ergens lenzen. Als ze die heeft verstopt, vinden we misschien ook nog iets anders.'

'Maar we hebben overal...' probeerde de korte man.

'Zoek verder,' snauwde Munch.

'Waar dan?'

'Lenzen moet je koel bewaren,' zei Mia. 'Voel aan de spiegels.'

'Maar...'

'Begin maar in de badkamer,' zei Mia. 'Dat is de plaats waar je contactlenzen indoet, toch? Voelen aan de spiegels, ik bedoel, voel aan de spiegels, verdomme.' Ze stond op en raakte even de controle kwijt. Haar benen begaven het, maar gelukkig greep Kim haar beet voor ze op de grond plofte.

'Mia?'

'Gaat het, Mia?'

Mia kwam weer bij haar positieven en ging rechtop staan. Ze wilde niet zwak lijken. Niet waar haar collega's bij waren. Godver.

'Niks aan de hand. Ik moet alleen wat slapen en eten. Bel me, oké?' Ze zwalkte naar de deur en voelde zich meteen beter toen ze de hal in stapte. Een flat vol spiegels. Alle wanden, van de vloer tot het plafond, alleen maar spiegels, wie had zoiets nou in hemelsnaam?

Mia Krüger wankelde de trappen af en vroeg een van de agenten om haar naar huis te rijden. Nou ja, naar huis. Wat voor huis, verdomme? Dit was haar huis niet. Ze was nergens thuis. Ze woonde op een hotelkamer in Oslo, haar spullen stonden in de opslag en ze had een huisje op Hitra. Dat gaf aan wie ze nu was. Niemand. Daarom was het zo pijnlijk geweest om zichzelf in al die spiegels te zien.

Ze liet zich languit op bed vallen en viel met haar kleren aan in slaap.

61

'Mama, wat doe je?'

Marion Munch keek naar haar moeder, die op de bank bij het raam zat. Miriam had opdracht gekregen om de gordijnen te allen tijde dicht te laten, maar ze kon het niet meer opbrengen. Ze móést gewoon naar buiten kijken, het gevoel krijgen dat er een buitenwereld bestond.

'Ik kijk alleen maar even uit het raam, schatje, wat doe je uit bed?'

Marion liep naar haar moeder en ging bij haar op schoot zitten.

'Ik kan niet slapen.'

'Maar dat moet je wel doen, hoor,' zei Miriam, en ze streelde haar dochtertje over het haar.

'Ja, maar ik kan toch niet slapen wanneer ik niet slaap?' zei het kleine meisje met haar hoofd enigszins scheef.

'Dat heet inslapen, schat,' zei Miriam met een klein lachje.

Haar dochter werd de laatste tijd een ietwat vroegwijze dwarsligger. Miriam had te horen gekregen dat zij als kind ook zo was geweest. Koppig en eigengereid. Vroegwijs. Met een lichte zucht deed ze de gordijnen weer dicht. Ze had een groot stuk van haar jeugd verdrongen. Na de scheiding was een deel daarvan als het ware verdwenen. Alsof het nooit gebeurd was. Haar vader en moeder gingen uit elkaar. Ze wist nog dat ze vijftien was geweest en was gaan twijfelen. Ze had gedacht: ze hebben al die tijd gelogen. Maar dat was nu lang geleden. Ze was boos geweest. Heel erg boos. Vooral op haar vader. Holger Munch, de rechercheur. En ze was nog wel zo trots op hem geweest, al die jaren. *Mijn vader is bij de politie. Hij stopt jouw vader in de gevangenis als die iets heeft gedaan wat niet mag.* Maar hij had haar gekwetst. Hij had haar moeder ertoe gedreven een andere man te zoeken. Een man die Miriam eigenlijk niets zei. Ze was nu natuurlijk ouder, maar het zat haar nog altijd dwars. Ze hadden elkaar zo na gestaan. Zij met hun tweetjes. Miriam en haar vader. Eigenlijk had ze al lang geleden schoon schip willen maken. Naast hem willen kruipen en zeggen: Sorry, papa, het spijt me dat ik zo streng tegen je ben geweest, maar ze kon zichzelf er maar niet toe brengen. Koppig en eigengereid. Ze voelde dat het zo langzamerhand tijd werd. Binnenkort. Binnenkort zou ze het tegen hem zeggen.

'Ja, maar zeg dat dan, mama.'

'Oké, Marion, nu moet je naar je kamer om in te slapen, gaat dat lukken?'

'Dat is erg moeilijk,' zei het kleine blonde meisje. 'Ik moet zo vaak aan DracuLaura en Frankie Stein denken, die nu alleen thuis zijn.'

De poppen die haar vader een poosje geleden voor Marion had gekocht. 'O, die redden zich wel.'

'Hoe weet je dat?'

'Ik heb pas nog met papa gepraat en hij zei dat het prima met ze ging. Ze zeiden dat hij de groeten moest doen en dat moest zeggen.'

Marion glimlachte even. 'Nou lieg je toch echt, mama.'

'Hoezo lieg ik, waarom zeg je dat?' zei Miriam.

'Nou, ze kunnen toch niet praten?'

'Ze praten toch wanneer jij met ze speelt?'

'Ach, mama. Dat is toch mijn stem, heb je dat niet gehoord?'

'Echt waar?' zei Miriam, en ze deed alsof ze verrast was. 'Jouw stem? En ik dacht nog wel dat ze konden praten.'

Marion lachte wat. 'Jij bent soms wel makkelijk voor de gek te houden, mama.'

'O ja?'

'Jawel.'

'Hou je me vaak voor de gek?'

'Ja toch?'

Marion stak haar hand uit naar de plaid die op de bank lag en trok die om zich heen. Ze liet haar hoofd tegen haar moeders borst rusten. Miriam voelde de lichte hartslagen tegen haar trui.

'Wanneer hou je mama dan voor de gek?'

'Wanneer ik zeg dat ik mijn tanden heb gepoetst.'

'En dan heb je dat niet gedaan?'

'Jawel, maar niet erg goed.'

'Dus als ik vraag: Heb je je tanden heel goed gepoetst, dan is dat niet zo?'

'Nee,' giechelde het kleine meisje.

'Hoe heb je ze dan gepoetst?'

'Tja, ongeveer half goed.'

Miriam glimlachte weer en streek haar dochter nog eens over haar blonde haar.

'Misschien moet je haar binnenkort worden geknipt.'

'Je bedoelt, bij de kapper?'

Miriam knikte.

'O ja, dat wil ik graag! Kan het morgen?'

'Nee, niet morgen. Als we weer thuis zijn.'

'Wanneer gaan we weer naar huis?'

Haar dochter wierp haar een bijna smekende blik toe.

'Dat weet ik niet, schatje. Wanneer opa zegt dat het kan.'

'Krijgen we een nieuw huis als we thuiskomen?'

Miriam keek haar dochter vragend aan. 'Wat bedoel je?'

'Zo van, move that bus!'

'Haal die bus weg? Wat bedoel je, Marion?'

'Nou, je weet wel. Als iemand op de televisie een te slecht huis heeft, en dan worden ze weggestuurd terwijl ze een nieuw huis bouwen, en dan komen ze terug en dan staat die bus daar, en dan roept iedereen move that bus! En dan staat er een mooi, nieuw huis achter en dan begint iedereen te gillen en te huilen. Ik wil graag een kamer die helemaal roze is met een bed in de hemel, mag ik dat hebben?'

'Een hemelbed?'

'Ja?'

'We zien wel. Waar heb je dat programma gezien?'

'Bij opa.'

'Jij en opa hebben naar *Extreme Makeover* gekeken?'

'Ik weet toch niet hoe het heet, mama.'

Miriam had heel duidelijk gezegd welke programma's wel en niet geoorloofd waren wanneer haar vader Marion over de vloer had, maar dat was kennelijk tegen dovemansoren gezegd. Keek haar vader naar dat soort programma's? Ze kon het niet echt voor zich zien.

'Heb je samen met opa naar meer programma's gekeken?'

'O, dat mag ik eigenlijk niet zeggen.'

'Hoezo niet?'

'Dat we cola drinken en televisiekijken is ons kleine geheimpje, snap je wel, mama. Van mij en opa. En geheimen mag je niet verklappen, dat staat in de wet.'

'Juist ja, nee, dan mag je dat niet zeggen.'

Marion drukte haar gezicht tegen Miriams hals en deed haar ogen dicht. Haar duim was naar haar mond onderweg, maar ze hield hem stil en legde hem toen weer tegen haar buik. Flinke meid. Ze hadden lang geprobeerd haar te laten stoppen met duimzuigen. Dat was niet makkelijk geweest. Maar nu zag het ernaar uit dat het haar was gelukt. Miriam schikte de plaid dichter om haar dochtertje heen en trok haar nog verder tegen zich aan.

'Zeg, mama?'

'Moest jij niet inslapen?'

'Maar ik kan toch niet inslapen wanneer ik praat,' zei Marion, alweer zo eigenwijs.

'Nee, dat is duidelijk,' lachte Miriam.

Dom natuurlijk. Om te lachen. Om erop in te gaan, want dan zou ze er alleen maar mee doorgaan, maar Miriam kon het niet laten. Om heel eerlijk te zijn, was ze blij dat haar dochter wakker was. Als ze sliep was het leeg en stil in de flat.

'Wat wilde je vragen?'

'Waarom is papa hier niet?'

Miriam wist niet precies wat ze daarop moest antwoorden. Johannes wist niet waar ze waren. Om veiligheidsredenen. Als iemand in staat was om meisjes in bomen te hangen, zou het diegene zonder meer lukken uit hem te krijgen waar ze verstopt zaten. Johannes. Ze dacht vol warmte aan hem. Haar vader was ongelofelijk streng geweest. De bruiloft was afgelast en al was ze nog heel lang tegenwerpingen blijven maken, uiteindelijk had ze toegegeven. Ze konden zich nu geen kerk vol familie en vrienden veroorloven. Dat zou niet verantwoord zijn. Dat zou voor niemand goed zijn. Niet nu Marion nummer vijf was.

Tik-tak, de kleine Marion is nummer vijf.

Haar vader was vreselijk nijdig op Mia geworden, maar Miriam was blij dat ze het te horen had gekregen. Ze kon beter weten waar het om ging dan dat ze in het duister tastte.

'Waarom geef je geen antwoord, mama?'

'Papa is op zijn werk, maar hij houdt heel veel van je, dat moest ik zeggen.'

'Heb je over de telefoon met hem gepraat?'

'Ja, namens jou.'

'Maar waarom mocht ik dan niet praten?'

'Omdat je sliep.'

'Maar ik sliep toch niet?'
'Ik dacht van wel.'
'Dat is toch niet hetzelfde, mama, de volgende keer moet je dus even kijken, dat kan zo toch niet?'
Weer glimlachte Miriam.
'Dat doe ik, schat, dat doe ik.'
'Mooi,' zei Marion. Het kleine meisje trok de plaid van zich af en stond op. 'Nu denk ik dat ik maar naar bed ga.'
'Goed zo, Marion. Zal ik met je meegaan?'
'Ik ben toch geen baby meer?' zei Marion met een grimas. 'Ik weet waar het is.'
Miriam lachte even.
'Flinke meid. Geef mama nu maar een nachtknuffel.'
Het kleine meisje boog zich naar voren en gaf haar moeder een uitvoerige knuffel.
'Niet vergeten dat ik een roze kamer wil met een bed in de hemel. Move that bus!'
'Ik zal het zeggen,' zei Marion met een glimlach, en ze kuste haar dochtertje op haar wang.
'Trusten.'
'Trusten.'
Haar dochter draafde in haar nachtpon de kamer door en trippelde de trap op. Miriam stond van de bank op en liep de keuken in om een kop thee te zetten. Ze hoorde haar telefoon zoemen en liep terug om te kijken wie het was.
Sorry, Miriam, maar jullie moeten vanavond weer verkassen. Er is iets gebeurd, ik leg het later wel uit. Ik stuur iemand om jullie nu op te halen. Ok? M.
Verdomme, nu? Marion was net weer naar bed. Nou ja. Ze was niet zo zwaar dat ze haar niet kon dragen. Er was iets gebeurd? Wat dan? Ze stuurde een bericht terug.
Ok ☺
Ze liep de gang in en haalde de koffer tevoorschijn. Erg veel had ze niet bij zich. Een paar verschoningen voor hen allebei. Toiletspullen. Alleen het allernoodzakelijkste. Het kostte haar maar tien minuten om alles in te pakken. Ze nam haar theekop mee uit de keuken en ging weer op de bank zitten. Waar gingen ze naartoe? vroeg ze zich af. De eerste flat was klein geweest, geen televisie, maar één kamer, ze was er niet goed van geworden, claus-

trofobisch. Deze was veel groter en luxe ingericht. Die werd waarschijnlijk gebruikt als er hoog bezoek kwam dat niet gezien wilde worden. Compleet anoniem, volmaakt geschikt om nieuwsgierige journalisten op afstand te houden. Zoals zij. Had ze daarom de opleiding voor journalistiek niet afgemaakt? Omdat het niet goed genoeg was om journalist te zijn? Omdat ze liever iets nuttigers deed? Zoals mensen helpen? Nee, dat was het niet. Het was echt prima om journalist te zijn, ze wist niet waar ze dat idee vandaan had. Je had journalisten en journalisten, net als bij leraren en politiemensen. Sommige journalisten schreven over bekende personen, andere brachten onrecht aan het licht. Zo'n journalist wilde Miriam wel zijn. Ergens voor vechten. Doen wat ze kon om mensen te informeren, in plaats van ze te verdoven met verkiezingen wie het best gekleed was en met de kerstdiners van celebrity's.

Ze had net haar thee op toen er werd aangebeld. Miriam sprong overeind en zei via de intercom: 'Hallo?'

'Hoi, ben je klaar?'

'Ik ben klaar, kom maar naar boven.'

Ze drukte op de zoemer en trok haar schoenen aan. Zette de koffer in de gang en trok haar jas aan. Hopelijk werd Marion niet wakker tijdens de rit. Dan zou ze huilerig worden en misschien niet meer in slaap vallen.

Er werd voorzichtig op de deur geklopt. Niet op de bel gedrukt. *Goeie agent*, dacht Miriam. *Die weet dat hier een kind ligt te slapen.* Ze ging opendoen. Er stond iemand buiten. Met een soort masker. En een pruik. Ze was te laat met reageren. De persoon duwde een lap tegen haar gezicht. Ze hoorde wat er gezegd werd: 'Trusten.'

En toen was ze weg.

62

Mia Krüger zat in Kaffebrenneriet aan een tafeltje bij het raam en probeerde uit alle macht wakker te blijven. Ze was even weggezakt op haar bed in de hotelkamer, met haar wekker aan. Haar geweten liet niet toe dat ze meer dan een paar uur sliep, maar haar lichaam was het daar niet mee eens en wilde maar één ding:

weer naar bed, onder zeil, terug naar dromenland.

Ze onderdrukte een geeuw en belde Kim Kolsø.

'Met Kim.'

'Had het personeel van het verzorgingstehuis nog wat te melden?'

'Nee,' zuchtte hij. 'Het ziet ernaar uit dat niemand erg veel met haar om is gegaan. Malin Stoltz was nogal op zichzelf, lijkt het.'

'Ben je daar nog?'

'Nee, we zijn inmiddels op de terugweg. We moeten de personeelsleden te pakken zien te krijgen die vandaag niet werken. Kijken of dat wat oplevert.'

'Hou me op de hoogte, oké?'

'Doe ik.'

Mia onderdrukte de zoveelste geeuw en ging nog een kop koffie bestellen. De enige manier om op gang te komen. Koffie. Een grote hoeveelheid koffie. Om haar hersens weer op hun plaats te krijgen. Haar lichaam op gang. Ze had gedroomd van een spiegeldoolhof waarvan ze de uitgang niet kon vinden, ze was compleet verdwaald en zat helemaal vast, en dat gevoel drukte nog zwaar op haar. Ze bestelde een dubbele espresso en wilde daar net mee naar haar plaats bij het raam lopen toen haar aandacht plotseling werd getrokken door twee vrouwen die een intiem maar desondanks tamelijk luid gesprek voerden aan een tafeltje vlak bij de tapkast.

Ze kon niet helpen dat ze hoorde waar het over ging.

'Dus we hebben alles geprobeerd, maar het lukte niet,' zei de een.

'Ach, lag het aan jou of aan je man?' zei de ander.

'Daar zijn ze nooit achter gekomen,' zei de eerste.

'Wat rot voor je,' zei de tweede.

'Ja, zonder die praatgroep had ik het nooit gered. Hij, nou ja, hij wilde er domweg niet over praten,' zei de eerste.

'Dus nu overwegen jullie adoptie,' zei de tweede.

'Dat zou ik vreselijk graag willen, maar hij, tja, ik geloof niet dat hij het wil. Daar kan ik ook niet echt met hem over praten.'

'Wat stom. Een kind helpen dat geen ouders heeft, daar hebben alle betrokkenen toch baat bij? Win-win?'

'Ja, dat vind ik ook, maar hij...'

'Neem me niet kwalijk,' zei Mia, terwijl ze op hen af liep. 'Ik wil jullie echt niet lastigvallen, maar ik hoorde per ongeluk waar jullie het over hadden.'

De twee vrouwen keken haar aan.

'Een praatgroep?' zei Mia. 'Om wat voor soort praatgroep gaat het?'

De eerste vrouw keek enigszins geërgerd, maar ze gaf toch antwoord. 'Een praatgroep voor vrouwen die geen kinderen kunnen krijgen. Hoezo?'

'Een vriendin van mij...' begon Mia, maar ze veranderde van gedachte. 'Ik... kan helaas geen kinderen krijgen.'

'Ach jeetje,' zei de eerste vrouw, en nu veranderde haar houding, ze was niet geërgerd meer, nog een lid van de club, ze zaten in hetzelfde schuitje.

'Was dat hier in Oslo?' vervolgde Mia.

'Ja, in Bøler,' zei de vrouw.

'Zijn er veel van?' vroeg Mia nieuwsgierig.

'Ja, eigenlijk overal wel. Waar woon jij?'

'Heel erg bedankt,' zei Mia. 'Dan ga ik dat eens proberen.'

'Graag gedaan,' zei de vrouw. 'Heb je al overwogen om te adopteren?'

'Daar denk ik over na,' zei Mia, en ze pakte haar koffie van de toonbank. 'Heel erg bedankt.'

'We moeten solidair zijn,' knipoogde de vrouw.

'Zeker wel.' Mia knipoogde terug en liep voorzichtig met haar koffiekopje terug naar haar tafeltje. Ondertussen ging haar telefoon over.

'Mia.'

'Met Ludvig, stoor ik?'

'Nee.'

'Ik heb iets gevonden. Hier bij dat kerkgenootschap.'

'Wat dan?'

'We hebben er een dossier van. Van een paar jaar geleden. Een klacht. Van zorgcentrum Hvelven in Hønefoss.'

'Ga door.'

'Dat kerkgenootschap heeft het waarschijnlijk al vaker gedaan. De erfenis van oude mensen opstrijken.'

'In Hønefoss?'

'Ja, drie zaken. Allemaal ingetrokken, opgelost door middel van een schikking.'

Een bejaardentehuis in Hønefoss. Het verzorgingstehuis in Høvik. Er moest een verband zijn.

'Kun je me een lijst bezorgen van de personeelsleden uit de betreffende periode?'

'Wordt aan gewerkt,' zei Ludvig.

'Kun je nog iets voor me nagaan?'

'Ja, wat?'

'Kun je kijken of er in Hønefoss een praatgroep voor ongewild kinderloze vrouwen was in de periode waarin die baby is verdwenen?'

'Natuurlijk. Doe ik morgenochtend zodra alles opengaat.'

'Mooi zo. Nog nieuws over Malin Stoltz?'

'Nog steeds spoorloos.'

'We vinden haar vast wel.'

'Als iemand dat kan, ben jij het,' zei Ludvig.

'Dank je, Ludvig.'

'Geen dank.'

'Tot morgen.'

'Tot dan.'

Mia hing op, dronk haar koffiekopje in één slok leeg, trok haar leren jasje aan en liep glimlachend het café uit.

63

Mia Krüger had met Holger Munch te doen, zoals hij daar onderweg naar de samenkomstzaal in Bøler naast haar in de auto zat. Ze hadden samen aan ontelbaar veel zaken gewerkt, maar ze kon zich niet herinneren dat ze hem ooit eerder zo vermoeid had gezien. Hij zat uitgeblust op zijn stoel met een sigaret in zijn mondhoek door de voorruit te staren, zijn blik leeg en bijna radeloos. De malaise hing als een zware wolk boven de anders zo gelijkmoedige rechercheur. Deze zaak greep diep in zijn privéleven in. Hij was er persoonlijk bij betrokken. De kleine Marion was bedreigd. Malin Stoltz was erin geslaagd Holger Munch dermate uit zijn evenwicht te brengen dat zijn blik niet helder meer was.

'Niets over het verzorgingstehuis?' vroeg ze rustig.

Munch schudde verbeten zijn hoofd. 'Het lijkt wel of Malin

Stoltz twee levens heeft geleid,' zei hij. 'De mensen op het werk kenden haar, maar buiten het werk had niemand contact met haar.'

'Heb je nog met je moeder kunnen praten?'

Mia wist dat die vraag gevoelig lag, maar ze moest hem toch stellen, momenteel waren andere afwegingen uiteindelijk van groter belang.

Munch knikte.

'De voorganger van die kerkgemeente is een of andere halvegare die pastor Simon heet.'

Mia zag dat Munch de naam nauwelijks over zijn lippen kon krijgen. Hij leek echt niet goed in zijn vel te zitten. Misschien had Anette inderdaad gelijk. Misschien hadden ze hem van de zaak moeten halen. Op dit moment was ze geneigd het daarmee eens te zijn.

'Is dat alles? Geen achternaam?'

Munch zuchtte en schudde zijn hoofd. 'Alleen pastor Simon. Ik heb Gabriel gevraagd om te kijken of hij daar ergens hits voor kan vinden.'

'En die Lukas Walner? Wist ze wie dat was?'

Weer knikte Munch. 'Dat is de assistent van die Simon, geloof ik.'

'En je hebt ze allebei gezien?'

Mia wist dat ook deze vraag bij Munch niet goed zou vallen, maar hij moest gesteld worden.

'Van een afstand, ja,' antwoordde Munch kortaf, en hij draaide het autoraampje open.

Hij gooide zijn sigaret naar buiten en stak meteen een nieuwe aan, net toen ze de witte samenkomstzaal bereikten. Als Mia niet had geweten waar ze moesten zijn, zou ze nooit geloofd hebben dat dit de plek was die ze zochten. Vanbuiten wees niets erop dat hier een religieuze instelling zat, het leek eerder op een padvindershuis of een klein, anoniem publiek gebouw. Pas toen ze via het portaal naar de deur waren gelopen, zag ze dat ze goed waren. Op een bordje naast de ingang stond METHUSALEMKERK, met een klein kruis erboven. Het gebouw maakte een troosteloze en verlaten indruk. De deur zat op slot en ze zag nergens een teken van leven.

Munch liep de trap af naar een grindpad dat naar de achterkant van het pand leidde. Mia wilde net achter hem aan lopen, toen haar telefoon ging. Even overwoog ze om niet op te nemen. In de toestand waarin Munch momenteel verkeerde, liet ze hem liever nergens alleen naartoe gaan, maar nu de hele eenheid op scherp stond, moest ze eigenlijk wel. Terwijl ze op de groene knop drukte, zag ze de rug van zijn loden jas om de hoek verdwijnen.

'Ja, met Mia?'

'Met Mia Krüger?'

Een onbekende stem.

'Ja, met wie spreek ik?'

'Je bent niet makkelijk te pakken te krijgen,' zuchtte de stem.

'O nee? Met wie spreek ik?' vroeg Mia.

'Sorry dat ik je lastigval,' zei de man aan de andere kant van de lijn. 'Ik probeer je al een poosje te pakken te krijgen, maar zoals ik al zei was dat niet makkelijk.'

Mia liep achter Munch aan de hoek om en zag haar collega door een raam kijken.

'Waar gaat het over?' vroeg Mia ongeduldig.

'Ik heet Albert Wold,' vervolgde de man. 'Ik ben de koster van de kerk van Borre.'

De kerk van Borre.

Het kerkhof waar haar hele familie begraven lag.

'Ja, en?' zei Mia.

'Zoals ik al zei, sorry dat ik je lastigval,' hernam de koster.

'Is er iets gebeurd?'

Munch liep bij het raam vandaan en de hoek van de witte samenkomstzaal om.

'Ja, inderdaad. We hebben het een week geleden ontdekt, en het komt ons uitermate vreemd voor. We wisten niet precies wat we ermee aan moesten, behalve contact met jou opnemen, natuurlijk.'

'Wat is er dan?'

Mia liep achter Munch aan en trof hem voor een raam aan de achterkant aan.

'Er is hier grafschennis gepleegd,' zei de koster.

'Wat?' zei Mia. 'Hoe dan?'

'Ja, nee, dat is nou juist zo raar,' vervolgde de man. 'Het lijkt erop dat het uitsluitend om het graf van je zus gaat.'

Mia bleef staan en vergat helemaal om het doen en laten van

haar collega te volgen. 'Sigrids graf?'
'Helaas wel,' zei de koster verontschuldigend. 'Voor zover we kunnen zien zijn alle andere graven ongeschonden gebleven.'
'Grafschennis, op welke manier?'
'Ik weet niet precies hoe ik het moet zeggen,' vervolgde de man. 'Het is allemaal, tja, heel onverkwikkelijk. Iemand heeft de naam van je zus doorgehaald.'
'Doorgehaald? Hoe bedoel je?'
'Met een spuitbus. Eerst dachten we dat het gewoon vandalisme was, dat komt wel voor, met die onmogelijke jongeren die hier rondlopen, maar we kwamen er al snel achter dat dit anders was, dat was dus het vreemde.'
Mia zocht naar Munch, maar zag hem nergens.
'Wat bedoel je met "anders"?'
'Jouw naam staat er nu op.'
'Wat?'
'Iemand heeft Sigrid doorgehaald en er Mia voor in de plaats gezet.'
Er ging een steek van afschuw door Mia Krüger heen, op hetzelfde moment dat ze Munch om de hoek van het gebouw zag komen. Hij wenkte haar dat ze naar de auto terug moesten.
'Ben je in de gelegenheid om hierheen te komen?' vroeg de koster.
Munch wees op zijn horloge en gebaarde geërgerd naar haar, al op weg naar de Audi.
'Ik probeer zo snel mogelijk te komen,' zei Mia, en ze hing op.
'Wat doe je nou?' riep Munch. 'Hier is blijkbaar niemand. We moeten zowel die Lukas als de pastor laten opsporen.'
'Wat?' reageerde Mia afwezig.
Iemand was op Sigrids graf losgegaan.
'We moeten ze laten opsporen,' zei Munch weer, kribbig nu. 'We moeten die idioten vinden en ze opbrengen om verhoord te worden.'
Hij startte de auto en reed de Borgerudveien weer af. Mia vroeg zich juist af of ze Munch moest vertellen van het gesprek dat ze zojuist had gehad, toen zijn telefoon overging. Het gesprek duurde minder dan tien seconden. Toen hij ophing was zijn gezicht zo mogelijk nog witter dan een ogenblik daarvoor.
'Wat?' vroeg Mia bezorgd.

Munch kon nu bijna geen woord meer uitbrengen. Hij wist nog net te zeggen: 'Het verzorgingstehuis. Mijn moeder is niet goed geworden. Ik moet er onmiddellijk naartoe.'

'Jezus,' barstte Mia uit.

'Ik zet je in het centrum af. Zorg voor dat opsporingsbevel.'

'Oké,' zei Mia.

Ze zocht naar woorden om haar medeleven tot uiting te brengen, maar ze kon niets bedenken.

Munch deed het zwaailicht aan, trapte het gaspedaal in en ging in volle vaart op weg naar het centrum.

5

64

Emilie Isaksen reed in haar auto over de Ringvollveien. Ze was hier nieuw, ze woonde pas een jaar in Hønefoss, en plotseling bedacht ze dat het misschien sneller was geweest om de Hadelandsveien te nemen en vandaar naar de oude Ringkollvei te gaan, waar ze moest zijn. Emilie was lerares Noors en had diverse leerlingen in deze buurt wonen, een paar kilometer buiten het centrum. Ze schakelde naar de tweede versnelling en sloeg de Gjermundboveien in.

Emilie had al de hele middelbare school geweten dat ze lerares wilde worden. Ze was meteen na de lerarenopleiding aan het werk gegaan en dat was haar bevallen vanaf dag één. Een aantal leraren op de school had met haar gepraat toen ze pas was begonnen, haar goedbedoelde raad gegeven. Dat het belangrijk was dat je een beetje op jezelf paste, niet al te veel werk mee naar huis nam, niet te gehecht raakte aan de leerlingen, maar zo pakte zij de dingen niet aan. Daarom zat ze nu in haar auto.

Tobias Iversen.

Hij was haar al de allereerste les opgevallen, die leuke, wat magere jongen met de alerte ogen. Er was iets met hem. Iets waar ze haar vinger niet helemaal achter kon krijgen. Hij was een populaire leerling, dat was het niet. Er was iets met, tja, ze had het niet meteen doorgehad, maar het was haar langzaam maar zeker duidelijk geworden. Zijn moeder kwam nooit naar een ouderavond. Zijn stiefvader net zomin. Ze beantwoordden geen brieven. Ze namen de telefoon niet op. Ze kreeg ze domweg niet te pakken. En toen begonnen de blauwe plekken haar op te vallen. Op zijn gezicht. Op zijn handen. Ze gaf hem geen gymles, dus had ze de rest van zijn lichaam niet gezien, maar ze had zo het vermoeden dat ze op nog meer plaatsen zaten. Ze had het bij de gymleraar aangekaart, maar die was nog zo'n beetje van de oude stempel. Kinderen vallen en stoeien. Vooral wilde knulletjes van een jaar of twaalf, dertien, waar had ze het eigenlijk over? Enigszins omzichtig had ze Tobias geprobeerd uit te vragen. Was alles goed met hem? Hoe had hij het thuis? Tobias had er niet over willen praten, maar zijn blik sprak boekdelen. Er zat iets niet goed. En het kon best wezen dat andere leraren wegkeken, niet bij zoiets betrokken wilden raken, de onaantastbaarheid van het privéleven en dat soort dingen, maar dat was niets voor Emilie Isaksen.

Nu was hij al een week niet op school geweest. Ze had geprobeerd naar zijn huis te bellen, maar er was niet opgenomen. Ze had voorzichtig wat rondgevraagd en ontdekt dat zijn broertje ook niet naar school was geweest. Eerst had ze navraag gedaan bij Jeugdzorg, geen namen genoemd, maar zich een beetje georiënteerd. Wat was er in dergelijke gevallen gebruikelijk? Hoe ging je te werk? Ze had wat vage tips gekregen, niemand had haar precies willen vertellen wat ze moest doen. Bij gebrek aan bewijs moest je behoedzaam te werk gaan. Dat had Emilie allemaal al vaker gehoord, maar ze weigerde zich te laten tegenhouden. Wat kon ze eigenlijk verkeerd doen? Ze kwam hem toch alleen maar de lesstof brengen? Wat met zijn moeder praten. Misschien een afspraak maken voor een oudergesprek? Dat kon best bij Tobias thuis, als zijn moeder moeilijk van huis weg kon. Dat was misschien onorthodox, ja, maar ze had besloten dat het geen kwaad kon. Ze zou beleefd blijven. Ze zou niemand ergens van beschuldigen. Hoogstwaarschijnlijk was er niets aan de hand. Wie weet waren ze op vakantie gegaan zonder vrij te vragen. Misschien waren allebei de jongens ziek, er had dit voorjaar griep geheerst op school, zowel onder de leerlingen als onder de leraren. Er konden zoveel redenen zijn.

Ze reed de oude Ringkollvei op tot ze het betreffende adres bereikte. Of adres, dat was misschien niet helemaal juist, het was een afslag die nog een eindje verder het bos in leidde. Een brievenbus onder aan de weg, waar IVERSEN/FRANK op stond. Ze besloot om daar haar auto te parkeren en het laatste stukje naar het huis te lopen. Het was rood en klein met wat kleinere gebouwtjes eromheen, lang geleden was het misschien een knus boerderijtje geweest. Nu was het eerder een opslagplaats voor rotzooi. Op het erf stonden verscheidene autowrakken en op meerdere plekken lagen hopen met… tja, wat zij afval zou noemen. Ze liep naar de voordeur en klopte aan. Er gebeurde niets. Ze klopte nog eens, en toen hoorde ze binnen iemand lopen. De deur ging open en er verscheen een klein, vuil gezicht.

'Hallo?' zei het jochie.

'Dag,' zei Emilie, en ze boog zich naar voren om minder groot te lijken. 'Ben jij Torben?'

Het jongetje knikte. Hij had jamresten op zijn gezicht en vieze handen.

'Ik ben Emilie, de juf van Tobias, je hebt misschien wel eens van me gehoord?'

Het jongetje knikte weer. 'Hij vindt je aardig,' zei Torben, en hij krabde even in zijn haar.

'Wat fijn! Ik vraag me alleen af waar Tobias is. Is hij thuis?'

'Nee,' zei het jochie.

'Is je mama dan thuis, of je stiefvader?'

'Nee,' zei het joch weer. Ze zag dat het huilen hem nader stond dan het lachen.

'Dus je bent alleen thuis?'

'Ja. Er is geen eten meer,' zei het jochie verdrietig.

'Hoelang ben je dan al alleen thuis?'

'Dat weet ik niet.'

'Hoeveel nachten? Hoe vaak is het donker geworden?'

Het jochie dacht even na. 'Zes of zeven keer,' zei hij.

Emilie voelde dat ze razend werd, maar ze liet het niet blijken.

'Heb je enig idee waar Tobias zou kunnen zijn?'

Het jochie knikte. 'Hij is bij de christelijke meisjes.'

'Waar is dat?'

'In het bos, bij het Litjønnameertje. Daar schieten we altijd buffels. Ik durf heel veel.'

'Wat goed. Dat is vast erg leuk. Hoe weet je trouwens dat hij daar is?'

'Hij heeft een briefje geschreven en dat op onze geheime plek gelegd.'

'Hebben jullie een geheime plek?'

Het joch glimlachte even. 'Ja, alleen wij kennen die.'

'Wat geweldig. Mag ik het briefje zien?'

'Ja, best. Wil je binnenkomen?'

Emilie dacht na. Zoiets was niet geoorloofd. Ze mocht niet zonder toestemming bij mensen naar binnen. Ze keek even rond. Nergens enig teken van menselijke aanwezigheid. Dit kleine jongetje was al bijna een week alleen thuis en had niets te eten. Er waren grenzen.

'Graag,' zei Emilie Isaksen met een glimlach, en ze liep achter het jochie aan het huis binnen.

65

Holger Munch stond voor zijn moeders kamer in verzorgingstehuis Høvikveien. Zijn blik was niet helder meer. Er kwam de laatste tijd te veel op hem af, veel te veel. De bedreiging van Marion. De flat waarin ze moesten onderduiken. Ze hadden Malin Stoltz gevonden. Ze waren Malin Stoltz kwijtgeraakt. Hij had ontelbaar veel telefoontjes van Mikkelson gekregen. Hij had nog niet gereageerd. Holger ging op een stoel zitten en strekte zijn benen. Plotseling snoof hij een onaangename walm op en ontdekte tot zijn verbazing dat die van hemzelf kwam. Hij had een paar uur in zijn stoel op kantoor zitten dutten. Geen tijd gehad om zich te verkleden. Hij wreef over zijn gezicht en wist met moeite zijn ogen open te houden. Gelukkig had hij geld genoeg gehad om zijn moeder in dit tehuis onder te brengen. Er was altijd snel een dokter ter plaatse, zijn moeder had haar kamer niet eens uit gehoeven. Alles was in orde met haar. Het was dus niet zo ernstig geweest als het zich aanvankelijk had laten aanzien.

Gelukkig.

Holger haalde zijn telefoon tevoorschijn en belde Miriam, maar om de een of andere reden nam ze niet op. Hij schudde zijn hoofd en probeerde het nog een keer, met hetzelfde resultaat. Typerend. Die dwarse meid ook. Hij had beloofd om nog wat eten te brengen, wat nieuwe kleren, wat spelletjes voor Marion, maar nu zat hij dus hier. Hij stuurde een bericht dat ze hem moest bellen en stopte de telefoon weer in de zak van zijn loden jas. Het was warm hier op de gang. Hij merkte dat hij wat ademhalingsproblemen had. Eigenlijk zou hij zijn jas uit moeten trekken, maar hij stonk. Hij stond op en liep een van de wc's in. Hield zijn mond onder de kraan om wat te drinken. Toen hij zichzelf in de spiegel zag, beviel de aanblik hem niet. Hij oogde bekaf. De flat van Malin Stoltz had vol gehangen met spiegels. Van het plafond tot de vloer. Hij had nog nooit zoiets gezien. Wie woonde er nu zo? Na vijf minuten had hij er niet meer tegen gekund.

Malin, Miriam. Marion. Mikkelson. Munch. Wel een boel M's. Hij probeerde even om net zo te denken als Mia. Alleen maar M's? Betekende dat iets? Hij liep de gang in en ging weer op de stoel zitten. Alleen maar M's? Wat een flauwekul. Misschien had Mikkelson toch gelijk. Misschien moest hij zich terugtrekken. Het door anderen laten overnemen. Zijn hoofd functioneerde niet naar behoren. Het beviel hem van geen kanten, maar ze had hen te grazen genomen. Malin Stoltz. Als dat haar echte naam al was. Ze had hen op hun meest gevoelige plek geraakt, in hun privéleven, had hen op het verkeerde been gezet. Had hém op het verkeerde been gezet. Hij kon niet helder meer denken. Zag het verschil niet meer tussen voelen en rationeel blijven. Hij overwoog buiten op de trap een sigaret op te steken, maar het werd een Fisherman's Friend. Vier meisjes dood en zijn hele familie onder druk gezet. In elk geval hadden ze nu een verdachte. En er waren geen meisjes meer verdwenen, dat was tenminste iets. *Het is nu snel voorbij*, dacht hij, en hij leunde naar achteren in zijn stoel. *We vinden haar en dan is het voorbij.* Hij merkte het zelf nauwelijks, maar zijn oogleden zakten langzaam over zijn ogen. Dat ontdekte hij pas toen de deur openging en de huisarts de kamer uit kwam, samen met Karen, die hem had gebeld.

Snel ging Munch rechtop zitten. 'Hoe is het met haar?'

'Goed,' zei de arts. 'En dat meen ik, ik heb niets bijzonders kunnen ontdekken, ze was alleen maar een beetje moe. Misschien was ze te snel uit bed opgestaan, het kan van alles zijn, maar dus niets om je zorgen over te maken. Het gaat uitstekend met haar.'

Munch haalde opgelucht adem. 'Mag ik naar haar toe?'

'Ik heb haar wat gegeven om te slapen, dus het is op dit moment het beste als ze rust krijgt. Misschien vanmiddag, goed?'

'Bedankt,' zei Munch, en hij gaf de dokter een hand.

'En wie nog meer?' vroeg de arts aan Karen.

'Torkel Binde,' zei Karen. 'Die klaagt over zijn medicijnen. Hij woont hier achter aan de gang. Ik wijs het wel even.'

Karen glimlachte vlotjes tegen Munch en liep met de arts mee de gang in. Munch stond op en liep naar buiten. Daar stak hij een sigaret op en belde Gabriel Mørk.

'Ja?'

'Met Holger.'

'Waar ben je?'

'Bij het verzorgingstehuis, ik moest privé iets regelen. Hoe staan de zaken?'

'Ik heb de film gevonden op de laptop die Sarah Kiese heeft gebracht. Die is hier en daar kapot, maar een vriend van me is goed in zulke dingen, kan ik hem inschakelen?'

'Ga je gang,' zei Munch.

'Ik bel hem meteen,' zei Gabriel.

Munch hing op en belde Mia. Ze nam niet op. Hij belde nog eens, maar er kwam nog steeds geen reactie. Wat is er verdomme toch met die dwarse meiden, dacht hij, en hij stuurde ook haar een bericht.

Bel me!

Hij zocht het nummer van Ludvig, die wel opnam.

'Ja?'

'Met Munch, kun je iets voor me doen?'

'Natuurlijk.'

'Kun je iemand naar die flat in Frogner sturen met wat spullen voor Miriam en Marion?'

'Komt in orde, wat hebben ze nodig?'

'Ik stuur wel een bericht met een lijstje, en neem iemand op wie je kunt vertrouwen, akkoord?'

'Prima,' antwoordde Ludvig.

'Ja, en verder...'

'Ja?'

Munch was even vergeten wat hij had willen zeggen. Wreef in zijn ogen. Hij moest nu gewoon wat rust nemen, dit was niet verantwoord meer. 'Ja, nog nieuws over Malin Stoltz?'

'Nog steeds spoorloos, niets. Niet op Gardermoen, niet op Oslo Centraal, enzovoorts, moeten onze mensen daar nog blijven?'

Munch dacht aan wat Mia had gezegd. Dat ze niet zou vluchten. Dat ze naar huis wilde. *Een flat vol spiegels*. Hij huiverde nu een beetje, wilde het voor zichzelf bijna niet toegeven, maar juist dat was hem niet in zijn koude kleren gaan zitten. 'Laten we dat maar afblazen, doe jij dat?'

'Oké,' zei Ludvig.

'Hebben jullie een opsporingsbevel uitgevaardigd voor die lui van dat kerkgenootschap?'

'Is gebeurd,' zei Ludvig.

'Mooi.'

Munch hing op, smeet zijn sigaret weg en wilde net een nieuwe opsteken toen Karen boven aan de buitentrap verscheen.

'Is alles goed met je, Holger?' De roodblonde vrouw keek hem bezorgd aan.

'Hallo, Karen, ja, prima.'

'Ik vind je er niet echt goed uitzien. Of nou ja, niet op die manier, maar zou je niet wat moeten rusten?'

Ze kwam nu naar beneden, de parkeerplaats op. Bijna helemaal naar hem toe. Hij rook haar parfum. Er kwam een merkwaardig gevoel over hem, hij kon het niet precies plaatsen, totdat hij snapte wat het was. Ze bekommerde zich om hem. Ze paste op hem. Dat was al lang niet meer gebeurd. Doorgaans was hij, Holger Munch, degene die op alle anderen paste.

'Heb je het druk?' vroeg Karen.

'Altijd,' grijnsde Munch, en hij kuchte even.

'Je kunt geen uurtje missen?'

'Hoe bedoel je?'

'Kom,' zei Karen, en ze greep de mouw van zijn loden jas.

'Waar gaan we heen?'

'Sst,' zei Karen. Ze trok hem mee de trap op, het verzorgingstehuis in, een van de gangen door en een lege kamer in.

'Ik heb hier geen tijd voor,' zei Munch, maar Karen legde haar vinger op haar lippen.

'Zie je dat bed daar?'

Ze wees naar een pas opgemaakt bed onder het raam. Munch knikte. 'En die deur daar?' Munch knikte weer. 'Ik stel voor dat je een douche neemt. En dan gaat liggen om te slapen. Ik wek je over een uur. Niemand zal je hier storen.'

'Nee, ik...'

'Om heel eerlijk te zijn, kun je het allebei wel gebruiken,' zei Karen, en ze trok haar neus een beetje op. 'In de badkamer vind je een handdoek,' zei ze. 'Een uurtje, akkoord?'

De aardige verzorgster gaf hem een knuffel en liep met een knipoog de kamer uit.

Een uurtje onder zeil. Dat kan geen kwaad. Goed voor mijn hoofd. Goed voor mijn lichaam. Goed voor iedereen.

Munch meldde Ludvig in een kort bericht wat Miriam en Marion in de flat nodig hadden, sloeg de douche over, liet zich met kleren en al op het bed neerploffen en sloot zijn ogen.

66

Toen Marion Munch wakker werd, begreep ze niet waar ze was. Meestal werd ze thuis wakker, maar de laatste dagen was het anders geweest, de laatste tijd was ze op twee rare plaatsen wakker geworden. In een klein flatje. En in een grote flat. Nu was ze weer ergens anders.

'Mama?' zei ze voorzichtig, maar niemand gaf antwoord.

Ze ging rechtop in haar bed zitten en keek om zich heen. De kamer was best mooi. Het was zo te zien iemands kinderkamer, duidelijk, die andere plaatsen waren alleen voor grote mensen geweest, daar waren nergens spelletjes of kinderspullen geweest.

'Mama?' zei ze weer, terwijl ze opstond en wat rond begon te kijken.

De muren waren wit, heel wit, zo wit dat ze haar hand bijna boven haar ogen moest houden, en de kamer had geen ramen. Marion had een beetje te doen met het meisje dat hier woonde, zonder ramen, dat moest heel stom zijn. Op haar kamer in Sagene had ze een heel leuk uitzicht door het raam. Op auto's en gekke mensen en alle mogelijke dingen. Het meisje dat hier woonde kon niets zien. Het andere wat zo gek was, was dat er ook geen deur was.

In een van de hoeken stond een bureautje. Met een lamp erop. En een blocnote en wat tekenspullen. Mama had gezegd dat zij ook zo'n bureau zou krijgen wanneer ze naar de grote school ging, en dat was al gauw, nog maar... nou ja, in elk geval binnenkort. Aan de ene muur hingen grote platen met letters erop. Op een daarvan stond een A met daarnaast een plaatje van een aap. Op de tweede stond een B, en die had een plaatje van een banaan. De volgende letter kende ze niet, of toch, C, nu wist ze het weer, en ze herkende de frisdrank op het plaatje, waar mama tegen was, maar die ze van opa mocht drinken, cola. Ze kon niet zo goed lezen, maar een klein beetje, ze kende een paar woorden. IJs. Is. Bel. Bal. Mama had haar ook dat liedje geleerd, het ABC-lied, dat was wel leuk en je kon er de letters van leren. Het alfabet. Ze wist best hoe het heette. Mama was heel erg van: je moet leren lezen, en dat wilde ze ook, maar toen had ze zich afgevraagd wat de juf ervan zou vinden als ze al kon lezen wanneer ze naar school ging, want dan hoefde de juf haar niets meer te leren en zou ze zich misschien gaan vervelen. Dan kon ze toch zeker net zo goed wachten? Ze kon al zwemmen. Dat konden er niet veel. Ze kende verder niemand die dat kon. Ze kon toch niet alles tegelijk leren?

Pas toen ontdekte Marion dat ze haar eigen kleren niet aanhad. Dat was toch vreselijk raar? Ze had toch haar lichtblauwe nachtjapon aangehad? Die met de gaten erin die mama weg wilde gooien, maar Marion wilde dat niet, ze vond het leuk om haar vinger in een gat te steken, de stof rond haar vinger te voelen, dan was het makkelijker om in slaap te vallen nu ze was gestopt met duimen. In het begin was dat heel raar geweest, ze miste haar duim heel erg, ze had mama en papa een paar keer voor de gek gehouden en er toch op gezogen. Maar toen had Kristian op de kleuterschool gezegd dat alleen baby's op hun duim zogen en toen was ze ermee gestopt. Ze was toch geen baby? Baby's konden toch zeker niet zwemmen? Kon iemand van de anderen soms zwemmen? Nee hoor. Maar dat was misschien niet zo raar, want niemand van de anderen ging zo vaak naar het Tøyenbad als mama en zij, ze had daar in elk geval nog nooit iemand gezien die ze kende. Ze bekeek zichzelf en moest eigenlijk een beetje lachen. Het leek wel of ze naar het carnaval ging. Ze hadden carnaval gevierd op de kleuterschool. Zij had als Frankie Stein willen gaan, maar daar was mama het niet helemaal mee eens geweest, dus was ze in plaats daarvan als cowboy gegaan. Meisjescowboy. Haar tweede keus was prinses geweest, maar ze had begrepen dat het voor mama belangrijk was dat meisjes niet alleen meisjesdingen deden, daar praatte ze in elk geval vaak met papa over. Over afwassen en stofzuigen en de wc-bril en zo, dat was vast belangrijk. Dus was ze als cowboy gegaan, met een pistool en een baard en van alles en nog wat. Het was heel mooi geweest. Niet perfect, maar wel mooi. Nu droeg ze een grote, ouderwetse jurk, bewegen ging heel moeilijk, vreselijk onhandig. Toen ontdekte ze de poppen op de plank. Daar zaten vijf poppen op die met hun benen bungelden. Geen nieuwe poppen, niet cool zoals DracuLaura, maar van die ouderwetse, met harde witte gezichten, van die poppen die oma op zolder had. Een ervan had precies dezelfde kleren aan als zij nu droeg. Een jurk die helemaal wit was, met een hoop dingen erop, stikkels, of stiksels, of hoe het ook heette. Marion klom op het bed om de pop van de plank te halen. Ze had een briefje om haar hals. Marion wist wel wat er op dat briefje stond. MARION, stond erop. Haar naam. Die kon ze heel goed lezen. Ze kon hem lezen en ook schrijven. Hij stond op de plaats waar ze in de kleuterschool haar kleren ophing. Ze keek op naar de andere poppen, die ook een jurk droegen en een briefje om hun hals hadden. Die namen kon ze niet lezen, of toch, Johanne, dat kende ze wel, zo heette een meisje op de kleuterschool. Haar plaats was vlak naast Marion.

'Mama?' zei Marion weer, nu wat harder.

Niemand gaf antwoord. Misschien zat ze op de wc of zo. Marion voelde dat ze zelf ook moest plassen. Waar was hier eigenlijk de wc? Ze liep naar iets wat een beetje op een deur leek, een paar kieren in de muur zonder handvat, ze streek met haar vingertjes langs de kieren, maar ze kon niets openmaken.

'Mama?'

Zo meteen moest ze vreselijk nodig naar de wc, ze moest echt. Was het niet heel raar dat het meisje dat hier woonde een briefje met Marions naam erop had? Misschien was ze vreselijk lief. Misschien had ze geweten dat Marion hier een poosje zou komen wonen en had ze een briefje geschreven om te zeggen dat het goed was als ze haar kamer gebruikte, dat ze welkom was, net zoals op de deurmat van de buren stond: WELKOM. Welkom in mijn kamer, want hier woon ik. Als je wilt mag je tekenen en letters leren.

Ze moest nu vreselijk nodig plassen.

'Mama?' riep ze zo hard als ze kon.

Haar stem vloog de kamer rond en kaatste terug naar haar oren. Nu moest ze toch écht een plas doen.

Plotseling gebeurde er iets verderop bij de muur. Een ratelend geluid, zo eentje dat een beetje kraakte. Het werd weer stil en toen kwam datzelfde geluid terug, weer verderop, maar steeds dichterbij, bijna alsof iemand twee dekseltjes tegen elkaar sloeg, dat hadden ze op de kleuterschool gedaan toen ze van niets een orkest hadden gemaakt, of nou ja, van dingen die op de kleuterschool waren.

Marion bleef nieuwsgierig naar de muur staan kijken waar het geluid vandaan kwam. Er zat een handvat aan de muur. Ze stak haar hand uit en trok aan het handvat. Het was een luik, dat open kon. Marion opende het luik en schrok verschrikkelijk toen ze zag wat erachter zat, ze werd bang, ze kreeg een heel raar gevoel onder haar huid. Daarbinnen zat een aapje. Zo eentje dat je kon opwinden, en dan sloeg het kleine dekseltjes tegen elkaar. Er lag een briefje bij. Ze wachtte totdat het aapje klaar was met slaan en stak toen snel haar hand naar binnen om het briefje eruit te halen.

Er stonden vijf letters op. Sommige vaker dan één keer. Een K. Die kende ze. Een E. Die kende ze ook, dat was de letter van Elsa, die werkte op de kleuterschool. En een I. Die kende ze zeker. Ze moest nu vreselijk nodig, ze móést plassen. Ze kneep haar benen tegen elkaar en probeerde te lezen wat er op het briefje stond.

K-i-e-k-e...

Ze snapte niet wat dat betekende.

'Mama! Ik moet een plás!'

Ze schreeuwde het, maar niemand gaf antwoord. Ze kon het niet meer ophouden. Ze tilde de onhandige jurk op. Ze had een rare onderbroek aan, vreselijk groot. Ze keek de kamer rond. Daar, onder het bureau. Ze trok de grote onderbroek zo snel ze kon naar beneden, ging zitten en deed haar plas in de prullenbak.

67

Mia Krüger parkeerde haar auto en liep het laatste stukje naar de kerk. De kerk van Borre. Het mooie witte stenen gebouw blonk haar tegemoet en verontrustte haar. Vier begrafenissen in dezelfde kerk. Drie grafstenen op hetzelfde kerkhof. Ze wist niet zeker of ze het aankon om ze terug te zien. Daarom had ze zo lang gewacht. En nu was daar iemand bij geweest. Had Sigrids grafsteen geschonden. Haar gedwongen om terug te komen voordat ze er eigenlijk klaar voor was. Mia keek uit naar de koster, die had beloofd haar op te wachten, maar ze zag hem nergens, en bijna tegen haar wil liep ze met lood in haar schoenen naar de graven.

Op weg hierheen was ze gestopt om bloemen te kopen. Ze had het gevoel gehad dat ze niet met lege handen kon komen. Ze werd bijna onpasselijk van de bloemengeur. Bloemen. Een huis vol bloemen. Vrienden en buren die kwamen condoleren. Dat was alles wat ze nog had gehad. Drie grafstenen en een huis vol bloemen. Ze had allebei de huizen verkocht. Zowel het hunne als dat van haar oma. Twee schattige witte huisjes midden in het centrum van Åsgårdstrand, niet ver van de plaats waar Edvard Munch had gewoond. Het familie-erfgoed. Maar ze had er niet tegen gekund. Had ze niet willen hebben. Alleen maar willen vergeten. Ze kwam langs een kraan met een groene gieter ernaast. Nu schaamde ze zich een beetje. Drie stenen. Vier familieleden. Sigrid, oma, papa en mama. Haar hele familie lag hier en ze had hun graven zelfs niet onderhouden.

SIGRID KRÜGER.

ZUSTER, VRIENDIN EN DOCHTER.

GEBOREN 11 NOVEMBER 1979. OVERLEDEN 18 APRIL 2002.

INNIG GELIEFD. INTENS GEMIST.

Het klopte wat de koster had gezegd. Iemand had Sigrids naam doorgestreept. De hare ervoor in de plaats geschreven.

Toen brak ze. Ze liet de groene gieter op de grond vallen, zonk op haar knieën neer en barstte in huilen uit. Nu kwam het eruit, alles tegelijk, alles wat ze had binnengehouden. Ze had al lang niet meer gehuild, dat extreme verdriet niet durven voelen. Terwijl de tranen over haar wangen stroomden, bleef ze op de grond zitten.

Kom, Mia, kom.

Sigrid. Die lieve, mooie, leuke Sigrid. Wat hielp het dat Mia een drugsverslaafde knul had doodgeschoten? Niets. Het hielp niets. Er was alleen maar meer verdriet van gekomen. Meer nabestaanden. Meer duisternis. Ze had het niet zo bedoeld. Ze had hem niet dood willen schieten. Ze moest worden gestraft. Ze verdiende het niet om te leven. Dat besefte ze nu. Ze verdiende het om te sterven. Ze had zich al die jaren schuldig gevoeld zonder een naam aan dat gevoel te kunnen geven, maar die kwam nu. Ze was schuldig. Omdat ze nog leefde. Ze hoorde bij haar familie te zijn. Daar hoorde ze thuis. Bij Sigrid. Niet hier beneden op deze verdomde bol waar het kwaad en de zelfzucht de overhand hadden. Het had geen zin meer om te vechten, te proberen begrip op te brengen, te proberen iets goeds te doen. De wereld was een afvalberg. De mensen waren vanbinnen rot. Zij had hier niets te zoeken.

Iemand had haar naam op de grafsteen geschreven. Had iemand het op haar voorzien? Wilde iemand haar dood hebben? Ze had natuurlijk vijanden, geen enkele politievrouw met haar reputatie maakte carrière zonder vijanden, maar op dit moment kon ze niemand bedenken. Het was onaangenaam om haar eigen naam op een grafsteen te zien, maar haar woede over de schending van Sigrids rustplaats was veel groter.

Ze vloekte de onzichtbare overtreder binnensmonds uit, kwam overeind en veegde haar tranen af. Verwijderde bladeren en takken, zette de bloemen in de vaas en probeerde alles mooi te maken. Ze boorde haar vingers in de grond en woelde die om, zodat alles er frisser uitzag. Zo was het mooier. Ze liep naar de plek waar de gieter had gestaan om een hark te halen. Trok haar leren jasje en haar trui uit. Doopte de mouw van de trui in het water van de gieter en probeerde haar eigen naam van de grafsteen te boenen. Dat lukte niet. Spuitbus. Ze moest met iemand praten, zorgen dat hij zo snel mogelijk verwijderd werd. Ze vond het afschuwelijk dat hij daar stond en de spot met haar dreef. Met hen allebei. Terwijl ze op de koster wachtte, harkte ze de laatste oude bladeren weg. Ze had hier eerder moeten komen. Het was veel te laat. Met samengeknepen lippen mompelde ze: *'Het spijt me, Sigrid, vergeef me'*, en ze probeerde niet weer in tranen uit te barsten. Achter de vaas lag een geel, eivormig doosje van plastic, zo eentje dat je in een Kinder Surprise aantreft. Ze bukte en raapte het op, nam het mee naar de dichtstbijzijnde afvalbak en smeet het weg. Ze liep naar het graf terug, maar bleef halverwege staan.

Zou het kunnen?

Nee, onmogelijk.

Snel draaide ze zich om en liep terug naar de afvalbak om het gele doosje er weer uit te halen. Ze draaide het open.

Er zat een briefje in.

Met trillende vingers vouwde Mia het open.

Kiekeboe, Mia. Knap hoor. Maar niet knap genoeg. Je denkt dat dit een echt graf is, maar dat is niet zo. Kun je me zien, Mia? Kun je me nu zien?

Zo hard als ze kon rende Mia naar haar auto om haar telefoon te pakken, ze had wel honderd gemiste oproepen, maar daar kon ze op dat moment niets mee. Ze veegde de tranen uit haar ogen en belde Munch.

68

Ludvig Grønlie liep Munchs rookbalkon op om wat frisse lucht te krijgen. Hij zuchtte even en rekte zich uit. Hij was moe, maar hij mocht niet klagen. Sommige anderen in de eenheid hadden de laatste tijd bijna twee keer zoveel gewerkt. Ludvig liep tegen de zestig, en al zei niemand dat hardop, het was toch wel voorspelbaar. Jarenlange trouwe dienst. Niemand die er iets van zei als hij geen drieëntwintig uur per etmaal meer werkte. Maar het was niet alleen de fysieke stress die erin hakte, het was vooral de mentale stress. Nooit rust, altijd iets wat gedaan moest worden. Zolang er een seriemoordenaar op vrije voeten was, kregen ze in wezen geen van allen rust.

Zijn telefoon ging over. Hij zag een bekende naam in het display en nam op.

'Met Grønlie,' zei Ludvig, terwijl hij zich weer even uitrekte.

'Hallo, Ludvig, met Kjell.'

'Ha, Kjell, heb je iets gevonden?'

Kjell Martinssen was een van Ludvigs oude collega's. Ze hadden jaren samengewerkt in Oslo, maar in tegenstelling tot Munch was Martinssen vrijwillig een treetje omlaaggegaan. Nou ja, omlaag... hij had er zelf voor gekozen om kalmpjes aan te doen. Een vrouw gevonden. Om overplaatsing naar het bureau van Ringerike gevraagd. Zijn oude collega had een goeie keus gemaakt. Hij klonk rustig en goedgehumeurd.

'Ja, inderdaad.'

'Een praatgroep voor ongewild kinderloze vrouwen?'

'Ja,' zei zijn collega. 'Heidi werkt af en toe bij de vrijwilligerscentrale van Ringerike, dus zij heeft me op het spoor gezet.'

Heidi was de vrouw voor wie Martinssen uit Oslo was weggegaan. Zelf had Ludvig daar soms ook over gedacht. De stress in de hoofdstad vaarwel zeggen en een baantje zoeken in een kleinere plaats. Het was er nooit van gekomen en nu ging hij over een paar jaar met pensioen.

'De groep draaide van 2005 tot 2007, dat was toch de periode die jij wilde hebben?'

'Klopt,' zei Ludvig. 'Heb je een lijst met namen of zo?'

'Nog beter, ik denk dat ik je zelfs een foto van iedereen kan bezorgen, met naam en toenaam.'

'Goed werk, Kjell, goed werk,' zei Ludvig, en hij liep weer naar zijn bureau. 'Kun je die even faxen?'

Hij had meteen spijt.

'Faxen, Ludvig?' lachte zijn collega. 'Heb je geen e-mail, of zo?'

'Mailen natuurlijk, ik bedoelde mailen.'

'Ik laat hem hier door iemand scannen, en zodra die klaar is stuur ik hem naar je toe.'

'Prima, Kjell, goed werk.'

'Gaan jullie dit eigenlijk oplossen?' vroeg zijn collega, nu iets ernstiger. 'De mensen praten er hier over. Ze hebben hun twijfels.'

'We pakken haar,' zei Ludvig, en hij dacht dat hij misschien te veel had gezegd.

'Haar? Stoltz? Die vrouw van wie we een foto hebben gekregen? Die gezocht wordt?'

'Dat weten we nog niet,' zei Ludvig, en hij dacht even na. 'Staat ze op die foto?'

'Dat kan, ik heb hem niet gezien, Heidi moest naar de vrijwilligerscentrale om hem te halen, ze is nu op weg hierheen. Hé, Rune, doet onze scanner het?' Dat laatste riep hij aan de andere kant van de lijn de kamer door. Hij kreeg antwoord en hervatte het gesprek. 'Als Heidi gelijk heeft en ze vindt die foto inderdaad, krijg jij hem in de loop van vandaag, akkoord?'

'Fantastisch,' zei Ludvig.

Hij had net opgehangen, toen Gabriel Mørk zijn hoofd de kamer in stak. 'Heb je nog iets van Munch of Mia gehoord?'

'Ik heb zojuist met Munch gepraat, maar Mia neemt niet op, hoezo?'

'Ik wilde haar alleen maar melden dat ik denk dat we dat filmpje in de loop van de dag kunnen fiksen. Ik heb het naar een vriend van me gestuurd die weet hoe je de ruis eruit haalt.'

'Mooi,' zei Ludvig, en ineens wist hij weer waar Munch hem om had gevraagd. 'Je hebt niet toevallig wat frisse lucht nodig?'

'Hoezo?'

'De dochter van Munch heeft een paar dingen nodig in haar flat. Kun jij daarvoor zorgen?'

'Oké,' zei de jongeman. 'Wat moet ze hebben?'

'Wacht even,' zei Ludvig, en hij zocht op zijn telefoon het lijstje op dat Munch hem had gestuurd.

69

Emilie Isaksen geloofde haar ogen niet toen ze het huisje binnenstapte. In de gang was het donker en er lag zoveel troep dat ze er bijna niet langs kon. In de rest van de woning was het al niet veel beter. Etensresten, asbakken, volle vuilniszakken die niemand buiten had gezet. Emilie slaagde er nog net in haar neus niet dicht te knijpen. Toch probeerde ze opgewekt te blijven kijken, ze wilde niet dat de kleine jongen het nog harder te verduren kreeg dan nu al het geval was. Een hele week alleen thuis in deze vuilnisbelt, zonder eten en zonder iemand om op hem te passen? Emilie Isaksen was razend, maar toch lukte het haar om te blijven glimlachen.

'Wil je de geheime plek zien?' vroeg het jongetje, Torben.

Hij leek overgelukkig dat er iemand op bezoek kwam. Toen hij de deur had geopend, had hij er bijna geschokt uitgezien, bang en met grote, betraande ogen, maar nu was hij wat bijgetrokken.

'Ja, graag,' zei Emilie, en ze liep achter het jochie aan de trap naar de eerste verdieping op.

Daar was het al net zo erg als beneden. Emilie kon er met haar verstand niet bij, het werd haar bijna te veel. Armoede was tot daaraantoe, maar zoiets als dit? Pas op de kamer waar de twee jongens kennelijk sliepen, begon het een beetje op een thuis te lijken. Daar rook het schoon en de kamer was licht en netjes.

'We verstoppen dingen in de matras, voor het geval er boeven komen,' zei Torben met een glimlach, en hij ging op zijn knieën voor zijn bed zitten. Hij trok de ritssluiting aan de zijkant van de dunne matras open en tilde de hoes op, zodat Emilie kon kijken.

'Is daar het briefje van Tobias?' wees ze.

'Ja,' zei Torben ijverig.

'Mag ik het zien?'

'Ja hoor.'

Hij stak een vies handje in de geheime plek en gaf haar het briefje.

Ik ga de christelijke meisjes bespioneren, ben gauw terug. Tobias.

'Weet je wanneer hij dat geschreven heeft?'

Het jochie dacht na. 'Eh, nee. Maar het was vast voor ik thuiskwam, want toen ik kwam lag het er.'

Emilie moest onwillekeurig even lachen. 'Dat zal best, ja. Wanneer was je thuisgekomen?'

'Na de voetbalwedstrijd.'

'Welke wedstrijd was dat? Weet je dat nog?'

'Liverpool tegen Norwich, die had ik bij Clas gezien, daar hebben ze voetbal op hun televisie, niet alleen de cupfinale in Noorwegen maar voetbal van overal. Clas en ik zijn voor Liverpool. Die hadden gewonnen.'

'Op zaterdag?'

'Ik geloof van wel,' zei Torben, en hij krabde even in zijn haar.

De jongen was van top tot teen vuil en rook ook niet zo best. Hij had een bad, schone kleren, eten en schoon beddengoed nodig. Vandaag was het vrijdag. Hij was dus al sinds zaterdagavond alleen thuis. Lichtelijk ten einde raad ging Emilie op de grond zitten in de jongenskamer. Wat moest ze doen? Ze kon de jongen toch niet alleen hier laten? Maar ze kon hem ook niet mee naar huis nemen. Of wel?

'Wil je zien wat we nog meer op onze geheime plek hebben?' zei Torben. Het leek haast of hij bang was dat ze weer weg zou gaan, nu ze had gekregen waarvoor ze was gekomen.

'Ja, graag, maar zeg eens, Torben?'

'Ja?'

'Tobias is dus niet meer thuis geweest nadat jij dat briefje had gevonden?'

'Nee, er is niemand thuis geweest.'

'En er heeft ook niemand gebeld?'

Het jochie schudde zijn hoofd. 'De telefoon doet het niet. Er komt geen geluid als ik de hoorn van de haak neem en mobiele telefoons zijn hartstikke duur, wist je dat?'

'Ja,' zei Emilie, en ze streek hem over zijn haar. 'Die zijn nogal duur, en je hoeft er ook geen te hebben.'

'Nee, dat zegt Tobias ook.'

'Wie zijn die christelijke meisjes?'

'Dat weten we niet, daar raden we alleen maar naar,' antwoordde het jochie eigenwijs.

'Sommige kinderen denken dat ze andere mensen eten, maar dat is niet waar, maar we weten dat ze niet bij ons op school zitten, ze hebben hun eigen school.'

Emilie wist zo ongeveer evenveel als iedereen over de nieuwe bewoners in het bos, en dat was bijna niets. Ze hadden ze natuurlijk besproken in de lerarenkamer, of eigenlijk vooral over ze geroddeld, geen van die kinderen stond bij hen op school ingeschreven, dus waren zij er niet verantwoordelijk voor.

'Dus hij is daar zaterdag heen gegaan, en sindsdien heeft niemand hem meer gezien?'

'Ik weet niet of hij op zaterdag is gegaan. Liverpool heeft met drie-nul gewonnen. Luis Suárez had een hattrick gescoord, weet je wat dat is? Waarom heeft niet iedereen voetbal op zijn televisie? Heb je wat te eten voor me? Ik vind pizza heel lekker.'

'Heb je trek in pizza?'

'Ja, heel erg,' zei Torben. 'Maar je moet eerst kijken.'

'Oké,' zei Emilie.

'Dit is een steen die van de maan af gevallen is,' zei Torben, en hij liet haar een zwarte steen met een gat zien. 'Die hebben we omdat ze die misschien terug moeten hebben, en dan hebben we twee vliegen in één klap, want dan kunnen zij het gat in de maan dichtmaken en wij zien de maanbewoners, leuk hè?'

'Ja, erg leuk,' zei Emilie enigszins ongeduldig. Tobias Iversen was al zeven dagen weg zonder dat iemand dat had gemeld. Ze durfde er niet eens aan te denken wat er met die aardige jongen was gebeurd op wie ze het afgelopen jaar zo gesteld was geraakt.

'En dit is geheime informatie van een politieman die Tobias en ik kennen. Die kunnen we altijd bellen wanneer we iets nodig hebben, en als we in Oslo zijn. Want we zijn helden, wist je dat?'

'Ja, dat heb ik gehoord,' zei Emilie, en ze streek Torben nog eens over zijn haar. Ze kreeg haar vingers er nauwelijks doorheen. Hij had echt een wasbeurt nodig. En eten. En niet in de laatste plaats iemand om mee te praten. Deze broertjes hadden het tweede slachtoffer gevonden in die gruwelijke kindermoordzaak die in alle media besproken werd. De dag daarop hadden ze een gezamenlijke bijeenkomst gehad in de gymzaal waar diverse psychologen bij aanwezig waren geweest, want dan hadden de kinderen iemand om mee te praten over wat er was gebeurd, als ze dat wilden.

'Hij heet Kim, dat staat daar,' wees Torben trots. Hij gaf haar het visitekaartje en wees nog eens. 'K-i-m, Kim, toch?'

'Goed zo, Torben, dus je kunt lezen?'

'Ja hoor,' zei het jochie.

Emilie keek op het visitekaartje.

Kim Kolsø, Moordzaken, Speciale Eenheid.

'Weet je wat, Torben?' zei Emilie, terwijl ze opstond.

'Wat?'

'Ik vind dat we nu wat pizza moeten gaan kopen.'

'Ja!' De kleine jongen was een en al grijns.

'Maar ik denk eigenlijk dat je eerst even moet douchen en wat schone kleren moet aantrekken, kun je dat zelf, denk je, of moet ik je helpen?'

'Pff, dat kan ik best zelf,' zei het jochie, en hij liep naar een kast toe.

'Dat zijn mijn kleren,' zei hij, wijzend naar de drie onderste planken in de kast.

'Mooi zo,' zei Emilie. 'Zoek maar even uit wat je nodig hebt en ga dan naar de douche, goed? Dan gaan we daarna met mijn auto pizza halen.'

'Toppie,' grijnsde Torben. Hij ging op zijn knieën voor de kast zitten en begon eruit te halen wat hij nodig dacht te hebben.

'Ik ga even naar buiten om te bellen, is dat goed?'

'Je gaat niet weg?' Het jochie keek haar met een bezorgde blik aan.

'Nee, heus niet,' zei Emilie.

'Zeker weten?'

'Heel zeker, Torben.' Ze streek hem weer over zijn haar. 'Je kunt wel alleen douchen, hè?'

'Ja, hoor,' zei Torben, en hij huppelde de kamer uit en naar de badkamer.

Emilie wilde niet zien hoe het er daarbinnen uitzag. Ze kon het nu nauwelijks meer inhouden. Haar gevoel van wanhoop. Twee broertjes die onder zulke omstandigheden moesten leven, zonder iemand die voor hen zorgde.

Ze wachtte totdat ze de douchekraan in de badkamer hoorde opendraaien. Toen liep ze de trap af en de voordeur uit om te bellen.

'Politiebureau Ringerike?'

'Met Emilie Isaksen, ik ben lerares aan de Hønefoss-school en ik wil graag iemand als vermist opgeven.'

'Ogenblikje,' zei de stem. 'Ik verbind je door.'

Emilie wachtte ongeduldig tot ze de volgende in het systeem aan de lijn kreeg.

'Holm.'

Emilie stelde zich nogmaals voor en legde uit waar het om ging.

'En waar zijn de ouders?' vroeg de man.

'Dat weet ik niet. Ik trof het jongere broertje alleen thuis aan, hij was hier al een week alleen geweest.'

'En de jongen om wie het gaat, Tobias, was er niet?'

'Iversen. Tobias Iversen.'

'Wanneer is hij voor het laatst gezien?'

'Dat is wat onduidelijk, maar hij heeft een mededeling achtergelaten die zaterdag is gevonden. Dat hij het bos in was gegaan om een kijkje te nemen bij... tja, het gaat om een religieuze groepering die het oude afkickcentrum daar heeft gekocht, jullie hebben misschien van ze gehoord?'

'Jawel,' zei de politieman. Hij was even stil. Zo te horen hield hij zijn hand voor de telefoon. Misschien overlegde hij met een collega.

'Dus het gaat om een jongen van wie jij denkt dat hij weg is, en de ouders zijn ook weg, klopt dat?'

Emilie merkte dat ze een lichte aversie tegen hem begon te krijgen. 'Ja, dat zei ik al,' zei ze kortaf.

'En hoe weet je dat hij niet bij zijn ouders is?'

'Dat weet ik niet.'

'Dus hij kan bij zijn ouders zijn?'

'Nee, hij is toch in het bos?!'

'Wie zegt dat?' zei de stem.

'Hij had een briefje geschreven voor zijn broertje.'

De man aan de telefoon zuchtte. 'Ik kan iemand toch niet als vermist noteren zonder dat...'

'Luister eens,' zei Emilie, en nu was haar geduld op. 'Ik ben hier bij een jochie van zeven dat al een week alleen thuis is. Zijn broer is weg. Zijn ouders zijn weg. En jij zegt dat je niet...'

Ze voelde de razernij nu opborrelen, moest diep ademhalen om het gesprek gaande te houden.

'Ja, natuurlijk wel, ik noteer het hier, dan zien we morgen wat we ermee doen. Kun je in de loop van vandaag naar het bureau komen, lukt dat?'

'Morgen?' riep Emilie. 'Wou je een jongen die al een week lang in het bos verdwenen is, daar nog één nacht langer laten doorbrengen? Stel dat er iets met hem gebeurd is?'

'Ja, dat spreekt, maar ik kan niet zomaar iets doen. Ik bedoel, stel dat de ouders met vakantie zijn en die jongen hebben meegenomen?'

'En een kind van zeven alleen achtergelaten hebben?'

'Er zijn wel ergere dingen gebeurd,' zei de politieman. 'Ik noteer je nummer, dan bekijk ik de zaak even, en dan bellen we je terug, akkoord?'

'Ja, doe dat,' snauwde Emilie.

Ze gaf hem haar nummer en verbrak de verbinding.

70

Gabriel Mørk stond op de stoep voor het fraaie flatgebouw in Frogner. Er werd maar niet opengedaan. Hij was lichtelijk geërgerd doordat Ludvig hem hiernaartoe had gestuurd. Hij had niet begrepen dat hij naar de winkel zou moeten om inkopen te doen. Niet dat hij bij de Speciale Eenheid boven aan de ladder stond, hij was uiteindelijk pas begonnen, maar ze konden toch wel iemand anders om boodschappen sturen? Per slot van rekening had hij momenteel wel iets belangrijkers te doen. Hij keek nog eens omhoog naar het flatgebouw en belde weer aan. Er kwam nog steeds geen reactie. Het was een mooi flatgebouw in een dure buurt in West-Oslo. Grote ramen, en alle flats hadden een balkon met uitzicht op het Frognerpark. Hij dacht aan zijn vriendin en aan het kindje in haar buik. In eerste instantie had hij zich grote zorgen gemaakt. Waar moesten ze wonen? Hoe moesten ze de rekeningen betalen wanneer het kind er was? Ze moesten een hoop aanschaffen, hij voelde zich eigenlijk een beetje dom als hij eraan dacht hoe onwetend hij was geweest. Een ledikantje en een kinderwagen en wat niet allemaal meer. Maar dat was nu verleden tijd. Nu had hij een baan. Zomaar ineens. En nog een leuke baan ook. Een belangrijke baan. Hij had nooit gedacht dat hij er nog eens zo over zou denken. De politie was eigenlijk, nou ja, de vijand, om het maar ronduit te zeggen. Voor de overige hackers die hij kende. Maar die wisten niet waar ze het over hadden. Ze hadden Mia Krüger nooit ontmoet. Of Holger Munch. Of Curry. Of Anette. Of Ludvig. Of Kim en al die anderen. Ze wisten niet hoe het was om collega's te hebben. Op je werk te komen, ergens bij te horen waar je met een glimlach werd begroet en wist dat je bij het team hoorde en dat ze jou en je werk wel zagen zitten. Hij had het gevoel dat hij min of meer ingewijd was in het nieuws. Hij had eigenlijk nooit iets met het nieuws gehad, vroeger niet, maar het lag heel anders als het ging over iets wat jij deed. De apparatuur die de techniekjongen van Grønland had gebracht was bovendien fantastisch. Zulke apparatuur had hij van zijn leven niet zelf kunnen betalen, de eerste dagen had hij zich net een kind met Kerstmis gevoeld.

Hij belde nog eens aan en dacht aan wat ze gingen kopen. Wat voor flat. Voor iets in deze buurt hadden ze geen geld, dat was duidelijk, maar misschien iets moois aan de andere kant van de stad. Ongetwijfeld zonder tuin en zo, maar een eigen flat, hij merkte dat hij zich erop verheugde. En een eigen naambordje op de deur. Hier wonen Gabriel en Tove en... tja, over de naam van de baby hadden ze het nog niet gehad. Hij wilde juist nog eens aanbellen toen de deur openging en er een oude dame naar buiten kwam. Hij glimlachte haar vriendelijk toe, hield de deur voor haar open en glipte de gang in.

Hij liep met de zakken de trap op naar de tweede etage. Ludvig had gezegd dat het de flat helemaal achter aan de gang was. Hij was van plan geweest aan te bellen, maar merkte dat de deur op een kier stond.

'Hallo?' riep hij voorzichtig. 'Is hier iemand?'

Geen antwoord.

'Hallo?' riep hij nog eens, waarna hij de deur behoedzaam openduwde.

Hij liep met de zakken de gang in.

'Hallo? Ik kom wat spullen brengen namens Holger Munch.'

Toen ontdekte hij het lichaam.

Wat is hier in godsnaam gebeurd?

Hij smeet de zakken neer, belde 112 en knielde neer bij de jonge vrouw die op de grond lag.

71

Mia Krüger reed veel sneller dan toegestaan was, maar dat moest dan maar. Ze had het mis gehad, daar wrong de schoen. *De verkeerde Munch*. De dader wilde niet Holger pakken, maar haar. Ze vloekte binnensmonds en passeerde een vrachtwagen met oplegger. Wist nog net de goede rijbaan op te komen voor de tegenliggers er waren. Terwijl ze het gaspedaal nog dieper intrapte, hoorde ze achter zich het getoeter van de vrachtwagen.

Niet de goede Munch. Niet Holger, Edvard Munch. Åsgårdstrand. Het ging om haar. Mia Krüger. Zij was het doelwit. Niet Holger. Ze schaamde zich. Ze had het mis gehad. Verdomme nog aan toe, waarom nam Munch niet op? Ze passeerde nog een auto, een caravan ditmaal, draaide met één hand aan het stuur en wrong zich er weer tussen, ook nu op het nippertje. Ze drukte de telefoon tegen haar wang, overwoog de politieradio te gebruiken, maar zag ervan af. Je wist nooit wie er luisterde en ze wilde niet dat iemand zou horen wat ze te melden had.

Ze wilde juist voor de zoveelste keer Munch bellen toen de beltoon van haar telefoon daar een stokje voor stak. Het was Gabriel.

'Waar is Munch?' vroeg Mia.

'Waar ben jij?' vroeg Gabriel.

'Onderweg naar de stad, waar is Munch?'

'Geen flauw idee,' zei Gabriel. 'Hij neemt niet op, Mia, godverdegodver.'

Pas nu hoorde ze dat hij compleet over zijn toeren was. 'Wat is er?'

'Marion is verdwenen.'

'Jezus, wat krijgen we nou?'

'Serieus.' De jongeman stotterde nu bijna. 'Ik ging wat spullen naar die flat brengen en toen trof ik haar op de grond aan.'

'Wie?'

'Zijn dochter.'

'Miriam?'

'Ja.'

Gloeiende godverdomme. Jezus christus nog aan toe.

'Is alles goed met haar?'

Mia zwenkte de andere rijbaan weer op. Passeerde drie auto's voor ze zich er weer tussen gooide.

'Ze haalt zwaar adem, maar ze slaapt wel.'

Narcose. Ze had toch verdomme gezegd dat er te allen tijde een agent voor de deur moest staan? 'En geen spoor van Marion?'

'Niets,' zei Gabriel. Het huilen stond de jongeman nader dan het lachen.

'Heb je Holgers telefoon laten peilen? De laatste keer dat ik hem heb gesproken, was hij naar het verzorgingstehuis onderweg. Zijn moeder was niet goed geworden.'

'Zijn moeder?' vroeg Gabriel.

'Laat dat nou maar zitten, ik moet hem onmiddellijk spreken.'

'Ik ben niet op kantoor,' zei Gabriel. 'Ik ben in Frogner.'

'Ga dan naar kantoor,' zei Mia, terwijl ze tegen een brommer toeterde die met een slakkengangetje voor haar reed.

'We... fi... ruistere...'

'Ik versta je niet,' zei Mia, 'zeg het nog eens.' Eindelijk was ze de brommer voorbij en kon ze het gaspedaal weer intrappen.

'We zijn met die film bezig, we proberen de ruis te reduceren,' zei Gabriel.

'Mooi, wanneer komt-ie?'

'Zodra hij klaar is.'

'Ja, maar wanneer is dat?' Ze ergerde zich nu, maar riep zichzelf tot de orde. Het was niet de schuld van die jongen. Hij had goed werk gedaan.

'Weet ik niet precies,' zei Gabriel.

'Ga naar kantoor en bel me daarvandaan.'

Ze hing op en belde Ludvig.

'Waar was je?' vroeg haar collega. 'De hel is hier losgebroken, heb je het al gehoord?'

'Ja. Waar is Holger?'

'Geen idee, hij neemt niet op, ben je nog ver weg?'

'Twintig minuten, halfuurtje,' zei Mia.

'Jezus. Dit is... jezus nog aan toe.'

Ongetwijfeld, ja. Ze hadden Marion veilig verstopt en nu was ze weg.

Ze hing op en belde Nummerinformatie. Het was inmiddels gaan regenen. De druppels petsten hard tegen de voorruit en het zicht werd slechter en slechter. Ze zette de ruitenwissers harder zonder de druk op het gaspedaal te verminderen.

'Nummerinformatie 1881.'

'Kun je me doorverbinden met verzorgingstehuis Høvikveien?'

'Zal ik het nummer oplezen?'

'Nee, verdomme, verbind me door,' snauwde Mia, en ze trapte op de rem toen ze merkte dat ze gevaarlijk dicht bij de berm reed.

Het duurde ongelofelijk lang voor er iemand opnam. Het leek een eeuwigheid te duren voor ze iemand aan de lijn kreeg.

'Verzorgingstehuis Høvikveien, met Birgitte.'

'Ja, hallo, met Mia Krüger. Is Holger Munch toevallig bij jullie?'

'Hij is hier een poosje geleden geweest,' zei de stem.

'Maar is hij er nu?'
'Nee, ik heb hem niet meer gezien.'
Godverdomme.
'Is Karen aanwezig?'
'Ja, die is hier, een ogenblikje.'
Er verstreken een miljoen seconden. Mia zou dolgraag in de microfoon gebruld hebben. Ze moest de ruitenwissers in de hoogste stand zetten om nog door de voorruit te kunnen kijken. Er verstreken nog een miljoen seconden voordat Karen eindelijk aan de telefoon kwam.
'Ja, met Karen.'
'Hallo, Karen, met Mia Krüger.'
'Hallo, Mia, leuk je weer te spreken.'
'Ja, heb je Holger vandaag ook gezien?'
'Ja, die is hier geweest. Zijn moeder was niet goed geworden, maar het was gelukkig niets ernstigs. De dokter heeft haar een slaapmiddel gegeven en...'
'Oké, prima,' onderbrak Mia haar. 'Maar hij is er niet meer?'
'Nee, hij is weggegaan.'
'Weet je ook waarheen?'
'Nee, geen idee. Hij was doodmoe. Ik zei nog tegen hem dat...'
Mia vloekte inwendig. Hier had ze geen tijd voor.
'... toen heb ik hem na een uurtje gewekt. Toen zag hij er nog steeds niet echt goed uit, maar...'
'Maar je weet niet waar hij naartoe is?'
'Nee, hij werd gebeld en rende meteen de deur uit. Hij heeft niet eens dag gezegd,' zei Karen.
'Oké,' zei Mia. 'Bedankt.'
'Zeg, Mia,' zei Karen, net toen ze op wilde hangen.
'Ja?'
'Ik weet niet of het van belang is, maar haar auto staat hier.'
'Van wie?'
'Malin. Malin Stoltz. Haar auto staat hier.'
Het regende zo hard dat Mia nu vaart moest minderen. De druppels kletterden bijna als hagel tegen de ruit, ze zag de auto's voor haar afremmen, de rode lichten schenen haar door de voorruit tegemoet. Ze liet het gas los en haalde even diep adem. Holger was gebeld. Door wie? Iemand had hem gebeld en hij was weggerend. Holger liep nooit hard. Hij had niet eens dag gezegd. Was

weggerend. Wie had Holger in vredesnaam aan het rennen gebracht?

De dader.

Natuurlijk. Marion was weg. De dader had Holger gebeld. Holger van zijn kant had niemand van het team gebeld. Was weggerend zonder dag te zeggen. Marion. De enige voor wie hij het op een lopen zou zetten.

'Ben je daar nog, Mia?'

'Sorry, Karen, wat zei je?'

'Ach, het zal wel niet belangrijk zijn, dat kunnen we later wel bespreken.'

'Nee, wat zei je? Haar auto?'

'Ja, die staat hier in de parkeergarage. Ik weet niet of dat iets te betekenen heeft, maar...'

'Wat voor auto?'

'Een witte Citroën.'

Witte Citroën.

Mia keek door de ruit. Probeerde te ontdekken waar ze was. De villawijk Slependen. Ze kwam in de buurt.

'Ik kom naar je toe,' zei ze. 'Zit hij op slot?'

'Ik weet het niet,' zei Karen. 'Maar het kan zijn dat de sleutel hier in het kastje in de personeelskamer hangt. Ze is wat verstrooid, raakt dingen kwijt, ik meen me te herinneren dat ze zei dat...'

'Ja, goed, Karen,' viel Mia haar in de rede. 'Wil je kijken of je die voor mij kunt vinden, ik ben er zo, oké?'

Ze hing op en belde Anette.

'Anette.'

'Hallo, met Mia.'

'Ben je daar, waar ben je geweest?'

'Åsgårdstrand. Munch heeft je niet gebeld?'

'Nee, heb je het gehoord?'

'Ja, verdomme.'

'Zeg dat wel.'

'Mikkelson is hier. Compleet over de rooie.'

Mia merkte dat het haar geen mallemoer kon schelen hoe Mikkelson er op dit moment over dacht. 'Wie heeft er nu de leiding?' vroeg ze, zoekend naar de afslag.

'Mikkelson,' antwoordde Anette.

'Maar hij weet er toch verdomme geen ruk van, Anette. Jij moet het overnemen.'

'Wat wil je dat ik doe? Waar ben je eigenlijk?'

'Bijna in Høvik. We hebben de auto van Stoltz gevonden, nog nieuws over haar, trouwens?'

'Nee, niets. Wat moet ik doen?'

'Gabriel achter zijn vodden zitten, zodat hij de gps-locatie van die klotefilm vindt. En zorg dat hij Munchs telefoon opspoort. Ik denk dat de dader hem misschien heeft gebeld en dat hij daarnaartoe is.'

'Oké,' zei Anette. 'Nog meer?'

'We moeten...' Mia zag de zijweg naar Høvik en sloeg af. De ergste regen was nu voorbij, ze kon zelfs zien waar ze reed.

'Moeten...?'

Ze kon niets meer bedenken.

'Zorg er alleen voor dat die film als de sodemieter gefikst wordt, en spoor Munch z'n telefoon op.'

'Akkoord,' zei Anette. 'O ja, Ludvig heeft iets voor je.'

'Wat?'

'Een foto. Een gespreksgroep in Hønefoss.'

Geniaal. Ze had gegokt en raak geschoten. 'Vraag of hij die naar mijn telefoon doorstuurt.'

'Goed.'

'Maar niets over Stoltz?'

'Geen moer.'

'Oké, ik kom er zo aan. Ik bel je als die auto iets oplevert.'

Mia hing op en sloeg de weg naar het verzorgingstehuis in.

72

Lukas zat op het bankje bij het water met een plaid om zich heen. Hij had nu droge kleren aan, maar zijn lichaam wilde nog steeds niet helemaal warm worden. Pastor Simon had hem onder water gehouden. Hij was bijna verdronken. Pastor Simon had gevraagd of hij de duivel kon zien, maar dat kon hij niet, en toen had de pastor hem onder water gehouden. Lukas was in de war. Pastor Simon had hem eerst onder water gehouden en was na afloop met droge kleren gekomen. Die hadden in de auto gelegen. De plaid ook. De pastor had dit gepland. Waarom?

Pastor Simon kwam van de auto aanlopen met een etenspakket en een thermoskan. Hij ging op het bankje tegenover Lukas zitten. Boterhammen met bruine kaas. Hij schroefde de beker van de thermoskan en schonk die vol met warme chocolademelk.

'Drink en eet,' zei de pastor.

Lukas nam een slok chocolademelk en voelde die warm door zijn keel glijden. Hij at de boterhammen langzaam op, terwijl de pastor toekeek. De pastor zei geen woord. Hij zat met zijn handen voor zich gevouwen op de bank en keek met een warme, milde blik naar Lukas. Lukas merkte dat hij nog steeds een beetje bang was, maar hij voelde zich veel beter dan daarnet. De pastor bleef onafgebroken naar hem kijken. Normaal keek hij over Lukas' hoofd heen omhoog naar de hemel, nou ja, eroverheen, in elk geval een andere kant op, hij keek hem nooit recht aan, diep in zijn ogen, zoals nu. Langzaam trok de warmte weer in Lukas' lijf. Hij probeerde de blik van de pastor te doorstaan, maar dat lukte hem maar ten dele. Hij had alle boterhammen opgegeten en drie bekers chocolademelk gedronken voor de pastor eindelijk het woord nam.

'God heeft zijn eniggeboren zoon, Jezus, naar de aarde gezonden om de zonden van de mensen op zich te nemen,' zei de pastor. 'De mensen hadden de kans om Jezus te redden, maar in plaats daarvan kozen ze voor de rover Barabbas.'

Lukas knikte zwakjes.

'Wat zegt dat over de mensen?' vroeg de pastor.

Lukas gaf geen antwoord. Hij wilde liever niet het verkeerde antwoord geven, weer onder water terechtkomen. De paniek zat nog in zijn lijf, merkte hij.

'Dat de mensen niet weten wat goed voor hen is,' vervolgde de pastor. 'De mensen horen niet over zichzelf te kunnen beslissen. Dat snap je toch wel, Lukas?'

Ja, dat snapte Lukas. Hier hadden ze het al eerder over gehad. De mensen waren dom. Ze wisten niet wat goed voor hen was. Daarom had God er maar een paar uitverkoren om in de hemel te komen. Alleen zij die bijzonder waren. De ingewijden. Degenen die het begrepen. Veertig gemeenteleden. En nog een aantal anderen, van andere plaatsen in de wereld, die ze later zouden ontmoeten.

Pastor Simon keek hem recht aan en greep zijn hand.

'Ik ben God,' zei de pastor.

Lukas merkte nu dat zijn lichaam weer helemaal warm werd. Er begon iets in hem te kriebelen, sterker dan ooit. Het trok vanuit zijn tenen naar zijn enkels, omhoog naar zijn dijen, zijn buik en verder naar zijn hals, zijn gezicht prikte nu ook, helemaal tot in zijn oren.

'Ik ben God,' zei de pastor. 'En jij bent mijn zoon.'

Lukas' mond zakte open.

'Jij bent mijn zoon, Lukas. Jij bent de nieuwe Jezus.'

Lukas viel bijna flauw. De pastor was God. Natuurlijk. Zo stak het in elkaar. Dat was het. Als hij in zijn kantoortje met God sprak, sprak hij met zichzelf. De pastor was God. En hij, Lukas, was Gods zoon.

'Vader,' zei Lukas eerbiedig, en hij boog zich naar voren.

'Mijn zoon,' zei de pastor, en hij legde zijn hand op Lukas' hoofd.

Lukas voelde hoe de warmte van Gods hand zich door zijn achterhoofd verspreidde.

'Je hebt de toets doorstaan,' zei de pastor. 'Je hebt je leven in mijn hand gelegd. En ik hoop dat je nu op mij vertrouwt. Ik had je kunnen doden, maar dat heb ik niet gedaan. Want je hebt nog grotere taken te vervullen voor we huiswaarts keren.'

'Huiswaarts?' vroeg Lukas voorzichtig.

'Naar de hemel,' zei de pastor.

'Ben ik echt de nieuwe Jezus?' stamelde Lukas.

De pastor knikte. 'Ik heb je zevenentwintig jaar geleden naar de aarde gezonden.'

Lukas kon zijn oren niet geloven. Natuurlijk. Zo zat het. Daarom had hij geen ouders gehad!

'En ik heb je teruggevonden,' zei Lukas eerbiedig.

'Je hebt me teruggevonden,' zei de pastor.

'Maar de eerste Jezus heeft grote dingen verricht, wat heb ík gedaan?' vroeg Lukas.

'Dat komt nog,' zei de pastor glimlachend. 'Vandaag.'

'Vandaag?' vroeg Lukas gespannen.

Met een lachje liep de pastor weer naar de auto. Hij kwam terug met een bundeltje in zijn handen en legde dat voorzichtig op de bank.

'Voor mij?'

'Maak maar open,' zei de pastor.

Met trillende vingers opende Lukas het bundeltje. Hij zette grote ogen op toen hij zag wat erin zat.

'Een pistool?'

De pastor knikte.

'Wat moet ik doen?'

De pastor boog zich naar hem toe en greep zijn hand.

'De vorige week is er een indringer naar het Huis van het Licht gekomen.'

'Wie?'

'Een jongen, door de duivel gestuurd.'

Lukas voelde verontwaardiging opkomen. De duivel had een jongen gestuurd om te voorkomen dat ze op reis zouden gaan. Hij wist het. De pastor en Nils waren de laatste tijd zo stil geweest.

'Maar gelukkig ben ik sterker dan de duivel,' zei de pastor. 'Ik doorgrond hem, maar hij doorgrondt mij niet.'

Natuurlijk, dacht Lukas.

Deo sic per diabolum.

De weg tot God loopt via de duivel.

Doorgrond de duivel. *Leer hem kennen.* Dat had de pastor bedoeld.

'En waar is die jongen nu?'

'Hij zit gevangen in de schuilkelder.'

'En wat doen we met hem?'

'Jij moet hem doden,' zei de pastor.

Lukas keek naar het pistool voor hem en knikte zachtjes.

'Er is alleen één probleempje.'

'Wat dan?'

'Hij heeft Rakel gevangen. Mijn Rakel.'

'Die duivel,' brieste Lukas.

'Dus je moet voorzichtig zijn. Dood de jongen, maar zorg dat Rakel niets overkomt. Ik heb mijn Rakel nodig in de hemel.'

'Ik zal doen wat in mijn vermogen ligt.' Lukas boog zich voorover om de hand van de pastor te kussen. De pastor stond op. Lukas stopte het pistool weer in het bundeltje en nam het mee naar de auto.

'Als we in de hemel komen, kun je je eigen Rakel krijgen,' zei de pastor.

'O ja?' vroeg Lukas.

'Zeker,' zei de pastor. 'Je weet wel, die engeltjes die in de bomen hingen?'

'Die meisjes over wie iedereen het heeft?'

'Ja,' zei de pastor. 'Zij zullen ons daarboven tegemoetkomen. Je kunt een van hen uitkiezen.'

Een meisje voor hemzelf? Maar hij wilde toch geen meisje? Hij had genoeg aan God. Wat moest hij met een klein meisje? Lukas liet het maar zitten, hij wilde niet tegen de pastor in gaan. Hij deed zijn veiligheidsriem om, startte de auto en reed rustig over de bosweg naar de boerderij.

73

Kim Kolsø zat achter in de briefing room te luisteren hoe alles naar de verdommenis ging. Niet voor hem, maar voor Munch en Mia. Die waren er geen van tweeën, en daar kwam het misschien door, als ze er waren geweest, hadden ze misschien antwoord gegeven op de vragen van Mikkelson. Mia was de hele dag onbereikbaar geweest, maar nu had Anette haar toch te spreken gekregen, ze was naar Åsgårdstrand geweest inmiddels en op de terugweg. Van Munch had niemand iets gehoord.

Kim zuchtte en trommelde met zijn vingers op het tafelblad. Hij keek naar Mikkelson, die voor het bord heen en weer beende met boven zijn bril een voorhoofd vol rimpels en met zijn handen op zijn rug. Net een leraar. En zij waren de leerlingen en zouden ervanlangs krijgen. Kim keek naar Curry, die met zijn mond het woord *bullshit* vormde en zijn ogen ten hemel sloeg. Hij moest zijn blik afwenden om niet te lachen, maar hij was het er helemaal mee eens. Ze hadden afschuwelijk veel te doen. Niet één lid van het team was in staat om stil te zitten. Zelfs Ludvig, die binnenkort met pensioen ging, zat als een rusteloos klein jochie heen en weer te draaien op zijn stoel. Zo te zien had Gabriel Mørk er de meeste last van. Hij was uit zijn kantoor gerukt, waar hij aan het skypen was met een vriend die net bezig was het geluid van de Kiese-film van ruis te ontdoen. De jongeman zat maar tegen de rug van zijn stoel te wiebelen en leek op ontploffen te staan.

'Ja?' zei Mikkelson, terwijl hij de ruimte overzag. 'Is iedereen er?'

Niemand gaf antwoord. Als Mikkelson de leraar was, dan waren zij de onhandelbare leerlingen die wegens gebrek aan respect voor het gezag in deze klas waren geplaatst. De kamer was een mijnenveld. De irritatie was tastbaar.

'Kan iemand ons de laatste stand van zaken geven?' Mikkelson duwde zijn bril omhoog op zijn neus en keek rond. Niemand zei iets. De klassenopstand tegen de leraar ging door. Kinderachtig, maar toch. In dit kamertje zat een aantal van Munch en Mia's meest toegewijde vrienden en collega's. Niemand zag graag dat ze in diskrediet werden gebracht.

'Waar is Holger Munch?' vroeg Mikkelson. 'Waar is Mia Krüger?'

Ten slotte stond Anette op.

'Van Holger hebben we niets gehoord,' zei ze kalm. 'Mia heb ik zojuist gesproken.'

'Stand van zaken?'

'Toen ik haar sprak, was ze op weg hierheen.'

'En Munch?'

'Van hem hebben we al een poosje niets gehoord, maar Mia had een theorie,' ging Anette verder.

'Ja, vast,' zei Mikkelson sarcastisch, zonder dat de aanwezigen daar merkbaar op reageerden. 'En waar kwam die op neer?'

'Dat Munch door de dader is gebeld,' zei Anette. 'Dat hij te horen heeft gekregen dat hij de dader ergens alleen moet ontmoeten, en dat hij op weg is gegaan.'

'Maar alle telefoons worden toch afgeluisterd, wijst iets erop dat dat klopt?' vroeg Mikkelson.

'Nee,' zei Gabriel Mørk. 'Niets van dien aard op zijn telefoon, voordat die uitgezet werd.'

'De dader kan het toch op een andere manier gedaan hebben?' zei Ludvig Grønlie voorzichtig.

'Wat bedoel je?' vroeg Mikkelson.

'Tja, weet ik veel, maar hij kan toch zeker mail ontvangen op zijn telefoon? Al die persoonlijke mailaccounts, ik bedoel die op internet, Gmail en zo, daar hebben we toch geen toegang toe, of wel?'

Grønlie keek weifelend naar Gabriel Mørk, hij wist heel goed dat hij tot een andere generatie politiemensen behoorde en hoopte dat hij er niet naast zat.

'Alles wat we op het net doen wordt geobserveerd? Ik mag hopen van niet,' zei Curry sarcastisch.

Een paar anderen glimlachten flauwtjes.

'Nee, daar kunnen we niet in,' zei Gabriel.

'Dus hij kan een bericht hebben gekregen,' zei Anette. 'Iets waardoor hij gedwongen was ergens alleen naartoe te gaan.'

Mikkelson zuchtte. 'En dat is hoe wij werken?' Hij liet zijn blik over de aanwezigen gaan, nog steeds zonder de reactie te krijgen waar hij op uit was.

'Is dat hoe wij werken?' vroeg hij weer, nu iets luider. 'Nee, dat is het niet, we vormen een team. Een team. Er is hier geen plaats voor spontane soloacties. Hier communiceren we en werken we samen. Niet zo vreemd dat jullie niets hebben bereikt.'

'Eigenlijk hebben we heel veel bereikt,' zei Ludvig met een kuchje, terwijl hij opstond.

Kim mocht Grønlie graag. Die bezat precies wat nodig was om deel van de Speciale Eenheid uit te maken. Eigenlijk was het raar, diverse mensen waren kortstondig bij de eenheid geweest, maar hadden er domweg niet in gepast. Niemand kon er de vinger op leggen wat daar precies voor nodig was. Het had niets te maken met capaciteiten, leeftijd, achtergrond of speciale vaardigheden, het ging er uitsluitend om of het klikte. Een onuitgesproken onderlinge verstandhouding. Zo doen we het, en zo doen we het niet. Hij had meerdere uiterst capabele collega's die hier hadden gezeten zonder zich thuis te voelen. Die de smoel van Munch niet konden luchten. Die Mia Krüger de meest overschatte rechercheur van deze tijd vonden. Kim werkte al een hele tijd met die twee samen en kon zich in deze wereld geen ander baantje voorstellen.

Ludvig somde in het kort voor Mikkelson op wat ze al hadden ontdekt. Malin Stoltz. De flat vol spiegels. Het verband tussen verzorgingstehuis Høvikveien en de praatgroep voor kinderloze vrouwen in Hønefoss. De film van Kiese: als Mikkelson er niet op had gestaan dat ze hier als een schoolklasje zouden zitten, zou die zelfs binnen afzienbare tijd de plek kunnen opleveren waar Stoltz Marion Munch vasthield.

'Ja, ja,' zei Mikkelson, terwijl hij zijn bril omhoogduwde op zijn neus. 'En hoe staan we ervoor?'

'Kan ik nu weg?'

Dat was Gabriel Mørk. Kim glimlachte flauwtjes. Hij mocht die knul wel. Hij was uit het niets opgedoken en binnen de kortste keren tot een belangrijk lid van het team uitgegroeid. Een Munchspecial. Op diezelfde manier had Munch Mia Krüger binnengehaald. Het gerucht wilde dat ze niet eens de politieacademie had hoeven afmaken.

'Waarom?' vroeg Mikkelson met gefronste wenkbrauwen.

'Als Munch erop uit is om de dader te vinden, zou het misschien wel fijn zijn als wij erachter komen wie dat is,' zei Mørk. 'We zijn nu de film aan het opschonen, ik heb een vriend die daar waanzinnig goed in is. Binnenkort hebben we de gps-coördinaten. Misschien een betere besteding van onze tijd dan hier zitten.'

Inwendig moest Kim lachen. Toen hij Mørk van de straat had geplukt, was die op van de zenuwen geweest. Nu leek het net of hij al vanaf het begin bij het team werkte.

'En wie ben jij ook alweer?' vroeg Mikkelson, terwijl hij zijn bril afdeed.

'Gabriel,' antwoordde Mørk.

'Hoeveel politie-ervaring zei je dat je had?'

'Twee weken,' antwoordde Mørk zonder een spier te vertrekken.

'Ik twintig jaar,' zei Mikkelson, en hij zette zijn bril weer op. 'Denk je niet dat ik iets beter weet hoe we onze tijd het beste kunnen besteden?'

Zijn poging tot sarcasme viel weer niet in goede aarde. Kim zag Curry tegen Gabriel Mørk knipogen. Die reageerde door zijn schouders op te halen.

'Anette?' zei Mikkelson enigszins hulpzoekend.

'Gabriel heeft gelijk,' zei Anette, terwijl ze opstond. 'Dat Kiesefilmpje is belangrijk en hoort nu topprioriteit te hebben. Als Munch heeft besloten ons erbuiten te houden omdat Stoltz hem een ultimatum heeft gesteld, is dat volkomen begrijpelijk. Hij is dol op zijn kleindochter. Ik had precies hetzelfde gedaan.'

Kim zag Mikkelson van kleur verschieten. Als hij had gedacht in Anette Goli een bondgenote te vinden, had hij het mis gehad. Curry gaf Kim een knipoog en hij grijnsde terug.

'Juist ja,' zei Mikkelson nors, en hij bladerde wat papieren op de tafel voor hem door. 'Dus wat doen we nu?'

Kim had het geluid van zijn mobieltje afgezet, maar de trilfunctie was hij vergeten uit te schakelen. Plotseling veerde het ding voor hem op het tafelblad op. In het display stond een onbekend nummer.

'Ja?' zei Mikkelson geërgerd met een blik in zijn richting.

'Deze moet ik opnemen,' zei Kim, en hij stond op.

'Nu?' vroeg Mikkelson.

'Ja,' antwoordde Kim.

'Dan...' zei Mikkelson.

Kim verliet de kamer, dus de rest hoorde hij niet meer. Hij liep de keuken in om een kop koffie voor zichzelf in te schenken. 'Met Kim Kolsø.'

Aan de andere kant zei een meisjesstem: 'Hallo, je spreekt met Emilie Isaksen.'

'Hallo. Wat kan ik voor je doen?'

Kim trok de koelkastdeur open om er een pak melk uit te halen. Als hij en Mia Krüger het ergens over eens waren, was het dat de koffie zoals die uit het apparaat kwam niet te drinken was.

'Ik heb in een matras jouw visitekaartje gevonden,' zei de meisjesstem. 'En nu weet ik niet goed wat ik moet doen. Ik dacht dat jij me misschien kon helpen.'

'Dat kan best. Waarmee heb je hulp nodig?' vroeg Kim, en hij goot wat melk in zijn koffie.

74

Tobias gaf de plaid aan Rakel en deed zijn zaklantaarn uit. Beneden in de schuilkelder werd het helemaal donker, maar ze hadden geen keus. Ze moesten zuinig zijn met de batterijen van de lantaarn en hun ogen wenden snel aan het donker. Tobias wist niet hoelang ze al in de ondergrondse kamer opgesloten zaten, maar hij gokte op een dag of vier, vijf. Hij had het luik geopend en naar beneden gekeken. Hij had naar Rakel gefluisterd, het meisje dat hij pas had ontmoet, het christelijke meisje achter het hek, dat hulp nodig had, en toen was er van achteren iemand gekomen die hem naar beneden had geduwd. Hij was geschrokken en had zich dom gevoeld, en hij had zich pijn gedaan bovendien. Hij was een heel eind omlaag gevallen langs een ladder, naar beneden gevlogen in het zwarte gat en hard op de betonnen vloer geland. Gelukkig niet op zijn hoofd of op zijn armen, maar op zijn zij, en de ladder had zijn val waarschijnlijk ten dele opgevangen, want hij had niet vreselijk veel pijn, alleen een beetje in zijn heup en in zijn ene been.

'Zullen we het luik nog eens proberen?' zei het meisje dat Rakel heette, een zachte stem in het donker, hij kon haar net zien, ze zat niet ver weg.

'Dat heeft geen zin, denk ik,' zei Tobias.

Hij wilde geen negatieve indruk maken, maar ze hadden het al meermalen geprobeerd, voor het laatst een paar uur geleden. Hij was de ladder op geklommen en had zijn schouders tegen het houten luik gedrukt, maar het was niet van zijn plaats gekomen, het was vanbuiten weer op slot gedaan en hij had niets aan zijn mes zolang het slot aan de andere kant zat.

Gelukkig hadden ze eten. En een plaid. En een zaklantaarn, ook al moesten ze zuinig zijn met de batterijen, want die hadden ze niet gevonden. Ze zaten in een schuilkelder. Rakel had hem alles uitgelegd. Zij was al vaker hier beneden geweest. Hier sloten ze altijd de ongehoorzame kinderen op. Degenen die niet luisterden. Meestal hoefden ze er niet zo lang te zitten, het hing er helemaal van af wat ze hadden gedaan. Er werden hier op de boerderij heel wat straffen uitgedeeld, had Tobias begrepen. Een ervan was een week niet praten. Daarom had Rakel bij het hek die briefjes gebruikt. Ze kon wel praten, ze was haar stem niet kwijt, zoals hij eerst had gedacht, hij had eerst gedacht dat ze misschien doofstom was, zoals Chief Bromden in *Eén vloog over het Koekoeksnest*. Ze kon best praten. Sinds hij door die duw beneden bij haar terecht was gekomen, had ze bijna de hele tijd gepraat. Tobias vond het fijn om naar haar stem te luisteren. Ze praatte niet zoals de andere meisjes die hij kende, niemand op school praatte zo, bijna als een volwassene. Ze wist ook waar alles was in de schuilkelder. Er was eten in dozen, er waren grote jerrycans met water en benzine, er waren kleren en alle mogelijke spullen eigenlijk, batterijen hadden ze dus niet gevonden, maar die moesten hier ook ergens zijn.

Tobias was wel eens eerder in een schuilkelder geweest, op school hadden ze er een en daar was hij tijdens een oefening heen geweest. De Burgerbescherming in Hønefoss had een sirene af laten gaan en toen moesten ze allemaal in een lange rij naar beneden en doen alsof het oorlog was. In de schuilkelder op school hadden alleen wat oude gymnastiekmatjes en hockeysticks gelegen, heel anders dan hier, waar bijna alles was wat je kon bedenken. De eerste dagen was hij bang geweest, maar dat ging nu zo langzamerhand over. Er gebeurde niets engs en ze zaten hier al een hele tijd. Uiteindelijk ging je weer naar boven, dat had Rakel gezegd, uiteindelijk ging je naar boven, maar soms kon dat wel even duren. Hij maakte zich nog het meest ongerust om zijn broertje. Torben zou bang worden als hij bij thuiskomst zag dat hij er niet was. Hij had een briefje geschreven, dat wel, en het in de schuimrubber matras op zijn bed verstopt, waar je bij kon als je een ritssluiting opentrok, ze noemden het hun geheime plek. *Ik ga de christelijke meisjes bespioneren, ben gauw terug*, had hij geschreven. Hij hoopte dat het een beetje zou helpen.

'Ik geloof niet meer dat God bestaat,' zei Rakel, en ze pakte hem bij de hand.

Tobias had wel eerder de hand van een meisje vastgehouden, eventjes, maar dit was anders. Rakel hield graag langdurig zijn hand vast en hij hield die van haar graag vast. Haar vingers waren zacht en warm en als ze dicht bij hem ging zitten, voelde hij ook de warmte van haar lichaam. Het was bijna fijn om zo bij elkaar te zitten, hij kon zich voorstellen dat ze er samen heel lang zo bij zouden zitten. Als ze maar niet onder de grond opgesloten zaten.

'Ik geloof niet in God,' zei Tobias alweer.

Ze hadden het hier al vaak over gehad. Het moest belangrijk zijn voor Rakel. Over God praten. Soms had hij het gevoel dat ze vooral tegen zichzelf praatte, maar hij probeerde er toch zo goed mogelijk antwoord op te geven.

'Want als God bestaat, zou hij niet toestaan dat mensen nare, akelige dingen deden, denk je ook niet?' Rakel kwam iets dichterbij zitten en kneep in zijn hand. Hij kneep terug. Dat deden ze soms.

Alles komt goed. We zijn hier samen.

'Mee eens,' zei Tobias, al maakte hij zich er niet zo druk om of er wel of geen God bestond.

Op school had hij geleerd dat er veel goden waren, over de hele wereld geloofden de mensen verschillende dingen, maar godsdienst was niet zijn favoriete vak, hij had er tot nog toe nooit zo over nagedacht.

'Waar moet je eigenlijk in geloven als je niet meer in God gelooft?' vroeg Rakel.

'Superman?' zei Tobias, die grappig wilde doen, zulke dingen zei hij altijd als zijn broertje zich verdrietig voelde, grappige dingen, zodat hij zich beter ging voelen.

'Wie?' vroeg Rakel.

Nee, dat was waar ook. Rakel wist heel weinig. Ze had nergens van gehoord. 'Een man die heel sterk is en kan vliegen.'

'Niemand kan toch vliegen?' zei Rakel verbaasd.

'Nee, hij kan ook niet vliegen, nou ja, hij bestaat eigenlijk niet echt, het is een figuur uit een stripverhaal.'

'Wij hebben stripverhalen over Jezus,' zei Rakel, en ze zweeg even.

Tobias merkte dat hij een beetje met haar te doen had. Niet dat híj zoveel had. Anderen in zijn klas hadden alle mogelijke dingen: computers, iPads en iPhones, en nou ja, de meeste nieuwe spullen, maar hij had in elk geval televisie en stripverhalen en boeken. Die dingen had Rakel ook allemaal niet.

'Wanneer denk je dat ze ons eruit laten? Wat is de langste tijd dat iemand hier heeft gezeten?'

'Weet ik niet zo goed,' zei Rakel. 'Een meisje dat Sara heet heeft hier geloof ik twee weken gezeten, maar ze was hier niet meer toen ik kwam.'

'Wat had ze gedaan?'

'Ze zeiden dat ze had geprobeerd om weg te lopen.'

'Net als jij?'

'Ja.'

Het was nu kouder in de ruimte. Misschien was het buiten avond, misschien was dat de reden. Tobias pakte een hoekje van de plaid en trok die om zijn schouder. Rakel kwam nog dichterbij zitten en legde de hele plaid om hem heen. Zo bleven ze een poosje stil zitten, dicht bij elkaar onder de plaid, terwijl ze elkaars hand stevig vasthielden. Rakel legde haar hoofd op zijn schouder en na een poosje merkte hij dat ze zwaarder ademhaalde. Ze dommelde wat. Tobias zat doodstil om haar niet wakker te maken en deed zijn ogen dicht. Algauw sliep hij ook. Niet diep, zoals thuis in bed, het was meer zo'n beetje soezen. Hij snapte pas dat hij echt in slaap was gevallen toen hij wakker werd van een hard geluid. Hij schrok op en zag dat het luik boven hun hoofd openging.

Eindelijk, dacht hij, toen het licht van een zaklantaarn langs de ladder naar beneden scheen.

Tobias Iversen wekte het meisje met de fijne sproeten en stond op.

75

Het was opgehouden met regenen toen Mia bij verzorgingstehuis Høvikveien voorreed. Toen ze uit de auto stapte en de trap op liep, zag ze de donkere wolk verder trekken in de richting van het centrum.

Karen stond achter de receptie toen ze binnenkwam. Op dezelfde plaats waar Malin Stoltz had gestaan toen Mia aan de muur de canastaoorkonde van Veronica Bache had ontdekt. Mijn god, wat was ze suf geweest. Ze had niets doorgehad. Ze functioneerde niet meer, misschien was dat de reden. Dat Malin Stoltz het op haar had voorzien, had ze ook niet doorgehad. Munch, ja, maar de verkeerde Munch. Edvard Munch. Daarom waren die lijken in Fort Isegran neergelegd. Munchs moeders. Mia had ook aan die zaak in Hønefoss gewerkt. Was dat de reden? Dat ze een jonge vrouw was? Een jonge politievrouw? Had ze het beter moeten snappen? Die meisjesbaby moeten vinden omdat ze zelf van het vrouwelijk geslacht was? Ze kon niet helder meer denken. Met die rit naar het kerkhof had ze haar laatste restje energie verbruikt. Oma was dood. Papa was dood. Mama was dood. Sigrid was dood. Ze was alleen op de wereld. Mia verheugde zich erop dat alles straks voorbij zou zijn. Op Hitra had ze er een enkele keer aan getwijfeld of ze de juiste keus had gemaakt. Zelfmoord plegen, deze wereld de rug toekeren – moest ze daar anders over gaan denken? Maar nu niet meer. Nu wist ze het zeker. Het was de goede keus. Ze had het eiland nooit moeten verlaten. In gedachten zag ze alle pillen die op tafel op haar lagen te wachten. Ze merkte dat ze zich erop verheugde.

Kom, Mia, kom.

Eerst Marion vinden. Haar laatste krachten aanspreken om het lachende kleine meisje te vinden. Holger Munchs oogappel. Waar ze allemaal zo dol op waren. Malin Stoltz vinden. Ze dacht even aan Munch, die een telefoontje had gekregen en vervolgens was verdwenen. Ze hoopte dat alles goed met hem was. Misschien had hij Malin zelfs wel gepakt. Zijn kleindochter gevonden. Mia wist een klein lachje op te brengen. Wilde niet laten merken hoe slecht het er vanbinnen bij haar uitzag.

'Hallo, Karen.'

'Hallo, Mia.'

'Goed dat je gebeld hebt, bedankt. Sorry als ik een beetje, eh, onbeleefd was of zo, het is nogal druk op het werk.'

'Is er iets gebeurd?' vroeg Karen met een bezorgd gezicht.

Ze vindt Holger aardig, dacht Mia. Dat was nu wel duidelijk. 'Nee hoor, alleen de gebruikelijke stress,' loog ze. 'Heb je de sleutel gevonden?'

'Ja, die heb ik hier,' zei Karen. 'Even een jas aantrekken.'

Ze verdween in de achtergelegen kamer en kwam terug met haar jas aan.

'Staat hij hier al lang?'

'Dat weet ik niet,' zei Karen en ze ging Mia voor, de deur uit en naar de trap naar de parkeerkelder. 'Ik bracht vanmorgen het afval naar beneden, dat is eigenlijk mijn werk niet, weet je, maar ja, je moet de taken een beetje verdelen als het druk is. En toen zag ik hem, ik weet niet hoelang hij er al staat.'

'Waarom is ze er niet mee naar huis gegaan?' vroeg Mia.

'Geen idee,' zei de bejaardenverzorgster, terwijl ze voor haar uit met soepele tred de trap naar de parkeergarage af liep.

Lichtvoetig, Mia, lichtvoetig.

Wat haar oma op haar sterfbed had gezegd. Mia voelde zich eigenlijk niet lichtvoetig meer. Karen was van haar leeftijd, misschien iets ouder, maar ze zag er veel beter uit. Jonger. Opgewekter. Geen rimpeltje. Die torste de verantwoordelijkheid voor de wereld niet op haar schouders mee. Gediplomeerd bejaardenverzorgster in een verzorgingstehuis. Iets heel anders dan een vermoeide rechercheur zonder dekschild. Ze was op. Ze voelde het in haar hele lijf. Ze had zo lang haar best gedaan om vol te houden. Mia Manestraal te zijn. Helemaal alleen op de wereld. Door die rit naar het kerkhof was het haar gaan dagen. Dat vechten niet meer nodig was. Ze vermande zich nogmaals en lachte naar de aardige verzorgster. Munch en Karen. Ze hoopte dat het iets zou worden. Dat ze het samen fijn zouden hebben. Dat had hij echt verdiend.

'Hier is-ie,' zei Karen met een glimlach, en ze wees naar de witte Citroën die in een hoek geparkeerd stond. 'En hier is de sleutel,' zei ze, nog steeds glimlachend.

Mia maakte de auto open en keek in de coupé. Op het eerste gezicht wees niets erop dat ze bij de auto van een seriemoordenaar stond. Alles zag er heel gewoon uit. Een beker van McDonald's.

Een krant. Mia liep om de auto heen en opende de kofferbak. Daar zat ook niets ongewoons in. Een gevarendriehoek. Een paar laarzen. Wat had ze verdorie ook verwacht? Dat Stoltz daar iets van de meisjes in gelegd zou hebben? Ze was wel wijzer. Cynisch. Kil. Een jarenlange voorbereiding. Die zou geen sporen achtergelaten hebben in haar auto. Ze was zelfs bij Sigrids graf geweest. Als ze daaraan dacht, werd Mia razend. Ze voelde haar telefoon trillen in haar zak. De foto van Ludvig. Dus ze functioneerde in elk geval een klein beetje. Ze was blij dat ze gelijk had gehad. Een praatgroep voor kinderloze vrouwen. Het was goed om te merken dat ze in elk geval íéts had bereikt. Ze haalde haar telefoon uit haar zak en haalde het bericht van Ludvig op. Een foto. Een gespreksgroep in Hønefoss. KERSTBIJEENKOMST 2005. In totaal zes vrouwen. Lachend voor een kerstboom. Ze herkende haar meteen. Malin Stoltz. Niet met verschillend gekleurde ogen. Twee blauwe ogen. Lenzen. Mia zoemde op Malin in. Vreemd. Ze zag er zo normaal uit. Een doodgewone jonge vrouw die kinderen wilde maar ze niet kon krijgen. Lachend, haar arm om de vrouw ernaast. De vrouw ernaast. Mia verschoof de foto een stukje om haar beter te kunnen zien.

Goeie god.

Ze draaide zich om, maar het was al te laat. De vrouw op de foto. De vrouw achter haar. Ze voelde de punt van de injectienaald in haar hals dringen, haar achterhoofd tegen het metaal van het geopende deksel van de kofferbak.

'Tel maar af van tien naar nul,' zei Karen. 'Dat zeggen ze altijd. Aftellen van tien naar nul en dan slaap je in. Leuk hè? Tien-negen-acht...'

Mia Krüger was weg voor ze zes hoorde.

6

76

De stemming in de briefing room beviel Anette Goli niet. Mikkelson was gekomen om de zaak over te nemen, wilde zelf de leiding hebben, maar had onvoldoende inzicht in de details om het team te kunnen inspireren en iets gedaan te krijgen. Ze begon zich nogal te ergeren. Ze moesten nu doorgaan, zo snel mogelijk, ze hadden verdomme geen tijd om Mikkelson op de hoogte te stellen van alles wat hij had gemist. En waar was Mia eigenlijk? Ze had haar toch net nog gesproken? En waarom had Munch zijn telefoon uitgezet? Misschien omdat hij naar de dader onderweg was, ja, maar waarom liet hij zijn telefoon dan niet aanstaan? Dan konden ze hem toch volgen? Of wilde hij niet gevolgd worden? In haar hoofd bleef ze alsmaar argumenten afwegen, zodat ze niet hoorde wat Kim zei.

'Moet dat nu?' vroeg Mikkelson. 'Hebben we niets belangrijkers te doen?'

Kim zuchtte. 'Ja, maar het lijkt me dat er een verband kan zijn.'

'En wat is dat verband dan?' vroeg Mikkelson.

Anette Goli moest zich inhouden om niets te zeggen. Zoals gezegd, Mikkelson was niet goed op de hoogte.

'Tobias Iversen is de jongen die Johanne heeft gevonden,' zei Kim met een zucht. 'En nu is hij weg. Ik heb zojuist met zijn lerares gesproken, hij is al een week door niemand meer gezien. En hij had een briefje voor zijn broertje achtergelaten dat hij naar een sekte in het bos zou gaan.'

'Dat kan toeval zijn,' zei Mikkelson.

Anette kon zich niet meer inhouden. Ze schraapte haar keel. 'En het kan van belang zijn. Als er sprake is van een sekte in het bos bij de plek waar Johanne gevonden is, is het absoluut de moeite waard dat na te trekken. Er is per slot van rekening een kerkgenootschap dat hier nauw bij betrokken is, we weten nog niet precies hoe, maar er is iets met ze aan de hand.'

Mikkelson keek haar aan en dacht even na. 'Oké,' zei hij ten slotte. 'Maar besteed er niet te veel tijd aan. En hou de lijnen open voor het geval we je nodig hebben.'

'Oké,' zei Kim.

Hij tikte met gestrekte wijsvinger tegen zijn slaap en verdween de kamer uit. Toen hij de deur achter zich dichtdeed, knipoogde hij even tegen Anette. Glimlachend knipoogde ze terug. Ze mocht Kim Kolsø graag. Ze mocht eigenlijk iedereen van de eenheid. Munch had echt wel zwakke plekken, maar mensen uitkiezen kon hij als de beste. Ze had nog nooit met zo'n hechte en gemotiveerde groep gewerkt. Alleen waren ze nu helaas niet zo gemotiveerd, op de stoel van de baas in Grønland was Mikkelson prima op zijn plaats, maar als rechercheur en teamleider niet. Daarvoor waren zijn sociale vaardigheden te slecht. Zijn voelhoorns waren niet lang genoeg. De anders zo geïnspireerde teamleden zagen eruit alsof ze alles liever zouden doen dan in de briefing room zitten. Niet zo vreemd. Ze hadden enorm veel te doen en het zand in de zandloper begon op te raken. Niemand had iets gezien bij de flat waar Miriam en Marion hadden gezeten. Marion was spoorloos verdwenen. Haar gedachten gingen naar Munch uit. Wie weet was hij daar nu. Alleen en zonder back-up, levensgevaarlijk, maar hij was er in elk geval. Althans, als hij daar was, maar dat moest toch wel? Iets anders kon Anette zich niet voorstellen.

'Dus hoe staan de zaken wat Marion Munch betreft?' vroeg Mikkelson, precies toen Anettes telefoon overging. Hij keek haar nijdig aan.

'De centrale in Grønland,' zei Anette. 'Ik moet opnemen.' Ze liep de kamer uit. 'Ja, met Anette?'

'Hallo, met Hilde Myhr, ik heb hier iemand die met je wil praten.'

'Met mij persoonlijk?'

'Nee, met iemand van jullie. Ik heb het bij Munch en Mia geprobeerd, maar die nemen niet op.'

Mia nam niet op? Waar was ze eigenlijk?

'Ik heb het op dit moment heel druk, hopelijk is dit belangrijk.'

'O, ik denk dat het belangrijk genoeg is.'

'Wie is het?'

'Malin Stoltz.'

Anette liet bijna haar telefoon vallen. 'Wat zeg je?'

'Ik heb Malin Stoltz hier.'

Anette was zo verbouwereerd dat ze helemaal vergat om antwoord te geven. Ze hing op en rende terug naar de briefing room. 'We hebben Stoltz,' riep ze.

'Wat?' zei Mikkelson. 'Maar hoe dan?'

'Ze is op het bureau in Grønland. Curry, met mij mee.'
'Ik kom,' zei Curry, en hij schoot zijn jasje aan.

77

Holger Munch ging rechtop in bed zitten. Hij had enorme hoofdpijn en een vreselijk droge mond. Verward keek hij rond. Een klinische kamer. Ziekenhuisachtig. *Het verzorgingstehuis*. Hij was nog in verzorgingstehuis Høvikveien.

Jezus, wat krijgen we nou?

Snel stond hij op, maar hij moest meteen weer gaan zitten. De kamer tolde om hem heen. Het raam. Buiten was het donker. Avond. Hij had de hele dag geslapen. In een bed in verzorgingstehuis Høvikveien met al zijn kleren aan. Hij zocht in zijn zakken, maar kon zijn telefoon nergens vinden. Wel verdomme. Wat was dit in godsnaam? Waar was Karen? Ze zou hem toch wekken? Weer probeerde hij op te staan, en deze keer lukte het. Hij wankelde naar de deur en probeerde hem te openen, maar dat lukte niet. De deur zat aan de buitenkant op slot. Op de tast zocht hij naar een slot aan de binnenkant, maar dat was er niet. Iemand had hem opgesloten. *Compleet ziek*. Holger Munch begon in paniek te raken toen hij besefte wat er was gebeurd.

Jezus nog aan toe.

Hij liet zijn vuist zwaar op de deur neerkomen en riep koortsachtig: 'Hallo?' Terwijl hij probeerde zijn hoofd helder te krijgen, bonkte hij nu wanhopig op de deur. 'Is daar iemand?'

Hij voelde in zijn zakken. Die van zijn loden jas, en zijn broekzakken. Wankelde naar het bed terug en begon het beddengoed te doorzoeken. Nergens een spoor van zijn telefoon.

Achter hem ging de deur open en een bejaardenverzorgster die hij nog niet eerder had gezien, stak haar hoofd naar binnen. Ze keek hem geschrokken aan. 'Wie ben jij? Wat doe je hier?'

'Munch, politie Oslo, afdeling Moordzaken,' bracht Munch uit, terwijl hij haar opzij duwde. 'Heb je Karen gezien?'

'Karen?' zei de geschrokken verzorgster. 'Die heeft geen dienst meer, hoezo?'

'Ik heb je telefoon nodig,' zei Munch, terwijl hij naar de receptie wankelde.

'Nee, wacht, je kunt toch niet zomaar...'

'Munch, politie, mijn moeder woont hier,' brabbelde Munch, en hij nam de hoorn van de haak.

Ietwat verward bleef hij ermee in zijn hand staan. Die ellendige moderne technologie ook, hij kende geen enkel nummer meer uit zijn hoofd. Hij belde Nummerinformatie en vroeg om te worden doorverbonden met het politiebureau in Grønland. Toen er eindelijk werd opgenomen, vroeg hij om de Speciale Eenheid. Ludvig nam op.

'Grønlie?'

'Met Munch.'

'Allemachtig, Holger, waar heb jij gezeten?'

'Geen tijd, Ludvig, is Mia daar?'

'Nee, die is weg.'

'Hoe bedoel je, weg? Waar is ze?'

'Niet hier,' zei Ludvig.

'Wel verdomme,' zei Munch. 'Is Gabriel er dan?'

'Munch?' zei Ludvig.

'Verbind me dan door met Gabriel, die kan misschien haar mobieltje traceren, geef me Gabriel.'

'Munch?' zei Ludvig.

'Verdomme, Ludvig, geef me Gabriel nou.'

'Je kleindochter is verdwenen,' zei Ludvig.

Munch was er helemaal stil van.

'Marion is weg,' herhaalde Ludvig. 'Iemand heeft haar uit de flat gehaald. Maar het komt goed, Munch, we hebben Stoltz. Ze heeft zichzelf gemeld. Heb je het gehoord? We hebben Malin Stoltz. Anette en Curry zijn haar nu aan het verhoren. Alles komt goed.'

Nu werd Munch langzaam wakker. Als een beer uit zijn winterslaap. 'Zij is het niet,' snauwde hij.

'Wat bedoel je?'

Alles viel nu voor Munch op zijn plaats. 'Stuur een wagen.'

'Maar Munch...'

'Stuur een wagen!' schreeuwde hij in de hoorn.

'Ja, maar waar ben je dan?' schreeuwde Ludvig terug.

'Sorry,' zei Munch, en hij merkte dat hij trilde over zijn hele lijf. 'Verpleegtehuis Høvikveien. Stuur een wagen, Ludvig. Ik ben niet tot rijden in staat. Stuur een wagen.'

Hij legde de hoorn op de balie en wankelde naar buiten, het avondlijk donker in.

78

In de moderne verhoorkamer in het souterrain van politiebureau Grønland heerste zowel spanning als opluchting. Wat hadden ze haar lang gezocht. Eerst als een onbekende, een seriemoordenaar van wie de identiteit hun een raadsel was, daarna als het meisje met de verschillend gekleurde ogen dat in een flat met overal spiegels woonde. En nu was ze hier. Maar een metertje verderop. Anette bekeek haar heimelijk, terwijl Curry nog een glas water inschonk. Malin Stoltz. Anette wist niet precies wat ze had verwacht, maar dit toch vermoedelijk niet. Ze was zo gedwee en fragiel. Lang zwart haar langs een bleek gezicht. Dunne vingers die het waterglas maar net naar haar droge lippen wisten te brengen.

'Bedankt,' zei Malin Stoltz voorzichtig, en ze boog haar hoofd weer.

Anette merkte dat ze bijna met haar te doen had.

'Je heb recht op de aanwezigheid van een advocaat, dat weet je?' zei Curry, terwijl hij weer ging zitten.

Malin Stoltz knikte behoedzaam. 'Die heb ik niet nodig,' zei ze zwakjes.

'Het kan wel verstandig zijn,' zei Anette.

Malin keek naar haar op. Een bruin en een blauw oog waaruit alle levenslust verdwenen leek te zijn. 'Die heb ik niet nodig,' zei Malin weer, en ze streek met een dunne hand door haar zwarte haar. 'Ik zal alles vertellen wat ik weet.'

'De verdachte ziet af van het recht op juridische bijstand,' sprak Curry in het microfoontje op de tafel.

'Weet je het zeker?' vroeg Anette.

Malin Stoltz knikte weer, net zo voorzichtig als eerst. Ze was zo broos. Anette kon het niet geloven. Ze was bijna doorschijnend, zoals glas. Anette had het gevoel dat ze in stukken zou springen wanneer zij te hard zou praten of met haar vingers zou knippen.

'Ik zal alles vertellen wat ik weet,' vervolgde Stoltz. 'Maar er is wel iemand die jullie moeten bellen.'

'En wie dan wel?' vroeg Curry bars.

Anette gebaarde dat hij zich moest inhouden. Er was geen reden om agressief te doen. Malin Stoltz was al geknakt.

'Ik ben ziek,' zei Malin. 'Ik heb een ziekte. Ik wil graag dat jullie mijn dokter bellen, is dat goed?' Ze keek Anette weer aan, ditmaal met een smekende blik.

'Natuurlijk,' zei Anette. 'Wat is het nummer?'

'Ik ken het uit mijn hoofd,' zei Malin.

Curry schoof een blocnote en een pen over de tafel. Zijn telefoon bliepte. Hij bekeek het bericht dat hij had gekregen, terwijl Malin een nummer op de blocnote schreef. Hij trok zijn wenkbrauwen op en schoof zijn telefoon naar Anette toe. Het bericht was van Ludvig.

Munch is onderweg.

Met een glimlach duwde Anette de telefoon terug. Munch was terug. *Eindelijk*. Ze pakte de blocnote van Malin Stoltz aan en gaf hem aan Curry door. 'Bel jij?'

Curry knikte en liep de kamer uit.

'Wil je nog wat water?' vroeg Anette toen ze alleen waren.

'Nee, dank je,' zei Stoltz zwakjes, en ze boog haar hoofd weer.

'Welke ziekte heb je?'

'Daar komen ze maar niet achter,' zei Malin. 'Maar het zit in mijn hoofd. Er is iets mis met mijn hoofd. Soms weet ik niet wie ik ben. Maar ze komen er maar niet achter.'

'Waar is Marion Munch?' zei Anette.

'Wie?' Malin keek haar verwonderd aan.

'Marion Munch. Die heb je toch uit de flat gehaald? Waar heb je haar verstopt?'

'Wie?' zei Stoltz weer. Ze leek nu vreselijk in de war.

'Je weet toch waarom je hier bent?'

'Ja,' zei Malin.

'En waarom ben je hier?'

'We hebben de oudjes bedrogen,' zei Malin zwakjes.

Nu was het Anettes beurt om verrast te kijken. 'Wat bedoel je?'

Malin keek naar haar op. 'We hebben de oudjes bedrogen. Dat was niet de bedoeling. Het is gewoon zo gelopen. Karen en ik. We zouden geld bij elkaar halen. Ik mocht een kind adopteren. Dat is niet zo makkelijk als je alleen en niet helemaal gezond bent. Weet je hoe duur en ingewikkeld het is om een kind te adopteren?'

Nu begreep Anette echt niet meer waar ze het over had. 'Ben je nu ziek, Malin?'

'Wat? Ben ik dat?' Malin Stoltz ging met een ruk rechtop zitten en keek om zich heen.

'Ben je op dit moment Malin, of iemand anders?'

'Ik heet geen Malin,' zei Stoltz.

'Hoe heet je dan?'

'Ik heet Maiken Storberget,' zei Malin Stoltz.

'Waarom noem je je dan Malin?'

'Dat was Karens idee,' zei de magere jonge vrouw.

Maiken Storberget. Nu wist Anette echt niet meer hoe ze het had, maar dat liet ze de andere vrouw niet merken.

Curry kwam de kamer weer binnen. 'Zo, ik heb met je arts gesproken. Ik moest je de hartelijke groeten doen en zeggen dat ze onderweg zijn.'

Hij liet de agressie nu helemaal achterwege. En er was ook geen enkele reden om dat niet te doen. Zoals ze nu voor hen zat, begon Anette er serieus aan te twijfelen dat Malin Stoltz degene was die ze zochten. Als ze tenminste niet fantastisch goed kon liegen. Wat heel goed mogelijk was. Ze had zelf gezegd dat ze een ziekte had. Dat ze af en toe zichzelf niet was. Maar Anette had door de jaren heen genoeg leugenaars meegemaakt, en als Malin er ook een was, was ze uitermate goed. Anette zette het opnameapparaat uit en verontschuldigde zich een ogenblik. Ze trok Curry de gang in en liet Malin alleen in de verhoorkamer achter.

'Wat zei die dokter?'

'Het klopt wat ze zegt,' zei Curry. 'Als kind is ze van de ene instelling naar de andere verhuisd. Tenminste, als degene die ik heb gesproken inderdaad arts is. Dit is zo'n eigenaardige zaak dat ik inmiddels overal aan twijfel.'

'Heeft hij iets losgelaten over de aard van haar ziekte?'

'Beroepsgeheim, maar hij kon zonder meer bevestigen dat ze ze niet alle vijf op een rij heeft.'

'Curry...'

'Gestoord, wel verdomme, Anette, dat mens heeft vier kinderen vermoord en dan moet ík op mijn woorden passen?'

'Trek na of die arts bevoegd is. En laat iemand uitzoeken wat we weten over ene Maiken Storberget.'

'Wie is dat?'

Anette wees naar de kamer.

'Stoltz?'

'Dat zegt ze. Wil je dat nu nagaan, ja?'

'Oké,' zei Curry.

Anette ging de kamer weer binnen en drukte de opnameknop in. 'Vrijdag 4 mei 2012, het is tweeëntwintig uur tien, dit is politieadvocaat Anette Goli, in verhoor met Malin Stoltz.'

'Maiken Storberget,' zei Stoltz, maar plotseling leek ze daar zelf niet meer zo zeker van.

'Hoe wil je dat ik je noem?' vroeg Anette vriendelijk.

'Maiken, geloof ik,' zei Malin.

'Dan doen we dat. Wil je nog meer water, Maiken?'

'Nee, dank je, het is goed zo.'

'Weet je waarom je hier bent, Maiken?'

'Ja, omdat Karen en ik de oudjes hebben bedrogen. Het spijt me heel erg.'

'Daarom ben je niet hier, Maiken.'

'Niet?'

De voormalige Malin Stoltz, nu Maiken Storberget, keek haar bevreemd aan.

'Weet je zeker dat je geen advocaat wilt?'

'Ja. Dat weet ik zeker, maar waarom ben ik hier?'

'Je wordt verdacht van de moord op vier zesjarige meisjes en de ontvoering van de zesjarige Marion Munch.'

Maiken stond abrupt op en wees naar Anette.

'Nee, nee, nee... o, nee, nee.'

'Je kunt beter weer gaan zitten, Maiken.'

'O nee, nee... nee, nee, dat weet je, je weet best dat ik daar niets mee te maken heb. O nee. Nee, nee, nee.'

Anette had er spijt van dat ze toestemming had gegeven haar de handboeien af te doen. Maiken Storberget zag eruit alsof ze zichzelf elk moment iets kon aandoen.

'Wil je gaan zitten, Maiken?'

'Daar heb ik niets mee te maken.'

'Wil je gaan zitten, Maiken?'

'Dat, o nee, nee, nee. Dat weet je. Dat was ik niet.'

'Als je gaat zitten, zal ik naar je luisteren, zullen we dat afspreken?' zei Anette op haar allervriendelijkst, met haar vinger vlak bij de knop onder het tafelblad.

Ze wilde de agenten liever niet binnen hebben, alleen in uiterste noodzaak.

Maiken Storberget keek haar even aan en besloot toen om weer te gaan zitten.

'Maiken?'

'Ja?'

'Laten we zeggen dat we datgene wat ik zojuist zei even vergeten, akkoord?'

'Akkoord?' zei Maiken vragend, en ze veegde een traan weg.

'Vertel me eens wat meer over datgene waar je het over had.'

'De oudjes?' zei Maiken, en ze ging rechtop zitten.

'Welke oudjes?'

'In het bejaardentehuis,' zei Maiken zachtjes. 'Ik heb Karen in Hønefoss leren kennen. In een praatgroep voor kinderloze vrouwen. We werden vriendinnen. Zij heeft het bedacht, ze kende iemand, zei ze.'

'Wie?'

'Een dominee. Of eerst was hij geen dominee, ik geloof dat hij autoverkoper was, maar hij werd dominee en nam geld aan van mensen die doodgingen.'

'Erfenissen?'

Mia had het team op de hoogte gesteld van het kerkgenootschap dat had geprobeerd de moeder van Munch haar nalatenschap af te troggelen.

Maiken Storberget knikte. 'We kregen geld voor alle namen die we te pakken konden krijgen, dat waren...'

'Waren wat?'

Maiken aarzelde even. '... ja, je weet wel, oudjes die we zover konden krijgen dat ze in de hemel geloofden.' Ze was nu zichtbaar beschaamd. Wrong haar magere handen op haar schoot.

'En hoelang heeft dat geduurd?'

'O, heel lang. We hebben er een heleboel bedrogen.'

De deur ging open en Curry kwam de kamer binnen. Anette boog zich naar het opnameapparaat toe. 'Tweeëntwintig uur zevenenvijftig. Rechercheur Jon Larsen is zojuist de kamer binnengekomen. Het verhoor van Malin Stoltz, Maiken Storberget, wordt voortgezet.'

Ze keek naar Curry op.

'Alles klopt,' zei hij kort.

'En wie is Karen?' vroeg Anette.

'Kennen jullie Karen niet?' zei Maiken.

'Welke Karen?' vroeg Curry.

'Nee, we kennen Karen niet,' zei Anette.

'Ik ken Karen,' zei Munch, die plotseling in de kamer stond.

Anette had de deur niet eens open horen gaan. 'Tweeëntwintig uur negenenvijftig. Het hoofd van de Speciale Eenheid, Holger Munch, is zojuist de verhoorkamer binnengekomen,' zei Anette in de microfoon.

'Waar is Karen?' vroeg Munch, terwijl hij op het uiteinde van de tafel ging zitten.

Zijn komst leek Maiken beschaamd te maken. Ze kenden elkaar. En Maiken was betrokken geweest bij de poging de familie Munch haar erfenis afhandig te maken.

'Het spijt me, Holger,' mompelde Maiken, terwijl ze naar haar schoot keek. 'Ik wilde alleen maar een baby. Iedereen heeft een baby, waarom zou ik er geen mogen?'

'Het geeft niet, Malin,' zei Munch rustig, en hij legde zijn hand op haar schouder. 'Ik wil alleen maar weten waar Karen is.'

'Maiken,' zei Anette.

'Wat?' zei Munch, terwijl hij zich naar haar toe keerde.

Anette had haar baas al eerder vermoeid meegemaakt, maar nooit in die mate. Hij slaagde er nog net in, haar aan te kijken. Als ze niet had geweten dat hij nooit een druppel alcohol dronk, dan zou ze hebben gezworen dat hij iets ophad.

'Maiken Storberget,' zei Curry, en hij knikte Munch geruststellend toe.

'Maiken? Oké, Maiken dan,' zei Munch. 'Waar is Karen?'

'O nee, nee,' zei Maiken, en ze begon heen en weer te wiegen op haar stoel.

'Munch?' zei Anette, maar hij weigerde naar haar te luisteren.

'Ik moet weten waar Karen is, begrepen? Ik moet nú weten waar ze is!'

Munch boog zich naar voren en greep de schouders van de magere jonge vrouw beet. Maiken Storberget sloeg instinctief haar handen voor haar gezicht.

'Nee, nee, nee.'

'Munch,' zei Anette streng.

'Waar is Karen?' schreeuwde Munch, en hij schudde Maikens

magere lijf heen en weer.

‘Munch!’ riep Anette.

‘Waar is Karen?’ Munch hield haar schouders met beide handen vast en schudde haar hard door elkaar. Anette wilde opstaan, maar Curry was haar voor. De stevig gebouwde politieman sloeg zijn sterke armen om Munch heen en leidde hem de verhoorkamer uit.

‘Gaat het, Maiken?’ vroeg Anette toen ze weer alleen in de kamer waren.

De magere jonge vrouw keek met bange ogen naar haar op en knikte langzaam.

‘Ik moet even met de twee anderen praten, en dan kom ik terug, goed?’

Maiken Storberget knikte weer.

‘En luister eens?’

Maiken keek naar haar op. ‘Ja?’

‘Het komt in orde. Ik geloof je, oké?’

Maiken veegde een traan weg. ‘Heel erg bedankt.’

Anette glimlachte, legde een hand op haar schouder en liep de kamer uit.

‘What the fuck, Munch?’ Buiten in de gang hield Curry Munch nog steeds stevig vast.

‘Sorry,’ brabbelde Munch. ‘Ze heeft Marion. Karen. Ze heeft mijn kleine meid. Ze heeft Marion.’

‘Rustig nou,’ zei Curry.

‘Zet Maiken in een cel,’ zei Anette kalm. ‘Ik bekommer me wel om Holger.’

Curry knikte met tegenzin en liet de lichtbruine loden jas los. Hij liep de verhoorkamer weer in en liet hen tweeën in de gang achter.

‘Gaat het een beetje, Holger?’ vroeg Anette, en ze legde een hand op de schouder van haar baas.

‘Ze heeft mijn kleine meid,’ zei Munch.

‘Wie is Karen?’ vroeg Anette rustig.

‘Die werkt in het tehuis,’ gromde Munch. ‘Ze heeft mijn kleine meid, Anette. Mijn kleine meid.’

‘We vinden haar wel,’ zei Anette. Op dat moment ging haar telefoon. ‘Met Anette.’

‘Ik moet Holger spreken,’ zei Gabriel Mørk buiten adem.

Ze stak Munch de telefoon toe.

'Ja?'

Hij hoorde een korte mededeling aan en hing bijna meteen weer op.

'De Kiese-film. We hebben de gps-coördinaten. Neem Curry mee, ja?'

De gezette politieman draafde de gang uit zonder op antwoord te wachten.

79

Mia Krüger werd wakker van het geluid van iets wat op meeuwen leek. Ze was terug op haar eilandje. In het huisje dat ze had gekocht om alleen te zijn. Om aan de mensen te ontkomen. Om aan zichzelf te ontkomen. Ze had aan zelfmedicatie gedaan tot ze bijna dood was. De zee. De lucht. De vogels. De rust. Ze zou naar Sigrid gaan. Alleen zijn is te moeilijk. Als je hele familie er niet meer is. Dood is. Het is te moeilijk om niemand te hebben die je begrijpt. Sigrid had haar altijd begrepen. Die mooie, fijne, prachtige Sigrid. Mia had niet eens iets hoeven zeggen. *Ik snap het, Mia.* Zonder dat ze haar mond zelfs maar had geopend. Die warme, goedhartige blik onder het blonde haar.

Nu was ze alleen. Geen geborgenheid. Geen rust. Alleen dit huisje en de meeuwen. Die stoere, slimme, bijzondere Mia Krüger, Mia Manestraal, de indiaan met de fonkelende blauwe ogen, een van de beste rechercheurs in het land. Gereduceerd tot een vermoeide zonderling op een verlaten eilandje.

Mia merkte dat ze een droge mond had. Ze probeerde haar ogen te openen, maar dat ging langzaam. Een overgang in slow motion van droom naar werkelijkheid, met muziek op de achtergrond. Een radio. De muziek hield op. Ze deed nog een poging om haar ogen te openen, maar haar oogleden zaten vast. Trouwens niet alleen die, ze zat helemaal vast, kon zich niet verroeren. Mia gleed zachtjes terug in haar droom, de koffie was klaar, het geluid van het apparaat in de keuken op Hitra.

'Hallo, Mia.'

Mia opende haar ogen en zag Karen Nylund voor zich staan. De roodblonde vrouw glimlachte en hield een waterfles op.

'Wil je iets drinken? Je hebt zeker wel vreselijke dorst?'

Nu wist Mia het weer, haar lichaam maakte vanzelf een ruk, probeerde los te komen. Er zat iets voor haar mond. Haar handen waren met tape aan een stoel gebonden. Haar benen. Die ook. Met tape vastgebonden. De beweging ging vanzelf, kwam uit haar lichaam, niet uit haar brein, musculaire paniek, maar dat was zinloos. Het enige wat ze kon bewegen, was haar hoofd.

'Je bent best schattig,' lachte Karen, en ze zwaaide de waterfles voor haar heen en weer. 'Blijf je nog lang zo bezig? Het is heel gaaf om naar te kijken, dus ga rustig door.'

Mia voelde paniek opkomen, maar slaagde erin om kalm te blijven. De paniek van zich af te zetten. Ze haalde diep adem met haar middenrif en keek om zich heen. Met haar politieblik. Ze bevond zich in een huisje. Of een vakantiehut. Nee, een huis. De raamkozijnen waren wit. Oud. Op het platteland. Ze was op het platteland. De ruiten waren met een laagje plastic bedekt. Je kon naar buiten kijken, maar niet naar binnen. Achter haar warmte en geknetter. Een oven, nee, het geluid klonk niet gedempt, een haard. Een bank. Een tafel. Jaren zestig. Een geweven mat op de vloer. Diverse kleuren. Links een deur. Een oude koelkast. Een keuken. Nog een deur. Op een kier. Een gang. Een paar vuile laarzen. Een vest. Een regenjas.

'Ja, mooi is het hier, hè?' zei Karen, en ze zette de fles op de grond. 'Zal ik alles aanwijzen en erover vertellen?'

Mia probeerde iets te zeggen, maar uit haar keel kwam alleen gegorgel. Tape voor haar mond. Ze stak haar tong uit en duwde die tussen haar lippen door, proefde de lijm.

'Als je iets wilt drinken, mag je niet schreeuwen,' zei Karen. 'We zijn ver van de bewoonde wereld, dus dat helpt toch niet, maar ik wil niet dat je het kind wakker maakt.'

Voor haar stond een televisie. Nee, geen televisie, een scherm. Gekoppeld aan een computer. Een toetsenbord. Muis.

Karen zette het scherm aan. 'Kijk, ze slaapt. We moeten stil zijn. Ssst.'

Karen Nylund glimlachte en bracht haar wijsvinger naar haar lippen. Het scherm kwam traag tot leven en toonde een beeld van een slapend meisje. *Marion*. Ergens in een witte kamer. Vanuit vogelperspectief gezien, via een webcam die boven in een hoek was gemonteerd.

'Is ze niet schattig?' zei Karen.

De verpleegster ging op de tafel zitten en streek voorzichtig over het scherm. 'Je moet het kind niet wakker maken als het slaapt.'

Karen deed een stap naar voren en trok met een ruk de tape van haar gezicht. Mia hapte naar adem en hoestte. Ze was misselijk. Het spuitje in haar nek. Ze had het gevoel dat ze moest overgeven.

'Zo, drink maar wat,' zei Karen, en ze zette de fles aan Mia's mond.

Die slikte zo veel mogelijk water door. De rest liep over haar kin en haar trui in haar schoot, zodat haar dijen nat werden.

'Flinke meid,' zei Karen, en ze droogde Mia's mondhoeken en kin af met de rug van haar hand.

'Heb je haar iets aangedaan?' kraste Mia. Haar stem klonk vreemd roestig.

'Wat zeg je nou toch?' zei Karen. 'Ik heb haar echt niets gedaan. Ik ga haar weliswaar doden, maar ik doe haar heus niets aan.'

'Val dood,' kraste Mia, en ze spuugde.

Karen sprong opzij en werd net niet geraakt. 'Maar Mia toch, foei. Wil je weer tape over je mond, of gaan we proberen ons te gedragen?'

Mia voelde een grote razernij opkomen, maar slaagde er op het laatste moment in tot bezinning te komen. 'Ik zal me gedragen,' zei ze zachtjes. 'Sorry.'

'Juist ja, dat is beter,' zei Karen, en ze ging weer zitten.

'Waarom ik?' vroeg Mia.

'Nee maar, recht voor zijn raap, doen we dat zo? Is dat niet een beetje saai?' lachte Karen. 'Zullen we niet eerst een spelletje doen? Ik hou van spelletjes. Die zijn gaaf. Vind je niet? Hou je niet van spelletjes, Mia? Mia Manestraal, wat een schattige naam. Een klein, gevangen indianenmeisje? Klopt heel goed, vind je ook niet?'

Mia gaf geen antwoord. Ze deed haar ogen dicht en liet haar hoofd op haar borst zakken. Karen stond op en liep weer naar haar toe.

'Mia? Mia? Nou niet meer in slaap vallen, Mia, we gaan spelen.'

Mia deed haar ogen weer open en spuugde Karen midden in haar gezicht.

Daar was de roodblonde vrouw niet op voorbereid, en in een

fractie van een seconde onderging ze een persoonlijkheidsverandering. Haar glimlach was weg. Nu spuwden haar ogen vuur.

'Smerig kutwijf.' Karen Nylund haalde uit en sloeg Mia in haar gezicht. Het was een harde klap. Mia schoot naar achteren en was heel even weg, ze zag sterretjes.

Toen ze opnieuw haar ogen opende, was die groteske glimlach terug. 'Wat taart?' lachte Karen, en ze hield haar hoofd scheef. 'Die heb ik speciaal voor jou gebakken.'

'Wie ben je, verdomme?'

'Niet vloeken,' zei Karen. 'Nergens voor nodig. Dat is een regel. Zullen we zeggen dat het een spelregel is?'

Mia kwam tot bezinning en knikte. Keek nogmaals om zich heen. Met haar politieblik. Ze zat hier gevangen. Ze was ver van de bewoonde wereld. Ze zat vast. Ze moest zich loskletsen. De enige manier. Meespelen.

'Een goeie regel,' zei Mia zachtjes, en ze probeerde te glimlachen.

'Mooi zo,' zei Karen, en ze klapte in haar handen. 'Wie begint er? Zal ik beginnen?'

'Ja,' zei Mia.

'Ik ben in dit huis opgegroeid,' zei Karen. 'Ik, mijn moeder, mijn zusje, en hij wiens naam we niet noemen.'

'Je vader?' vroeg Mia.

'Hij wiens naam we niet noemen,' zei Karen, en ze ging weer op de tafel zitten. 'Jouw beurt.'

'Ik ben in Åsgårdstrand opgegroeid,' zei Mia. 'Samen met mijn zusje, en mijn moeder en vader. We woonden in een wit huis, niet ver van dat van Edvard Munch. Mijn oma woonde daar vlakbij.'

'Saai,' zei Karen. 'Spelbreker. Dat weten we toch allemaal al. Je moet iets nieuws zeggen, iets wat we nog niet weten. Zal ik iets zeggen?'

Mia knikte nogmaals.

'Mijn moeder werkte in het ziekenhuis van Hamar. Ik mocht mee naar haar werk. Ze heeft me alles laten zien. Ze had het zachtste haar van de wereld. Ik mocht het borstelen. Mijn zusje was te klein, die mocht alleen maar kijken. Op een dag kwam ze niet thuis van haar werk. We wisten allemaal best wat er was gebeurd, maar de politie deed niets. Vind je dat niet raar? Dat we in een land leven waarin de politie niets doet?' Karen glimlachte en streek haar haar achter haar oor. Keek even op naar het plafond, zag eruit alsof ze even nadacht.

Het ziekenhuis van Hamar. Ze waren in de buurt van Hamar. Haar vader had haar moeder vermoord. De politie had niets gedaan. Daar kwam die haat jegens de politie vandaan.

'Zijn vragen toegestaan?' zei Mia.

'Alles mag,' lachte Karen. 'Bij dit spelletje mag alles!'

'Behalve vloeken,' zei Mia, met nog een geforceerd lachje, ze hoopte dat het er oprecht uitzag.

'Inderdaad,' giechelde Karen. 'Dat vinden we niet leuk.'

'Hoe had je haar genoemd?' vroeg Mia.

'Wie?'

'Het meisje van de kraamafdeling.'

Karen glimlachte niet meer. 'Margrete,' zei ze.

'Mooie naam,' zei Mia.

'Ja, vind je ook niet?'

'Echt heel mooi. Was dat haar kamer?' Ze maakte een hoofdbeweging naar het scherm.

'Ja,' zei Karen verdrietig. 'Of nee, het was niet zo mooi. Het was wel daar, maar ik heb de zaak laten verbouwen. Die oude kamer was zo treurig geworden.'

'Wat is er met haar gebeurd?'

'Niks daarvan, mijn beurt, mijn beurt.'

Mia maakte haar blik van het scherm los. Ze kon er niet naar kijken. Marion lag daar beneden op bed met een witte poppenjurk met stiksels aan.

'Hij is aan inwendige bloedingen overleden,' glimlachte Karen.

'Wie?'

'Hij wiens naam we niet noemen. Ik heb rattengif door zijn eten gedaan. Ik moest eten koken. Voor ons drieën, nadat de politie had gezegd dat mijn moeder uit eigen beweging was verdwenen. Dat was zo gaaf om te zien. Toen hij doodging. We keken samen toe, mijn zusje en ik. Hij bloedde uit zijn mond, overal. Het was heel fijn om naar te kijken. Bijna plechtig. Bijna als kerstavond.'

'Waar hebben jullie hem begraven?' vroeg Mia, en ze deed haar best om niet naar het scherm te kijken. *Concentreer je, Mia, concentreer je nu.*

'Pal achter de buiten-wc,' glimlachte Karen. 'Stinkie, stinkie, drek, drek, drek. Heel gepast. Weet je zeker dat je geen taart wilt?'

'Later misschien,' zei Mia.
'Hij is heel lekker,' zei Karen, en ze verzonk even in gedachten.
'Malin Stoltz?'
'Bedoel je Maiken?'
'Verschillend gekleurde ogen? Malin?'
'Maiken,' zei Karen. 'Die arme Maiken. Die is compleet gestoord, weet je dat? Maar we hebben samen een hoop geld verdiend.'
Nu werd het Mia langzaam duidelijk. Hoe het allemaal in elkaar stak. 'Via dat kerkgenootschap?'
Karen Nylund glimlachte en klapte weer in haar handen. 'Goed zo, Mia. Heel goed. Je hebt er geen idee van hoe makkelijk het is oude dames zover te krijgen dat ze ineens al hun geld aan Jezus geven wanneer ze binnenkort doodgaan.'
Ze lachte even. 'Zij kregen zestig procent, wij veertig. Heel redelijk, vind ik. Het is een heeeeleboel geld, Mia. Weet je hoeveel?'
'Nee,' zei Mia.
'Heel veel,' knipoogde Karen. 'Ik woon niet híér, laat ik het zo maar zeggen.'
'Maar ze wist niets van Margrete, of van de andere meisjes?'
'Welnee,' lachte Karen. 'Maiken is zwaar gestoord, geen twijfel aan, maar voor zoiets is ze veel te weekhartig. Die stomme vriend van haar, Roger Bakken, die kon ik nog wel gebruiken, dat was tenminste iets. Hij kon maar niet besluiten of hij een man of een vrouw was, best wel gaaf eigenlijk, zulke mensen zijn altijd zo zwak, zo makkelijk in de luren te leggen.'
'Jemig, wat een plan,' zei Mia. 'Samenwerken met dat kerkgenootschap. Slim wel, en iedereen werd er beter van.'
'Ja, hè?' zei Karen trots.
'Maar wat is er nou met haar gebeurd?' vervolgde Mia.
'Met wie?'
'Margrete. De baby?'
Karen werd even stil en antwoordde toen: 'Ik werd aangereden. Ik brak mijn voet en allebei mijn armen,' zei ze, en ze kneep haar lippen op elkaar. 'Ik kwam in het ziekenhuis terecht.'
'Te lang?'
Karen knikte zwijgend. 'Ik kan het ze niet kwalijk nemen,' vervolgde ze, weer met die opgeplakte glimlach. 'Die oudjes, bedoel ik. Dat ze hun geld weggeven. Ze liggen daar maar in hun eentje.

Hun lichaam werkt niet meer. Ze overdenken hun leven en krijgen spijt. O, wat krijgen ze een spijt, Mia. Ik heb ze gezien. Ze horen praten. Ze denken aan alles wat ze liever anders hadden gedaan. Zich minder om anderen bekommeren. Meer aan zichzelf denken. Meer reizen, meer spelen, de wereld verkennen. Ze zijn stuk voor stuk doodsbang. De angst zit in hun blik, bij sommigen heel extreem, je had ze moeten zien, Mia. Ze snappen dat ze geblunderd hebben. Ze zijn in paniek. Ze hopen dat er nog een ronde komt. Willen een tweede kans kopen. Ik kan het ze eigenlijk niet kwalijk nemen. Hoe voelt het om straks dood te gaan, Mia?'

'Ga je me dan doden?' vroeg Mia.

Karen keek haar bevreemd aan. 'Ja, natuurlijk. Waarom vraag je dat?'

'Waarom ik?'

'Snap je dat dan nog niet? En ik dacht nog wel dat je zo intelligent was.'

'Nee, ik snap het niet,' zei Mia zacht.

'Nee, dat klopt, want ik ben slimmer dan jij.' Karen glimlachte triomfantelijk en klapte opnieuw als een kind in haar handen. 'Ik heb een hond gedood, weet je dat? Dan hebben de meisjes iets om mee te spelen, is dat niet aardig van me?'

'Dat wist ik niet,' mompelde Mia.

'Dat komt omdat je dom bent,' glimlachte Karen Nylund.

'Ja, jij bent slimmer dan ik.'

'Dat klopt.'

'Dus, waarom ga je me nou doden?'

'Weet je dat niet? Echt niet?' grijnsde de vrouw met het roodblonde haar.

'Nee.'

'Zal ik het zeggen?'

'Ja.'

'Omdat je mijn zusje hebt vermoord,' zei Karen, en ze verdween de keuken in.

80

Liv-Hege Nylund had als dertienjarige voor het eerst lijm gesnoven, in een achterafstraatje in Hamar. Ze was al jaren geleden zonder diploma van school gegaan, had het daar niet naar haar zin gehad, ze zag de vakken niet zitten en de mensen ook niet, en het kon toch niemand wat schelen waar ze was. Haar zus had het wel kunnen schelen. Karen, tien jaar ouder dan zij, had altijd op haar gepast terwijl ze in Tangen opgroeiden, in hun huisje ver van de bewoonde wereld. Hun vader was een tiran. Het dagelijks leven was gekenmerkt door lichamelijke en geestelijke mishandeling, zowel van de twee zusjes als van hun moeder, die ten slotte van de aardbodem verdwenen was. De kleine Liv-Hege had dingen meegemaakt die haar hoofd en lichaam niet hadden kunnen verwerken. De lap met lijm was een heerlijke bevrijding van de werkelijkheid geweest. Zolang ze Karen had gehad, was het makkelijker geweest. Om naar school te gaan. Moeite te doen om het prettig te hebben. Te geloven dat het uiteindelijk goed zou komen. Maar Karen was zo raar gaan doen. Na de verdwijning van allebei hun ouders was ze als het ware een ander mens geworden. Ze kon uitvallen om het minste of geringste. Ze schoot plotseling in de lach om dingen die helemaal niet om te lachen waren. Liv-Hege herinnerde zich dat er een keer een vogel naar binnen was gevlogen door het raam van de woonkamer. Ze had hem opgepakt, hem in een kartonnen doosje met watten gestopt en geprobeerd hem in leven te houden. Toen ze op een dag met de schoolbus was thuisgebracht, had ze haar grote zus betrapt terwijl ze in de keuken een pan kokend water had opstaan en stond toe te kijken hoe het krijsende vogeltje levend werd gekookt. Ze had zich met een brede grijns naar Liv-Hege toegekeerd. Alsof ze het leuk vond om de vogel te zien doodgaan. Hun moeder had in het ziekenhuis in Hamar gewerkt, en Karen had mee gemogen naar haar werk. Wat hun moeder niet wist, was dat Karen medicijnen stal. Toen ze eens alleen thuis waren, had ze Liv-Hege de doos op zolder laten zien, met spuiten, ampullen, potjes en alle mogelijke dingen met rare namen erop. Liv-Hege wist niet waarvoor haar zus dat allemaal had willen gebruiken, maar waarschijnlijk om iemand te vermoorden. Karen moordde graag.

Liv-Hege wilde vergeten. De lap met lijm was slechts het begin van een reis die maar op één ding kon uitlopen. Eerst was Liv-Hege van Tangen heen en weer naar Hamar gelift, maar ook daar was een einde aan gekomen, ze ging niet meer naar huis. Ze snoof lijm op de landtong waarop de Domkerk stond en sliep in de bosjes. Ze nam poppers en hartmedicijnen en sliep op banken en in portieken. Ze stal het eten dat ze nodig had en gebruikte het merendeel van haar tijd om iets te zoeken waar ze high van werd. Hoe vaker ze onder invloed was, hoe moeilijker het werd om clean te zijn. De eerste jaren was ze dat af en toe wel geweest, misschien een paar keer per week, maar nu verkeerde ze constant in een roes. Een destructieve, neerwaartse spiraal waar ze niet meer uit kwam. Liv-Hege werd achtervolgd door wat ze als kind had meegemaakt, het totale gebrek aan liefde, de constante vrees voor wat er zou kunnen gebeuren, en ze kon de werkelijkheid niet hanteren zoals andere mensen dat konden. Een goed leven. Geborgenheid. Een huis. Een baan. Een gezin. Kinderen. Vakantie. Geen kans. Liv-Hege Nylund had zo langzamerhand nog maar één doel in het leven: de volgende roes. En de daaropvolgende. En dan die daarna. Ze had vriendjes, maar die waren niet zo belangrijk. Een vent hier, die haar een bed en wat hasj gaf. Een kerel daar, die haar liet douchen en drank had.

Maar toen kwam ze Markus Skog tegen. Liv-Hege was in een auto in slaap gevallen en in Oslo wakker geworden. Iemand zou een lading van het een of ander ophalen. Speed. Of iets dergelijks. En in een flat in Grønland had ze hem ontmoet. Liv-Hege was prompt voor hem gevallen, en daarna waren ze geliefden geworden. Markus Skog had haar met heroïne laten kennismaken, en nu was ze verliefd op twee dingen. De heroïne was perfect voor haar. Iets heel anders dan al die schadelijke stoffen in de lijm en die onzuiverheden die ze altijd binnenkreeg. Daarvan was ze goed van de wereld geraakt, maar ook haast aan één stuk door ziek en misselijk geweest. Dit was iets heel anders. Op een zomerdag bij de rivier de Aker had Markus Skog het eerste shot bij haar gezet, en Liv-Hege had het bijna niet voor mogelijk gehouden. Het was alsof haar lichaam haar hele leven strakgespannen had gestaan en nu in één klap tot rust kwam. Alle scherpe kantjes en bijtende ellende, alles werd nu één grote glimlach. Een brede, mooie, heerlijke lach, op roze wolken van eeuwige schoonheid. De mensen waren goed. De wereld was fantastisch. Voor altijd. Sindsdien waren ze voortdurend bij elkaar geweest. Een volmaakte, hemelse driehoeksverhouding. Markus, zij en de heroïne. Ze hadden rondgezworven, nu eens hier en dan weer daar gewoond. Markus kende veel mensen, en toen ging Markus dealen en leerden ze er nog veel meer kennen. Dealers zijn de beroemdheden van de onderwereld, ze hebben altijd een groep bekende en onbekende figuren om zich heen en zelfs als hij alleen maar op straatniveau had gedeald, hadden ze zich prima kunnen redden. Nu was het herfst, en ze hielden zich al een poosje in een caravan bij het Tryvannmeer op. Er heerste een tamelijk luidruchtige partystemming, veel cocaïne en speed en eigenlijk te weinig heroïne. Liv-Hege miste die. Misschien kwam het nu weer goed, kon ze weer een fatsoenlijk shot nemen. De feestgangers waren gelukkig zo zoetjesaan in de richting van het centrum weggetrokken, en toen waren ze nog maar met zijn drieën over in de caravan. Markus en zij en het heerlijke vloeibare goud dat nu snel haar aderen binnen zou stromen.

'Heb je een shot voor me?' Liv-Hege keek smekend op naar Markus, die in de kleine caravan compleet in zichzelf opging. Hij had zojuist twee lijntjes gesnoven, een mix van speed en cocaïne, en hij was behoorlijk high. Hij praatte aan één stuk door in zichzelf en zijn ogen waren zo groot als schoteltjes.

'Markus?' zei ze weer. 'Geef me eens een shot?' Liv-Hege trok de mouw van haar trui omhoog en legde haar arm op het grijze formicatafeltje.

'Jezus, Liv-Hege, doe het zelf, moet ik dan altijd alles voor je doen?' gromde Markus, terwijl hij twee nieuwe lijntjes op de tafel klaarlegde.

'Maar ik heb graag dat jij het doet,' zei Liv-Hege. 'Toe nou.'

'Jezus, wat ben jij aan het zeiken, ik snap niet waarom ik nog met zo'n oud lijk optrek. Waar doe ik het voor, waar doe ik het eigenlijk voor, Liv-Hege? Jouw inbreng is toch zeker nul komma niks?'

Liv-Hege keek beschaamd naar de grond en bond zelf de rubberband om haar arm. Markus boog zich naar voren en snoof allebei de lijntjes op, met ieder neusgat één. 'Ah, zo gaat-ie lekker, zo gaat-ie lekker. Nou komt er schot in de zaak.'

Hij lachte hardop en sloeg met zijn vuist tegen de muur. Liv-Hege schrok op, miste bijna haar ader met de naald, maar hij ging erin. De warmte begon haar lijf binnen te stromen. Eindelijk. Roze wolken. Eindeloze stranden.

Ze had net de naald op de grond laten vallen, toen er op de deur van de caravan werd geklopt.

'Hallo?'

Een vrouwenstem.

'Wie is dat in godsnaam?' zei Markus.

Hij probeerde door de gordijntjes heen te kijken, maar was vergeten dat hun ruiten door kartonnen dozen waren vervangen, je kon vanuit de smerige caravan niet naar buiten kijken.

'Politie.'

Dit was een mannenstem.

'Wel verdomme,' zei Markus, en hij begon de stuff van de tafel weg te werken. 'Liv-Hege? Schiet op!'

Maar Liv-Hege zag niet in waarom ze wat dan ook zou doen. Met een brede glimlach om haar mond was ze onderweg naar een plek waar alles goed was. Hoe het precies gebeurde, herinnerde ze zich niet precies, maar plotseling stond er een politieagente in de caravan.

'Mia Krüger, Moordzaken. We zoeken dit meisje, hebben jullie haar gezien?'

'Maar dat is Pia,' zei Liv-Hege toen ze de foto zag.

'Hou je bek,' riep Markus.

'Maar het is Pia toch, Markus. Zie je dat niet?'

'Hou je bek, zei ik!' riep Markus Skog.

'Markus?' vroeg de politieagente plotseling. 'Markus Skog?'

'Wat gebeurt er, Mia?' riep een politieman buiten.

'Nee, maar, als dat Mia Krüger hoogstpersoonlijk niet is,' grijnsde Markus. 'Lang niet gezien.'

De politieagente, die dus Mia heette, zag eruit alsof ze een spook had gezien.

'Hoe gaat het met je zus?' lachte Markus. Die laatste twee lijntjes werkten inmiddels, zijn lachende mond was een groot, gapend gat vol tanden. 'Ach nee, dat is waar ook, die heeft het loodje gelegd, hè? Ja, dat is zo, ze kon de druk niet aan, die meid, hè, hè. Ja, ja, zo gaat dat met leuke kleine meisjes uit leuke gezinnetjes. Die kunnen nergens tegen, hè, het is ze te veel voor de wind gegaan.'

Liv-Hege had niet gezien dat de politieagente een pistool tevoorschijn had gehaald, maar nu was het er, in die kleine, stoffige caravan. Zelf was ze er niet. Ze zat op een bergtop en keek toe. Het was fijn en warm. Een frisse wind blies door haar haren.

In die andere ruimte verderop, waar zij niet was, had Markus een van de spuiten van tafel opgepakt. Hij schuimbekte nu. Wild lachend hield hij de agente de spuit voor.

'Had jij ook wat gewild, Mia? Hé, weet je zeker dat je 't niet effe wil proberen? Je zus, die wou maar al te graag. O, wat was dat een slap kutje, die arme kleine Sigrid, hè, hè.'

Vanaf haar heerlijke bergtop zag Liv-Hege heel duidelijk wat er toen gebeurde. Het was haast alsof ze naar een film keek. Markus schraapte zijn keel en spuugde een klodder slijm naar de agente, terwijl hij haar tegelijkertijd met de spuit probeerde te steken. De agente deinsde achteruit en er knalde iets. De bergtop was nu een soort vulkaan geworden, onder haar rommelde het. De politieagente vuurde het wapen twee keer af. Markus Skog vloog naar achteren en bleef bloedend op de grond liggen.

Twee weken later kwam Liv-Hege Nylund met ernstige ontwenningsverschijnselen bij haar positieven, in een kamer die ze niet kende. Karen zat naast haar. En kwam een week lang niet van haar plaats. Ze hadden Liv-Hege aan het bed vastgebonden en die had nog nooit zoiets doorgemaakt. Ze was in de hel. Het leek wel of iedere cel in haar lijf klaarwakker was en zich hondsberoerd voelde. Een miljard katers tegelijkertijd, en krijsend alsof de duivel in haar was gevaren, bleef ze vastgebonden in dat bed in die witte kamer liggen tot alles over was. Al die tijd met Karen aan haar zij. Haar zus waste haar, voerde haar, hield haar hand vast, kalmeerde haar. Ze was weg geweest, maar nu was ze weer terug.

Toen moest ze uit bed opstaan. Ze moest alleen naar de wc en zelf aan tafel eten. Karen liet haar geen seconde uit het oog. Toen mocht ze naar buiten, de tuin in. In het gras zitten. Naar het zonnetje kijken. Naar de bomen kijken. Nu glimlachte Karen, ze had Karen al die tijd niet zien lachen, maar nu was haar zus blij.

Wat Karen Nylund niet wist, was dat Liv-Hege geen plannen had om te blijven. In dit leven. Ze was alles kwijt wat ze had gehad. Haar twee liefdes. Markus Skog. En de heroïne. Wat had deze wereld haar nog te bieden? Niets.

Een week later, de eerste keer dat ze alleen op pad mocht, klom ze in het bos zo hoog mogelijk in een spar en bond een touw om haar nek.

En sprong de vrijheid tegemoet.

81

'Het spijt me verschrikkelijk,' zei Mia.

'Dat zal wel. Je hebt haar vermoord. En nu moet je zelf dood. Gelijk oversteken, vind je ook niet?'

Karen glimlachte en gaf Mia een klopje op haar hand. Liep de keuken weer in en kwam terug met een stuk chocoladetaart. 'Stukje taart, Mia?'

Mia schudde haar hoofd.

'Maar je moet toch iets eten, hij is erg lekker, hoor, een recept van mijn moeder.'

Mia gluurde naar het computerscherm op de tafel. Marion Munch lag roerloos op haar bed beneden in de kelder. Plotseling zag Mia haar even bewegen. Gelukkig. Het kleine meisje sliep alleen maar. Karen Nylund glimlachte en streek met twee vingers over het scherm.

'Ze is mooi, hè?'

Mia knikte voorzichtig.

'Ik verheug me erop haar af te leggen. Het is belangrijk dat kinderen schoon zijn, vind je niet?'

Karen glimlachte tegen haar. Mia merkte dat ze een beetje bang werd. Tot nog toe was ze vanbinnen vrij rustig gebleven, maar nu sloeg de angst toe. Het kwaad. Zulke ogen had ze nog nooit gezien. Het was of de vrouw vóór haar zich volledig bewust was van wat ze zei en deed, maar desondanks over geen enkel inlevingsvermogen en normale menselijke gevoelens beschikte.

'Wil je horen wat er nu gaat gebeuren, zullen we het spelen?' grijnsde Karen, terwijl ze opstond.

'Kunnen we geen ander spelletje doen?' zei Mia.

Ze moest tijd winnen. Voor zichzelf, maar vooral voor Marion. Er ging een steek door haar heen. Ze dacht aan Munch. Hoe hij zou reageren als Marion er niet meer was. Ze moest er niet aan denken. Het was te onwezenlijk.

'Wat voor spelletje dan?' zei Karen.

'Maakt niet uit,' zei Mia, en ze probeerde ook te lachen. 'Misschien kunnen we het over Margrete hebben?'

Nu werd Karen wat ernstiger. Ze fronste haar wenkbrauwen en legde haar handen over haar borst. Mia probeerde wanhopig te doorgronden wat er in haar hoofd omging, hoe deze vrouw eigenlijk in elkaar stak, een zwakke plek te vinden, maar ze kwam er niet doorheen.

'Met Margrete gaat het prima,' kwetterde Karen, en nu glimlachte ze weer. 'Ze gaat in de hemel naar school en heeft vier vriendinnetjes in haar klas, en straks heeft ze er vijf, en ook een juf.'

'In haar klas?' zei Mia verwonderd.

'Ja, ze gaan toch voor het eerst naar school? Dat snapte je toch wel?'

Nu vielen de puzzelstukjes op hun plaats in Mia's hoofd. Ik reis alleen. De rugzakjes. De schoolboeken. Springtouw. Karen Nylund had een of ander gestoord idee over het creëren van een schoolklas in de hemel, en zij zou de juffrouw worden. Zo stak het in elkaar. In het hoofd van deze psychopaat. Mia kreeg last van een slecht geweten. Waarom had ze dat niet eerder doorgehad? Misschien had Marion dan niet opgesloten hoeven liggen in een kamertje in de kelder van dit gruwelkabinet van een plattelandshuisje.

'Een hond heeft ze ook,' vervolgde Karen. 'Een leuk klein herdershondje, ze speelt graag met die pup, kijk maar hoe blij ze is, Mia, kijk dan.' Karen wees naar het plafond en stond op met een dwaze grijns om haar mond. 'Mama komt nu gauw, Margrete. Het duurt nu niet lang meer.' Karen knipoogde en blies een kus in de richting van de hemel.

'Waarom tien jurkjes en maar vijf meisjes?' probeerde Mia.

'Wat?' zei Karen.

'Je had tien jurkjes besteld, maar je neemt maar vijf meisjes mee?'

'Geen enkel meisje kan toe met maar één jurk, vind je niet? Had jij maar één jurk, Mia? Thuis in Åsgårdstrand? Toen je samen met de kleine Sigrid speelde?'

Mia beet op haar lip toen ze Sigrids naam hoorde, merkte hoe de razernij door haar lijf joeg, maar ze slaagde er nog net in om tot bezinning te komen. 'Dus het blijft bij vijf?' zei ze.

'Ja,' zei Karen peinzend, alsof ze zich afvroeg of het er eigenlijk meer moesten zijn. 'Kleine klassen zijn eigenlijk maar het beste, dan is er aandacht voor iedereen. Vind je het niet belangrijk dat iedereen aandacht krijgt? Ik had er misschien ook tien kunnen nemen, of wat denk jij? Is vijf genoeg, ja?'

'Zeker,' zei Mia. 'Goed van je. Je hebt het prima gedaan, vind ik.'

'Echt?' vroeg Karen verbaasd.

'O, zeker,' vervolgde Mia. 'Een goed idee en een prima plan. Margrete kon toch niet alleen naar school gaan, ik bedoel maar, lieve hemel.'

'Ja, hè?' zei Karen, en ze ging weer op de tafel zitten. 'Dat was toch wel het minste wat ik kon doen.'

'Helemaal juist geredeneerd,' vervolgde Mia. 'En ongelofelijk goed uitgevoerd, ik bedoel, we hadden niets in de gaten, je hebt ons handig om de tuin geleid, je kunt er echt wat van.'

'Ja nou, hè?' grijnsde Karen, en ze klapte in haar handen.

'En of, de slimste die ik ooit ben tegengekomen,' zei Mia.

'Ik heb het lang voorbereid,' zei Karen. 'Behoorlijk zorgvuldig. En vervolgens ging het zo makkelijk en, dat is het ergste, dat het zo doodeenvoudig was, jullie zaten volkomen op een dwaalspoor, het was best een gaaf spelletje, vind je ook niet?'

'Ja, heel leuk,' zei Mia.

'En nu is het binnenkort afgelopen. Maar goed ook,' zuchtte Karen. 'Nu hoeven we allemaal alleen nog dood, dan zijn we klaar.'

'Ja, maar goed ook,' zei Mia, terwijl de gedachten door haar hoofd maalden. 'Zei je "nu", Karen? Op dit moment? Wie gaat er nu dood?'

'Eerst jij,' zei Karen. 'Dan Marion. Nee, wacht even. Wat dat betreft heb ik eigenlijk nog geen beslissing genomen.'

'O?' zei Mia. 'Had je dat nog niet bedacht, dat is toch niks voor jou?'

'Weet ik,' lachte Karen. 'Maar ik kan ook niet alles vooruit beslissen, sommige dingen hangen een beetje van het toeval af.'

'O ja? Vertel eens.'

'Ik had hulp van een vent,' zei Karen. 'Mannen zijn dom, dat weet je toch?'

'Oerstom,' zei Mia.

'Ja hè, opvallend stupide. Maar die vent, die sloeg werkelijk alles. Die was toch stom, ik bedoel, echt stóm, snap je?' lachte Karen.

'Wie was het dan?'

'O, gewoon een vent, hoe heette hij ook alweer, o ja, William. Hij was getrouwd, maar hij geilde op mij, dat gaat zo, weet je wel, mannen zitten zo eenvoudig in elkaar. Hij heeft me geholpen om die kamer te bouwen. De oude wilde ik niet. Ik wilde een nieuwe hebben.'

'Omdat Margrete daar had gewoond?'

'Ja, het was daar niet prettig meer.'

'Daar kan ik inkomen.'

'Dus hij heeft me geholpen met de bouw, en toen bedacht ik iets grappigs.'

'Wat dan?'

Karen hield het nu bijna niet meer. Ze giechelde en grinnikte als een schoolmeisje. 'We hebben een film gemaakt,' gniffelde ze.

'Een film?'

'Ja, met zijn mobieltje. God, wat heb ik daar achteraf om moeten lachen.'

De Kiese-film. Die is nep. Mia probeerde niets te laten merken. 'Wat voor film was dat?'

'Hij deed alsof hij verschrikkelijk bang was,' lachte Karen. 'En hij gaf de verkeerde coördinaten op voor de plek waar hij was. Je kent het gps-systeem dat in auto's zit en zo?'

'Ja?'

'Hij heeft de verkeerde coördinaten opgegeven, is dat niet om je rot te lachen?'

'Om je te bescheuren,' zei Mia, al slaagde ze er niet meer helemaal in de bijpassende lach te produceren. 'En welke coördinaten hadden jullie opgegeven?' vroeg ze met een kuchje.

'Dat is nou juist zo gaaf,' grinnikte Karen. 'De coördinaten zijn van een huis vlak bij het begin van de weg hier, is dat niet ontzettend grappig? Jullie hebben dat filmpje toch wel gekregen?'

Karen kwam vlak bij haar staan. De labiele vrouw streelde met een koude hand haar gezicht. 'Je dacht misschien dat je mij in de luren kon leggen, Mia? Dat je kon doen alsof we vrienden zijn? Dacht je dat ik achterlijk was, Mia?'

Mia voelde de koude vingers over haar ogen en haar lippen gaan. 'Jullie hebben dat filmpje gekregen, toch? Van zijn vrouw?'

Mia knikte zwakjes.

'Ik ben niet achterlijk, hoor, Mia. Mij hou je niet voor de gek. Mij naar de mond praten? Waarom heeft het zo lang geduurd met dat filmpje? Om heel eerlijk te zijn had ik verwacht dat die klapper al veel eerder zou komen.'

Nu voelde Mia zich onpasselijk. Karen streek met die koude vingers over haar gezicht als een blinde die op de tast bezig was.

'Wat is er gebeurd, Mia?'

Het kostte Mia grote moeite om kalm te blijven. Ze had de zieke vrouw het liefst in haar vinger gebeten, maar ze deed het toch maar niet. 'Ze had niet de moeite genomen om het filmpje te brengen. Het is pas een paar dagen geleden binnengekomen,' zei Mia rustig.

'Aha,' glimlachte Karen. 'Ze was niet zo dol op hem, hè?'

Mia gaf geen antwoord.

'Ik snap haar best,' lachte de roodblonde vrouw. 'Het was een klootzak. Maar, eh, nu hebben jullie de film?'

Mia knikte voorzichtig.

'Mooi. Dan kunnen we op de grote klapper gaan wachten.' Karen grijnsde en ging weer op de tafel zitten.

'Dus het is hier vlak in de buurt?' vroeg Mia.

'Ja, gaaf hè? Dan kunnen we het vuurwerk horen, misschien krijgen we er ook iets van te zien. Als we dat halen, natuurlijk.'

Karen stond op en verdween uit het zicht. Achter zich voelde Mia de kilte van haar verdorvenheid. Ze gluurde weer naar het scherm. Er ging een schok door haar heen toen ze ontdekte dat Marion bezig was wakker te worden.

Nee, nee, Marion, lig stil.

'Jij niet, trouwens,' zei een fluisterstem in haar oor. 'Jij krijgt de grote klapper niet te horen.' Karen streek haar over haar wang. 'Jij gaat nu dood, is dat niet fijn?'

Mia deed een laatste, wanhopige poging om zich te bevrijden, maar ze zat nog steeds muurvast. Op dat moment kon ze zich niet meer inhouden. Ze voelde de razernij opwellen en kon die niet onderdrukken. Haar lichaam voelde alsof het op springen stond. 'Ellendig, krankzinnig kutwijf!'

'Nou, nou, wat een taal, Mia,' zei Karen met een knipoog.

Mia voelde de tape weer over haar mond. De smaak van lijm op haar tong. Haar ademhaling ging moeizaam. Paniek. *Niet in pa-*

niek raken. Rustig door je neus ademen. Niet wakker worden, Marion, laat ze je niet zien, lig stil. Het is een val, Holger. Stuur niemand dat huis binnen. Ze wil iedereen met zich meenemen. Laat niemand daar naar binnen gaan, Holger. Ga niet naar binnen. Stuur Curry niet naar binnen, of Ludvig, of Gabriel, of Anette, stuur niemand naar binnen, we kunnen niemand missen, Holger.

Mia voelde een prik in haar rechterhand. Ze keek naar beneden en zag dat Karen een naald in haar ader had gestoken. Mia hoorde dat de roodblonde psychopate met iets achter haar prutste, een zak aan een standaard hing, ze voelde dat er iets bij haar binnen begon te vloeien. Het prikte en maakte dat haar aderen koud en gevoelloos werden.

'Zo,' zei Karen, en ze ging weer op de tafel zitten. 'Jammer dat we niet verder kunnen spelen, maar het is het beste dat je nu doodgaat. Ik wil graag even alleen zijn met Marion. We moeten wat tijd met elkaar doorbrengen voor we op reis gaan, alleen zij en ik, daar kan ik jou niet bij gebruiken.'

Ze giechelde even. 'Denk je eens in hoe gaaf het straks is wanneer ze erachter komen dat je maar een paar huizen verderop bent doodgegaan. Als ze het althans overleven. Degenen die het overleven. Wie denk je dat het zullen overleven, Mia? Munch? Kim? Die Larsen, die denkt dat hij iets voorstelt? Dat wordt hartstikke gaaf om te horen, hè?'

Mia mompelde iets achter de tape. De roodblonde psychopate was niet helemaal helder, het drong niet tot haar door dat Mia geen antwoord kon geven. Karen trommelde met haar vingers op de tafel. Maakte kleine smakgeluidjes met haar mond, krabde aan haar gezicht. Stond op. Verdween uit Mia's gezichtsveld. Kwam terug met een dubbelloops hagelgeweer. Klikte het open en controleerde of er in beide lopen een patroon zat. Klapte de buks weer dicht en legde die naast zich op tafel.

'Degene wiens naam we niet noemen schoot graag herten,' zei ze, terwijl ze weer aan haar gezicht krabde. 'Op dat punt leken we op elkaar. We hielden allebei van doden. Het is gaaf om dingen te zien doodgaan, hè, Mia? Leuk als ze stoppen met ademhalen? Als ze uit de wereld vertrekken?'

Karen liep de gang in. Mia hoorde een deur open- en dichtgaan. Een vlaag frisse lucht dreef de kamer binnen en verdween weer. Karen kwam terug.

'Ik ga mezelf niet met hagel doodschieten, als je dat soms dacht. Ik denk niet dat de meisjes het leuk vinden als hun juf geen gezicht heeft, jij wel? Nee, dit is alleen voor als er iemand komt, je kunt niet voorzichtig genoeg zijn, nietwaar, Mia?'

Mia voelde weer iets schrijnen op de rug van haar hand. Iets bijna metaalachtigs kwam haar bloed binnen. Het begon haar nu moeite te kosten haar blik ergens op te richten. Ze deed haar best om zich op het scherm te focussen. Marion was er niet meer. Ze was weg. Was Karen beneden geweest? Wat had ze met het kleine meisje gedaan?

Karen schudde even haar hoofd en glimlachte.

'Het is fijn om dingen te zien vallen. Die stommeling die dat filmpje heeft gemaakt, viel best goed. Even dacht ik dat hij misschien kon vliegen. Net als Roger Bakken. Roger had zelfs vleugels. Dat was zo leuk om te zien. Voelde jij het ook zo, Mia? Bij het doodschieten?'

Mia verdween even, zakte weg, verliet de afschuwelijke kamer bijna voorgoed, maar kwam met een schok weer bij haar positieven. Karen had een koffer gepakt.

'En ik was er nog wel zo zeker van dat je het wist,' zei Karen nogmaals. 'Dat je wist waarom.'

Mia kon Sigrid nu zien. In haar witte jurk. Ze liep in slow motion over de akker.

Kom, Mia, kom.

'Markus Skog,' zei Karen weer. 'Ze was niet zo slim, mijn zusje, dat niet, maar wel lief. Het was haar schuld niet. Hij deugde niet. Maar wat doe je eraan? Mannen. Geen goeie verzamelobjecten, hè? Ze pleegde zelfmoord nadat jij hem had doodgeschoten. Niet met een overdosis, nee, ze hing zich op. Een overdosis was beter geweest, denk je ook niet, Mia? Net als Sigrid? Die voelde zich vast lekker toen ze stierf. Hoefde niet met een touw om haar nek uit een boom te springen.'

Karen keek naar de deur en krabde weer even aan haar gezicht. 'Tja, dat zal de liefde dan wel zijn. Weet ik veel.'

Mia kon haar ogen inmiddels niet meer openhouden. Ze voelde haar armen en benen niet meer.

Karen liep op haar af en streek over haar wang. 'Goeie reis, Mia Manestraal.'

Sigrid kwam over de akker naar Mia toe lopen. Bleef met een

plagerige blik voor haar staan. Knipoogde naar haar zusje.

Kom, Mia, kom!

Ik kom, Sigrid, wacht nou.

Zal ik Doornroosje zijn, en jij Sneeuwwitje?

Ja, Sigrid, graag.

Kom, Mia, kom nou!

Ik kom eraan, Sigrid. Ik kom nu!

Mia liet los.

En volgde de wapperende witte jurk van haar zusje over de goudgele tarweakker.

82

'Delta 1, kom in.'

Munch liet de knop van de mobilofoon los en wachtte op antwoord.

'9, Delta 1 hier, over.'

'9 hier. Wat is je positie, over?'

Munch keek naar Kim, die met zijn Glock op schoot zat. Hij droeg een kogelvrij vest en keek verbeten. Curry zat op de achterbank, ook met een kogelvrij vest aan en zijn pistool in de hand. Ze waren met gedoofde lichten de bosweg op gereden en vingen nu een glimp op van het huis, een klein eindje verderop.

'9, Delta 1 hier. Locatie in zicht op vier punt nul meter. Geen target, over.'

'Delta 1, hier 9. Positie aanhouden, niet schieten voor ik het zeg, ontvangen, over?'

'9, Delta 1 hier. Ontvangen en uit.'

'Helemaal donker,' fluisterde Curry, terwijl hij zich tussen de stoelen door naar voren boog.

Munch haalde zijn nachtkijker tevoorschijn en richtte die op het oude, vervallen gebouwtje niet ver voor hen uit. Niets wees erop dat het huisje bewoond was. Dat was ook ongetwijfeld de bedoeling. De gps-coördinaten in het filmpje hadden hen hierheen gevoerd. Hij dacht vol warmte aan Gabriel, die met behulp van een vriend de locatie in recordtempo had vastgesteld. De jongen was werkelijk een aanwinst gebleken. Munch drukte weer op de mobilofoon.

'Delta 2, 9 hier, kom in.'
'9, Delta 2 hier, over.'
'Positie, over?'
'Delta 2 hier. We hebben twee man achter het huis, oost. Drie voor de voordeur, noordwest. In positie op vijftien punt nul meter, over.'
'Delta 2, 9 hier, wacht op verdere instructies, uit.'
'Raar dat er nergens licht brandt,' zei Kim Kolsø, terwijl Munch hem de nachtkijker aangaf.
'Misschien is ze hier niet,' zei Curry.
'Misschien zijn ze in de kelder,' zei Munch.
Hij pakte de kijker weer aan van Kim en richtte die op het huisje. Er waren drie eenheden ter plaatse. Twee van de bijzondere bijstandsdienst Delta, waaronder een team scherpschutters, en een eenheid van de stille interventie. Afgezien van Munch, Kim en Curry. Munch gaf de kijker weer terug en moest bijna even glimlachen. Zowel Ludvig als Gabriel had erop aangedrongen om mee te mogen. Ludvig was tot daaraantoe, hij was per slot een poosje politieagent geweest, maar Gabriel? Die jongen had waarschijnlijk zelfs nog nooit met een katapult geschoten. Maar lef had hij wel. Het team had met hem echt een goeie slag geslagen, dat stond vast. Hij had natuurlijk tegen hem gezegd dat hij het fort moest bewaken. Ze waren met genoeg mensen.
'Weten we dat ze Mia ook heeft?' vroeg Kim.
'Weten niet, maar daarom weten we het nog wel, toch?' zei Curry.
'Haar auto is voor het verzorgingstehuis gevonden,' zei Munch. 'En het laatste signaal van haar telefoon kwam ergens van de Drammensveien.'
'Uit het raam gegooid natuurlijk,' snauwde Curry.
'Heb je nog iets ontdekt over die jongen? Iversen?' vroeg Munch.
Kim was op pad geweest voor een eigen opdracht, en precies op tijd teruggekomen om met het team mee te gaan. 'Ik heb zijn lerares gesproken, Emilie Isaksen,' antwoordde hij. 'Zeer voortvarende dame. Enorm veel sociaal plichtsbesef. Zo zouden er meer moeten zijn. Die jongen was weg. De ouders waren weg. Ze had net zijn kleine broertje uit huis gehaald, die had al een week niet gegeten. Ik heb haar gevraagd niets op eigen houtje te ondernemen, maar ik betwijfel of ze heeft geluisterd. Ze is vast op dit moment

in het bos aan het zoeken.'

'Neem contact op met Ludvig,' zei Munch. 'Laat Hønefoss er iemand heen sturen.'

'Heb ik al gedaan,' zei Kim.

Munch knikte bevestigend. Als er iemand was op wie hij kon vertrouwen, dan was het Kim Kolsø wel. Curry daarentegen moest je in de gaten houden. Kim zat roerloos op de passagiersstoel, maar Curry kon bijna niet stilzitten.

'Wat doen we?' vroeg Curry, terwijl hij zich weer tussen hen in boog.

'Wachten,' zei Munch.

'Waarop dan? Dat gestoorde mens houdt Mia daar vast, God weet wat ze met haar uitspookt, moeten we niet gewoon een inval doen en dat wijf neermaaien?'

'Curry,' zei Kim sussend.

'Ik weet wat er op het spel staat,' zei Munch kalm. 'Mijn kleinkind zit er middenin.' Hij wierp Curry een niet mis te verstane blik toe. Met een wat verontschuldigend knikje ging Curry weer normaal zitten.

Marion bevond zich daarbinnen.

Munch vermande zich. Hij kon daar nu geen inval doen. In zijn hoedanigheid van opa. Mikkelson had erop gestaan dat Munch thuis zou blijven, dat hij de klus door de anderen liet klaren, maar Munch was met geen bulldozer te stuiten geweest. Hij bracht de kijker weer naar zijn ogen en keek naar het donkere huis.

'Hoelang wachten we nog?' zei Curry ongeduldig vanaf de achterbank.

'Curry,' zei Kim weer.

'Nee, hij heeft gelijk,' zei Munch verbeten. 'Er valt niks te wachten.' Hij zette de mobilofoon weer aan. 'Delta 2, hier 9, kom in.'

'9, Delta 2 hier, over.'

'Delta 2, 9 hier, stand-by voor inval.'

'Delta 2, ontvangen en uit.'

Munch controleerde of zijn Glock niet gezekerd was en knikte naar de twee anderen. 'Zijn we zover?'

'Ja,' zei Kim.

'Helemaal klaar voor,' zei Curry.

Munch deed voorzichtig de deur open en stapte zo stilletjes mogelijk uit de Audi.

83

Bij het wakker worden had Marion Munch weer die rare smaak in haar mond. Ze had zo fijn gedroomd. Dat ze thuis was, dat mama en papa er waren en dat alles was zoals altijd. Ze deed haar ogen open en ontdekte dat ze nog steeds in dat witte, koude kamertje opgesloten zat. En met diezelfde stomme, onhandige jurk. Ze kroop onder de dunne deken in elkaar en begon te huilen. Ze wist niet hoelang ze hier nu al was, het was erg moeilijk om daarachter te komen, omdat het licht nooit uitging. Ze had naar een lichtknopje gezocht, maar er was geen knopje te vinden, alleen koude muren, zonder ramen en zonder deur. Marion had zoveel gehuild dat de tranen in haar ogen bijna op waren. Ze had op de muren gebonsd en geroepen en gehuild, maar er was niemand gekomen. Eerst had ze niet begrepen waarom. Ze kwamen toch altijd als ze huilde? Mama of papa, ze kwamen toch altijd? Zoals die keer dat ze koorts had gehad en had gedroomd dat Ole Brom een enorm monster was geworden dat haar wilde opeten. Toen waren mama en papa meteen gekomen. Maar hier kwam niemand. Niemand zorgde voor haar in deze kamer. Ze was helemaal alleen.

Marion Munch stak haar duim in haar mond en rolde zich in bed tot een balletje op. Daar was ze lang geleden al mee gestopt, maar nu was ze er weer mee begonnen. Ze duwde haar tong tegen haar duim, dat voelde lekker en veilig aan. Likte eraan. Er was iets geks met haar nagel. Ze haalde haar duim uit haar mond en keek er verbaasd naar. Iemand had iets in haar nagel gekrast. Er stond een haak, bijna als een letter. Zoals de letter van Vivian op de kleuterschool, V. Er stond een V op haar duim. Marion stak de duim weer in haar mond en voelde met haar tong aan de scherpe randjes van de nagelletter.

De eerste tijd had ze getekend. Of geprobeerd te tekenen. Dat was niet zo makkelijk geweest. Ze kon de tekening aan niemand laten zien, want ze was daar alleen. Ze had mama, papa en opa getekend. Toen had ze een superheld getekend. Die superheld was een vrouw met wie ze kon praten en die voor haar wilde zorgen, en sindsdien was het makkelijker geworden om daar te zijn. Het werd eigenlijk nooit dag in die witte kamer. Thuis was het altijd morgen en middag en avond, en het was makkelijk om te weten wanneer alles was, maar hier ging dat helemaal niet. Het was de hele tijd licht, en nergens klonk geluid. Afgezien van de keren dat er eten kwam via dat luik in de muur. Dat luik waarachter die ratelende aap had gezeten. Het eten was raar en niet zo heel lekker, maar ze had het toch telkens allemaal opgegeten, want ze had enorm veel honger. Zo nu en dan zat er een flesje limonade bij, maar meestal alleen maar water. Eten was heel stom, want dan moest ze naar de wc. En er was geen wc in de kamer, alleen maar een prullenbak, en het stonk erg, het stonk de hele tijd heel erg. Marion had een dekseltje gemaakt van het karton van het tekenblok en toen was het wat minder gaan stinken. Maar ze zag vreselijk op tegen iedere keer dat ze het eraf moest halen en erop moest gaan zitten, want er zat zo langzamerhand een heleboel in, en het was erg vies.

Ook al was het de hele tijd licht, slapen was niet moeilijk. Heel raar eigenlijk. Iedere keer gebeurde er precies hetzelfde. Nadat ze had gegeten, viel ze in slaap. Terwijl ze niet eens moe was. Het was bijna of ze slaap kreeg van het eten. Alsof het een soort magisch eten was of zoiets. Ze herinnerde zich nog heel goed dat Alice in Wonderland raar was geworden nadat ze dingen had gegeten, ze was eerst groot geworden en toen klein, dus magisch eten bestond vast wel. Kon het eten magisch zijn en toch niet lekker smaken? Marion liet haar tong over de rand op haar nagel gaan. Net op dat moment hoorde ze weer iets bewegen in de muur. Rrrt, vrrt, het magische eten kwam eraan, het was door de muur heen op weg naar beneden. Ze stond op en liep naar het luik. Bleef staan wachten tot het eten neerkwam. Ze kende de geluiden nu, rrrt, vrrt, rrrt, vrrt, en vervolgens klang. Dan kon ze het luik openmaken en kijken wat ze had gekregen. Het was meestal aardappelpuree met worteltjes en dat groene spul dat ze niet lustte. Bloemkool. Nee, broccoli. Nooit pizza of worstjes of tomatensoep, nooit de dingen die ze het lekkerst vond. Marion bleef op het klang-geluid staan wachten, nog steeds met haar duim in haar mond. Ze hoorde de lift nooit omhooggaan, dat was eigenlijk best wel raar. Hij kwam omlaag. Ze haalde het eten eruit, at het op, en de volgende keer kwam de lift weer omlaag. Was dat omdat ze had geslapen? Daar kwam het vast door. Van het magische eten viel ze in slaap, en dan ging de lift weer door de muur naar boven terwijl zij sliep, zo moest het zijn.

Klang, zei het. Marion Munch maakte het luik open om te zien wat ze had gekregen. Er zat deze keer een flesje limonade bij, dat was in elk geval lekker. Maar het eten zag er erg vies uit. Wat aardappeldingen, en weer dat groene. Broccoli. Ze haalde het bordje en het flesje uit de lift en ging op de stoel achter het bureau zitten. Ze prikte wat in het eten met de vork die erbij zat. Had er eigenlijk geen zin in. Had eigenlijk alleen maar zin om te huilen. Niks eten, alleen maar huilen. Ze voelde weer tranen opkomen, maar ze kneep haar lippen op elkaar. Huilen had geen zin. Niet in deze kamer. Hier kwam niemand. Hoeveel tranen er ook vloeiden. Maar het lukte haar niet. Om zich in te houden. Ze bleef met de vork in haar hand zitten, terwijl ze keek hoe de tranen op het bordje voor haar druppelden.

Als ze het eten nu eens niet opat? Ze had er geen idee van waar die gedachte vandaan kwam, die zat plotseling gewoon in haar hoofd. Als ze het eten nu eens niet opat, wat dan? Zou ze dan wakker blijven? Zou ze de lift weer naar boven horen gaan? Snel keek ze naar het luikje in de muur. Waar kwam die gedachte eigenlijk vandaan? Zomaar uit het niets, hup haar hoofd in. Maar het was een hartstikke goed idee, toch? Als ze het eten niet opat, en dat dan de lift weer naar boven ging? Ze stond gauw op en liep naar het luik. Maakte het open en keek naar binnen. Ze paste er wel in, toch? Ze had zich wel eens ergens verstopt waar minder plaats was. Toen ze een keer verstoppertje hadden gespeeld, had ze zich in het pannenkastje in de keuken verstopt, en niemand had haar gevonden, ze had er ten slotte zelf uit moeten kruipen. En dat kastje was vreselijk smal, niemand had er iets van gesnapt, iedereen was flink onder de indruk geweest. Ze zou de lift voor de gek houden, dat ging ze doen. Ze zou doen alsof ze het eten opat, het in de wc-bak gooien, het bordje in de hoek bij de andere zetten en in bed gaan liggen. Als ze sliep ging de lift omhoog. Misschien ook als ze deed of ze sliep? Marion ging met haar rug naar de lift staan en pakte het bordje van tafel. De lift mocht niet zien wat ze deed, want dan zou hij misschien van gedachten veranderen. Ze haalde het karton voorzichtig van de bak en deed het eten er zo snel mogelijk in. Gauw ging ze weer zitten en keek naar het luik in de muur.

‘O, wat zit ik vol,’ zei ze hardop, en ze streek even over haar maag.

De lift deed niets. Die had duidelijk niets gemerkt.

'Goh, wat ben ik moe,' zei ze, en ze deed of ze vreselijk moest gapen.

Ze stapelde het bordje op de andere en liep naar het bed. Ging liggen met haar gezicht naar de lift en deed haar ogen dicht. Ze bleef heel stil liggen met haar duim in haar mond. Ze kon erg goed stil liggen. Die keer dat ze zich in het keukenkastje had verstopt, was ze muisstil blijven liggen, wel... nou ja, heel lang in elk geval. Zo lang dat mama en papa waren gaan roepen. Marion kneep haar ogen dicht en bleef op het geluid van de lift liggen wachten. Er kwam geen geluid. Ze merkte dat ze een beetje ongeduldig werd. Dit was anders dan in dat keukenkastje. Toen had ze geweten dat daarbuiten iemand was. Dat iemand haar zocht. Die zich erop verheugde haar te vinden. Hier kwam niemand. Ze voelde de tranen weer achter haar oogleden, maar het lukte haar om ze in te houden. Als ze huilde, sliep ze niet. Dat zou de lift vast merken. Ze schoof haar duim nog dieper in haar mond en probeerde aan iets anders te denken. Toen in dat keukenkastje had ze in gedachten een spelletje gespeeld. Een verhaaltje. Een verhaaltje van Monster High, helemaal van haarzelf, dat ze niet op televisie had gezien maar zelf had verzonnen. Toen was de tijd zo om geweest, er was eigenlijk niet zoveel aan de hand geweest. Ze deed alsof ze DracuLaura was en haar huiswerk was vergeten te maken. Dat was hartstikke stom, want zo meteen kwam de meester, en dan moest ze zeggen dat ze het niet gemaakt had en daar had ze geen zin in. DracuLaura kon wel stoer lijken, maar ze wilde het op school graag goed doen, de anderen geloofden dat misschien niet, maar zij wilde het. Alleen was ze het nu vergeten, haar huiswerk. Dat was niet omdat ze het niet wilde doen, ze was het gewoon vergeten. Er waren zoveel andere dingen te doen geweest. Marion wilde net verzinnen waarom DracuLaura haar huiswerk was vergeten, toen ze plotseling hoorde dat de lift in beweging kwam. Rrrt, vrrt. Zonder erbij na te denken sprong ze uit haar bed op en rende naar het luik. Snel trok ze het open, en gauw kroop ze door het gat in de muur. De lift was heel klein, en eerst wilde haar voet er niet in. Zij zat in de lift en de lift was op weg naar boven, maar haar voet stak de kamer nog in. Ze trok haar knie met een ruk in en plotseling zat ze er helemaal in. Ze zat in de lift! En die was op weg naar boven.

De lift zwabberde en knarste in de muur omhoog en ze zag helemaal niets. Marion kroop zo goed mogelijk in elkaar en probeerde niet bang te zijn in het donker. Haar hartje bonsde in haar borst, ze durfde bijna geen adem te halen. Rrrt, vrrt. Het ging heel langzaam omhoog, en toen ineens: klang. De lift was gestopt en had niet ontdekt dat zij erin zat. Ze duwde voorzichtig tegen het luik en merkte tot haar grote vreugde dat het openging. Marion Munch klom door het luik en bleef met open mond op de vloer staan.

Ze was in een woonkamer. In een huis dat ze nog nooit had gezien. Hier waren ook geen ramen, of toch, maar er zaten gordijnen voor. Aan een tafel midden in de kamer zat een vrouw op een stoel. Marion keek om zich heen en liep aarzelend op de vrouw af. Ze had haar ogen dicht en er zat grijze tape voor haar mond. Er liep een slangetje naar haar toe met water of zoiets uit een zak. Marion herkende de vrouw meteen, ze had haar al vaak gezien. Het was de vriendin van opa, Mia. Ze leek net een indiaan. Marion vond Mia aardig. Die maakte altijd pret met haar, ze was zo lief, gaf haar altijd iets lekkers als opa niet keek. Nu was ze dood. Ze zat dood op een stoel met tape voor haar mond.

Marion bleef staan, niet wetend wat ze moest doen, en keek ondertussen koortsachtig om zich heen. Daar was een gang met schoenen en laarzen, precies als thuis. En een deur. Een voordeur. Marion sloop voorzichtig naar de deur toe. Door die stomme kleren kon ze moeilijk lopen, en ze maakten ook stomme geluiden. Durfde ze de deur open te maken? Wie wist er eigenlijk wat zich daarachter verborg? In dit huis, waar alles zo raar was?

'Stop!'

Marion maakte een luchtsprong van schrik toen ze de strenge vrouwenstem achter zich hoorde schreeuwen.

'Stop! Stop!'

Marion Munch greep de klink, trok de deur open en rende het donker in, zo snel als haar beentjes haar konden dragen.

84

Karianne Kolstad had een hekel aan lootjes verkopen. Naar haar mening was er niets erger dan lootjes verkopen. Het veertienjarige meisje overwoog zelfs om van de padvinderij af te gaan, puur vanwege die stomme lootjes. Ze had er geen bezwaar tegen om dingen te doen waarmee ze geld konden verdienen, ze had zowel stenen gerooid als aardbeien geplukt, ze zag alleen die stomme lootjes niet zitten. Karianne Kolstad was verlegen, daarom hield ze niet van lootjes verkopen. Daarvoor moest ze aanbellen en met mensen praten.

Karianne trok haar jack dichter om zich heen en liep de weg af richting Tom Lauritz Larsen. Bij Larsen kon ze wel aankloppen, dat zou prima gaan. De varkensboer was een wat rare vogel, maar wel aardig, ze had al heel vaak met hem gepraat. De laatste keer had hij zelfs bijna haar hele blok gekocht. Misschien had ze deze keer ook geluk. Karianne deed het hek open en liep het erf op.

Tom Lauritz Larsen was een soort beroemdheid geworden nadat iemand een van zijn zeugen de kop had afgehakt. Ze hadden erover geschreven in het arbeidersblad van Hamar. De eerste keer nadat de kop verdwenen was, en nog een keer toen die weer was opgedoken. 'Varken van hier op paal aangetroffen in kindermoordzaak', had er gestaan, en er had een foto bij gestaan van Larsen als zijn plaatsvervanger.

Karianne wist alles af van de verdwenen meisjes, ze had ieder krantenbericht over de zaak uitgespeld. Ze hadden er ook bijeenkomsten over gehouden, eerst op school, daarna bij de padvinders en toen in het gemeenschapshuis, waar iedereen naartoe was gekomen, niet alleen de ouders van meisjes die voor het eerst naar school gingen, maar bijna iedereen in het dorp. Ze hadden lichtjes aangestoken voor de dode meisjes en zelf had ze geholpen met het oprichten van een sympathisantengroep op Facebook. Een Facebookgroep oprichten was makkelijk, dan hoefde ze alleen maar achter haar computer te zitten, heel anders dan wanneer ze zoals nu met mensen moest praten. Ze liep naar het huis en klopte aan. Het begon al donker te worden, maar in het keukenraam brandde licht. Er was ook muziek te horen, dus hij was vast thuis. Ze klopte nog eens, en de deur ging open. Ze haalde diep adem en vermande zich, deed haar best om flauwtjes te glimlachen.

'Goeienavond,' zei Larsen, terwijl hij haar opgewekt aankeek. 'Kom je weer lootjes verkopen?'

O, pff, gelukkig, nu hoefde ze niets te zeggen. 'Ja,' zei ze opgelucht.

'Kom dan maar binnen,' zei Larsen, terwijl hij het donker achter haar in staarde. 'Ben je nog zo laat alleen op pad?' vroeg hij toen ze in de keuken stonden.

'Ja,' zei Karianne beschroomd.

'En waar is het deze keer voor?' Tom Lauritz Larsen had zijn portefeuille al getrokken en stond ermee in zijn hand.

'We gaan met de padvinders op stap. Naar Zweden.'

'Zo, zo, dat wordt vast heel leuk!'

'Ja, dat denk ik ook,' zei Karianne beleefd.

'Op dit moment loopt de boel niet zo lekker,' grinnikte Larsen, terwijl hij een briefje van honderd kronen uit zijn portefeuille haalde. 'Maar de jeugd moet een steuntje in de rug hebben, vind je niet?'

'Bedankt,' zei Karianne. 'Ze kosten twintig kronen per stuk en je kunt een fruitmand winnen, koffie, en spullen die we zelf hebben gemaakt.'

'O, ik win vast niks, maar ik koop ze toch,' lachte Larsen, en hij knipoogde even. 'Helaas heb ik maar honderd kronen, dat is een beetje pech.'

Honderd kronen. Vijf lootjes. Dan moest ze vanavond nog verder. Ze had het zo lang mogelijk uitgesteld. Het blok moest morgen tijdens de samenkomst worden ingeleverd en ze had nog een heleboel lootjes over om te verkopen.

'Nou ja, het is in elk geval iets.'

Larsen gaf haar het briefje van honderd en nam de lootjes in ontvangst die ze hem gaf.

'Pas maar goed op jezelf,' zei hij enigszins bezorgd toen ze weer buiten op het trapje stond.

Hij staarde met een lichte rimpel boven zijn neus het donker achter haar in. Er was duidelijk iets met hem aan de hand sinds die varkenskop verdwenen was. De vorige keer dat ze hier was geweest, had hij niet zo'n nerveuze indruk gemaakt.

Karianne liep het erf over en het hek weer uit. Ze liep de kant van de Vikbrug op en overwoog om maar gewoon naar huis te gaan en die hele lootjesverkoperij te vergeten, toen ze plotseling getuige werd van een onwerkelijk tafereel recht voor haar.

Eerst drong het niet tot haar door wat ze zag. Dit kon bijna niet. Tangen, de saaiste plek ter wereld, hier gebeurde nooit iets. Pal aan de andere kant van de weg stond een klein huisje. Ze wist niet wie daar woonde, had eigenlijk gedacht dat het leegstond, niemand zag er ooit iemand in of uit gaan. Nu stond de deur wijd open en een klein meisje kwam het trapje af. Het meisje droeg een rare jurk en jammerde luid. Karianne herkende haar onmiddellijk. Ze had haar in de kranten gezien. Er stond een foto van haar op hun Facebookpagina. Dit was meisje nummer vijf. Marion Munch.

Met haar mond wagenwijd open bleef Karianne onbeweeglijk staan. Het kleine meisje rende het trapje af en viel languit in het grind. Achter haar kwam een vrouw met grote stappen aandraven. Marion krabbelde op, keek om en rende jammerend verder. De vrouw achter haar was veel sneller, had haar in één sprong achterhaald, sloeg haar hand voor de mond van het kleine meisje, trok haar het huis weer in en deed de deur dicht.

Toen was alles weer stil.

Karianne Kolstad verkeerde in shock. Ze had haar blok met lootjes, het geld en haar telefoon op de grond laten vallen.

Snel bukte ze zich, raapte haar telefoon op en toetste met trillende vingers 112 in.

85

Lukas legde het pistool op de grond en stak de sleutel in het hangslot. Het was nu koud buiten, hij voelde de koude avondlucht in zijn nek. Hij opende het slot en tilde de zware houten balk op. Hij scheen omlaag de donkere kamer in. Het schijnsel gleed langs een ladder en verlichtte een paar meter dieper de grond. Hij stak het pistool in de band van zijn broek en klom de ladder af. Toen hij beneden kwam, stonden de jongen en Rakel daar met een plaid om zich heen. Hij scheen op ze, maar liet de zaklamp zakken toen hij zag dat ze hun ogen afschermden tegen de felle lichtstraal.

'Ik ben Jezus,' zei hij op zo kalm mogelijke toon. 'Vrees niet, ik doe jullie niets.'

Hij scheen de ruimte rond en vond wat hij zocht. Een jerrycan die voor een plank met kartonnen dozen stond. De jongen en Rakel liepen aarzelend over de betonnen vloer naar hem toe.

'Kunnen we weg?' vroeg de jongen voorzichtig.

'Ja, jullie kunnen gaan,' zei Lukas. 'Ga met God. Het hek is open.'

Hij ving een glimp op van de ogen van de jongen toen die hem in de kille ruimte voorbijliep.

'Bedankt,' zei de jongen, en hij legde zijn hand voorzichtig op Lukas' arm,

'Ik ben Jezus,' zei Lukas nogmaals glimlachend, en hij hield zijn lamp bij de ladder, zodat de jongen en Rakel die konden zien.

Hij wachtte tot ze allebei het luik door waren. Toen bescheen hij de planken weer en pakte de jerrycan. Die was zwaar, maar hij slaagde erin hem de ladder op te dragen, zeulde hem de sporten op met de zaklantaarn onder zijn arm. Hij sloot het luik en bleef even staan opkijken naar de sterren. Hij had zelden iets mooiers gezien. De hele hemel fonkelde van hoop en vreugde. Hij glimlachte warm en liep het terrein over.

De pastor stond in het kerkje voor het altaar bij de achtermuur, met zijn rug naar hem toe. Hij draaide zich om toen hij Lukas binnen hoorde komen.

'Hoe is het gegaan?' glimlachte de pastor, terwijl hij met open armen op hem afkwam.

Midden in de kerk bleef hij geschokt staan toen hij zag wat Lukas in zijn hand had. Lukas had het pistool uit zijn broekband gehaald en hield het recht voor zich uit met de loop op de borst van de pastor gericht.

'Lukas? Wat doe je?'

'Jou redden,' zei Lukas, en hij liep langzaam door de kerk op de man met het witte haar af.

'Waar heb je het over, mijn zoon?' vroeg de pastor met opeengeklemde kaken. 'Kom tot mij, mijn zoon. Geef mij dat pistool. Je weet niet wat je doet.'

Hij stak zijn arm naar de blonde jongeman uit.

'Stil,' zei Lukas, en nu fonkelden zijn ogen. 'Merk je het niet?'

'Watte?' stotterde de pastor.

'Dat je van de duivel bezeten bent?'

'Nu klets je onzin, mijn zoon,' zei de man met het witte haar zenuwachtig.

'Nee,' zei Lukas ernstig. 'De duivel is in je gevaren, maar het is nog niet te laat. Ik ben naar de aarde gezonden om je te redden. Dat is mijn roeping.'

'Maar verdomme nog aan toe, Lukas,' stamelde de pastor.

'Zie je wel?' zei Lukas. 'De duivel heeft bezit genomen van je hart. Hij spreekt door jouw mond. Zo gaan we niet met onze kinderen om. Zo gaan we niet met mensen om. We helpen ze, we doen ze geen kwaad. Dat is Gods wil niet. Het is niet jouw schuld. Jij bent onschuldig. De duivel heeft je bedrogen. Heeft je ertoe gebracht hem bij je binnen te laten. Jou je ziel ontnomen. Je ertoe gebracht anderen kwaad toe te wensen. Alles komt nu goed, papa. We kunnen vandaag al op reis gaan. We hoeven niet meer te wachten. Laten we samen naar de hemel gaan.'

'Geef me dat pistool, godverdomme...' riep de pastor verhit, maar het was te laat.

Lukas haalde de trekker over, schoot de man met het witte haar twee keer in de borst en liet het pistool toen op de kerkvloer vallen. Door de kracht van de inslag sloeg de pastor achterover, en hij bleef naar adem happend voor hem liggen. Lukas opende de jerrycan en begon de inhoud langs de muren van de kerk uit te gieten. Hij nam er de tijd voor. Er was geen haast bij. De benzinelucht begon zich door het kleine kerkje te verspreiden. Pastor Simon lag op zijn rug op de grond met zijn mond halfgeopend, keek met een panische blik naar Lukas, greep met stijve, verkrampte handen naar zijn borst. Wat mooi, dacht Lukas toen hij zag hoe het verse bloed kleine beekjes over de pas geschuurde vloer vormde. Hij leegde de rest van de jerrycan bij het altaar en liep terug naar de pastor, die nu zijn hals omklemde en probeerde iets te zeggen, maar er kwam alleen maar gegorgel uit.

'Vrees niet,' zei Lukas, en hij streek de pastor over zijn witte haar.

Hij stond weer op en haalde de aansteker uit zijn zak. Controleerde of die het deed. Keek naar het vlammetje dat voor hem flikkerde. Hij begon in de ene hoek. De benzine vatte snel vlam. Hij liep naar de andere kant, hield de aansteker bij de vloer, stak die aan en liep door totdat de hele kerk vol brandende lichten was. Hij smeet de aansteker weg, liep naar de pastor terug, knielde naast hem en greep zijn hand. De kerk stond nu in lichterlaaie, de gordijnen, de wanden, de vloer, het altaar. Lukas glimlachte en begon te neuriën. Hij streek de pastor voorzichtig over zijn witte manen.

'Zie je de duivel? Nu verlaat hij je. Is het niet prachtig?' lachte de jongeman.

De pastor keek doodsbenauwd naar hem op. Zijn lichaam trilde. Het bloed gutste uit de gaten in zijn borst.

De vlammen laaiden op naar het dak. Overal waren vlammen.

'We zien elkaar thuis, papa,' zei Lukas.

En hij sloot zijn ogen.

86

Holger Munch sloop langzaam naar het kleine witte huisje toe met het gevoel dat er iets niet klopte. Voor de ramen zaten luiken. Er zat een groot gat in het dak. Het zag eruit alsof hier al jaren niemand meer woonde. Alsof het huis op instorten stond. Was het echt mogelijk dat Karen zich hier ophield? In dit krot? Merkwaardig. Hoe dichter ze het huis naderden, hoe meer hij het gevoel kreeg dat er iets niet in de haak was.

'Delta, aan allemaal, hier 9,' fluisterde hij in de mobilofoon. Net op dat moment trilde de telefoon in zijn zak. 'Iemand iets nieuws?'

'Negatief,' klonk het antwoord zachtjes in zijn oor.

Hij zag Curry struikelen, maar een paar meter bij hem vandaan, met zijn pistool duidelijk zichtbaar in de aanslag. Zijn collega haalde zwijgend zijn schouders naar hem op.

Waar wachten we op?

In dit huis viel echt niet te wonen. Had ze er een eigen verblijfplaats onder gebouwd? Het kamertje dat ze in de Kiese-film hadden gezien? Te oordelen naar wat hij van dat stukje film had gezien, was die kamer te klein. Het zou kunnen dat er meer van die kamertjes naast elkaar waren, maar toch.

Hij deed een koortsachtige poging de knoop door te hakken. Ze hadden absoluut geen tijd te verliezen. Ze had Marion. Ze had Mia. Ze moesten iets doen. Het was misschien al te laat.

Al te laat.

Hij moest er niet aan denken wat de gevolgen zouden zijn als het inderdaad zo was. Voor Miriam. Voor zijn ex Marianne. Voor iedereen. Iedereen in de eenheid. Niet in de laatste plaats voor hemzelf.

'9, Delta hier,' klonk het gedempt in zijn oor. 'We zijn stand-by en klaar voor interventie, groen licht voor go? Over.'

Curry haalde zijn schouders weer op, nu bijna overijverig. Het zag ernaar uit dat hij op alles voorbereid was en het huis in zijn eentje zou bestormen als Munch het bevel niet snel gaf.

Munch liet zich op één knie in het gras zakken, slechts een paar meter bij het huisje vandaan, en probeerde een beter overzicht over de situatie te krijgen. Voor de tweede keer voelde hij iets trillen in zijn zak.

Nee, dit kon niet. Het voelde niet goed. Een onderaardse, afgesloten kamer bouwen, oké, maar een heel onderkomen om in te wonen en te leven? Waarom zou iemand dat in vredesnaam doen? Het was toch veel makkelijker om een kelder te verbouwen in een huis dat niet op instorten stond?

'9?' klonk het weer in de mobilofoon.

Curry was niet meer de enige die zo gretig was, het hele interventieteam stond op scherp.

Zijn telefoon trilde weer als een nijdige wesp tegen zijn broekspijp. Wat was er toch, verdomme? Voorzichtig wurmde hij zijn telefoon uit zijn broekzak en wierp er een korte blik op, terwijl hij het licht van het display met zijn hand probeerde af te schermen, zodat het niet te zien zou zijn.

Hij had twee oproepen van Ludvig Grønlie en een tekstbericht dat hem nu vanaf de telefoon tegemoet blonk.

Verkeerde plek!!! Getuige heeft oogcontact met Marion gehad. Bel!!!!

'Delta, aan allemaal, Delta, aan allemaal, hier 9,' zei hij snel en gedecideerd in de mobilofoon. 'We hebben een nieuwe locatie. Hergroeperen en nieuwe orders afwachten. Ik herhaal, geen interventie, we hebben een nieuwe locatie, hergroeperen en nieuwe orders afwachten.'

Hij stond op, liep snel naar de auto terug en belde Ludvig Grønlie.

87

Emilie Isaksen stuurde haar auto een smalle, onverharde weg op die het bos in leidde. Ze had de voors en tegens lange tijd afgewogen, uiteindelijk had ze Torben pizza beloofd, maar het jochie had tevreden geleken met de chocola en de banaan uit haar handtas. Ze wist niet precies waarom, maar ze had het gevoel dat er haast bij was. Tobias. Die was al een week weg. Vertrokken naar een soort sekte in het bos, naar de christelijke meisjes, zoals

Torben had gezegd, ze moest er niet aan denken dat hij misschien ergens daarbinnen was en nú hulp nodig had, ze moest gewoon iets doen, ook al haalde het misschien niets uit, want ze wist niet eens precies waar die plek was. Maar de trage reactie van de politie had haar geërgerd, ze had besloten de zaak in eigen hand te nemen, en zoals Torben nu naast haar op zijn stoel zat, met een glimlachje en chocola aan zijn mondhoek, maakte hij een heel tevreden indruk.

Ze had nog nooit zoiets als dit meegemaakt. Die jongens hadden een nieuw thuis nodig. Tegen elke prijs eigenlijk, zo behandelde je kinderen niet. Emilie Isaksen was in feite zo kwaad dat ze het liefst hard met haar vuist op het stuur had geslagen, maar omwille van het kleine jochie hield ze zich in. Toch was ze er niet helemaal zeker van dat ze de juiste keus had gemaakt. Het was nu donker buiten. Ze had alleen het licht van haar koplampen, de weg kronkelde door het bos en als er plotseling een eland tussen de bomen uit kwam draven, had ze geen kans om op tijd te stoppen. Daarom reed ze langzaam. Haar auto kroop min of meer over de onverharde weg, en alsof het zicht nog niet slecht genoeg was, begonnen er regendruppeltjes op de vooruit te vallen. Jeugdzorg. Ze wist niet zo goed hoe dat in zijn werk ging. Er waren vast procedures, er moesten vast brieven worden geschreven, de ouders zouden worden opgeroepen, de gelegenheid krijgen om uitleg te geven, een enorme papiermolen, wie weet een rechtszaak, je kon kinderen niet zomaar bij hun ouders weghalen, dat ontbrak er nog maar aan, maar in dit geval, als je de ouders niet eens te pakken kon krijgen?

Ze kende iemand die bij Jeugdzorg werkte, Agnete, ze hadden elkaar op aerobics leren kennen en een paar keer samen koffie gedronken. Ze besloot om haar na afloop te bellen, als ze maar van deze akelige weg af kwamen, zij zou vast wel weten wat de beste aanpak was.

Het regende nu harder en het zicht door de voorruit was echt beroerd. Ze wist niet eens hoe ver het was. Het leek niet verstandig om verder te gaan. Per slot van rekening had ze een klein jongetje in de auto. Ze kon beter weer teruggaan. Het zoeken naar Tobias aan de politie overlaten, dan zou zij zich over Torben ontfermen. De jongen nog wat te eten en een warm bed geven. Contact met Jeugdzorg opnemen. Het proces op gang brengen om deze jongens een goed pleeggezin te geven, met betrouwbare, verantwoordelijke volwassenen die van hen hielden en voor hen zorgden zoals je voor kinderen hoort te zorgen.

Ze wilde net naar een plek zoeken om te keren, toen er midden op de weg plotseling twee gestalten opdoken, hand in hand, verblind door het licht van de koplampen.

Tobias.

Het hart van Emilie klopte bijna in haar keel toen ze de twee kinderen bij het zien van de vreemde koplampen geschrokken de weg af zag rennen en in het bos zag verdwijnen.

Ze trapte hard op de rem en liep de regen in, met draaiende motor en de handrem aangetrokken.

'Tobias!' riep ze.

Nergens een geluid. Alleen harde regen die op het grind van de weg kletterde en onheilspellend op de motorkap roffelde.

'Tobias,' riep ze weer, terwijl het water over haar gezicht stroomde. 'Ik ben het. Emilie. Niet bang zijn. Je kunt nu tevoorschijn komen. Alles is in orde. Ik ben hier om je te halen. Tobias? Ben je daar?'

Er verstreken een paar seconden die Emilie een eeuwigheid toeschenen, maar toen bewogen er een paar takken, niet ver bij haar vandaan, en al snel doken er tussen de bomen behoedzaam twee vragende gezichten op.

'Emilie?' zei Tobias voorzichtig, en hij wees naar het meisje dat zich achter hem verschool.

Het meisje, dat een grote, zware jurk van grauwe wol en een wit kapje droeg, alsof ze uit een andere eeuw afkomstig was, stond trillend achter Tobias en durfde zich niet helemaal te vertonen.

'Ze heeft hulp nodig,' zei Tobias, en pas nu zag Emilie hoe moe de jongen was, zijn ogen draaiden weg en hij kon bijna niet op zijn benen staan.

'Gaan jullie maar in de auto zitten,' zei Emilie, en ze deed het achterportier open.

'Tobias!' riep Torben, toen hij zijn broer uitgeput in de auto zag klimmen. Het jochie had binnen een tel zijn veiligheidsriem afgedaan en sprong de achterbank op om zijn broer langdurig te omhelzen.

Lieve hemel. Waar zijn die kinderen aan blootgesteld?

Emilie ging achter het stuur zitten en zocht een plek om te keren. 'Alles goed met jullie?' vroeg ze toen ze weer een eindje terug waren gereden.

Ze ving Tobias' blik in de achteruitkijkspiegel op. De jongen zag er nog steeds vrij verward uit, maar het zag ernaar uit dat het nu, ongeacht wat voor gruwelen ze hadden meegemaakt, langzaam tot hem doordrong dat ze in veilige handen waren.

'Ja, hoor,' zei hij. Zijn stem trilde. 'Kun jij ons helpen?' Hij keek Emilie via de spiegel aan.

'Jazeker,' zei Emilie terug. 'Alles komt nu goed, Tobias, zeker weten.'

Emilie Isaksen reed zo snel als ze durfde de smalle, onverharde weg af, terug naar de bewoonde wereld.

88

Voor de tweede keer binnen een uur zat Holger Munch in de auto met een verrekijker voor zijn ogen en een Deltateam klaar voor interventie, maar nu bij het juiste huis. Gegarandeerd. Een meisje had haar gezien. Marion. Toen ze uit dit huis hier was komen rennen. Om vervolgens weer naar binnen gehaald te worden. Door Karen Nylund. Het meisje was bekend in deze omgeving en wist waar ze over praatte, er waren nu geen vragen meer. En terwijl alles verkeerd had aangevoeld aan het oude krot waar ze een poosje eerder voor hadden gestaan, voelde alles nu volledig juist aan. Het was een oud rood huisje, wat vervallen, maar zonder meer bewoonbaar. Door de ramen scheen een iets te zwak licht, alsof iemand ze met folie had afgeplakt om inkijk te voorkomen. Uit een bakstenen schoorsteenpijp op het dak kwam een ijl rookpluimpje. Een idyllisch, landelijk boerderijtje. Aan de buitenkant. Maar iedereen die nu buiten klaarstond, wist dat het binnen een heel ander verhaal was. Karen Nylund was daarbinnen. Die vier zesjarige meisjes had vermoord. Die de levens van onschuldige ouders, grootouders, broertjes en zusjes, vriendinnetjes en buren had verwoest en een pijn had veroorzaakt, zo extreem dat die nooit meer over zou gaan. De vrouw die hem had laten denken dat hij misschien liefde in het verschiet had. Hij voelde haat opwellen in zijn borst, zijn voorhoofd gloeide en het zweet stond in zijn handen, maar hij probeerde rustig te blijven. Professioneel. Niets overhaasts te doen. Ze had Marion. Marion leefde nog. In elk geval had ze een uur geleden nog geleefd. Holger Munch durfde zich niet af te vragen of Mia daarbinnen was, en wat er met haar was gebeurd.

Het was van belang om snel op te treden, maar niet te snel. Ze moesten overzicht over de situatie krijgen. Ze moesten alle teams op hun plaats krijgen. Munch keek even de weg af, naar de plek waar zojuist drie ambulances waren gestopt met alle lichten gedoofd om niemand te alarmeren. Curry zat ongeduldig op de achterbank met zijn pistool tegen zijn dij te tikken. Kim Kolsø zat zoals gebruikelijk als een zoutpilaar op de stoel naast hem, zijn blik gericht op de deur waardoor ze weldra naar binnen zouden gaan.

'Delta 1, hier 9, kom in.'

'9, Delta 1 hier, we zijn in positie, over.'

'Delta 2, 9 hier, kom in.'

'9, Delta 2 hier, we hebben nog een paar minuten nodig, over.'

'Delta 2, 9 hier, ontvangen, we wachten af, over.'

'Wat gebeurt daar?' zei Curry ongeduldig op de achterbank.

'We wachten af,' zei Munch kortaf.

'Waar wachten we op? Mia is daarbinnen, verdomme.' De kale politieman kon zich bijna niet meer inhouden, zijn vingers roffelden als trommelstokjes op zijn dijbeen en zijn ogen waren klein van woede.

'We wachten tot Delta 2 in positie is,' zei Munch zo bedaard als hij kon.

'Rustig aan, Curry,' zei Kim, die nog steeds onbeweeglijk op de passagiersstoel zat.

'Daar heb ik schijt aan,' klonk het plotseling vanaf de achterbank.

Het gebeurde zo snel dat Munch niet kon reageren. Curry had het achterportier al geopend en was op weg naar het huis.

Snel deed Munch zijn portier open, gevolgd door Kim, die in volle galop uit de auto wegschoot. Hij wilde iets roepen, maar nam niet het risico om Karen te alarmeren.

Jezus.

Hij rende zo hard als zijn zware lijf maar kon de onverharde weg over, het hek door, de platte rotsen over, en wist het trapje te bereiken op precies hetzelfde moment dat Curry de deurklink omdraaide en het huisje binnenrende.

Van toen af leek alles in slow motion te gaan. Terwijl er iets knalde, ving Munch een glimp op van Karens verraste gezicht. Volledig overrompeld. Het was duidelijk dat ze dit absoluut niet had verwacht, maar de roodblonde vrouw had desondanks nog tijd de loop van de buks in Curry's richting te zwaaien. Die wierp zich opzij toen de knal klonk.

Had ze hem geraakt?

Curry, stomme idioot!

De slowmotionfilm ging door en nu stond ze recht naar hem toe gekeerd. Haar handen omklemden het wapen zo stevig dat haar knokkels volkomen wit waren. Het leek of ze haar mond opende om iets te zeggen, terwijl haar vinger zich om de trekker kromde, maar nu was het uit met de slow motion voor Munch.

Hij richtte zijn wapen en drukte twee keer af. Eén keer. In haar hals. Nog een keer. Midden in haar hart. Er ging een schok door Karen Nylund heen en ze viel levenloos op de grond, terwijl het bloed langzaam over haar borst en haar armen liep.

En op dat moment viel zijn oog op Mia. Ze zat vastgebonden op een stoel bij de ene muur. Tape voor haar mond. Een naald in haar hand, vanaf een soort statief.

O, nee.

O, jezus nog aan toe, nee nee.

Als verlamd bleef Holger Munch recht voor zijn levenloze collega staan en hij merkte niet wie er allemaal achter hem aan naar binnen kwamen stormen. Kim. Het Deltateam. De arts. Het ambulancepersoneel. Hij bleef staan zonder dat hij een woord kon uitbrengen, terwijl hij toekeek hoe mensen die mijlenver weg leken zijn collega lossneden van haar stoel en naar buiten droegen, de ambulance in. Hij zag niet dat Curry van de grond opstond, naar zijn arm greep en het trapje af geholpen werd. Munch kwam pas tot zichzelf toen Kim daar plotseling stond, met een trillend klein figuurtje in zijn handen.

Marion.

Ze leefde nog.

Ze was er slecht aan toe, maar ze haalde adem.

'Ambulance,' riep Munch, en hij hielp zijn collega de kleine meid de trap af te dragen. 'Een dokter, we hebben een dokter nodig!'

En nu reden de ambulances niet in stilte voort. Een loeiend cortège van zwaailichten en sirenes verliet het boerderijtje en raasde door de donkere avond in volle vaart weg richting de E6.

7

89

De wachtkamer voor de intensive care van het Ullevål-ziekenhuis zat bomvol mensen. Een van de verpleegsters was al meermalen naar buiten gekomen om hun vriendelijk te vragen of ze misschien ergens anders wilden wachten, maar Munch had haar alleen maar weggewuifd.

In de kamer heerste een bedrukte stemming. Gabriel Mørk zat op een stoel met zijn handen in zijn schoot en staarde met een lege blik voor zich uit, bij uitzondering nu eens zonder computerscherm. Anette en Ludvig zaten op de enige bank en hadden ruimte gemaakt voor Kim en Curry. Het hele team zat nu met ernstige gezichten in de kleine ruimte. Er werd weinig gezegd.

Anette was net naar buiten geweest om Mikkelson te bellen. Toen ze weer binnenkwam had ze Munch een knipoogje gegeven en Munch had geknikt en geglimlacht, waarna de ernst weer in de kamer was teruggekeerd.

Curry ijsbeerde heen en weer en weigerde te gaan zitten, hij slaagde er niet in zijn kleine, compacte lichaam tot rust te brengen. 'Maar verdomme nog aan toe,' zei hij met een armzwaai. 'We mogen toch zeker wel iets weten?'

'Ga zitten,' zei Anette. 'Wij krijgen pas iets te weten als zij iets weten, zo is het nou eenmaal.'

'Jezus,' zei Curry, en hij bleef maar over de blauwe linoleumvloer ijsberen.

'Iemand koffie?' vroeg Ludvig, terwijl hij opstond.

Het gezicht van de geroutineerde politieman stond somber en hij was evenzeer doordrongen van de ernst van de situatie als de rest van de aanwezigen. Er werden een paar handen opgestoken. Ludvig knikte en verdween de gang in.

Miriam kwam binnen. Munch liep haar tegemoet en omhelsde haar. 'Alles goed met jou?'

Zijn dochter knikte en kneep even in zijn hand. 'Met mij is alles in orde, het gaat nu prima.' Ze zag Kim op de bank zitten en liep naar hem toe om haar armen om zijn hals te slaan. 'Bedankt,' zei ze, en ze veegde een traan van haar wang.

'Allemachtig, dat zou er nog maar aan ontbreken,' zei Kim. 'Ik heb gewoon mijn werk gedaan.'

'Nee, dank je, ik meen het. Bedankt,' zei Miriam, en ze sloeg nog eens haar armen om zijn hals, waarna ze naar Curry liep om dat bij hem ook te doen.

Curry leek bijna met de aandacht in zijn maag te zitten. Hij knikte naar Miriam en knuffelde haar uitvoerig terug.

'Gaat het goed met haar?' vroeg Munch, terwijl hij naar zijn dochter liep.

'Met Marion is het prima,' zei Miriam, en ze veegde nog een traan van haar wang. 'Ze is bij Johannes. Ze was moe, maar verrassend helder, ze vroeg naar opa.'

Munch glimlachte.

'Nog nieuws over Mia?' vroeg Miriam ernstig.

'Nee,' zei Munch, en zijn gezicht betrok weer.

Door de gang kwam een dokter aanlopen met wat papieren in haar hand. 'Jon Larsen?' zei ze, en ze keek de groep rond.

'Curry,' zei Anette, en ze wees naar de arts.

'Wat?' zei Curry.

'Ze vraagt naar je.'

Curry draaide zich om.

'Jon Larsen?' vroeg de arts weer, terwijl ze op haar papier keek.

'Ja, dat ben ik,' zei Curry, terwijl hij een hand opstak. De andere hield hij dicht tegen zijn lichaam gedrukt.

'Zullen we even naar je kijken?'

'Nee, nee, alles goed,' zei Curry, en hij wuifde haar weg met zijn goede hand.

Munch keek streng naar zijn collega, die hem nog steeds niet recht in de ogen keek. Curry had de hele operatie bijna verpest en met zijn riskante optreden ieders leven in gevaar gebracht, maar dat moest nu maar wachten, het deed er niet toe, de reprimandes kwamen later wel. Munch wierp een blik op de deuren naar de afdeling zelf, maar er was nog steeds geen beweging te zien.

'Ik denk dat we toch maar beter even kunnen kijken,' zei de dokter met een glimlach tegen Curry.

Curry zuchtte en liep met tegenzin achter de arts aan de gang door. 'Hou me op de hoogte,' riep hij, terwijl hij waarschuwend naar hen wees met de hand die hij wel kon bewegen.

'Vanavond de debriefing?' vroeg Anette met een blik op Munch.

'Nee, nee, we wachten,' zei Munch, en hij haalde zijn vingers door zijn baard. Op dat moment gingen de deuren open en kwam er een arts naar buiten. 'Familie of vrienden van Mia Krüger?'

Een heleboel handen gingen tegelijkertijd omhoog.

'Hoe gaat het met haar?' vroeg Munch, terwijl hij naar de arts toe liep.

'Het scheelde weinig. Maar het is goed gegaan.'

De opluchting in het kamertje was bijna tastbaar. Gabriel stond op en omhelsde Anette. Kim glimlachte van oor tot oor.

'Mogen we bij haar?' vroeg Munch.

'Ze is uitgeput,' zei de arts. 'Maar er mag wel één bezoeker bij. Hou het alleen wel kort.'

'Ik,' zei Munch.

Hij trok zijn loden jas uit, gaf hem aan Miriam en liep achter de arts aan de deuren door.

Toen ze binnenkwamen, lag Mia met gesloten ogen in bed.

'Een kort bezoek,' zei de arts streng, en hij verdween.

Munch liep naar het bed en legde zijn hand op de hare. Mia opende langzaam haar ogen en glimlachte toen ze hem zag.

'Heb je gerookt?' vroeg ze zachtjes.

'Al een poosje niet,' zei Munch.

'Goed zo,' zei Mia, en ze deed haar ogen weer dicht.

Munch kneep voorzichtig in haar hand.

'Hebben we haar gepakt?' vroeg Mia zwakjes.

'We hebben haar gepakt,' zei Munch.

'En Marion?'

'Met Marion gaat het prima,' zei Munch.

Mia sloeg haar ogen weer op en glimlachte voorzichtig. 'Ja?'

'Ja,' zei Munch.

Hij zag haar lichaam plotseling ontspannen. Haar hand, die in de zijne rustte, werd helemaal slap en haar hoofd zonk dieper weg in het kussen. 'Kom je me opzoeken?' vroeg ze voorzichtig.

'Op Hitra?'

Mia's hoofd ging langzaam op en neer.

'In de vakantie misschien,' zei Munch. 'Maar ik vind dat jij hier thuishoort. Ik heb iemand nodig die me gezelschap houdt.'

'Oké,' prevelde Mia, en haar ogen gingen dicht.

De arts stak zijn hoofd om de deur en wees op zijn pols. Munch knikte.

Toen hij weer naar Mia keek, sliep ze.

Lees hier een fragment uit *De doodsvogel*
een nieuw avontuur met Holger Munch en Mia Krüger

1

Botanist Tom Petterson pakte zijn fototas uit zijn auto. Hij nam even de tijd om van het uitzicht over de spiegelgladde fjord te genieten en ging toen op weg, het bos in. Op deze zaterdag vroeg in oktober baadde het landschap rondom hem in het lieflijke licht van een fris zonnetje. Milde stralen vielen op de gele en rode herfstbladeren, die nu snel zouden vallen om plaats te maken voor de winter.

Tom Petterson hield van zijn werk, vooral als hij het buitenshuis kon uitoefenen. Hij was door de gedeputeerde van Oslo en Akershus ingehuurd om exemplaren van het kruid drakenkop te fotograferen, een bedreigde plantensoort die rond de Oslofjord voorkwam. Via zijn blog had hij een nieuwe tip binnengekregen, en die wilde hij vandaag natrekken om de aantallen en de precieze locatie van de pas ontdekte exemplaren van deze uiterst zeldzame soort te registreren.

Drakenkop was een tien tot vijftien centimeter hoge plant met blauwe, donkerblauwe of blauwviolette bloempjes die nu in de herfst verdorden en een trosje bruine vruchten vormden dat aan een korenaar deed denken. Het was niet alleen een zeldzaam kruid maar tevens de verblijfplaats van de uiterst zeldzame drakenkopglanskever, een blauwglanzend kevertje dat op de bloempjes van de drakenkop huisde. De wonderen der natuur, dacht Tom Petterson, en met een glimlach sloeg hij van het pad af volgens de routebeschrijving die de opmerkzame hobbybotanist hem had gemaild. Hij zei het nooit hardop, want hij was grootgebracht in de overtuiging dat er absoluut geen god bestond, zijn ouders hadden daar goed voor gezorgd, maar soms dacht hij toch dat er wel een god was. De schepping. Al die grote en kleine dingen die zo mooi in elkaar staken. De vogels die in het najaar naar het zuiden vlogen om te broeden en daarbij enorme afstanden aflegden, telkens naar precies dezelfde plek. De bladeren die elk jaar op hetzelfde moment van kleur verschoten en de bomen en de grond in leven-